LE COULOIR
DE LA MORT

JOHN GRISHAM

LE COULOIR
DE LA MORT

ROBERT LAFFONT

Titre original
THE CHAMBER

Traduit de l'américain par
Michel Courtois-Fourcy

© John Grisham, 1994.
© Laffont, 1995, pour la traduction française.

ISBN 2-266-07247-1

REMERCIEMENTS

J'ai autrefois été avocat et j'ai représenté des gens accusés de toutes sortes de délits. Fort heureusement, je n'ai jamais eu de client reconnu coupable de meurtre et condamné à mort. Je n'ai jamais dû aller dans le couloir de la mort, je n'ai jamais dû faire ce que font les avocats dans ce récit.

Comme je répugne aux recherches, j'ai procédé selon mon habitude quand j'écris un roman : j'ai trouvé des avocats chevronnés et je me suis lié d'amitié avec eux. Je les ai harcelés au téléphone et j'ai exploité leurs cerveaux. Et je profite de cette page pour les remercier.

Leonard Vincent, qui a été avocat à l'administration pénitentiaire du Mississippi pendant de nombreuses années, m'a ouvert les portes de son bureau. Il m'a aidé pour tout ce qui dans ce cas relevait du droit, m'a montré ses dossiers, m'a emmené dans le couloir de la mort et m'a fait visiter l'immense prison d'État qu'on appelle tout simplement Parchman. Il m'a raconté de nombreuses histoires qui, d'une façon ou d'une autre, s'intègrent à celle-ci. Leonard et moi en sommes toujours aux prises avec les implications morales de la peine de mort et je crois bien que ça n'est pas près de cesser. Je tiens également à remercier ses collaborateurs ainsi que les gardiens et le personnel de Parchman.

Jim Craig est un homme d'une grande compassion et un bon avocat. À la tête du barreau du Mississippi, il est l'avocat officiel de la plupart des détenus qui se trouvent dans le couloir de la mort. Il m'a habilement introduit au cœur des méandres insondables des procédures d'appel et de la guerre de l'habeas corpus. Les erreurs – inévitables – sont de mon fait, non du sien.

J'ai fait mon droit avec Tom Freeland et Guy Gillespie, et je les remercie pour leur aide diligente. Marc Smirnoff, ami et éditeur du *Oxford American*, a comme de coutume travaillé sur le manuscrit avant que je ne l'envoie à New York.

Merci également à Robert Warren et William Ballard pour leur concours. Et, une fois de plus, je remercie tout particulièrement ma meilleure amie, Renee, qui lit toujours chacun de mes chapitres par-dessus mon épaule.

John Grisham

1

Faire sauter le cabinet du Juif n'était pas vraiment un problème. Trois hommes seulement dans l'opération. Le premier avait l'argent. Le second, membre du Ku Klux Klan, connaissait bien le terrain. Le troisième, un jeune nationaliste fanatique, était expert en explosifs. Il avait aussi le don de disparaître sans laisser de trace. Après l'attentat, il partit se faire oublier en Irlande du Nord pendant six ans.

L'avocat s'appelait Marvin Kramer. Sa famille, des Juifs allemands établis dans l'État du Mississippi depuis quatre générations, avait fait fortune dans le commerce. Marvin habitait à Greenville, sur les bords du fleuve, dans une maison construite avant la guerre de Sécession. La ville abritait une communauté juive peu nombreuse mais influente. L'antisémitisme n'y affleurait que rarement. La plupart des Juifs se mêlaient à la société locale et vaquaient à leurs affaires.

Marvin était différent. Son père l'avait envoyé dans le Nord à la fin des années cinquante. Il y avait séjourné cinq ans avant de faire trois années de droit à Columbia. Quand il rentra à Greenville en 1964, la campagne pour les droits civiques battait son plein. Le jeune avocat s'y investit totalement. Un mois à peine après l'ouverture de son cabinet, Marvin fut arrêté avec deux de ses camarades : ils avaient essayé de faire inscrire des Noirs sur les listes électorales. Son père se montra furieux, sa famille mal à l'aise, mais Marvin continua à n'en faire qu'à sa tête. Il reçut sa première menace de mort à vingt-cinq ans et décida de porter une arme. Il acheta un pistolet pour son épouse et demanda à la bonne d'en garder un dans son sac. Les Kramer avaient des jumeaux alors âgés de deux ans.

La première plainte relative aux droits civiques déposée par le cabinet de Marvin B. Kramer et Compagnie (il n'y avait pas encore d'associés) visait les pratiques électorales discriminatoires. La presse en fit ses gros titres et Marvin eut droit à sa photo dans les journaux. Dès cet instant, le Ku Klux Klan coucha le nom de Marvin Kramer sur sa liste noire. Voyez-vous ça, un avocat juif avec une barbe et un grand cœur, manipulé par ses congénères du Nord, qui revient au pays pour défendre des Nègres. Intolérable.

D'autant que l'argent de Marvin Kramer avait servi, selon la rumeur, à payer la caution de militants qui se battaient pour l'égalité des droits. Il avait eu le culot de porter plainte contre des privilèges accordés aux Blancs et d'envoyer un chèque pour reconstruire une église fréquentée par des Noirs et pulvérisée par le KKK. On l'avait même vu recevoir des Nègres chez lui. Il faisait des tournées de conférences dans le Nord pour inciter les gens à rallier la cause des antiségrégationnistes. Il rédigeait à l'adresse des journaux des lettres virulentes, dont quelques-unes avaient été publiées. Marvin Kramer se portait courageusement au-devant de son destin.

Les rondes d'un gardien de nuit autour des parterres de fleurs étaient censées décourager les tentatives d'attentat contre la maison des Kramer. Marvin l'avait depuis deux ans à son service. Cet ancien policier était armé jusqu'aux dents et les Kramer n'avaient pas manqué de faire savoir à tout Greenville qu'il s'agissait d'un tireur d'élite. Le KKK n'ignorait pas la présence du cerbère et préféra ne pas s'y frotter. Aussi, la décision fut prise de faire sauter le cabinet du Juif plutôt que son domicile.

Les préparatifs furent vite expédiés. L'homme avec l'argent – une sorte de mage pour culs-terreux du nom de Jeremiah Dogan – était à l'époque le Grand Manitou du Klan dans le Mississippi. Son prédécesseur avait échoué en prison. Jerry Dogan consacrait maintenant le meilleur de son temps à orchestrer les attentats. Ce n'était pas un imbécile. Après l'avoir coincé, le FBI dut admettre que l'homme était un redoutable terroriste. Il laissait la sale besogne à des tueurs qui agissaient par petits groupes isolés, s'ignorant les uns les autres. Comme le FBI avait réussi à infiltrer massivement le KKK, Dogan ne se fiait qu'à sa famille et à quelques complices. Il possédait le plus gros garage de voitures d'occasion de Meridian et se faisait beaucoup d'argent dans des affaires louches. Il lui arrivait de prendre la parole dans les églises de village.

Le deuxième homme, Sam Cayhall, originaire de Clanton, appartenait au KKK. Le FBI connaissait Cayhall mais pas ses relations avec Dogan. Il le considérait comme inoffensif parce qu'il habitait une région où le Klan ne faisait guère parler de lui. On y avait bien brûlé quelques croix, mais ni bombes ni meurtres. Le FBI savait que le père de Cayhall avait fait partie du Klan mais cette famille paraissait se tenir tranquille. En recrutant Sam Cayhall, Dogan avait réussi un coup de maître.

L'opération contre le cabinet Kramer débuta par un appel téléphonique dans la nuit du 17 avril 1967. Convaincu d'être sur écoutes, Jeremiah Dogan attendit minuit et gagna en voiture une cabine proche d'une station-service. Il était persuadé que le FBI le filait. Il n'avait pas tort. Mais ses anges gardiens ne pourraient pas deviner l'identité du type à l'autre bout du fil.

Sam Cayhall avait écouté calmement son correspondant, posé une ou deux questions puis raccroché. Il était retourné se coucher, sans rien raconter à sa femme. Moins celle-ci en savait, mieux elle se portait.

Deux jours plus tard, le 20 avril, Cayhall quitta Clanton et roula pendant deux heures jusqu'à Cleveland. Il attendit quarante minutes dans le parking d'un centre commercial. La Pontiac verte n'était pas au rendez-vous. Il avala une cuisse de poulet dans une cafétéria, puis se rendit à Greenville afin de jeter un œil sur l'immeuble qui abritait le cabinet Marvin B. Kramer et Associés. Cayhall connaissait assez bien l'endroit pour être venu une journée à Greenville deux semaines plus tôt. Il repéra les bureaux du juriste, passa devant l'imposante demeure des époux Kramer, et prit la direction de la synagogue. D'après Dogan, la synagogue pouvait être la prochaine cible. Mais d'abord, frapper le Juif. À onze heures, Cayhall était de retour à Cleveland. En fait, la Pontiac n'était pas garée sur le parking du centre commercial mais devant un relais routier de la nationale 61, l'autre emplacement prévu pour la livraison du véhicule. Il trouva la clé de contact sous le tapis, à la place du conducteur, et démarra. Une végétation dense couvrait les environs. Il s'engagea sur un chemin de terre, s'arrêta et ouvrit le coffre. À l'intérieur d'une boîte en carton enveloppée de journaux, il trouva quinze bâtons de dynamite, trois détonateurs et une mèche. Il n'avait plus qu'à regagner le relais et à s'installer dans le café ouvert la nuit.

Sur le coup de deux heures, le troisième acolyte entra dans la salle bondée et vint s'asseoir en face de Cayhall. Malgré ses vingt-deux ans, Rollie Wedge était un vétéran du combat contre les droits civiques. Il prétendait venir de Louisiane mais vivait alors dans les montagnes où personne n'aurait songé à venir le chercher. Il s'attendait pourtant à laisser sa peau dans la lutte pour la suprématie des Blancs. Son père, membre du KKK, dirigeait une entreprise de démolition. C'est de lui qu'il avait appris à manier les explosifs.

Sam ne savait pas grand-chose sur Rollie Wedge. De toute façon, il ne croyait guère à ce qu'il racontait. Il n'avait jamais songé à demander à Dogan où il avait déniché le gamin.

Les deux hommes bavardèrent pendant une demi-heure en buvant du café. La tasse de Cayhall tremblait par moments. Il avait la frousse. Rollie tenait la sienne d'une main ferme, sans ciller. Les deux comparses avaient déjà plusieurs attentats à leur actif, mais le calme de Rollie Wedge impressionnait toujours Cayhall. Ce garçon ne s'énervait jamais, même en arrivant sur l'objectif et en manipulant la dynamite.

Wedge avait loué sa voiture à l'aéroport de Memphis. Il se saisit d'un petit sac sur le siège arrière, ferma les portières à clef et laissa le véhicule devant le relais. La Pontiac verte, avec Cayhall au volant, quitta Cleveland et prit la nationale 61 en direction du sud. Il était trois heures du matin et il n'y avait presque pas de circulation. Après quelques kilomètres, Cayhall bifurqua dans un chemin creux et s'arrêta. Rollie descendit fourrer son sac dans le coffre et en profita pour inspecter la dynamite, le détonateur et la mèche. Ensuite, il demanda à Sam de mettre le cap sur Greenville.

Ils passèrent une première fois devant le cabinet Kramer vers quatre heures du matin. La rue, plongée dans l'obscurité, était déserte. De l'avis de Rollie, ce travail promettait d'être le plus facile qu'ils aient jamais effectué.

– Dommage qu'on ne puisse pas faire sauter sa cabane, dit Rollie d'une voix douce tandis qu'ils passaient devant la maison.

– Ouais, vraiment dommage, dit Sam nerveusement. Mais il y a le garde.

– Pour le garde, pas de problème.

– Possible. Mais il y a aussi les gosses.

– Faut s'en débarrasser tant qu'ils sont jeunes, dit Rollie. Ces petits salauds de Juifs deviennent de gros salauds de Juifs.

Cayhall gara la voiture dans une ruelle derrière le cabinet Kramer. Les deux hommes ouvrirent tranquillement le coffre et en sortirent la boîte en carton et le sac avant de se glisser le long de la haie qui menait à la porte de derrière.

Sam Cayhall crocheta la serrure. Quelques secondes plus tard, ils étaient dans la place. Deux semaines plus tôt, Sam s'était pointé à la réception en prétextant s'être perdu puis il avait demandé s'il pouvait utiliser les toilettes. Dans le couloir principal, entre les toilettes et ce qui semblait être le bureau de Kramer, se trouvait une sorte de débarras où s'entassaient en vrac des piles de vieux dossiers.

– Reste près de la porte et surveille l'allée, souffla Wedge, laconique.

Sam obtempéra. Il préférait jouer les guetteurs plutôt que les artificiers.

Rollie plaça rapidement la boîte à l'intérieur du débarras, et connecta le pain de dynamite. C'était une manœuvre délicate. Sam avait toujours des sueurs froides dans ces moments-là. Il tournait le dos aux explosifs dans le cas où surviendrait un pépin.

Ils étaient restés dans le cabinet de l'avocat moins de cinq minutes. Une fois dans la rue, ils regagnèrent la Pontiac verte d'un pas nonchalant. Ils se sentaient invincibles. C'était si facile. Ils avaient fait sauter une agence immobilière de Jackson parce que le patron, un Juif, avait vendu une maison à un couple noir. Ils avaient fait sauter le bureau d'un journal local parce que son directeur avait refusé de prendre position sur la ségrégation. À Jackson encore, ils avaient rasé la plus grande synagogue du Mississippi.

Ils roulèrent d'abord tous feux éteints puis, au premier carrefour, Sam alluma les phares.

Jusqu'ici, dans chaque attentat, Wedge avait utilisé une mèche qui se consumait en quinze minutes. Il suffisait de craquer une allumette pour déclencher le système de mise à feu, comme pour une pièce d'artifice. D'habitude, les terroristes ne résistaient pas au plaisir de rouler lentement, vitres baissées, à la périphérie de la ville, juste au moment où l'explosion anéantissait la cible. Chaque fois, ils avaient non seulement entendu mais ressenti physiquement les attentats avant de filer en douce.

Mais ce soir-là, les choses se présentèrent autrement. Sam prit une mauvaise direction et la voiture dut stopper brusquement à un passage à niveau dont les feux s'étaient mis à clignoter. Un train de marchandises roula devant eux avec fracas. Ce convoi n'en finissait pas. Sam consulta sa montre à plusieurs reprises. Rollie gardait le silence. Le train disparut, mais Sam se trompa de nouveau. Ils se trouvaient maintenant au bord du fleuve, avec un pont au loin, dans une rue bordée de maisons délabrées. Sam consulta de nouveau sa montre. La terre allait trembler dans moins de cinq minutes. Il aurait préféré se fondre dans l'anonymat d'une route nationale avant l'explosion. Rollie s'agita sur son siège comme si les hésitations du chauffeur commençaient à l'agacer, mais il se garda d'ouvrir la bouche.

Un autre tournant, une autre rue inconnue. Greenville n'était pas si grand. Sam se dit qu'en virant toujours du même côté il finirait par se retrouver à l'embranchement de départ. Mais le coup de volant qui suivit devait être le dernier. Sam écrasa la pédale de frein : il avait emprunté un sens interdit. Bien sûr, le moteur cala. Sam repassa au point mort et tourna la clé de contact. Jusque-là, le moulin avait tourné sans histoire, mais cette fois pas moyen de le remettre en marche. Et maintenant se répandait une odeur d'essence.

— Merde ! dit Sam en serrant les dents. Merde !

Rollie s'enfonça dans son siège et regarda par la vitre.

— Merde et merde, c'est noyé ! dit Sam en tournant la clé en vain.

— N'épuise pas la batterie, dit Rollie posément.

Sam commençait à paniquer. Même perdu, il était sûr

de ne pas être loin du centre-ville. Il respira profondément et fouilla des yeux la rue. Puis il jeta un coup d'œil à sa montre. Aucune voiture en vue. Tout était paisible. L'environnement idéal pour un effet de souffle. Il voyait la mèche se consumer sur le plancher. Il sentait le sol trembler. Il entendait le fracas du bois et du plâtre, des briques et du verre. Bon Dieu, se dit Sam tout en essayant de se calmer, on risque de prendre des éclats.

– Penses-tu que Dogan nous aurait laissé une voiture correcte !

Rollie ne répondit pas. Il continuait à fixer quelque chose derrière la vitre.

Cela faisait bien un quart d'heure qu'ils avaient quitté le cabinet Kramer. Le feu d'artifice allait commencer. Sam essuya la sueur sur son front et tenta de nouveau de lancer le moteur. Ce coup-là fut le bon. Le conducteur adressa un large sourire à Rollie qui paraissait complètement indifférent. Il fit quelques mètres en marche arrière puis reprit la route qu'ils avaient laissée de côté. C'était la bonne direction. La première rue qu'il croisa lui parut familière. Deux pâtés de maisons plus loin, ils débouchaient sur l'artère principale.

– Quelle mise à feu as-tu utilisée ? demanda finalement Sam alors qu'ils rejoignaient la nationale 82.

Rollie haussa les épaules. C'était son affaire. Sam ralentit en passant devant une voiture de police à l'arrêt, puis il accéléra à la sortie de la ville. Vingt minutes plus tard, Greenville était derrière eux.

– Quelle mise à feu as-tu utilisée ? répéta Sam d'une voix mal assurée.

– J'ai essayé un nouveau système, répondit Rollie sans le regarder.

– Quoi exactement ?

– Tu ne comprendrais pas, dit Rollie tandis que Sam tirait longuement sur sa cigarette.

– Un système à retardement ? demanda-t-il quelques kilomètres plus loin.

– Quelque chose comme ça.

Ils roulèrent jusqu'à Cleveland sans échanger un mot. Au fur et à mesure qu'ils s'enfonçaient dans la plaine, Sam s'attendait à apercevoir une boule de feu ou à entendre un grondement lointain. Rien de tel. Wedge réussit même à faire un petit somme.

Le relais routier était plein à craquer. Rollie se laissa glisser de son siège et claqua la portière.

– À la prochaine, lança-t-il en souriant par la fenêtre ouverte.

Sam le regarda marcher d'un pas ferme vers sa voiture de location. Un pareil sang-froid l'étonnait encore.

Il était un peu plus de cinq heures trente et une lueur orangée commençait à percer l'obscurité, vers l'est. Sam engagea la Pontiac verte sur la nationale 61 en direction du sud.

L'horreur de l'attentat dirigé contre les Kramer avait débuté au moment où Rollie Wedge et Sam Cayhall s'étaient séparés à Cleveland. Dès que son réveille-matin se mit à sonner, à cinq heures trente, comme d'habitude, Ruth Kramer comprit qu'elle était réellement malade. Elle avait la fièvre, des nausées, et les tempes prises dans un étau. Marvin la conduisit à la salle de bains. Ruth y resta enfermée une demi-heure. Depuis un mois, un virus de la grippe circulait dans Greenville. Il venait de s'introduire chez les Kramer.

À six heures trente, la bonne réveilla les jumeaux Josh et John – ils avaient aujourd'hui cinq ans. Elle les baigna rapidement, les habilla, les fit manger. Marvin tenait à les emmener à l'école maternelle comme prévu afin de les éloigner de la maison et, du moins l'espérait-il, du virus. Il téléphona à un médecin de ses amis pour qu'il lui prescrive une ordonnance et laissa vingt dollars à la bonne pour l'achat des médicaments. Il se rendit dans la salle de bains pour dire au revoir à sa femme. Elle était allongée sur le sol, un oreiller sous la nuque et un sac de glace sur le visage. Marvin sortit de la maison avec les deux garçons.

Le jeune avocat ne plaidait pas exclusivement dans les affaires de droits civiques. Elles n'étaient pas si nombreuses dans le Mississippi de 1967. Il traitait également des dossiers criminels et le tout-venant de la procédure civile : divorces, problèmes de cadastre, faillites, parcs immobiliers. Alors que Marvin consacrait le tiers de son temps à défendre les intérêts des siens, son père lui adressait à peine la parole et ses proches évitaient de prononcer son nom. Ce jour-là, pourtant, il devait se rendre à neuf heures au palais de justice pour déposer une requête concernant une des propriétés de son oncle.

Les jumeaux adoraient le cabinet de leur père. L'école maternelle n'ouvrait qu'à huit heures. Avant d'y conduire ses enfants et de se rendre au Palais, Marvin aurait le temps de passer à son bureau. Bien que l'occasion ne s'en présentât guère qu'une fois par mois, il ne se passait pas un matin sans que l'un des jumeaux supplie son père de l'emmener avec lui.

Le père et ses fils arrivèrent au cabinet aux alentours de sept heures trente. Les jumeaux allèrent droit vers le bureau de la secrétaire. Une pile de papier machine attendait là d'être découpée, photocopiée, agrafée et mise sous enveloppe. Les locaux s'étaient agrandis peu à peu. La porte d'entrée donnait sur un petit hall. Le bureau de la réceptionniste avait trouvé place sous l'escalier. Adossées au mur, quatre chaises aidaient les clients à patienter. Des magazines traînaient sous les sièges. De part et d'autre du hall se trouvaient les bureaux des avocats qui s'étaient associés avec Marvin. Un couloir de vingt-cinq mètres traversait tout le rez-de-chaussée, de sorte qu'on pouvait facilement voir de l'entrée le fond du bâtiment. Le bureau de Marvin occupait la plus grande pièce. C'était la dernière porte sur la gauche, à côté du débarras encombré de paperasse. La secrétaire de Marvin avait son bureau en face du hall. Cette jeune femme s'appelait Helen, elle était bien roulée, et Marvin en rêvait depuis environ dix-huit mois.

Le premier étage abritait les bureaux exigus d'un autre avocat et de deux secrétaires. Le deuxième étage, dépourvu de chauffage et d'air conditionné, servait à entreposer les archives.

Marvin pénétrait généralement dans l'immeuble entre sept heures et demie et huit heures. Il appréciait ce moment de tranquillité, avant l'ouverture du cabinet. Les téléphones ne sonnaient pas encore. Ce vendredi 21 avril le verrait encore arriver le premier.

Il ouvrit la porte d'entrée, alluma l'électricité et s'arrêta un instant dans le hall. Il cria aux jumeaux qui s'étaient déjà précipités dans le bureau de Helen, au bout du couloir, de ne pas mettre la pagaille. Mais ils ne l'entendaient plus. Josh s'était emparé des ciseaux et John de l'agrafeuse. Marvin passa la tête dans l'entre-bâillement de la porte pour leur demander de se calmer. Il sourit intérieurement, puis gagna son bureau et se plongea dans ses dossiers.

Aux environs de huit heures moins le quart – il s'en souviendrait plus tard à l'hôpital –, Marvin monta au deuxième étage à la recherche d'un vieux dossier qui, pensait-il à ce moment-là, avait un rapport avec l'affaire sur laquelle il travaillait. Il chantonnait en grimpant rapidement les marches. Étant donné la suite des événements, ce vieux dossier lui sauva la vie. Les garçons riaient en bas, dans l'entrée.

Le souffle de l'explosion parcourut le bâtiment de bas en haut et de long en large à plusieurs centaines de mètres à la seconde. Quinze bâtons de dynamite au cœur d'un immeuble à la charpente de bois ne pouvaient que le faire voler en éclats. Il fallut plus d'une minute avant que les fragments de poutres et les débris ne retombent sur le sol. La terre vibra comme sous l'effet d'une petite secousse sismique. Un témoin devait déclarer par la suite que des éclats de verre avaient continué à arroser le centre de Greenville pendant un temps qui lui avait paru une éternité.

Josh et John Kramer se trouvaient à moins de cinq mètres de la charge. Ils ne surent jamais ce qui les avait frappés. Ils n'eurent pas à souffrir. Les pompiers retrouvèrent leurs corps déchiquetés à deux mètres cinquante sous les décombres. Marvin Kramer fut projeté contre le plafond du second étage et retomba, inconscient, avec les débris du toit dans un cratère enfumé. C'est tout ce qui restait de l'immeuble. On le dégagea vingt minutes plus tard et il fut transporté d'urgence à l'hôpital. Trois heures après, on l'amputait des deux jambes à la hauteur des genoux.

L'explosion avait eu lieu très exactement à sept heures quarante-six. Ce fut une chance pour certains. Helen, la secrétaire de Marvin Kramer, sortait du bureau de poste situé à quatre pâtés de maisons de là. Elle n'en avait pas moins senti le souffle. Dix minutes plus tard, elle se serait trouvée à l'intérieur à préparer le café. David Lukland, un des jeunes avocats du cabinet, habitait à trois cents mètres et venait juste de fermer la porte de son appartement quand il perçut l'onde de choc. Pour lui aussi, il s'en était fallu de dix minutes. La bombe l'aurait surpris à sa table de travail, au premier étage, en train de parcourir son courrier.

Un début d'incendie se déclara dans l'immeuble de bureaux voisin. Quoique rapidement maîtrisé, il ajouta à la panique. Cernés par une épaisse fumée, les gens s'enfuirent à toutes jambes.

Deux piétons furent blessés. Un morceau de poutre d'un mètre de long atterrit sur le trottoir, rebondit, et frappa Mrs. Mildred Talton en plein visage. Elle s'en tira avec une fracture du nez et de profondes entailles mais s'en remit rapidement. Le deuxième piéton était un certain Sam Cayhall. Il fut légèrement touché, mais ses blessures eurent de graves conséquences. Il marchait lentement en direction du cabinet Kramer quand le sol se mit à trembler si fort qu'il en perdit l'équilibre et fit une chute sur le bitume. Alors qu'il essayait de se relever, deux éclats de verre l'atteignirent au cou et à la joue gauche. Il se jeta derrière un arbre tandis que débris et plâtras continuaient à pleuvoir autour de lui. Il contempla, ahuri, le désastre et se sauva en courant.

Le sang qui dégoulinait de sa joue macula sa chemise. Commotionné, il n'y prêta aucune attention ni sur le coup ni plus tard. Il reprit le volant de sa Pontiac verte et s'éloigna en hâte du centre-ville. Il serait probablement sorti de Greenville sans encombre s'il était resté lucide et vigilant. Deux policiers fonçaient en voiture vers les lieux de l'attentat quand ils aperçurent une Pontiac verte qui, pour une raison inconnue, refusa de se ranger pour leur céder le passage. Malgré le rugissement des sirènes, les appels de phares, les coups de klaxon et les jurons poussés par les agents, la Pontiac encombrait toujours la voie. Les policiers se ruèrent sur le véhicule, en arrachèrent presque la portière, et découvrirent un homme couvert de sang. Très vite, Sam se retrouva avec des menottes aux poignets, et fut poussé sans ménagement à l'arrière de la voiture de police. La Pontiac partit à la fourrière.

La bombe qui avait tué les enfants Kramer était de confection très artisanale. Quinze bâtons de dynamite maintenus ensemble par un ruban adhésif gris. Mais pas de mèche. Cette fois-ci, Rollie Wedge avait conçu un système à retardement réglé sur un réveille-matin bon marché. Il avait retiré l'aiguille des minutes et percé un petit trou entre les chiffres sept et huit. Il avait fait passer dans cet orifice une tige métallique qui, au contact de l'aiguille des heures, ferait masse, provoquant l'explosion de la bombe. Rollie voulait disposer d'un laps de temps plus long que les quinze minutes que mettait une mèche à se consumer. De plus, il se prenait pour un spécialiste et souhaitait expérimenter un nouveau dispositif.

Il se peut que l'aiguille des heures ait été légèrement tordue, le cadran pas tout à fait plat. Il se peut que Rollie, dans son enthousiasme, ait remonté le mécanisme trop fort ou pas assez, ou que la tige de métal n'ait pas été exactement perpendiculaire au cadran. Après tout, c'était la première fois que Rollie avait recours à un système à retardement. Mais on pouvait aussi imaginer que la bombe avait éclaté à l'instant précis où on l'avait programmée.

Il n'empêche, quelles qu'aient pu être la part de l'intention criminelle et celle de la fatalité, la campagne terroriste de Jeremiah Dogan et du Ku Klux Klan venait de faire couler du sang juif dans le Mississippi. Pour des raisons faciles à comprendre, les attentats cessèrent.

2

Après l'enlèvement des corps, la police de Greenville boucla le quartier et éloigna la foule du sinistre. Quelques heures plus tard, une équipe du FBI arriva sur les lieux. Avant la tombée du jour, ses experts passaient au crible les décombres. Des douzaines d'agents du FBI s'appliquaient à cette tâche fastidieuse. Collecter jusqu'au plus petit morceau, l'examiner, le montrer à un collègue, puis le mettre de côté en vue de l'assembler par la suite avec un autre. On loua un entrepôt de coton vide pour y déposer les débris du cabinet Kramer.

Le temps devait confirmer l'hypothèse de départ du FBI. Il s'agissait bien de dynamite, d'un réveil et de fils électriques. Une bombe rudimentaire fabriquée par un type assez chanceux pour n'avoir pas sauté avec l'engin.

Un hélicoptère avait emmené rapidement Marvin Kramer dans le meilleur hôpital de Memphis. Son état, jugé critique, allait demeurer stationnaire trois jours durant. Ruth Kramer fut hospitalisée en état de choc, d'abord à Greenville, puis avec son mari, à Memphis. Mr. et Mrs. Kramer partagèrent la même chambre et une quantité impressionnante de calmants. Une foule de médecins et de parents les entourait. Ruth était née et avait grandi à Memphis. Il ne manquait pas de monde pour veiller sur elle.

Tandis que la poussière retombait autour de l'ancien cabinet de Marvin, les voisins – commerçants, employés – avaient entrepris de balayer les trottoirs jonchés de morceaux de verre. Chacun y allait de son commentaire. À proximité, la police et les sauveteurs commençaient à fouiller les décombres. Le bruit se répandit très vite qu'on avait déjà interpellé un suspect. À la mi-journée, aucun badaud n'ignorait plus que l'homme s'appelait Sam Cayhall, habitait Clanton et qu'il appartenait au KKK. Il avait lui-même été blessé lors de l'explosion. Un reportage télévisé livra d'effroyables détails sur les autres attentats commis par Cayhall avec leur lot de cadavres mutilés, méconnaissables, tous des pauvres Noirs, forcément. Dans une autre émission, on fit l'éloge de la brillante et héroïque police de Greenville qui avait mis la main sur le forcené quelques secondes à peine après l'explosion. Aux informations de midi, la chaîne de télévision de Greenville confirmait ce qu'on savait déjà : les deux petits garçons étaient morts, leur père très gravement blessé, et Cayhall arrêté.

Sam Cayhall put croire un moment qu'il serait relâché moyennant une caution de trente dollars. Il avait recouvré ses esprits au poste de police et s'était platement excusé auprès des agents furibonds. Arrêté pour une infraction mineure, il avait simplement été placé en cellule dans l'attente des formalités à remplir pour sa libération.

Muni d'une trousse d'urgence, un infirmier de la brigade s'approcha de Sam pour laver le sang séché qu'il avait sur le visage. La blessure ne saignait plus. Sam répéta qu'il s'était battu dans un bar. Une nuit agitée. L'infirmier s'en alla. Une heure plus tard, un inspecteur de police se présenta à l'entrée de la cellule avec des papiers. Les charges pesant contre lui étaient minces : refus de se garer sur le bas-côté au passage d'un véhicule prioritaire. Il encourait une amende maximale de trente dollars. S'il la payait en liquide, il serait libre une fois signée la décharge et la voiture sortie de la fourrière. Sam, nerveux, arpentait sa cellule de long en large, regardant sans arrêt sa montre.

Il lui fallait disparaître. Il y aurait une trace de son arrestation. Les flics ne tarderaient pas à faire le rapprochement entre lui et l'attentat. Sûr, il était temps de filer. Il devrait quitter le Mississippi – pourquoi pas en compagnie de Rollie Wedge ? – et partir pour le Brésil ou un pays comme ça. Dogan leur fournirait l'argent. Dès qu'il aurait quitté Greenville, il appellerait Dogan. Sa voiture était restée garée dans le parking du relais routier, à Cleveland. Il la récupérerait pour rejoindre Memphis et là, prendre un autobus.

Voilà ce qu'il ferait. Quelle ânerie d'être revenu sur les lieux ! Enfin, s'il gardait son sang-froid, ces guignols le relâcheraient.

Une demi-heure passa. Un policier vint le voir avec un nouveau formulaire. Sam lui tendit trente dollars en billets et on lui donna un reçu. Il suivit son gardien dans d'étroits couloirs jusqu'au guichet du poste de police. Là, on lui remit une convocation pour se présenter devant le tribunal de Greenville deux semaines plus tard.

– Où est ma voiture ? demanda-t-il en pliant le papier.

– Elle va arriver. Restez ici.

Sam regarda sa montre. Un quart d'heure déjà. Par le judas de la porte métallique, il voyait les voitures entrer et sortir du parking. Un énorme agent traînait deux ivrognes vers le poste. Sam perdait patience.

– Monsieur Cayhall.

Derrière lui, une voix inconnue venait de l'appeler. Il se retourna. Un homme court sur pattes et vêtu d'un costume défraîchi lui faisait face. Il brandit une plaque de police sous son nez.

– Inspecteur Ivy, police de Greenville. J'aimerais vous poser quelques questions.

Ivy désigna les portes en bois alignées dans le couloir. Sam le suivit sans rechigner.

Dès qu'il fut assis devant le bureau crasseux de l'inspecteur Ivy, Sam Cayhall se montra peu bavard. Quadragénaire, Ivy avait déjà des cheveux gris et de profondes rides autour des yeux. Il alluma une Camel sans filtre, en offrit une à Sam. Comment s'était-il fait cette coupure au visage ? Sam mourait d'envie d'aspirer une bonne bouffée à cet instant critique mais se contenta de jouer avec sa cigarette et d'en tapoter le bureau. Sans regarder Ivy, il lui dit qu'il avait dû se faire ça dans une bagarre.

Ivy émit une sorte de grognement accompagné d'un sourire furtif. Visiblement, il s'attendait à ce genre de réponse. Sam avait affaire à un vrai professionnel. Il prit peur. Ses mains commencèrent à trembler. Ivy ne manqua pas de le remarquer. Où s'était-il battu ? Avec qui ? Quand cela s'était-il produit ? Pourquoi était-il en train de se battre à Greenville alors qu'il vivait à plus de trois heures de route ? Qui lui avait fourni la voiture ?

Ivy le bombardait de questions. Sam restait muet. Un mensonge en aurait amené d'autres et Ivy l'aurait coincé en quelques secondes.

– J'aimerais voir un avocat, finit par dire Sam.

– Parfait, Sam. C'est exactement ce que tu devrais faire.

Ivy alluma une autre Camel et souffla un nuage de fumée vers le plafond.

– Il y a eu un petit attentat à la bombe ce matin, Sam. Es-tu au courant ? demanda Ivy d'une voix qui s'était faite ironique.

– Non.

– Une tragédie. Le cabinet d'un avocat du coin nommé Kramer, parti en fumée. Il y a à peu près deux heures. Probablement un travail du KKK, vois-tu. Nous n'avons pas beaucoup de militants du Klan par ici, mais Mr. Kramer est juif. Eh bien, je suppose que... Tu ne sais rien à ce sujet, n'est-ce pas ?

– Non.

– Vraiment, une sale histoire, Sam. Tu sais, Mr. Kramer avait deux petits garçons, Josh et John, et le destin a voulu qu'ils se trouvent dans les bureaux avec leur papa quand la bombe a explosé.

Sam respira profondément et regarda Ivy. Dites-moi la suite, imploraient ses yeux.

– Et ces deux petits garçons, des jumeaux âgés de cinq ans, mignons comme tout, ont été pulvérisés. L'horreur absolue, Sam.

Sam baissa lentement la tête jusqu'à toucher du menton sa poitrine. Il était anéanti. Deux accusations pour meurtre. Avocats, procès, juges, jury, prison, il prenait ça en pleine figure. Il ferma les yeux.

– Leur jeune papa peut s'estimer heureux. Il est sur la table d'opération. Les petits garçons, eux, sont à la morgue. Une vraie tragédie, Sam. Tu n'es au courant de rien à propos de cette bombe, hein, Sam ?

– Non. J'aimerais voir un avocat.

– Bien sûr.

Ivy se leva lentement et quitta la pièce.

Le morceau de verre qu'un médecin retira de la joue de Sam fut envoyé au laboratoire du FBI. Sans surprise – un bris de verre semblable à celui des vitres du cabinet juridique. La Pontiac verte fournit des indices menant directement à Jeremiah Dogan. Et l'on trouva une mèche d'artificier dans le coffre. Un livreur vint témoigner au poste de police avoir vu la même Pontiac verte près du cabinet de Mr. Kramer vers quatre heures du matin.

Le FBI fit en sorte que la presse sache immédiatement que Mr. Cayhall appartenait de longue date au KKK et qu'il figurait comme suspect numéro un dans plusieurs attentats à la bombe. L'affaire était résolue. Le FBI ne tarissait pas d'éloges sur la police de Greenville. Même le directeur de l'agence fédérale, J. Edgar Hoover, fit une déclaration.

Deux jours après l'attentat, les jumeaux furent inhumés dans un petit cimetière. À l'époque, cent quarante-six Juifs vivaient à Greenville. À l'exception de Marvin Kramer et de six autres personnes, tous assistèrent à la cérémonie. Mais les journalistes et les photographes furent deux fois plus nombreux.

Sam vit les images et lut le récit des événements dans sa cellule. D'emblée, le gardien-chef adjoint, Larry Jack Polk, un abruti, l'avait traité en ami, et lui avait glissé à l'oreille qu'il avait des cousins dans le Klan. Il aurait fait comme eux si sa femme l'y avait autorisé. Chaque matin, il apportait à Sam café et journaux. Larry Jack n'arrêtait pas de confesser à Sam son admiration pour ses talents de poseur de bombes.

En dehors des quelques mots destinés à s'assurer les services de Larry Jack, Sam continuait à se taire. Le lendemain de l'attentat, il avait été accusé de double meurtre avec préméditation. Délit passible de la peine de mort. L'idée de la chambre à gaz commença à l'obséder. Il refusa de parler à Ivy, aux autres enquêteurs, et même aux agents du FBI. Les reporters n'avaient qu'une envie, le questionner, mais ils ne parvinrent jamais à soudoyer Larry Jack. Sam avait téléphoné à sa femme. Elle devait rester à Clanton et verrouiller la maison.

C'était aux flics de découvrir Rollie Wedge et de l'impliquer dans l'attentat. Sam Cayhall, en tant que membre du KKK, avait prêté serment et pour lui un serment était sacré. Il ne dénoncerait jamais, absolument jamais, quelqu'un de l'organisation. Il espérait bien que Jeremiah Dogan ferait de même.

Deux jours après l'attentat, un avocat louche, les cheveux en bataille, nommé Clovis Brazelton, fit sa première apparition à Greenville. Membre secret du KKK, il s'était rendu célèbre dans la région de Jackson en défendant les malfrats. Il voulait se présenter au poste de gouverneur. Son programme ? Pureté de la race blanche, nature satanique du FBI, nécessaire protection des Noirs par leur maintien à l'écart des Blancs, etc. Jeremiah Dogan l'avait choisi pour défendre Cayhall et surtout pour s'assurer que le prisonnier continuerait de se taire. Le FBI harcelait Dogan à cause de la Pontiac verte. Ce dernier redoutait d'être poursuivi comme complice.

Dans ce genre d'affaire, expliqua Clovis à son nouveau client, les complices sont aussi coupables que celui qui a, effectivement, appuyé sur la détente. Sam écoutait sans mot dire. Il avait entendu parler de Brazelton et n'était pas prêt à lui faire confiance.

– Suivez-moi bien, Sam, lui dit Clovis comme s'il s'adressait à un écolier du primaire, je sais qui a mis la bombe. Dogan m'a tout raconté. Si mon calcul est exact, nous sommes quatre à être au courant – moi, vous, Dogan et Wedge. Dogan est certain qu'on ne retrouvera jamais Wedge. Ils ne se sont pas revus, mais le gamin est rudement malin. Il est probablement à l'étranger à l'heure qu'il est. Il ne reste donc plus que vous et Dogan. Pour être franc, je m'attends à tout moment à ce que Dogan soit mis en accusation. Mais la police aura bien du mal à le coincer, sauf... Sauf si elle a la preuve que vous avez monté l'attentat tous les trois. Et le seul moyen qu'elle ait d'obtenir cette preuve, c'est que vous vous mettiez à parler.

– Donc, c'est moi qui écope ?

– Non. Simplement motus à propos de Dogan. Vous niez tout. On inventera quelque chose pour la voiture. C'est mon problème. Je m'arrangerai pour que le procès se tienne dans une autre circonscription judiciaire, peut-être dans les collines. En tout cas dans un endroit où il n'y a pas de Juifs. On aura un jury de Blancs et je bouclerai ça si vite que vous en sortirez, Dogan et vous, en héros. Laissez-moi m'occuper de tout.

– Je ne serai pas condamné ?

26

– Fichtre non. Écoutez, Sam, je vous en donne ma parole. On aura un jury de vrais patriotes, des gens comme vous, Sam. Rien que des Blancs. Tous inquiets de voir leurs gosses aller à l'école avec des négrillons. De braves gens, Sam. On en prendra douze, on en fera un jury et on leur expliquera comment ces Juifs puants ont encouragé cette saleté de droits civiques. Croyez-moi, Sam, ce sera facile.

Clovis se pencha vers la table bancale et tapota le bras de Sam :

– Faites-moi confiance, Sam, des coups comme celui-ci, j'en ai réussi d'autres.

Un peu plus tard, Sam, menottes aux poignets, enca-dré par des policiers de Greenville, fut transféré vers un fourgon cellulaire. Une meute de photographes et de cameramen se rua vers le prisonnier tandis qu'il fran-chissait les quelques mètres qui le séparaient du véhi-cule. Même bousculade devant le palais de justice.

Sam se présenta devant le juge flanqué de son avocat. Maître Brazelton renonça à l'audience préliminaire et, comme à l'habitude, engagea la bataille de procédure. Il ne s'écoula pas vingt minutes entre le départ et le retour en prison de Sam Cayhall. Clovis lui promit de revenir dans quelques jours mettre au point leur système de défense. Il quitta la prison d'un pas nonchalant et fit un éblouissant numéro devant les journalistes.

Le vent de folie soulevé par la presse ne retomba qu'au bout d'un mois. Le 5 mai 1967, Sam Cayhall et Jeremiah Dogan se retrouvaient l'un et l'autre accusés de meurtre avec préméditation. L'avocat général ne cacha pas son intention de requérir la peine capitale. Personne ne mentionna le nom de Rollie Wedge. La police et le FBI ignoraient jusqu'à son existence.

Clovis Brazelton, qui défendait maintenant les deux accusés, réussit à obtenir le changement de juridiction. Le procès s'ouvrit le 4 septembre 1967 dans le comté de Nettles, à trois cents kilomètres de Greenville. Une mascarade. Le KKK campait sur la pelouse, en face du palais de justice, et organisait toutes les heures de bruyantes manifestations. Il avait fait venir par bateau des militants du Klan d'autres États, et même invité des conférenciers. Sam Cayhall et Jeremiah Dogan étaient devenus les porte-drapeaux de la suprématie blanche. Des milliers de fois par jour, leurs admirateurs encapuchonnés scandaient leurs noms avec ferveur.

Le tribunal était plein à craquer. Les journalistes observaient et attendaient. Les moins chanceux avaient dû se replier sur la pelouse, à l'ombre des arbres. Plus il y avait de regards et de caméras braqués sur les supporters du Klan, plus les discours s'éternisaient.

Dans la salle d'audience, les choses allaient au mieux pour Cayhall et Dogan. Brazelton avait fait des miracles. Il avait placé douze patriotes blancs, comme il aimait à les appeler, sur le banc des jurés et commençait à mettre le doigt sur les lacunes que contenait le dossier de l'accusation. Fait capital, il n'existait pas de preuves directes de la culpabilité des accusés. Personne n'avait réellement vu Sam Cayhall poser la bombe. Dès la plaidoirie d'ouverture, Clovis avait insisté avec force sur ce point. L'argument fit mouche. Cayhall, employé par Dogan, avait été envoyé à Greenville faire une course. La malchance avait voulu qu'il se soit trouvé près des bureaux de l'avocat Kramer au moment tragique. Clovis avait les larmes aux yeux en évoquant le souvenir des deux chérubins.

Il était plus que probable que la mèche avait été laissée par mégarde dans le coffre de la voiture par son ancien propriétaire, un certain Mr. Carson Jenkins, patron d'une entreprise de travaux publics de Meridian. Ce dernier certifia qu'il utilisait fréquemment des explosifs. De toute évidence, la mèche était restée dans le coffre lorsqu'il avait vendu la voiture à Dogan. Mr. Carson Jenkins s'occupait de l'école du dimanche. C'était un petit homme tranquille, travailleur, courageux, en qui l'on pouvait avoir toute confiance. Ce qu'ignoraient les enquêteurs du FBI, c'était son appartenance au KKK. Clovis tira adroitement parti de ce témoignage. Ni la police ni les agents du FBI n'avaient découvert que la voiture de Cayhall avait été laissée sur le parking d'un relais routier à Cleveland. Dès son incarcération, Sam avait fait passer par téléphone une consigne à sa femme. Que leur fils Eddie parte immédiatement à Cleveland récupérer la voiture. Cette mesure de précaution devait se révéler d'une importance capitale pour la défense.

Clovis Brazelton démontra que personne ne pouvait,

preuve à l'appui, accuser ses clients d'avoir comploté on ne sait quoi. Le coup était imparable. Comment, grands dieux, les jurés du comté de Nettles pourraient-ils envoyer deux innocents à la mort ?

Au terme d'un procès de quatre jours, le jury se retira pour délibérer. Fait étonnant, deux des jurés, favorables à une condamnation, tinrent bon. Après un jour et demi de délibération, le président du jury informa le juge qu'il n'y avait aucun espoir d'obtenir l'unanimité du vote. Le jugement ne pouvait être rendu. Le procès fut ajourné. Sam Cayhall rentra chez lui pour la première fois depuis cinq mois.

Un nouveau procès eut lieu six mois plus tard dans la juridiction de Wilson, une autre région agricole à quatre heures de route de Greenville. Lors du premier procès, des jurés récusés par la défense s'étaient plaints des pressions du KKK. Aussi le juge, pour des raisons jamais éclaircies, choisit une juridiction où pullulaient les membres et les sympathisants du Klan. Tous les jurés étaient blancs mais aucun Juif, forcément. Clovis reprit le même scénario avec les mêmes morceaux de bravoure. Mr. Carson Jenkins mentit de la même manière.

L'accusateur public infléchit sa stratégie, sans succès. À la qualification d'assassinat pouvant entraîner la peine de mort, il substitua celle de meurtre. Ses auteurs n'encouraient plus que des peines d'emprisonnement. Le jury pouvait, s'il le souhaitait, trancher en faveur de l'accusation. Cayhall et Dogan seraient reconnus coupables de meurtre. La sanction serait moins lourde, mais ils n'échapperaient pas à la prison.

Un fait nouveau marqua ce second procès. Pendant trois jours, Marvin Kramer, assis sur une chaise roulante, ne quitta pas les jurés des yeux. Lors du premier procès, Ruth avait tenté d'assister aux audiences mais elle avait dû rentrer à Greenville pour être hospitalisée à la suite de troubles psychiques. Quant à Marvin, il subissait à l'époque des interventions chirurgicales en série, et ses médecins lui avaient interdit de se rendre au tribunal.

Les jurés ne supportaient pas d'être dévisagés de la sorte. Ils évitaient de se tourner vers le public et, contrairement à l'habitude, se montraient extra-ordinairement attentifs durant la déposition des témoins. Toutefois une jeune femme, Sharon Culpepper, la mère de deux jumeaux, ne put s'empêcher de jeter des regards vers l'infirme. À plusieurs reprises, leurs yeux se croisèrent. Marvin suppliait que justice soit faite.

Dès le départ, Sharon Culpepper fut le seul des douze jurés à demander une condamnation. Pendant deux jours, on la sermonna, on l'agressa verbalement, on la traita de tous les noms, on la fit pleurer, mais elle s'obstina.

Le second procès se termina avec un jury partagé : onze voix pour l'acquittement et une pour la condamnation. Le juge fit annuler la procédure et renvoya tout le monde chez soi. Marvin revint à Greenville en attendant de passer à nouveau sur la table d'opération. Clovis Brazelton refit son numéro devant la presse. Le procureur éluda la question d'un nouveau procès. Sam Cayhall rentra tranquillement à Clanton, jurant haut et fort qu'il n'aurait plus jamais affaire à Jeremiah Dogan. Quant au Grand Manitou, il reçut un accueil triomphal dans sa province, proclamant devant ses partisans que le combat pour la suprématie blanche ne faisait que commencer, que le bien l'avait emporté sur le mal, etc.

Le nom de Rollie Wedge n'avait été prononcé qu'une seule fois. Lors d'une interruption d'audience, au moment du second procès, Dogan avait soufflé à l'oreille de Cayhall que le gamin leur avait fait parvenir un message. Un inconnu avait parlé à la femme de Dogan dans les couloirs du palais de justice. Le message était tout ce qu'il y avait de plus simple et de plus clair. Wedge se trouvait dans les parages, il suivait le procès. Si Dogan ou Cayhall avaient le malheur de citer son nom, une bombe expédierait leurs maisons et leurs familles en enfer.

3

Ruth et Marvin Kramer se séparèrent en 1970. À la fin de cette année-là, Marvin entra dans une clinique psychiatrique. En 1971, il se suicida. Ruth retourna vivre chez ses parents à Memphis. Malgré leurs problèmes, ils avaient remué ciel et terre pour obtenir un troisième procès. À vrai dire, la communauté juive de Greenville se montrait de plus en plus exaspérée. Mais le représentant du ministère public en avait assez de perdre et manquait d'enthousiasme pour poursuivre de nouveau Cayhall et Dogan.

Marvin fut enterré près de ses fils. Un nouveau parc prit le nom de Josh et John Kramer. Une bourse fut créée pour perpétuer leur souvenir. Avec le temps, l'horreur de la tragédie s'estompa. Les années passèrent et, à Greenville, l'attentat revenait de moins en moins souvent dans les conversations.

En dépit des pressions du FBI, un troisième procès semblait improbable. Il n'y avait aucune preuve nouvelle, et le juge n'hésiterait sans doute pas à changer une fois encore de juridiction. Les poursuites n'aboutiraient pas. Cependant le FBI n'avait pas lâché prise.

Avec le refus de Cayhall d'y participer et la disparition de Wedge, la campagne d'attentats de Dogan fit long feu. Le Grand Manitou se pavanait toujours dans sa tunique et faisait des discours. Il en était venu à croire qu'il incarnait une force politique majeure. Ce racisme virulent intriguait les journalistes nordistes. Dogan ne se faisait jamais prier pour passer sa cagoule et pour accorder des interviews scandaleuses. Sa relative et brève célébrité lui procura une immense satisfaction.

Mais, à la fin des années soixante-dix, Jeremiah Dogan n'était plus qu'un voyou parmi d'autres, affublé d'un accoutrement bizarre dans une société secrète en déclin. Les Noirs avaient obtenu le droit de vote. La ségrégation était abolie dans les écoles. Partout dans le Sud les juges fédéraux renversaient les barrières raciales. Les droits civiques étaient descendus jusque dans le delta du Mississippi. Le KKK avait montré sa lamentable incapacité à maintenir les Noirs à leur place. Dogan ne trouvait plus personne pour incendier des croix.

En 1979 survinrent deux événements importants. Le premier fut l'élection de David McAllister comme procureur de Greenville. À vingt-sept ans, il devenait le plus jeune accusateur public jamais nommé dans cet État. Adolescent, il s'était mêlé à la foule qui avait regardé le FBI fouiller les décombres du cabinet Kramer. Peu après son élection, il fit le serment de traîner les terroristes en justice.

Deuxième fait, non moins remarquable : la mise en accusation de Jeremiah Dogan pour fraude fiscale. Après avoir réussi pendant des années à échapper au FBI, Dogan baissa sa garde et se retrouva à la merci des inspecteurs des impôts.

Le contrôle dura huit mois. Le rapport de mise en accusation comportait trente pages. Selon ce document, Dogan n'avait pas déclaré plus de cent mille dollars entre 1974 et 1978. Il y avait là quatre-vingt-six chefs d'inculpation. La condamnation maximale équivalait à vingt-huit ans de prison.

La culpabilité de Dogan ne faisait aucun doute et son avocat (ce n'était plus Clovis Brazelton) envisagea immédiatement une transaction avec les juges. C'est alors qu'intervint le FBI.

Au cours de rencontres agitées et violentes entre, d'une part, Dogan et son avocat et, d'autre part, le représentant du gouvernement, la possibilité d'un compromis se fit jour. Dogan témoignerait contre Sam Cayhall dans l'affaire Kramer. En compensation, on ne l'enverrait pas en prison. Pas un seul jour derrière les barreaux. Une mise à l'épreuve très sévère, de lourdes amendes, mais pas de prison. Dogan n'avait pas parlé à Cayhall depuis dix ans. Il n'était plus un membre influent du KKK. Il y avait de quoi prendre au sérieux cette proposition. Ne serait-ce que pour rester un homme libre au lieu de passer une décennie à l'ombre.

Pour augmenter la pression, les hommes du fisc saisirent tous ses biens et annoncèrent une sympathique petite vente aux enchères. Et, pour l'encourager dans son choix, David McAllister parvint à persuader la chambre de mise en accusation de rouvrir les poursuites contre Dogan et Cayhall pour attentat.

Dogan sauta sur l'offre sans plus d'hésitations.

Après douze ans de tranquillité dans le comté de Ford, Sam Cayhall se vit une nouvelle fois mis en accusation et arrêté, dans l'attente d'un procès qui pouvait le conduire à la chambre à gaz. Il hypothéqua sa petite ferme pour payer son avocat. Clovis Brazelton évoluait dans les hautes sphères et Dogan n'était plus un bon client.

Bien des choses avaient changé dans le Mississippi depuis le premier procès. Le nombre de Noirs inscrits sur les listes électorales était impressionnant. Des fonctionnaires noirs avaient été élus. Les jurys composés uniquement de Blancs étaient devenus extrêmement rares. L'État du Mississippi avait deux juges noirs, des shérifs noirs, et l'on pouvait voir dans le hall du palais de justice des avocats noirs en conversation avec des confrères blancs. Officiellement, la ségrégation était morte. Rétrospectivement, bien des gens s'étonnaient qu'une telle évolution ait pu faire tant d'histoires. Pourquoi une telle résistance simplement pour que tout le monde puisse jouir des mêmes droits? Il avait fallu du temps, mais le Mississippi de 1980 était un endroit bien différent de celui de 1967. Sam Cayhall s'en rendait parfaitement compte.

Il prit un avocat d'assises de Memphis nommé Benjamin Keyes. Sa tactique initiale consista à récuser l'acte d'accusation. Les faits reprochés à son client remontaient à treize ans. Il devait y avoir prescription. C'était un argument de poids. Il revint à la Cour suprême du Mississippi de trancher. Par six voix contre trois, cette instance décida que le procès aurait lieu.

Le troisième et dernier procès de Sam Cayhall s'ouvrit en février 1981 dans une petite salle glacée de la juridiction de Lakehead. On pourrait disserter longuement sur ce procès. Le procureur, le jeune David McAllister, se montra particulièrement brillant. Malheureusement, il avait la fâcheuse habitude d'occuper ses loisirs à cultiver son image publique. Il était beau, éloquent, rempli de compassion envers les victimes. Très vite, on s'aperçut que ce procès avait pour but de servir de tremplin aux ambitions politiques de Mr. McAllister.

Le jury comprenait huit Blancs et quatre Noirs. Il y avait bien sûr le morceau de verre, la mèche, les rapports du FBI et les photos des pièces à conviction montrées lors des premiers procès.

Et surtout, il y eut le témoignage de Jeremiah Dogan. Il s'avança à la barre, portant une chemise de travail en grosse toile écrue. Avec le ton d'humilité requis, il expliqua solennellement au jury la manière dont Sam Cayhall, qu'on voyait là-bas, et lui-même avaient conçu le projet de placer une bombe dans le cabinet de Mr. Kramer. Sam, les yeux fixés sur le témoin, écoutait avec une extraordinaire intensité ces terribles accusations. Dogan regardait ailleurs. L'avocat de Sam harcela le témoin pendant une matinée et l'obligea à admettre qu'il avait passé un marché avec l'administration. Mais le mal était fait.

Impliquer Rollie Wedge pour défendre Cayhall n'aurait servi à rien. Il aurait fallu reconnaître que Sam s'était effectivement rendu à Greenville avec la bombe. Complice, conformément à la loi, il serait tout aussi coupable que celui qui avait posé l'engin. De plus, pour expliquer les faits au jury, Sam se verrait contraint de témoigner, ce que ni lui ni son avocat ne désiraient. Il ne pourrait subir un contre-interrogatoire précis sans accumuler mensonge sur mensonge.

D'ailleurs personne ne croirait à ce terroriste, dont on n'avait jamais entendu parler, qui allait et venait sans jamais être vu. Sam n'ignorait pas que l'entrée en scène de Rollie Wedge était impossible. Il n'en parla même pas à son avocat.

À la fin du procès, David McAllister, debout devant le jury dans une salle d'audience comble, avança son dernier pion. Lors de son adolescence à Greenville, il avait des amis juifs. Il ignorait qu'ils fussent différents. Il connaissait quelques membres de la famille Kramer, de braves gens travaillant dur et qui enrichissaient la ville. Pendant son enfance, il avait joué avec de petits Noirs et avait découvert qu'ils faisaient de merveilleux amis. Il n'avait jamais compris pourquoi ils allaient dans une école et lui dans une autre. Il fit le récit palpitant de cette matinée du 21 avril 1967 où il avait senti le sol trembler. Il s'était précipité vers le centre-ville, là où s'élevait la fumée. Pendant trois heures, il était resté à attendre derrière les barrières mises en place par la police. Il avait vu les pompiers se démener lorsqu'ils avaient découvert Marvin Kramer. Il les avait vus se regrouper dans les décombres lorsqu'ils avaient trouvé les deux garçons. Des larmes avaient coulé sur ses joues quand les petits corps, recouverts de drap blanc, avaient été lentement transportés jusqu'à l'ambulance.

C'était un numéro parfaitement réussi. Lorsque McAllister se tut, la salle entière garda le silence. Quelques jurés essuyaient une larme.

Le 12 février 1981, Sam Cayhall fut reconnu coupable de deux assassinats et d'une tentative d'assassinat. Deux jours plus tard, le même jury, dans la même salle d'assises, le condamna à mort.

On le conduisit à la prison d'État de Parchman. Là-bas, Sam Cayhall commença à attendre son rendez-vous avec la chambre à gaz. Le 19 février 1981, il mit pour la première fois le pied dans le quartier des condamnés à mort.

4

À Chicago, dans le cabinet Kravitz et Bane, trois cents avocats travaillaient sous le même toit. Bien qu'énorme, ce cabinet n'avait pas joué aussi rapidement que d'autres le jeu de l'expansion. Il n'était donc que le troisième de Chicago.

Kravitz et Bane était connu comme un cabinet procédurier particulièrement agressif. On voulait ici des hommes jeunes (une femme de temps à autre servait d'alibi), qu'on pouvait former immédiatement à l'attaque à outrance. C'était le style mis au point depuis longtemps par les seniors du cabinet.

À l'exception du département « accidents de travail » dont les gains ne pouvaient qu'être insignifiants au regard du chiffre d'affaires réalisé par le cabinet, Kravitz et Bane avait prospéré grâce à des honoraires facturés à l'heure. Deux cents dollars l'heure pour les problèmes d'assurance, davantage même si le client pouvait le supporter. Trois cents dollars dans les affaires frauduleuses. Quatre cents pour une banque importante. Jusqu'à cinq cents dollars l'heure pour une grosse société dont les avocats sous contrat, trop paresseux, s'endormaient sur leurs dossiers.

Le cabinet gagnait tellement d'argent que les associés se sentaient obligés d'entretenir un petit bureau d'assistance judiciaire gratuite. Kravitz et Bane était particulièrement fier d'avoir un avocat à plein temps pour ce travail, un certain Garner Goodman. Cet excentrique se doublait d'un idéaliste. La plaquette de présentation du cabinet se vantait d'encourager ses avocats à s'occuper d'affaires non rémunérées. Ladite plaquette affirmait que l'année précédente, c'est-à-dire en 1989, les avocats de Kravitz et Bane avaient consacré presque soixante mille heures de leur précieux temps à des clients qu'il n'était pas question de faire payer. Adolescents des banlieues, condamnés à mort, résidents illégaux, drogués, etc.

Adam Hall avait un exemplaire de ces brochures dans son porte-documents tandis qu'il se dirigeait lentement à travers les couloirs du soixante et unième étage vers le bureau de Garner Goodman. Il ouvrit une porte et entra dans une petite pièce où une secrétaire s'arrêta de taper pour lui adresser un semblant de sourire. Il avait cinq minutes d'avance pour son rendez-vous de dix heures mais c'était sans importance. Dorénavant, il était question d'assistance judiciaire gratuite. Oubliée l'horloge. Oubliés les honoraires facturés à l'heure. Oubliées les primes de résultat. Par provocation, Goodman interdisait les pendules sur ses murs. Adam parcourut son dossier. Il gloussa en voyant le fascicule. Il relut son CV : université de Pepperdine, faculté de droit dans le Michigan, responsable de la revue juridique, rapport sur les punitions cruelles et perverses, commentaires sur les affaires récentes de condamnation à mort. C'était peu, mais Adam n'avait que vingt-six ans. Il travaillait chez Kravitz et Bane depuis neuf mois.

Il lut et annota deux décisions de la Cour suprême des États-Unis à propos d'exécutions en Californie. Il jeta un coup d'œil à sa montre et poursuivit sa lecture. La secrétaire se décida à lui offrir un café. Il refusa poliment.

Dans le grand bureau de Garner Goodman régnait un désordre organisé. Au mur les rayonnages s'affaissaient sous le poids des livres et sur le sol s'entassaient des piles de dossiers poussiéreux. Détritus, papiers froissés, lettres en attente jonchaient la moquette. Les grands stores vénitiens étaient baissés et cachaient la vue magnifique sur le lac Michigan. De toute évidence, Mr. Goodman ne prenait guère le temps d'admirer le paysage.

C'était un homme âgé avec une barbe grise bien taillée et des cheveux ébouriffés. Sa chemise blanche était un peu trop amidonnée. Le nœud papillon vert, son signe distinctif, était noué avec soin. Adam s'avança, évitant de marcher sur les liasses de papiers. Goodman resta assis et lui tendit froidement la main.

Adam lui remit son dossier et prit place sur le seul siège disponible. Il se sentait un peu nerveux. Le vieil homme étudiait les documents en se caressant la barbe et en tripotant son nœud papillon.

– Pourquoi voulez-vous travailler avec moi ? marmonna Goodman après un long silence.

Il n'avait pas pris la peine de lever la tête. En fond sonore courait un air de musique classique.

Adam se tortilla sur sa chaise, mal à l'aise.

– Euh, pour différentes raisons.

– Je devine. Vous voulez servir l'humanité, payer les vôtres en retour, ou peut-être vous sentez-vous déjà coupable de passer votre temps ici, dans ce repaire d'exploiteurs ? Vous souhaitez purifier votre âme, blanchir vos mains en aidant les autres.

Les yeux bleus en bouton de bottine de Goodman fixaient Adam au-dessus de ses verres demi-lune.

– Rien de tout cela ?

– Pas vraiment.

Goodman continuait de feuilleter le dossier.

– Donc vous êtes chez Wycoff ?

Il lisait maintenant une lettre du patron direct d'Adam.

– Oui, monsieur.

– Un très bon avocat. Je ne l'aime pas particulièrement mais il possède un sens aigu des affaires criminelles. Un de nos trois meilleurs juristes. Un peu trop caustique, peut-être ?

– Il est très bien.

– Depuis combien de temps travaillez-vous sous ses ordres ?

– Depuis mon engagement. Ça fait neuf mois maintenant.

– Donc vous êtes ici depuis neuf mois ?

– Oui, monsieur.

– Que pensez-vous de la boîte ?

Goodman ferma le dossier et leva les yeux sur Adam. Il enleva ses demi-lunes et enfonça une des branches dans sa bouche.

– Jusqu'ici je l'aime beaucoup. C'est stimulant.

38

– Naturellement. Mais pourquoi donc avez-vous choisi Kravitz et Bane ? Je veux dire : avec vos références, vous pouviez aller n'importe où. Pourquoi ici ?

– Droit criminel. C'est ce que je voulais. Vous avez une très bonne réputation dans ce domaine.

– Combien de propositions avez-vous reçues ? Allons, ce n'est que pure curiosité.

– Plusieurs.

– Où, par exemple ?

– Principalement dans le district de Columbia. Une à Denver. Je n'ai pas eu d'entretien avec les firmes de New York.

– Combien vous a-t-on offert ici ?

Adam se tortilla de nouveau. Goodman après tout était associé. Il ne pouvait ignorer ce que le cabinet proposait aux nouveaux venus.

– Soixante, quelque chose comme ça. Et vous, combien gagnez-vous ?

Cette question amusa le vieil homme. Il sourit pour la première fois.

– On me paie quatre cent mille dollars par an pour dilapider leur temps si précieux. Ils veulent attirer l'attention sur leur rôle social. Quatre cent mille, le croirait-on ?

Adam avait eu vent de cette situation.

– Vous n'êtes pas en train de vous plaindre, n'est-ce pas ?

– Non. Je suis l'avocat le plus heureux de la ville, monsieur Hall. On m'a fait un pont d'or pour un travail qui me plaît, je ne pointe pas et je me fiche des honoraires. Le rêve. C'est pourquoi je trime encore soixante heures par semaine. J'ai presque soixante-dix ans, savez-vous. Quelle sorte de travail faites-vous pour Emmitt Wycoff ?

– Principalement, jurisprudence. J'ai présenté pourtant une requête la semaine dernière devant la cour.

Adam prononça cette phrase avec quelque fierté. Habituellement les nouvelles recrues étaient vissées à leur bureau durant la première année.

– Une vraie requête ? demanda Goodman, l'air impressionné.

– Oui, monsieur.

– Dans un vrai tribunal ?

– Oui, monsieur.

– Avec un vrai juge ?

– Exactement.

– Qui a gagné ?

– Le juge voulait continuer les poursuites mais l'affaire en est restée là. Je l'ai réllement coincé dans les cordes.

Goodman sourit. Fin de la plaisanterie.

– Wycoff m'envoie une lettre de recommandation extrêmement favorable. Ça ne lui ressemble guère.

– Il sait reconnaître le talent, dit Adam en souriant.

– Monsieur Hall, j'aimerais savoir ce que vous avez en tête.

Adam s'arrêta de sourire et toussota. Il se sentait brusquement nerveux et décida de recroiser ses jambes.

– Il s'agit, euh... eh bien, il s'agit d'une affaire de condamnation à mort.

– De condamnation à mort ? répéta Goodman.

– Oui, monsieur.

– Et pourquoi ?

– Je suis contre la peine de mort.

– Ne le sommes-nous pas tous, monsieur Hall ? J'ai écrit des livres sur ce sujet. Je me suis occupé de deux douzaines de ces foutues choses. Pourquoi voulez-vous vous en mêler ?

– J'ai lu vos livres. Je veux simplement vous apporter mon soutien.

Goodman referma le dossier et se pencha sur son bureau. Deux feuilles de papier glissèrent sur le sol.

– Vous êtes trop jeune, vous manquez d'expérience.

– Je peux vous surprendre.

– Écoutez, monsieur Hall, il ne s'agit pas de convaincre des ivrognes de se rendre à une soupe populaire. Il s'agit d'une question de vie ou de mort. La tension est extrême, mon garçon. Ça n'a rien d'amusant.

Adam hocha la tête et garda le silence.

– N'importe quelle affaire ou avez-vous un nouveau client pour Kravitz et Bane ? demanda Goodman.

– L'affaire Cayhall, lâcha Adam.

Goodman tirailla le bout de son nœud papillon.

– Cayhall vient juste de nous liquider. La cinquième chambre a jugé la semaine dernière qu'il avait effectivement le droit de se débarrasser de nous.

– J'ai lu le jugement. Je connais les attendus. Ce type a besoin d'un avocat.

– Non, il n'en a pas besoin. Avec ou sans, il sera mort dans trois mois. Franchement, je suis soulagé de ne plus avoir à m'en occuper.

– Il a besoin d'un avocat, répéta Adam.

– Il se défend seul et il se défend bien. Il connaît la procédure, tape lui-même appels et requêtes. Il s'est spécialisé dans la jurisprudence. Il conseille ses copains du quartier des condamnés à mort. Uniquement les Blancs, bien entendu.

– J'ai étudié attentivement son dossier.

Garner Goodman replia lentement ses lunettes et réfléchit.

– Ça représente environ une demi-tonne de papier. Pourquoi avez-vous fait ça?

– Cette affaire m'intrigue. Je la suis depuis des années. J'ai lu tout ce qui a été écrit sur cet homme. Vous m'avez demandé tout à l'heure pourquoi j'avais choisi Kravitz et Bane, eh bien, à vrai dire, c'est parce que je voulais travailler sur l'affaire Cayhall. Depuis quand exactement ce cabinet s'occupe-t-il de lui gratuitement? Huit ans?

– Sept, mais il me semble que ça a duré vingt ans. Mr. Cayhall n'est pas l'homme le plus charmant qu'on puisse rencontrer.

– Ça peut se comprendre. Il est au régime pénitentaire depuis dix ans.

– Ne me faites pas un cours sur la vie en prison, monsieur Hall. En avez-vous déjà visité une?

– Non.

– Moi, si. Je suis allé dans le quartier des condamnés à mort de six États. Sam Cayhall m'a injurié alors qu'il était attaché à sa chaise. Il n'est pas sympathique. C'est un incorrigible raciste. Il déteste tout le monde. Il vous haïra si vous le rencontrez.

– Je ne le crois pas.

– Vous êtes avocat, monsieur Hall. Il déteste les avocats encore plus que les Noirs et les Juifs. À son avis, si la mort le guette depuis presque dix ans, c'est la faute des avocats qui conspirent contre lui. Bon Dieu, il a essayé de nous liquider pendant deux ans. Ce cabinet a perdu deux millions de dollars pour le garder vivant et tout ce qu'il cherchait, c'était à nous liquider. Mille fois il a refusé de nous recevoir alors que nous avions fait le voyage jusqu'à Parchman. C'est un fou, monsieur Hall.

Trouvez autre chose. Que pensez-vous des enfants maltraités ?

– Non, merci. Je m'intéresse à la peine de mort et l'histoire de Sam Cayhall m'obsède.

Goodman replaça soigneusement ses lunettes sur le bout de son nez pointu puis, lentement, posa ses pieds sur le coin de son bureau.

– Puis-je vous demander pourquoi vous êtes obsédé par l'affaire Cayhall ?

– C'est passionnant, non ? Le Ku Klux Klan, la campagne pour les droits civiques, l'attentat, le pays bouleversé... Avec, pour toile de fond, une période particulièrement riche de l'histoire américaine. Cela nous paraît très loin, mais ça ne remonte qu'à vingt-cinq ans. C'est fascinant.

Un ventilateur tournait doucement au-dessus d'eux. Une minute s'écoula.

Goodman reposa ses pieds par terre et s'accouda à son bureau.

– Monsieur Hall, je fais grand cas de votre intérêt pour le travail d'assistance judiciaire gratuite et je vous garantis qu'il y aura du pain sur la planche. Mais trouvez autre chose. Il ne s'agit pas d'un procès simulé en vue d'un examen.

– Je ne suis plus étudiant.

– Sam Cayhall a tenu à se passer de nos services, monsieur Hall, vous ne semblez pas le comprendre.

– Je veux avoir une chance de le rencontrer.

– Pourquoi ?

– Il me semble que je parviendrai à le convaincre de me prendre pour conseil.

– Oh, vraiment.

Adam soupira, se leva et se dirigea vers la fenêtre en contournant adroitement les tas de papiers. Goodman attendait.

– Je vais vous confier un secret, monsieur Goodman. Personne n'est au courant sauf Emmitt Wycoff. À vrai dire, je me suis vu forcé de lui en parler. Bien entendu cela restera entre nous, d'accord ?

– Je vous écoute.

– M'en donnez-vous votre parole ?

– Oui, vous avez ma parole, dit Goodman lentement en mordillant une branche de ses lunettes.

Adam regardait par une fente du store un voilier évoluer sur le lac Michigan. Le ton de sa voix était mesuré.

– Je suis parent de Sam Cayhall.

Goodman ne réagit pas.

– Oui. À quel degré ?

– Il avait un fils, Eddie Cayhall. Et ce fils rongé par la honte a quitté le Mississippi après l'arrestation. Il s'est enfui en Californie, a changé de nom et a essayé d'oublier le passé. Mais d'appartenir à cette famille le torturait. Il s'est suicidé après la condamnation de son père en 1981.

Goodman était maintenant assis au bord de son fauteuil.

– Eddie Cayhall était mon père.

Goodman hésita un bref instant.

– Sam Cayhall est votre grand-père ?

– Oui, jusqu'à l'âge de dix-sept ans je l'ignorais. Ma tante me l'a appris après l'enterrement.

– Extraordinaire.

– Vous m'avez promis de ne pas en parler.

– Naturellement.

Goodman plaça ses fesses sur le bord de son bureau et posa ses pieds sur son fauteuil. Il regardait fixement en direction des stores.

– Est-ce que Sam est au courant que… ?

– Non. Je suis né dans le Mississippi, à Clanton, pas à Memphis. On m'a toujours dit que j'étais né à Memphis. À l'époque je m'appelais Alan Cayhall, je ne l'ai appris que beaucoup plus tard. J'avais trois ans lorsque nous avons quitté le Mississippi. Mes parents n'en parlaient jamais. Ma mère pense qu'il n'y a jamais eu de contact entre Eddie et Sam, entre l'instant où nous avons quitté le Mississippi jusqu'au jour où elle lui a écrit pour lui annoncer que son fils était mort. Il n'a pas répondu.

– Nom de Dieu de nom de Dieu, marmonna Goodman.

– Oui, ce n'est pas rose, monsieur Goodman. Notre famille n'a pas été épargnée.

– Pas votre faute.

– Selon ma mère, le père de Sam était un membre actif du KKK. Il aurait participé à des lynchages, à des trucs assez vilains. Mon origine n'est pas des plus reluisantes.

– Votre père était différent.

– Mon père s'est suicidé. Je vous épargne les détails. C'est moi qui ai trouvé le corps et qui ai tout nettoyé avant que ma mère et ma sœur ne rentrent à la maison.

– Et vous aviez dix-sept ans ?

– Presque dix-sept ans. C'était en 1981. Il y a neuf ans. Après que ma tante, la sœur d'Eddie, m'eut raconté la sordide histoire de Sam Cayhall, c'est devenu une obsession. J'ai passé d'innombrables heures dans les bibliothèques à compulser de vieux journaux et de vieux magazines. La matière ne manque pas. J'ai lu les minutes des trois procès. J'ai potassé les jugements d'appel. À la faculté de droit, je me suis intéressé à la défense de Sam Cayhall, assumée par votre cabinet. Wallace Tyner et vous avez fait un travail exemplaire.

– Heureux de vous l'entendre dire.

– J'ai lu des centaines de livres, des milliers d'articles sur le huitième amendement et sur les procédures concernant la peine de mort. Vous avez écrit, je crois, quatre livres. Et un bon nombre d'articles. D'accord, je ne suis qu'un débutant mais j'ai poussé loin mes recherches.

– D'après vous, Sam Cayhall vous fera confiance en tant qu'avocat ?

– Je ne sais pas. Mais c'est mon grand-père, que j'en sois heureux ou non. Je dois le voir.

– Vous n'avez jamais eu de contact avec...

– Jamais. J'ai commencé mille fois à lui écrire mais je n'ai jamais envoyé la lettre. Je ne peux pas vous dire pourquoi.

– C'est compréhensible.

– Rien n'est compréhensible, monsieur Goodman, je ne comprends même pas pourquoi je me trouve dans votre bureau en ce moment. J'ai toujours voulu être pilote de ligne, pourtant j'ai fait mon droit dans le vague espoir d'être utile à la société. Quelqu'un avait besoin de moi. J'imagine qu'au fond je pressentais que ce quelqu'un n'était autre que ce grand-père dément. Je suis venu travailler ici parce que vous avez eu le courage de le défendre gratuitement.

– Vous auriez dû raconter ça à nos employeurs avant de vous faire engager.

– Bien sûr. Mais personne ne m'a demandé si mon grand-père était client de votre cabinet.

– Vous auriez dû dire quelque chose.

– On ne va pas me mettre à la porte, n'est-ce pas ?

– Je ne crois pas. Où étiez-vous durant ces neuf mois ?

– Ici, à travailler quatre-vingt-dix heures par semaine, à dormir sur mon bureau, à manger dans la bibliothèque, à m'abrutir, à potasser du droit. Vous savez bien, cette espèce de camp d'entraînement pour commandos d'élite que vous nous offrez.

– Stupide, non ?

– J'ai la peau dure.

Adam souleva une des lamelles du store pour mieux voir le lac. Goodman l'observait.

– Pourquoi n'ouvrez-vous pas ces stores ? demanda Adam. La vue est magnifique.

– Je la connais.

– Je commettrais un meurtre pour avoir une vue comme celle-ci. Ma petite cellule est à un kilomètre de la fenêtre la plus proche.

– Travaillez dur, demandez des honoraires salés et un jour vous aurez ça.

– Non.

– Allez-vous nous quitter, monsieur Hall ?

– Probablement. Mais c'est encore un secret, d'accord ? Je projette de travailler dur pendant deux ou trois ans puis de filer. Peut-être ouvrirai-je mon propre cabinet. C'est-à-dire dans un endroit où la vie n'obéira pas aux aiguilles des horloges. Je veux travailler pour l'intérêt général, vous voyez, pour quelque chose qui ressemble à ce que vous faites.

– Ainsi, après neuf mois, vous avez déjà perdu vos illusions sur Kravitz et Bane.

– Pas encore. Mais je vois la chose arriver. Je ne tiens pas à passer ma vie à défendre des escrocs et des sociétés douteuses.

– Alors vous n'êtes certainement pas à votre place ici.

Adam quitta la fenêtre et s'avança vers le bureau.

– Je ne suis pas dans le bon endroit et je veux être muté. Mr. Wycoff est d'accord pour me détacher à notre petit bureau de Memphis pour les prochains mois. J'y travaillerai sur l'affaire Cayhall. Une mise en disponibilité, si l'on veut, avec plein traitement évidemment.

– Autre chose ?

– Non. Ça va marcher. Ici je suis un débutant qu'on peut sacrifier. Je ne manquerai à personne. Bon Dieu, il y a plein de jeunes loups désireux de travailler dix-huit heures par jour et d'en facturer vingt.

Le visage de Goodman se détendit et un large sourire apparut sur ses lèvres.

– Vous aviez tout prévu, n'est-ce pas ? Vous avez choisi ce cabinet parce que nous représentions Sam Cayhall et parce que nous avons un bureau à Memphis.

Adam acquiesça en souriant.

– Ça a marché. Je ne savais ni où ni comment ça arriverait mais c'est vrai, je l'avais projeté. Ne me demandez pas ce qui se passera ensuite.

– Il sera mort dans trois mois, peut-être plus tôt.

– Je dois faire quelque chose, monsieur Goodman. Si votre cabinet ne me permet pas de m'occuper de cette affaire, je donnerai probablement ma démission et j'essaierai de le défendre pour mon propre compte.

Goodman sauta sur ses pieds.

– Ne faites pas ça, monsieur Hall. On va bien trouver quelque chose. Il faut que j'en parle à Daniel Rosen, le patron. Je pense qu'il sera d'accord.

– Il a une terrible réputation.

– Bien méritée. Mais il m'écoute.

– Il le fera si Mr. Wycoff et vous me recommandez, n'est-ce pas ?

– Naturellement. Avez-vous faim ? demanda Goodman en s'emparant de sa veste.

– Un peu.

– Allons prendre un sandwich.

Il était encore trop tôt pour tomber dans la cohue habituelle à l'heure du déjeuner. Goodman et Adam choisirent une petite table devant une fenêtre donnant sur la rue. Le flot des voitures s'écoulait lentement au milieu de la foule des piétons. Le serveur apporta un ragoût bien gras et des frites pour Goodman et un bol de soupe au poulet pour Adam.

– Combien y a-t-il de condamnés à mort dans le Mississippi ? demanda Goodman.

– Quarante-huit à la fin du mois dernier. Vingt-cinq Noirs, vingt-trois Blancs. La dernière exécution remonte à deux ans. Willie Parris. À moins d'un miracle, Sam Cayhall sera le prochain.

Goodman engloutit une grosse bouchée. Il s'essuya les lèvres avec la serviette en papier.

– Un sacré miracle à mon avis. Il ne reste pas grand-chose à faire légalement.

– L'éventail des appels désespérés.

– Nous verrons plus tard pour la stratégie. Vous n'avez jamais mis les pieds à Parchman ?

– Non. Depuis que je connais la vérité, j'ai souvent eu envie de retourner dans le Mississippi. Ça ne s'est pas présenté.

– C'est une énorme ferme dans le delta. Ironie du sort, elle n'est pas très loin de Greenville. Neuf mille hectares. Probablement l'endroit le plus chaud du globe. C'est juste à côté de la nationale 49. Presque une ville. Devant l'enceinte se trouvent les bureaux. Il y a environ une trentaine de lieux de détention, disséminés autour de la ferme. Certaines prisons sont distantes de plusieurs kilomètres les unes des autres. Solides grillages et fils de fer barbelés. À l'intérieur, des centaines de détenus désœuvrés, habillés de façon différente selon leur catégorie. On dirait une bande de jeunes Noirs en train de déambuler. Certains jouent au basket, d'autres restent simplement assis sur le seuil des bâtiments. De temps en temps, un visage blanc. On roule lentement sur un chemin de gravier sans croiser quiconque, on franchit les divers enclos et on arrive à un petit bâtiment apparemment inoffensif avec un toit tout plat, entouré de hautes barrières de protection, et surveillé par des gardiens dans des miradors. C'est très moderne. Officiellement il a un nom mais tout le monde dit « le Quartier ».

– Un endroit superbe, non ?

– J'imaginais une sorte de cachot, vous voyez, obscur et froid avec des suintements au plafond. Ce n'est qu'un petit bâtiment au milieu d'un champ de coton. À vrai dire, ce n'est pas aussi terrible que certains quartiers de condamnés à mort dans d'autres États.

– J'aimerais le voir.

– Vous n'y êtes pas préparé. C'est un lieu atroce rempli de gens déprimés qui attendent la mort. J'avais soixante ans quand je l'ai vu pour la première fois. Après coup, je n'ai pas dormi pendant une semaine.

Goodman avala une gorgée de café.

– Impossible pour moi d'imaginer vos sentiments quand vous irez là-bas. Le Quartier est déjà suffisamment horrible lorsqu'on s'occupe d'un étranger.

– Sam m'est complètement étranger.

– Comment allez-vous lui dire que… ?

– Je ne sais pas. Je trouverai quelque chose. Ça viendra comme ça.

Goodman hocha la tête.

– Vraiment bizarre.

– Toute la famille est bizarre.

– Sam avait deux enfants. Il avait aussi une fille. C'était il y a longtemps. Tyner a fait presque tout le travail.

– C'est ma tante, Lee Cayhall Booth, mais elle essaie d'oublier son nom de jeune fille. Elle s'est alliée avec une vieille famille riche de Memphis. Son mari possède une banque ou deux. Ni lui ni elle ne parlent du père condamné.

– Où est votre mère ?

– À Portland. Elle s'est remariée il y a quelques années, nous nous parlons deux ou trois fois par an. Il y a comme des ratés entre nous.

– Comment avez-vous pu vous payer l'université ?

– Une assurance-vie. Mon père avait des problèmes dans son travail mais il a eu la sagesse de prendre une assurance-vie. Lorsqu'il s'est suicidé, le délai d'attente était passé depuis longtemps.

– Sam ne nous a jamais parlé de sa famille.

– Sa famille ne parle jamais de lui. Sa femme, ma grand-mère, est morte quelques années avant qu'il ne soit condamné. Je ne savais rien évidemment. Mes connaissances généalogiques me viennent pour la plupart de ma mère qui s'est évertuée à oublier le passé. Je ne sais pas comment ça se passe dans les familles normales, monsieur Goodman, mais dans la mienne on se trouve rarement réunis. Et lorsque plusieurs d'entre nous se rencontrent, ce n'est certes pas pour évoquer le passé. Trop de secrets enterrés.

Goodman grignotait une frite mais écoutait attentivement.

– Vous avez parlé d'une sœur.

– Oui, Carmen. Elle a vingt-trois ans, belle et intelligente. Elle fait une licence à Berkeley. Elle est née à Los Angeles, elle n'a pas eu à changer de nom comme nous autres. Nous gardons le contact.

– Elle est au courant ?

– Oui. Ma tante Lee m'a parlé en premier, juste après l'enterrement de mon père, puis ma mère, fidèle à ses habitudes, m'a demandé de parler à mon tour à Carmen. Elle n'avait que quatorze ans à l'époque. Elle n'a jamais manifesté le moindre intérêt pour Sam Cayhall. Franchement, je crois que la famille ne souhaite qu'une chose : qu'il disparaisse sans faire d'histoires.

– Ils sont sur le point d'obtenir satisfaction.

– Ça ne se passera pas sans histoires, n'est-ce pas, monsieur Goodman ?

– Non. Ça ne se passe jamais sans histoires. Pour un court mais terrible instant Sam Cayhall sera l'homme le plus célèbre du pays. Nous reverrons les mêmes bandes d'actualité : explosion, procès, manifestants du KKK devant les cours d'assises. Les mêmes vieux débats sur la peine de mort resurgiront. La presse rappliquera à Parchman. Puis on le tuera et deux jours plus tard tout sera oublié. C'est ainsi chaque fois.

Adam remua sa soupe et prit soin de choisir un petit morceau de poulet. Il l'examina une seconde puis le remit dans le potage. Il n'avait pas faim. Goodman finit une autre frite et tamponna les coins de sa bouche avec sa serviette.

– Inutile, monsieur Hall, de penser que vous allez pouvoir agir discrètement.

– J'y ai pensé.

– N'y pensez plus.

– Ma mère m'a supplié de ne pas m'en occuper. Ma sœur n'a pas voulu en parler. Et ma tante à Memphis est effrayée à l'idée que nous soyons tous identifiés comme des Cayhall. C'est-à-dire ruinés à jamais.

– Le risque n'est pas si mince. Quand la presse en aura fini avec vous, ils sortiront les vieilles photographies noir et blanc où l'on vous voit sur les genoux de votre grand-père. Ce sera une belle image, monsieur Hall. Songez-y. Le petit-fils oublié livrant un héroïque combat d'arrière-garde pour sauver son misérable vieux grand-père.

– Ça me plairait assez.

– Pas si mal en effet. Un coup de projecteur sur notre cher petit cabinet.

– Ce qui amène un autre problème.

– Mais non. Nous ne sommes pas des lâches chez Kravitz et Bane, Adam. Non seulement nous avons survécu mais nous sommes devenus prospères dans cette jungle qu'est le milieu juridique de Chicago. Nous avons la réputation d'être les molosses les plus agressifs de la ville. Nous avons le cuir épais. Ne vous inquiétez pas pour le cabinet.

— Donc, vous acceptez.

Goodman posa sa serviette sur la table et but une autre gorgée de café.

— Oh, c'est une merveilleuse idée à condition que votre grand-papa soit d'accord. Si vous pouvez obtenir son autorisation, ou disons plutôt sa nouvelle autorisation, alors nous sommes partants. Vous serez en première ligne. Mais nous pourrons vous fournir tout ce dont vous aurez besoin là-bas. Je resterai à vos côtés dans l'ombre. Ça marchera. Et puis ils le tueront et vous ne vous en remettrez jamais. J'ai vu trois de mes clients mourir, monsieur Hall, dont un dans le Mississippi. Vous ne serez plus jamais le même après.

Adam hocha la tête et sourit tout en regardant les passants sur le trottoir.

Goodman poursuivit :

— Nous serons près de vous pour vous soutenir quand ils le tueront. Vous n'aurez pas à le supporter seul.

— Il n'y a pas d'espoir ?

— Quasiment aucun. Nous parlerons de stratégie plus tard. Primo, il me faut voir Daniel Rosen. Il souhaitera très certainement avoir un long entretien avec vous. Secundo, il vous faudra rencontrer Sam, vous rendre à une petite réunion de famille, si l'on peut dire. C'est la partie la plus délicate. Tertio, s'il est d'accord, nous nous mettrons au travail.

— Merci.

— Ne me remerciez pas, Adam. Je me demande si nous continuerons à nous adresser la parole lorsque ce sera fini.

— Merci quand même.

5

La réunion fut organisée rapidement. Moins d'une heure après le premier coup de téléphone de Garner Goodman, les personnes indispensables avaient été prévenues. Quatre heures plus tard, tout le monde se retrouvait dans une petite salle de conférences, rarement utilisée, contiguë au bureau de Daniel Rosen. D'être sur le territoire de ce ponte rendait Adam nerveux.

Daniel Rosen avait la réputation d'être un fauve, bien que deux infarctus aient émoussé ses griffes et mis un frein à son appétit. Pendant trente ans, il avait été un des ténors du barreau, impitoyable, méchant, retors. Sans aucun doute un des puncheurs les plus percutants des tribunaux de Chicago. Avant ses crises cardiaques, il passait pour avoir un emploi du temps démentiel – quatre-vingt-dix heures par semaine, des réunions de travail jusqu'au milieu de la nuit. Plusieurs épouses l'avaient quitté. À une certaine époque, quatre secrétaires s'épuisaient à suivre son rythme. Daniel Rosen avait été le cœur et l'âme de Kravitz et Bane. Ce temps était révolu.

Aujourd'hui, âgé de soixante-cinq ans, lesté de quelques kilos, il dirigeait les services administratifs de Kravitz et Bane. Bureaucratie assez pesante. Ses associés lui avaient expliqué que c'était une marque d'honneur.

Un tel honneur s'était soldé par un désastre.

Rosen fit exprès de s'asseoir juste en face d'Adam, ses mains agrippant un mince dossier comme si ce dernier avait contenu un secret d'importance capitale. Garner Goodman s'installa à côté du jeune avocat et se mit à triturer son nœud papillon et à se gratter la barbe. Lorsqu'il avait téléphoné à Rosen au sujet d'Adam, en l'informant de ses ascendants familiaux, le patron avait réagi de façon hystérique.

Emmitt Wycoff se tenait au fond de la pièce, un téléphone mobile de la taille d'une boîte d'allumettes collé à son oreille. Il avait à peine cinquante ans mais paraissait beaucoup plus âgé, stressé en permanence par ce téléphone.

Rosen ouvrit son dossier et en sortit un calepin.

– Pourquoi ne pas nous avoir parlé de votre grand-père lors de notre entrevue de l'année dernière? commença-t-il d'un ton sec, le regard dur.

– Parce que vous ne me l'avez pas demandé, répondit Adam.

Goodman l'avait prévenu que la réunion pouvait être mouvementée mais que Wycoff et lui finiraient par l'emporter.

– Ne jouez pas au plus malin, gronda Rosen. Ne pensez-vous pas, monsieur Hall, que vous auriez dû nous informer de vos liens de parenté avec un de nos clients? Nous avions le droit de le savoir, n'est-ce pas, monsieur Hall?

Il avait le ton narquois qu'il réservait habituellement aux témoins qui mentaient.

– On m'a interrogé sur absolument tout, répliqua Adam calmement. Souvenez-vous des enquêtes de sécurité, des empreintes digitales. On a même parlé de sérum de vérité.

– Oui, monsieur Hall, mais votre grand-père était un des clients de ce cabinet quand vous avez demandé à y entrer et, bon sang, vous auriez dû nous en parler.

La voix de Rosen était puissante, tour à tour grave et aiguë, digne d'un magnifique acteur. Ses yeux restaient fixés sur Adam.

– Ce n'est pas ce qu'on peut appeler un grand-père ordinaire, dit Adam d'un ton suave.

– Il n'en est pas moins votre grand-père et vous saviez qu'il était notre client.

– Alors je vous prie de m'en excuser, dit Adam. Ce cabinet a des milliers de riches clients qui n'hésitent pas à dépenser une fortune pour s'offrir nos services. Il ne m'est pas venu à l'idée qu'une petite affaire d'assistance judiciaire gratuite pourrait nuire à quiconque.

– Vous essayez de nous tromper, monsieur Hall, vous avez choisi ce cabinet parce que, à l'époque, nous étions les avocats de votre grand-père. Et maintenant vous êtes ici à nous prier de vous confier le dossier. Un dossier qui, de plus, nous a mis dans l'embarras.

– Dans l'embarras ? demanda Emmitt Wycoff en repliant son téléphone pour le fourrer dans sa poche. Écoutez, Daniel, nous parlons d'un condamné à mort. Il a besoin d'un avocat, bon Dieu.

– De son petit-fils ? demanda Rosen.

– Peu importe qu'il soit son petit-fils, non ? Cet homme a un pied dans la tombe, il a besoin d'un avocat.

– Avez-vous oublié qu'il nous a éjectés ? répliqua Rosen.

– Donc il peut nous engager de nouveau.

– Écoutez, Emmitt, je dois veiller à l'image de ce cabinet. L'idée d'envoyer un de nos tout jeunes avocats dans le Mississippi pour se faire étriller et en fin de compte y perdre son client ne m'excite pas beaucoup. Franchement, monsieur Hall, vous devriez être renvoyé de chez Kravitz et Bane.

– Bonne idée, Daniel, fit Wycoff. On attaque au bulldozer pour résoudre un problème délicat. Qui sera alors l'avocat de Cayhall ? Adam est peut-être sa dernière chance.

– Grands dieux, marmonna Rosen.

– En quoi cela pourrait-il desservir l'image de notre cabinet, Daniel ? demanda Goodman.

Battre en retraite n'était pas dans les habitudes de Rosen.

– Très simple, Garner, nous n'envoyons pas nos jeunots dans le quartier des condamnés à mort. On peut les malmener, certes, essayer de les tuer à l'ouvrage, leur demander de travailler vingt heures par jour, mais nous ne les envoyons pas au feu avant qu'ils n'y soient prêts. Vous n'ignorez pas à quel point les affaires de peine de mort sont pesantes. Bon Dieu, vous avez écrit des livres là-dessus. Comment pouvez-vous penser que Mr. Hall puisse être à la hauteur.

– Je superviserai absolument tout, répondit Goodman.

– Hall est très, très bon, ajouta Wycoff. Il connaît le dossier sur le bout des doigts.

– Ça marchera, dit Goodman. Faites-moi confiance, Daniel. Je veillerai au grain.

Adam fixa Daniel Rosen. Allez-y, virez-moi, avait-il envie de dire. Allez-y, monsieur Rosen, liquidez-moi afin que je puisse enterrer mon grand-père et passer le reste de ma vie à essayer de digérer cette affaire.

– Et s'il est exécuté ? demanda Rosen à l'intention de Goodman.

– Nous avons déjà perdu quelques clients, Daniel, vous le savez bien. Trois depuis que je m'occupe des affaires d'assistance gratuite.

– Quelles sont ses chances ?

– Minces. Pour l'instant il est toujours là, grâce à un sursis octroyé par la cinquième chambre. Un sursis peut s'achever à tout moment. Avec une nouvelle date pour l'exécution. Probablement à la fin de l'été.

– Ça nous laisse peu de temps.

– En effet. Nous avons multiplié les appels pendant sept ans. On arrive au bout des recours.

– Mais pourquoi, bon Dieu, parmi tous ces condamnés à mort, avoir choisi de défendre cet emmerdeur ? demanda Rosen.

– Une longue histoire, Daniel. Sans intérêt pour le moment.

– Vous n'espérez tout de même pas éviter le tapage ? reprit Rosen en griffonnant sur son calepin des notes qui devaient être de la plus haute importance.

– On ne sait jamais.

– *On ne sait jamais,* à d'autres ! Juste avant de l'exécuter, on le rendra célèbre. La presse se jettera sur lui comme une meute de loups. Vous serez une vedette, monsieur Hall.

– Et alors ?

– Alors, ça fera vendre du papier, monsieur Hall. Je vois d'ici les titres : « Un condamné à mort sauvé in extremis par son petit-fils. »

– Arrêtez, Daniel, dit Goodman.

Rien ne pouvait l'arrêter.

– La presse ne fera qu'une bouchée de vous, monsieur Hall, n'en avez-vous pas conscience ? Les projecteurs seront braqués sur vous et sur cette famille de cinglés.

– Mais nous aimons la presse, monsieur Rosen, répliqua Adam sans se laisser impressionner. Nous sommes des avocats chevronnés. Nous savons faire notre numéro devant les photographes. Non ?

54

– Très juste, intervint Goodman. Daniel, peut-être ne devriez-vous pas laisser ce jeune homme dans l'ignorance des relations publiques. Nous pourrions lui raconter quelques-uns de vos meilleurs coups.

– C'est vrai, Daniel, sermonnez le gosse sur n'importe quoi mais surtout pas sur ces fichus médias, dit Wycoff avec un sourire carnassier.

Un court instant, Rosen parut embarrassé.

– Ce scénario me convient assez, dit Goodman en tripotant son nœud papillon. Ça peut être formidable pour nous qui travaillons gratis. Pensez-y. Un jeune avocat bataillant comme un fou pour tenter d'arracher à la mort un assassin célèbre. Or cet avocat travaille pour Kravitz et Bane.

– À mon avis, c'est une idée superbe, ajouta Wycoff.

Son téléphone s'était mis à bourdonner au fond de sa poche. Il le colla contre sa joue et tourna le dos aux autres participants de la réunion.

– Et s'il est exécuté? demanda Rosen à Goodman.

– En principe, il ne doit pas y couper, non? C'est bien la raison de sa présence dans le quartier des condamnés à mort, répliqua Goodman.

Wycoff s'arrêta de chuchoter et remit l'appareil dans sa poche.

– Il faut que je parte, dit-il en se dirigeant rapidement vers la porte. Où en sommes-nous?

– Je ne suis toujours pas convaincu, dit Rosen.

– Daniel, Daniel, vous êtes vraiment entêté, dit Wycoff en s'appuyant des deux mains sur le rebord de la table. Vous savez pertinemment que c'est une bonne idée. Vous êtes furieux de n'en avoir pas été informé dès le départ.

– C'est vrai. Il nous a trompés et maintenant il se sert de nous.

Adam soupira et secoua la tête.

– Allons, allons, Daniel, ajouta Wycoff. Cet entretien s'est déroulé voici un an. C'est du passé. Oublions ça. Nous avons des problèmes plus urgents à résoudre. Ce garçon est intelligent. Il travaille dur. Il sait s'y prendre. Il se documente avec minutie. Nous avons de la chance de l'avoir. D'accord, sa famille n'est pas des plus séduisantes. Mais nous n'allons sûrement pas renvoyer tous les avocats ayant des problèmes familiaux, dit Wycoff en souriant à Adam. Sans compter que les secrétaires le trouvent plutôt mignon. On va l'expédier dans le Sud pour quelques mois, puis il nous reviendra dès que possible. J'ai besoin de lui. Bon, je file.

Le silence se fit dans la pièce. Rosen gribouilla quelques mots sur son calepin puis il le lâcha et referma le dossier. Adam se sentait un peu triste pour lui. Voici donc le vieux lion, le fameux Rosen de Chicago, cette figure légendaire du prétoire qui pendant trente ans fit basculer les jurys, terrifia ses adversaires, et intimida les juges, assis maintenant comme un vulgaire scribouillard pour savoir s'il fallait confier ou non un projet d'assistance judiciaire gratuite à un gamin. Adam entrevoyait fort bien l'aspect ironique et pitoyable de la situation.

– Je suis d'accord, monsieur Hall, dit Rosen d'une voix sourde qui ressemblait presque à un soupir. Mais je vous promets qu'il y aura une suite : quand l'affaire Cayhall sera bouclée, je demanderai qu'on vous renvoie de chez Kravitz et Bane.

– Ce ne sera sans doute pas nécessaire, dit Adam vivement.

– Vous vous êtes présenté devant nous en nous jouant la comédie, poursuivit Rosen.

– Je m'en suis déjà excusé. Ça n'arrivera plus.

– Et vous jouez maintenant au plus malin.

– Comme vous, monsieur Rosen. Montrez-moi un avocat qui ne joue pas au plus malin dans ses plaidoiries.

– Charmant. Amusez-vous bien avec l'affaire Cayhall, monsieur Hall, parce que ce sera votre dernier travail pour ce cabinet.

– Vous voudriez que je prenne plaisir à une exécution ?

– Du calme, Daniel, dit doucement Goodman. Du calme. Personne ne sera renvoyé d'ici.

Rosen tendit un index furieux en direction de Goodman.

– Je jure que je demanderai son renvoi.

– Parfait. Je porterai ce litige devant le comité et nous aurons une énorme bagarre. D'accord ?

– Je n'en peux plus d'attendre, gronda Rosen en sautant sur ses pieds. J'aurai réuni assez de voix d'ici la fin de la semaine. Bonjour !

Il sortit en claquant la porte.

Goodman et Adam fixaient les rangées de manuels

juridiques parfaitement alignés sur des étagères. Silence.

– Merci, dit finalement Adam.

– Pas un mauvais gars, somme toute, dit Goodman.

– Un vrai petit cœur.

– Il souffre réellement, il est déprimé, frustré. Nous ne savons que faire de lui.

– Avez-vous pensé à la retraite?

– Jusqu'à maintenant aucun associé n'a pris sa retraite de force. Pour des raisons évidentes, c'est un précédent que nous aimerions éviter.

– Est-il sérieux quand il parle de me virer?

– Ne vous inquiétez pas, Adam. Ça n'arrivera pas. Je vous le promets. Vous avez eu tort de ne pas nous dire ce que vous saviez, mais c'est un péché véniel. Ne vous faites pas de souci concernant Rosen. Je doute qu'il soit encore à ce poste dans trois mois.

Adam respira un bon coup et fit le tour de la table. Goodman avait retiré le capuchon de son stylo et commençait à écrire.

– Nous n'avons pas beaucoup de temps, Adam.

– Je le sais.

– Quand pensez-vous partir?

– Demain. Je ferai ma valise ce soir.

– Le dossier pèse cinquante kilos. On le photocopie en ce moment. Je vous l'enverrai demain.

– Parlez-moi du cabinet de Memphis.

– L'associé responsable là-bas s'appelle Baker Cooley, il vous attend. On vous fournira un petit bureau et une secrétaire. On essaiera de vous aider dans la mesure du possible. Ils ne sont pas particulièrement doués lorsqu'il s'agit de procès d'assises.

– Combien y a-t-il d'avocats?

– Douze. C'est un petit cabinet que nous avons absorbé il y a dix ans. Personne ne sait plus pourquoi. De bons avocats. Les vestiges d'un vieux cabinet qui avait prospéré grâce au commerce du coton et des céréales. Je pense que ça doit être le lien avec Chicago. De toute façon, c'est flatteur sur du papier à lettres. Avez-vous déjà été à Memphis?

– Je suis né là-bas, vous l'auriez oublié?

– Ah oui, c'est juste.

– J'y suis allé une fois. J'ai rendu visite à ma tante, il y a quelques années.

– C'est une vieille ville au bord du fleuve, très provinciale. Vous la trouverez agréable.

Adam s'assit de l'autre côté de la table, face à Goodman.

– Comment, dans les mois qui m'attendent, pourrais-je trouver quoi que ce soit d'agréable ?

– C'est vrai. Vous devrez vous rendre dans le quartier des condamnés à mort aussitôt que possible.

– J'y serai après-demain.

– Bien. J'appellerai le directeur. Il se nomme Phillip Naifeh, un Libanais. Il y en a pas mal dans le delta. C'est un vieil ami. Je lui annoncerai votre arrivée.

– Le directeur est de vos amis ?

– Oui. Cela nous ramène à plusieurs années en arrière, à Maynard Tole, un petit gars vicieux qui fut ma première victime au cours de cette guerre. Si ma mémoire est bonne, il a été exécuté en 1986. Mon amitié avec le directeur date de cette période. Vous ne me croirez pas, mais il est contre la peine de mort.

– Incroyable, effectivement.

– Il a horreur des exécutions. Vous allez découvrir quelque chose, Adam. Bien que la peine de mort soit très populaire dans notre pays, les gens qui sont chargés d'exécuter la sentence ne l'aiment guère. Vous allez les rencontrer : les gardiens proches des condamnés, les responsables chargés de veiller au bon déroulement de l'exécution, les fonctionnaires qui peaufinent les moindres détails un mois à l'avance.

– Il me tarde d'être sur place.

– Je parlerai au directeur et vous obtiendrez un droit de visite. Habituellement, on vous donne deux heures. Bien entendu, ça peut durer cinq minutes, si Sam ne veut pas d'avocat.

– Il me parlera, non ?

– Je le crois. La réaction de cet homme me semble imprévisible, mais il vous parlera. Il vous faudra probablement plusieurs visites pour le convaincre, mais vous y parviendrez.

– Quand l'avez-vous vu pour la dernière fois ?

– Il y a deux ans. Wallace Tyner et moi sommes descendus là-bas. Il faudra vous mettre bien avec Tyner. C'était lui le grand responsable de l'affaire durant les six dernières années.

Adam acquiesça et passa à autre chose. Il avait consacré neuf mois à questionner Tyner.

– Par quoi va-t-on commencer?

– Nous en parlerons plus tard. Tyner et moi devons nous rencontrer demain matin pour nous remettre l'affaire en mémoire. Tout restera néanmoins en suspens jusqu'à ce que nous ayons de vos nouvelles. S'il ne veut pas de vous comme avocat, il n'y aura plus rien à faire.

Adam songeait aux photos dans les journaux, celles en noir et blanc de 1967, quand Sam Cayhall avait été arrêté, et celles des magazines en couleurs lors du troisième procès en 1981, ainsi qu'aux bouts de films qu'il avait rassemblés pour faire un montage vidéo d'une trentaine de minutes.

– À quoi ressemble-t-il?

Goodman reposa son stylo sur la table.

– Taille moyenne. Mince – mais l'on voit rarement des gens gras dans le quartier des condamnés à mort. Il fume comme un pompier. Un tabac très fort, des Montclair, je crois, dans un paquet bleu. Ses cheveux gris sont gras, si je me souviens bien. Assez longs dans le dos, mais c'était il y a deux ans. Les condamnés ne prennent pas une douche tous les jours. La barbe grise également. Il est assez ridé, mais il approche des soixante-dix ans. Sans parler des cigarettes. Vous remarquerez que les Blancs dans le quartier des condamnés à mort sont pires que les Noirs. Ils restent enfermés vingt-trois heures par jour. Ils ressemblent à des cachets d'aspirine. Vraiment pâles, livides, l'air presque maladif. Sam a les yeux bleus, de beaux traits. Il a dû être bel homme.

– Après la mort de mon père, lorsque j'ai appris la vérité sur Sam, j'ai posé un tas de questions à ma mère. Elle ne m'a pas donné beaucoup de réponses. Pourtant, elle m'a dit qu'il y avait une ressemblance physique entre Sam et mon père.

– Sûrement pas entre vous et Sam, si c'est ce que vous voulez savoir.

– Oui, j'imagine.

– Il ne vous a pas vu depuis que vous étiez au berceau, Adam, il ne vous reconnaîtra pas. Vous n'aurez pas cette facilité. Vous serez obligé de le lui dire.

Adam contemplait la table, l'œil éteint.

– Vous avez raison. Comment réagira-t-il ?

– Alors là... Je suppose qu'il sera trop surpris pour dire quelque chose dans l'instant. Mais c'est quelqu'un d'intelligent, peu aimable, mais cultivé. Il sait s'exprimer. Il trouvera quelque chose.

– J'ai l'impression que vous l'aimez presque.

– Mais non. C'est un horrible raciste, un fanatique, il n'a manifesté aucun remords.

– Vous êtes sûr qu'il est coupable ?

Goodman émit un grognement et sourit intérieurement. Trois procès avaient eu lieu pour prouver la culpabilité ou l'innocence de Sam Cayhall. Pendant neuf ans, cette affaire avait été soumise à d'innombrables cours d'appel et étudiée par de nombreux juges, des milliers d'articles dans les journaux et les magazines avaient décortiqué l'attentat et la personnalité de ses auteurs.

– Un jury l'a pensé et j'imagine que c'est ce qui importe.

– Mais qu'en est-il pour vous ? Que pensez-vous ?

– Vous avez lu le dossier, Adam. Vous vous êtes penché sur cette affaire assez longtemps. Sam a certainement pris part à l'attentat.

– Mais ?

– Il y a beaucoup de mais. Il y en a toujours.

– Il ignorait le maniement des explosifs.

– Exact. Mais il appartenait au groupe terroriste du KKK et à l'époque ces gens étaient déchaînés. Après son arrestation les attentats ont cessé.

– Mais dans l'un des attentats qui ont précédé celui des Kramer, un témoin a soutenu avoir vu deux hommes dans la Pontiac verte.

– Exact. Mais ce type n'a pas eu l'autorisation de témoigner au procès. Il avait ce jour-là quitté un bar à trois heures du matin.

– Un autre témoin, un routier, a affirmé avoir vu Sam et un autre type parler dans une cafétéria à Cleveland quelques heures avant l'explosion.

– Encore exact. Mais ce routier n'a pas pipé mot pendant trois ans et n'a donc pu témoigner au dernier procès. Trop de temps s'était écoulé.

– Donc, qui était le complice de Sam ?

– Ça m'étonnerait qu'on le sache un jour. Écoutez, Adam, Sam est allé trois fois en cour d'assises et a toujours refusé de témoigner. Il n'a pratiquement rien dit à la police, peu de chose à ses avocats, pas un mot aux jurys et rien de nouveau au cours des sept dernières années.

– Pensez-vous qu'il a agi seul?

– Non. On l'a aidé. Sam a de lourds secrets sur la conscience, Adam. Mais il ne les dévoilera pas. En tant que membre du KKK, il a fait un serment et il s'accroche à cette notion romantique, assez tordue, qu'un serment est sacré et ne peut être violé. Son père était également membre du KKK, le saviez-vous?

– Évidemment. Inutile de me le rappeler.

– Désolé. De toute façon il est trop tard pour partir en chasse dans l'espoir de trouver de nouvelles preuves. S'il avait effectivement un complice, il aurait dû le dire il y a longtemps. Peut-être aurait-il dû en parler au FBI, passer un accord avec l'accusateur public. Je ne sais pas, mais, lorsqu'on est accusé de deux meurtres passibles de la peine de mort, en général les gens commencent à parler. Ils parlent, Adam. On sauve sa peau et on laisse le copain s'arranger avec la sienne.

– Et s'il n'y avait pas de complice?

– Il y en avait un.

Goodman sortit son stylo et écrivit un nom sur un morceau de papier. Il le glissa sur la table en direction d'Adam:

– Wyn Lettner. Ce nom m'est familier.

– Lettner était l'homme du FBI chargé de l'affaire Kramer. Il est maintenant à la retraite et vit dans les Ozarks près d'une rivière à truites. Il aime raconter des histoires sur ses combats contre le KKK dans le Mississippi, à l'époque des droits civiques.

– Il voudra bien me parler?

– Certainement. C'est un grand amateur de bière et lorsqu'il est un peu gris il raconte des histoires incroyables. Il ne vous dira rien de confidentiel mais il en connaît davantage sur l'attentat Kramer que n'importe qui d'autre. J'ai toujours soupçonné qu'il en savait plus qu'il n'en disait.

Adam replia le morceau de papier et le glissa dans sa poche. Il jeta un coup d'œil à sa montre. Il était presque six heures.

– Je dois me dépêcher. Il faut que je boucle ma valise et le reste.

– Appelez-moi aussitôt que vous aurez vu Sam.

– Bien sûr. Puis-je ajouter quelque chose ?

– Évidemment.

– Au nom des miens, qu'ils soient à mes côtés ou pas, et au nom de mon malheureux père, j'aimerais vous remercier, vous et votre cabinet, pour tout ce que vous avez fait. Je vous admire réellement.

– Merci. Moi aussi, je vous admire. Maintenant, filez.

6

Le deux-pièces était aménagé dans un loft au-dessus d'un entrepôt 1900 proche du centre-ville. Le quartier était réputé pour sa criminalité mais passait pour sûr durant la journée.

Adam détestait cet endroit.

Un poste de télévision était posé sur une petite table en aluminium contre le mur. Adam, assis sur le sofa, en short, tenait la commande à distance. Autour du halo bleuté de l'écran, l'appartement baignait dans la pénombre. Il était minuit passé. Adam regardait la bande vidéo qu'il avait montée au cours des dernières années – « Aventures d'un terroriste du KKK ». Elle commençait par un reportage diffusé le 3 mars 1967, au matin de la nuit où une synagogue avait été rasée par une explosion. La journaliste précisait que c'était le quatrième attentat commis contre des cibles juives au cours des deux derniers mois. Une pelleteuse rugissait derrière elle au milieu des décombres. Le FBI avait fort peu d'indices, et rien à communiquer à la presse. Pour conclure, la journaliste déclarait gravement que la campagne d'attentats du KKK continuait.

La séquence suivante concernait l'attentat Kramer. Elle s'ouvrait sur le hurlement des sirènes et les images de la police écartant la foule du lieu de l'explosion. Un journaliste d'une chaîne locale et son cameraman étaient arrivés sur les lieux assez vite pour filmer les premiers moments de panique. Des gens couraient dans tous les sens. Un lourd nuage de poussière grisâtre flottait au-dessus des chênes plantés devant l'immeuble.

Les arbres abîmés, dénudés, étaient restés debout. Hors champ, des voix criaient au feu. L'image se mit à danser avant de se fixer sur l'immeuble voisin où une épaisse fumée s'échappait d'un mur endommagé. Le journaliste en avait le souffle coupé. Il bafouillait et décrivait de façon incohérente l'horreur de la scène. Il montrait du doigt un endroit, puis un autre. La caméra avait du mal à suivre et l'image tressautait. Un gigantesque tohu-bohu venait de mettre la petite ville de Greenville sens dessus dessous. C'était un moment historique.

Une demi-heure plus tard, sous un angle différent, et d'une voix mieux assurée, le reporter commentait les efforts désespérés des sauveteurs qui tentaient d'extraire Marvin Kramer des décombres. La police avait étendu son cordon de sécurité et repoussait la foule. Les pompiers et les sauveteurs soulevaient le corps pour le placer sur un brancard et le sortir des gravats. Cadrage sur l'ambulance qui s'éloignait rapidement. Puis une heure plus tard, encore sous un autre angle, le même journaliste, calme et grave, devant les civières des deux petites victimes, recouvertes d'un drap, portées avec précaution par les pompiers.

La bande vidéo passait sans transition de l'attentat à la façade d'une prison. Pour la première fois, on apercevait Sam Cayhall, menottes aux mains, qui s'engouffrait dans une voiture en stationnement.

Comme toujours, Adam pressa le bouton qui lui permettait de repasser la brève séquence où Sam apparaissait. C'était en 1967, vingt-trois ans plus tôt. Sam avait alors quarante-six ans. Ses cheveux noirs étaient coupés court comme le voulait la mode de ces années-là. Il portait un petit pansement sous l'œil gauche. Dès qu'il apercevait l'objectif de la caméra, il s'en détournait. Il marchait rapidement pour rester à la hauteur de l'inspecteur de police. Les gens le dévisageaient, prenaient des photos, l'interpellaient. Il ne se retournait qu'à une seule reprise. Adam arrêtait toujours le film sur cette image et scrutait pour la énième fois le visage de son grand-père. La prise de vues était en noir et blanc, pas très nette, mais les deux hommes se regardaient un instant dans les yeux.

1967. Si Sam avait quarante-six ans, Eddie en avait vingt-quatre, Adam presque trois. Il s'appelait alors Alan. Alan Cayhall. Bientôt il s'établirait dans un État lointain où un juge signerait un décret lui permettant de prendre un nouveau nom. Adam avait souvent visionné ce film. Il se demandait où il se trouvait au moment précis où les enfants Kramer avaient été tués, le 21 avril 1967, à sept heures quarante-six du matin. À l'époque, sa famille vivait dans une petite maison à Clanton et, selon toute probabilité, il dormait profondément, pas très loin du regard de sa mère. Il avait presque trois ans et les jumeaux, Josh et John, en avaient cinq.

Suivait une série d'archives, des séquences très courtes. On faisait monter Sam dans toutes sortes de véhicules pour le conduire en prison ou au palais de justice. Menottes aux poignets, toujours. Le regard avait pris l'habitude de fixer le sol à quelques pas devant lui. Visage inexpressif. Il ignorait les journalistes, ne répondait jamais à leurs questions, n'ouvrait jamais la bouche. Il se déplaçait rapidement, surgissant soudain d'une porte pour se jeter dans des voitures en stationnement.

Ces deux premiers procès avaient été largement couverts par les informations télévisées. Au cours des années, Adam était parvenu à rassembler la plupart des prises de vues et en avait fait un soigneux montage. On y voyait le visage caricatural de Clovis Brazelton, ce matamore ne manquait jamais de pérorer devant la presse. Les séquences sur Brazelton, au cours des années, avaient été montrées partout. Adam méprisait ce type. Il y avait des vues nettes, rapides, des pelouses devant le palais de justice avec la foule de curieux, les policiers armés jusqu'aux dents et les membres du KKK avec leur robe, leur capuche médiévale et leur sinistre cagoule. On apercevait Sam de temps à autre, toujours pressé, évitant les caméras en se dissimulant derrière un inspecteur corpulent. Après le second procès, qui s'était terminé comme le premier sur un désaccord du jury, Marvin Kramer avait arrêté son fauteuil roulant sur le trottoir, devant le palais de justice. On le voyait, les larmes aux yeux, s'en prendre à Sam Cayhall, au Ku Klux Klan et au système judiciaire pourri du Mississippi. Comme la caméra continuait de le filmer, Marvin, repérant deux membres du KKK dans leur déguisement, pas très loin de lui, commençait à les injurier. L'un d'eux lui répondait mais la phrase se perdait dans le brouhaha. Adam avait essayé désespérément de comprendre ce qu'avait dit l'homme du KKK. En vain.

Cette réponse resterait à jamais inintelligible. Deux ans plus tôt, alors qu'il faisait son droit, Adam avait retrouvé un des journalistes présents au moment de la scène, celui qui tenait un micro près du visage de Marvin. Selon lui la réponse, lancée depuis la pelouse, parlait d'un certain désir de lui « péter » les membres qui lui restaient. Cette phrase grossière, cruelle, avait dû être réellement prononcée car le film montrait Marvin perdant tout contrôle. Il lançait des obscénités aux hommes du KKK qui s'éloignaient. Puis il se mettait à les poursuivre en actionnant frénétiquement les roues métalliques de son fauteuil. Il criait, les injuriait, pleurait. Sa femme et quelques amis tentaient de le calmer, de le retenir. Il parcourait une dizaine de mètres avec sa femme qui courait derrière lui. La caméra continuait de filmer. Là où le trottoir s'arrêtait pour faire place à la pelouse, le fauteuil roulant basculait et Marvin tombait lourdement sur le gazon, à côté d'un arbre. Le plaid découvrait ses moignons. Sa femme et ses amis se jetaient alors sur lui et, durant un instant, il disparaissait du champ. Tandis que la caméra faisait un travelling pour cadrer les deux hommes du KKK – l'un était plié en deux à force de rire et l'autre figé sur place –, une étrange plainte se faisait entendre au milieu du petit groupe rassemblé sur la pelouse. Marvin gémissait mais à la façon aiguë, stridente, d'un dément.

La première fois qu'il avait vu Marvin tomber sur le sol, gémissant et hurlant, Adam n'avait pu retenir ses larmes. Aujourd'hui, ces images et ces sons lui nouaient encore la gorge mais cela faisait longtemps qu'il ne pleurait plus. Ce montage était son œuvre. Il ne l'avait montré à personne. Mais il l'avait trop vu pour pleurer encore.

La technologie avait fait d'immenses progrès entre 1968 et 1981. Les images du troisième et dernier procès de Sam Cayhall étaient bien plus nettes, bien plus contrastées. Février 1981, dans une jolie petite ville, sur une place animée, devant un palais de justice de brique rouge un peu désuet. Le froid intense avait découragé la foule des badauds et des manifestants. Une séquence, enregistrée le premier jour du procès, montrait trois hommes du KKK, portant leur cagoule, autour d'un petit brasier. Ils frottaient leurs mains et ressemblaient à des fêtards de carnaval plutôt qu'à de terribles voyous.

Une douzaine de policiers en uniforme bleu les surveillaient.

À l'époque, la campagne pour les droits civiques appartenait déjà à l'histoire. Du coup, le troisième procès de Sam Cayhall attirait davantage les médias que les deux premiers. On tenait un membre authentique du KKK, un terroriste en chair et en os de l'époque lointaine des droits civiques et des attentats contre les églises. On avait exhumé un vestige de ces jours infamants pour le traîner en justice. On ne manquait pas de faire le rapprochement avec les criminels de guerre nazis.

Sam n'avait pas été incarcéré lors de ce dernier procès. C'était un homme libre et cette liberté rendait encore plus difficile le travail des cameramen. De furtives images le montraient s'engouffrant par différentes portes du palais de justice. Il avait bien vieilli. Ses cheveux, devenus gris, étaient toujours coupés court et bien coiffés. Il semblait avoir épaissi mais était en pleine santé. Il se déplaçait avec agilité pour monter et descendre de voiture afin d'éviter les journalistes. Un cameraman l'avait surpris au moment où il sortait par une porte latérale du tribunal. Adam arrêta la bande à l'instant où Sam fixait la caméra.

Un grand nombre des séquences du troisième et dernier procès tournaient autour d'un jeune procureur imbu de sa personne, nommé David McAllister. Un joli garçon qui portait des complets sombres. Son sourire mécanique découvrait une rangée de dents parfaites. David McAllister avait de grandes ambitions politiques. Son apparence, ses cheveux, son menton, sa voix grave, ses paroles suaves produisaient un effet hypnotique sur les journalistes.

En 1989, c'est-à-dire huit ans après le procès, David McAllister s'était fait élire gouverneur de l'État du Mississippi. Personne ne s'était montré surpris de l'axe majeur de son programme : davantage de prisons, des sanctions plus lourdes et la nécessité proclamée de la peine de mort. Adam le méprisait, mais il savait que dans quelques semaines, peut-être moins, il se retrouverait dans son bureau pour demander la grâce de Sam.

Le film se terminait avec Sam, menotté, sortant du palais de justice après que le jury l'eut condamné à mort. Son visage n'exprimait rien. Son avocat paraissait en état de choc. Il faisait quelques commentaires d'une étonnante banalité. En conclusion, le présentateur déclarait que Sam serait conduit, quelques jours plus tard, dans le quartier des condamnés à mort.

Adam enfonça le bouton de réembobinage et contempla l'écran vide. Derrière le sofa se trouvaient trois boîtes en carton qui contenaient le reste de cette histoire : les minutes des trois procès, la photocopie des procédures, et des centaines d'articles de presse relatant les activités de Sam en tant que membre du KKK, sans oublier des rapports et des documents sur la peine de mort et les notes qu'Adam avait rédigées à la faculté de droit. Celui-ci connaissait plus de choses sur son grand-père que n'importe qui d'autre.

Il savait néanmoins qu'il n'avait fait que gratter la surface. Il enfonça une autre touche et se repassa le film une fois encore.

7

L'enterrement d'Eddie Cayhall eut lieu dans une petite chapelle de Santa Monica, moins d'un mois après la condamnation à mort de Sam. Peu d'amis, et presque aucun parent pour assister à la cérémonie. Adam était assis au premier rang entre sa mère et sa sœur. Comme toujours, sa mère se montra stoïque. De temps en temps, des larmes lui montaient aux yeux. Elle s'était séparée et réconciliée si souvent avec son mari que les enfants ne savaient plus trop ce qu'il en était des rapports entre leurs parents. Pas de scènes de violence, mais une union sans cesse au bord de la rupture – menaces de divorce, projets de divorce, conversations sérieuses et difficiles avec les enfants au sujet du divorce, pourparlers à propos du divorce, demandes de divorce, interruptions de la procédure de divorce, réconciliation et serments solennels. Au cours du troisième procès de Sam Cayhall, la mère d'Adam avait réintégré précipitamment la petite maison familiale. Eddie avait arrêté de se rendre à son travail et s'était enfermé une fois de plus dans son petit univers de ténèbres. Adam pressait sa mère de questions. Elle se contentait de lui expliquer en quelques mots que papa traversait de nouveau un « moment difficile ». Les rideaux étaient tirés, les stores baissés, les lampes éteintes, la télévision débranchée. Tout le monde parlait d'une voix étouffée. La famille devait supporter un nouveau moment difficile d'Eddie.

Trois semaines après la condamnation de Sam, Eddie s'était donné la mort. Il s'était suicidé dans la chambre d'Adam un jour où il savait que celui-ci serait le premier à être de retour à la maison. Il avait laissé un mot par terre pour demander à son fils de tout nettoyer et de remettre de l'ordre avant l'arrivée des femmes.

Carmen avait alors quatorze ans, trois ans de moins qu'Adam. Elle avait été conçue dans le Mississippi mais était née en Californie après le départ en catastrophe de ses parents pour la côte Ouest. À sa naissance, Eddie avait obtenu le droit de changer son nom de famille, substituant Hall à Cayhall. Alan était devenu Adam. La famille vivait dans un trois-pièces dans le quartier est de Los Angeles. Des draps sales pendaient aux fenêtres. Adam se souvenait encore de ces vieux draps troués. C'était le premier d'une série de logements provisoires.

Lors des funérailles, près de Carmen, au premier rang, se trouvait une femme mystérieuse qu'on appelait tante Lee. C'était l'unique sœur d'Eddie. Il n'y avait pas d'autres enfants. Très tôt, on avait appris à Adam et à Carmen à ne pas poser de questions sur la famille, mais le nom de Lee revenait de temps en temps. Elle vivait à Memphis où elle avait épousé l'héritier d'une famille fortunée. Elle avait un enfant. Elle ne voyait plus Eddie depuis une ancienne dispute. Adam et sa sœur, mais surtout Adam, avaient très envie de faire la connaissance d'une parente. Puisque tante Lee était la seule dont le nom revenait quelquefois, ils avaient imaginé un tas de choses à son propos. Ils étaient impatients de la rencontrer, mais Eddie les en avait toujours empêchés : sa sœur n'était pas gentille, disait-il. Leur mère en revanche leur avait glissé à l'oreille que Lee était en réalité fort gentille, leur promettant qu'elle les emmènerait un jour à Memphis lui rendre visite.

Ce fut Lee qui vint en Californie pour enterrer son frère. Elle resta une quinzaine de jours après l'enterrement. Le temps de mieux connaître sa nièce et son neveu. Les adolescents l'aimaient parce qu'elle était jolie et décontractée. Elle portait blue-jean et tee-shirt et marchait pieds nus sur la plage. Elle les emmena dans les magasins, au cinéma. Ils firent de longues balades avec elle au bord de l'océan. Elle s'excusa de ne pas être venue les voir plus tôt. Elle en avait exprimé le souhait, affirma-t-elle, mais Eddie s'y était opposé.

Tante Lee, assise avec Adam au bout de la jetée, regardant le soleil s'enfoncer dans le Pacifique, finit par lui parler de son grand-père, Sam Cayhall. Comme les vagues déferlaient doucement en contrebas, Lee expliqua à Adam que, bébé, il avait vécu un certain temps dans une petite ville du Mississippi. Elle lui tenait la main et de temps en temps lui caressait le genou tandis qu'elle lui révélait la triste histoire de leur famille. Elle fit un rapide résumé des activités de Sam en tant que membre du KKK, de l'attentat du cabinet Kramer et des procès qui devaient envoyer son propre père dans le quartier des condamnés à mort. Son récit était loin d'être exhaustif, mais elle exposa les points forts avec énormément de délicatesse.

Adam, adolescent fragile de dix-sept ans, tout juste orphelin de son père, prit la chose relativement bien. Il posa quelques questions, serré contre sa tante parce qu'une brise fraîche s'était levée. En fait il n'était ni vraiment bouleversé ni vraiment furieux mais plutôt fasciné. Curieusement, cette histoire atroce le comblait. En fin de compte, il avait bien une famille ! Après tout, peut-être n'était-il pas si anormal qu'il le pensait. Peut-être y avait-il des tantes, des oncles, des cousins dont il pourrait partager la vie et les histoires, de vieilles maisons construites par des ancêtres en chair et en os, des terres et des fermes sur lesquelles il pourrait s'installer. Il y avait donc un passé.

Lee avait assez de finesse et de psychologie pour s'apercevoir de l'intérêt qu'Adam prenait à ces choses. Elle lui expliqua que les Cayhall étaient des gens secrets, étranges, qui aimaient la solitude et fuyaient la société. Ils n'appartenaient pas à ces familles chaleureuses et hospitalières qui se rassemblent à la Noël et pour la fête de l'Indépendance. Elle-même, à l'époque, vivait à une heure de Clanton et pourtant elle ne les voyait jamais.

Au cours de la semaine suivante, la promenade du soir sur le chemin de la jetée devint un rituel. Ils s'arrêtaient au marché, achetaient quelques grappes de raisin et crachaient les pépins dans l'océan. Lee parlait de son enfance dans le Mississippi avec son petit frère Eddie. Ils habitaient alors une ferme à un quart d'heure de Clanton. Il y avait des mares pour pêcher et des poneys pour se promener. Sam était un bon père, peu autoritaire et peu démonstratif. Sa mère n'aimait guère ce mari mais adorait ses enfants. Elle avait perdu un nouveau-né alors que Lee avait six ans et Eddie presque quatre. Elle avait dû garder la chambre pendant un an. Sam avait engagé une Noire pour s'occuper des deux enfants. Sa mère était morte d'un cancer et c'était la dernière fois que les Cayhall s'étaient retrouvés. Eddie avait suivi de loin l'enterrement, évitant de se faire voir. Trois ans plus tard, Sam était arrêté pour la dernière fois et condamné à mort.

Lee avait peu de chose à dire sur sa propre vie. À dix-huit ans, elle avait quitté la maison sur un coup de tête. C'était juste après son bac. À Nashville, elle avait tenté de devenir une chanteuse célèbre. Puis elle avait rencontré Phelps Booth, un jeune homme dont la famille possédait des banques. Les deux jeunes gens s'étaient mariés, menant une existence assez misérable à Memphis. Ils avaient eu un fils, Walt, qui, par la suite, s'était montré extrêmement difficile. Il vivait actuellement à Amsterdam. Lee n'avait pas donné d'autres détails.

Adam n'en aurait pas juré mais il soupçonnait que Lee s'était transformée en quelque chose d'autre qu'une Cayhall. Qui aurait pu la blâmer?

Lee partit aussi rapidement qu'elle était venue, aucune embrassade, aucun adieu. Elle quitta leur maison avant l'aube et ce fut fini. Elle téléphona deux jours plus tard et demanda à parler à Adam et à Carmen. Elle les encouragea vivement à lui écrire, ce qu'ils firent de bon cœur mais les coups de téléphone et les lettres de leur tante s'espacèrent rapidement. L'espoir d'une nouvelle relation s'évanouit. Leur mère tenta de trouver des excuses à sa belle-sœur. À son avis, Lee était quelqu'un de bien, mais ce n'en était pas moins une Cayhall. Elle était donc sujette à des accès de mélancolie qui perturbaient son comportement. Adam en fut foudroyé.

Durant l'été qui suivit la fin de ses études, Adam et une de ses amies traversèrent le pays pour se rendre à Key West. Ils s'arrêtèrent à Memphis et passèrent deux nuits chez tante Lee. Elle vivait seule dans une résidence ultramoderne située sur un promontoire dominant le fleuve. Ils restèrent tous les trois assis pendant des heures sur la terrasse à manger des pizzas, à boire de la bière, à regarder les péniches et à parler de tout. Sauf de la famille. Adam était très excité après son succès à la faculté de droit et Lee l'interrogeait avec beaucoup d'intérêt sur ses projets d'avenir. Elle était chaleureuse, drôle et volubile, une tante et une hôtesse parfaite. Quand elle le prit dans ses bras pour lui dire au revoir, des larmes lui montèrent aux yeux et elle lui demanda de revenir la voir.

Adam et son amie évitèrent le Mississippi. Ils se dirigèrent vers l'est en direction du Tennessee et des Smoky Mountains. À un moment donné, selon les calculs d'Adam, ils se trouvèrent à moins de cent cinquante kilomètres de Parchman, autrement dit du quartier des condamnés à mort qui abritait Sam Cayhall. Cela remontait à quatre ans, à l'été 1986. Adam avait déjà rempli un grand carton de documents concernant son grand-père et le montage de son film d'archives était presque terminé.

La conversation téléphonique qu'avaient eue la veille au soir la tante et le neveu avait été fort brève. Adam avait annoncé sa venue à Memphis pour un séjour de quelques mois et son désir de la rencontrer. Lee l'invita chez elle. Elle avait quatre chambres à coucher et une femme de ménage à mi-temps. Elle insista pour qu'il vienne vivre sous son toit. C'est alors qu'il lui précisa l'objet de son travail : l'affaire Cayhall. Silence au bout du fil. L'invitation fut renouvelée mais avec beaucoup moins d'enthousiasme. Il fallait parler de tout cela ensemble.

Adam pressa le bouton de la sonnette quelques minutes après neuf heures et jeta un coup d'œil à la Saab décapotable. La résidence n'était en fait qu'une rangée de maisons semblables accolées les unes aux autres et coiffées de tuiles. Un large mur de brique, surmonté d'une solide grille, protégeait les toits. Un garde armé se tenait devant l'unique entrée. S'il n'y avait pas eu la magnifique vue sur le fleuve, ce lotissement résidentiel n'aurait présenté aucun intérêt.

Lee ouvrit la porte et ils s'embrassèrent sur les joues.

– Salut. Fatigué ?

– Pas vraiment. Il faut dix heures, j'en ai mis douze. Je n'étais pas pressé.

– As-tu faim ?

– Non. Je me suis arrêté il y a quelques heures.

Elle avait maintenant près de cinquante ans et avait

beaucoup vieilli au cours de ces quatre dernières années. Ses cheveux châtains grisonnaient. Elle les portait en queue-de-cheval. Ses beaux yeux étaient striés de rouge et cernés par des rides. Elle portait un gilet trop grand pour elle et un jean décoloré. Lee était toujours aussi relax.

– Ça fait plaisir de te voir, dit-elle avec un charmant sourire.

– Vraiment?

– Mais bien sûr, voyons. Allons nous asseoir sur la terrasse.

Elle lui prit la main. Des bougainvillées et des fougères poussaient dans des corbeilles suspendues aux poutres. Le fleuve coulait en contrebas. Ils s'assirent dans des fauteuils à bascule, en osier, peints en blanc.

– Comment va Carmen? demanda-t-elle en se saisissant d'un pot de faïence pour verser du thé glacé.

– Bien. Elle finit ses études à Berkeley. Nous nous contactons une fois par semaine. Elle sort avec un type bien.

– Elle étudie quoi? J'ai oublié.

– Psychologie. Elle voudrait passer son doctorat et s'orienter vers l'enseignement.

Il y avait beaucoup de citron dans le thé et peu de sucre. Adam le buvait par petites gorgées. L'air était encore lourd et chaud.

– Il est presque dix heures, dit-il, comment se fait-il qu'il fasse encore si chaud?

– Bienvenue à Memphis, mon chéri. On va rôtir jusqu'à la fin septembre.

– Je ne le supporterai pas.

– Tu t'y habitueras, d'une façon ou d'une autre. On boit des litres de thé et on reste enfermé chez soi. Comment va ta mère?

– Toujours à Portland. Elle a épousé un type qui a fait fortune dans le bois de charpente. Je l'ai vu une fois. Il a probablement soixante-cinq ans mais on pourrait lui en donner soixante-dix. Ma mère en a quarante-sept et en paraît quarante. Un très beau couple. Ils prennent l'avion pour un oui, pour un non, Saint Barts, le sud de la France, Milan, partout où les gens riches doivent se montrer. Elle est très heureuse. Ses enfants sont grands maintenant. Eddie est mort. Et le passé avec lui. Elle a beaucoup d'argent. Sa vie est parfaitement en ordre.

– Tu es dur.

– Pas assez. Elle ne veut pas me voir parce que je suis l'enfant de mon père et de sa triste famille.

– Ta mère t'aime, Adam.

– Bon Dieu, ça fait du bien d'entendre ça. Comment le sais-tu ?

– Je le sais. C'est tout.

– J'ignorais que toi et ma mère, vous soyez si proches.

– Du calme, Adam. Ne t'emballe pas.

– Désolé. J'ai les nerfs à vif, c'est tout. J'ai besoin de quelque chose de fort.

– Détends-toi. Amusons-nous plutôt pendant que tu es ici.

– Je ne suis pas là pour m'amuser, tante Lee.

– Appelle-moi Lee, d'accord ?

– D'accord. Je vois Sam demain.

Lee reposa avec précaution son verre sur la table, se leva et quitta la terrasse. Elle revint avec une bouteille de Jack Daniel's et en versa une bonne rasade dans chacun des deux verres. Elle avala une sérieuse goulée et garda les yeux rivés au loin sur le fleuve.

– Pourquoi ? finit-elle par demander.

– Pourquoi pas ? C'est mon grand-père. Et il va mourir. Or je suis avocat et il a besoin d'aide.

– Il ne te connaît même pas.

– On fera connaissance.

– Donc, tu vas le lui dire ?

– Évidemment. Peux-tu imaginer ça ? Je vais réellement lui révéler un sombre, un méchant, un terrible secret de famille. Qu'en dis-tu ?

Lee prit son verre entre ses mains et secoua lentement la tête.

– Il mourra de toute façon, murmura-t-elle sans regarder Adam.

– Ça fait plaisir de voir que tu te sens concernée.

– Je me sens concernée.

– Quand l'as-tu vu pour la dernière fois ?

– Pas ça, Adam. Tu ne peux pas comprendre.

– Très bien. Explique-moi alors. J'écoute. J'ai envie de savoir.

– Ne pouvons-nous parler d'autre chose, mon chéri ? Je ne suis pas prête pour cette discussion.

– Non.

– Nous en parlerons plus tard, je te le promets. Je ne suis pas prête maintenant. Je pensais bavarder avec toi, rire, prendre du bon temps.

– Désolé, Lee. J'en ai assez des bavardages et des secrets. Je n'ai pas de passé parce que mon père – c'était commode – me l'a supprimé. Je veux le découvrir, Lee. Je veux savoir jusqu'à quel point il peut être sordide.

– Il est affreux, murmura-t-elle presque pour elle-même.

– Très bien. Je suis grand maintenant. Je peux m'y faire. Mon père a préféré disparaître plutôt que de l'affronter. Je crains donc qu'il n'y ait plus que toi pour m'en informer.

– Donne-moi un peu de répit.

– On n'a pas le temps. Dès demain, j'aurai Sam en face de moi.

Adam but une bonne gorgée et essuya ses lèvres du revers de sa manche.

– Il y a vingt-trois ans, *Newsweek* a affirmé que le père de Sam était membre du KKK. Est-ce vrai ?

– Oui. Mon grand-père, ton arrière-grand-père.

– Et plusieurs de mes oncles et de mes cousins.

– Toute cette foutue bande.

– *Newsweek* a écrit que Sam Cayhall avait abattu un Noir au début des années cinquante et qu'il n'avait jamais été arrêté, qu'il n'avait pas passé un seul jour en prison. Est-ce vrai ?

– Qu'est-ce que cela peut faire maintenant, Adam ? C'était des années avant ta naissance.

– Est-ce que c'est réellement arrivé ?

– Oui.

– Et tu le sais comment ?

– Je l'ai vu.

– Tu l'as vu !

Adam ferma les yeux, ne pouvant croire ce qu'il entendait. Il respira profondément et se cala dans son fauteuil. La sirène d'un remorqueur capta son attention. Il suivit le bateau, jusqu'à ce qu'il passe sous un pont. Le bourbon commençait à produire son effet.

– Parlons d'autre chose, dit Lee doucement.

– Même petit garçon, dit-il sans cesser de fixer le fleuve, j'aimais l'Histoire. J'étais fasciné par le passé – les pionniers, les chariots, la ruée vers l'or, les cow-boys, les Indiens, la colonisation de l'Ouest. Un gamin en cinquième soutenait que son arrière-arrière-grand-père avait attaqué un train et enterré son butin au Mexique. Nous savions qu'il mentait mais c'était passionnant de faire semblant d'y croire. Je me suis souvent posé des questions à propos de mes ancêtres.

– Que disait Eddie ?

– Qu'ils étaient tous morts, qu'on perdait son temps à essayer de connaître l'histoire de sa famille. Chaque fois que je posais des questions sur ce thème, ma mère me prenait à part et me disait de ne pas insister. Je risquais de bouleverser mon père. J'ai passé la plus grande partie de mon enfance à marcher sur des œufs lorsqu'il s'agissait de lui. En grandissant, j'ai commencé à comprendre que c'était un homme très bizarre, très malheureux, mais je n'ai jamais pensé qu'il allait se tuer.

Lee fit tinter sa glace et but une dernière gorgée.

– C'est une longue histoire, Adam.

– Raconte.

Lee prit doucement le pot de thé et remplit les verres. Adam y ajouta du bourbon. Plusieurs minutes se passèrent à boire et contempler le flux des voitures sur Riverside Drive.

– Es-tu allée dans le quartier des condamnés à mort ? demanda-t-il finalement, fixant toujours les lumières sur le fleuve.

– Non, souffla-t-elle.

– Il y est depuis dix ans et tu n'es jamais allée le voir ?

– Je lui ai écrit peu après son dernier procès. Il m'a répondu de ne pas venir le voir. Il ne voulait pas que je le voie dans le quartier des condamnés à mort. Je lui ai écrit deux autres lettres auxquelles il n'a jamais répondu.

– Excuse-moi.

– Inutile. Je me sens souvent coupable, Adam, et ce n'est pas facile d'en parler. Laisse-moi un peu de temps.

– Je vais rester à Memphis pendant plusieurs mois.

– Viens donc habiter ici. Nous avons besoin l'un de l'autre...

Elle s'interrompit, hésita et remua sa glace avec son index.

– Je veux dire : il va mourir, n'est-ce pas ?

– C'est probable.

– Quand ?

– Dans deux ou trois mois. Ses possibilités d'appel sont pratiquement épuisées. Il n'y a plus grand-chose à faire.

– Alors pourquoi t'en mêles-tu ?

– Je ne sais pas. Peut-être parce qu'il reste une chance de gagner. Je vais travailler comme un fou pendant les quelques mois à venir et prier pour qu'advienne un miracle.

– Je prierai aussi, dit-elle en buvant une nouvelle gorgée.

– J'aimerais te demander quelque chose, dit-il en la regardant tout à coup.

– Vas-y.

– Habites-tu seule ici ? Je veux dire, c'est une question normale dès lors que je viens m'installer chez toi.

– Je vis seule. Mon mari loge dans notre maison de campagne.

– Vit-il seul ? Simple curiosité.

– Parfois. Il aime les filles très jeunes, d'une vingtaine d'années, habituellement des employées qui travaillent dans ses agences bancaires. Il est entendu que je lui téléphone avant de venir dans la maison. Lui m'appelle avant de débarquer ici.

– Très pratique. Qui a mis au point cet accord ?

– Ça s'est mis en place avec le temps. Ça fait quinze ans que nous ne vivons plus ensemble.

– Et toujours mariés ?

– Franchement, c'est bien ainsi. Je lui prends son argent et ne l'interroge pas sur sa vie privée. Nous sommes ensemble quand nous sortons dans le monde. Il est heureux.

– Es-tu heureuse ?

– La plupart du temps.

– S'il te trompe, pourquoi ne demandes-tu pas le divorce ? Tu m'aurais pour avocat.

– Un divorce serait catastrophique. Phelps est issu d'une famille bien-pensante, rigoriste, de pauvres gens riches, la vieille société de Memphis. Phelps aurait dû épouser une cousine au cinquième degré mais le malheureux a succombé à mes charmes. Sa famille était farouchement hostile à notre union. Divorcer maintenant serait admettre de façon douloureuse que sa famille avait raison. J'aime bien la relative indépendance que me procure son argent. Ça me permet de vivre à ma guise.

– Ne l'as-tu jamais aimé ?

– Bien sûr que si. Nous étions follement amoureux lorsque nous nous sommes mariés. Nous avons même fait une fugue. C'était en 1963. La perspective d'un grand mariage avec sa famille d'aristocrates et ma famille de péquenauds n'était pas particulièrement séduisante. Sa mère ne m'adressait pas la parole ; quant à mon père, il brûlait des croix. En ce temps-là, Phelps ignorait que mon père appartenait au KKK. Et je souhaitais de toute mon âme tenir la chose secrète.

– L'a-t-il découvert ?

– Oui, je le lui ai avoué dès que papa a été arrêté pour l'attentat contre les Kramer. L'histoire s'est propagée lentement et discrètement parmi les membres de la famille Booth. Ces gens sont très doués pour garder des secrets. C'est la seule chose qu'ils ont en commun avec nous, les Cayhall.

– Donc, fort peu de gens savent que tu es la fille de Sam ?

– Très peu en effet. J'aimerais que ça continue.

– Tu as honte de...

– Bon Dieu, bien sûr que j'ai honte de mon père ! Qui n'en aurait pas honte ? lança-t-elle brusquement avec violence. J'espère que tu n'as pas en tête quelque image romantique d'un malheureux vieillard désespéré dans le quartier des condamnés à mort.

– Je ne pense pas qu'on devrait l'exécuter.

– Moi non plus. Mais, nom de Dieu, il a quand même tué pas mal de monde – les jumeaux Kramer, leur père, ton père, et Dieu sait qui d'autre. Il devrait rester en prison pour le restant de sa vie.

– Tu n'as aucune pitié ?

– Parfois. De bonne humeur et sous un soleil éclatant, il m'arrive de me souvenir de quelques petites choses agréables de mon enfance. Mais ces instants sont extrêmement rares, Adam. Il a provoqué trop de malheur dans ma vie. Il nous a enseigné à haïr tout le monde. Une teigne avec notre mère. Toute sa foutue famille est malfaisante.

– Bon, alors laissons-le mourir.

– Tu n'es pas juste, Adam. Je pense à lui tout le temps. Je prie pour lui chaque jour. J'ai demandé à ces murs un million de fois pourquoi, pour quelle raison, de quelle manière mon père avait pu devenir quelqu'un

79

d'aussi épouvantable. Et pourquoi pas un vieux bonhomme gentil, assis là sur le seuil, avec sa pipe, sa canne et son verre de bourbon? Pourquoi a-t-il fallu que mon père soit un membre du KKK, qu'il ait tué des enfants innocents et ravagé sa propre famille?

– Peut-être n'avait-il pas l'intention de les tuer.

– Ils sont morts, non? Les jurés ont dit qu'il l'avait fait. Ces gosses ont été déchiquetés. Ils sont enterrés dans la même petite tombe. Je me fous de savoir s'il avait ou non l'intention de les tuer. Il était là, Adam.

– C'est un point à ne pas négliger.

Lee se leva d'un bond et lui prit la main.

– Viens par ici, dit-elle.

Ils s'approchèrent du rebord de la terrasse. Sa tante tendit le doigt en direction des tours qui se dressaient au loin.

– Tu vois cet immeuble là-bas, devant le fleuve. Le plus proche de nous. Juste de ce côté, à trois ou quatre cents mètres.

– Oui, répondit-il lentement.

– Il a quatorze étages. Maintenant, sur le côté droit, descends-en six. Tu me suis?

– Oui, dit Adam en comptant comme elle le lui demandait.

– Maintenant, compte quatre fenêtres vers la gauche. Il y a une lumière. Est-ce que tu la vois?

– Oui.

– Devine qui vit là.

– Comment pourrais-je le savoir?

– Ruth Kramer.

– Ruth Kramer! La veuve de Marvin?

– Oui.

– Tu la connais?

– Nous nous sommes rencontrées une fois par hasard. Elle savait que j'étais Lee Booth, l'épouse de cet odieux Phelps Booth, mais rien de plus. C'était une soirée donnée au bénéfice du corps de ballet. J'ai toujours fait mon possible pour l'éviter.

– Le monde est petit.

– Il peut être minuscule. Si tu l'interrogeais sur Sam, que te dirait-elle?

Adam fixait les lumières à l'horizon.

– Je ne sais pas, j'ai lu qu'elle était encore amère.

– *Amère,* dis-tu? Elle a perdu toute sa famille. Elle

ne s'est jamais remariée. Penses-tu qu'elle s'intéresse au fait de savoir si mon père avait l'intention de tuer ses enfants ? Tout ce qu'elle sait, c'est qu'ils sont morts, Adam, morts depuis vingt-trois ans maintenant. Ils ont été tués par une bombe posée par mon père. S'il avait été chez lui, en famille, au lieu de rouler dans la nuit avec des cinglés, Josh et John seraient encore en vie. Ils auraient maintenant vingt-huit ans. Après de bonnes études ils se seraient mariés. Ruth et Marvin seraient en train de jouer avec leurs petits-enfants. Bon sang, elle se moque éperdument de savoir à qui était destinée la bombe. Simplement, mon père l'a mise là et elle a explosé. Et ses enfants sont morts. C'est tout ce qui compte.

Lee fit quelques pas en arrière et s'assit dans son fauteuil à bascule. Elle agita de nouveau sa glace et but une grande gorgée.

— Ne te méprends pas, Adam. Je suis contre la peine de mort. Je suis probablement la seule femme blanche de cinquante ans qui ait son père dans le quartier des condamnés à mort. C'est barbare, immoral, sauvage, cruel – je suis entièrement d'accord. Mais n'oublie pas les victimes, hein ? Elles ont droit au châtiment.

— Est-ce que Ruth Kramer désire ce châtiment ?

— D'après ce qu'on dit, oui. Elle ne parle plus beaucoup à la presse mais elle est fort active dans les associations de victimes. Voici quelques années, elle aurait déclaré qu'elle assisterait en personne à l'exécution.

— Ce n'est pas exactement ce qu'on appelle l'esprit de miséricorde.

— Je ne me souviens pas que mon père ait demandé pardon.

Adam se retourna et s'assit sur la balustrade, en face du fleuve. Il jeta un coup d'œil aux immeubles du centre-ville puis baissa la tête. Lee but de nouveau une grande gorgée.

— Je suis ici, Lee. Je ne vais pas partir. Je verrai Sam demain et lui proposerai d'être son conseil.

— As-tu l'intention de garder la chose secrète ?

— Qu'il s'agit de mon grand-père ? Je n'ai pas l'intention d'en parler, mais je serai surpris qu'on ne l'apprenne pas. Parmi les condamnés à mort, Sam est le plus célèbre. La presse va enquêter d'ici peu, très sérieusement.

Lee ramena ses jambes sous elle et fixa le fleuve.

– Cela te fera-t-il du tort ? demanda-t-elle douce-ment.

– Bien sûr que non. Je suis avocat. Les avocats défendent les bourreaux d'enfants, les assassins, les dealers, les violeurs et les terroristes. Nous ne sommes pas particulièrement aimés. Comment pourrais-je me sentir atteint du fait qu'il soit mon grand-père ?

– Ton cabinet est au courant ?

– Je le leur ai appris hier. Ils n'étaient pas vraiment heureux, mais ils s'en remettront. En fait, je le leur avais caché, et j'ai eu tort.

– Et s'il refusait ?

– Alors tout serait pour le mieux dans le meilleur des mondes. Personne ne serait au courant et ta quiétude n'aurait pas à en souffrir. Je retournerais à Chicago et j'attendrais que CNN retransmette le cirque de l'exécution. Un jour d'automne plus frais qu'aujourd'hui, j'irais déposer quelques fleurs sur sa tombe. Je contemplerais le marbre et me demanderais de nouveau pourquoi il a fait ça, comment il a pu devenir ce réprouvé et pourquoi je suis né dans une si terrible famille. Je t'inviterais à venir avec moi. Une réunion de famille en quelque sorte.

– Arrête, veux-tu, dit-elle.

Adam aperçut des larmes sur son visage. Elles coulaient et avaient presque atteint son menton lorsqu'elle les essuya avec ses doigts.

– Pardonne-moi, dit-il en se retournant pour regarder les ombres du fleuve. Pardonne-moi, Lee.

8

Il lui avait fallu attendre vingt-trois ans pour revenir sur son lieu de naissance. Il ne se sentait pas précisément le bienvenu. Il roulait lentement, évitant de doubler. Il traversa Walls, la première ville de quelque importance sur la nationale 61.

Il n'ignorait pas que cette nationale avait été empruntée pendant des décennies par des centaines de milliers de pauvres Noirs du delta remontant vers Memphis, Saint Louis, Chicago et Detroit où ils espéraient trouver du travail et un logement décent. C'était dans ces boîtes de nuit criardes et misérables, le long de la nationale 61, qu'était né le blues. Il écouta les Muddy Waters.

La musique ne parvint pas à le calmer. Il avait refusé le petit déjeuner de Lee, affirmant qu'il n'avait pas faim. En réalité, il avait l'estomac noué. Et le nœud se serrait au fil des kilomètres.

Au nord de Tunica, les champs devinrent immenses. À neuf heures à peine, la journée était déjà chaude et lourde, la terre sèche. Des nuages de poussière traînaient derrière les tracteurs. De temps à autre, un avion, descendu de nulle part, frôlait les cultures puis regagnait le ciel. La circulation, dense, devenait lente chaque fois qu'un monstrueux engin agricole s'intercalait dans la file.

Adam prenait son mal en patience. On ne l'attendait pas avant dix heures.

À Clarksdale, il quitta la nationale 61 pour prendre la nationale 49, en direction du sud-est.

Bientôt un panneau indiqua que la prison d'État se trouvait à huit kilomètres.

Quelques minutes plus tard, il apercevait l'enceinte. Aucun grillage le long de la route, pas de barbelés, pas de miradors avec des gardiens en armes, pas de bandes de détenus insultant les passants. Simplement un portail en forme d'arche sur lequel était écrit : « Prison d'État du Mississippi ». À proximité de cette première entrée se trouvaient plusieurs bâtiments donnant sur la nationale et, apparemment, non gardés.

Adam respira profondément. Une femme en uniforme sortit de la guérite placée sous l'arche et regarda dans sa direction. Adam roula lentement jusqu'à elle et baissa sa vitre.

– B'jour, fit-elle.

Elle portait un pistolet à la ceinture et tenait un calepin à la main. Un autre garde surveillait de l'intérieur.

– Que puis-je faire pour vous ?

– Je suis avocat. Je viens voir un client dans le quartier des condamnés à mort, dit Adam, conscient de parler d'une voix tremblante.

Calme-toi, voyons, se répéta-t-il.

– Ici il n'y a pas de quartier des condamnés à mort, monsieur.

– Je vous demande pardon ?

– Le quartier des condamnés à mort n'existe pas ici. Nous en avons toute une bande dans le quartier de haute sécurité. Vous pouvez regarder partout, vous n'y trouverez pas de quartier des condamnés à mort.

– Bien.

– Votre nom ? dit-elle en examinant son calepin.

– Adam Hall.

– Celui de votre client ?

– Sam Cayhall.

La gardienne restait impassible. Elle tourna une feuille de son calepin.

– Attendez ici.

De l'autre côté de l'entrée se trouvait une route ombragée, bordée de modestes bâtisses. Ce n'était pas une prison, c'était une paisible ruelle dans une bourgade où, d'un moment à l'autre, surgirait une ribambelle d'enfants juchés sur des bicyclettes ou des patins à roulettes. Sur la droite se dressait un curieux bâtiment avec une petite terrasse et un parterre de fleurs. Un écriteau signalait qu'il s'agissait de l'accueil des visiteurs. À croire que les touristes pouvaient y trouver des articles de souvenirs et de la limonade.

Adam jeta un coup d'œil à la gardienne debout derrière sa voiture, elle inscrivait quelque chose sur son calepin.

– D'où, dans l'Illinois ? demanda-t-elle en s'approchant de la vitre.

– Chicago.

– Pas d'appareil photo, pas d'arme, pas de magnétophone ?

– Non.

Elle se pencha à l'intérieur et plaça un carton sur le tableau de bord.

– On m'informe que vous devez voir Lucas Mann.

– Qui est-ce ?

– L'avocat de la prison.

– Je ne savais pas que je devais le voir.

Elle plaça une feuille de papier sous le nez d'Adam.

– C'est la consigne. Prenez la troisième à gauche, continuez un peu, puis tournez derrière le bâtiment en brique rouge que vous voyez là-bas, dit-elle en le montrant du doigt.

– Que me veut-il ?

Elle grogna en haussant les épaules. Quels corniauds, ces avocats !

Adam appuya doucement sur l'accélérateur, s'éloigna du bâtiment d'accueil et descendit la ruelle ombragée. De chaque côté se trouvaient des maisons proprettes à la charpente de bois où, apprit-il plus tard, les gardiens et les autres employés habitaient avec leur famille. Il suivit les instructions qu'on lui avait données et gara sa voiture devant un immeuble de brique un peu délabré. Deux prisonniers modèles en pantalon bleu rayé de blanc balayaient le seuil. Adam évita leur regard.

Il trouva assez facilement le bureau, pourtant non signalé, de Lucas Mann. Une secrétaire souriante lui ouvrit une porte donnant sur une grande pièce. Mr. Mann, assis derrière sa table de travail, était en conversation téléphonique.

– Asseyez-vous, lui souffla la secrétaire.

Mann sourit et fit un geste maladroit en gardant l'oreille collée au récepteur. Adam posa son attaché-case sur un fauteuil mais resta debout. Le bureau était vaste et bien rangé. Deux larges fenêtres donnant sur la nationale laissaient entrer un flot de lumière. Sur le mur de gauche, la photo encadrée d'un beau jeune homme au large sourire et au menton puissant. Un visage familier. C'était David McAllister, le gouverneur du Mississippi.

Lucas Mann tira le cordon du téléphone et s'avança vers la fenêtre en tournant le dos à son bureau et à Adam. Il ne ressemblait vraiment pas à un avocat. Âgé d'une cinquantaine d'années, il lissait de temps en temps ses cheveux gris pour les plaquer sur la nuque. Vêtu comme un étudiant chic : chemise de travail kaki fortement amidonnée avec poches de poitrine, cravate aussi colorée qu'une salade niçoise, desserrée bien entendu. Le col de la chemise laissait apparaître un tee-shirt en coton gris. Le pantalon de toile, également amidonné au point d'en devenir crissant, avait un revers de trois centimètres. Les mocassins étincelaient. Il était clair que Lucas prenait soin de sa mise et tout aussi clair qu'il s'intéressait à la loi d'une manière très différente de celle de ses confrères. Il lui manquait une petite boucle d'oreille pour être le type parfait du vieux hippie embourgeoisé.

Adam, debout derrière le dossier du fauteuil, essayait de se calmer. Est-ce que tous les avocats étaient tenus de se plier à cette formalité ? Certainement pas. Il y avait cinq mille détenus à Parchman. Garner Goodman n'avait jamais évoqué cette visite à Lucas Mann.

Ce nom lui était vaguement familier. Dans le fond d'une de ces boîtes en carton pleines des comptes rendus d'audience et de coupures de presse, il avait entrevu le nom de Lucas Mann. Quel rôle exact tenait ce personnage dans les procédures concernant la peine de mort ? Adam savait parfaitement que son ennemi était le procureur du Mississippi mais il n'arrivait pas à déterminer l'emploi de Lucas dans le scénario. Mann raccrocha et tendit la main à Adam.

– Heureux de vous rencontrer, monsieur Hall. Je vous en prie, asseyez-vous, dit-il avec un accent traînant, pas désagréable, en désignant un fauteuil. Merci d'être passé par ici.

Adam s'assit.

– Le plaisir est pour moi, répondit-il nerveusement. Que se passe-t-il ?

– Plusieurs choses. Tout d'abord, je voulais vous saluer. Je suis l'avocat de cette prison depuis douze ans. Je m'occupe de la plupart des procédures, je veux dire ces sortes de procédures un peu folles imaginées par nos hôtes – les droits des prisonniers, les procès en dommages et intérêts, ce genre de trucs. Nous sommes pratiquement poursuivis chaque jour. Ma position m'oblige aussi à intervenir dans les affaires de condamnation à mort. Si j'ai bien compris, vous êtes ici pour voir Sam Cayhall.

– Effectivement.

– Vous a-t-il engagé ?

– Pas exactement.

– Cette situation pose un petit problème. Voyez-vous, vous n'avez pas le droit de rendre visite à un détenu à moins d'être officiellement son représentant. Sam a fort bien réussi à se débarrasser de Kravitz et Bane.

– Ainsi, il ne me sera pas permis de le voir ? demanda Adam, presque soulagé.

– En principe non. Mais j'ai eu une longue conversation hier avec Garner Goodman. Cela nous fait remonter à quelques années en arrière au moment de l'exécution de Maynard Tole. Connaissez-vous cette affaire ?

– Vaguement.

– 1986. Ma deuxième exécution, dit-il comme s'il avait personnellement appuyé sur le bouton.

Il s'assit sur le bord de son bureau et regarda Adam du haut de son perchoir. La toile de son pantalon se mit à bruire doucement. Sa jambe droite pendait mollement.

– J'en ai eu quatre, savez-vous. Sam risque d'être le cinquième. Garner était l'avocat de Maynard Tole. C'est ainsi que nous avons fait connaissance. C'est un honnête homme et un avocat redoutable.

– Merci, dit Adam, qui ne savait que répondre.

– Personnellement, je déteste ces situations.

– Vous êtes contre la peine de mort ?

– En principe. Chaque fois que nous tuons quelqu'un ici, je pense que le monde entier est devenu fou. Puis je me souviens de crimes horribles, monstrueux. Ma première exécution, ce fut Teddy Doyle Meeks. Ce vagabond avait violé, mutilé et massacré un petit garçon. Personne n'était réellement triste lorsqu'on l'a gazé. Je pourrais raconter des histoires d'ancien combattant à longueur de journée. Peut-être aurons-nous un peu plus de temps une autre fois, d'accord ?

– Bien sûr, dit Adam sans conviction.

Il n'arrivait pas à imaginer qu'il aurait envie d'entendre le récit d'exécutions.

– J'ai dit à Garner qu'on ne devrait pas vous permettre de voir Sam. Il m'a expliqué, assez vaguement je dois l'avouer, qu'on pouvait vous considérer comme un cas particulier. Il ne m'a pas précisé ce qu'il entendait par là, me comprenez-vous ?

Lucas se frottait le menton comme s'il était sur le point d'éclaircir l'énigme.

– Notre règlement est strict lorsqu'il s'agit du QHS, pourtant le gardien-chef fera ce que je lui demanderai.

Ces derniers mots semblaient rester en suspens.

– J'ai, euh, réellement besoin de le voir, dit Adam d'une voix cassée.

– Bon, il a besoin d'un avocat. Franchement, je suis content que vous soyez là. Nous n'avons jamais exécuté un condamné sans avocat.

Il contourna le bureau et s'installa dans un des fauteuils. Il ouvrit un dossier et lut attentivement une feuille de papier. Adam attendait, essayant de reprendre sa respiration.

– Nous faisons pas mal de recherches sur les antécédents de nos condamnés à mort..., dit Lucas.

La phrase sonnait comme un avertissement.

– Tout particulièrement lorsqu'il n'y a quasiment plus de possibilité d'appel et que le jour de l'exécution approche. Avez-vous des renseignements sur la famille de Sam ?

Le nœud qui nouait la gorge d'Adam tomba brusquement dans son estomac tel un ballon de basket dans son panier. Il parvint à secouer la tête.

– Avez-vous l'intention de parler à la famille de Sam ?

Il se contenta de nouveau de secouer la tête. Un effort démesuré.

– D'ordinaire, à l'approche de la fin, l'avocat intensifie les contacts avec la famille du condamné. Vous souhaitez probablement entrer en relation avec ces gens. Sam a une fille à Memphis, une certaine Mrs. Lee Booth. J'ai son adresse. Je peux vous la communiquer.

Lucas le considérait d'un œil soupçonneux. Adam se sentait incapable de bouger.

– Je ne pense pas que vous la connaissiez, n'est-ce pas ?

Adam secoua une fois de plus la tête, sans dire un mot.

– Sam avait un fils, Eddie Cayhall, mais le malheureux s'est suicidé en 1981. Il habitait la Californie. Eddie a laissé deux enfants, un fils né à Clanton, Mississippi, le 12 mai 1964, le jour de votre naissance, n'est-ce pas, si j'en crois mon *Annuaire du monde juridique* ? Eddie a également laissé une fille née en Californie. Ces gens sont les petits-enfants de Sam. J'essaierai de les joindre et si vous...

– Eddie Cayhall était mon père, lâcha Adam.

Il s'enfonça dans son fauteuil et fixa le bureau. Son cœur cognait dans sa poitrine. Au moins pouvait-il de nouveau respirer. Ses épaules lui parurent brusquement plus légères. Il parvint même à esquisser un sourire.

Le visage de Mann était impassible.

– J'y songeais plus ou moins.

Il se remit à remuer ses papiers.

– Sam a été très seul dans le quartier des condamnés à mort et je me suis souvent interrogé sur sa famille. Il recevait du courrier mais presque jamais venant de ses proches. Aucune visite, il n'en voulait d'ailleurs pas. C'est assez inhabituel pour un condamné si connu d'être délaissé par les siens. Surtout lorsqu'il s'agit d'un Blanc. Je ne voudrais pas me montrer indiscret. Vous me comprenez, n'est-ce pas ?

– Bien sûr.

– Nous avons à nous occuper d'un tas de choses avant l'exécution, monsieur Hall, par exemple nous devons savoir ce que nous ferons du corps. C'est là où la famille entre en jeu. Après avoir parlé à Garner hier, j'ai demandé à notre administration de Jackson de rechercher la famille. Ça s'est révélé extrêmement facile. On a aussi fouillé dans les paperasses vous concernant. L'État du Tennessee n'a pas enregistré la naissance d'un Adam Hall le 12 mai 1964. Une déduction en amène une autre.

– J'ai renoncé à me cacher.

– Quand avez-vous appris la vérité sur Sam ?

– Il y a neuf ans. Ma tante Lee Booth m'en a informé après l'enterrement de mon père.

– Étiez-vous en rapport avec Sam ?

– Non.

– Donc Sam ne sait pas qui vous êtes et n'a aucune idée des raisons qui vous amènent ici ?

– Exact.

– Oooh ! fit-il avant d'émettre un petit sifflement en direction du plafond.

Adam se détendit légèrement et se redressa dans son fauteuil. Le secret était éventé. S'il n'y avait pas eu Lee et sa peur d'être découverte, Adam se serait senti parfaitement à l'aise.

– Pendant quel laps de temps puis-je le voir aujourd'hui ? demanda-t-il.

– Eh bien, monsieur Hall... À vrai dire, nous avons deux sortes de règles pour le quartier des condamnés à mort.

– Excusez-moi, mais à l'entrée on m'a dit qu'il n'y avait pas de quartier des condamnés à mort ici.

– Officiellement, c'est le QHS, quartier de haute sécurité. Bon. Normalement un avocat ne peut voir son client qu'une heure par jour, mais dans le cas de Sam on vous donnera le temps que vous désirerez.

– Aucune limite ?

– Non. Nous essayons d'être aussi souples que possible durant les derniers jours, si ça ne présente aucun risque en matière de sécurité. Eh quoi ! En Louisiane on tire le pauvre bougre de sa cellule et on le flanque dans ce qu'on appelle la « maison de la mort » trois jours avant de le tuer. Sam sera bien traité jusqu'au grand jour.

– Le grand jour ?

– Oui. C'est-à-dire dans quatre semaines, je crois ? Le 8 août.

Lucas prit quelques papiers sur le coin de son bureau et les tendit à Adam.

– C'est arrivé ce matin. La cinquième chambre a mis fin au sursis hier après-midi. La Cour suprême du Mississippi a fixé la nouvelle date d'exécution pour le 8 août.

Adam se saisit des papiers sans les consulter.

– Quatre semaines ! s'exclama-t-il, atterré.

– Malheureusement oui. J'en ai porté la copie à Sam, il y a environ une heure. Il est d'une humeur exécrable.

– Quatre semaines, répéta Adam.

Il jeta un coup d'œil sur l'avis de la Cour. Il s'agissait de l'affaire de l'État du Mississippi contre Sam Cayhall.

– J'imagine que je ferais mieux d'aller le voir ? dit-il sans réfléchir.

– Bien sûr. Adam, croyez-moi, je ne fais pas partie des bourreaux, je me contente de faire mon travail, de m'assurer que les choses se font légalement, sont appliquées dans le respect de la loi. Je n'aime pas ça. Ça devient une maison de fous. Mon téléphone sonne sans arrêt – le gardien-chef, ses assistants, le bureau du procureur, le gouverneur, vous et des centaines d'autres. Je suis au centre de cette tempête alors que je n'ai pas demandé à y être. C'est la partie la plus désagréable de mon travail. Sachez que vous me trouverez toujours ici en cas de besoin, d'accord ?

– Pensez-vous que Sam me permettra de le défendre ?

– Je le crois.

– Quelle est la probabilité de voir la sentence exécutée dans quatre semaines ?

– Cinquante-cinquante. On ne sait jamais ce que la Cour décidera au dernier moment. Les préparatifs débuteront dans une semaine environ. Nous avons une foule de détails à mettre au point.

– Une répétition générale ?

– En quelque sorte. Ne croyez pas que nous aimions ça.

– Je suppose que chacun ici ne fait que son travail.

– C'est la loi de cet État. Si notre société veut tuer les criminels, il faut bien que quelqu'un s'en charge.

Adam rangea l'avis de la Cour dans son attaché-case et se leva.

– Je dois sans doute vous remercier pour votre hospitalité.

– N'en parlons plus. Après votre entrevue avec Sam, j'aurai besoin de savoir ce qui s'est passé.

– Je vous enverrai un double de mon engagement. S'il accepte de le signer.

– C'est tout ce que je demande.

Ils se serrèrent la main.

– Autre chose, dit Lucas. Lorsqu'on amènera le prisonnier au parloir, demandez au garde de lui enlever les menottes. Je donnerai des instructions. C'est très important pour Sam.

– Merci.

– Bonne chance.

9

La température était montée d'au moins dix degrés lorsque Adam quitta le bâtiment. Du perron, il aperçut, à moins d'une centaine de mètres, un groupe de détenus qui faisaient des travaux d'entretien sur la nationale. Un gardien à cheval, l'arme à la ceinture, les surveillait du haut d'un talus. Les voitures déboulaient sans jamais ralentir. Quels étaient ces criminels à qui l'on permettait de travailler de l'autre côté de la clôture, au bord d'une grand-route ? Personne ne semblait s'en soucier.

Quelques pas le séparaient de sa voiture. Il transpirait déjà lorsqu'il ouvrit la portière. Il traversa le parking derrière le bureau de Mann puis tourna sur la gauche pour gagner l'allée principale de la prison. Un panneau indiquait l'emplacement du QHS. Adam s'engagea sur le chemin empierré qui conduisait au quartier des condamnés à mort.

L'édifice datait de 1954. Un beau spécimen de l'architecture de l'époque – un bâtiment d'un seul étage en brique rouge avec un toit en terrasse, flanqué de deux longs blocs symétriques.

De l'extérieur, aucun barreau visible, aucun gardien, aucune patrouille. En dehors des fils de fer barbelés, l'endroit ressemblait à une école primaire de banlieue. À l'extrémité d'une des ailes, dans une cour grillagée, un prisonnier solitaire s'entraînait au basket sur un terrain en terre battue.

La clôture avait près de quatre mètres de haut. Du fil de fer barbelé et des chevaux de frise la surmontaient. À chaque angle du quadrilatère, un mirador avec un gardien. Au-delà, des champs qui s'étendaient à perte de vue. Le quartier des condamnés à mort était construit au beau milieu des plantations de coton.

Adam descendit de voiture et retira sa veste. Sa chemise lui collait à la peau. Il avait de nouveau l'estomac noué, et bien noué. Les jambes molles et les genoux tremblants. Ses mocassins de luxe étaient couverts de poussière. Il s'arrêta sous le mirador et leva la tête. Une femme en uniforme, l'air sévère, fit descendre au bout d'une corde un seau rouge semblable à ceux qu'on utilise pour laver les voitures.

– Mettez votre clef là-dedans, demanda-t-elle, imperturbable, en se penchant au-dessus de la clôture.

Adam déposa sa clef dans le seau au milieu d'une douzaine d'autres. La gardienne remonta le récipient qui resta suspendu innocemment dans les airs. Une brise l'aurait gentiment ballotté, mais il était difficile de trouver de l'air, même pour respirer. Ici, personne ne savait plus ce qu'était le souffle du vent.

Quelqu'un, quelque part, appuya sur un bouton. Un bourdonnement se fit entendre et la première des deux lourdes grilles s'entrouvrit. Il la franchit, avança d'environ cinq mètres puis s'arrêta. La première grille se referma derrière lui. Il était en train d'apprendre le principe de base des règles de sécurité – chaque entrée protégée avait deux portes ou deux grilles, jamais ouvertes en même temps.

Au-delà de la deuxième grille apparut un gardien à la carrure impressionnante, avec des bras aussi gros que les cuisses d'Adam. Il s'avança d'un pas tranquille dans l'allée de briques pilées. Le ventre ferme et le cou épais. Visiblement, il s'attendait à une visite.

L'homme tendit une énorme main noire :

– Surveillant Packer.

Il était chaussé de bottes noires, cloutées, étincelantes.

Adam Hall essaya de lui rendre son salut.

– Une visite pour Sam ? fit Packer avec rudesse.

– Oui, dit Adam, qui se demandait si tout le monde appelait le prisonnier par son prénom.

– Votre première visite ici ?

Les deux hommes gagnèrent lentement la porte d'entrée du bâtiment.

– Oui, dit Adam en jetant un coup d'œil aux vasistas

ouverts au rez-de-chaussée. Est-ce que tous les condamnés à mort se trouvent dans ce bâtiment?

– Ouais. Quarante-sept aujourd'hui. Nous en avons perdu un la semaine dernière.

Ils étaient presque arrivés à la porte.

– *Perdu un?*

– Ouais. La cour d'instance a fait machine arrière. Nous avons dû le remettre au régime général. Bon, je dois vous fouiller.

Adam inspecta du regard les environs pour voir où exactement Packer désirait s'acquitter de sa tâche.

– Ouvrez simplement un peu les cuisses, dit Packer en s'emparant rapidement de l'attaché-case pour le poser sur le ciment.

Adam n'avait pas le souvenir, dans cette pénible circonstance, qu'on lui eût jamais demandé d'ouvrir les cuisses, même un petit peu.

Packer était un professionnel. Il tapota avec dextérité autour des chaussettes, remonta délicatement jusqu'aux genoux puis gagna la taille en un éclair. La première fouille d'Adam, grâce au ciel, n'avait duré qu'un instant. Packer plongea ensuite son énorme main dans l'attaché-case puis le rendit à Adam.

– Mauvais jour pour voir Sam, dit-il.

– Je sais, répondit Adam en jetant de nouveau sa veste sur son épaule.

– Par ici, marmonna Packer en rejoignant par la pelouse un des angles du bâtiment.

Ils arrivèrent devant une porte d'aspect anodin. Ni pancarte ni plaque d'aucune sorte.

– Où sommes-nous? demanda Adam.

À cet instant tout lui paraissait flou.

– Au parloir.

Packer sortit une clef et la fit jouer dans la serrure.

Adam respira de nouveau profondément et entra. Pas d'autres avocats en visite, c'était réconfortant. Cette rencontre risquait d'être agitée, il préférait qu'elle se passe en privé. La pièce mesurait environ dix mètres de long sur quatre mètres de large avec un sol en ciment et de puissants néons. Le mur du fond, en brique rouge, était percé de trois lucarnes. Ce parloir était de construction récente.

Le système d'air conditionné faisait plus de bruit qu'il ne procurait de fraîcheur. Un muret d'un mètre de haut scindait la pièce. Les avocats d'un côté, leurs clients de l'autre. Une sorte de comptoir permettait de poser les dossiers. Il était surmonté d'un treillis métallique d'un vert éclatant qui montait jusqu'au plafond.

Adam marcha lentement jusqu'au fond de la pièce. Des sièges, vert et gris, des chaises pliantes, trois fauteuils de cafétéria, les rebuts de l'administration.

La porte claqua et Adam se retrouva seul. Il traîna une chaise vers le comptoir en bois, posa sa veste sur un autre siège, sortit son calepin, enleva le capuchon de son stylo et commença à se ronger les ongles. Des crampes lui tordaient l'estomac et ses talons tressautaient dans ses mocassins. Il regarda à travers le treillis et examina la partie réservée aux prisonniers – le même comptoir en bois, le même lot de vieilles chaises. Une fente de vingt-cinq centimètres sur dix perçait le treillis. C'était par cette petite ouverture qu'il communiquerait avec Sam Cayhall.

Il s'exhortait au calme, en vain. Il gribouilla quelque chose sur son calepin mais ne put se relire. Il retroussa ses manches. Il essaya de découvrir des micros ou des caméras cachés. Mais le décor était si insignifiant qu'il ne pouvait imaginer quelqu'un installé à une table d'écoute.

Combien d'êtres accablés, dans les dernières heures de leur vie, avaient rencontré ici leurs avocats et bu leurs paroles d'espoir ? Combien d'appels pressants avaient traversé cette grille de séparation tandis que l'horloge égrenait inexorablement les heures ? Combien d'avocats avaient occupé la place qui était la sienne aujourd'hui pour annoncer à leur client qu'il n'y avait plus rien à faire, que l'exécution aurait lieu ? C'étaient de sombres pensées mais elles réussirent à apaiser Adam. Il n'était pas le premier à venir dans ces lieux et il ne serait pas le dernier. Ses jambes cessèrent peu à peu de trembler et il arrêta de se ronger les ongles.

Au bruit que fit un verrou, il sursauta. Un jeune gardien blanc entra du côté des prisonniers. Derrière lui, dans une combinaison rouge vif, les mains attachées dans le dos par des menottes, apparut Sam Cayhall. Le prisonnier jeta un coup d'œil inquisiteur à travers la pièce, plissa les yeux pour regarder de l'autre côté du treillis et aperçut Adam. Sam était maigre, pâle, et avait une bonne quinzaine de centimètres de moins que son gardien.

– Qui êtes-vous ? lança-t-il à Adam qui, à ce moment-là, était en train de se mordiller un ongle.

Un second surveillant avança une chaise et le premier fit asseoir le prisonnier. Celui-ci fixait Adam avec une étrange intensité. Les matons se préparaient à partir.

– Pourriez-vous lui enlever les menottes, s'il vous plaît ? dit Adam.

– Non, monsieur. C'est impossible.

Adam déglutit.

– Je vous demande pourtant de le faire. Nous allons être ici un long moment, dit-il en prenant son courage à deux mains.

Les matons se regardèrent comme s'ils n'avaient jamais entendu pareille requête. L'un d'eux sortit rapidement une clef et libéra le prisonnier.

Sam n'était nullement impressionné. Il dévisageait Adam à travers le grillage. La porte claqua et le verrou cliqueta.

Ils se retrouvaient seuls. Un tête-à-tête. Chez les Cayhall, les réunions de famille se limitaient à ça. Le climatiseur vrombissait de plus belle. Pendant plus d'une minute, ce fut le seul bruit audible dans la pièce. Adam ne parvenait pas à regarder Sam dans les yeux plus de deux secondes. Il faisait mine de se passionner pour les notes rédigées sur son calepin.

Tandis qu'il numérotait chaque ligne, il sentait sur lui le regard aigu de Sam.

Finalement, il passa sa carte professionnelle par l'ouverture.

– Je m'appelle Adam Hall. Je suis avocat chez Kravitz et Bane à Chicago et à Memphis.

Sam prit la carte et l'examina calmement recto verso. Adam observait chacun de ses gestes. La peau des doigts était flétrie et tachée de nicotine. Le visage était pâle, mangé par une barbe grisâtre. Les cheveux longs, gris et gras, plaqués en arrière. Cet homme n'avait rien à voir avec les images de son magnétoscope. Il ne ressemblait pas non plus aux dernières photos connues de lui, celles du procès de 1981. Il avait devant lui un vieillard avec une peau fine et terreuse et une multitude de petites rides autour des yeux. De profonds sillons, creusés par l'âge et les épreuves, ravinaient son front. Les yeux perçants, d'un bleu foncé, étaient le seul attrait de ce visage.

– Vous, les Juifs, vous ne renoncez jamais, hein ? dit-il d'une voix posée.

– Je ne suis pas juif, dit Adam en le fixant droit dans les yeux.

– Alors comment faites-vous pour travailler chez Kravitz et Bane ?

Son élocution avait la nonchalance, le détachement d'un homme qui a parlé neuf ans et demi aux murs d'une cellule de six mètres carrés.

– Il n'y a pas de discrimination chez nous.

– Superbe. Légalité et honorabilité, je suppose. En parfait accord avec les décrets d'application des droits civiques et des gentilles petites lois fédérales.

– Naturellement.

– Combien y a-t-il d'avocats chez Kravitz et Bane aujourd'hui ?

Adam haussa les épaules. Le nombre variait d'une année à l'autre.

– Autour de trois cents.

– Trois cents avocats. Et combien y a-t-il de femmes ?

Adam hésita.

– Franchement je ne sais pas. Probablement une vingtaine.

– Une vingtaine, répéta Sam en remuant à peine les lèvres.

Ses yeux ne cillaient pas.

– Ainsi, moins de dix pour cent de femmes. Combien de nègres avez-vous ?

– Ne pourrions-nous pas les appeler des Noirs ?

– Bien sûr, bien sûr. Mais c'est déjà dépassé. Ils veulent maintenant qu'on les appelle Afro-Américains. Vous qui avez une vision politiquement correcte des choses, vous devriez savoir ça.

Adam acquiesça mais garda le silence.

– Combien d'avocats afro-américains y a-t-il chez vous ?

– Huit, je crois.

– Moins de trois pour cent. Eh bien, eh bien. Kravitz et Bane, ce grand bastion des droits civiques et de la gauche intellectuelle, fait preuve de discrimination envers les Afro-Américains et les Américano-Américaines. J'en reste pantois.

Adam griffonna quelque chose d'illisible sur son calepin. Il aurait pu discuter, bien sûr. Un tiers des associés étaient des femmes et le cabinet faisait de réels efforts pour engager de brillants licenciés en droit noirs. De plus, Kravitz et Bane avait été poursuivi en justice par deux Blancs qui se jugeaient victimes de discrimination parce qu'on leur avait au dernier moment préféré des postulants noirs.

– Combien d'avocats judéo-américains y a-t-il chez vous ? Quatre-vingts pour cent ?

– Je ne sais pas, cela ne m'intéresse pas.

– Eh bien, ça m'importe beaucoup. J'ai toujours été gêné d'avoir pour avocat un de ces foutus zélotes.

– Ça me semble pourtant approprié.

Sam glissa doucement la main dans l'unique poche de sa combinaison et en sortit un paquet de cigarettes bleu, des Montclair, et un briquet jetable. La combinaison était ouverte sur sa poitrine et on apercevait une épaisse toison de poils gris. Le vêtement était en coton léger. Adam n'arrivait pas à imaginer qu'on puisse vivre dans un endroit comme celui-ci sans air conditionné.

Sam alluma sa cigarette.

– Je pensais en avoir fini avec vous.

– Ce n'est pas le cabinet qui m'envoie. Je me suis porté volontaire.

– Pourquoi ?

– Vous avez besoin d'un avocat et...

– Pourquoi êtes-vous si nerveux ?

Adam enleva ses doigts de sa bouche et arrêta d'agiter les pieds.

– Je ne suis pas nerveux.

– Mais si, voyons. J'ai vu un tas d'avocats dans cet endroit et je n'en ai jamais vu d'aussi nerveux. Qu'est-ce qu'il y a, mon petit ? Vous avez peur que j'enfonce le treillis pour vous sauter dessus ?

Adam émit un léger grognement et essaya de sourire.

– Ne soyez pas stupide. Je ne suis pas nerveux.

– Quel âge avez-vous ?

– Vingt-six ans.

– Vous en paraissez vingt-deux. Quand avez-vous fini vos études ?

– L'année dernière.

– Formidable. Ces salauds de Juifs m'envoient un blanc-bec pour me sauver. Ça fait longtemps que je sens qu'ils veulent ma mort, maintenant j'en ai la preuve. J'ai tué des Juifs et ils veulent ma peau. Je ne me trompais pas.

– Vous reconnaissez avoir tué les enfants Kramer ?

– Quelle foutue question ! Le jury a dit que c'était moi. Pendant neuf ans, les cours d'appel ont dit que le jury avait eu raison. C'est la seule chose qui compte. Qui êtes-vous, bon Dieu, pour me poser une telle question ?

– Vous avez besoin d'un avocat, monsieur Cayhall. Je suis ici pour vous aider.

– J'ai besoin d'un tas de choses, mon garçon, mais je suis bigrement sûr de pouvoir me passer des leçons d'un blanc-bec. Vous êtes dangereux, fiston. Pis, vous ignorez que vous l'êtes.

Tout cela était dit posément, sans émotion. Sam tenait sa cigarette entre son index et le majeur de sa main droite. Il laissait tomber la cendre dans un bol en plastique. De temps en temps, il clignait de l'œil. Son visage n'exprimait aucun sentiment.

Adam prit quelques notes sans signification puis essaya de nouveau de regarder Sam dans les yeux.

– Écoutez, monsieur Cayhall, je suis avocat et je suis fermement opposé à la peine de mort. J'ai fait de bonnes études, je connais ce problème et en particulier le huitième amendement. Je peux vous être utile. Je ne demande pas d'honoraires.

– Pas d'honoraires, répéta Sam. Quelle générosité ! Réalisez-vous, fiston, que je reçois au moins trois offres de ce genre par semaine. Tout le monde veut être mon avocat. Gratis, bien sûr. De grands avocats. Des avocats célèbres. Des avocats pleins aux as. Ils tiennent à présenter les dernières requêtes, à mettre les ultimes procédures en marche, et aussi, c'est évident, à se faire interviewer, à poser devant les caméras, à tenir ma main durant les dernières heures, à me couver des yeux pendant qu'on m'asphyxie, puis à organiser une conférence de presse, avant de signer un contrat pour un livre, pour un film, pour une série télévisée sur la vie et l'œuvre de Sam Cayhall, cet authentique terroriste du KKK. Voyez-vous, fiston, je suis célèbre. Une légende vivante. Et puisqu'on va me tuer, je serai encore plus célèbre. Les avocats me veulent pour client. Je représente un bon placement. Ce pays est malade, non ?

Adam secoua la tête.

– Je ne veux absolument rien de tout cela, je vous le promets. Je vous l'écrirai. Je signerai un accord confidentiel.

Sam se mit à glousser.

– Un accord ? Et qui pourra le faire respecter lorsque je serai parti ?

– Votre famille, dit Adam.

– Oubliez ma famille, dit Sam, catégorique.

– Mes motifs sont purs, monsieur Cayhall. Mon cabinet vous a représenté pendant sept ans de sorte que je connais bien votre dossier.

– Entrez dans la danse. Mes sous-vêtements ont été examinés par une centaine de trous du cul de journalistes. Il y a une foule de gens qui savent tout sur moi, mais en ce moment cette science ne me sert absolument à rien. Il me reste quatre semaines. L'ignorez-vous ?

– J'ai une copie de l'avis de la Cour.

– Quatre semaines et je pars à la chambre à gaz.

– Alors, mettons-nous au travail sur-le-champ. Je vous donne ma parole que je ne parlerai jamais à la presse sans votre autorisation, que je ne répéterai jamais ce que vous m'avez dit, que je ne signerai jamais de contrat pour un livre ou pour un film. J'en fais le serment.

Sam alluma une nouvelle Montclair et baissa les yeux. Il frotta doucement sa tempe avec son pouce. Il fumait, l'air absorbé. Adam était retourné à ses notes. Ses crampes d'estomac avaient disparu, mais le silence devenait pesant. Sam pouvait rester là à fumer et à méditer pendant des jours, se disait Adam.

– Est-ce que vous connaissez Barroni ? demanda Sam doucement.

– Barroni ?

– Oui, Barroni. Jugement rendu la semaine dernière par la neuvième chambre. Une affaire californienne.

Adam agita ses méninges dans l'espoir de trouver une trace de Barroni.

– Possible que je l'aie vu.

– Possible que vous l'ayez vu ? Vous avez fait de bonnes études, vous avez beaucoup lu, etc. Et il serait seulement possible que vous ayez vu Barroni ? À quel avocaillon ai-je affaire ?

– Je ne suis pas un avocaillon.

– Bon, bon. Que savez-vous de Texas contre Eekes ? Vous connaissez au moins celui-là ?

– Date du jugement ?

– Six semaines environ.

– Quel tribunal ?

– Cinquième chambre.

– Huitième amendement ?

– Faites pas l'imbécile, grogna Sam l'air franchement dégoûté. Pensez-vous que je passe mon temps à compulser des dossiers sur la liberté d'expression ? C'est de ma peau qu'il s'agit, mon garçon, ce sont mes poignets et mes chevilles qui seront ligotés. Ce sont mes poumons qui vont respirer le gaz.

– Non. Je ne me souviens pas de Eekes.

– Quelle affaire avez-vous étudiée ?

– Les dossiers importants.

– Avez-vous jeté un coup d'œil sur Barefoot ?

– Naturellement.

– Parlez-moi de Barefoot.

– Est-ce qu'il s'agit d'un jeu télévisé ?

– C'est à prendre ou à laisser. D'où était Barefoot ? demanda Sam.

– Je ne m'en souviens pas. Mais il s'agissait de l'affaire Barefoot contre Estelle, une affaire clef. En 1983, la Cour suprême a jugé qu'un condamné à mort ne pouvait dissimuler des faits susceptibles de relancer la procédure en vue de les utiliser plus tard. En gros, c'est ça.

– Bon, bon, vous connaissez l'affaire. Ne vous a-t-il jamais paru bizarre que le même tribunal puisse changer d'avis de sa propre initiative ? Réfléchissez. Pendant deux siècles, la Cour suprême des États-Unis a considéré comme légales les exécutions. Elle a dit qu'elles étaient constitutionnelles et s'accordaient parfaitement avec le huitième amendement. Puis, en 1972, la Cour suprême des États-Unis a lu la même Constitution et a mis hors la loi la peine de mort. En 1976, la Cour suprême des États-Unis a affirmé que, tout compte fait, les exécutions entraient dans le cadre de la Constitution. Et c'était toujours la même bande de gros balourds dans les mêmes robes noires, et le même bâtiment, à Washington. Maintenant, la Cour suprême des États-Unis change de nouveau la règle du jeu, à partir des mêmes textes fondateurs. Le clan Reagan en a assez de se pencher sur cette multitude d'appels. Il est temps d'y mettre bon ordre. Ça me paraît suspect.

– Ça paraît suspect à un tas de gens.

– Que savez-vous sur Dulaney ? demanda Sam en tirant longuement sur sa cigarette.

À cause de l'absence presque totale de ventilation, un nuage de fumée commençait à se former au-dessus d'eux.

– Dans quel État?

– Louisiane. Vous connaissez sûrement.

– Bien entendu. En fait, j'ai probablement étudié plus d'affaires que vous mais je ne m'oblige pas à les retenir à moins d'avoir à m'en servir.

– De vous en servir comment?

– Requêtes, procédures.

– Ainsi, vous vous êtes déjà occupé de condamnés à mort. De combien?

– Vous êtes le premier.

– Quel réconfort! Ces avocats judéo-américains de Kravitz et Bane vous ont expédié ici pour vous procurer une petite expérience sur le tas, exact?

– Je vous ai déjà dit que ce ne sont pas eux qui m'ont envoyé ici.

– Comment va Garner Goodman? Est-il toujours vivant?

– Oui, il a à peu près votre âge.

– Alors il n'en a plus pour longtemps. Et Tyner?

– Mr. Tyner se porte bien. Je lui dirai que vous avez demandé de ses nouvelles.

– Je vous en prie. Dites-lui qu'il m'a réellement manqué, lui et son acolyte. Bon Dieu, ça m'a pris presque deux ans pour les virer.

– Ils ont travaillé dur pour vous.

– Demandez-leur de m'envoyer la note.

Sam gloussa doucement et sourit pour la première fois de la rencontre. Il écrasa soigneusement sa cigarette dans le bol en plastique et en alluma une autre.

– En fait, monsieur Hall, je hais les avocats.

– Comme la plupart des Américains.

– Les avocats m'ont harcelé, m'ont mis en accusation, m'ont poursuivi en justice, m'ont persécuté, m'ont floué puis m'ont envoyé ici. Depuis que je suis là, ils se sont acharnés sur moi, m'ont floué une fois encore, m'ont menti et maintenant ils reviennent à la charge par votre entremise, celle d'un corniaud d'idéaliste, qui ne saurait même pas localiser le palais de justice.

– Vous risquez d'être étonné.

– Ce sera une sacrée surprise en effet, mon garçon, si vous voyez la différence entre votre trou du cul et un trou de serrure. Vous seriez bien le premier péquenaud de Kravitz et Bane à faire la différence.

– Ils vous ont évité la chambre à gaz pendant sept ans.

– Et je dois leur en être reconnaissant ? Il y a quinze condamnés à mort dans ce bâtiment qui y sont depuis plus longtemps que moi. Pourquoi devrais-je être la prochaine victime ? Je suis ici depuis neuf ans et demi. Treemont y est depuis quatorze ans. Naturellement c'est un Afro-Américain et ça l'aide. Ils ont plus de droits que nous, n'est-ce pas ? C'est bien plus difficile de les exécuter. Quoi qu'ils aient pu faire, c'est toujours la faute d'un autre.

– Ce n'est pas vrai.

– Comment diable savez-vous ce qui est vrai ? Il y a un an, vous étiez encore à l'école, à traîner vos jeans délavés, à siffler de la bière avec vos petits copains pendant les pauses. Vous n'avez pas vécu, mon garçon. N'essayez pas de m'apprendre ce qui est vrai.

– Donc, vous êtes partisan de l'exécution rapide des Afro-Américains ?

– Franchement, ce ne serait pas une mauvaise idée. La plupart de ces ordures méritent la chambre à gaz.

– Je suis certain que cette opinion est nettement minoritaire dans le quartier des condamnés à mort.

– Si on veut.

– Et vous, naturellement, vous êtes différent, vous n'êtes pas comme eux.

– Je ne suis pas comme eux. Je suis un prisonnier politique envoyé ici par un fou égocentrique qui se sert de moi pour appuyer sa carrière politique.

– Peut-on parler de votre culpabilité ou de votre innocence ?

– Non. Mais je n'ai pas commis ce pour quoi le jury m'a condamné.

– Donc, vous aviez un complice ? Quelqu'un d'autre a posé la bombe ?

Sam se frotta énergiquement le front avec son majeur comme s'il s'apprêtait à renvoyer ce gamin à ses études. Ce ne fut pas le cas. Il atteignait au contraire un état proche de l'extase. Le parloir était bien plus frais que sa cellule. Cette conversation n'avait pas de sens mais au moins c'était une conversation avec quelqu'un d'autre que le gardien ou le prisonnier invisible de la cellule voisine. Il allait prendre son temps, faire durer la visite le plus longtemps possible.

Adam regardait ses notes en se demandant ce qu'il allait bien pouvoir continuer à dire. Depuis vingt minutes, ils bavardaient, ou plutôt s'affrontaient, sans déboucher sur rien. Il était pourtant bien décidé à aborder le sujet familial avant de partir. Mais il ne savait pas comment s'y prendre.

Les minutes passaient. Ils avaient cessé de se regarder. Sam alluma une autre Montclair.

– Pourquoi fumez-vous autant ? finit par demander Adam.

– Je préférerais mourir d'un cancer du poumon. C'est un vœu fréquent dans le quartier des condamnés à mort.

– Combien de paquets par jour ?

– Trois ou quatre.

Une autre minute de silence. Sam prit son temps pour terminer sa cigarette et demanda gentiment :

– Où avez-vous fait vos études ?

– Licence de droit dans le Michigan, doctorat à Pepperdine.

– Où est-ce ?

– En Californie.

– Est-ce là que vous avez grandi ?

– Oui.

– Combien d'États appliquent encore la peine de mort ?

– Trente-huit. Mais la plupart l'ont mise en sommeil. Elle ne semble avoir survécu que dans le Sud profond, au Texas, en Floride, en Californie.

– Vous n'ignorez pas que nos très estimés législateurs ont changé la loi ici. Aujourd'hui on peut nous faire une piqûre. C'est plus humain. N'est-ce pas mignon ? Toutefois, ça ne me concerne pas. J'ai été condamné il y a trop longtemps. Il me faudra respirer le gaz.

– Peut-être que non.

– Vous avez vingt-six ans ? Vous êtes né en 1964.

– Exact.

Sam prit une autre cigarette dans le paquet et la tapota sur le comptoir.

– Où ?

– À Memphis, répondit Adam sans le regarder.

– Vous ne comprenez rien, mon garçon. Cet État a besoin d'une exécution et il se trouve que je suis la victime désignée. En Louisiane, au Texas, en Floride, on nous tue comme des mouches, et les honnêtes gens de cet État ne comprennent pas pourquoi notre petite chambre à gaz ne sert plus à rien. Plus il y a de violence, plus les gens réclament d'exécutions. Ils se sentent mieux après ça, comme si tout le système s'employait à éliminer les meurtriers. Les politiciens font ouvertement campagne en promettant des prisons, des peines plus lourdes et davantage d'exécutions. C'est pourquoi ces péquenauds de Jackson ont voté pour la piqûre. Comme c'est plus humain, il y aura moins d'objections, donc on pourra la pratiquer plus facilement. Vous me suivez ?

Adam acquiesça.

– C'est le moment d'exécuter quelqu'un et je suis là. C'est pourquoi ils s'activent comme des fous. Vous ne pouvez rien arrêtez.

– On peut certainement essayer. Je veux tenter ma chance.

Finalement Sam alluma sa cigarette. Il aspira une grande bouffée puis fit sortir la fumée en sifflant à travers ses lèvres serrées. Il se pencha en avant en s'appuyant sur ses coudes et fixa la fente dans le treillis.

– De quel coin de Californie venez-vous ?

– Du sud. Los Angeles, dit Adam, affrontant ce regard perçant pour s'en détourner aussitôt.

– Votre famille est toujours là-bas ?

Une douleur aiguë traversa la poitrine d'Adam et, l'espace d'une seconde, son cœur cessa de battre. Sam tira sur sa cigarette sans plisser les yeux.

– Mon père est mort, dit-il d'une voix tremblante en se recroquevillant un peu plus sur sa chaise.

Une longue minute de silence, Sam était en équilibre sur le bord de son siège.

– Et votre mère ?

– Elle vit à Portland. Elle est remariée.

– Où est votre sœur ? demanda-t-il.

Adam ferma les yeux et baissa la tête.

– Encore à l'université, marmonna-t-il.

– Elle s'appelle Carmen, n'est-ce pas ? dit Sam doucement.

– Comment le savez-vous ? demanda Adam, les dents serrées.

Sam s'écarta de la grille et se tassa sur sa chaise pliante. Il laissa tomber sa cigarette sur le plancher.

– Pourquoi es-tu venu ici? dit-il d'une voix plus ferme, plus rude.

– Comment avez-vous découvert que c'était moi?

– À cause de ta voix. Tu parles comme ton père. Pourquoi es-tu ici?

– C'est Eddie qui m'a envoyé.

Ils se regardèrent un court instant dans les yeux puis Sam détourna la tête. Il se pencha lentement en avant et planta ses deux coudes sur ses genoux. Il fixait quelque chose par terre. Il était parfaitement immobile.

Puis il posa sa main droite devant ses yeux.

10

Phillip Naifeh avait soixante-trois ans et n'était plus qu'à dix-neuf mois de sa retraite. Dix-neuf mois et quatre jours. Directeur de la prison d'État du Mississippi depuis vingt-sept ans, il avait vu passer durant sa longue carrière six gouverneurs et une armée de législateurs. Ses prisonniers l'avaient poursuivi en justice des milliers de fois et les tribunaux fédéraux s'étaient bien souvent mêlés de ses affaires. Il avait aussi assisté à de nombreuses exécutions.

Le patron, comme il aimait être appelé (bien que ce titre n'existât pas), était un Libanais pur sang. Après le lycée et l'université, il était retourné dans le Mississippi et, pour des raisons depuis longtemps oubliées, s'était retrouvé dans l'administration pénitentiaire, à la tête de Parchman.

Il haïssait la peine de mort tout en comprenant que la société y soit attachée. Effet dissuasif. Suppression des assassins. Châtiment suprême. Héritage de la Bible. Réponse adaptée à la vindicte populaire. Remède à la souffrance des familles des victimes... Si on insistait, il pouvait sortir des arguments forts que n'importe quel procureur aurait pu faire siens. Même s'il n'adhérait qu'à un ou deux d'entre eux.

Mais la responsabilité de l'exécution lui revenait et il détestait cet aspect sordide de sa fonction. C'était Phillip Naifeh qui accompagnait le condamné de sa cellule à l'isoloir – c'est le nom – où le prisonnier passe ses dernières heures. C'était Phillip Naifeh qui leur faisait franchir la porte voisine, celle de la chambre à gaz. C'était encore à lui de contrôler les liens autour de leurs jambes, de leurs bras et de leur tête. « Un dernier mot ? » avait-il demandé vingt-deux fois en vingt-sept ans. C'était à lui d'ordonner au gardien de verrouiller la cabine, c'était à lui de commander au bourreau par un signe de tête d'actionner les leviers libérant les gaz mortels. Il avait regardé le visage des deux premiers condamnés à mort en train de mourir. Par la suite, il avait préféré observer celui des témoins, qu'il choisissait en personne. Il devait faire une centaine de choses, toutes consignées dans un manuel. On y expliquait la manière de tuer légalement les prisonniers : constat de décès, enlèvement du corps, pulvérisation destinée à prévenir les effets nocifs du gaz imprégnant les vêtements, etc.

Un jour, il avait témoigné devant une commission officielle, réunie à Jackson, pour donner son opinion sur la peine de mort. À mon avis, avait-il expliqué à des gens qui ne voulaient pas l'entendre, il aurait été préférable de laisser enfermés les assassins dans le quartier de haute sécurité. Ils étaient neutralisés, ne pouvaient s'échapper et ne seraient jamais mis en liberté conditionnelle. Ils finiraient par mourir sans qu'on ait besoin d'avoir recours au bourreau.

Ce témoignage avait eu droit aux gros titres et Naifeh avait failli être révoqué.

Encore dix-neuf mois et quatre jours, se disait-il, tandis qu'il passait doucement ses doigts dans son épaisse chevelure grise et lisait attentivement les derniers attendus de la cinquième chambre. Lucas Mann, assis devant son bureau, attendait.

– Quatre semaines, dit Naifeh en reposant le document sur le bureau. Combien d'appels possibles ?

– Les procédures de dernière minute, répondit Mann.

– Quand le jugement a-t-il été rendu ?

– Tôt ce matin. Sam fera appel devant la Cour suprême, qui n'en tiendra pas compte. Ça peut prendre une semaine.

– Quelle est l'opinion de l'avocat ?

– Toutes les possibilités légales ont été épuisées. À mon avis, il y a cinquante pour cent de chances pour que ça se passe à la date prévue.

– C'est énorme.

– Quelque chose me dit que, cette fois-ci, c'est la fin.

Cinquante pour cent de chances représentaient presque une certitude. Il allait falloir mettre le processus en marche, consulter le manuel. Après des années de procédures sans fin, de sursis, les dernières quatre semaines passeraient comme un éclair.

– Avez-vous parlé à Sam ? demanda le directeur.

– Juste un instant. Je lui ai remis ce matin une copie du jugement.

– Garner Goodman m'a appelé hier. Un de leurs jeunes avocats va venir parler à Sam. Est-ce que ça vous ennuie ?

– J'ai parlé à Garner et j'ai vu l'avocat. Il s'appelle Adam Hall. Il est avec Sam en ce moment. Ça risque d'être intéressant : Sam est son grand-père.

– Son quoi ?

– Vous avez parfaitement entendu. Sam Cayhall est le grand-père paternel d'Adam Hall. Hier, on a fait une enquête de routine et on a remarqué quelques détails un peu flous. J'ai appelé le FBI à Jackson et, en moins de deux heures, ils avaient pas mal de preuves indirectes. Je l'ai interrogé ce matin. Il a tout reconnu. D'ailleurs, je ne pense pas qu'il ait tenu à s'en cacher.

– Ce n'est pas le même nom.

– Son père a quitté le Mississippi après l'arrestation de Sam à la suite de l'attentat. Il est parti vers l'Ouest, et a changé de nom. Il s'est suicidé en 1981. Adam s'est fait engager par nos copains de Kravitz et Bane et s'est pointé ce matin pour rencontrer son grand-père.

Naifeh passa cette fois ses deux mains dans son épaisse chevelure et hocha la tête.

– Formidable, vraiment. On n'avait vraiment pas besoin de ça. Pensez à la presse !

– Ils sont l'un en face de l'autre en ce moment. Sam permettra sans doute au gosse d'être son avocat. Franchement, je l'espère. Nous n'avons jamais exécuté un prisonnier sans avocat.

– On devrait exécuter quelques avocats sans leur prisonnier, dit Naifeh en se forçant à sourire.

Sa haine des avocats était légendaire, mais Lucas s'en moquait. Il la comprenait. On avait fait plus de procès à Phillip Naifeh qu'à n'importe qui d'autre dans l'histoire du Mississippi. Il avait bien le droit maintenant de haïr cette profession.

– Je prends ma retraite dans dix-neuf mois, dit-il comme si Lucas l'ignorait. Qui sera le prochain sur la liste ?

Lucas réfléchit une minute et essaya de passer en revue les tonnes d'appels en jugement émanant des quarante-sept prisonniers.

– Personne, à vrai dire. L'homme des pizzas a frôlé la catastrophe il y a quatre mois, mais il a obtenu son sursis. Tranquille pour un an. Son affaire n'est pas claire. Je ne vois pas d'autre exécution avant deux ans.

– L'homme des pizzas ? Excusez-moi mais...

– Malcolm Friar. Il a tué trois garçons de course travaillant pour des pizzas en une semaine. Au procès, il a prétendu que le vol n'était pas son motif. Il avait faim.

Naifeh leva les mains.

– Bon, bon, je me souviens. C'est lui qui vient après Sam ?

– Probablement. Difficile à dire.

– Je sais.

Naifeh s'écarta du bureau et se dirigea vers la fenêtre. Ses chaussures étaient restées près de son fauteuil. Il enfonça ses mains dans ses poches et ses orteils dans la moquette. Il avait été hospitalisé après la dernière exécution, un petit ennui cardiaque, d'après son médecin. Une semaine dans un lit d'hôpital à regarder son petit ennui osciller sur un écran. Puis il avait promis à sa femme qu'il ne participerait plus jamais à une exécution.

Il se retourna pour regarder son vieil ami Lucas Mann.

– Je ne vais pas m'en charger, Lucas. Je passe le témoin à un de mes subordonnés, à quelqu'un de plus jeune, à un homme sérieux, à un homme qui brûle d'avoir du sang sur les mains.

– Pas Nugent.

– Mais si, voyons. Le colonel George Nugent, qui est à la retraite, est mon adjoint de confiance.

– Mais il est dingue.

– D'accord, mais c'est le dingue qu'il nous faut, Lucas. C'est un fanatique des détails, de la discipline, de l'organisation, bon Dieu, on ne peut pas trouver mieux. Je lui confierai le manuel, lui dirai ce que je veux, et il tuera Cayhall à merveille. Il sera parfait.

George Nugent était le directeur adjoint de Parchman. Il s'était fait une solide réputation en organisant un camp d'entraînement pour troupe de choc, destiné aux auteurs d'une première infraction. L'épreuve, d'une étonnante brutalité, durait six semaines. Nugent paradait, fanfaronnait dans des brodequins noirs en jurant comme un sergent instructeur. Il menaçait les délinquants de viol collectif à la moindre incartade. Ses prisonniers ne récidivaient que rarement.

– Mais c'est un fou, Phillip. Un jour ou l'autre, il blessera quelqu'un.

– Essayez de comprendre. On va lui confier Sam pour qu'il fasse ça dans les règles, légalement. Dieu sait à quel point Nugent aime les règlements. On ne peut pas trouver mieux, Lucas. Ce sera une exécution parfaite.

Cette décision ne concernait pas Lucas Mann. Il haussa les épaules.

– C'est vous, le patron.

– Merci, dit Naifeh. Je l'aurai à l'œil pour cette partie du boulot et vous le surveillerez pour l'aspect juridique. On s'en sortira.

– Ce sera la plus importante qu'on ait jamais eue, dit Lucas.

– C'est pourquoi il faut que je me ménage. Je suis un vieil homme.

Lucas prit son dossier sur le bureau et se dirigea vers la porte.

– Je reviendrai après le départ du gamin. En principe, il doit venir me voir avant de quitter la prison.

– J'aimerais le rencontrer, dit Naifeh.

– C'est un gentil garçon.

– De bonne famille, hein ?

Le gentil garçon et son prisonnier de grand-père avaient gardé le silence pendant quinze minutes. Le seul bruit perceptible était l'enrouement d'un système d'air conditionné en voie d'extinction. Adam avait passé la main devant la soufflerie poussiéreuse. On sentait vaguement un peu d'air frais. Il s'appuya au comptoir et regarda le mur du fond, aussi loin de Sam que possible. La porte s'ouvrit soudain et la tête de Packer apparut. Le surveillant venait simplement voir si tout se passait bien.

– Ça va, dit Adam sans conviction.

– Très bien, dit Packer en s'empressant de refermer la porte.

Adam regagna lentement sa chaise. Il la rapprocha du treillis et s'appuya sur ses coudes.

– Nous avons besoin de parler, dit-il doucement.

Sam acquiesça sans rien dire. Il s'essuya les yeux avec sa manche. Il sortit une cigarette de son paquet et la glissa entre ses lèvres. Sa main tremblait. Il aspira une profonde bouffée.

– Ainsi c'est toi, Allan, dit-il d'une voix rauque.

– À une certaine époque, oui. Mais je ne l'ai su qu'à la mort de mon père.

– Tu es né en 1964.

– Oui.

– Mon premier petit-fils.

Adam détourna le regard.

– Tu as disparu en 1967.

– Probablement. Je n'en ai pas gardé le souvenir, vous savez.

– J'ai appris qu'Eddie avait filé là-bas et qu'un autre enfant était né. Carmen. J'ai tout appris par bribes. Je savais que vous étiez dans le sud de la Californie. Ton père a bien fait de disparaître.

– Nous avons bougé sans arrêt lorsque j'étais enfant. Il avait des difficultés à garder un travail.

– Tu n'étais pas au courant à mon sujet?

– Non. On ne parlait jamais de la famille. J'ai tout découvert après l'enterrement.

– Qui te l'a dit?

– Lee.

Sam ferma les yeux, grimaça puis tira sur sa cigarette.

– Comment va-t-elle?

– Bien, je suppose.

– Pourquoi es-tu allé travailler chez Kravitz et Bane?

– C'est un bon cabinet.

– Savais-tu que c'étaient mes avocats?

– Oui.

– Donc tu avais projeté tout ça?

– Pendant presque cinq ans.

– Mais pourquoi?

– Je ne sais pas.

– Tu dois bien avoir une raison.

– Ça me semble évident. Vous êtes mon grand-père,

non. Qu'on en soit heureux ou pas, vous êtes qui vous êtes et je suis qui je suis. Me voilà. Qu'allons-nous faire maintenant ?

– Tu devrais laisser tomber.

– Je ne laisserai pas tomber, Sam. Je m'y suis préparé depuis trop longtemps.

– Préparé pour quoi ?

– Vous avez besoin d'un avocat. Vous avez besoin d'aide. C'est pourquoi je suis ici.

– On ne peut plus m'aider. Ils sont bien décidés à m'asphyxier pour un tas de raisons. C'est clair. Il ne faut pas que tu t'en mêles.

– Et pourquoi donc ?

– Premièrement, parce que c'est sans espoir. Tu ne te sentiras pas bien si tu te démènes sans résultat. Deuxièmement, ta véritable identité apparaîtra au grand jour. Ce sera très gênant. Reste Adam Hall.

– Je suis Adam Hall et je n'ai pas l'intention de changer. Mais je suis aussi votre petit-fils et nous n'y pouvons rien. Aussi, quel est le problème ?

– Ce sera gênant pour ta famille. Eddie a eu bien raison de te protéger. Ne flanque pas tout en l'air.

– On sait déjà qui je suis. Mes employeurs, Lucas Mann et...

– Ce minable le dira à tout le monde. Ne lui fais pas confiance une seule minute.

– Écoutez, Sam, vous ne me comprenez pas. Je me moque éperdument que le monde sache que je suis votre petit-fils. J'en ai assez de ces sales petits secrets de famille. Je suis un grand garçon maintenant, je peux penser par moi-même. En tant qu'avocat, je commence à être blindé. Je suis à la hauteur.

Sam se détendit. Il regarda le sol avec un fin sourire gentil et narquois, le genre de sourire que les hommes adressent aux petits garçons qui font des choses au-dessus de leur âge.

– Tu ne peux pas comprendre, mon petit, dit-il d'une voix calme et mesurée.

– Je ne demande pas mieux que vous m'expliquiez, répliqua Adam.

– Ça prendrait des siècles.

– Nous avons quatre semaines. On peut bavarder pendant quatre semaines.

– Que veux-tu exactement savoir ?

Adam se pencha encore un peu. Ses yeux étaient à quelques centimètres de la fente du treillis.

– Tout d'abord, je veux parler de votre affaire – les appels, la stratégie, les procès, l'attentat. Par exemple, qui était avec vous cette nuit-là ?...

– Personne n'était avec moi.

– Nous en discuterons plus tard.

– Nous en discuterons maintenant. J'étais seul, tu m'entends ?

– Bon. Deuxièmement, je veux que vous me parliez de ma famille.

– Et pourquoi ?

– Et pourquoi pas ? Pourquoi la mettre de côté ? Je veux que vous me parliez de votre père, de votre grand-père, de vos frères, de vos cousins. Il est possible que je déteste ces gens, mais j'ai le droit de savoir. Toute ma vie, on m'a tenu éloigné de mon passé. Je veux le connaître.

– Il n'a rien de remarquable.

– Oh, vraiment ! Écoutez, Sam, je pense que c'est déjà assez remarquable que vous soyez ici dans le quartier des condamnés à mort – c'est un club assez fermé, non ? De plus vous êtes blanc, de la classe moyenne, et vous avez près de soixante-dix ans. Ça rend la chose encore plus extraordinaire. Je veux savoir pourquoi vous avez échoué ici. Qu'est-ce qui vous a poussé à faire ces choses ? Combien y avait-il de membres du KKK dans ma famille ? Et pourquoi ? Combien d'autres personnes ont été tuées durant cette période ?

– Tu penses que je vais te déballer tout ça ?

– Oui, je le pense. Vous y viendrez. Je suis votre petit-fils, Sam, la seule personne vivante dans votre famille qui s'intéresse encore à vous. Vous parlerez, Sam, vous me raconterez ces choses.

– Bien. Puisque je serai si bavard, de quoi d'autre devrons-nous parler ?

– D'Eddie.

Sam respira profondément et ferma les yeux.

– Tu ne veux pas grand-chose, n'est-ce pas ? dit-il doucement.

Adam se remit à gribouiller quelque chose sur son calepin.

Le temps était venu d'allumer une autre cigarette. Un autre nuage de fumée bleue partit rejoindre le brouillard qui planait au-dessus de leurs têtes. La main du vieil homme ne tremblait plus.

– Quand nous en aurons fini avec Eddie, de quoi voudras-tu parler ?

– Je ne sais pas. Ça peut suffire à occuper quatre semaines.

– Et quand parlerons-nous de toi ?

– Quand vous voudrez.

Adam fouilla dans son attaché-case et en sortit un mince dossier. Il glissa une feuille de papier et un stylo par l'ouverture.

– Il me faut votre accord pour vous représenter légalement. Signez en bas de la page.

Sam lut le texte de loin.

– Ainsi je retombe entre les pattes de Kravitz et Bane.

– On le dirait.

– Ça veut dire quoi ? Il est écrit, là, que je suis d'accord pour laisser ces Juifs s'occuper à nouveau de moi. Il m'a fallu une éternité pour les virer. Bon Dieu, je ne les payais même pas.

– C'est un accord entre nous, Sam. Vous ne verrez jamais ces gens sauf si vous le désirez.

– Je ne veux pas les voir.

– Parfait. Il se trouve que je travaille pour ce cabinet, il faut donc que cet engagement le mentionne. C'est aussi simple que ça.

– Ah, l'optimisme de la jeunesse ! Tout est simple. Je suis là, assis à moins de cinquante mètres de la chambre à gaz, l'aiguille des heures tourne de plus en plus vite, et tout paraît facile.

– Signez donc ce fichu papier, Sam.

– Et puis ?

– Et puis nous nous mettrons au travail. Légalement, je ne peux rien faire sauf si vous me donnez votre accord. Signez ça, afin que nous puissions commencer.

– Tu aimerais commencer par quoi ?

– Revenir sur l'attentat des Kramer, pas à pas, lentement.

– Déjà fait un millier de fois.

– Nous le referons. J'ai un gros cahier plein de questions.

– On me les a déjà posées.

– D'accord, Sam, mais vous n'y avez pas répondu. Et ce n'est pas moi qui les ai posées.

– Tu penses que je mentais.

– Est-ce que vous mentiez?

– Non.

– Mais vous n'avez pas dit toute la vérité?

– Quelle différence maintenant, monsieur l'avocat? Tu as étudié l'affaire Barteman?

– Oui. Je l'ai en tête. Il y a un certain nombre de points assez flous.

– Ah, revoilà l'avocat.

– S'il y a de nouvelles preuves, il y a moyen de les exposer. Sam, nous allons créer suffisamment de confusion pour qu'un juge, quelque part, se mette à réfléchir. Se mette à réfléchir sérieusement, afin d'en apprendre davantage. Et nous aurons gagné un sursis.

– Je connais la règle du jeu, fiston.

– Adam. Je m'appelle Adam, d'accord?

– Pendant qu'on y est, appelle-moi papy. Tu vas faire appel auprès du gouverneur?

– Oui.

Sam s'approcha très près du grillage. Il pointa son index en direction du nez d'Adam. Son visage était brusquement devenu sévère, ses yeux plissés.

– Écoute-moi bien, Adam, gronda-t-il, si je signe ce bout de papier, j'exige que tu ne parles jamais à ce salaud. Jamais. Tu m'entends?

Adam fixait l'index en silence.

– C'est un fils de pute. Ignoble, répugnant, corrompu. Si rusé avec ça qu'il peut tout dissimuler derrière un joli sourire. C'est à lui seul que je dois d'être dans le quartier des condamnés à mort. Prends contact avec lui et c'est terminé, tu n'es plus mon avocat.

– Donc, je suis votre avocat.

L'index s'abaissa.

– Oh, je veux bien te laisser te faire la main sur moi. Adam, ta profession est réellement mal en point. Si j'étais un citoyen ordinaire, je ne pourrais pas m'offrir un avocat. Trop cher. Mais voilà, je suis un tueur reconnu, du coup j'ai vu les avocats accourir de partout. De grands, de riches avocats, des avocats célèbres ayant leur avion particulier et leur émission à la télé. Peux-tu m'expliquer ça?

– Bien sûr que non. D'ailleurs je m'en moque.

– Ta profession est vraiment malade.

– Beaucoup d'avocats sont honnêtes et travaillent dur.

– Mais oui, mais oui.

– Le gouverneur sera notre dernière chance.

– Alors on peut me gazer maintenant. Ce trou du cul viendra assister à mon exécution. Et après, quelle conférence de presse ! Tous les détails. Il me doit sa carrière. S'il peut encore m'arracher quelques bons morceaux de chair, il n'y manquera pas. Renonce à cette ordure.

– On en discutera plus tard.

– On en discute maintenant. Il me faut ta parole avant que je signe ce papier.

– D'autres conditions ?

– Ouais. Si je décide de me débarrasser de toi, je veux être sûr que ton cabinet me laissera tranquille. Il faut ajouter ça.

– Laissez-moi voir.

Adam écrivit en bas de la page, très lisiblement, un petit paragraphe. Sam le lut lentement, puis posa la feuille sur le comptoir.

– Vous ne signez pas ? demanda Adam.

– Je réfléchis.

– Puis-je vous poser quelques questions pendant que vous réfléchissez ?

– Vas-y.

– Où donc avez-vous appris à manipuler des explosifs ?

– Ici et là.

– Il y a eu au moins cinq attentats du même type avant celui des Kramer. Tous dignes d'un amateur : dynamite, amorce, mèche. Mais pour Kramer c'était différent. Système à retardement. Qui vous a appris à faire des bombes ?

– N'as-tu jamais allumé un pétard ? C'est le même principe. Une allumette sur la mèche, ça grimpe à toute vitesse et boum !

– Un système à retardement, c'est plus compliqué. Qui vous a appris ?

– Ma mère. Quand projettes-tu de revenir ici ?

– Demain.

– Voilà ce qu'on va faire. J'ai besoin d'un peu de temps pour réfléchir. Laisse-moi jeter un coup d'œil sur ce document, y apporter quelques modifications, et nous nous verrons demain.

– C'est une perte de temps.

– J'ai perdu presque dix ans ici. Un jour de plus ou de moins, quelle importance ?

– On peut ne pas m'autoriser à revenir si je ne suis pas officiellement votre avocat.

– Dis-leur que tu es mon avocat pour les prochaines vingt-quatre heures. Ils te laisseront entrer.

– Nous avons du pain sur la planche, Sam. J'aimerais commencer tout de suite.

– J'ai besoin de réfléchir, d'accord ? Après neuf ans, seul dans une cellule, tu sais réfléchir et analyser. Mais pas à toute vitesse, tu me comprends ? Je suis un peu étourdi. Tu m'as porté un drôle de coup.

– Bon.

– Ça ira mieux demain. Nous pourrons parler. Je te le promets.

– Bien.

Adam referma son stylo et le fourra dans sa poche. Il glissa le dossier dans son attaché-case.

– Je vais rester à Memphis pendant les deux mois qui viennent.

– À Memphis ? Je pensais que tu vivais à Chicago.

– Je vais travailler dans notre petite succursale de Memphis. Le numéro de téléphone est sur la carte. N'hésitez pas à m'appeler.

– Que feras-tu après ?

– Je ne sais pas. Il est possible que je retourne à Chicago.

– Es-tu marié ?

– Non.

– Et Carmen ?

– Non.

– Comment est-elle ?

Adam mit ses mains sur sa tête et jeta un coup d'œil au petit nuage qui flottait au-dessus d'eux.

– Elle est très intelligente. Très jolie. Tout le portrait de sa mère.

– Evelyn était une belle fille.

– Elle est toujours jolie.

– Eddie a eu de la chance de l'épouser. Mais je n'aimais pas sa famille.

Elle n'aimait certainement pas la nôtre, se dit Adam. Sam se frotta les yeux et pinça l'os de son nez.

– Ces affaires de famille demanderont pas mal de temps, dit-il sans lever les yeux.

– Oui.

– Je ne pourrai parler de tout.

– Mais si, vous le pourrez. Vous me le devez, Sam. Et vous vous le devez.

– Tu ne sais pas de quoi tu parles ! Crois-moi, tu refuseras de découvrir tout ce qui se cache.

– Essayez voir. J'en ai assez des secrets.

– Pourquoi veux-tu savoir ces choses ?

– J'aimerais leur donner un sens.

– Perte de temps.

– C'est à moi de décider, non ?

Sam posa ses mains sur ses genoux puis se leva lentement.

– J'ai envie de partir maintenant.

Les deux hommes échangèrent un coup d'œil à travers les petits losanges du treillis.

– Bien sûr, dit Adam. Puis-je vous apporter quelque chose ?

– Non. Reviens.

– C'est promis.

11

Adam et Packer sortirent de la pénombre du parloir pour se retrouver dans la lumière aveuglante de midi. Adam ferma les yeux et chercha ses lunettes de soleil. Packer, protégé par des Ray-Ban, avait le visage à demi caché par la casquette réglementaire de Parchman. L'air était étouffant, presque palpable.

– Sam va bien ? demanda Packer.

Il avait les mains dans les poches et ne paraissait pas pressé.

– J'imagine.

– Vous avez faim ?

– Non, répondit Adam en jetant un coup d'œil à sa montre.

Il était presque une heure. Packer venait-il de lui offrir de déjeuner à la prison ?

– Dommage. Aujourd'hui c'est mercredi, salade de navets et galette de maïs.

– Merci.

On pensait sans doute qu'il avait une envie folle de salade de navets et de galette de maïs.

– Peut-être la semaine prochaine, dit-il, n'arrivant pas à croire qu'on ait pu l'inviter à déjeuner dans le quartier des condamnés à mort.

Ils avaient atteint le premier portail.

– Quand revenez-vous ? demanda Packer.

– Demain.

– Si vite ?

– Oui. Je vais être dans les parages pendant un certain temps.

– Bon. Content d'avoir fait votre connaissance, dit-il avec un large sourire avant de s'éloigner.

Comme Adam arrivait devant le deuxième portail, le seau rouge commença sa descente. Il s'arrêta à un mètre du sol et Adam remua les clefs pour trouver la sienne.

Un minibus blanc de l'administration pénitentiaire était garé près de la voiture d'Adam. La vitre du conducteur s'abaissa et Lucas Mann se pencha à l'extérieur.

– Êtes-vous pressé ?

Adam jeta de nouveau un coup d'œil à sa montre.

– Pas vraiment.

– Parfait. Montez. J'ai besoin de vous parler. On va faire le tour des bâtiments.

Adam n'avait aucune envie de faire du tourisme. Mais il avait projeté de s'arrêter au bureau de Mann. Le climatiseur fonctionnait à plein régime. Lucas ne paraissait pas à sa place derrière le volant d'un minibus.

– Comment ça s'est passé ? demanda-t-il.

Adam essaya de se souvenir de ce que Sam lui avait dit de Lucas Mann. Il ne fallait pas lui faire confiance.

– Bien, je pense, répliqua-t-il vaguement.

– Serez-vous son avocat ?

– Je crois. Il veut y réfléchir ce soir et me voir demain.

– Pas de problème. Mais il faut lui faire signer l'engagement demain. Une autorisation écrite nous est indispensable.

– Je l'aurai. Où allons-nous ?

Ils passèrent devant des maisons blanches agréablement ombragées, avec des parterres de fleurs, puis ils roulèrent à travers des champs de coton et de haricots qui s'étendaient jusqu'à l'horizon.

– Nulle part en particulier. J'ai pensé que vous aimeriez voir une partie de notre ferme. De plus nous avons besoin de parler.

– Je vous écoute.

– Depuis le jugement de la cinquième chambre nous avons déjà reçu au moins trois coups de fil de journalistes. Ils reniflent l'odeur de sang et veulent savoir si c'est la fin pour Sam. Quelques-uns sont de braves types mais la plupart d'infects charognards. Ils veulent savoir si Sam a ou non un avocat. S'il se défendra lui-même jusqu'à la fin. Enfin, toujours le même cirque.

Dans un champ à droite, un groupe de prisonniers en pantalon blanc travaillait torse nu, sous la surveillance d'un gardien à cheval armé d'un fusil. Leur dos et leur poitrine dégoulinaient sous ce soleil de plomb.

– Que font ces types ? demanda Adam.

– Ils récoltent le coton.

– Travail forcé ?

– Non. Rien que des volontaires. C'est ça ou la cellule.

– Ils sont en blanc. Sam en rouge. J'en ai vu, près de la nationale, en bleu.

– Classification. Le blanc signifie que ces gens ne présentent que peu de risques.

– Quels sont leurs crimes ?

– N'importe quoi. Trafic de drogue, meurtre, récidive, tout ce que vous voulez. De vrais agneaux depuis qu'ils sont ici. On les habille en blanc et on leur permet de travailler.

Des grilles et des fils de fer barbelés apparurent. Sur la gauche étaient alignés des bâtiments modernes à un étage. Semblables à une caserne ou au dortoir d'une université conçue par un mauvais architecte, mais entourés de miradors.

– Qu'est-ce que c'est ? demanda Adam.

– L'unité 30.

– Combien y a-t-il d'unités en tout ?

– Je ne sais plus. Nous n'arrêtons pas de construire et de démolir.

– Est-ce qu'on peut faire patienter les journalistes ? Je n'ai pas envie de leur parler maintenant au cas où les choses se gâteraient demain.

– Je peux les tenir une journée. Mais ils n'attendront pas plus longtemps.

Ils roulèrent au moins trois kilomètres avant que les fils de fer barbelés d'une autre unité se mettent à scintiller au-dessus des champs.

– J'ai parlé ce matin au directeur, après votre arrivée, dit Lucas. Il aimerait vous rencontrer. Vous l'apprécierez. Il a horreur des exécutions. Il espérait ne plus en avoir d'ici sa retraite, dans deux ans. Ça semble compromis.

– Bien sûr. Il ne fait que son travail, après tout.

– Comme nous tous, ici.

– Parlons-en. Pas un, parmi vous, qui ne veuille me

taper dans le dos et s'apitoyer en ma présence sur ce pauvre vieux Sam. Personne ne veut le tuer. Chacun ne fait que son travail.

– Beaucoup de gens veulent la mort de Sam.

– Qui ?

– Le gouverneur et le procureur. Vous connaissez sans doute le gouverneur, mais c'est le procureur qu'il faut avoir à l'œil. Il veut lui aussi devenir gouverneur.

– Il s'appelle Roxburgh ?

– C'est ça. Il aime les caméras. Il tiendra sûrement une conférence de presse cet après-midi. S'il ne dément pas sa réputation, il s'attribuera le mérite de la décision prise par la cinquième chambre et promettra de faire l'impossible pour qu'on exécute Sam dans quatre semaines. Ça me surprendrait si le gouverneur ne se montrait pas à son tour dans les journaux télévisés de ce soir. Entendez-moi bien, Adam, la pression est énorme. Elle vient d'en haut. Pas de sursis. La mort de Sam sert trop d'ambitions politiques.

Sur un espace cimenté, entre deux bâtiments, une partie de basket-ball battait son plein. Une douzaine de joueurs dans chaque équipe. Tous les hommes étaient noirs. Dans la cour suivante, des haltérophiles poids lourd soulevaient d'énormes disques de métal. Adam remarqua la présence de quelques Blancs.

– Il y a une autre raison, poursuivit Lucas. En Louisiane, on tue à tour de bras. Le Texas a déjà exécuté six prisonniers cette année, la Floride cinq. Nous n'avons pas eu une seule exécution depuis deux ans. Certains pensent qu'on est à la traîne. Il est temps de montrer à ces États que nous les valons quand il s'agit de bien gouverner. Tout concourt à une issue fatale. Sam est dans le collimateur.

– Et après lui ?

– À vrai dire, personne. Deux ans de répit. Les vautours attendent.

– Pourquoi me dire tout ça ?

– Je ne suis pas votre ennemi. Je suis l'avocat de cette prison, pas celui de l'État du Mississippi. Et comme c'est votre première visite ici, j'ai tenu à vous informer.

– Merci, dit Adam.

– Je vous aiderai du mieux que je pourrai.

On discernait des toits à l'horizon.

– Est-ce le devant de la prison ? demanda Adam.

– Oui.

– J'aimerais partir maintenant.

Le cabinet de Kravitz et Bane à Memphis occupait deux étages d'un immeuble construit dans les années vingt. Le hall principal n'était que marbre et bronze. Dans les bureaux spacieux, des objets d'art ancien, des boiseries de chêne et des tapis persans. Une jolie et jeune secrétaire accompagna Adam jusqu'au bureau de Baker Cooley, le responsable du cabinet. Les deux hommes se présentèrent et se serrèrent la main. Le regard de Cooley s'attarda un peu trop longtemps sur la jeune femme tandis qu'elle quittait la pièce.

– Bienvenue dans le Sud, dit Cooley en s'asseyant dans son élégant fauteuil tournant en cuir bordeaux.

– Merci. Je présume que vous avez parlé à Garner Goodman.

– Hier. Deux fois. Il m'a mis au courant. Nous disposons d'une jolie petite salle de réunion au bout de ce couloir. Téléphone, ordinateur, etc. Vous vous y installerez pour le... euh... le temps qu'il faudra.

Cooley avait la cinquantaine ; un homme soigné, à l'élocution facile, aux gestes vifs et précis. Ses cheveux gris et ses yeux cernés le faisaient ressembler à un comptable épuisé.

– Quelle sorte d'affaires traitez-vous ici ? demanda Adam.

– Guère de procès et jamais d'affaires criminelles, répondit-il rapidement, comme si les criminels n'avaient pas le droit de poser leurs pieds sales sur l'épaisse moquette et les élégants tapis de ce cabinet.

– Nous travaillons presque uniquement pour d'importantes sociétés, poursuivit Cooley. Nous représentons quelques vieilles banques et nous émettons des obligations pour l'administration.

Travail passionnant ! se dit Adam.

– Combien y a-t-il d'avocats ? demanda-t-il, essayant de meubler la conversation.

– Une douzaine. Rien à voir avec Chicago, évidemment.

Sur ce point-là, vous avez raison, pensa Adam.

– Je brûle d'impatience de faire un tour en ville. J'espère ne pas vous déranger.

– Sûrement pas. Je crains malheureusement qu'on ne puisse vous être d'un grand secours. Nous sommes spécialisés dans la gestion. Je n'ai pas fréquenté les tribunaux depuis vingt ans au moins.

– Aucune importance. Mr. Goodman et son équipe se tiennent là-bas, en renfort.

Cooley sauta sur ses pieds et se frotta les mains comme s'il ne savait trop qu'en faire.

– Eh bien, euh, Darlene sera votre secrétaire. Elle vous donnera la clef, des informations sur le parking, les mesures de sécurité, le téléphone, les photocopieuses, etc. Si vous avez besoin d'un adjoint, n'hésitez pas à me le faire savoir.

– Merci. Ça ne sera pas nécessaire.

– Jetons un coup d'œil à votre bureau.

Adam suivit Cooley dans des couloirs déserts. Il sourit intérieurement en pensant aux bureaux de Chicago : couloirs bondés, avocats débordés, secrétaires affairées, sonneries de téléphone, crépitement des photocopieuses, des fax, des interphones. Une vraie galerie marchande. C'était un asile de fous, dix heures par jour.

Ici, on avait l'impression de se trouver dans une chapelle ardente. Cooley poussa une porte et appuya sur un commutateur. La pièce était somptueuse. Un long bureau, une belle table de conférence cirée avec cinq fauteuils de chaque côté. Au bout, un téléphone, un ordinateur et un fauteuil présidentiel. Adam longea la table et jeta un coup d'œil à la bibliothèque remplie de livres de droit superbes, jamais utilisés. Il écarta les rideaux de la fenêtre.

– Jolie vue, dit-il.

– J'espère que ça ira, dit Cooley.

– Ça ira très bien. J'essaierai de ne pas vous gêner.

– Absurde. Si vous avez besoin de quoi que ce soit, passez-moi un coup de fil, dit Cooley en s'avançant lentement vers Adam. Néanmoins il y a une petite chose..., poursuivit-il en fronçant les sourcils.

Adam le regarda dans les yeux.

– Oui ?

– J'ai reçu deux coups de téléphone, il y a quelques heures, d'un journaliste. Il voulait savoir si notre cabinet s'occupait encore du prisonnier. Je lui ai suggéré de prendre contact avec Chicago. Nous, bien entendu, n'avons rien à faire avec ça.

Il sortit un morceau de papier de sa poche et le tendit à Adam.

– Voici son nom et son numéro de téléphone.

– Je m'en occuperai, dit Adam.

Cooley s'avança encore d'un pas et croisa les bras.

– Vous n'ignorez pas, Adam, que nous ne sommes pas des avocats d'assises, mais des gestionnaires. Nous évitons toute publicité tapageuse.

Adam acquiesça d'un hochement de tête.

– Nous ne nous sommes jamais occupés d'une affaire criminelle, et moins encore de quelque chose d'aussi énorme que l'histoire Cayhall.

– Vous ne souhaitez pas être éclaboussé, n'est-ce pas ?

– Mais non. Il se trouve simplement qu'il en va différemment ici. Nos plus gros clients sont de vieux banquiers conformistes. Et nous nous préoccupons de notre image. Vous voyez ce que je veux dire ?

– Non.

– Mais si, voyons. Nous n'avons pas affaire à des criminels.

– Vous ne vous occupez jamais d'affaires criminelles ?

– Jamais.

– Mais vous représentez de grosses banques ?

– Bon Dieu, tout le monde a besoin des banques.

– Et vous ne souhaitez pas que la réputation de mon client déteigne sur celle des vôtres ?

– Écoutez, Adam, c'est une affaire qui relève des pontes de Chicago, elle est entre leurs mains. Memphis n'a absolument rien à avoir avec tout ça, d'accord ?

– Ce cabinet fait partie de Kravitz et Bane.

– Soit, mais ce cabinet n'a rien à gagner à être mêlé à des crapules comme Sam Cayhall.

– Sam Cayhall est mon grand-père.

– Oh, merde ! lâcha Cooley, les bras ballants. Impossible !

Adam fit un pas vers son interlocuteur.

– C'est pourtant vrai. Si vous n'êtes pas d'accord avec ma présence ici, alors faites-en part à Chicago.

– Mais c'est affreux, dit Cooley en se tournant vers la porte.

– Appelez Chicago.

– C'est ça, murmura-t-il.

Bienvenue à Memphis, se dit Adam en s'asseyant dans le grand fauteuil et devant l'écran vide de l'ordinateur. Il posa le bout de papier sur la table et lut le nom et le numéro de téléphone. Une fringale le prit soudain et il se rendit compte qu'il n'avait pas mangé depuis une éternité. Il était presque quatre heures. Brusquement, il se sentait faible, affamé.

Il posa ses pieds sur la table à côté du téléphone et ferma les yeux. Cette journée n'avait pas été de tout repos. L'angoisse de rouler vers Parchman, la découverte de la prison, la rencontre avec Lucas Mann, l'horreur de pénétrer dans le quartier des condamnés à mort, la peur de se trouver face à face avec Sam. Et maintenant, le directeur voulait le rencontrer, la presse lui poser des questions, et la succursale de Memphis le faire taire. Tout cela en moins de huit heures.

Que lui réserverait le lendemain ?

Ils étaient assis tous les deux dans le divan rembourré. Entre eux, un saladier rempli de pop-corn. Leurs pieds nus reposaient sur la table basse au milieu d'une demi-douzaine de barquettes vides, provenant du traiteur chinois, et de deux bouteilles de vin. Ils regardaient la télévision. Adam tenait la télécommande. Le salon était plongé dans la pénombre.

Lee était restée longtemps immobile. Ses yeux étaient humides, mais elle ne parlait pas. Le film vidéo repassait pour la deuxième fois.

Adam appuya sur le bouton d'arrêt sur image au moment où Sam apparaissait, menottes aux poignets.

– Où étais-tu quand tu as appris qu'il était arrêté ? demanda-t-il sans regarder sa tante.

– Ici, à Memphis, dit-elle d'une voix éteinte. J'étais mariée depuis quelques années. Une femme au foyer. Phelps m'a appelée pour me dire qu'il y avait eu un attentat à Greenville qui avait fait au moins deux morts. Probablement l'œuvre du KKK. Il m'a demandé de regarder les informations de midi mais je redoutais de le faire. Quelques heures plus tard ma mère m'a téléphoné. On avait arrêté papa.

– Comment as-tu réagi ?

– Je ne sais plus. Atterrée. Effrayée. Eddie a pris à son tour le téléphone. Sam leur avait demandé, à lui et à maman, de filer à Cleveland pour aller chercher sa voiture. Je me souviens qu'Eddie n'arrêtait pas de dire que ça y était, que ça y était. Qu'il avait fini par tuer quelqu'un. Il pleurait et moi aussi, je m'y suis mise; c'était vraiment horrible.

– Ils ont réussi à enlever la voiture.

– Oui. Personne ne s'en est jamais douté. Cette question n'a jamais été soulevée au cours des trois procès. Nous avions peur que les flics ne découvrent quelque chose et n'obligent Eddie et ma mère à témoigner. Mais non.

– Et moi, j'étais où?

– Laisse-moi réfléchir. Vous viviez dans une petite maison à Clanton. Tu y étais avec Evelyn. Elle ne travaillait pas, à cette époque.

– Où travaillait mon père?

– Difficile à dire. À un moment donné, il a été directeur d'un magasin de pièces détachées pour autos à Clanton. Il n'arrêtait pas de changer de boulot.

Le film montrait maintenant les aller et retour de Sam entre la prison et le palais de justice. On annonçait qu'il avait été inculpé pour double meurtre. Adam arrêta la bande vidéo.

– L'un d'entre vous est-il allé voir Sam en prison?

– Non. Pas tant qu'il était à Greenville. Sa caution était très élevée, un demi-million de dollars, je crois.

– Un demi-million de dollars, en effet.

– Tout d'abord la famille a essayé de rassembler la somme. Ma mère voulait que je persuade mon mari de faire un chèque. Naturellement Phelps a refusé. Il ne voulait pas être mêlé à cette histoire. Nous nous sommes disputés mais je ne pouvais réellement lui en vouloir. Papa est resté en prison. Un de ses frères a essayé d'hypothéquer un bout de terrain mais ça n'a pas marché. Eddie ne voulait pas aller le voir en prison et maman n'en était pas capable. Je ne suis pas sûre que Sam désirait notre visite.

– Quand avons-nous quitté Clanton?

Lee se pencha pour prendre son verre de vin. Elle but une gorgée et réfléchit un moment.

– Il était en prison depuis un mois environ. Un jour, maman m'a dit qu'Eddie pensait à partir. Je n'en croyais rien. Selon elle, il se sentait gêné, humilié. Il ne pouvait plus supporter les gens de cette ville. Il venait de perdre son travail, restait cloîtré dans la maison. Je l'ai appelé. Je suis tombée sur Evelyn. Je lui ai demandé s'ils allaient partir, elle m'a assuré que non. Une semaine plus tard, ma mère m'a appelée pour me dire que vous aviez déguerpi au milieu de la nuit. Le propriétaire était venu réclamer le loyer, la maison était vide. Personne n'avait vu Eddie.

– Aucun souvenir.

– Tu n'avais que trois ans, Adam. La dernière fois que je t'ai vu, tu jouais près du garage de la petite maison. Tu étais sage et mignon.

– Merci, merci.

– Plusieurs semaines ont passé puis Eddie m'a contactée en me demandant de prévenir maman que vous étiez au Texas, que tout se passait bien.

– Au Texas ?

– Oui. Evelyn m'a raconté beaucoup plus tard que vous aviez, disons, dérivé vers l'ouest. Elle était enceinte et souhaitait vivement s'installer quelque part. Eddie m'a recontactée pour m'informer que vous étiez en Californie. Ce fut son dernier appel pour plusieurs années.

– Plusieurs années ?

– Oui. J'essayais de le convaincre de revenir à la maison mais il se montrait inébranlable.

– Où se trouvaient les parents de ma mère ?

– Je ne sais pas. Ils n'habitaient pas le comté de Ford. En Géorgie peut-être, ou en Floride.

– Je ne les ai jamais rencontrés.

Adam pressa de nouveau le bouton et le film repartit. Le premier procès dans le comté de Nettles. Panoramique sur le pelouse, devant le palais de justice, avec les membres du KKK, les cordons de policiers et la foule des curieux.

– C'est incroyable, dit Lee.

Adam arrêta de nouveau le film.

– As-tu assisté au procès ?

– Une fois. Je me suis faufilée dans la salle d'audience pour entendre les dernières plaidoiries. Mon père nous avait interdit d'assister à aucun de ses trois procès. Maman n'en aurait pas été capable. Elle souffrait d'hypertension et se bourrait de médicaments. Elle était quasiment clouée au lit.

– Sam s'est-il douté de ta présence ?

– Non. Je me suis assise au fond de la salle avec une écharpe sur la tête. Il ne pouvait pas me voir.

– Et que faisait Phelps?

– Il se terrait dans son bureau, s'occupait de ses affaires, suppliait le Ciel que personne ne s'aperçoive que Sam Cayhall était son beau-père. Nous nous sommes séparés peu après.

– Quel souvenir as-tu gardé du procès, du tribunal?

– Je me suis dit que Sam avait de la chance d'avoir un jury composé de gens de son espèce. Je ne sais pas comment son avocat s'y était pris mais il avait trouvé les douze péquenauds les plus extrémistes qu'on puisse imaginer. J'ai vu les jurés réagir violemment aux accusations du procureur et écouter attentivement l'avocat de la défense.

– Clovis Brazelton.

– Un sacré orateur. Les jurés buvaient chacune de ses paroles. Ce fut un choc lorsque j'ai vu que le jury ne pouvait pas se mettre d'accord, que le procès était purement et simplement ajourné. J'étais convaincue que mon père serait acquitté. Je pense qu'il en a été bouleversé lui aussi.

Le film continuait. Réactions des gens devant l'ajournement, abondants commentaires de Clovis Brazelton. Sam quittait le palais de justice. Puis venait le second procès, copie conforme du premier.

– Combien de temps as-tu travaillé là-dessus? demanda Lee.

– Sept ans. J'étais en première année de droit quand l'idée m'est venue. C'était une sorte de défi.

Adam fit dérouler la bande rapidement lors de la scène dramatique où Marvin Kramer tombait de sa chaise roulante. Il l'arrêta sur le visage souriant de la speakerine. On était arrivé en 1981.

– Sam est resté libre pendant treize ans, dit Adam. Qu'a-t-il fait pendant ce temps-là?

– Il fuyait les gens, s'occupait de sa ferme, essayait de joindre les deux bouts. Il ne m'a jamais parlé de l'attentat ni de ses autres activités dans le KKK. Mais l'attention qu'on lui portait à Clanton le flattait. Il était devenu une attraction locale. Comme la santé de ma mère déclinait, il a commencé à rester à la maison pour s'occuper d'elle.

– Il n'a jamais pensé partir?

– Pas sérieusement. Il était convaincu que ses démêlés avec la justice étaient terminés. Il avait eu deux procès et s'en était sorti chaque fois. Aucun jury dans le Mississippi n'aurait condamné un membre du KKK à la fin des années soixante. Il se croyait invincible. Il est resté dans les environs de Clanton, s'est démarqué du KKK et a mené une vie tranquille. Il a passé ses meilleures années à faire pousser des tomates et à pêcher des brèmes.

– Il n'a jamais demandé des nouvelles de mon père ?

Lee finit son verre de vin. Elle n'avait jamais pensé qu'il lui faudrait un jour se souvenir en détail de cette sombre histoire. Elle avait fait tellement d'efforts pour l'oublier.

– La première année, lorsqu'il est revenu à la maison, il me demandait de temps en temps si j'avais des nouvelles de mon frère. Naturellement, je n'en avais pas. Nous savions que vous étiez quelque part en Californie et nous espérions que tout allait bien pour vous. Sam est quelqu'un de fier, d'entêté, Adam. Il ne lui serait jamais venu à l'esprit de supplier Eddie de revenir à la maison. Si son fils avait honte de sa famille, alors il devait en rester à l'écart.

Elle s'interrompit un instant et s'enfonça un peu plus dans le divan.

– On a diagnostiqué un cancer chez ma mère en 1973. J'ai engagé alors un détective privé pour retrouver Eddie.

– J'avais neuf ans, j'étais en sixième, nous étions à Salem dans l'Oregon.

– Evelyn me l'a confirmé plus tard.

– On déménageait tout le temps. Chaque année, une école différente, jusqu'à la seconde. Puis nous nous sommes établis à Santa Monica.

– Vous étiez insaisissables. Toutes les traces des Cayhall étaient soigneusement effacées. Le détective privé a même engagé des gens sur place, sans résultat.

– Quand est-elle morte ?

– En 1977. Nous étions assis au premier rang de l'église au début de l'enterrement lorsque Eddie est entré par une porte latérale. Il est venu s'asseoir derrière moi. Ne me demande pas comment il avait appris la mort de maman. Il était simplement là, puis il a disparu. Il n'avait pas soufflé un mot à propos de Sam. Il roulait dans une voiture louée afin qu'on ne puisse pas relever son numéro. À Memphis, le lendemain, il m'attendait dans l'allée. Nous avons bu du café et bavardé pendant deux heures. Il avait des photos de toi et de Carmen. Tout semblait merveilleux dans cette Californie ensoleillée. Bonne situation, jolie maison. Evelyn s'occupait d'affaires immobilières. Le rêve américain. Il ne voulait surtout pas revenir dans le Mississippi, même pour l'enterrement de Sam. Après m'avoir fait jurer le secret, il m'a donné son nouveau nom et son numéro de téléphone. Mais pas son adresse. Il m'a menacée, si je ne tenais pas ma langue, de disparaître à nouveau. Je ne devais l'appeler qu'en cas d'urgence. Je voulais vous voir, Carmen et toi. Plus tard, m'a-t-il répondu. Par moments, il était l'Eddie que nous connaissions, à d'autres un étranger. Nous nous sommes embrassés, nous avons agité la main en signe d'adieu et je ne l'ai jamais revu.

Adam appuya sur la télécommande; le film se déroula de nouveau. C'étaient maintenant les images nettes, parfaitement au point, du troisième et dernier procès. On voyait Sam avec treize ans de plus et son nouvel avocat. Il sortait précipitamment par une porte dérobée du palais de justice du comté de Lakehead.

— As-tu assisté au troisième procès?

— Non. Il m'a demandé de ne pas y venir.

Adam arrêta de nouveau le film.

— À quel moment Sam s'est-il rendu compte qu'on voulait de nouveau s'en prendre à lui?

— Difficile à dire. Un jour, le quotidien de Memphis a publié un entrefilet sur ce nouveau procureur de Greenville qui voulait rouvrir le dossier Kramer. Juste quelques lignes à l'intérieur du journal. J'ai lu ça avec épouvante. Dix fois peut-être. Après toutes ces années, le nom de Sam Cayhall réapparaissait dans la presse. Je n'arrivais pas à y croire. Je lui ai téléphoné. Il l'avait lu aussi. Il m'a dit de ne pas m'inquiéter. Environ deux semaines après paraissait un autre article, plus important cette fois, avec la tête de David McAllister. J'ai appelé de nouveau papa. À son avis, il n'y avait pas de quoi s'en faire. C'est ainsi que ça a commencé. Assez doucement. Puis ça s'est déchaîné. La famille Kramer était pour la révision, puis les associations antiracistes s'en sont mêlées. Il devenait clair que McAllister était bien décidé à se battre pour obtenir un nouveau procès. Sam en était malade, il avait peur mais il essayait de se montrer brave. Il avait vaincu deux fois et gagnerait encore.

– As-tu appelé Eddie ?

– Oui. Pour lui annoncer la nouvelle inculpation. Il n'a rien dit. Ne s'est pas attardé au téléphone. Je lui ai promis de le tenir au courant. Peu après, l'affaire est devenue nationale ; je pense qu'il ne l'a pas supporté.

Ils regardèrent la dernière séquence du troisième procès en silence. Le visage de McAllister, toutes dents dehors, apparaissait partout. Puis Sam, menottes aux poignets, s'éclipsait pour la dernière fois. De la neige remplit l'écran.

– Quelqu'un d'autre a vu ce film ? demanda Lee.

– Non. Tu es la première.

– Comment as-tu fait pour rassembler tout ça ?

– Ça m'a pris du temps, un peu d'argent et beaucoup d'efforts.

– Incroyable !

– Quand j'étais au lycée, nous avions un prof entiché de sciences politiques. Il nous permettait de choisir des extraits dans les journaux ou les magazines et d'en discuter en classe. Quelqu'un a apporté la première page du *Los Angeles Times* sur l'annonce du procès de Sam Cayhall. Nous en avons discuté des heures durant, nous avons suivi de près les débats. Tout le monde, moi y compris, était très content quand il a été reconnu coupable. A suivi un énorme débat sur la peine de mort. Quelques semaines plus tard, mon père s'est suicidé et tu m'as appris la vérité. J'étais horrifié à la pensée que mes amis puissent la découvrir.

– L'ont-ils découverte ?

– Bien sûr que non. Je suis un Cayhall et maître dans l'art de conserver un secret.

– Ça ne va plus être un secret pour longtemps.

– Non.

Ils gardèrent le silence un long moment en fixant l'écran vide.

– Je suis vraiment désolé, Lee, si cela risque de te gêner. C'est vrai. Si seulement il y avait un moyen d'éviter tout ce raffut.

– Tu ne peux comprendre.

– C'est évident. Et tu ne peux rien m'expliquer. As-tu peur de Phelps et de sa famille ?

– Je méprise Phelps et sa famille.

– Mais tu aimes leur argent.

– Je l'ai bien gagné. J'ai vécu vingt-sept ans avec lui.

– Tu redoutes d'être virée de tes clubs chics ?

– Tu veux bien arrêter, Adam.

– Désolé, dit-il. Ç'a été une dure journée. Je monte en ligne. Je vais affronter mon passé. J'aimerais que tout le monde soit aussi hardi.

– Comment est-il ?

– Un vieillard. Pâle, le visage couvert de rides. Il est trop vieux pour être enfermé dans une cage.

– Quelques jours avant son dernier procès, je lui ai demandé pourquoi il ne s'enfuyait pas pour se cacher en Amérique du Sud. Il m'a dit qu'il y avait pensé. Maman était morte depuis plusieurs années. Eddie était parti. Il avait lu des livres sur les criminels nazis qui avaient réussi à disparaître là-bas. Il a même parlé de São Paulo. Il avait un ami du KKK qui pouvait lui fournir des papiers.

– Je regrette qu'il n'ait pas pris cette décision. Mon père serait encore avec nous.

– Deux jours avant qu'on le conduise à Parchman, je l'ai vu dans sa prison à Greenville. C'était notre dernière rencontre. Je lui ai demandé pourquoi il ne s'était pas échappé. Il n'avait jamais pensé être condamné à mort. Il était resté libre pendant tant d'années. Grave erreur, m'a-t-il dit. Cette erreur va lui coûter la vie.

Adam posa les pop-corn sur la table et mit sa tête sur l'épaule de sa tante. Elle lui prit la main.

– Je suis désolé de te voir au milieu de tout ça, murmura-t-elle.

– Il paraissait si misérable, assis là, devant moi, dans sa combinaison rouge de condamné à mort.

12

Clyde Packer se servit un café bien fort dans une grande tasse à son nom. La paperasserie de la matinée l'attendait. Il travaillait dans le quartier des condamnés à mort depuis vingt et un ans dont sept comme premier surveillant. Pendant huit heures, il serait l'un des quatre hommes responsables de quatorze condamnés à mort, de deux gardiens et de deux prisonniers modèles. Les papiers en ordre, il regarda le tableau. Dempsey manquait de médicaments et souhaitait voir le médecin. Ils veulent toujours voir le médecin. Il but son café puis quitta le bureau pour son inspection matinale.

Le QHS n'est pas un lieu de travail désagréable. En général, les prisonniers du quartier des condamnés à mort se tiennent tranquilles et se conduisent bien. Ils passent vingt-trois heures par jour isolés dans leur cellule. De ce côté-là, pas de mutinerie à craindre. Ils dorment seize heures par jour et ont droit à une heure de promenade quotidienne, ce qu'ils appellent la « récré ». Chacun d'eux a sa télévision, sa radio ou même les deux. Après le petit déjeuner, les quatre galeries se mettent à vivre. Bruits de musique, d'émissions, des feuilletons et des conversations tranquilles à travers les barreaux. Les prisonniers ne voient pas leur voisin, mais peuvent communiquer avec lui. De temps à autre, des disputes surviennent à propos d'une musique trop forte. Petites querelles vite apaisées par les surveillants. Les détenus ont certains droits et quelques faveurs. La suppression d'un poste de télévision ou de radio est une sanction très durement ressentie.

Une curieuse camaraderie existe dans cette population de pervers et de criminels endurcis. Ici, peu importent le passé et le casier judiciaire. *Idem* pour la couleur de la peau. Dans ce pavillon carcéral, on juge un homme à sa façon de résister à l'enfermement.

La mort de l'un d'entre eux peut signifier la mort de tous. Le bouche-à-oreille avait fait courir la nouvelle de la prochaine exécution de Sam. La veille, à l'heure des informations de midi, le QHS était particulièrement tranquille. Les prisonniers n'avaient plus qu'une obsession : parler à leur avocat, et réétudier attentivement leur dossier.

Packer franchit une lourde porte, et marcha d'un pas nonchalant dans la galerie A. Quatorze cellules de trois mètres sur deux y donnaient. Toutes semblables. Chacune d'elles fermée par des barreaux. À aucun moment le prisonnier n'échappe aux regards des matons, qu'il dorme, lise, ou se soulage dans les toilettes.

Les détenus étaient encore couchés. La galerie était dans la pénombre. Un prisonnier modèle réveillait les condamnés à cinq heures du matin, parfois assez brutalement. C'était pour eux le retour à la réalité, à l'attente insupportable. Tout se passait au ralenti, jour après jour, sous un soleil implacable, dans une chaleur étouffante. Un petit coin d'enfer. Mais tout pouvait aussi s'accélérer dans les esprits, comme la veille. Il suffisait que des juges rejettent un appel, un sursis, et fixent la date d'une exécution.

Au QHS, tout va pour le mieux tant que la routine est respectée et l'emploi du temps immuable. Le manuel contient une foule de règles, mais des règles justes et simples. Chacun les connaît. Alors qu'une exécution procède d'autres lois ; cette procédure extraordinaire arrache le quartier des condamnés à mort à sa somnolence. Packer avait un grand respect pour Phillip Naifeh, mais pourquoi lui fallait-il tout chambouler avant et après chaque exécution ? Car tout devait s'opérer légalement, constitutionnellement, humainement. Aucune exécution ne ressemblait à une autre.

Packer détestait les exécutions. Croyant, il admettait la peine de mort car, quand Dieu dit « œil pour œil », il le pense vraiment. Mais Packer aurait préféré que d'autres s'en chargent, ailleurs. Heureusement, il y en avait eu trop peu dans le Mississippi pour lui compliquer la tâche. Il en avait vu quinze en vingt et un ans, et seulement quatre depuis 1982.

Le soleil commençait à filtrer par les vasistas du couloir. Cette journée serait suffocante. Elle serait aussi très calme. Moins de réclamations à propos de la nourriture, moins de demandes pour voir le médecin. Packer sourit intérieurement tandis qu'il cherchait une tête sous les draps. Aucun doute, la journée serait tout ce qu'il y a de paisible.

Durant les premiers mois du séjour de Sam dans le quartier des condamnés à mort, Packer ne s'était pas intéressé à lui. Le règlement interdisait tout contact avec les détenus en dehors des besoins du service et Sam était quelqu'un qu'on pouvait facilement ignorer. C'était un membre du KKK. Quelqu'un qui haïssait les Noirs. Au début, il était amer et renfrogné. Avec le temps, les deux hommes étaient arrivés à un niveau de communication satisfaisant. Quelques bribes de phrases et quelques grognements. Après neuf ans et demi de rencontres quotidiennes, Sam pouvait parfois adresser une sorte de sourire à Packer.

Pour ce dernier, il existait deux sortes de tueurs dans le quartier des condamnés à mort : les assassins de sang-froid qui récidiveraient à la première occasion et ceux qui avaient commis une erreur et ne penseraient plus jamais à répandre le sang. Ceux du premier groupe devaient être exécutés rapidement, ceux du second mettaient Packer dans l'embarras. Les tuer n'avait aucun sens. Sam était l'exemple type du deuxième groupe. On pouvait le renvoyer chez lui où il mourrait bientôt sans l'aide de personne. Non, décidément, Packer ne voulait pas la mort de Sam Cayhall.

Cette galerie était la plus proche de l'isoloir contigu à la chambre à gaz. Sam s'en trouvait à moins de trente mètres, dans la cellule 6.

Le prisonnier était assis sur le bord de son lit. Packer s'arrêta, s'avança vers les barreaux.

– Bonjour, Sam, dit-il doucement.

– B'jour, répondit Sam en plissant les yeux en direction de Packer.

Il se leva et vint contre la grille. Il portait un tee-shirt blanc et un short flottant, tenue habituelle dans cette fournaise.

– Il va faire chaud aujourd'hui, dit Packer.

Phrase rituelle.

– Attendez voir le mois d'août, répondit Sam.

Réplique obligée.

– Ça va ? demanda Packer.

– Mieux que jamais.

– Votre avocat revient aujourd'hui.

– Oui. C'est ce qu'il a dit. Il semble que j'aie besoin d'un tas d'avocats, hein, Packer ?

– Sûr, si on voit les choses comme ça. À tout à l'heure, Sam, dit-il en s'éloignant.

Tous ses prisonniers étaient là. Il sortit. La porte cliqueta derrière lui.

À l'intérieur de la cellule, l'unique source de lumière se trouvait au-dessus du lavabo en acier inoxydable – matériau incassable : pas de morceaux qui puissent servir d'arme ou de tranchant pour se suicider. Sam alluma sa lampe et se brossa les dents. Il était presque cinq heures trente. Il avait passé une mauvaise nuit.

Il alluma une cigarette et reprit place au bord du lit. Il regarda ses pieds nus et le sol de ciment peint qui retenait la chaleur en été et le froid en hiver. Sa seule paire de chaussures, des chaussons en caoutchouc pour la douche, qu'il détestait, traînait sous le sommier. Il avait aussi des chaussettes de laine qu'il enfilait en hiver pour dormir. Le reste de ses biens comprenait un poste de télévision noir et blanc, une radio, une machine à écrire, six tee-shirts avec des trous, cinq shorts blancs, une brosse à dents, un peigne, une pince à ongles, un ventilateur orientable et un calendrier mural. Une collection de livres de droit qu'il avait mémorisés au cours des années constituait son seul trésor. Ils étaient placés en ordre sur la petite étagère en bois blanc accrochée au mur, en face de sa couchette. Par terre, dans une boîte en carton, entre l'étagère et la grille, étaient rassemblés de gros dossiers, le compte rendu juridique et chronologique de l'affaire État du Mississippi contre Sam Cayhall. Il les connaissait, eux aussi, par cœur.

L'état de ses finances n'appelait pas de longs calculs. La pauvreté l'avait gêné au début mais ce genre de souci l'avait quitté depuis longtemps. Une tradition familiale voulait que son arrière-grand-père ait été un homme riche avec des terres et des esclaves, mais aucun de ses successeurs n'avait jamais possédé la moindre fortune. Il arrivait que des condamnés transpirent à rédiger leur testament comme si leurs héritiers allaient s'écharper pour un vieux poste de télévision et des magazines pornos. Sam songeait aussi à rédiger ses dernières volontés. Il laisserait ses chaussettes de laine et ses sous-vêtements sales à l'État du Mississippi ou peut-être à une association antiraciste.

À sa droite, il avait pour voisin J.B. Gullitt, un garçon illettré qui avait violé et tué une étudiante. Trois ans plus tôt, Gullitt était arrivé à quelques jours de son exécution. Sam avait alors formulé pour lui une habile requête auprès de la cinquième chambre. Plusieurs points prêtaient à discussion et ce prisonnier n'avait pas d'avocat. Un sursis avait été immédiatement accordé. Gullitt était devenu un ami pour la vie.

À sa gauche se trouvait Hank Henshaw, un caïd célèbre. Hank et sa bande avaient attaqué une nuit un camion routier dans le seul but d'en voler la cargaison. Le chauffeur avait sorti une arme. Il était mort au cours de la fusillade. La famille de Hank lui payait de bons avocats, de quoi lui garantir une confortable espérance de vie.

Sam jeta sa cigarette dans la cuvette des w.-c. et s'allongea sur le lit. La veille de l'attentat contre les Kramer, il s'était arrêté chez Eddie à Clanton. Il avait apporté des épinards frais de son jardin et avait joué dehors quelques minutes avec le petit Alan, le futur Adam. On était en avril, il faisait chaud et son petit-fils était pieds nus. Il se souvenait de ses petits pieds potelés avec du sparadrap sur l'un des orteils. Alan lui avait expliqué avec orgueil qu'il s'était coupé sur un caillou. Cet enfant aimait le sparadrap et il en avait toujours un morceau sur le doigt ou sur les genoux. Evelyn avait pris les épinards en hochant la tête tandis que son gamin montrait fièrement à son grand-père une boîte remplie de sparadraps de toutes tailles.

C'était la dernière fois que Sam avait vu Alan. L'attentat avait eu lieu le lendemain et il avait passé les dix mois suivants en prison.

On entendit un bruit de voix à l'autre bout de la galerie. Puis une chasse d'eau et une radio. Le quartier des condamnés à mort se réveillait sans entrain. Sam peigna ses cheveux gras, alluma une autre Montclair et examina le calendrier sur le mur. On était le 12 juillet. Il lui restait vingt-sept jours à vivre.

Gullitt ouvrit son poste de télévision. Après les nouvelles locales – au menu du jour : vols, meurtres, accidents de la route –, le speaker annonça un événement important : une exécution allait avoir lieu à Parchman. La cinquième chambre avait annulé le sursis de Sam Cayhall, le plus tristement célèbre pensionnaire de cet établissement. La date était fixée au 8 août. L'administration considérait cette décision irrévocable. L'exécution aurait bien lieu.

Sam alluma son récepteur. Il entendit le procureur annoncer qu'après toutes ces années de sursis justice serait enfin faite. Un visage flou et éructant apparut ensuite sur l'écran. Puis Roxburgh, mêlant sourires et grimaces, expliqua de quelle manière Mr. Cayhall serait mené dans la chambre à gaz. L'image revint sur le présentateur, un garçon avec un duvet blond en guise de moustache. Il rappela le crime de Sam Cayhall, avec des mots d'une extrême violence. En arrière-plan, on voyait la silhouette caricaturale d'un membre du KKK coiffé de sa capuche et cagoulé. Un revolver, une croix en feu et les lettres KKK concluaient le reportage. Le blanc-bec mentionna de nouveau la date du 8 août comme si les téléspectateurs devaient la noter sur leur agenda afin de prendre une journée de congé.

Sam arrêta la télévision et s'avança vers les barreaux.

– Tu as entendu, Sam ? demanda Gullitt dans la cellule voisine.

– Oui.

– Ça commence à devenir dingue, vieux.

– Oui.

– Prends la chose du bon côté.

– C'est-à-dire ?

– Tu n'as plus que quatre semaines à croupir ici.

Gullitt gloussa en lançant sa plaisanterie, mais son rire s'étrangla. Sam sortit quelques feuilles de son dossier et s'assit au bord du lit. Pas de chaise dans la cellule. Il relut le contrat d'Adam. Deux pages dont une et demie de jargon juridique. Dans les marges, Sam avait porté des remarques extrêmement précises. Il avait aussi ajouté quelques paragraphes au dos des feuilles. Une cigarette dans la main droite, il relut le document. Puis il relut encore et encore.

Finalement, il prit sa machine à écrire, la cala sur ses genoux et commença à taper.

À six heures dix, les portes nord de la galerie cliquetèrent et s'ouvrirent. Deux gardiens pénétrèrent dans le couloir. L'un poussait un chariot avec quatorze plateaux parfaitement emboîtés les uns dans les autres. Les hommes s'arrêtèrent devant la cellule numéro 1 et glissèrent un plateau métallique à travers l'étroite ouverture ménagée dans la grille. L'occupant de la cellule numéro 1, un Cubain maigre à faire peur, attendait devant les barreaux, torse nu, en slip. Il s'empara du plateau comme un réfugié famélique et le porta sans un mot sur son lit.

Les deux gardiens gagnèrent la cellule voisine où un autre prisonnier attendait. Ils étaient toujours là à attendre, debout, près de la grille, pareils à des chiens mendiant leur pitance.

— Vous avez onze minutes de retard, dit le prisonnier d'un ton égal en prenant la nourriture.

Les matons ne lui jetèrent pas même un regard.

— Fais-nous un procès, dit l'un.

— J'ai des droits.

— Tes droits nous font chier.

— Ne me parle pas comme ça. Sinon je te poursuis pour insulte.

Les matons poussèrent le chariot vers la cellule voisine. Ces amabilités faisaient partie du rituel.

Sam n'attendait pas devant la grille. Il transpirait sur son texte.

— J'étais sûr de te trouver en train de taper, dit l'un des surveillants.

Sam posa la machine à écrire sur son lit.

— Des lettres d'amour, dit-il en se levant.

— Ça ou autre chose, Sam, tu ferais mieux de te dépêcher. Le cuisinier compose déjà ton dernier menu.

— Je veux une pizza au micro-ondes. Même ça, il en fera du charbon.

Sam s'empara du plateau.

— À toi de choisir, Sam. Le dernier type voulait des huîtres et des crevettes. Tu imagines ? Des huîtres et des crevettes !

— On lui a donné ?

– Non. Le moment venu il n'avait plus d'appétit. On l'a bourré de Valium.

– Pas une mauvaise façon de partir.

– Bouclez-la, hurla Gullitt.

Les gardiens poussèrent le chariot de quelques mètres dans la galerie et s'arrêtèrent devant J.B. qui tenait les barreaux à pleines mains. Les deux hommes restèrent à distance.

– Nerveux, ce matin ? demanda l'un.

– Pourquoi, bande de vaches, vous ne pouvez pas nous servir en silence ? Vous pensez qu'on a envie de commencer la journée en écoutant vos conneries. Passez-moi la bouffe, les mecs, et fermez-la.

– Désolés, J.B. On pensait que tu te sentais seul.

– Erreur, dit J.B. en prenant son plateau.

– Quel râleur, ce matin ! dit le maton en s'éloignant avant d'aller titiller le client suivant.

Sam posa son plateau sur le lit. Ce n'était pas fréquent d'avoir des œufs brouillés et du jambon. Il mettrait de côté les toasts et la confiture pour les manger durant la matinée. Il boirait son café à petites gorgées, se rationnant jusqu'à dix heures, l'heure de la promenade et du soleil.

Il remit la machine à écrire en équilibre sur ses genoux et recommença à taper.

13

La nouvelle version de l'accord juridique entre Sam et Adam fut terminée à neuf heures trente. Le vieil homme en était fier. Un de ses meilleurs travaux au cours de ces derniers mois. Il grignota un des toasts tandis qu'il corrigeait le texte pour la dernière fois.

Au bout du couloir, une porte s'ouvrit bruyamment et se referma. Des pas lourds résonnèrent et Packer apparut.

– Ton avocat est là, Sam, dit-il en détachant les menottes accrochées à sa ceinture.

Sam se leva et remonta son short.

– Quelle heure est-il ?

– Neuf heures trente. Et alors ?

– J'ai mon heure de promenade à dix heures.

– Tu veux aller dehors ou voir ton avocat ?

Sam réfléchit au problème, tout en enfilant sa combinaison rouge et en glissant ses pieds dans ses sandales de caoutchouc.

– Je pourrai sortir plus tard ?

– Nous verrons.

– Je tiens à mon heure dehors, d'accord ?

– Je le sais, Sam. Allons-y.

– Ça compte beaucoup pour moi.

– Je le sais, Sam. Ça compte beaucoup pour tout le monde. On essaiera de te faire sortir un peu plus tard, ça va ?

Sam se peigna avec soin, se rinça les mains à l'eau fraîche. Packer attendait patiemment. La plupart des prisonniers s'étaient rendormis. Bien que ces observations n'aient aucune valeur scientifique, Packer avait noté que les détenus dormaient de quinze à seize heures par jour. Ils pouvaient dormir malgré la chaleur, la sueur, le froid et le vacarme obsédant des télévisions et des radios.

Peu de bruit pourtant ce matin. Les ventilateurs bourdonnaient, gémissaient, mais aucune conversation animée.

Sam s'approcha des barreaux et tendit les mains. Packer lui passa les menottes. Sam retourna à son lit pour y ramasser les feuilles qu'il venait de taper. Packer fit un signe à un gardien au bout du couloir et la grille de la cellule s'ouvrit automatiquement.

En pareille circonstance, les chaînes aux pieds ne sont pas obligatoires. Avec un détenu plus jeune, Packer n'aurait pas hésité à s'en servir. Mais ce n'était que Sam. Un vieillard. Il n'allait pas s'échapper en courant. Ni porter des coups avec ses pieds !

Packer plaça gentiment sa main autour du maigre biceps de Sam et lui fit longer le couloir. Ils franchirent la lourde grille de la galerie. Un autre gardien leur emboîta le pas. Ils arrivèrent devant une porte en fer que Packer ouvrit à l'aide d'une clef attachée à sa ceinture. Adam se tenait assis, seul, de l'autre côté du treillis métallique.

Packer enleva les menottes et quitta la pièce.

Adam lut la version de Sam attentivement. À la seconde lecture, il prit quelques notes. Certaines tournures l'amusaient. Il en avait vu de pires sous la plume de certains confrères.

L'accord de deux pages en comportait maintenant quatre parfaitement tapées et alignées. Il n'y avait que deux fautes de frappe et une d'orthographe.

– Un sacré bon travail, dit Adam en posant les feuilles sur le comptoir.

Sam tira sur sa cigarette et fixa Adam par la petite ouverture.

– Mais sur le fond, c'est le même accord que celui que je vous ai remis hier.

– Sur le fond, c'est radicalement différent, le reprit Sam.

Adam jeta un coup d'œil à ses notes.

144

– Cinq points semblent vous préoccuper : le gouverneur, les livres, les films, mon éviction et le choix des témoins lors de l'exécution.

– Je suis préoccupé par un tas de choses. Celles-ci ne sont pas négociables.

– J'ai promis hier que je ne serai pas personnellement impliqué dans les livres ni dans les films.

– Bien. Poursuivons.

– Le paragraphe sur mon éviction est correct. Vous désirez avoir le droit de vous débarrasser de moi et de Kravitz et Bane à n'importe quel moment et pour n'importe quelle raison sans avoir à engager une procédure.

– Ça m'a pris un temps fou pour virer ces salauds de Juifs la dernière fois. Je ne veux pas recommencer.

– C'est légitime.

– Je me moque de ce que tu penses. C'est dans l'accord et ce n'est pas négociable.

– Parfait. Et vous voulez avoir affaire à moi et à personne d'autre.

– Exactement. Personne de chez Kravitz et Bane ne mettra ses pattes sur mon dossier. Ce cabinet fourmille de Juifs et je ne veux pas qu'ils s'en mêlent, d'accord ? La même chose pour les nègres et les femmes.

– Écoutez, Sam, ne pourrait-on laisser les injures de côté ? Que diriez-vous de les appeler des Noirs ?

– Oh ! la la ! Désolé. C'est vrai, j'oubliais, les Afro-Américains, les Judéo-Américains, et les Américano-Américaines ? Soyons multiraciaux et politiquement corrects.

– C'est ça.

– Ah, je me sens déjà mieux.

Adam mit un astérisque à côté de ses notes.

– J'accepte cette proposition.

– Merde, bien sûr que tu l'acceptes si tu veux que je signe. Mais, s'il te plaît, tiens les minorités à distance.

– Elles n'ont d'yeux que pour vous.

– Il me reste quatre semaines à vivre et je préfère passer mon temps avec des gens en qui je puisse avoir confiance.

Adam relut un paragraphe, page 3. Sam avait la responsabilité entière de choisir deux témoins lors de son exécution.

– Je ne comprends pas cette clause concernant les témoins, dit Adam.

– C'est pourtant simple. Si nous en arrivons là, il y aura environ quinze témoins. En tant qu'invité d'honneur, j'ai le droit d'en choisir deux. Le règlement énumère ceux qui doivent être présents de toute façon. Le directeur, un Libano-Américain soit dit en passant, a la liberté de choisir les autres. En général, on tire au sort parmi les journalistes ceux des vautours qui seront autorisés à jouir du spectacle.

– Alors, pourquoi tenez-vous à cette clause ?

– Parce que normalement l'avocat est toujours choisi par le condamné. Je ne veux pas de ça.

– Vous ne voulez pas que j'assiste à l'exécution ?

– Exactement.

– Vous supposez que j'ai envie d'y assister.

– Je ne suppose rien. C'est un fait que les avocats brûlent de voir leur pauvre client asphyxié quand leur heure a sonné. Et de se planter devant les caméras pour pleurer, et de s'en prendre à la justice.

– Vous pensez que je ferai ça ?

– Non, je ne le pense pas.

– Alors pourquoi cette clause ?

Sam mit ses coudes sur le comptoir et se pencha en avant. Son nez était à quelques centimètres du treillis.

– Parce que tu ne seras pas témoin de cette exécution, d'accord ?

– D'accord, acquiesça Adam, tournant la page. Nous n'irons pas jusque-là, Sam.

– Bravo, mon garçon. C'est ce que je voulais entendre.

– Naturellement, nous pouvons avoir besoin du gouverneur.

Sam renifla de dégoût, fixa Adam.

– Notre accord est parfaitement clair sur ce point.

Il l'était en effet. Presque une page entière était consacrée à de violentes attaques contre David McAllister.

– Ainsi, vous avez un problème avec le gouverneur, dit Adam.

Sam grogna.

– Je ne pense pas que ce soit une bonne idée, Sam.

– Franchement je me fiche de ce que tu penses.

– Le gouverneur peut vous sauver la vie.

– Quoi encore ? C'est uniquement à cause de lui que je suis ici, à attendre de passer dans la chambre à gaz. Pourquoi voudrait-il me sauver la vie ?

– Je n'ai pas dit qu'il voulait le faire. J'ai dit **qu'il** pouvait le faire. Laissons ce point en suspens.

Un sourire narquois s'attarda sur les lèvres de Sam. Il leva les yeux au ciel comme si ce gamin était l'être humain le plus obtus qu'il ait jamais rencontré. Puis il pointa son index en direction d'Adam.

– Si tu penses que David McAllister me fera grâce à la dernière minute, tu es un imbécile. Il se servira de toi et de moi pour obtenir un maximum de publicité. Il attisera le feu à propos de l'attentat contre les Kramer. Il parlera des droits civiques et de tout ce gang de gauchistes noirs. Il jouera les pleureuses. Plus près je serai de la chambre à gaz, plus il y aura de monde au balcon. Et c'est lui qu'on applaudira. Il te rencontrera tous les jours si on lui en donne le droit. Il tirera les ficelles.

– Il peut le faire sans nous.

– Et il le fera. Écoute ce que je te dis, Adam. Une heure avant ma mort, il tiendra une conférence de presse, probablement ici, peut-être à l'hôtel de ville, il plastronnera sous les projecteurs devant la presse pour me refuser sa grâce. Le salaud aura des larmes dans les yeux.

– Ça ne peut pas nous nuire de lui parler.

– Parfait. Va lui parler. Je m'appuierai alors sur le paragraphe deux et tu pourras faire tes valises direction Chicago.

– Il peut me trouver sympathique.

– Certes, il va t'aimer. Tu es le petit-fils de Cayhall. Quelle splendide histoire ! Davantage de journalistes, de reporters, de photos, d'interviews. Bon Dieu, grâce à toi, il a sa réélection en poche.

Adam tourna la page, prit de nouvelles notes et attendit un instant dans l'espoir d'écarter le problème du gouverneur.

– Où avez-vous appris le droit ? demanda-t-il.

– Pareil que toi. Les mêmes éminents professeurs. Des juges morts. D'honorables présidents. Des avocats verbeux. Des raseurs. J'ai lu les mêmes âneries que toi.

– Pas mauvais du tout, dit Adam en parcourant un autre paragraphe.

– Ravi de te l'entendre dire.

– Vous comprenez bien la pratique.

– *Pratique ?* Qu'est-ce que c'est que ça ? Avec tout ce fichu jargon, on pourrait croire que les avocats savent ce qu'ils font, qu'ils sont bons à quelque chose.

– Aimez-vous quelqu'un ?

– Question stupide.

– Pourquoi ?

– Parce que tu es assis de l'autre côté du mur. Tu peux sortir par cette porte et partir. Ce soir, tu peux dîner dans un bon restaurant, dormir dans un bon lit. De mon côté, la vie est légèrement différente. On me traite comme un animal. Je suis en cage. L'État du Mississippi va me tuer dans quatre semaines. Oui, mon garçon, c'est dur d'aimer les gens, d'éprouver de la compassion pour quelqu'un dans ces conditions. Voilà pourquoi ta question est stupide.

– Vous avez aimé ? Vous étiez quelqu'un de charitable avant d'arriver ici ?

Sam fixa la petite ouverture et tira sur sa cigarette.

– Encore une question stupide.

– Oui ?

– Nous nous éloignons de notre affaire, maître.

– Je suis votre petit-fils. Il me semble avoir le droit de poser des questions sur votre passé.

– Pose-les. On peut ne pas y répondre.

– Et pourquoi pas ?

– Le passé est le passé, fiston. On ne peut pas refaire ce qui a été fait. Ni s'en expliquer vraiment.

– Mais je n'ai pas de passé.

– Crois-moi, tu as de la chance.

– Je n'en suis pas si sûr.

– Si tu attends que je remplisse les vides, tu t'es trompé d'adresse.

– Qui d'autre devrais-je interroger ?

– Je ne sais pas. Sans importance.

– Peut-être pas pour moi.

– Eh bien, franchement, à cet instant, je ne me fais pas de souci pour toi. Crois-le ou non, je me soucie bien plus de moi. De moi et de mon avenir, de moi et de ma carcasse. Il y a là une grosse horloge qui ne veut pas s'arrêter, qui accélère même de plus en plus. Bizarrement je peux entendre son tic-tac et ça m'angoisse. Aussi, je trouve difficile de m'intéresser aux problèmes des autres.

– Pourquoi êtes-vous devenu membre du KKK ?

– Parce que mon père l'était.

– Pourquoi est-il devenu membre du KKK ?

– Parce que son père l'était.

– Formidable! Trois générations!

– Quatre, je pense. Le colonel Jacob Cayhall s'est battu avec Nathan Bedford Forrest pendant la guerre de Sécession. La légende familiale soutient que c'était un des premiers membres du Ku Klux Klan. Mon arrière-grand-père.

– Vous en êtes fier?

– Ce n'est pas une question d'orgueil, dit Sam. Est-ce que tu vas signer cet accord?

– Oui.

– Alors fais-le.

Adam signa au bas de la dernière page et tendit le document à Sam.

– Tu me poses des questions très confidentielles. En tant qu'avocat, tu dois tenir ta langue.

– Soyez tranquille, je connais la loi.

Sam apposa son nom près de celui d'Adam puis regarda les signatures.

– Quand as-tu pris le nom de Hall?

– Un mois avant mon quatrième anniversaire. On en a tous changé en même temps. Naturellement, je ne me souviens de rien.

– Pourquoi ton père a-t-il conservé Hall? Pourquoi ne pas être allé jusqu'au bout et s'appeler Miller ou Green, ou n'importe quoi?

– Ne lui en voulez pas, Sam. Il s'enfuyait. Il brûlait ses vaisseaux. J'imagine que quatre générations lui suffisaient amplement.

Sam posa le contrat sur la chaise, à côté de lui, et alluma une autre cigarette. Il souffla la fumée au plafond et fixa Adam.

– Écoute, Adam, dit-il lentement, d'une voix soudain bien plus douce, oublions les questions de famille pendant un certain temps, d'accord? Peut-être y reviendrons-nous plus tard. Pour le moment, j'ai besoin de savoir ce qui va m'arriver. Quelle chance me reste-t-il, tu vois? Des trucs comme ça. Comment vas-tu t'y prendre pour arrêter la grosse horloge? Quelle sera ta prochaine requête?

– Ça dépend de plusieurs choses. Ça dépend beaucoup de ce que vous allez me dire sur l'attentat.

– Je ne te suis pas.

– S'il y avait des faits nouveaux, alors nous pourrions les mettre en avant. Il y a de bons moyens, croyez-moi. Un juge nous écouterait.

– Quelle sorte de faits nouveaux ?

Adam gribouilla la date sur une page vierge de son calepin.

– Qui a amené la Pontiac verte à Cleveland, la nuit qui a précédé l'attentat ?

– Je ne sais pas. Un des hommes de Dogan.

– Son nom ?

– Sais pas.

– Allons, Sam.

– Je le jure. Je ne sais pas qui l'a fait. Je n'ai jamais vu ce type. La voiture attendait dans un parking. Je l'ai trouvée. En principe je devais la ramener là. Je n'ai jamais vu l'homme qui l'a amenée.

– Pourquoi n'a-t-on pas cherché à le découvrir durant les procès ?

– Ce n'est pas à moi qu'il faut le demander. C'était un complice sans importance, j'imagine. C'est à moi qu'ils en voulaient. Pourquoi s'embêter avec un sous-fifre ?

– L'attentat contre les Kramer était le sixième, n'est-ce pas ?

– Je le pense.

Sa voix était sourde, ses paroles soigneusement choisies comme si quelqu'un pouvait les écouter.

– Vous le pensez ?

– C'était il y a longtemps, non ?

Il ferma les yeux et réfléchit un instant.

– Oui, le sixième.

– Le FBI dit que c'était le sixième.

– Alors ça règle le problème. Ils ont toujours raison.

– Était-ce la même Pontiac qui a été utilisée dans un ou dans tous les autres attentats précédents ?

– Dans deux, si je me souviens bien. Mais nous avons utilisé d'autres voitures.

– Toutes fournies par Dogan ?

– Oui. Il était garagiste.

– Est-ce le même type qui a amené la voiture pour les autres attentats ?

– Je n'ai jamais vu ou rencontré l'homme ou les hommes qui nous procuraient les voitures pour les attentats. Dogan ne travaillait pas de cette manière. C'était un prudent. Des plans soignés. Le type qui amenait les voitures n'avait sans doute pas la moindre idée de qui j'étais.

– Est-ce que la dynamite était dans les voitures ?

– Oui. Toujours. Dogan avait suffisamment d'armes et d'explosifs pour faire une petite guerre. D'ailleurs le FBI n'a jamais trouvé son arsenal.

– Où avez-vous appris à vous servir des explosifs ?

– À l'école d'entraînement du KKK, dans leur manuel de base.

– Un don héréditaire, peut-être ?

– Non.

– Je suis sérieux, Sam. Comment avez-vous appris à vous servir d'explosifs ?

– C'est élémentaire. N'importe quel imbécile peut l'assimiler en une demi-heure.

– Donc, avec un peu de pratique, vous êtes devenu un expert.

– La pratique ne fait pas de mal. Ce n'est pas plus difficile que d'allumer un pétard. Tu craques une allumette, tu la poses au bout d'une longue mèche. Puis tu te débines. Si tu as de la chance, ça ne sautera pas avant un quart d'heure.

– Tous les membres du KKK connaissent le système ?

– La plupart d'entre eux savent se débrouiller.

– Êtes-vous encore en relation avec les membres du KKK ?

– Non, ils m'ont laissé tomber.

Adam observa attentivement le visage qu'il avait devant lui. Les yeux bleus, intenses, ne cillaient pas. Les rides restaient en place. Ce visage n'exprimait aucune émotion, aucun sentiment, aucune tristesse, aucune colère particulière. Sam regardait Adam dans les yeux sans broncher.

Adam revint à son calepin.

– Le 2 mars 1967, on a commis un attentat contre la synagogue Hirsch à Jackson. Était-ce vous ?

– Tu es drôlement direct, non ?

– C'est une question facile.

Sam fit tourner le bout filtre entre ses lèvres et réfléchit une seconde.

– C'est si important ?

– Contentez-vous de répondre à cette damnée question, lança Adam. C'est trop tard pour finasser.

– On ne me l'a jamais posée auparavant.

– Eh bien, aujourd'hui, c'est votre jour de chance. Un simple oui ou non fera l'affaire.

– Oui.

– Vous êtes-vous servi de la Pontiac verte ?

– Je le crois.

– Qui était avec vous ?

– Qui te fait penser qu'il y avait quelqu'un avec moi ?

– Parce qu'un témoin a vu une Pontiac verte passer à toute vitesse quelques minutes avant l'explosion, avec deux hommes à bord. Il a même cru pouvoir vous identifier. Vous étiez le conducteur.

– Ah, notre petit ami Bascar.

– Il était au croisement de Fortification Street et de State Street quand vous et votre copain avez déboulé devant lui.

– Sûr qu'il était là. Il venait de quitter un bar à trois heures du matin, fin saoul, et abruti comme ce n'est pas permis. Bascar, comme je suis sûr que tu le sais, n'a jamais été devant la cour d'assises, n'a jamais témoigné, n'a jamais subi un contre-interrogatoire, ne s'est jamais présenté avant que je sois arrêté à Greenville et que la moitié du monde ait vu la photo de la Pontiac verte. Sa prétendue identification n'est survenue qu'après qu'on eut publié ma photo dans les journaux.

– Donc, il ment ?

– Non. Je le prends pour un imbécile. Rappelle-toi, Adam, qu'on ne m'a jamais accusé de cet attentat. Bascar n'a jamais été interrogé, n'a jamais témoigné sous serment. Il a débité son histoire parce qu'un reporter d'un journal de Memphis avait déniché ce loustic en traînant dans les boîtes de nuit.

– Essayons, en tout cas, d'aller dans cette direction. Aviez-vous ou n'aviez-vous pas un complice lorsque vous avez commis cet attentat contre la synagogue Hirsch, le 2 mars 1967 ?

Sam s'écarta légèrement de la séparation et se laissa aller sur sa chaise. Comme on pouvait le prévoir, il sortit le paquet bleu de Montclair de sa poche, mit un temps infini à en choisir une, à la tapoter, avant de la glisser entre ses lèvres humides. Pour finir, un nouveau nuage de fumée s'éleva vers le plafond.

Adam regardait et attendait. Ce délai était déjà une preuve. Il tapota son stylo nerveusement sur son calepin. Il respira rapidement à plusieurs reprises et s'aperçut que son cœur se mettait à battre très vite. Il éprouvait en même temps une sorte de nausée. Venait-il d'ouvrir une brèche ? S'il y avait un complice, peut-être n'était-ce pas Sam qui avait mis la dynamite chez Kramer ? Peut-être tenait-on le fait nouveau ? Peut-être l'espoir d'un sursis. Peut-être, peut-être.

— Non, dit Sam très doucement mais fermement tandis qu'il regardait Adam dans les yeux.

— Je ne vous crois pas.

— Pas de complice.

— Je ne vous crois pas, Sam.

Sam haussa les épaules comme s'il s'en fichait éperdument. Il croisa les jambes et prit son genou dans ses mains.

Adam se confia de nouveau à son calepin, comme s'il s'était attendu à cette réponse, et tourna la page.

— À quelle heure êtes-vous arrivé à Cleveland la nuit du 20 avril 1967 ?

— La première ou la deuxième fois ?

— La première fois.

— J'ai quitté Clanton vers six heures et j'ai roulé pendant deux heures, donc je devais être là-bas vers huit heures.

— Où êtes-tous allé ?

— Dans une grande surface.

— Pourquoi ?

— Pour chercher la voiture.

— La Pontiac verte ?

— Oui. Mais elle n'était pas là. Aussi j'ai roulé vers Greenville pour reconnaître l'objectif.

— Y étiez-vous déjà allé ?

— Oui. J'avais repéré l'endroit deux semaines plus tôt. Je suis même entré dans le cabinet du Juif pour y jeter un coup d'œil.

— C'était assez stupide, non ? Sa secrétaire vous a reconnu au procès et a confirmé que c'était bien vous qui étiez venu lui demander votre route et l'autorisation d'utiliser les toilettes.

— Absolument stupide. Mais, vois-tu, en principe je ne devais pas être pris. Cette fille, toujours en principe, ne devait jamais me revoir.

Il mordilla le filtre de sa cigarette.

— Un acte irréfléchi. Naturellement. Mais c'est facile d'être assis là maintenant et de tout examiner d'un œil critique.

— Combien de temps êtes-vous resté à Greenville ?

– Une heure environ. Puis j'ai roulé vers Cleveland pour aller chercher la voiture. Les plans de Dogan étaient toujours très précis, avec des solutions de rechange. La voiture était garée sur l'aire B près d'un relais routier.

– Où étaient les clefs ?

– Sous le tapis.

– Qu'avez-vous fait ensuite ?

– Une promenade. Je suis sorti de la ville et j'ai roulé au milieu des champs de coton. J'ai trouvé un endroit isolé et j'ai garé la voiture. J'ai ouvert le coffre pour vérifier le nombre de bâtons de dynamite.

– Combien y en avait-il ?

– Quinze, je crois. J'en utilisais entre douze et vingt selon les bâtiments. Vingt pour la synagogue parce qu'elle était neuve, moderne, construite en pierre et en ciment. Mais le cabinet du Juif était une vieille bâtisse en bois. Quinze bâtons suffisaient.

– Qu'y avait-il d'autre dans le coffre ?

– Comme d'habitude. Le carton de dynamite, deux amorces et une mèche de quinze minutes.

– C'est tout ?

– Oui.

– En êtes-vous sûr ?

– Bien entendu.

– Mais alors, le système à retardement ? Le détonateur ?

– Ah oui. J'oubliais. C'était dans une autre boîte plus petite.

– Décrivez-la-moi.

– Pourquoi ? Tu as lu les comptes rendus des procès. Les experts du FBI ont fait un magnifique boulot et sont parvenus à reconstituer ma petite bombe. Tu as lu tout ça, n'est-ce pas ?

– Bien des fois.

– Et tu as vu les photos qu'ils ont présentées aux procès. Celles des fragments du système à retardement. Tu as vu tout ça, non ?

– Je l'ai vu. Où Dogan a-t-il acheté le réveil ?

– Je ne lui ai jamais demandé. On peut en acheter partout dans n'importe quel bazar. Un réveil mécanique bon marché. Rien d'extraordinaire.

– C'était la première fois que vous vous serviez d'un système à retardement.

– Tu sais bien que oui. Les autres bombes éclataient grâce à une mèche. Pourquoi me poses-tu ces questions ?

– Parce que je tiens à entendre vos réponses. Je veux l'entendre de votre bouche. Pourquoi avoir posé une bombe à retardement chez Kramer ?

– J'en avais assez de détaler comme un lapin dès que j'avais mis le feu à la mèche.

– À quelle heure l'avez-vous posée ?

– Autour de quatre heures du matin.

– Et à quelle heure devait-elle exploser ?

– Vers cinq heures.

– Que s'est-il passé ?

– Elle n'a pas éclaté à cinq heures. Elle a explosé quelques minutes avant huit heures, et à ce moment-là il y avait des gens dans l'immeuble. Il y a eu des morts. C'est pourquoi je suis assis ici dans cette combinaison qui me colle à la peau, avec une odeur de gaz dans les narines.

– Dogan a déclaré sous serment que le choix de l'attentat contre Marvin Kramer avait été effectué par vous deux, que Kramer était sur la liste noire du KKK depuis deux ans, que c'était vous qui aviez suggéré l'utilisation d'un système à retardement afin de pouvoir tuer Kramer, et aussi que vous aviez agi seul.

Sam écoutait patiemment en tirant sur sa cigarette. Il plissa les yeux, les ferma presque et secoua la tête.

– Eh bien, à mon avis, Dogan était devenu cinglé. Les hommes du FBI l'ont harcelé pendant des années. Finalement il s'est dégonflé. Ça n'était pas quelqu'un de solide, tu sais.

Il respira longuement et regarda Adam.

– Mais il y a un peu de vrai là-dedans.

– Aviez-vous l'intention de tuer Kramer ?

– Non. Nous ne voulions pas tuer les gens. On s'en prenait qu'aux bâtiments.

– Pourtant, la maison des Pinder à Vicksburg ? Vous en étiez responsable ?

Sam acquiesça.

– La bombe a explosé à quatre heures du matin alors que toute la famille Pinder dormait profondément. Six personnes. C'est un miracle qu'il n'y ait eu qu'un blessé sans gravité.

– Ce n'était pas un miracle. La bombe avait été placée dans le garage. Si j'avais voulu tuer quelqu'un, je l'aurais mise près de la fenêtre d'une chambre à coucher.

– La moitié de la maison s'est effondrée.

– Oui. Et j'aurais pu utiliser un système à retardement et supprimer une bande de Juifs alors qu'ils étaient en train d'avaler leur pain azyme ou je ne sais quoi.

– Pourquoi ne l'avez-vous pas fait ?

– Je te l'ai déjà dit ! Nous ne voulions pas tuer les gens.

– Qu'essayiez-vous de faire alors ?

– De les intimider. D'exercer des représailles. D'empêcher ces foutus Juifs de financer la campagne pour les droits civiques. On voulait maintenir les Africains à leur place – dans leurs écoles, leurs églises, leurs quartiers, leurs toilettes, à l'écart de nos femmes et de nos enfants. Des Juifs comme Marvin Kramer prêchaient une société multiraciale, excitaient les Africains. Ce fils de pute avait besoin d'une bonne leçon.

– Et vous lui en avez donné une bonne, non ?

– Il a eu ce qu'il méritait. Je suis désolé pour les enfants.

– Touchante compassion.

– Écoute-moi, Adam, écoute-moi bien. Je n'avais nullement l'intention de blesser quelqu'un. La bombe devait exploser à cinq heures du matin, trois heures avant l'ouverture du cabinet. Les gamins étaient là uniquement parce que sa femme avait la grippe.

– Vous n'éprouvez aucun remords bien que Marvin ait perdu les deux jambes ?

– Pas réellement.

– Pas de remords parce qu'il s'est suicidé ?

– C'est lui qui a appuyé sur la détente, pas moi.

– Vous êtes gravement atteint, Sam.

– Je le serai encore plus lorsque je respirerai le gaz.

Adam secoua la tête de dégoût mais retint sa langue. On pourrait parler plus tard des questions de race et de haine. Il fallait en revenir aux faits.

– Après avoir vérifié la dynamite, qu'avez-vous fait ?

– Je suis retourné au relais routier boire un café.

– Pourquoi ?

– J'avais soif.

– Très drôle, Sam. Efforcez-vous de répondre aux questions.

– J'attendais.

– Pour quelle raison ?

– J'avais quelques heures devant moi. Il était environ minuit. Je voulais passer le moins de temps possible à Greenville. Donc j'ai traîné à Cleveland.

– Avez-vous parlé à quelqu'un dans le café ?

– Non.

– Y avait-il beaucoup de monde ?

– Franchement, je ne m'en souviens pas.

– Vous êtes-vous assis seul ?

– Oui.

– À une table ?

– Oui.

Sam grimaça un vague sourire parce qu'il prévoyait la suite.

– Un routier nommé Tommy Farris a déclaré qu'il avait vu cette nuit-là un type qui vous ressemblait dans la salle et qui est resté à boire du café pendant très longtemps en compagnie d'un jeune homme.

– Mr. Farris a eu un trou de mémoire de trois ans. Pas un mot à qui que ce soit jusqu'à ce qu'un journaliste, un de plus, sorte de l'ombre et en parle dans les journaux. C'est étonnant de voir ces mystérieux témoins surgir des années après les procès.

– Pourquoi Farris n'a-t-il pas témoigné à votre dernier procès ?

– Pose la question au juge. Disons qu'il n'avait rien à raconter. Que je boive du café seul ou avec quelqu'un sept heures avant l'attentat n'a guère de signification.

– Donc, Farris ment ?

– Je ne sais pas ce que fait Farris. Je m'en fiche. J'étais seul. C'est tout.

– À quelle heure avez-vous quitté Cleveland ?

– Vers trois heures.

– Et vous avez roulé directement jusqu'à Greenville ?

– Oui. Je suis passé devant la maison des Kramer, j'ai vu le garde du corps assis sur la terrasse, puis j'ai roulé vers le cabinet. J'ai encore attendu un certain temps. Vers quatre heures, je me suis garé derrière l'immeuble. Je me suis faufilé par la porte de derrière et j'ai mis la bombe dans un débarras donnant sur le couloir. Je suis revenu vers ma voiture et je me suis enfui.

– À quelle heure avez-vous quitté Greenville ?

– J'avais projeté de filer après l'explosion, mais,

comme tu sais, plusieurs mois se sont passés avant que je parvienne à sortir de la ville.

– Où avez-vous été après avoir quitté le cabinet Kramer ?

– J'ai trouvé un bar sur la nationale, à sept cents mètres environ de la cible.

– Pourquoi être allé là ?

– Pour boire un café.

– Quelle heure était-il ?

– Je ne sais pas. Autour de quatre heures et demie.

– Il y avait du monde ?

– Quelques personnes. Un bar ordinaire, ouvert toute la nuit.

– Avez-vous parlé à quelqu'un ?

– J'ai parlé à la serveuse pour commander mon café. Peut-être ai-je pris un beignet.

– Vous dégustiez un bon petit café et rêvassiez en attendant que la bombe explose.

– Oui. J'ai toujours aimé entendre le bruit des explosions et voir la réaction des gens.

– Ainsi, vous aviez déjà fait ça ?

– Plusieurs fois. En février de cette année-là, j'ai fait sauter une agence immobilière à Jackson – des Juifs avaient vendu une maison à des Nègres dans un quartier blanc. J'étais assis dans un petit restaurant à deux cents mètres de la cible. J'avais utilisé une mèche aussi et j'avais dû faire vite. La serveuse avait à peine posé ma tasse devant moi que le sol s'est mis à trembler. Tout le monde s'est figé sur place. Franchement, j'aimais ça. Il était quatre heures du matin. Le café était plein de routiers, de livreurs, et même quelques flics dans un coin. Ma table a tremblé si fort que le café s'est répandu dans ma soucoupe.

– Et ça vous a fait réellement plaisir ?

– Oui. Pour les autres attentats c'était trop risqué. Je roulais simplement dans les parages pendant quelques minutes en attendant le feu d'artifice. Grâce à ma montre, je savais toujours à peu près quand ça allait exploser. J'aimais être près d'une nationale.

Sam se tut un instant et tira une longue bouffée sur sa cigarette. Il parlait lentement, posément. Ses yeux clignaient par moments, mais ses paroles étaient mesurées.

– J'ai vu sauter les Pinder, ajouta-t-il.

– Comment ça ?

– Ils vivaient en banlieue dans une grande maison au milieu d'un vallon boisé. Je me suis garé sur la pente d'une colline à environ un kilomètre. J'étais assis sous un arbre quand ça a sauté.

– Idyllique, non ?

– Franchement, ça l'était. Pleine lune, un petit vent frais. Une nuit particulièrement calme et sereine. Tout le monde dormait et puis, boum ! le toit a fait un aller et retour dans le ciel.

– Quel était le crime de Mr. Pinder ?

– Celui de toute la juiverie : l'amour des Nègres. Prendre toujours la cause des agitateurs africains de gauche. Il aimait manifester avec eux, boycotter nos magasins à leurs côtés. Il finançait une bonne partie de leurs activités dans la région.

Adam prenait des notes et essayait d'avaler la pilule. Elle était difficile à digérer. En fin de compte, peut-être que la peine de mort n'était pas une si mauvaise idée.

– Revenons à Greenville. Où était situé ce café ?

– Aucun souvenir.

– Comment s'appelait-il ?

– C'était il y a vingt-trois ans. Pas le genre d'endroit dont on aime se souvenir.

– Était-ce sur la nationale 82 ?

– Sans doute. Mais qu'es-tu en train de faire ? Trier le bon grain de l'ivraie ? Mettrais-tu en doute mon histoire ?

– Oui. Je doute de votre histoire.

– Pourquoi ?

– Vous ne m'avez pas dit où vous aviez appris à fabriquer une bombe avec un système à retardement.

– Dans le garage, derrière chez moi.

– À Clanton ?

– À la sortie de Clanton. Ce n'est pas si difficile.

– Qui vous a appris ?

– J'ai appris tout seul. J'avais des dessins, un manuel avec des illustrations... Premièrement, deuxièmement, troisièmement, ce n'était pas une affaire.

– Combien de temps vous êtes-vous entraîné sur ce genre de système avant de vous en servir chez Kramer ?

– Une seule fois.

– Où ? Quand ?

– Dans les bois, pas très loin de chez moi. J'ai pris

deux bâtons de dynamite et je suis allé près d'une pièce d'eau au fond des bois. Ça a marché à la perfection.

– Naturellement. Et vous avez appris tout ça, fait toutes ces recherches dans votre garage ?

– C'est ce que je viens de dire.

– Votre petit laboratoire personnel en quelque sorte.

– On peut l'appeler comme ça, si tu veux.

– Eh bien, le FBI a fait des recherches minutieuses dans votre ferme, dans votre garage, dans les appentis et tout autour de chez vous pendant que vous étiez en prison. Ils n'ont pas trouvé la moindre trace d'explosif.

– Des idiots. Je veillais à ne laisser aucune trace.

– À moins que la bombe n'ait été posée par quelqu'un d'autre, un spécialiste.

– Mais non.

– Pendant combien de temps êtes-vous resté dans le café à Greenville ?

– Un temps fou. C'était cinq heures, cinq heures et demie, puis presque six heures. J'ai filé quelques minutes avant six heures. Je suis passé près du cabinet Kramer. Tout était tranquille. Deux ou trois personnes dans la rue. Je ne voulais pas qu'on me voie. J'ai traversé le fleuve et j'ai roulé en direction de Lake Village, puis je suis revenu à Greenville. Il était sept heures. Les gens s'agitaient dans la rue. Aucune explosion, j'ai garé la voiture dans une ruelle et j'ai marché dans les environs. Cette breloque ne voulait pas exploser. Je ne pouvais pas aller voir, tu t'en doutes. J'ai marché, marché, tendant l'oreille en espérant que le sol allait se mettre à trembler. Rien.

– Avez-vous vu Martin Kramer et ses fils entrer dans l'immeuble ?

– Non. Au coin d'une rue, j'ai vu sa voiture. Bon Dieu de bon Dieu, je suis devenu vert. Je n'arrivais plus à réfléchir. Finalement, je me suis dit : et puis, quoi, ce n'est qu'un Juif, une ordure. Puis j'ai pensé aux secrétaires, aux autres personnes qui pouvaient travailler à l'intérieur. J'ai recommencé à tourner autour du pâté de maisons. Je me souviens d'avoir regardé ma montre à huit heures moins vingt. J'avais dans l'idée de donner un coup de fil anonyme au cabinet pour informer Kramer. S'il ne me croyait pas, qu'il aille jeter un coup d'œil au cagibi et au pas de course.

– Pourquoi ne l'avez-vous pas fait ?

– Je n'avais pas de monnaie. J'avais tout laissé en pourboire à la serveuse. Je n'avais pas envie d'entrer dans un magasin pour en faire. Il faut te dire que j'étais sérieusement énervé. Mes mains tremblaient et je ne tenais pas à éveiller les soupçons. Je n'étais pas du coin, d'accord? C'était ma bombe qui était là, d'accord? J'étais dans une petite ville où tout le monde se connaît. Bon Dieu, on n'aurait pas manqué de repérer un inconnu s'il y avait un attentat dans les parages. Devant un coiffeur il y avait un présentoir avec des journaux. J'ai vu un type qui fouillait dans ses poches pour trouver de la monnaie. J'ai failli lui demander une pièce afin de pouvoir donner mon coup de fil, mais j'étais trop nerveux.

– Pourquoi étiez-vous si nerveux, Sam? Vous venez de dire que vous vous en fichiez si Kramer était blessé. C'était votre sixième attentat, n'est-ce pas?

– Oui, mais les autres avaient été faciles. Allumer la mèche, foncer vers la porte et attendre. Je n'arrêtais pas de penser à cette mignonne petite secrétaire du cabinet Kramer, celle qui m'avait montré les toilettes. La même qui a témoigné au procès. Je ne pouvais m'empêcher de penser à tous ces gens qui travaillaient dans le cabinet. Lorsque j'y étais entré, j'avais vu du monde partout. Il était presque huit heures. Le cabinet allait ouvrir dans quelques minutes, un tas de gens allaient être tués. J'ai perdu la tête. Je suis resté debout à côté d'une cabine téléphonique, un pâté de maisons plus loin, fixant ma montre, puis le téléphone, me disant qu'il fallait absolument que j'appelle. Finalement, je suis entré dans la cabine, j'ai cherché le numéro. L'annuaire refermé, je ne m'en souvenais plus. J'ai cherché de nouveau, j'ai commencé à composer le numéro, puis je me suis souvenu que je n'avais pas de monnaie. J'ai décidé d'aller chez le coiffeur pour en faire. J'avais les jambes lourdes, je transpirais comme un cheval. Je suis retourné devant la boutique du coiffeur et j'ai regardé à l'intérieur. Bondé. Des gens alignés contre le mur en train de lire des journaux. D'autres assis dans les fauteuils. Tout le monde parlait en même temps. On a commencé à me regarder, je me suis éloigné.

– Où êtes-vous allé?

– Je ne sais pas trop. Il y avait un autre immeuble de bureaux à côté du cabinet Kramer. Une voiture s'est garée devant. J'ai pensé que c'était peut-être la voiture d'une secrétaire. Je me dirigeais vers cette voiture lorsque la bombe a éclaté.

— Ainsi, vous étiez de l'autre côté de la rue?

— Il me semble. Je me suis retrouvé à quatre pattes, tandis que des éclats de verre et des plâtras tombaient autour de moi. À part ça, je ne me rappelle pas grand-chose.

On frappa discrètement à la porte du côté d'Adam. Le surveillant Packer apparut avec une grande tasse de café, une serviette en papier et un pot de crème.

— J'ai pensé que vous pouviez avoir envie d'un café. Désolé de vous déranger.

Il posa le tout sur le comptoir.

— Merci, dit Adam.

Packer se retourna rapidement et gagna la porte.

— Pour moi, un crème avec deux sucres, dit Sam de l'autre côté de la séparation.

— Oui, chef, lança Packer sans ralentir.

Il était parti.

— Remarquable, le service, dit Adam.

— Absolument parfait.

14

Sam évidemment n'avait pas droit au café. Il le savait, pas Adam. Aussi, après quelques minutes, il lui dit :
– Mais bois donc.

Il alluma une autre cigarette et fit quelques pas derrière sa chaise. Il était presque onze heures. Sam avait raté son heure de promenade. Packer n'aurait pas le temps de la lui accorder plus tard. Il s'accroupit alors à plusieurs reprises. Ses genoux craquaient et ses muscles tressautaient. Il se releva avec difficulté. Durant les premiers mois de son séjour dans le quartier des condamnés à mort, il s'était astreint à faire de la gymnastique. Mais il avait très vite compris que l'État du Mississippi finirait par le tuer. À quoi pouvaient bien lui servir des muscles déliés, enfermé vingt-trois heures par jour à attendre la mort ?

Parmi ses compagnons, Sam passait pour avoir de la chance. Son jeune frère Donnie qui vivait en Caroline du Nord lui envoyait chaque mois un paquet renfermant, parfaitement rangées, dix cartouches de cigarettes Montclair. Sam en fumait, en moyenne, trois à quatre paquets par jour. Il voulait en finir avant que l'État du Mississippi ne s'en charge.

Apparemment, il était en train de perdre le match.

La plupart des détenus ne recevaient rien de l'extérieur. Ils faisaient du trafic et du troc afin d'avoir de quoi acheter des feuilles de tabac en vrac qu'ils fumaient lentement. Sam était un sacré veinard.

Il se rassit et alluma une autre cigarette.
– Pourquoi n'avez-vous pas demandé à témoigner au procès ? lui demanda Adam à travers le treillis.

– Quel procès ?

– Bonne question. Les deux premiers.

– C'était inutile. Brazelton avait trouvé un bon jury, rien que des Blancs, des sympathisants qui comprenaient les choses. Ces gens n'iraient jamais me condamner. Il n'y avait aucune raison de témoigner.

– Et au dernier procès ?

– C'est plus compliqué. Keyes et moi en avons discuté bien souvent. Tout d'abord, il a pensé que ça pourrait m'être utile. Je pourrais m'expliquer sur mes intentions. Personne ne devait être blessé, etc. La bombe devait exploser à cinq heures du matin. Mais nous n'ignorions pas que le contre-interrogatoire serait particulièrement serré. Le juge avait déjà évoqué la possibilité de parler des autres attentats pour mettre certaines choses en lumière. Je me verrais aussi contraint d'admettre que j'avais effectivement posé la bombe, les quinze bâtons de dynamite, bien assez pour tuer les gens.

– Mais pourquoi en fin de compte n'avoir pas témoigné ?

– À cause de Dogan. Cette espèce de salaud a été dire au jury que nous avions l'intention de tuer le Juif. C'était un témoin capital. C'était, imagine, l'ancien Grand Manitou du KKK dans le Mississippi. Voilà qu'il témoignait pour le ministère public contre l'un de ses hommes. C'était un trop beau morceau, le jury a tout gobé.

– Pourquoi Dogan a-t-il menti ?

– Jerry Dogan était devenu fou, Adam. Réellement fou. Le FBI l'a harcelé pendant quinze ans, l'a mis sur écoutes, a fait suivre sa femme en ville, tourmenté ses proches, menacé ses enfants, frappé à sa porte à n'importe quelle heure de la nuit. Sa vie était devenue infernale. Puis les polyvalents sont entrés en scène. Soutenus par le FBI, ils lui ont dit qu'il allait en avoir pour trente ans. Dogan s'est déballonné. Après mon procès, j'ai appris qu'on l'avait mis dans un asile. On l'a soigné puis renvoyé chez lui. Il est mort peu après.

– Dogan est mort ?

Sam s'arrêta brusquement de tirer sur sa cigarette. Un filet de fumée s'échappait des commissures de ses lèvres. Il écarquilla les yeux.

– Tu ne sais rien sur Dogan ? demanda-t-il.

Adam fit tourner sa cervelle à toute vitesse pour se souvenir des innombrables articles et documents qu'il avait rassemblés et classés. Il secoua la tête.

– Non. Qu'est-il arrivé à Dogan ?

– Je pensais que tu savais tout, lui dit Sam, que tu avais en mémoire la moindre chose qui me concernait.

– Je sais un tas de choses sur vous, Sam. Mais franchement, Jeremiah Dogan ne m'intéresse guère.

– Il a péri dans un incendie. Sa femme et lui. Ils dormaient une nuit quand un tuyau de gaz s'est mis à fuir. Les voisins ont dit que l'explosion avait été aussi forte que s'il s'était agi d'une bombe.

– Quand est-ce arrivé ?

– Un an jour pour jour après son témoignage contre moi.

Adam essaya de prendre des notes, mais son stylo refusait de bouger. Il scrutait le visage de Sam à la recherche d'un indice.

– Un an exactement ?

– Ouais.

– Curieuse coïncidence.

– J'étais enfermé ici mais j'en ai entendu parler. Les flics ont conclu à un accident. On a fait un procès à la compagnie qui fournissait le propane.

– Donc, vous ne pensez pas qu'il ait été assassiné ?

– Bien sûr qu'il a été assassiné.

– Ah ! Qui l'a fait ?

– Les flics du FBI sont venus ici pour me poser des questions. Peux-tu croire ça ? Ces mecs fourrant leur nez ici. Deux loustics du Nord. Ils brûlaient d'envie de faire une petite visite au quartier des condamnés à mort, de coller leur plaque sous le nez des gens pour rencontrer un véritable terroriste du KKK encore en vie. Trouillards au point qu'ils avaient peur de leur ombre. Ils m'ont posé des questions stupides pendant une heure puis ils sont partis. Je n'ai plus jamais entendu parler d'eux.

– Qui a assassiné Dogan ?

Sam mâchouilla le filtre de sa cigarette et écrasa le mégot dans le cendrier. Il souffla un jet de fumée de l'autre côté du treillis.

– Un tas de gens, marmonna-t-il.

Adam écrivit une petite note dans la marge : on parlerait de Dogan plus tard.

– Il me semble que vous auriez dû témoigner, dit-il tout en écrivant, ne serait-ce que pour contredire Dogan.

– J'ai bien failli, dit Sam avec un léger regret dans la voix. Le dernier soir du procès, Keyes et moi, on est restés ensemble jusqu'à minuit pour savoir si je devais témoigner. Mais réfléchis un peu, Adam. Il m'aurait fallu admettre que j'avais posé une bombe à retardement et que j'avais participé à d'autres attentats. De plus, le ministère public avait clairement démontré que Marvin Kramer était bel et bien visé. Il avait fait passer les bandes des tables d'écoute du FBI devant le jury. Tu aurais dû entendre ça. Dogan téléphonait à Wayne Graves. Sa voix était éraillée mais parfaitement audible. Il parlait de l'attentat contre Kramer, il en expliquait les raisons. Il se vantait d'envoyer son groupe – c'est ainsi qu'il m'appelait – à Greenville pour en finir. Le jury était suspendu à chaque mot. Merveilleusement efficace. Et puis il y avait le témoignage de Dogan. J'aurais paru ridicule à ce moment-là si j'avais essayé de témoigner. McAllister m'aurait mangé tout cru. Nous avons renoncé au témoignage. Pourtant j'aurais dû parler.

– Mais, sur le conseil de votre avocat, vous ne l'avez pas fait ?

– Écoute, Adam, si tu penses attaquer Keyes pour absence de compétence, renonces-y. J'ai payé Keyes, j'ai hypothéqué tout ce que je possédais. Il a fait du bon travail. Goodman et Tyner ont pensé s'attaquer à Keyes. Ils n'ont rien trouvé à reprendre à sa défense. Oublie ça.

Le dossier Cayhall chez Kravitz et Bane contenait des rapports de cinq centimètres d'épaisseur sur la compétence de Benjamin Keyes. Ces documents constataient que Keyes avait fait un très bon travail lors du procès et qu'il n'y avait absolument rien à lui reprocher.

Le dossier comprenait également une lettre de trois pages de Sam interdisant formellement toute attaque contre Keyes. Toutefois ce rapport avait été écrit sept ans plus tôt, à une époque où la peine de mort n'était qu'une lointaine éventualité. Il en allait autrement maintenant. Il était temps de s'agripper au moindre fétu de paille.

– Où est Keyes aujourd'hui ? demanda Adam.

– Il m'a écrit de Washington, il y a cinq ans. Il avait

abandonné le métier d'avocat. Il avait ressenti durement notre échec. Nous ne nous attendions pas à un tel dénouement.

– Vous ne vous attendiez pas à être condamné ?

– Pas vraiment. J'avais déjà gagné deux fois, tu sais. Le jury du troisième procès était composé de huit Blancs, des Anglo-Américains si tu préfères.

– Que pensait Keyes ?

– Il se faisait du souci. Crois-moi. Nous n'avons pas pris les choses à la légère. Nous avons passé des mois à préparer ce procès. Lorsque la liste préliminaire des jurés est sortie – il y en avait quatre cents –, nous avons enquêté pendant des jours et des jours sur ces gens. Le travail effectué avant le procès par Keyes était impeccable.

– Lee m'a dit que vous pensiez à disparaître.

– Oh, elle t'a dit ça.

Sam tapota sa nouvelle cigarette sur le comptoir et la considéra longuement comme si elle pouvait être la dernière.

– J'y ai pensé. Presque treize ans s'étaient écoulés avant que McAllister s'en prenne à moi. J'étais un homme libre, bon Dieu. J'étais heureux. Ma vie était normale. Je m'occupais de la ferme et dirigeais une scierie, je prenais mon café en ville et participais aux élections. Le FBI m'a gardé à l'œil pendant quelques mois. Mais ces types ont fini par se convaincre que j'avais renoncé aux attentats. Même dans mes cauchemars les plus noirs, je n'ai jamais envisagé quelque chose comme ça. Si j'avais eu le moindre pressentiment, je serais parti bien avant. J'étais complètement libre, tu comprends, sans entraves. J'aurais pu aller en Amérique du Sud, changer de nom, disparaître deux ou trois fois, puis m'établir dans un endroit comme São Paulo ou Rio de Janeiro.

– Comme Mengele.

– On ne l'a jamais coincé, tu sais.

Sam secoua la tête et ferma les yeux en rêvant à ce qui aurait pu se passer.

– Pourquoi n'êtes-vous pas parti quand McAllister a commencé ses attaques ?

– Parce que j'étais stupide. C'est arrivé peu à peu. Tout d'abord, McAllister s'est fait élire. Quelques mois plus tard, Dogan est tombé dans les griffes des agents du fisc. Il y a eu ensuite des rumeurs, colportées par les journaux. Je refusais d'y croire. Avant que j'en aie pris conscience, le FBI m'avait pris en filature. Je ne pouvais plus m'enfuir.

Adam regarda sa montre. Il se sentait brusquement fatigué. Besoin d'air frais, d'un peu de soleil. Il avait mal à la tête. Il revissa le capuchon de son stylo et fourra son calepin dans son attaché-case.

– Il faut que je parte, dit-il. Je reviendrai demain pour la suite.

– Je serai là.

– Lucas Mann m'a donné le feu vert. Je peux vous rendre visite à n'importe quel moment.

– Un type formidable, non ?

– Il fait son travail.

– La même chose pour Naifeh et Nugent. Personne ne veut réellement me tuer, ils font simplement leur travail. Il y a ce minus avec neuf doigts, le bourreau officiel, le type qui mélange le gaz et introduit les capsules. Demande-lui ce qu'il fait tandis qu'il me ligote, il te répondra : « Simplement mon boulot. » L'aumônier, le médecin, le psychiatre, tous les gardiens qui me fourreront dedans et les toubibs qui constateront le décès et les ambulanciers qui m'emmèneront à la morgue, eh bien, tous ces gens sont de braves gens qui n'ont rien contre moi. Ils font simplement leur travail.

– On n'ira pas jusque-là, Sam.

– C'est une promesse ?

– Non. Mais essayez d'être positif.

– Les copains et moi, on est très forts pour se motiver, projets de voyages et achats pour la maison.

– Lee se fait du souci pour vous, Sam. Elle pense à vous et prie pour vous.

Sam se mordit la lèvre inférieure et fixa le sol. Il hocha lentement la tête sans rien dire.

– Je resterai chez elle durant le mois qui vient, peut-être un peu plus.

– Elle est toujours mariée à ce type ?

– Pour la forme. Elle voudrait vous voir.

– Non.

– Pourquoi non ?

Sam se leva avec précaution de sa chaise puis frappa à la porte qui se trouvait derrière lui.

15

– Le gamin est parti il y a une heure avec l'accord signé. Mais je ne l'ai pas encore vu, expliqua Lucas Mann à Phillip Naifeh.

Celui-ci, debout devant la fenêtre, observait des détenus à l'ouvrage sur les bords de la nationale. Naifeh avait mal à la tête, mal au dos. Une rude journée. Déjà trois appels téléphoniques du gouverneur et deux du procureur. Sam Cayhall en était la cause.

– Donc, il s'est trouvé un avocat, dit Naifeh en pressant ses reins avec son poing.

– J'aime bien ce garçon. Il est passé ici hier avant de partir. Il ressemblait à quelqu'un qui vient d'être renversé par un camion. Des moments difficiles pour lui et son grand-père.

– Ça va s'aggraver pour le grand-père.

– Ça va s'aggraver pour tout le monde.

– Savez-vous ce que le gouverneur m'a demandé ? Il voulait que je lui procure un exemplaire de notre manuel destiné aux exécutions. Je lui ai dit que c'était impossible. Une demi-heure plus tard, c'était au tour de Roxburgh. Devinez ce qu'il voulait savoir ? Si j'avais parlé au gouverneur. À son avis, celui-ci aurait l'intention d'utiliser cette exécution à des fins politiciennes.

– Absurde ! s'exclama Lucas avec un gros rire.

– Je ne vous le fais pas dire.

– À votre avis quel est le plus bête des deux ?

– Je parierais pour le procureur. Mais c'est difficile à dire.

Naifeh s'étira avec précaution et marcha vers son

bureau. Il avait enlevé ses chaussures et les pans de sa chemise sortaient de son pantalon. Ses lombaires le faisaient visiblement souffrir.

– Ils ont tous les deux un insatiable appétit de publicité. Ils me font penser à ces gamins terrifiés à la pensée que l'un des deux puisse avoir une plus grosse part du gâteau. Je les méprise autant l'un que l'autre.

– Tout le monde les méprise, sauf les électeurs.

Trois coups secs, nets et précis, furent frappés à la porte.

– Ce doit être Nugent, dit Naifeh en grimaçant brusquement de douleur. Entrez.

Le colonel à la retraite George Nugent pénétra dans la pièce, l'air guindé. Il s'avança vers Lucas Mann qui resta assis mais lui tendit la main.

– Monsieur Mann, dit Nugent d'un ton sec pour le saluer, puis il serra la main de Naifeh au-dessus du bureau.

– Asseyez-vous, George, dit Naifeh en désignant un siège proche de Mann.

Le patron aurait aimé demander au colonel d'arrêter ces simagrées militaires mais ça n'aurait servi à rien.

– Oui, monsieur, répondit Nugent sans infléchir d'un pouce la raideur de son dos.

Bien que les seuls uniformes à Parchman fussent ceux des surveillants et des détenus, Nugent avait réussi à s'en confectionner un. Les couleurs olive foncé de sa chemise et de son pantalon, parfaitement repassés, étaient en harmonie. Chaque pli restait à sa place. Le pantalon s'arrêtait à quelques centimètres au-dessus des chevilles, puis il s'enfonçait dans une paire de brodequins militaires en cuir noir que leur propriétaire astiquait et lustrait au moins deux fois par jour.

Le col de la chemise, légèrement entrouvert, laissait apparaître le haut d'un tee-shirt gris. Les poches et les manches ne portaient ni galons ni médailles. Ce dépouillement mortifiait le colonel. Coupe de cheveux militaire, bien dégagés sur la nuque et derrière les oreilles, avec un mince toupet gris au sommet du crâne. Nugent avait cinquante-deux ans. Il avait servi son pays pendant trente-quatre ans, d'abord comme deuxième classe en Corée, puis comme capitaine. Au Vietnam, il avait combattu derrière un bureau. Blessé dans un accident de Jeep, il avait été renvoyé dans ses foyers avec une nouvelle décoration.

Depuis deux ans, Nugent était un modèle de directeur adjoint. Un collaborateur sûr, loyal et compétent. Minutieux, il aimait les règlements et la discipline.

– George, nous étions, Lucas et moi, en train de parler de l'affaire Cayhall. La cinquième chambre a annulé les sursis et nous envisageons une exécution dans quatre semaines.

– Oui, monsieur, lança Nugent, buvant chacune de ses paroles. Je l'ai lu ce matin dans le journal.

– Bien. Lucas pense qu'on devrait en arriver là. C'est bien votre sentiment, Lucas ?

– Effectivement. Plus d'une chance sur deux, dit Lucas sans regarder Nugent.

– Depuis combien de temps êtes-vous ici, George ?

– Deux ans et un mois.

Le directeur réfléchit en se frottant les tempes.

– Vous n'avez pas assisté à l'exécution de Parris, n'est-ce pas ?

– Non, monsieur. Ratée de fort peu, répondit-il avec un petit air déçu.

– Donc vous n'avez jamais participé à aucune exécution ?

– Non, monsieur.

– Bien. C'est terrible, George. Absolument terrible. De loin, la pire obligation de notre travail. Pour être franc, j'espérais être à la retraite avant qu'on se serve de nouveau de la chambre à gaz. Dorénavant, ça me paraît sérieusement compromis. J'ai besoin d'aide.

Le dos de Nugent, déjà incroyablement raide, parut se tendre encore.

Naifeh se glissa avec précaution dans son fauteuil mais ne put s'empêcher de grimacer.

– Comme je ne me sens plus à la hauteur, George, Lucas et moi avons pensé que vous seriez peut-être l'homme de la situation.

Le colonel ne put réprimer un sourire.

– Je suis certain de pouvoir m'en montrer digne, monsieur.

– Je n'en doute pas, dit Naifeh en pointant de l'index un cahier noir broché sur le coin du bureau. Nous avons là une sorte de manuel. Le fruit d'une expérience acquise en trente ans et au cours de vingt-quatre visites à la chambre à gaz.

Nugent, les yeux plissés, considéra l'ouvrage avec un

intérêt jaloux. Format irrégulier, feuilles volantes pliées et insérées dans le cahier, couverture en toile effilochée. Ma première tâche sera de faire de ce torchon un manuscrit digne d'être publié, se dit Nugent.

– Pourquoi n'en prendriez-vous pas connaissance ce soir même afin que nous puissions en discuter demain ?

– Oui, monsieur, répondit Nugent, satisfait.

– Pas un mot à qui que ce soit avant que nous n'en reparlions, n'est-ce pas ?

– Oui, monsieur.

Nugent quitta le bureau, emportant le livre noir sous son bras comme l'aurait fait un enfant avec un nouveau jouet.

– Il est dingue, dit Lucas.

– Je le sais. Nous le surveillerons.

– On a intérêt. Il me paraît tellement emballé qu'il serait capable de gazer Sam pendant le week-end.

Naifeh ouvrit un tiroir de son bureau et en retira un petit flacon. Il avala deux pilules sans même prendre une gorgée d'eau.

– Je rentre chez moi, Lucas. J'ai besoin de m'allonger. Je serai probablement mort avant Sam.

– Faites vite, Phillip.

La conversation téléphonique avec Garner Goodman fut brève. Adam expliqua qu'il avait obtenu l'accord écrit de Sam et qu'ils avaient déjà passé quatre heures ensemble.

Goodman promit de revoir le dossier, de se mettre au travail. Adam lui donna le numéro de téléphone de Lee et raccrocha. Sur son répondeur, deux messages laissés par des journalistes l'inquiétaient. L'un provenait d'un quotidien de Memphis, l'autre d'une chaîne de télévision de Jackson.

Il était presque cinq heures. Adam était assis à son bureau, la porte close. Il n'avait rien à dire à la télévision. Il composa le numéro de Todd Marks au *Memphis Press*. Une messagerie vocale le guida de poste en poste. Après quelques minutes, Mr. Marks décrocha l'un de ses cinq téléphones et lança d'une voix pressée : « Todd Marks ». On aurait dit un adolescent.

– Adam Hall à l'appareil, de Kravitz et Bane. Vous m'avez demandé de vous rappeler.

– En effet, monsieur Hall, dit Marks avec empresse-ment, presque avec chaleur. (Il n'avait plus l'air débordé.) Merci de m'appeler. Je, eh bien, nous... Je veux dire que des bruits ont couru selon lesquels c'était vous qui vous occupiez de l'affaire Cayhall et, euh... je voulais simplement en avoir le cœur net.

– Je représente effectivement Mr. Cayhall, dit Adam d'un ton mesuré.

– Ah oui... Bien. Ça confirme nos informations. Et voyons... Vous venez de Chicago ?

– Je viens de Chicago.

– Je vois. Comment, euh... comment avez-vous obtenu ce dossier ?

– Mon cabinet a représenté Sam Cayhall pendant sept ans.

– En effet. Mais ne s'est-il pas débarrassé de ses avocats récemment ?

– Exact. Mais notre client nous a repris.

Adam entendait un bruit de clavier : Marks introdui-sait ses réponses dans son ordinateur.

– Je vois. Il y a également une autre rumeur, ce n'est évidemment qu'une rumeur, j'imagine, qui prétend que Sam Cayhall serait votre grand-père.

– Qui vous a dit ça ?

– Eh bien, nous avons nos sources, mais nous nous devons de les protéger.

– Je vois.

Adam respira profondément et laissa Marks sur des braises pendant une minute.

– Où êtes-vous en ce moment ?

– Au journal.

– Où est-ce ? Je ne connais pas la ville.

– Où êtes-vous ? demanda à son tour Marks.

– Dans le centre-ville. À notre bureau.

– Je serai là-bas dans dix minutes.

– Non. Non, pas ici. Retrouvons-nous ailleurs. Un petit bar tranquille où l'on puisse parler.

– Très bien. Le Peabody Hotel, dans Union Street, à une centaine de mètres de votre bureau. Il y a un bar agréable près du hall.

– J'y serai dans un quart d'heure. Rien que vous et moi, n'est-ce pas ?

– Bien sûr.

Adam raccrocha. L'accord passé avec Sam concernant la presse contenait d'importantes lacunes. N'importe quel avocat aurait pu les utiliser, mais Adam ne tenait pas à en arriver là. Après deux visites à la prison, Adam se rendait compte que son grand-père demeurait un mystère pour lui. Il n'aimait pas les avocats et n'hésiterait pas à en vider un de plus, même s'il s'agissait de son petit-fils.

Le bar du Peabody Hotel était en train d'accueillir une foule de jeunes cadres fatigués qui venaient y prendre un remontant ou deux avant de rouler vers la banlieue.

Adam repéra un jeune homme en jean, un bloc-notes dans les mains. Il se présenta et les deux hommes se dirigèrent vers une table isolée. Todd Marks n'avait pas plus de vingt-cinq ans. Il portait des lunettes à monture métallique et une longue chevelure. Il était chaleureux, mais tendu. Ils commandèrent des bières.

Adam décida de mener l'entretien.

– Quelques règles essentielles, dit-il. Premièrement, tout ce que je dis est purement officieux. Vous ne pouvez absolument pas me citer. D'accord ?

Marks haussa les épaules en signe d'acquiescement mais parut s'étonner du tour pris par leur rencontre.

– Vous attribuerez mes paroles à une personnalité bien informée, ajouta Adam.

– On y veillera.

– Je répondrai à quelques questions mais en nombre limité. Je suis ici parce que je ne veux pas de malentendu entre nous, d'accord ?

– Entendu. Est-ce que Sam Cayhall est votre grand-père ?

– Sam Cayhall est mon client et m'a demandé de ne pas parler à la presse. Je suis ici uniquement pour confirmer ou infirmer des faits. Rien de plus.

– Soit. Mais il est bien votre grand-père ?

– Oui.

Marks inspira profondément pour savourer cette information incroyable. Il tenait un papier d'anthologie. Il en avait déjà le titre.

Puis il se rendit compte qu'il devait poser d'autres questions. Il sortit un stylo de sa poche.

– Qui est votre père ?

– Mon père est mort.

Un long silence.

– Ainsi, Sam est le père de votre mère ?

– Non. Sam est le père de mon père.

– Pourquoi ne portez-vous pas le même nom ?

– Parce que mon père en a changé.

– Pourquoi ?

– Je ne répondrai pas à cette question. Je ne veux en aucune manière porter nos histoires de famille devant le public.

– Avez-vous grandi à Clanton ?

– Non. Je suis né là-bas mais j'en suis parti lorsque j'avais trois ans. Mes parents se sont installés en Californie. J'ai grandi là-bas.

– Donc vous n'habitiez pas près de Sam Cayhall ?

– Non.

– Le connaissiez-vous ?

– Je l'ai rencontré hier pour la première fois.

Marks réfléchissait à sa prochaine question lorsque, grâce au ciel, la bière arriva.

Le journaliste fixa son bloc-notes avant de demander :

– Depuis combien de temps travaillez-vous chez Kravitz et Bane ?

– Presque un an.

– Et depuis combien de temps sur l'affaire Cayhall ?

– Un jour et demi.

Marks but une longue gorgée et fixa Adam comme s'il espérait une explication.

– Écoutez, euh... monsieur Hall...

– Appelez-moi Adam.

– Bien, Adam. Il semble y avoir là un chaînon manquant. Pourriez-vous m'aider ?

– Non.

– Très bien. J'ai lu quelque part que Cayhall s'était débarrassé de Kravitz et Bane. Travailliez-vous sur cette affaire lorsque c'est arrivé ?

– Je viens de vous dire que je ne travaillais sur ce dossier que depuis un jour et demi.

– Quand êtes-vous venu pour la première fois dans le quartier des condamnés à mort ?

– Hier.

– Votre grand-père savait-il que vous alliez venir ?

– Je ne répondrai pas à cette question.

– Pourquoi ?

– C'est un sujet délicat et personnel. Je ne tiens pas à évoquer mes visites au quartier des condamnés à mort. Je n'aborderai que des faits que vous pourrez recouper et contrôler ailleurs.

– Sam a-t-il d'autres enfants ?

– Ma famille est un sujet tabou. Du reste, je suis sûr que votre journal en a déjà parlé.

– Il y a longtemps.

– Allez vous en assurer.

Une autre longue gorgée et un nouveau coup d'œil au bloc-notes.

– Dans quelle mesure l'exécution risque d'avoir lieu le 8 août ?

– Difficile à dire. Je ne veux faire aucun pronostic.

– Toutes les requêtes ont été rejetées, n'est-ce pas ?

– C'est possible. Admettons que j'ai du pain sur la planche.

– Est-ce que le gouverneur peut octroyer la grâce ?

– Oui.

– Peut-on l'envisager ?

– Demandez-le-lui vous-même.

– Votre client acceptera-t-il de donner des interviews avant son exécution ?

– J'en doute.

Adam regarda sa montre comme s'il se souvenait brusquement qu'il devait prendre l'avion.

– Autre chose ? demanda-t-il en finissant sa bière.

Marks remit son stylo dans sa poche.

– Pourrons-nous nous revoir ?

– Ça dépend.

– De quoi ?

– De la manière dont vous allez présenter notre entretien. Si vous parlez de ma famille, renoncez-y.

– Ça doit fourmiller de secrets là-dessous, non ?

– Sans commentaire, dit Adam en se levant. Heureux de vous avoir rencontré, ajouta-t-il.

– Merci. Je vous rappellerai.

Adam passa rapidement devant les hommes accoudés au bar et disparut dans le hall.

16

De toutes les stupides et tatillonnes réglementations imposées aux détenus dans le quartier des condamnés à mort, celle qui irritait le plus Sam était la loi des treize centimètres. Ce joyau de la bureaucratie carcérale limitait la quantité de documents juridiques qu'un prisonnier condamné à mort était autorisé à avoir dans sa cellule. En effet, ces papiers ne pouvaient dépasser treize centimètres lorsqu'ils étaient posés sur la tranche et serrés des deux côtés. Le dossier de Sam ne se distinguait guère de celui des autres détenus, et, après neuf ans de chicanes et de conflits procéduriers, il tenait dans une grande boîte en carton. Comment, bon Dieu, pouvait-on se documenter, étudier la jurisprudence et préparer sa défense en respectant la limitation des treize centimètres ?

Aujourd'hui la pile dépassait vingt-cinq centimètres. Sans compter la mince chemise qu'il dissimulait sous son matelas. Celle-ci touchait à des affaires récemment examinées par la Cour suprême. Hank Henshaw, son voisin, lui en gardait cinq centimètres sur son étagère. Et le dossier de J.B. Gullitt, son autre voisin, comprenait six centimètres du travail de Sam. Car ce dernier revoyait tous les documents, toutes les lettres de Henshaw et Gullitt. Henshaw avait un bon avocat payé grassement par sa famille. Mais celui de Gullitt était un imbécile qui n'avait jamais mis les pieds dans une cour d'assises.

La règle des trois livres était une autre brimade, tout aussi déconcertante. Elle impliquait qu'un condamné à mort ne pouvait posséder plus de trois livres. Sam en avait une quinzaine, six dans sa cellule, et neuf confiés en douce à sa clientèle du QHS. Sa bibliothèque ne contenait que des livres de droit sur la peine de mort.

Après un dîner composé de porc bouilli, de haricots secs et d'une tranche de pain de maïs, il lut le récit d'une affaire venue devant la neuvième chambre en Californie. Il s'agissait d'un détenu qui, quelques jours avant son exécution, envisageait sa mort avec tant de calme que ses avocats en avaient conclu qu'il devait être fou. Aussi présentèrent-ils une suite de requêtes expliquant que leur client était atteint d'une maladie mentale bien trop grave pour qu'on puisse l'exécuter. La neuvième chambre était composée en grande partie de libéraux californiens opposés à la peine de mort. Ils sautèrent sur ce prétexte. L'exécution fut différée. Sam avait un faible pour cette affaire.

Gullitt, de sa cellule, lui souffla :

– Eh, Sam, un poulet.

Sam s'avança vers ses barreaux. Transmis de main en main, un « poulet » était le seul moyen pour un détenu de correspondre avec les cellules éloignées. Gullitt lui tendit le billet. Il venait du Petit Prédicateur, un pauvre gamin enfermé sept grilles plus loin. Devenu prédicateur calviniste dans les campagnes à l'âge de quatorze ans, il avait été reconnu coupable du viol et du meurtre de la femme d'un diacre. Il avait vingt-quatre ans maintenant et se trouvait dans le quartier des condamnés à mort depuis trois ans. Récemment, il avait opéré un retour miraculeux vers les Évangiles.

Cher Sam, je suis ici à genoux en train de prier. Je crois réellement que Dieu va mettre son nez dans cette affaire et arrêter tout ça. Et s'il ne le fait pas, je lui demande de te faire partir rapidement, sans souffrances et sans douleur avant de te prendre près de lui. Amitiés, Randy.

Incroyable, se dit Sam, ils sont déjà en train de prier pour que je m'en aille rapidement, que je m'envole comme un ange. Il s'assit sur le bord de son lit pour répondre en quelques lignes.

Cher Randy,
Merci pour tes prières. J'en ai besoin. J'ai aussi besoin d'un de mes livres. Critique de la peine de mort *par* Bronstein. *C'est un livre vert. Fais-le-moi parvenir. Sam.*

Il passa le bout de papier à J.B. puis attendit, les bras de l'autre côté des barreaux, tandis que le message circulait le long de la galerie. Il était presque huit heures du soir et la chaleur restait oppressante. Heureusement, la nuit commençait à tomber. La température descendrait alors en dessous de trente degrés et, grâce aux ventilateurs bourdonnant au loin, l'air de la cellule deviendrait respirable.

Sam avait reçu plusieurs messages de sympathie au cours de la journée. De pauvres offres de service. Depuis deux jours, le QHS était devenu un havre de tranquillité.

– J'ai un nouvel avocat, dit Sam doucement en s'appuyant sur ses coudes, ses mains sortant des barreaux.

Il n'était vêtu que d'un short. Il voyait les avant-bras de Gullitt mais pas son visage. C'était cruel de vivre pendant des années à côté de quelqu'un, d'avoir avec lui de longues conversations sur la vie et la mort et de n'apercevoir que ses mains.

– C'est bien, Sam. Je suis content pour toi.

– Ouais. Un petit malin, je pense.

– Qui est-ce ?

Gullitt avait les mains serrées l'une contre l'autre. Elles ne bougeaient pas.

– Mon petit-fils, chuchota Sam afin que seul Gullitt puisse l'entendre.

C'était quelqu'un qui savait garder un secret.

Les doigts de Gullitt s'agitèrent légèrement alors qu'il réfléchissait à ce qu'il venait d'entendre.

– Ton petit-fils ?

– Oui. De Chicago. Un gros cabinet. Il pense qu'on peut s'en tirer.

– Tu ne m'avais jamais parlé d'un petit-fils.

– Je ne l'ai pas vu pendant vingt ans. Apparu hier. Il m'a dit qu'il était avocat et voulait s'occuper de mon affaire.

– Que faisait-il ces dix dernières années ?

– Il grandissait, j'imagine. C'est juste un gosse. Vingt-six ans.

– Tu vas laisser un gosse de vingt-six ans s'occuper de ton affaire ?

Cette remarque le froissa.

– Franchement je n'ai guère le choix en ce moment.

– Bon Dieu, Sam, tu connais certainement le droit beaucoup mieux que lui.

– Sans doute. Mais c'est bon d'avoir un vrai avocat qui va taper pour moi des appels et des requêtes sur un vrai traitement de texte et les faire parvenir devant les cours compétentes. Ça sera agréable d'avoir quelqu'un qui peut se rendre au Palais et discuter avec les juges, quelqu'un qui peut se battre contre l'État du Mississippi à égalité.

Cette réponse parut satisfaire Gullitt. Il demeura silencieux plusieurs minutes. Ses mains, un moment immobiles, recommencèrent à s'agiter. Il se frotta les doigts, signe que quelque chose le tracassait. Sam attendait.

– Tu vois, Sam, il y a un truc qui me préoccupe. Ça m'a turlupiné toute la journée.

– Quoi ?

– Eh bien, depuis trois ans que tu es là, juste à côté de moi, et moi à côté de toi, qu'on est les meilleurs copains du monde, que tu es la seule personne en qui j'aie confiance. Eh bien... Comment je réagirais s'ils te font sortir dans le couloir pour t'emmener dans la chambre à gaz ? Tu comprends, tu as toujours été là pour regarder mes trucs juridiques, des trucs auxquels je ne comprends rien, et tu m'as toujours donné de bons conseils, montré ce que je devais faire. Mon avocat ne vaut rien. Il ne vient jamais me voir, ne m'écrit jamais. Je ne sais vraiment pas ce qu'il fabrique. Je ne sais pas si je suis ici encore pour un an ou pour cinq ans et ça, vois-tu, ça me rend dingue. Si tu n'avais pas été là, sûr que je serais devenu cinglé. Alors, que va-t-il se passer si tu ne t'en sors pas ?

Maintenant, ses doigts tressautaient. Gullitt se montrait de plus en plus nerveux. Il s'interrompit et ses mains se calmèrent.

Sam alluma une cigarette et en offrit une à Gullitt. Il n'y avait qu'avec lui qu'il les partageait. Hank Henshaw, à sa gauche, ne fumait pas. Ils restèrent un moment silencieux, chacun soufflant un nuage de fumée qui gagnait lentement la rangée de vasistas du couloir.

180

– Je ne vais pas partir comme ça, J.B. Mon avocat m'a certifié que rien n'était perdu.

– Et tu le crois ?

– Pourquoi pas ? Je te l'ai dit : c'est un petit malin.

– Mon vieux, ça doit être bizarre d'avoir son petit-fils comme avocat. Je n'arrive pas à l'imaginer.

Gullitt avait trente et un ans, il était marié, sans enfant. Il se plaignait souvent des amants de sa femme. C'était une mégère qui ne lui avait jamais rendu visite. Un jour, elle lui avait envoyé une courte lettre pour lui annoncer une bonne nouvelle : elle était enceinte. Gullitt avait fait la tête pendant deux jours avant d'admettre qu'il l'avait toujours trompée et battue. Elle lui avait écrit un mois plus tard pour s'excuser. Une amie lui avait prêté de l'argent pour se faire avorter. Elle ne souhaitait plus divorcer. Rien n'aurait pu rendre Gullitt plus heureux.

– Sûr, c'est étrange, dit Sam. Il n'a rien à voir avec moi. Il ressemble à sa mère.

– Donc, le jeunot s'est pointé pour te dire qu'il était ton petit-fils ?

– Non. Pas tout de suite. Nous avons parlé un bon bout de temps et sa voix me paraissait familière. Sa voix ressemblait à celle de son père.

– Son père est ton fils, c'est ça ?

– Ouais. Il est mort.

– Ton fils est mort ?

– Oui.

Le manuel juridique arriva enfin, envoyé par le Petit Prédicateur avec un autre mot au sujet d'un rêve magnifique qu'il avait fait deux nuits auparavant. Il venait d'avoir la révélation qu'il avait le don d'interpréter les rêves. Il était impatient d'en faire profiter Sam. Ce rêve commençait juste à prendre un sens, mais, lorsqu'il en aurait ajusté tous les fragments, il le déchiffrerait en entier, et pour Sam ça ne pouvait être qu'un bon présage, il le sentait.

Au moins, le Petit Prédicateur s'était arrêté de chanter, se dit Sam tandis qu'il finissait de lire le message. Ce gamin avait également chanté des negro spirituals dans les chorales. Chaque fois que l'inspiration lui venait, il fallait qu'il donne la sérénade à toute la galerie, et à toute heure du jour ou de la nuit. Packer intervenait alors en personne pour faire cesser le vacarme.

Sam avait même menacé d'agir légalement afin d'accélérer l'exécution du gamin si les braillements n'arrêtaient pas. Il s'était excusé plus tard de ce mouvement d'humeur sadique. Le pauvre gamin avait simplement l'esprit dérangé. Si Sam vivait suffisamment longtemps, il projetait de lui venir en aide en misant sur cet état de démence, comme l'avaient fait les avocats en Californie.

Il s'allongea sur son lit et commença à lire. Le ventilateur agitait les pages en déplaçant un air épais. Au bout de quelques minutes, les draps étaient déjà trempés. Il dormit dans cette humidité jusqu'au petit matin, le seul moment où le quartier des condamnés à mort était relativement frais et la literie presque sèche.

17

Avant de devenir le refuge de l'Auburn, ces locaux proches du centre de Memphis avaient abrité une curieuse petite église de brique jaune. Aujourd'hui, des fils de fer barbelés clôturaient l'endroit. Des graffitis couvraient les murs et du contreplaqué obturait l'emplacement des anciens vitraux. La congrégation religieuse s'était depuis longtemps enfuie vers un quartier plus paisible. Les religieuses avaient emporté leurs prie-Dieu, leurs missels, et même leur clocher. Un gardien, chargé d'ouvrir le portail, allait et venait devant l'enceinte. À deux pas se trouvait un immeuble délabré. Plus loin, des logements sociaux à l'abandon. Les pensionnaires du refuge de l'Auburn venaient de cette cité.

De jeunes mères, elles-mêmes filles de mères adolescentes et de pères généralement inconnus. Âge moyen, quinze ans. La plus jeune en avait onze. Elles échouaient dans ce foyer avec un bébé sur les bras et parfois un autre dans les jambes.

Adam se gara dans le petit parking et demanda son chemin au gardien. Celui-ci examina son interlocuteur attentivement puis lui indiqua une porte devant laquelle deux jeunes filles fumaient tout en pouponnant. À l'intérieur, une demi-douzaine de ces mères célibataires se tenaient assises sur des chaises en plastique, au milieu d'une ribambelle d'enfants. Il s'adressa à une jeune assistante qui l'orienta vers le couloir de gauche.

La porte du minuscule bureau de Lee était ouverte. Elle était en consultation avec une jeune patiente. Elle sourit à Adam.

– J'en ai pour cinq minutes, dit-elle, tenant quelque chose qui ressemblait à une couche.

L'adolescente n'avait pas d'enfant, mais en attendait un.

Adam poursuivit son chemin et trouva les toilettes. Lee l'attendait dans le couloir lorsqu'il en sortit. Ils s'embrassèrent sur les joues.

– Que penses-tu de notre petite entreprise ? demanda-t-elle.

– Que fais-tu exactement ?

Ils traversèrent le couloir à la moquette usée et aux murs lépreux.

– Le refuge de l'Auburn est un organisme sans but lucratif qui emploie des volontaires. Nous nous occupons des jeunes mères en détresse.

– Déprimant ?

– Ça, question de point de vue. Bienvenue dans mon bureau, dit Lee.

Des affiches criardes recouvraient les cloisons. L'une montrait des bébés et ce qu'ils devaient manger. Une autre dressait la liste des maladies les plus fréquentes des nouveau-nés. Une autre vantait l'utilité du préservatif. Adam s'assit, l'air perplexe.

– Toutes nos gamines viennent de cités déglinguées. Personne ne leur a appris à s'occuper de leur enfant. Aucune n'est mariée. Elles vivent chez leur mère, leur tante ou leur grand-mère. Le refuge de l'Auburn a été fondé par des religieuses, il y a une vingtaine d'années, pour apprendre à ces petites comment garder leur bébé en bonne santé.

Adam fit un signe de tête en direction de l'affiche avec le préservatif :

– Et aussi la manière de ne pas en avoir.

– En effet. Nous ne sommes pas un bureau de planning familial et nous ne voulons pas en être un, mais ça ne fait de mal à personne de parler du contrôle des naissances.

– Vous devriez peut-être faire plus que d'en parler.

– Sans doute. Soixante pour cent des bébés nés l'année dernière dans ce quartier ont été conçus hors mariage. Leur nombre augmente chaque année. Tous les ans, on enregistre davantage de cas d'enfants battus et abandonnés.

– Qui finance ?

– Des fonds privés. Nous passons la moitié de notre temps à essayer de trouver de l'argent. Nous tournons avec un budget extrêmement réduit.

– Combien êtes-vous ?

– Une douzaine de femmes. Certaines viennent quelques après-midi par semaine et quelques samedis. J'ai de la chance. Je peux me permettre de travailler ici à plein temps.

– Combien d'heures par semaine ?

– Qui s'en soucie ? J'arrive ici vers dix heures et je pars après la tombée de la nuit.

– Tu es bénévole ?

– Oui. Vous, les avocats, vous appelez ça, je crois, de l'assistance judiciaire gratuite.

– Ce n'est pas la même chose. Nous faisons ce travail pour justifier l'argent que nous gagnons, c'est notre petite contribution à la société. Rien à voir.

– Je trouve cette activité gratifiante.

– Et tu ne gagnes pas un centime ?

– Phelps a beaucoup d'argent, Adam. En fait j'en reverse une somme importante au refuge. Tous les ans, nous organisons une soirée de bienfaisance. On a récolté deux cent mille dollars l'année dernière.

– Donc c'est toi qui diriges cet endroit ?

– Non. Nous payons un administrateur. Je suis simplement conseillère.

– Je t'admire, dit-il en regardant au mur l'affiche expliquant la meilleure façon de nourrir les bébés.

Lee se contenta de hocher la tête. Elle avait les yeux fatigués. Elle se préparait à partir.

– Allons manger, dit-elle.

– Où ?

– N'importe où.

– J'ai vu Sam aujourd'hui. J'ai passé deux heures avec lui.

Lee se cala dans son siège et posa ses pieds sur le bureau. Elle portait son éternel jean délavé et son gilet trop grand.

– Je suis son avocat.

– Il a signé l'accord ?

– Oui. Il en a mitonné un lui-même de quatre pages. Nous l'avons paraphé tous les deux. Maintenant c'est à moi de jouer.

– As-tu peur ?

– Je suis terrifié. Mais je me sens à la hauteur. J'ai parlé à un reporter du *Memphis Press* cet après-midi. La rumeur que Sam Cayhall est mon grand-père lui était déjà parvenue.

– Que lui as-tu dit?

– Comment nier?

– Et pour moi?

– Je t'ai passée sous silence. Mais il va commencer à fouiner partout. Je suis désolé.

– Désolé de quoi?

– Désolé qu'il puisse révéler ta véritable identité. La fille de Sam Cayhall, ce meurtrier, ce raciste, cet antisémite, ce terroriste, ce membre du KKK, l'homme le plus âgé qu'on ait jamais enfermé dans une chambre à gaz et dont on va se débarrasser comme d'une bête enragée, sera obligée de quitter cette ville.

– J'ai vu pire.

– C'est-à-dire?

– Je suis la femme de Phelps Booth.

Adam éclata de rire et Lee ne put s'empêcher de sourire. Une femme d'âge moyen franchit la porte et annonça qu'elle partait pour la journée. Lee sauta sur ses pieds et présenta rapidement son beau et jeune neveu, Adam Hall, un avocat de Chicago qui lui rendait visite. La dame parut assez impressionnée.

– Tu n'aurais pas dû faire ça, dit Adam.

– Et pourquoi pas?

– Parce que mon nom sera demain dans tous les journaux – Adam Hall, l'avocat de Chicago, le petit-fils de Cayhall.

La bouche de Lee s'affaissa un instant. Puis elle haussa les épaules comme si elle s'en moquait. Adam n'en surprit pas moins une sorte de frayeur dans son regard. J'ai été stupide, se disait-elle.

– Qu'importe! lança-t-elle d'une voix forte, en prenant son sac et son attaché-case. Allons manger.

C'était une gargote tenue par une famille italienne, meublée de petites tables et peu éclairée. Ils prirent place dans un coin sombre et commandèrent les boissons : du thé glacé pour elle et de l'eau minérale pour lui. Dès que le serveur eut tourné le dos, Lee se pencha au-dessus de la table et murmura :

– Adam, il y a quelque chose que je dois te dire.

Il leva la tête.

– Je suis alcoolique.

Adam plissa les yeux et son visage se figea. Ils avaient bu ensemble ces deux derniers soirs.

– Ça fait à peu près dix ans, expliqua-t-elle, toujours penchée sur la table. Il y avait un tas de raisons, bien entendu, et tu peux en imaginer quelques-unes. Je m'en suis sortie. Tout à fait désintoxiquée. Malheureusement, ça n'a duré qu'un an. J'ai rechuté. J'ai fait trois cures, la dernière remonte à cinq ans.

– Mais tu as bu hier au soir. Plusieurs verres.

– Oui. Et la veille aussi. Aujourd'hui j'ai vidé toutes les bouteilles, j'ai mis la bière à la poubelle. Il n'y a plus une goutte d'alcool dans l'appartement.

– Ça ne me gênera pas. J'espère que ce n'était pas à cause de moi.

– Non. Mais j'ai besoin de toi. Tu vas vivre avec moi pendant deux mois, et nous aurons des moments difficiles. Il faut que tu m'aides.

– Bien sûr, Lee. Tu aurais dû me le dire dès mon arrivée. Je ne bois pas beaucoup. Que j'en prenne ou pas, ça m'est égal.

– L'alcoolisme est une drôle de saleté. Parfois je peux regarder les gens boire et ça ne me fait absolument rien. Mais il suffit que je tombe sur une publicité pour une marque de bière pour être en nage. Si c'est une réclame pour du vin que j'aimais boire, le désir est si fort que j'en ai la nausée. C'est une lutte terrible.

Les boissons arrivèrent. Adam redoutait même de toucher à son eau minérale.

– Est-ce héréditaire ? demanda-t-il, n'en doutant guère.

– Je ne le pense pas. Sam s'éclipsait quelquefois pour boire un peu lorsque nous étions enfants, mais il nous le cachait. Ma grand-mère était alcoolique. En réaction, ma mère n'a jamais avalé une goutte d'alcool. Je n'en ai jamais vu à la maison.

– Comment ça t'est arrivé ?

– Peu à peu. Quand je suis partie de chez moi, j'avais une envie folle d'y goûter parce que c'était tabou. Puis j'ai rencontré Phelps qui venait d'une famille de gros buveurs. Pour moi ç'a d'abord été une fuite, et puis une passion.

187

– Je ferai mon possible pour t'aider. Je suis désolé.

– Ne le sois pas. J'ai pris plaisir à boire avec toi. Mais il est temps d'arrêter, d'accord ? J'ai repiqué trois fois et ça a toujours recommencé de la même manière. Rien qu'un verre ou deux. Le malheur, c'est qu'ensuite un verre en appelait un second, puis un troisième. Et ça a recommencé. Je suis alcoolique et le serai toujours.

Adam leva son verre et trinqua avec sa tante.

– Au régime sec ! Cette fois, on sera deux.

Ils commandèrent des raviolis.

– Je me suis souvent demandé ce que tu faisais de tes journées, sans oser te poser la question, dit Adam.

– Lorsque Walt est entré à l'école, j'ai commencé à m'ennuyer, aussi Phelps m'a trouvé du travail dans la société d'un de ses amis. Grosses rémunérations, joli bureau. J'ai arrêté au bout d'un an. J'ai épousé une grosse fortune, Adam, j'étais destinée à rester au foyer. La mère de Phelps était horrifiée à l'idée que je touche un salaire.

– Que font donc les femmes riches de leur journée ?

– Elles portent le poids du monde. Dès que le cher époux est parti au travail, elles dressent leur planning : les domestiques, les courses. La matinée est consacrée aux coups de fil. Le déjeuner occupe presque tout leur temps. Avant, on le prépare ; après, on traîne deux heures à table. C'est un petit banquet où l'on retrouve les mêmes âmes tourmentées. Au moins trois fois par semaine elles prennent le thé dans des maisons amies. Elles grignotent des biscuits anglais et soupirent sur le sort des bébés abandonnés et des mères droguées. Puis c'est le retour précipité à la maison. Se faire une beauté avant l'arrivée du cher époux revenant épuisé de ses batailles. Ils boiront alors leur premier Martini près de la piscine, tandis que quatre personnes leur préparent le dîner.

– Et pour l'amour ?

– Il est trop fatigué. Et puis il a une maîtresse.

– C'est ce qui s'est passé avec Phelps ?

– J'imagine. Pourtant il ne pouvait pas se plaindre sur ce plan. Mais j'avais un bébé, je vieillissais. Il a toujours eu un harem de jeunes blondes dans ses banques. Si tu allais dans ses bureaux, tu n'en croirais pas tes yeux. Rien que des filles superbes aux dents et aux ongles parfaits, jupes courtes et longues jambes. Assises derrière de jolis bureaux, elles papotent au téléphone en attendant d'être à son entière disposition. Il a une chambre à coucher à côté de sa salle de réunion. Il est bestial.

– Tu as donc renoncé à la dure vie des femmes riches et tu as déménagé ?

– Oui. Je n'étais pas fameuse dans ce rôle, Adam. Je le détestais. Ça m'a divertie un moment, mais je ne m'y sentais pas à l'aise. Pour être une femme riche digne de ce nom, avec un avenir dans cette ville, tu dois sortir d'une famille de vieux fossiles, de préférence avec un arrière-grand-père qui a fait fortune dans le coton. Je déparais.

– Il n'empêche, tu sors encore beaucoup.

– Il m'arrive de faire une apparition dans quelques soirées, mais uniquement pour Phelps. Je suis une sorte d'épouse vieillissante mais qui présente bien.

– S'il voulait une femme pour épater la galerie, il choisirait une de ces jeunes blondes pulpeuses.

– Mais non. Sa famille serait accablée et il y a trop d'argent en jeu. Phelps n'y a pas intérêt. Il attendra la mort de ses parents pour jeter le masque.

– Je pensais que ses parents te haïssaient.

– Bien entendu. Mais le paradoxe veut que ce soient eux qui ont sauvé mon couple. Un divorce ferait scandale.

Adam éclata de rire.

– C'est complètement fou.

– Mais ça marche. Je suis heureuse. Phelps aussi. Il a ses donzelles. De mon côté je sors avec qui je veux. Tout le monde est content.

– Et Walt ?

Lee reposa doucement sa tasse de thé sur la table et détourna les yeux.

– Quoi, Walt ?

– Tu ne me parles jamais de lui.

– C'est vrai, dit-elle doucement.

– Laisse-moi deviner. Encore quelques petites choses pas nettes. De nouveaux secrets.

Elle leva les yeux tristement et eut un petit haussement d'épaules.

– Après tout, c'est mon cousin, dit Adam, et c'est le seul.

– Tu ne l'aimerais pas.

– Bien sûr que non. C'est un Cayhall.

– C'est un Booth pur sang. Phelps voulait un fils, pourquoi, je n'en sais rien. Donc, nous avons eu un fils. Bien sûr, le papa n'avait pas le temps de s'en occuper. Bien trop pris par ses affaires. Une fois ils sont allés au Canada pour chasser le faisan. Au retour, ils ne se sont plus parlé pendant une semaine. Phelps, à l'université, était un passionné de sport – rugby, lutte, boxe, tout ce que tu veux. Walt a fait des tentatives, mais il n'avait pas le don. Et son père, avec la poigne qui le caractérise, l'a expédié en pension. Mon fils est parti de chez nous à quinze ans.

– Il est allé à l'université ?

– Un an à Cornell, puis il a laissé tomber.

– Il a laissé tomber ?

– Oui. Il est parti pour l'Europe après sa première année. Il est toujours là-bas.

– Pourquoi y est-il resté ?

– Il est tombé amoureux à Amsterdam.

– D'une gentille petite Hollandaise ?

– D'un gentil petit Hollandais.

– Je vois.

Lee montra un soudain intérêt pour sa salade. Adam étala du beurre sur un petit pain, avala une bouchée.

– Quelle a été la réaction de Phelps ?

Elle s'essuya les coins de la bouche.

– Le dernier voyage que nous avons fait, Phelps et moi, nous a conduits à Amsterdam à la recherche de notre fils. Il était parti depuis presque deux ans. Il téléphonait de temps en temps, puis, soudain, plus rien. Nous nous faisions du souci. On est allés là-bas et on l'a retrouvé.

– Que faisait-il ?

– Serveur dans un café. Crâne rasé, boucles d'oreilles, vêtements bizarres. Entre autres, fichus sabots avec chaussettes de laine. Il parlait couramment hollandais. Il est venu à notre hôtel. Ç'a été horrible. Absolument horrible. Dès notre retour, Phelps a modifié son testament. Il a supprimé la part de Walt.

– Walt n'est jamais revenu chez vous ?

– Jamais. Je le vois à Paris une fois par an. Nous arrivons seuls l'un et l'autre. C'est la condition *sine qua non*. Nous nous installons dans un bel hôtel et passons une semaine à nous balader en ville, à aller dans les bons restaurants, à visiter les musées. C'est mon meilleur moment de l'année. Walt déteste Memphis.

– J'aimerais le rencontrer.

Lee regarda Adam et des larmes lui montèrent aux yeux.

– C'est gentil. Si tu es sérieux, je t'emmènerai avec moi.

– Je suis sérieux. Ça m'est égal qu'il soit homo. J'aurais plaisir à rencontrer mon unique cousin.

Lee respira profondément et sourit. Les raviolis arrivèrent en énorme tas sur deux assiettes fumantes. Le serveur posa sur la table une baguette de pain à l'ail.

– Est-ce que Walt est au courant au sujet de Sam ? demanda Adam.

– Non. Je n'ai jamais eu le courage de le lui dire.

– Connaît-il mon existence et celle de Carmen ? Celle d'Eddie ? Enfin, des morceaux choisis de la glorieuse saga familiale ?

– Vaguement. Lorsqu'il était enfant, je lui ai dit qu'il avait des cousins en Californie. Phelps, naturellement, a précisé que ces cousins de Californie étaient d'un niveau social très inférieur. Tu dois comprendre, Adam, que son père s'évertuait à faire de mon fils un snob. Écoles privées prestigieuses, clubs de loisirs sélects. Pour lui, la famille se résume à la tribu Booth. Des gens détestables.

– Et que pensent les Booth d'un homosexuel dans la famille ?

– Ils le haïssent, bien sûr. Et il le leur rend bien.

– Je l'aime déjà.

– Ce n'est pas un mauvais sujet. Il veut faire les beaux-arts, devenir peintre. Je lui envoie de l'argent sans arrêt.

– Est-ce que Sam sait qu'il a un petit-fils homosexuel ?

– Je ne le pense pas. Je ne vois pas qui aurait pu le lui dire.

– Ça ne sera pas moi en tout cas.

– J'espère bien. Il en a assez sur le dos comme ça.

Un couple vint s'asseoir à côté d'eux. L'homme commanda une bouteille de vin. Lee jeta un rapide coup d'œil dans sa direction.

Adam s'essuya la bouche et se pencha au-dessus de la table.

– Puis-je te poser une question indiscrète ? demanda-t-il doucement.

– Toutes tes questions apparemment sont indiscrètes.

– Je peux t'en poser une de plus ?

– Je t'en prie.

– Ce soir tu m'as appris que tu étais alcoolique, que ton mari était une brute et ton fils homosexuel. Ça fait beaucoup pour un seul repas. Y a-t-il encore quelque chose que je devrais apprendre ?

– Attends, je cherche. Phelps est également alcoolique, mais il ne veut pas l'admettre.

– Quelque chose d'autre ?

– Il a été poursuivi deux fois pour harcèlement sexuel.

– Oublions les Booth. N'y a-t-il pas d'autres surprises du côté de notre famille ?

– Nous n'avons qu'effleuré la surface, Adam.

– C'est bien ce que je craignais.

18

Peu avant l'aube, Sam fut réveillé par des coups de tonnerre et des éclairs. Un orage venait d'éclater sur le delta. La pluie fouettait les vasistas entrouverts, puis il entendit les gouttes ruisseler contre le mur, pas très loin de sa cellule. Son lit humide se rafraîchit brusquement. La journée serait peut-être moins étouffante. Sam caressait toujours cet espoir lorsqu'il pleuvait. Mais en été, un orage n'annonce rien de mieux qu'un sol gorgé d'eau qui, sous l'effet de l'évaporation, rendra l'atmosphère moite et suffocante.

Il leva la tête et regarda la pluie passer par les fenêtres et couler sur le sol. L'eau scintillait à la lueur d'une ampoule jaunâtre. Mis à part ce reflet, le quartier des condamnés à mort baignait dans l'ombre. Tout était silencieux.

Sam aimait ces averses, surtout par les nuits d'été. L'État du Mississippi, dans son immense sagesse, avait construit cette prison dans la zone la plus torride qui soit. Le QHS était un véritable four. Bien sûr, on avait pris soin de rendre les vasistas trop étroits pour être d'une quelconque utilité. Les architectes de ce mouroir n'avaient pas davantage oublié de le priver de ventilation. Une prison modèle, donc pas d'air conditionné. Le quartier de haute sécurité bénéficierait de la même chaleur et de la même hygrométrie que les champs de coton.

Mais l'État du Mississippi ne gouvernait pas la météo. Lorsque la pluie rafraîchissait l'air, Sam souriait intérieurement et prononçait quelques petites prières d'action de grâces. La preuve était faite qu'un être supérieur tenait les commandes. L'État du Mississippi était impuissant à conjurer la pluie. C'était déjà une petite victoire.

Sam se mit debout et s'étira. Son lit, un morceau de mousse d'un mètre quatre-vingt-cinq sur soixante centimètres et d'une épaisseur de dix centimètres, reposait sur des montants métalliques scellés dans le sol et dans le mur. Il y avait des draps. En hiver, on distribuait parfois des couvertures. Le mal de dos est très fréquent chez les condamnés à mort. Mais avec le temps le corps s'habitue. Il était rare d'entendre un détenu se plaindre à ce sujet. Le médecin de la prison ne passait pas pour un philanthrope parmi les prisonniers.

Sam fit deux enjambées et glissa ses bras à travers les barreaux. Il écoutait le bruit du vent et le roulement du tonnerre. Quel merveilleux bonheur ce serait de franchir ce mur et de fouler l'herbe humide, là-bas, de l'autre côté, de faire le tour de la prison sous la pluie battante, nu et fou, l'eau ruisselant sur tout le corps, dégoulinant dans les cheveux !

L'horreur spécifique au quartier des condamnés à mort, c'est de s'y voir mourir un peu plus chaque jour. L'attente vous tue. Vous logez dans une cage et, lorsque vous vous réveillez pour cocher un nouveau jour, vous vous dites que la mort s'est encore rapprochée de vingt-quatre heures.

Par moments, on la souhaite. Entre mourir ou vivre dans cette prison, Sam choisirait de respirer le gaz. Mais il y a toujours l'espoir de capter l'attention d'un juge. Chacun des condamnés rêve d'un miracle. Et ce rêve l'aide à survivre.

Sam avait lu que les États-Unis comptaient l'année précédente, en 1989, près de cinq cents condamnés à mort et qu'on n'en avait exécuté que seize, dont quatre dans le Mississippi, depuis 1977. Cette année-là, Gary Gilmore avait insisté pour obtenir un peloton d'exécution dans l'Utah. Ces chiffres étaient rassurants. Il devait multiplier le nombre de ses appels et de ses requêtes.

Il fumait appuyé contre les barreaux tandis que l'orage s'éloignait. Il prit son petit déjeuner au lever du soleil et, à sept heures, alluma la télévision. Il venait de mordre dans un toast refroidi quand son visage apparut sur l'écran, derrière la présentatrice du journal du matin. Elle parlait de la bizarre affaire Cayhall. Son nouvel avocat serait son petit-fils disparu depuis longtemps. Un certain Adam Hall, qui travaillait pour le grand cabinet de Chicago, Kravitz et Bane. La photo du prisonnier datait d'au moins dix ans. La télévision et la presse l'utilisaient toujours. La photo d'Adam était plus surprenante. De toute évidence, il s'agissait d'un instantané. Quelqu'un l'avait piégé dans la rue. La présentatrice expliqua avec des yeux pétillants qu'Adam Hall avait confirmé au *Memphis Press* qu'il était bien le petit-fils de Sam Cayhall. Elle fit un bref rappel des crimes de Sam et, à deux reprises, précisa la date prévue pour l'exécution. Des informations plus détaillées sous peu, promit-elle, peut-être même à l'heure du « Journal de midi ».

Sam jeta le toast par terre et le fixa, l'œil vide. Un insecte le découvrit immédiatement, rampa dessus, le contourna au moins une demi-douzaine de fois avant de décider qu'il ne présentait aucun intérêt. Ainsi, son avocat avait déjà parlé à la presse. Qu'apprend-on donc à ces gamins à la faculté de droit ? Pas à se méfier des médias en tout cas.

– Sam, tu es là ? interrogea Gullitt.

– Oui.

– Tu viens de passer sur la quatrième.

– Oui, j'ai vu ça.

– Furieux ?

– Ça va.

– Respire à fond, Sam.

Parmi les condamnés, l'expression : « Respire à fond » était souvent prononcée sur un ton humoristique. Ils l'employaient aussi lorsqu'ils étaient en colère. Mais si l'un des gardiens s'en servait, ça n'avait plus rien de drôle. C'était une violation du règlement. Elle avait été utilisée au cours de différents procès intentés pour traitements cruels subis dans le QHS.

Sam se rangea à l'avis de l'insecte et renonça au reste de son petit déjeuner.

À neuf heures et demie, le gardien-chef Packer pénétra dans la galerie pour emmener Sam. C'était l'heure de la promenade. La pluie n'était plus qu'un souvenir. Le soleil cognait de toutes ses forces sur le delta. Deux surveillants accompagnaient Packer. Celui-ci avait pris avec lui des fers pour entraver les jambes. Sam montra les chaînes.

— Pourquoi ça ?

— Mesure de sécurité, Sam.

— À l'heure de la récré ?

— Sam, on t'emmène à la bibliothèque de droit. Ton avocat veut te rencontrer là-bas. Tes poignets.

Sam présenta ses deux mains dans l'ouverture de la grille. Packer lui passa les menottes, puis la porte s'ouvrit et Sam s'avança dans le couloir. Les gardiens se mirent à genoux et attachèrent les fers.

— Et ma promenade ?

— Quoi, ta promenade ?

— Ça sera pour quelle heure ?

— Plus tard.

— Tu m'as déjà menti hier, et tu me mens encore aujourd'hui. Je vais te poursuivre.

— Un procès, ça prend du temps, Sam. Ça prend des années.

— Je veux voir le directeur.

— Sûr qu'il a envie lui aussi de te parler, Sam. Veux-tu voir ton avocat, oui ou non ?

— J'ai le droit de voir mon avocat et j'ai droit à ma promenade.

— Arrête tes conneries, Packer ! lança Hank Henshaw à moins de deux mètres.

— Tu mens, Packer ! Tu mens ! cria de l'autre côté J.B. Gullitt.

— La paix, les enfants, dit Packer calmement. Nous, on s'occupe du vieux Sam.

— Tu parles, tu le mettrais dans la chambre à gaz aujourd'hui si tu pouvais ! hurla Henshaw.

Les jambes enchaînées, Sam traîna les pieds dans sa cellule pour prendre un dossier.

— Envoie-les se faire foutre, Sam ! hurla encore Henshaw alors que les hommes s'éloignaient.

D'autres cris partaient des cellules pour soutenir Sam et siffler Packer.

— Le directeur a dit que tu aurais deux heures de promenade cet après-midi, deux heures chaque jour jusqu'à ce que ça soit fini, dit Packer tandis qu'ils avançaient lentement dans un petit couloir.

— Jusqu'à ce que quoi soit fini ?

— La chose.

– Quelle chose ?

Packer et la plupart des gardiens parlaient de l'exécution comme de « la chose ».

– Tu sais bien ce que je veux dire, lança Packer.

– Va dire au directeur que c'est un vrai petit ange. Et demande-lui si j'aurai toujours mes deux heures si ça n'arrive pas. Pendant que tu y es, dis-lui que c'est un sale menteur.

– Il le sait déjà.

Ils s'arrêtèrent devant des barreaux et attendirent que la grille s'ouvre. Après l'avoir franchie, ils s'immobilisèrent près de deux gardiens qui se tenaient devant la porte d'entrée. Packer écrivit rapidement quelques mots sur son calepin et les hommes se retrouvèrent dehors. Un minibus blanc les attendait. Les gardiens prirent Sam sous les aisselles et le firent passer, enchaîné, par la porte de côté. Packer s'assit à côté du conducteur.

– Est-ce que ta charrette a l'air conditionné ? lança Sam au chauffeur dont la vitre était baissée.

– Oui, répondit le chauffeur.

– Alors mets ce fichu système en marche.

– Assez, Sam, dit Packer sans conviction.

– On sue déjà toute la journée dans une cage sans climatiseur, alors c'est vraiment stupide d'être assis ici et de suffoquer. Mets ce fichu système en marche. J'ai quand même des droits.

– Respire à fond, Sam, dit Packer avec son accent traînant en faisant un clin d'œil au chauffeur.

– Tu me paieras ça, Packer. Tu le regretteras, crois-moi.

Le chauffeur appuya sur un bouton et l'air frais commença à pénétrer dans la cabine. Le minibus franchit les deux grilles et s'engagea lentement sur un chemin empierré. On quittait le quartier des condamnés à mort.

Malgré les menottes aux mains et des chaînes aux pieds, Sam apprécia ce petit parcours à l'extérieur. La pluie avait laissé des flaques dans les fossés qui bordaient le chemin. Elle avait lavé les cotonniers. Les tiges et les feuilles étaient d'un beau vert sombre. Sam se souvenait d'avoir récolté le coton lorsqu'il était enfant mais chassa aussitôt cette pensée. Il avait entraîné son esprit à refouler le passé. Si, d'aventure, un souvenir d'enfance venait à surgir, il l'étouffait sur-le-champ.

Il aperçut deux détenus assis sous un arbre, devant un type qui soulevait des haltères en plein soleil.

On appelait la bibliothèque juridique l'Appendice parce qu'elle était minuscule. Seuls les condamnés à mort fréquentaient l'Appendice. Accolée à l'arrière d'un bâtiment de l'administration, elle n'avait qu'une porte et pas de fenêtre. Sam s'y était rendu bien souvent ces dernières neuf années. Il y avait là un nombre raisonnable de livres de droit courants et une documentation à jour. Une grande table de réunion en mauvais état était installée au centre de la pièce. Les rangées de livres s'alignaient sur des étagères fixées aux murs. De temps à autre, un prisonnier modèle se proposait comme bibliothécaire. Mais généralement c'était difficile d'avoir de l'aide. De plus, les livres se trouvaient rarement à leur place. Sam le supportait mal car il admirait l'ordre et méprisait les Africains : or à son avis tous les bibliothécaires étaient noirs.

Les deux gardiens lui retirèrent ses fers.

– Tu as deux heures, lui dit Packer.

– J'ai autant de temps que je veux, dit Sam, frottant ses poignets comme s'ils avaient été brisés par les menottes.

– D'accord, Sam. Mais quand je viendrai te chercher dans deux heures, je veux bien parier que nous te ferons grimper dans ce minibus.

Packer ouvrit la porte. Les gardiens se mirent en position de chaque côté. Sam entra dans la bibliothèque et claqua la porte derrière lui. Il posa son dossier sur la table et fixa son avocat.

Adam se tenait à l'autre bout, un livre à la main, attendant son client. Il avait regardé Sam entrer dans la pièce, sans gardien et sans menottes. Il le retrouvait dans sa combinaison rouge, bien plus petit que derrière le treillis métallique.

Les deux hommes s'observèrent un moment au-dessus de la table, le petit-fils et le grand-père, l'avocat et son client. Des étrangers.

– Bonjour, Sam, dit Adam en s'avançant vers lui.

– B'jour. Je nous ai vus à la télé il y a quelques heures.

– Avez-vous lu le journal ?

– Pas encore. Il arrive plus tard.

Adam fit glisser le journal du matin et Sam l'intercepta. Il le lut attentivement et regarda longuement leurs photos.

Todd Marks avait de toute évidence passé une bonne partie de sa soirée à s'informer. Il avait effectivement vérifié qu'un certain Allan Cayhall était né à Clanton, dans le comté de Ford, en 1964, et que le nom du père porté sur l'acte de naissance était bien celui d'Edward S. Cayhall. Il avait aussi vérifié l'extrait de naissance d'Edward S. Cayhall et découvert que son père était Samuel Lucas Cayhall, l'homme qui se trouvait actuellement dans le quartier des condamnés à mort.

L'article expliquait comment Eddie et sa famille avaient quitté Clanton, en 1967, après l'arrestation de Sam et filé en Californie où Eddie devait quelque temps après se suicider. La piste s'arrêtait là. Marks, de toute évidence, avait manqué de temps et n'avait pu recouper les informations concernant la Californie. Ses sources ne mentionnaient pas la fille de Sam qui vivait à Memphis. Lee était épargnée. Néanmoins, Marks concluait en beauté par un rappel de l'attentat contre les Kramer.

Lee avait montré le journal à son neveu tôt ce matin, alors qu'il était assis sur la terrasse à contempler les bateaux sur le fleuve et à boire du café et des jus de fruits.

– As-tu parlé à ce corniaud ? gronda Sam en reposant le journal sur la table.

Adam vint s'asseoir en face de lui.

– Nous nous sommes rencontrés.

– Pourquoi ?

– Il a appelé notre bureau à Memphis en disant avoir eu vent de certaines rumeurs. Je voulais mettre les choses au point. C'est tout.

– Notre photo en première page, c'est tout, aussi ?

– Pour vous, ce n'est pas la première fois.

– Pour toi ?

– Comme vous le voyez, c'est un instantané. Un photographe m'a piégé. À vrai dire, je parais plutôt fringant.

– Lui as-tu confirmé les faits ?

– Oui. Il ne devait pas m'utiliser comme source. Il a violé notre contrat et profité de moi. Il a aussi amené son photographe. J'ai donc parlé pour la première et la dernière fois au journaliste du *Memphis Press*.

Sam fixa le journal un instant. Il avait l'air détendu. Il esquissa même un léger sourire.

– Et tu as confirmé que tu étais mon petit-fils ?

– Pouvais-je réellement le nier ?

– Avais-tu envie de le nier ?

– Lisez le journal, Sam. Si j'avais voulu le nier, est-ce que ça se trouverait en première page ?

Cette réponse parut satisfaire Sam. Le sourire s'accentua. Il mordit sa lèvre inférieure et fixa Adam. Puis il sortit un paquet de cigarettes pas encore entamé. Adam jeta un coup d'œil autour de lui dans l'espoir de trouver une fenêtre.

– Les journalistes sont grossiers et stupides. Ils mentent et commettent des gaffes qui te retombent dessus. Tiens-toi à l'écart de la presse.

– Je suis avocat, Sam. Difficile de m'empêcher de parler.

– Je le sais. C'est dur, mais essaie de te contrôler.

Adam prit son attaché-case, sourit et sortit quelques documents.

– Je crois tenir une très, très bonne idée.

Il se frotta les mains, puis sortit son stylo de sa poche.

– Je t'écoute.

– Eh bien, comme vous l'imaginez sans doute, j'ai fait pas mal de recherches.

– C'est pour ça qu'on te paie.

– Je vais présenter une nouvelle requête lundi. Voilà l'idée : le Mississippi fait partie des cinq derniers États qui utilisent encore la chambre à gaz. Je ne me trompe pas ?

– C'est excact.

– Et le Mississippi, en 1984, a édicté une loi selon laquelle un condamné à mort a le droit de choisir entre une piqûre mortelle ou la chambre à gaz. Cette nouvelle loi vise les détenus qui ont été condamnés après le 1er juillet 1984. Donc elle ne s'applique pas à vous.

– C'est juste. La moitié environ des types du quartier des condamnés à mort auront le choix. Pour eux, il n'y a pas urgence.

– Le Mississippi est favorable à l'injection de dose fatale parce que cette manière de faire est plus humaine. J'ai étudié la procédure ayant conduit au vote de cette loi. Leur argument est simple : si les exécutions sont rapides et indolores, elles soulèveront moins de protestations. Notre argument à nous en découle. Puisque l'État a adopté la mort par injection, ça signifie que la chambre à gaz est périmée. Et pourquoi est-elle périmée ? Parce que c'est une façon inhumaine de tuer les gens.

Sam tira en silence sur sa cigarette pendant une minute pour réfléchir.

– Continue, dit-il.

– Nous rejetterons la chambre à gaz comme mode d'exécution.

– Te limiteras-tu au Mississippi ?

– Probablement. Je sais qu'il y a eu des problèmes avec Teddy Doyle Meeks et Maynard Tole.

Sam renifla et souffla sa fumée en direction d'Adam.

– Des problèmes ? Tu peux le dire.

– Qu'est-ce que vous savez ?

– Écoute, on les a tués à cinquante mètres de moi. Pour l'un comme pour l'autre, on a passé toute la journée dans nos cellules à penser à leur mort.

– Racontez-moi ça.

Sam, l'air absent, fixa le journal devant lui.

– Meeks était le premier condamné exécuté dans le Mississippi depuis dix ans. Ces salauds ne savaient pas ce qu'ils faisaient. On était en 1982. J'étais là depuis presque deux ans. Jusqu'alors nous vivions dans une sorte de rêve. On ne pensait jamais à la chambre à gaz, aux pastilles de cyanure, au dernier repas. Nous étions condamnés à mort, mais, bon Dieu, ils ne tuaient plus personne. Pourquoi s'en faire ? Meeks nous a réveillés. Ils l'ont tué, donc ils pouvaient nous tuer.

– Que lui est-il arrivé ?

Adam avait lu une douzaine d'articles sur l'exécution ratée de Teddy Doyle Meeks, mais il voulait entendre la version de Sam.

– Tout est allé de travers. As-tu vu la chambre à gaz ?

– Pas encore.

– Il y a un petit cagibi juste à côté où le bourreau mélange la préparation. Pour l'exécution de Meeks le bourreau était ivre.

– Voyons, Sam !

– D'accord, je ne l'ai pas vu. Mais tout le monde sait qu'il l'était. L'État nomme un bourreau. Le directeur et sa bande n'y ont pensé qu'au dernier moment. N'oublie pas que personne ne croyait à cette exécution. Nous attendions tous un sursis de dernière minute. Il était déjà passé à travers deux fois. Pas cette fois-là. Toute la bande a dû se démener pour mettre la main sur le bourreau officiel. Quand ils l'ont trouvé, il était ivre. Un plombier, je crois. Son premier mélange était complètement raté. Il a mis le bidon dans le tuyau, a appuyé sur le levier. Chacun attendait que Meeks respire à fond et meure. Meeks a retenu son souffle aussi longtemps qu'il a pu, puis il a été obligé de respirer. Rien. On attendait. Meeks attendait. Les témoins attendaient. Rien. Tout le monde s'est tourné vers le bourreau. Lui aussi attendait en pestant. Il est retourné dans son cagibi et a refait sa préparation. Bon. Il fallait maintenant enlever le vieux bidon du tuyau. Dix minutes. Le directeur, Lucas Mann et toute la clique étaient là à attendre. Ils s'agitaient, maudissaient le plombier. Cet ivrogne est finalement parvenu à introduire le nouveau bidon et à pousser le levier. L'acide sulfurique a atterri où il fallait, c'est-à-dire dans le récipient, sous le fauteuil de Meeks. Le bourreau a tiré sur le second levier. Les capsules de cyanure sont tombées. Le gaz allait monter aux narines de ce vieux Meeks qui retenait son souffle. On voit la fumée, tu sais. Quand il a fini par respirer, il a commencé à trembler, à s'agiter pendant un bon moment. Pour je ne sais quelle raison, une barre métallique part du plafond de la cabine jusqu'au sol et se trouve directement derrière le fauteuil. Juste au moment où Meeks se calmait, quand tout le monde a pensé qu'il était enfin mort, il a commencé à secouer sa tête violemment d'avant en arrière, heurtant le poteau métallique avec une violence inouïe. Ses yeux étaient blancs, révulsés, sa bouche grande ouverte et de l'écume coulait de ses lèvres. L'horreur absolue.

– Combien de temps a-t-il fallu pour le tuer ?

– Qui sait. D'après le médecin de la prison, la mort a été instantanée et sans douleurs. D'autres témoins affirment que Meeks a été pris de convulsions, s'est mis à haleter et a cogné sa tête pendant cinq minutes.

L'exécution de Meeks donnait aux partisans de la suppression de la peine de mort de puissants arguments. Le condamné avait énormément souffert. On avait écrit un tas de rapports sur cette mort. La version de Sam coïncidait remarquablement avec celle des témoins.

– Qui vous a raconté tout ça ? demanda Adam.

– Des gardiens ont parlé. Pas à moi, bien sûr, mais le bouche-à-oreille a fonctionné rapidement. Avalanche de protestations. Elles auraient été même plus importantes si Meeks n'avait pas été une telle ordure. Tout le monde le haïssait. Le gosse auquel il s'était attaqué avait terriblement souffert. C'était difficile d'éprouver de la sympathie pour le coupable.

– Où étiez-vous quand il a été exécuté ?

– Dans ma première cellule, galerie D, de l'autre côté l'opposé, loin de la chambre à gaz. On nous a tous enfermés cette nuit-là, tous les détenus de Parchman. Ça s'est passé juste après minuit. Tu noteras, détail plaisant, que l'État du Mississippi avait toute la journée pour exécuter le condamné. L'ordre d'exécution ne spécifie aucune heure, uniquement le jour. Cette bande de salauds programme toujours les exécutions une minute après minuit. S'il y a un sursis, les avocats de l'administration disposent d'une journée entière pour le faire annuler. Buster Moac est passé par là. On l'a ligoté à minuit, puis, à la suite d'un appel téléphonique, on l'a reconduit dans l'isoloir. Il a attendu là-dedans pendant six heures. Les avocats sautaient d'une cour à l'autre. Finalement, au lever du jour, on l'a ligoté pour la dernière fois. Tu connais ses dernières paroles ?

– Je n'en ai pas la moindre idée.

– Buster était un de mes amis, un chic type. Naifeh lui a demandé s'il avait un dernier mot à dire. Il a fait remarquer que le steak qu'on lui avait préparé pour son dernier repas était un peu trop saignant. Naifeh a marmonné qu'il en parlerait au cuisinier. Puis Buster lui a demandé si le gouverneur lui avait accordé sa grâce. Naifeh a dit non. Buster lui a lancé : « Eh bien, dites à cet enfant de pute qu'aux prochaines élections il n'aura pas ma voix. » Ils ont claqué la porte et l'ont gazé.

Sam, de toute évidence, s'en amusait, Adam se sentit obligé de lui adresser un petit sourire gêné. Il regarda son calepin tandis que Sam allumait une autre cigarette.

Quatre ans après l'exécution de Teddy Doyle Meeks, les appels et requêtes de Maynard Tole avaient tous été rejetés.

Le moment était venu de remettre en service la chambre à gaz. Tole profitait de l'assistance judiciaire gratuite de Kravitz et Bane. Un jeune avocat, du nom de Peter Wiesenberg, représentait Tole, sous la supervision de Garner Goodman. Tous les deux avaient assisté à l'exécution qui, à sa façon, avait été aussi sordide que celle de Meeks. Adam n'avait pas parlé de l'exécution de Tole avec Goodman, mais il connaissait le dossier et avait lu son témoignage et celui de Wiesenberg.

– Que s'est-il passé avec Maynard Tole ? demanda Adam.

– C'était un Africain, un militant. Il avait tué un tas de gens lors d'un vol à main armée. Naturellement, il mettait tout sur le dos du système. Il parlait toujours de lui comme du guerrier d'Afrique. Il m'a menacé à plusieurs reprises, mais c'était toujours du pipeau.

– Du pipeau ?

– Oui. Ça signifie qu'un type est nul, ne sort que des arguments stupides. C'est fréquent avec les Africains. Ils sont innocents, tous tant qu'ils sont. Ils en sont là parce qu'ils sont noirs, et que le système est blanc. Même s'ils ont violé, tué, c'est toujours la faute de quelqu'un d'autre. Toujours, absolument toujours la faute de quelqu'un d'autre.

– Donc, vous étiez content lorsqu'il y est passé ?

– Je n'ai pas dit ça. Tuer n'est pas bien. Ce n'est pas bien pour les Africains de tuer, ce n'est pas bien pour les Blancs de tuer, et ce n'est pas bien pour les gens de l'État du Mississippi de tuer les détenus. Ce que j'ai fait était mal, mais comment peut-on, en me tuant, faire que ça devienne bon ?

– Est-ce que Tole a souffert ?

– Comme Meeks. Ils ont trouvé un nouveau bourreau et celui-là avait l'air de connaître son métier. Le gaz est entré vite fait dans les poumons de Tole. Il a été pris immédiatement de convulsions. Il a cogné sa tête sur le poteau exactement comme l'avait fait Meeks. Tole devait avoir la tête plus dure parce qu'il a continué de cogner plus longtemps. Ça durait, ça durait. Finalement, Naifeh et sa bande de tueurs ont commencé à s'inquiéter. Ce garçon ne voulait vraiment pas mourir. Les choses devenaient moches. Aussi ils n'ont rien trouvé de mieux que de renvoyer les témoins. Vraiment dégueulasse.

– J'ai lu quelque part qu'il avait fallu au moins dix minutes avant qu'il meure.

– Il s'est bien battu, c'est tout ce que je sais. Naturellement les gardiens et le toubib ont dit que la mort avait été instantanée et sans douleurs. Typique. N'empêche, ils ont apporté une légère modification au système après l'affaire Tole. Lorsque ce fut le tour de mon copain Moac, ils avaient mis au point ce mignon petit serre-tête en cuir avec une boucle. De quoi bloquer la nuque du type contre ce foutu poteau. Délicate attention, n'est-ce pas ? Ça devenait plus facile pour Naifeh et les témoins.

– Vous voyez où je veux en venir, Sam ? C'est une manière atroce de mourir. Nous allons attaquer cette méthode. Nous trouverons des gens qui témoigneront contre ces exécutions. Nous essaierons de convaincre un juge pour qu'il déclare que la chambre à gaz n'est pas légale.

– Et puis ? On va leur proposer une piqûre mortelle ? Ça nous mènerait à quoi ? Ça me semble assez dingue de déclarer que je préférerais ne pas mourir dans la chambre à gaz, mais que, après tout, une piqûre mortelle pourrait me convenir. Si on m'injecte leur drogue, je serai mort quand même, non ? Je ne comprends pas.

– C'est vrai. Mais on gagne du temps. Attaquer la chambre à gaz pour obtenir un sursis, puis présenter la chose à l'échelon supérieur. On peut embrouiller l'affaire pendant des années.

– Ç'a déjà été fait.

– Que voulez-vous dire ?

– Au Texas, en 1983. L'affaire Larson : on a présenté les mêmes arguments, en vain. La Cour a décidé que les chambres à gaz avaient fonctionné pendant cinquante ans et avaient prouvé leur efficacité pour tuer humainement.

– D'accord, mais il y a une grande différence.

– Laquelle ?

– On n'est pas au Texas. Meeks, Tole, Moac, Parris n'ont pas été gazés au Texas. À propos, le Texas a maintenant choisi l'injection. Ils ont renoncé à leur chambre à gaz parce qu'ils ont trouvé un meilleur moyen de tuer. La plupart des États qui avaient une chambre à gaz l'ont échangée pour une technologie plus avancée.

Sam se leva.

– Eh bien, quand le moment arrivera pour moi, ça ne fera pas un pli : je tiens à partir avec la technologie la plus avancée.

Il marcha de long en large, trois ou quatre fois, puis s'arrêta.

– Il y a six mètres d'un bout de cette pièce à l'autre. Je peux marcher six mètres sans rencontrer de barreaux. Tu te rends compte, passer vingt-trois heures par jour dans une cellule de trois mètres sur deux ? Ici je suis un homme libre.

Il se remit à marcher de long en large en tirant sur sa cigarette.

Adam observait cette frêle silhouette s'agiter le long de la table en laissant derrière elle un nuage de fumée. Sam n'avait pas de chaussettes, il portait simplement des chaussons de douche en caoutchouc qui couinaient à chacun de ses pas. Il s'arrêta brusquement, s'empara d'un livre sur une étagère, le posa bruyamment sur la table et commença à en tourner vivement les pages. Il finit par trouver ce qu'il cherchait.

– Voilà, c'est ici, marmonna-t-il. J'étais sûr de l'avoir lu.

– Qu'est-ce que c'est ?

– Une affaire en Caroline du Nord, année 1984. Le type s'appelait Jimmy Old, et, bien entendu, Jimmy ne voulait pas mourir. Il a fallu le traîner dans la chambre à gaz. Il donnait des coups de pied, se débattait, hurlait. Difficile même de le ligoter. Ils ont claqué enfin la porte et ont envoyé le gaz. Le menton de Jimmy s'est affaissé sur sa poitrine. Puis sa tête est partie en arrière et s'est mise à osciller. Il s'est tourné vers les témoins. Des yeux blancs, de la bave. Son corps tressautait. Ça n'en finissait pas. Un des témoins, un journaliste, s'est mis à vomir. Le directeur en a eu assez et a tiré le rideau noir afin qu'on ne puisse plus rien voir. On estime qu'il a fallu près d'un quart d'heure pour tuer Jimmy Old.

– Inhumain.

Sam ferma le livre et le replaça soigneusement sur l'étagère. Il alluma une cigarette et regarda le plafond.

– En fait, toutes les chambres à gaz ont été construites par une société de Salt Lake City, Eaton Metal Products. J'ai lu quelque part que celle du Missouri avait été construite par des détenus. Mais notre petite chambre à gaz a bien été fabriquée par Eaton. Elles sont toutes semblables d'ailleurs, en acier, de forme octogonale, percées de plusieurs hublots pour que les gens puissent assister à l'agonie. Pas beaucoup de place à l'intérieur de la cabine, juste un siège en bois et des courroies partout. Une cuvette en métal sous le fauteuil. Quelques centimètres au-dessus de la cuvette, un petit sac de pastilles de cyanure que le bourreau contrôle grâce à un levier. C'est encore lui qui agit sur l'acide sulfurique. Lorsque la cuvette est pleine d'acide, il tire le levier pour faire tomber les pastilles de cyanure. Alors se répand le gaz mortel et, en principe, c'est la mort instantanée et sans douleurs.

– Ça a été mis au point pour remplacer la chaise électrique, non ?

– Exact. Dans les années vingt et trente, chaque État possédait une chaise électrique. C'était alors l'appareil le plus merveilleux jamais inventé. Lorsque j'étais enfant, ces braves gens la trimballaient dans les différentes juridictions. On s'arrêtait devant la prison du coin, on faisait sortir les condamnés enchaînés, on les mettait en ligne près de la remorque, puis on les expédiait. Un moyen efficace de régler la surpopulation des prisons.

Sam secoua la tête comme s'il arrivait à peine à croire ce qu'il racontait.

– Bien entendu, ces gens n'avaient aucune idée de ce qu'ils faisaient. Ça fourmille de récits horribles sur les souffrances infligées aux détenus. Or c'est la peine capitale, non ? Ce n'est pas la torture capitale. Beaucoup d'États utilisaient cette antiquité et la confiaient à des amateurs. Un jour, ils ont ligoté un pauvre type et ont actionné les manettes. La décharge n'était pas suffisante. Le type cramait à l'intérieur mais refusait de mourir. Ils ont attendu quelques minutes puis lui ont envoyé une autre décharge. Ça a duré un quart d'heure. S'ils ne plaçaient pas les électrodes au bon endroit, ce n'était pas rare de voir des flammes et des étincelles sortir par les yeux et les oreilles. J'ai lu le récit d'un type à qui on avait envoyé un voltage aberrant. Une sorte de vapeur sous pression a rempli sa tête et ses yeux ont jailli de ses orbites. Le sang ruisselait sur son visage. Au cours d'une électrocution, la peau devient si chaude qu'il est impossible de toucher le bonhomme. Il faut le laisser refroidir avant de confirmer sa mort. Plein de pauvres bougres se figeaient après la première décharge, puis se remettaient à respirer. Nouvelle décharge. Quatre ou cinq fois de suite. Terrible. Un médecin militaire a donc inventé la chambre à gaz, ce moyen plus humain de tuer les gens. Mais aujourd'hui, on a trouvé encore mieux : la piqûre.

Sam avait un public, Adam était fasciné.

– Dans le Mississippi, combien d'hommes ont péri dans la chambre à gaz ? demanda-t-il.

– Première utilisation en 1954. Entre cette date et 1970, ils ont tué trente-cinq hommes. Aucune femme. Après l'affaire Furman, en 1972, elle est resté inutilisée jusqu'en 1982 au moment de l'exécution de Teddy Doyle Meeks. Ils s'en sont servis trois fois depuis. Total : trente-neuf types exécutés. Je serai le quarantième.

Il se remit à marcher, mais beaucoup plus lentement.

– C'est un moyen terriblement inefficace de tuer les gens, continua-t-il sur un ton professoral. Et c'est dangereux. Dangereux pour le malheureux ligoté sur la chaise, mais aussi pour ceux qui se trouvent dans les parages. Ces vieux appareils ont des fuites. Les joints d'étanchéité pourrissent et se délitent. Construire une chambre à gaz réellement étanche coûte une fortune. Et la moindre fuite peut être mortelle pour le bourreau ou ceux qui se trouvent à proximité. Il y a toujours du monde. Naifeh, Lucas Mann, un religieux, le médecin, un gardien ou deux. La pièce a deux portes, tenues hermétiquement closes lors de l'exécution. Si jamais un peu de gaz s'échappait, Naifeh et Lucas Mann crèveraient d'un seul coup. Pas une mauvaise affaire, si on y réfléchit.

« Les témoins n'en ont pas conscience mais ils sont pareillement exposés. Aucune protection, sinon une rangée de vieux hublots. La moindre fuite suffirait à les contaminer. La suite des opérations comporte des risques encore plus grands. Dès que le médecin, à l'aide d'électrodes placées sur la cage thoracique du condamné et connectées à travers les parois de la cabine, a constaté le décès, on actionne une soupape de sûreté qui laisse échapper les émanations mortelles. Quinze minutes plus tard, ouverture des portes. La bouffée d'air frais qui pénètre dans la cabine provoque une condensation. Des résidus gazeux se déposent sur les murs, les vitres, le sol, le plafond, la porte, et sur le cadavre. Un poison mortel.

« On pulvérise aussitôt de l'ammoniaque pour neutraliser les gaz, puis l'équipe de nettoyage, équipée de masques, asperge de nouveau le supplicié avec de l'ammoniaque ou du chlore. Il faut te dire que le poison s'incruste dans la peau. Les vêtements seront jetés dans un sac et incinérés. Encore récemment, le condamné n'avait droit qu'à un short pour leur faciliter la tâche. Aujourd'hui, on nous accorde le privilège de porter ce qu'on désire. Si j'en arrive là, il me faudra un temps fou pour me choisir un beau costume dans ma garde-robe.

Sam cracha par terre rien qu'à cette pensée.

– Qu'advient-il du corps ? demanda Adam, un peu honteux d'aborder un sujet aussi macabre.

Sam grogna une fois ou deux, puis porta sa cigarette à ses lèvres.

– Veux-tu connaître en détail le contenu de ma garde-robe ?

– Non.

– Deux combinaisons rouges, quatre ou cinq maillots de corps, quatre caleçons, et une paire de ces mignonnes petites sandales en caoutchouc. Je refuse de mourir dans cette combinaison. J'ai pensé me rendre dans la chambre à gaz nu comme un ver et faire en sorte que les témoins voient mes fesses. C'est ce que je ferai.

– Que font-ils du corps ? redemanda Adam.

– Une fois qu'on l'a bien lavé, bien désinfecté, on lui met une tenue de prisonnier, on le tire du fauteuil et on le jette dans un grand sac. Puis on le met dans une ambulance pour le conduire au dépôt mortuaire. La famille alors prend le relais. Théoriquement.

Sam tournait le dos à Adam. Il parlait au mur, appuyé contre un rayonnage. Puis il se tut. Immobile et silencieux, il fixait un coin de la pièce. Il pensait aux quatre hommes qu'il avait connus et qui y étaient passés. D'après une règle non écrite, il ne fallait pas porter la combinaison rouge de la prison dans la chambre à gaz.

Peut-être que son frère, celui qui lui envoyait son tabac, lui ferait parvenir une chemise et un pantalon. Des chaussettes neuves seraient les bienvenues. N'importe quoi plutôt que ces sandales en matière synthétique. Il préférerait rester pieds nus plutôt que de les enfiler.

Il se retourna et s'avança lentement vers Adam.

– Ton idée me plaît, dit-il tranquillement. Ça vaut la peine d'essayer.

– Parfait. Alors au travail. Trouvez-moi d'autres affaires du genre de celle de Jimmy Old. Qu'on les étudie à fond. Nous mettrons tout ça dans la balance. Il me faut aussi la liste des gens qui peuvent témoigner sur les exécutions de Meeks et de Tole. Peut-être même sur celles de Moac et de Parris.

Sam sortait déjà des livres des rayonnages. Il en entassa une bonne douzaine sur la table, puis se plongea dans leur lecture.

19

Les champs de blé ondulaient sur des kilomètres, puis montaient à l'assaut des collines. Avec, en toile de fond, de majestueuses montagnes. Le camp d'entraînement occupait une cinquantaine d'hectares, dans une large vallée, au-dessus des terres cultivées. Des haies et des broussailles dissimulaient les barbelés. Ses affûts de canons et son champ de manœuvres étaient pareillement camouflés. Seules deux banales constructions en rondins étaient visibles en surface, laissant croire, vues d'avion, à des cabanes. Mais en dessous, enserrées par les collines, courait un dédale de grottes naturelles et artificielles. De grands tunnels suffisamment larges pour permettre le passage de camionnettes partaient dans toutes les directions. Une douzaine de salles en tout. Il y avait là une imprimerie, un arsenal, une bibliothèque et des logements. Les membres se rassemblaient dans la plus grande salle – douze mètres du sol au plafond – pour entendre des discours, voir des films, assister à des meetings.

Ce camp possédait des ascenseurs, des antennes paraboliques, des ordinateurs, des fax, des téléphones sans fil. Bref, un équipement électronique dernier cri.

Le camp ne recevait pas moins de dix journaux chaque jour. C'est un certain Roland qui les lisait en premier. Ce n'était pas une corvée. Ce type avait fait le tour du monde plusieurs fois, parlait quatre langues et se montrait curieux de tout. Quand un article retenait son attention, il le portait dans la salle des ordinateurs pour le mettre en mémoire.

Il était établi qu'il devait passer chaque matin deux heures à décortiquer les dernières nouvelles pour conserver celles qui lui paraissaient dignes d'intérêt. Il adorait ce travail.

Pourtant, ce jour-là, la photo de Sam Cayhall en première page d'un quotidien de San Francisco le rendait soucieux. L'article annonçait que le condamné à mort le plus âgé des États-Unis serait dorénavant défendu par son petit-fils. Roland dut s'y reprendre à trois fois dans sa lecture avant de se persuader de la réalité de cette information. Deux autres journaux publiaient pour leur part un instantané du jeune Adam Hall.

Roland suivait l'« affaire Cayhall » depuis de nombreuses années. Pour plusieurs raisons. D'abord, il s'agissait d'un cas méritant d'être archivé sur l'informatique de la base – un vieux terroriste du KKK des années soixante qui jouait sa vie dans une cellule de Parchman. Ensuite, sans être juriste, Roland partageait l'opinion générale : Sam Cayhall serait exécuté. Ce qui n'était pas pour déplaire à l'archiviste. Du héros du combat pour la suprématie blanche, les nazis feraient leur martyr.

Roland Forchin, puisque tel était son nom, était inconnu de l'administration. Il possédait trois magnifiques faux passeports, dont un allemand et un de la République d'Irlande.

Il avait encore un autre patronyme, connu de lui seul. Rollie Wedge. Ce dernier avait fui les États-Unis en 1967 après l'attentat du cabinet Kramer et s'était installé en Irlande du Nord. Il avait également vécu en Libye, à Munich, à Belfast et au Liban. Il était revenu aux États-Unis en 1967 et en 1968 pour suivre le procès de Sam Cayhall et de Jeremiah Dogan.

Wedge, dit Forchin, s'était installé dans ce bunker trois ans plus tôt pour défendre l'idéologie nazie. Il ne se considérait plus comme un membre du KKK. Dorénavant, il était fasciste et fier de l'être.

Après avoir achevé sa revue de presse matinale, il décida d'aller voir le soleil. C'était une belle journée, fraîche et sans nuages. Il s'engagea dans un petit sentier qui grimpait dans la montagne et, dix minutes plus tard, il contemplait les champs de blé ondulant au loin.

Roland rêvait de la mort de Cayhall depuis vingt-trois ans. Les deux hommes partageaient un secret, d'un poids considérable. Et ce poids ne quitterait sa poitrine que lorsque Sam aurait été exécuté. Il admirait ce type. Contrairement à Jeremiah Dogan, Sam avait respecté son serment et n'avait jamais parlé. Malgré trois procès, plusieurs avocats, d'innombrables appels, des millions d'enquêtes, Sam n'avait jamais flanché. C'était un homme d'honneur, mais Roland voulait sa mort. Il avait été obligé de le menacer avec Dogan durant le premier procès, mais c'était il y a fort longtemps. Dogan avait craqué, il en était mort.

Ce jeune avocat l'ennuyait.

Roland n'était pas sans savoir que plus la date d'une exécution approchait, plus les avocats étaient tentés de sortir la grosse artillerie. Si Sam devait flancher, c'était maintenant, devant son petit-fils.

Chez Kravitz et Bane, à Chicago, le samedi était un jour aussi trépidant que les autres. L'atmosphère était nettement plus détendue dans la succursale de Memphis. Adam, arrivé à neuf heures, s'était enfermé dans son bureau et avait tiré les stores.

La veille, Sam et lui avaient travaillé pendant deux heures. Adam relut leurs notes. Il entra sa documentation dans l'ordinateur et modifia la requête pour la troisième fois. Il en avait déjà envoyé une copie par fax à Garner Goodman qui l'avait corrigée et renvoyée.

Si, par chance, une audience d'urgence était acceptée par la Cour fédérale, Goodman était prêt à témoigner sur l'exécution de Maynard Tole. Wiesenberg, son assistant, avait été si bouleversé en voyant gazer quelqu'un qu'il avait donné sa démission et était devenu enseignant. Son grand-père avait survécu à l'holocauste, mais pas sa grand-mère. Goodman avait promis de prendre contact avec Wiesenberg.

À midi, Adam, désireux de prendre l'air, quitta l'immeuble et roula en direction de l'ouest.

Calico Rock était une petite ville perchée sur un promontoire dominant la rivière. Trois sites de pêche à la truite étaient aménagés sur la rive est, près du pont. Adam gara sa voiture sur les berges et s'avança vers un baraquement construit sur un ponton et amarré par de gros câbles. Des embarcations de louage étaient rangées près de la jetée. Une odeur pénétrante d'essence flottait autour d'une pompe solitaire. Une pancarte indiquait les prix pour la location d'une embarcation, d'un guide, de l'attirail et du permis de pêche.

Adam entra dans le baraquement. Un jeune homme avec des mains sales sortit d'un atelier et lui demanda ce qu'il désirait.

– Je cherche Wyn Lettner.

Le garçon retourna vers son réduit et cria :

– Monsieur Lettner !

Wyn Lettner était un véritable monument. Il dépassait le mètre quatre-vingt-dix. Sa grande carcasse devait supporter une étonnante masse de chair et de graisse. D'après Garner, c'était un fervent amateur de bière. Ça se voyait. Il approchait des soixante-dix ans. Ses rares cheveux gris logeaient sous une casquette de toile.

Il y avait au moins trois photos de l'agent du FBI Lettner classées dans les dossiers d'Adam. Le type même du G-Man – costume sombre, chemise blanche, nœud de cravate serré, coupe de cheveux militaire.

– Oui, monsieur, dit-il d'une voix forte, tandis qu'il passait le seuil de sa boutique. Je suis Wyn Lettner.

Il avait une voix grave et un sourire agréable.

Adam lui tendit la main.

– Adam Hall, content de vous rencontrer.

Lettner lui prit la main et la secoua vigoureusement. Ses avant-bras étaient impressionnants.

– Oui, monsieur, tonna-t-il. Que puis-je faire pour vous ?

Grâce au ciel le ponton était désert.

– Eh bien, je suis avocat. Je défends Sam Cayhall.

Le sourire s'élargit pour montrer deux rangées de puissantes dents jaunes.

– Alors votre travail touche à sa fin ! fit-il avec un gros rire en envoyant une claque dans le dos d'Adam.

– C'est possible, dit Adam, mal à l'aise. J'aimerais vous parler de Sam.

Lettner devint brusquement sérieux. Il se gratta le menton et regarda Adam en plissant les yeux.

– J'ai vu ça dans les journaux, mon garçon. Je sais que Sam est votre grand-père. Dur pour vous.

Puis il sourit de nouveau.

– Plus dur encore pour lui.

Ses yeux pétillaient comme s'il venait de lancer une plaisanterie absolument irrésistible. Adam ne réagit pas.

– Vous devez savoir que Sam a moins d'un mois à vivre.

– Entrez ici, mon garçon. Nous allons parler de lui. Vous voulez une bière ?

– Non, merci.

Ils pénétrèrent dans la boutique. Attirail de pêche aux murs et au plafond, crackers, sardines, saucisson, pain, jambon, biscuits sur des étagères branlantes. Une glacière dans un coin.

– Asseyez-vous.

Adam prit une chaise en bois. Lettner plongea la main dans la glacière pour en sortir une canette.

– C'est vrai que vous n'en voulez pas ?

– Peut-être plus tard.

Il était presque cinq heures.

Lettner fit sauter la capsule et d'une seule gorgée vida un bon tiers de la bouteille.

– Vont-ils finir par avoir le vieux Sam ? demanda-t-il.

– En tout cas ils font de leur mieux.

– Quelles sont ses chances ?

– Médiocres. Les requêtes de dernière minute, mais la pendule ne veut pas s'arrêter.

– Sam n'est pas un mauvais bougre, dit Lettner avec une nuance de pitié dans la voix.

Le courant de la rivière faisait craquer le plancher du ponton.

– Combien de temps êtes-vous resté dans le Mississippi ? demanda Adam.

– Cinq ans. Hoover m'a appelé après la disparition de trois ouvriers partisans des droits civiques. C'était en 1964. Nous avons mis sur pied une unité spéciale et nous nous sommes attelés à la tâche. Après l'attentat Kramer, le KKK, apparemment, était à bout de souffle.

– Et vous étiez chargé de quoi ?

– Mr. Hoover était quelqu'un de déterminé. Il m'a demandé d'infiltrer le KKK à tout prix. Il voulait le désintégrer. À vrai dire, nous avions un peu tardé dans le Mississippi. Pour un tas de raisons. Hoover haïssait les Kennedy. Comme ils le harcelaient, il renâclait. Mais lorsque ces trois garçons ont disparu, nous nous sommes remués. 1964 a été un sacré millésime dans le Mississippi.

– Je suis né cette année-là.

– Oui, les journaux disent que vous êtes né à Clanton. J'ai vu Garner Goodman à plusieurs reprises. C'était il y a bien longtemps. Un drôle d'oiseau.

– C'est mon patron. Il m'a donné votre nom et m'a dit que vous accepteriez de me parler.

– Vous parler de quoi ? demanda Lettner en buvant un coup.

– De l'affaire Kramer.

– L'affaire Kramer est close. Ce qu'il en reste, c'est Sam et son rendez-vous avec la chambre à gaz.

– Vous voulez qu'on l'exécute ?

Un bruit de pas et de voix se fit entendre. La porte s'ouvrit. Un homme et un jeune garçon pénétrèrent dans la boutique. On venait aux provisions. Lettner se leva. Il avait pris soin de mettre sa bouteille de bière sous le comptoir.

Adam sortit une eau minérale de la glacière et quitta la boutique. Il marcha au bord du ponton. Deux adolescents pêchaient au lancer près du pont. Adam n'avait jamais pêché de sa vie. Son père n'était pas un fervent des parties de campagne et des distractions. Pas plus qu'il n'était capable de garder un emploi. Adam n'arrivait pas à se souvenir précisément de ce que son père avait fait de sa vie.

La porte claqua. Lettner s'avança d'un pas pesant.

– Vous aimez pêcher la truite ? demanda-t-il.

– Non. Je n'ai jamais pêché.

– Allons faire un tour. J'ai besoin de jeter un coup d'œil à deux kilomètres en aval. Il paraît que ça mord.

Lettner emmenait sa glacière avec lui.

– Venez ! cria-t-il à Adam qui regardait avec attention les cinquante centimètres qui le séparaient du bateau. Et détachez cette amarre.

Adam dénoua le cordage et monta avec appréhension dans le bateau. Il glissa et tomba sur le derrière, échappant de justesse à un bain forcé. Lettner hurlait de rire. Adam, très gêné, crut bon de s'esclaffer à son tour. Lettner lança le moteur et le bateau bondit dans le courant.

Adam s'agrippait aux bords. Calico Rock se trouva rapidement derrière eux. Les méandres de la rivière découvraient de larges paysages et des promontoires rocheux. Lettner barrait d'une seule main et sirotait sa bière de l'autre. Après quelques minutes, Adam se détendit et parvint à sortir une bière de la glacière. Lettner chantait derrière lui. Le bruit aigu du moteur empêchait toute conversation.

Ils passèrent devant une flottille de canots pneumatiques pleins d'adolescents qui fumaient on ne sait quoi et se gorgeaient de soleil.

Finalement le bateau ralentit. Lettner manœuvra habilement et coupa le moteur.

– Vous allez pêcher ou boire de la bière ? demanda Adam en fixant l'eau.

– Boire de la bière.

– C'est ce que je pensais.

Lettner prit sa canne à pêche et lança sa cuiller, oubliant sa bouteille. Adam le regarda un instant puis s'allongea et laissa ses pieds pendre au-dessus de l'eau. L'embarcation n'était guère confortable.

– Quand allez-vous à la pêche ? demanda-t-il.

– Tous les jours. Ça fait partie de mon travail, des services que je propose à ma clientèle.

– Dur travail.

– Quelqu'un doit le faire.

– Qu'est-ce qui vous a amené à Calico Rock ?

– Une crise cardiaque en 75. Il me fallait quitter le FBI. J'avais une bonne retraite et tout, mais, que diable, on finit par s'ennuyer à rester assis sans rien faire. Ma femme et moi avons trouvé cet endroit. Le ponton était à vendre. Et voilà. Passez-moi une bière.

Il lança de nouveau sa cuiller tandis qu'Adam lui tendait la canette. Il y en avait encore quatorze dans la glace. Le bateau dérivait et Lettner s'empara d'une rame. Il pêchait d'une main, tenait la barre de l'autre et parvenait encore à tenir sa bouteille entre les genoux. Rude existence que celle d'un guide de pêche.

À voir Lettner, on avait l'impression que la pêche au lancer était quelque chose de facile. D'un fouetté du poignet, il envoyait la cuiller exactement où il voulait. Les poissons refusaient de mordre.

– Sam n'est pas un mauvais bougre, répéta-t-il.

– Franchement, pensez-vous qu'il devrait être exécuté ?

– Pas mon affaire, mon garçon. Les gens de cet État veulent la peine de mort, et c'est la loi. Les gens disent que Sam était coupable et qu'il doit être exécuté. Qu'y puis-je ?

– Mais vous avez bien une opinion.

– Et ça changerait quoi? Mes sentiments n'ont aucune valeur.

– Pourquoi avez-vous dit que Sam n'est pas un mauvais bougre?

– Une longue histoire.

– Il nous reste quatorze bières.

Lettner éclata de rire. Il porta le goulot à sa bouche et regarda la rivière.

– Sam ne nous intéressait pas, vous comprenez, il ne participait pas aux choses réellement moches, au moins pas au début. Quand les trois militants des droits civiques ont disparu, nous sommes devenus enragés. Avec de l'argent, on a très vite recruté des indics à l'intérieur du KKK. On n'aurait jamais retrouvé ces trois ouvriers si nous n'avions pas arrosé les gens. Environ trente mille dollars, si je me souviens bien. Bon Dieu, ils les avaient enterrés dans une digue. Quand on les a retrouvés, ça nous a fait du bien. Finalement on avait réussi quelque chose. On arrêtait un tas de gens mais impossible de prouver quoi que ce soit. La violence continuait. Ils faisaient sauter les églises, les maisons des Noirs. On était dépassés. Comme à la guerre. Nouvelle offensive. Mr. Hoover était furieux. Alors on a arrosé, arrosé sans arrêt. Je ne vais rien vous dire de réellement utile, voyez-vous.

– Pourquoi pas?

– Il y a les choses dont je peux parler et il y a les autres.

– Sam n'était pas seul lorsqu'il a fait sauter le bureau de Kramer, n'est-ce pas?

Lettner sourit en regardant sa canne à pêche posée sur ses genoux.

– À la fin de l'année 65, nous avions constitué un bon réseau d'informateurs. Dès qu'on apprenait qu'un type faisait partie du KKK, on commençait la chasse. On le suivait le soir, en pleins phares. On se garait devant sa maison. Habituellement ça lui flanquait la trouille. On le filait à son travail, on parlait à son patron, en exhibant nos plaques. On agissait comme si on allait descendre quelqu'un. On harcelait sa famille, on paradait dans nos costumes sombres, on en rajoutait avec notre accent du Nord. Et ces péquenauds s'effondraient. Si le type allait à l'église, on le suivait le dimanche. Le lendemain, on disait au prédicateur qu'on avait entendu une terrible rumeur – Mr. Machin était membre actif du KKK. On l'interrogeait là-dessus. On agissait comme si c'était un crime d'être membre du KKK. Si le type avait de grands enfants, on les suivait aussi. On s'asseyait derrière eux au cinéma, on surveillait leur voiture, garée dans les bois. Rien d'autre que du harcèlement, mais ça marchait. Finalement, on coinçait ce pauvre idiot quelque part, et on lui proposait de l'argent, on lui offrait de le laisser tranquille. Ça marchait toujours. Ils étaient à bout de nerfs. Ils n'avaient qu'une envie, coopérer avec nous. J'en ai vu pleurer, quand ils venaient confesser leurs péchés.

Lettner éclata de rire.

Adam buvait sa bière à petites gorgées. S'ils finissaient ce qui restait dans la glacière, la langue de Lettner finirait par se délier.

– Il y a un type que je n'oublierai jamais. Nous l'avons surpris au lit avec sa maîtresse noire. Ce n'était pas tellement rare. Jamais compris comment les femmes noires pouvaient aller avec ces types-là. De toute façon, le gars avait un petit pavillon de chasse au fond des bois. Son nid d'amour. Il y rencontrait sa maîtresse l'après-midi. Un jour, alors qu'il avait fini et s'apprêtait à partir, nous avons pris sa photographie et celle de la femme. Puis on lui a parlé. C'était un diacre, un membre du conseil de l'église dans je ne sais plus quel patelin. On l'a traité comme un chien. On a renvoyé la fille, et on s'est installés dans le pavillon de chasse. Très vite, il a fondu en larmes. Par la suite, ç'a été un de nos meilleurs témoins. Plus tard il est allé en prison.

– Pourquoi ?

– Pendant qu'il fricotait avec sa petite amie, sa femme faisait de même avec un jeune Noir qui travaillait dans leur ferme. La dame est tombée enceinte et voilà un bébé café au lait. Notre indic a filé à l'hôpital pour tuer la mère et l'enfant. Quinze ans à Parchman.

– Ah !

– La violence avait diminué considérablement jusqu'au jour où Dogan a décidé de s'attaquer aux Juifs. Ça nous a pris par surprise. Aucun indice.

– Pourquoi ?

– Il était malin. Ayant appris que ses hommes nous donnaient des informations, il a décidé de travailler avec un petit groupe de gens sûrs.

– Groupe ? C'est-à-dire plusieurs personnes ?

– Quelque chose comme ça.

– Sam, et qui d'autre ?

Lettner grogna, gloussa, et décida que les poissons étaient partis ailleurs. Il ramena sa canne à pêche et son moulinet dans le bateau et tira sur la corde du démarreur. Ils filaient de nouveau dans le sens du courant. Adam laissa ses pieds sur le plat-bord. Ses mocassins de cuir et ses chevilles furent bientôt trempés. Il sirotait sa bière en admirant le paysage.

Ils s'arrêtèrent sur un plan d'eau en dessous d'un ponton. Lettner lança sa cuiller et moulina en vain.

Le troisième et dernier lieu de pêche à inspecter n'était pas très loin de Calico Rock. C'est là qu'ils pêchèrent jusqu'à la nuit. Après cinq bières, Adam prit son courage à deux mains pour fourrer un hameçon dans l'eau. Lettner était un pédagogue avisé. Au bout de quelques minutes, Adam avait attrapé une truite de belle taille. Pendant un instant, les deux hommes oublièrent Sam, le KKK et les cauchemars du passé.

Le prénom de Mrs. Lettner était Irene. Elle accueillit son mari et son hôte inattendu avec bienveillance et nonchalance. Elle avait l'habitude des visites inopinées. Les deux hommes franchirent le seuil d'un pas mal assuré et lui offrirent le bout de la ficelle où étaient accrochées leurs prises.

La maison de Lettner était construite au-dessus du cours d'eau. De la terrasse, protégée par une moustiquaire, on avait une vue splendide sur la vallée. On s'assit dans des fauteuils en osier et on ouvrit de nouvelles bières, tandis qu'Irene faisait frire les truites.

Voir le fruit de sa pêche sur la table était une expérience toute nouvelle pour Adam et il mangea le poisson de bon appétit. Au milieu du repas, Wyn passa au scotch. Adam refusa. Il avait envie d'un verre d'eau, mais dut continuer à la bière. Il ne pouvait, au point où il en était, se permettre de jouer les mauviettes.

Irene buvait du vin en racontant des histoires sur le Mississippi. On l'avait menacée, à l'époque, à plusieurs reprises. Leurs enfants refusaient de venir les voir. C'était une fameuse époque, répétait-elle avec nostalgie.

Elle les quitta après le dîner. Il était presque dix heures et Adam avait envie de dormir. Wyn se mit debout, prenant appui sur un montant de bois, s'excusa et gagna les toilettes. Il revint avec deux scotches dans de grands verres. Il en tendit un à Adam et retourna dans son rocking-chair.

Les deux hommes se balancèrent un moment en silence.

– Ainsi, vous êtes convaincu que Sam avait un complice.

– Bien sûr qu'il en avait un.

Adam se rendait parfaitement compte que sa bouche était un peu pâteuse. Les paroles de Lettner, quant à elles, sonnaient parfaitement clair.

– Et pourquoi en êtes-vous si certain ?

Adam posa le grand verre en se jurant de ne plus y toucher.

– Le FBI a fouillé la maison de Sam après l'attentat, n'est-ce pas ?

– Exact.

– Sam était en prison à Greenville et vos hommes avaient le droit de perquisitionner.

– J'étais présent. On est allés là-bas avec une douzaine d'agents et on y a passé trois jours.

– Et vous n'avez rien trouvé.

– Si l'on veut.

– Aucune trace de dynamite. Aucune trace de détonateur ni d'amorce. Aucune trace de quoi que ce soit, ni matériel ni substance qui aurait pu servir à l'attentat. Je ne me trompe pas ?

– Non. Mais où voulez-vous en venir ?

– Sam ne connaissait rien aux explosifs et il n'y avait aucun indice prouvant qu'il s'en soit servi dans le passé.

– Ce n'est pas mon avis. Il avait une bonne expérience. Kramer était le sixième attentat, si je me souviens bien. Ces espèces de fous faisaient tout sauter. Vous n'étiez pas là tandis que moi j'étais au beau milieu. Les bombes explosaient sans arrêt. On avait des indics partout. On cassait des bras. Et on ne trouvait rien. C'était comme si brusquement une succursale du KKK s'était ouverte dans le Mississippi sans que la maison mère soit au courant.

– Et pour Sam ?

– Son nom était dans nos fichiers. Son père avait été

membre du KKK et peut-être un ou deux de ses frères. Mais ces hommes paraissaient assez inoffensifs. Ils vivaient dans une région épargnée par la violence. Le KKK brûlait quelques croix, il tiraillait sur quelques maisons, mais rien de comparable aux agissements de Dogan et de sa bande.

– Alors, comment expliquez-vous la volte-face de Sam en la matière ?

– Inexplicable. Ce n'était pas un enfant de chœur. Il avait déjà tué.

– En êtes-vous sûr ?

– Absolument. Il a tué d'un coup de fusil un de ses ouvriers agricoles noirs au début des années cinquante. Pas un seul jour de prison. Il n'a même jamais été arrêté. Peut-être encore un autre meurtre. Un Noir bien sûr.

– Je préfère l'ignorer.

– Posez-lui la question. Pour voir si ce vieux salaud a le courage d'admettre ses crimes devant son petit-fils. C'était un violent, mon vieux. Il était tout à fait capable de poser des bombes et de tuer des gens. Ne soyez pas naïf.

– Je ne suis pas naïf. J'essaie de lui sauver la vie.

– Pourquoi ? Il a tué deux petits garçons parfaitement innocents. Deux enfants. Vous rendez-vous compte ?

– S'il a eu tort de tuer, alors l'État a tort maintenant de vouloir le tuer.

– Arrêtez vos fadaises. La peine de mort est trop bonne pour ces gens. C'est trop propre, trop net. Ils ont le temps de dire leurs prières, de faire leurs adieux. Mais les victimes ? De combien de temps disposent-elles pour se préparer ?

– Vous voulez qu'on exécute Sam ?

– Oui. Je veux qu'ils y passent tous.

– Vous avez dit pourtant que ce n'est pas un mauvais bougre.

– J'ai menti. Sam Cayhall est un tueur au sang froid. Et il est coupable autant qu'on puisse l'être. Comment expliquer autrement la fin des attentats dès qu'il s'est retrouvé en prison ?

– Peut-être ses complices ont-ils pris peur après l'attentat Kramer.

– Ses complices ?

– Son copain. Et Dogan.

– Bon. J'entre dans votre jeu. Supposons que Sam ait eu un complice.

– Non. Supposons que Sam était le complice. Supposons que l'autre type était l'expert en explosifs.

– L'expert? C'étaient des engins rudimentaires. Les cinq premiers n'étaient rien d'autre que quelques bâtons de dynamite entourés par un cordon de mèche. La bombe qui a servi pour Kramer, un réveil relié à un dispositif assez foireux. Ils ont eu de la chance que ça n'explose pas pendant qu'ils le tripotaient.

– Pensez-vous que l'engin ait été programmé pour exploser au moment où c'est arrivé?

– Le jury l'a pensé. Dogan a affirmé qu'ils avaient l'intention de tuer Marvin Kramer.

– Alors pourquoi Sam traînait-il dans les parages? Pourquoi était-il quasiment sur les lieux au point d'être blessé?

– Demandez-le à Sam. Je ne doute pas que vous l'ayez déjà fait. Affirme-t-il qu'il avait un complice?

– Non.

– Alors, la question est résolue. Si votre client dit non, que cherchez-vous, bon Dieu?

– Mon client ment.

– Vraiment dommage pour lui. S'il tient à protéger quelqu'un, pourquoi devriez-vous vous en soucier?

– Pourquoi ment-il?

Lettner, perplexe, secoua la tête. Il avala une bonne rasade.

– Comment le savoir, bon Dieu? D'ailleurs je ne veux pas le savoir. Franchement je me fiche éperdument que Sam mente ou qu'il dise la vérité. S'il vous ment à vous, son avocat et son petit-fils, alors qu'on le gaze.

Adam but une grosse gorgée et fixa le noir. À vrai dire il se sentait parfois un peu sot d'essayer par tous les moyens de prouver que son client lui mentait. Il décida de parler d'autre chose.

– Vous ne croyez pas le témoin qui dit avoir vu Sam avec quelqu'un d'autre?

– Non. Pas fiable, autant que je me souviens. Ce type du relais routier a mis bien longtemps avant d'apparaître. Quant à l'autre, il venait de quitter une boîte minable. Impossible de lui faire confiance.

223

– Croyez-vous Dogan ?

– Le jury le croit.

– Je ne vous parle pas du jury.

Lettner, finalement, commençait à souffler un peu, semblait s'avachir.

– Dogan était fou, mais dans son genre c'était un génie. Il a affirmé que la bombe avait été posée là pour tuer et je le crois. N'oubliez pas, Adam, qu'ils ont presque supprimé toute une famille à Vicksburg. Je ne me souviens pas du nom, mais...

– Les Pinder. Vous n'arrêtez pas de dire qu'ils ont fait ceci, qu'ils ont fait cela.

– Je joue le jeu. On suppose que Sam avait un complice. Ils ont posé une bombe chez les Pinder au milieu de la nuit. Une famille entière aurait pu y passer.

– Sam a mis la bombe dans le garage pour ne blesser personne.

– Il vous a dit ça ? Il admet donc que c'est lui ? Alors pourquoi, bon Dieu, me questionnez-vous au sujet d'un éventuel complice ? Vous feriez mieux d'écouter votre client. Ce salaud est coupable, Adam. Faites-lui confiance là-dessus.

Adam but une autre gorgée et sentit le poids de ses paupières.

– Parlez-moi des enregistrements, dit-il en bâillant.

– Quels enregistrements ? demanda Lettner en l'imitant.

– Les enregistrements que le FBI a fait passer au procès. Celui de Dogan en train de parler avec Wayne Graves au sujet de l'attentat Kramer.

– Nous avions beaucoup d'enregistrements. Eux avaient beaucoup de cibles en vue. Kramer n'était que l'une d'entre elles. Nom d'un chien, nous avons obtenu un enregistrement de deux types du KKK en train de parler d'un attentat contre une synagogue durant un mariage. Ils voulaient bloquer la porte et introduire un gaz mortel dans les tuyaux du système d'aération. L'assemblée entière devait y passer. De vraies ordures, mon vieux. Ce n'était pas Dogan, bien sûr, juste deux idiots en train de délirer. Quant à Wayne Graves, c'était un membre du KKK qui émargeait aussi chez nous. Il nous a autorisés à mettre son téléphone sur écoutes. Il a appelé Dogan un soir, lui a dit qu'il était dans une cabine et ils ont parlé de l'attentat Kramer. Ils ont fait allusion à d'autres cibles. Ces enregistrements ont été très utiles lors du procès, mais ils ne nous ont pas aidé à prévenir un seul attentat, ils ne nous ont pas permis non plus d'identifier Sam.

– Vous n'aviez aucune idée que Sam Cayhall était dans le coup ?

– Non, absolument pas. Si cet imbécile avait quitté Greenville comme il devait le faire, il serait probablement encore en liberté.

– Est-ce que Kramer savait qu'on allait le prendre pour cible ?

– On le lui a dit. Mais ça faisait longtemps qu'il était habitué aux menaces. Il avait un garde du corps chez lui.

Lettner commençait à parler d'une voix pâteuse. Son menton retombait régulièrement sur sa poitrine.

Adam s'excusa, et avec mille précautions gagna les toilettes. Comme il revenait sur la terrasse, il entendit ronfler. Lettner s'était écroulé dans son fauteuil. Il dormait, un verre à la main. Adam prit le verre et partit à la recherche d'un canapé.

20

En cette fin de matinée, la chaleur était déjà accablante. Dans la Jeep, Adam, en nage, gardait sa main sur la poignée de la portière dans l'espoir qu'il pourrait l'ouvrir rapidement au cas où le petit déjeuner d'Irene ne voudrait pas passer.

Il s'était réveillé par terre, à côté d'un sofa, dans une pièce qu'il avait confondue avec la salle de séjour. Il s'agissait de la buanderie. Et le sofa n'était qu'une vulgaire banquette qui lui servait à retirer ses bottes, lui avait expliqué Lettner en riant aux éclats. C'est Irene qui l'avait trouvé là, après avoir fouillé la maison de fond en comble. Adam s'était confondu en excuses. Irene avait insisté pour qu'ils prennent un petit déjeuner consistant. C'était le jour du porc, une tradition chez les Lettner. Adam, assis à la table de la cuisine, n'arrêtait pas de boire de l'eau glacée. Le bacon grésillait. Irene chantonnait et Wyn lisait le journal. Elle avait préparé également des Bloody Mary.

La vodka calma un peu le mal de tête d'Adam sans pour autant soulager sa nausée.

Même si Lettner s'était endormi le premier, il était étonnamment en forme ce matin. Aucun signe d'une gueule de bois. Il avait avalé une quantité impressionnante d'œufs au bacon et de petits pains, et n'avait bu qu'un seul Bloody Mary. Adam supposait qu'il avait près de lui un de ces doux alcooliques qui peuvent s'enivrer chaque soir sans avoir à le payer le lendemain.

Le village était en vue. La route devint brusquement carrossable et la nausée d'Adam s'atténua.

– Désolé pour hier au soir, dit Lettner.

– De quoi ? demanda Adam.

– À propos de Sam. J'ai été un peu dur. Il est votre grand-père et vous vous faites du souci. À vrai dire je vous ai menti. Je ne désire pas vraiment qu'il soit exécuté. Ce n'est pas un mauvais bougre.

– Je le lui dirai.

– Je suis sûr qu'il en sera ravi.

Ils pénétrèrent dans le bourg et tournèrent en direction du pont.

– Il y a quelque chose d'autre, dit Lettner. Nous avons en effet toujours supposé au FBI que Sam n'était pas seul.

Adam sourit et se tourna du côté de sa vitre.

– Pourquoi ? demanda Adam.

– Pour les mêmes raisons que vous. Sam ne connaissait pas les explosifs. Il n'avait participé à aucun des actes de violence du KKK. Les deux témoins, en particulier le chauffeur de poids lourd à Cleveland, nous ont toujours mis mal à l'aise. Ce type n'avait aucune raison de mentir. Sam n'a pas le profil de quelqu'un qui organiserait sa propre campagne d'attentats.

– Alors qui est le complice ?

– Franchement, je n'en sais rien.

Ils s'arrêtèrent près de la rivière. Adam, par précaution, ouvrit sa portière. Lettner se pencha au-dessus du volant.

– Après le troisième ou quatrième attentat, des Juifs importants sont allés voir le président. Mr. Hoover, bien entendu, m'a fait venir. Mr. Hoover et le président m'ont secoué les puces. Je suis revenu dans le Mississippi gonflé à bloc. Nous avons malmené nos indicateurs. En vain. Nos mouchards ignoraient qui commettait les attentats. Seul Dogan le savait et il n'allait pas le crier sur les toits. Mais, après le cinquième attentat, la chance nous a souri.

Lettner ouvrit la portière et se planta devant la Jeep. Adam le suivit. Ils regardèrent un instant la rivière couler tranquillement devant Calico Marina.

– Vous voulez une bière ? J'en garde toujours au frais dans la boutique.

– Non, merci. À vrai dire, je ne me sens pas très bien.

– Je plaisantais. Bon, Dogan dirigeait cet énorme garage de voitures d'occasion et un de ses employés était un vieux Noir illettré, qui lavait les voitures et balayait le garage. Nous étions déjà, avec toutes sortes de précautions, entrés en contact avec ce vieux bonhomme. Sans résultat. Mais un jour, il a averti un de nos agents qu'il avait vu Dogan et un autre type mettre quelque chose dans le coffre d'une Pontiac verte. Il avait ouvert le coffre et trouvé de la dynamite. Le lendemain, il avait appris l'attentat. Il savait que les hommes du FBI grouillaient autour de Dogan. Il avait pensé qu'il valait mieux nous en parler. L'assistant de Dogan, un nommé Virgil, également membre du KKK, émargeait chez nous. Je suis allé le voir. J'ai frappé à sa porte à trois heures du matin, frappé à coups redoublés, vous savez, comme nous le faisions toujours à cette époque. Très vite, il a allumé la lumière et est venu ouvrir. J'avais quelque chose comme huit agents avec moi. Nous lui avons collé nos plaques sous le nez. Il avait une peur bleue des fédéraux. Nous savions qu'il avait livré de la dynamite à Jackson la veille. Il risquait trente ans de prison. On entendait sa femme qui pleurait dans la pièce à côté. Virgil n'était pas loin de sangloter lui aussi. Je lui ai ordonné de venir me voir avant midi, en le menaçant de tout s'il en parlait à Dogan ou à quelqu'un d'autre. Nous allions le tenir à l'œil vingt-quatre heures sur vingt-quatre.

« Je doute fort que Virgil soit retourné dormir. Ses yeux étaient rouges et gonflés lorsqu'il est venu me trouver quelques heures plus tard. Nous sommes devenus copains. Les attentats n'étaient pas l'œuvre de la bande de Dogan. Le responsable était un très jeune homme venant d'un autre État. Ce type apparaissait soudain, venant de nulle part. Un expert en explosifs. Dogan choisissait les cibles, organisait l'attentat, puis appelait ce type qui se glissait en ville pour commettre son crime avant de disparaître.

– L'avez-vous cru ?

– Dans l'ensemble, oui. C'était cohérent. Ce devait forcément être un inconnu. À cette époque nous avions introduit des masses d'indicateurs dans le KKK. Nous connaissions pratiquement chacun de leurs mouvements.

– Qu'est-il arrivé à Virgil ?

– J'ai passé un certain temps avec lui, je lui ai donné de l'argent, la routine. Ils veulent toujours de l'argent. Il ne savait réellement pas qui posait les bombes. Nous avons arrêté de le harceler. Ce n'était pas lui que nous cherchions.

– Était-il mêlé à l'attentat Kramer ?

– Non. Cette fois-là Dogan s'est servi de quelqu'un d'autre. Dans certains cas, Dogan semblait doué d'un sixième sens pour connaître le moment où il devait brouiller les pistes, changer ses habitudes.

– Le suspect de Virgil ne ressemble guère à Sam Cayhall.

– C'est vrai.

– Et vous ne pensez à personne d'autre ?

– Non.

– Allons, Wyn. Vos hommes ont sûrement quelque idée là-dessus.

– Je jure que non. Peu après nos conversations avec Virgil, il y a eu l'attentat Kramer, puis plus rien. Si Sam avait un complice, alors celui-ci l'a laissé tomber.

– Et le FBI n'a plus entendu parler de rien.

– Pas la moindre information. Nous tenions Sam qui paraissait plus que coupable.

– Bien entendu, vous n'aviez qu'une envie, classer l'affaire.

– Évidemment. D'autant que les attentats ont cessé. Après l'arrestation de Sam, plus rien. Nous tenions notre homme. Mr. Hoover était heureux. Les Juifs étaient heureux. Le président était heureux. Ensuite, qu'ils n'aient pas réussi à lui coller quatorze ans, c'est une autre histoire.

– Pourquoi Dogan n'a-t-il pas donné le nom du véritable terroriste lorsqu'il a accusé Sam ?

Ils descendirent sur la rive à quelques centimètres de l'eau. La voiture d'Adam était garée tout près. Lettner toussota, puis cracha dans la rivière.

– Témoigneriez-vous contre un terroriste qui n'est pas en prison ?

Adam réfléchit quelques secondes. Lettner sourit, montra ses grandes dents jaunes, puis gloussa doucement en se dirigeant vers le ponton.

– Allons prendre une bière.

– Non. Vraiment non. Je dois partir.

Lettner s'arrêta. Les deux hommes se serrèrent la main en promettant de se rencontrer de nouveau. Adam l'invita à Memphis, et Lettner l'invita à revenir à

Calico Rock pour pêcher et boire un verre. Invitation que le jeune avocat ne se sentait pas en état d'honorer de sitôt.

Lee se débattait avec un plat de pâtes lorsque Adam revint à l'appartement. La table était dressée, porcelaine, argenterie, fleurs fraîchement coupées. L'hôtesse avait suivi une recette de raviolis au four et les choses se passaient plutôt mal. Lee avait reconnu être mauvaise cuisinière. La démonstration en était faite. Casseroles, récipients sales éparpillés partout. Son tablier maculé de sauce tomate. Pour le rassurer, elle affirma avoir en réserve une pizza congelée.

– Tu as l'air crevé, lui dit-elle en le regardant dans les yeux.

– Une rude soirée.

– Tu sens l'alcool.

– J'ai pris deux Bloody Mary en guise de petit déjeuner. J'ai besoin d'en boire un autre

– Le bar est fermé.

Elle s'empara d'un couteau et s'attaqua à l'épluchage des légumes. Une courgette fut la première victime.

– Qu'es-tu allé fabriquer là-bas ?

– Je me suis saoulé avec un type du FBI. J'ai dormi par terre près d'une machine à laver.

– Merveilleux.

Elle retira sa main juste à temps pour ne pas se couper le doigt.

– As-tu lu le journal de Memphis ?

– Non. J'aurais dû ?

– Oui. Il est là-bas, dit-elle en faisant un signe de tête en direction de la table.

– C'est moche ?

– Lis-le.

Adam prit l'édition du dimanche du *Memphis Press*. Sur la page principale du deuxième supplément, il se trouva nez à nez avec un visage souriant, le sien. C'était une photo qu'il connaissait bien. Elle avait été prise quand il était en deuxième année de droit. L'article occupait une demi-page. Sa photo était entourée de beaucoup d'autres – Sam, évidemment, Marvin Kramer, Josh et John Kramer, Ruth Kramer, David McAllister, le procureur Steve Roxburgh, Naifeh, Jeremiah Dogan et Mr. Elliot Kramer, le père de Marvin.

Todd Marks n'avait pas chômé. McAllister lui avait bien vendu sa marchandise. L'attentat Kramer l'avait hanté pendant vingt-trois ans. C'était pour lui un honneur d'avoir poursuivi Sam Cayhall, d'avoir fait passer le tueur en justice. Seule une exécution pouvait mettre un terme à ce chapitre épouvantable de l'histoire du Mississippi. Non, il ne pouvait être question de clémence. Ce ne serait pas juste pour les innocentes petites victimes.

Steve Roxburgh avait, lui aussi, pris grand plaisir à cette interview. Il attendait de pied ferme Cayhall et son avocat. Son équipe et lui étaient prêts à travailler dix-huit heures par jour pour contenter le peuple. Cette affaire traînait depuis trop longtemps, il était temps que justice soit faite. Non, il ne craignait nullement les appels et les requêtes de dernière heure de Mr. Cayhall. Il avait foi dans ses talents d'avocat, d'avocat du peuple.

Sam Cayhall avait refusé de parler à la presse, expliquait Marks, et il avait été impossible de joindre Adam Hall.

Les commentaires de la famille Kramer étaient à la fois intéressants et démoralisants. Elliot Kramer, toujours actif malgré ses soixante-dix-sept ans et quelques problèmes cardiaques, rendait le KKK et Sam Cayhall responsables non seulement de la mort de ses petits-fils, mais aussi de celle de son fils. Il attendait depuis trop longtemps cette exécution. Il s'en prenait au système judiciaire qui permettait à un condamné à mort de vivre presque dix ans après la décision du jury. Malgré le désir qu'il en avait, il n'était pas certain d'assister à l'exécution. Il s'en tiendrait à l'avis de ses médecins. Il aimerait regarder Cayhall dans les yeux lorsqu'on l'attacherait à son fauteuil.

Ruth Kramer était plus modérée. Le temps avait fait son œuvre. Elle ne savait pas très bien ce qu'elle ressentirait après l'exécution. Rien ne pouvait ramener ses enfants à la vie. C'était tout ce qu'elle avait à dire à Todd Marks.

Adam replia le journal. Il sentit brusquement quelque chose se nouer dans son estomac déjà mal en point. Quelque chose relié à Steve Roxburgh et à David McAllister. Il espérait, en tant qu'avocat, sauver la vie de Sam. C'était effrayant de voir à quel point ses ennemis se réjouissaient à l'idée d'engager la dernière bataille. Il n'était qu'un gamin face à des vétérans. En particulier Roxburgh, qui était entouré d'une équipe chevronnée. On y trouvait même un spécialiste réputé surnommé maître la Mort, à cause de son goût pour les exécutions. Adam, quant à lui, ne disposait que d'un dossier dont il avait déjà tiré presque toute la substance. Il se sentit tout d'un coup désemparé.

Lee s'assit à côté de lui, tenant une tasse de café.

– Tu parais soucieux, dit-elle en lui caressant le bras.

– Mon pêcheur de truites ne m'a rien apporté.

– Apparemment, le papa Kramer s'acharne.

Adam se massa les tempes pour essayer d'endormir la douleur.

– J'ai besoin d'un calmant.

– Que dirais-tu d'un Valium ?

– Parfait.

– As-tu réellement faim ?

– Pas vraiment.

– Parfait. J'en ai fini avec le dîner. Un léger problème avec la recette. Ce sera une pizza congelée ou rien.

– Un Valium suffira.

21

Adam jeta sa clef dans le seau rouge et le regarda monter six mètres plus haut. Après avoir franchi la première grille, qui s'ouvrit par saccades, il gagna la seconde et attendit. Packer apparut à une trentaine de mètres, s'étirant et bâillant comme s'il sortait d'une petite sieste dans le QHS.

Le deuxième portail se referma.

– Bonjour, dit Packer.

Il était presque deux heures, le moment le plus chaud de la journée. À la radio, ce matin, une speakerine avait annoncé avec une pointe d'ironie les premiers quarante degrés de l'année.

– Bonjour, chef, dit Adam comme s'ils étaient maintenant de vieux amis.

Ils suivirent le sentier de briques en direction du parloir.

Les chaises, de ce côté du treillis métallique, étaient disposées dans le plus complet désordre. Deux étaient renversées comme si avocats et visiteurs s'étaient empoignés. Adam en tira une en direction du comptoir.

Il sortit la photocopie de la requête qu'il avait déposée ce matin à neuf heures devant la Cour suprême du Mississippi. Légalement, aucun appel ne pouvait être présenté devant l'instance fédérale à moins d'avoir été déjà rejeté par une Cour d'État. De l'avis d'Adam et de Garner Goodman, il s'agissait d'une démarche de pure forme.

Sam arriva comme d'habitude, les mains attachées derrière le dos, l'air buté, avec sa combinaison rouge déboutonnée jusqu'à la taille. La sueur lustrait la toison grise de sa poitrine. Comme un animal bien dressé, il tourna le dos à Packer qui lui enleva rapidement les menottes avant de quitter la pièce. Sam sortit immédiatement une cigarette et s'empressa de l'allumer avant de s'asseoir.

— Re-bonjour, dit-il.

— J'ai présenté ça ce matin à neuf heures, dit Adam en passant la requête par l'étroite fente du grillage. J'ai parlé à une employée. À son avis, la Cour va s'en occuper rapidement.

Sam prit les feuilles et regarda Adam.

— Tu peux en être sûr. Ils vont rejeter ça avec le plus grand plaisir.

Adam enleva sa veste et desserra sa cravate. La pièce lui paraissait humide et il était déjà trempé.

— Le nom de Wyn Lettner vous dit-il quelque chose ?

Sam posa la requête sur une chaise et tira longuement sur sa cigarette.

— Oui. Pourquoi ?

— L'avez-vous rencontré ?

Sam réfléchit un moment avant de répondre.

— Peut-être. Je n'en suis pas sûr. Je sais quelles étaient ses fonctions à l'époque. Pourquoi ?

— Je suis allé le voir pendant le week-end. Il a pris sa retraite et s'occupe d'un ponton de pêche sur la White River. Nous avons pris le temps de parler.

— Sympathique. Et qu'en est-il sorti ?

— Il continue de penser que vous n'étiez pas seul.

— T'a-t-il donné des noms ?

— Non. Ils n'ont jamais eu de suspect, tout au moins c'est ce qu'il dit. Mais ils avaient un indicateur, un homme de Dogan, qui a affirmé à Lettner que l'autre type était un inconnu qui ne faisait pas partie de la bande habituelle. Le FBI pense qu'il venait d'un autre État. Enfin, qu'il était très jeune.

— Et tu crois ça ?

— Je ne sais que croire.

— Quelle différence, maintenant ?

— Ça peut m'aider à sauver votre vie. Rien d'autre. Je suis désespéré, j'imagine.

— Et moi alors ?

— Je m'accroche à un fétu de paille, Sam. Je m'accroche pour essayer de boucher les trous.

– Ainsi, mon histoire aurait des lacunes ?

– Je le pense. Lettner aussi a toujours été sceptique. Ils n'ont trouvé aucune trace d'explosifs lorsqu'ils ont fouillé votre maison. Et vous n'en avez pas utilisé dans le passé. De plus, à son avis, vous n'êtes pas le genre de type qui commence seul une campagne d'attentats à la bombe.

– Et tu crois tout ce que dit Lettner ?

– Oui. Parce que c'est logique.

– Que se passerait-il si je te disais qu'il y a quelqu'un d'autre impliqué ? Que se passerait-il si je te donnais son nom, son adresse, son numéro de téléphone, son groupe sanguin et son analyse d'urines ?

– Je me démènerais comme un diable. Je présenterais des requêtes, des appels par wagons entiers. Je secouerais les médias, en vous faisant passer pour le bouc émissaire. Je ferais un maximum de tapage en espérant que quelqu'un le remarque, par exemple le juge d'une cour d'appel.

Sam hocha lentement la tête comme si tout cela était profondément ridicule et n'avait rien pour le surprendre.

– Ça ne marcherait pas, Adam, dit-il en détachant ses mots comme pour lui faire la leçon. Il ne me reste que trois semaines et demie. Tu connais la loi. Il n'y a aucune possibilité de commencer à clamer partout que c'est Mr. X qui l'a fait quand Mr. X n'a jamais été mentionné avant.

– Je le sais. Mais je le ferai de toute façon.

– Ça ne marcherait pas. Arrête de vouloir trouver Mr. X.

– Qui est-ce ?

– Il n'existe pas.

– Mais si.

– Pourquoi en es-tu si sûr ?

– Parce que je veux croire en votre innocence, Sam. C'est très important pour moi.

– Je t'ai déjà dit que j'étais innocent. J'ai posé la bombe, mais je n'avais nullement l'intention de tuer.

– Pourquoi avez-vous posé la bombe ? Pourquoi avez-vous fait sauter la maison des Pinder et la synagogue, et les bureaux de l'agent immobilier ? Pourquoi vous attaquiez-vous à des gens innocents ?

Sam se contenta de tirer sur sa cigarette et de regarder par terre.

– Pourquoi tant de haine, Sam ? Pourquoi surgit-elle si facilement ? Pourquoi vous a-t-on appris à haïr les Noirs, les Juifs, les catholiques et tous ceux qui sont différents de vous ? Vous êtes-vous jamais posé la question ?

– Non. Et je n'ai pas l'intention de le faire.

– Donc vous êtes fait comme ça, d'accord ? C'est votre caractère, votre tempérament, comme votre taille et vos yeux bleus. C'est quelque chose que vous aviez à la naissance et qu'on ne peut pas transformer. Ça vous a été transmis par les gènes de votre père et de votre grand-père, ces fidèles du KKK, et c'est quelque chose que vous emporterez fièrement dans la tombe, c'est bien ça ?

– C'était une manière de vivre. C'était la seule que je connaissais.

– Alors qu'est-il arrivé à Eddie, mon père ? Pourquoi n'en a-t-il pas hérité lui aussi ?

Sam écrasa sa cigarette par terre et se pencha en avant en s'appuyant sur les coudes. Il fronça les sourcils. Le visage d'Adam était juste de l'autre côté de la fente, mais Sam ne le regardait pas. Il fixait le bas de la séparation.

– Ainsi, nous y voilà. C'est le moment de parler d'Eddie.

Sa voix était bien plus douce, son débit plus lent.

– Qu'est-ce qui n'a pas marché avec lui ?

– Tout ça n'a absolument rien à voir avec la petite soirée qu'on organise pour moi dans la chambre à gaz. Rien à faire avec les requêtes et les appels, les avocats et les juges, la procédure et les sursis. C'est une perte de temps.

– Ne soyez pas lâche, Sam. Dites-moi à quel moment vous vous êtes fourvoyé avec Eddie. Lui avez-vous appris le mot « négro », à haïr les petits enfants noirs, à brûler des croix, à fabriquer des bombes ? L'avez-vous emmené voir son premier lynchage ? Que s'est-il passé avec lui, Sam ? À quel moment les choses se sont gâtées ?

– Eddie ne savait pas que j'appartenais au KKK avant d'être dans les grandes classes du lycée.

– Et pourquoi non ? Vous n'en aviez certainement pas honte. C'était au contraire une grande source d'orgueil familial, n'est-ce pas ?

– Ce n'était pas quelque chose dont nous parlions.

– Et pourquoi pas ? Vous étiez la quatrième génération des Cayhall à appartenir au KKK, avec des ancêtres qui remontaient à la guerre de Sécession ou quelque chose dans ce goût-là. N'est-ce pas ce que vous m'avez dit ?

– Mais si.

– Alors pourquoi n'avez-vous pas fait asseoir le petit Eddie pour lui montrer l'album de famille ? Pourquoi ne lui avez-vous pas raconté des histoires, le soir, pour l'endormir, sur l'héroïsme des Cayhall, comment ils rôdent courageusement la nuit le visage masqué pour brûler les masures des nègres ? Vous savez, ces histoires d'anciens combattants. De père à fils.

– Je te répète que ce n'était pas quelque chose dont nous parlions.

– Bon. Mais quand il était plus grand, n'avez-vous pas essayé de le recruter ?

– Non. Il était différent.

– Vous voulez dire qu'il ne haïssait pas tout le monde ?

Sam se cassa en deux à cause d'un accès de toux insurmontable, la toux sèche, profonde, opiniâtre des grands fumeurs. Il devint tout rouge, tandis qu'il essayait de reprendre son souffle. La toux augmenta encore et il cracha par terre. Il se leva, les mains sur les hanches, toussant de plus belle. Il se mit à marcher en traînant les pieds pour essayer d'arrêter la crise.

Finalement, la toux s'apaisa. Il se redressa, se racla la gorge, puis cracha de nouveau. La crise était passée. Il se rassit devant Adam et tira longuement sur sa cigarette comme si la toux n'avait rien à voir avec le tabac.

– Eddie était un enfant délicat, dit-il d'une voix rauque, ça lui venait de sa mère. Pas efféminé, non. En fait, il était aussi robuste que les autres gamins.

Un grand silence et une autre inhalation de nicotine.

– Pas très loin de chez nous, il y avait une famille de nègres...

– Ne pourriez-vous les appeler des Noirs, Sam ? Je vous l'ai déjà demandé.

– Pardonne-moi. Pas loin de chez nous, il y avait une famille d'Africains. Les Lincoln. Joe Lincoln, c'était son nom, a travaillé pour nous durant de longues années. Il avait une concubine et une douzaine d'enfants de cette femme. Un des garçons avait le même âge qu'Eddie, et les deux gamins étaient devenus inséparables. Ce n'était pas tellement étrange à l'époque. On jouait avec les voisins, quels qu'ils fussent. Tu le croiras ou pas, même moi j'ai eu des copains africains. Quand Eddie commença à aller à l'école, il fut bouleversé. Il prenait un bus et son copain africain un autre. Le nom du copain était Quince, Quince Lincoln. Les deux garçons étaient impatients de revenir à la maison pour jouer dans la cour de la ferme. Eddie n'arrivait pas à comprendre pourquoi ils ne pouvaient pas aller ensemble à l'école. Pourquoi Quince ne pouvait passer la nuit chez nous, et pourquoi lui-même ne pouvait la passer chez les Lincoln. Il n'arrêtait pas de me poser des questions au sujet des Africains. Pourquoi étaient-ils si pauvres, pourquoi vivaient-ils dans des maisons délabrées, pourquoi n'avaient-ils pas de jolis vêtements et pourquoi avaient-ils tellement d'enfants ? Il en souffrait réellement, ça le rendait différent. En grandissant il devenait même plus chaleureux avec les Africains. J'ai essayé de lui parler.

– Évidemment. Vous avez essayé de l'endurcir, n'est-ce pas ? De le mettre sur la bonne voie ?

– J'ai essayé de lui expliquer les choses.

– C'est-à-dire ?

– La nécessité de séparer les races. Il n'y a rien à redire à des écoles séparées mais équivalentes. Rien à redire aux lois interdisant le croisement des races. Rien à redire à ceux qui veulent garder les Africains à leur place.

– Où est leur place ?

– Là où on peut les surveiller. Laisse-les faire et vois ce qui arrive. Les crimes, la drogue, le sida, les enfants naturels, une désintégration générale du tissu moral de la société.

– Et pourquoi pas la prolifération nucléaire et les abeilles empoisonnées ?

– Je vois que tu m'as compris.

– Et qu'en est-il des droits fondamentaux, des idées libérales, telles que le droit de vote, le droit d'utiliser les toilettes publiques, le droit de manger dans un restaurant, de descendre dans un hôtel et de ne pas subir de discrimination pour se loger, pour trouver du travail, pour élever ses enfants ?

– Tu parles comme Eddie.

– Parfait.

– Après son bac, il déblatérait de cette manière, proclamant que les Africains étaient très mal traités. Il est parti de la maison à dix-huit ans.

– Vous a-t-il manqué ?

– Pas au début. On se disputait sans arrêt. Il savait que j'appartenais au KKK et il ne supportait plus de me voir. Du moins, c'est ce qu'il disait.

– Ainsi vous étiez plus attaché au KKK qu'à votre propre fils ?

Sam fixa le sol. Adam gribouilla quelque chose sur son calepin. Le climatiseur hoqueta, s'arrêta, et parut vouloir en finir.

– C'était un gentil garçon, dit Sam tranquillement. On allait pêcher ensemble souvent, c'étaient nos meilleurs moments. J'avais un vieux bateau et on passait des heures sur le lac à pêcher des brèmes, quelquefois des perches. Puis il a grandi et il ne m'aimait plus. Il avait honte de moi, bien sûr, ça me faisait mal. Il aurait voulu que je change, et j'attendais toujours qu'il voie clair comme tous les autres jeunes Blancs de son âge. Ça n'a pas été le cas. On a commencé à s'éloigner lorsqu'il est allé au lycée, puis les sales histoires de droits civiques ont démarré. Il n'y avait plus aucun espoir.

– A-t-il fait partie du mouvement ?

– Non. Il n'était pas idiot. Il était sympathisant, mais il la bouclait. Vous n'alliez pas en parler partout si vous étiez de la région. Il y avait assez de Juifs du Nord et de gauchistes pour faire bouger les choses. Ils n'avaient pas besoin de notre aide.

– Qu'a-t-il fait après avoir quitté la maison ?

– Il s'est engagé dans l'armée. C'était un moyen facile de quitter la ville, de s'éloigner du Mississippi. Il est resté trois ans absent. À son retour, il était marié. Sa femme et lui se sont installés à Clanton, mais nous ne les voyions guère. Il parlait de temps en temps à sa mère, mais n'avait pas grand-chose à me dire. On était au début des années soixante et le mouvement des Africains prenait de l'ampleur. Il y avait beaucoup de réunions au KKK, beaucoup d'activités, en particulier dans le Sud. Eddie gardait ses distances. C'était quelqu'un de tranquille et il n'avait jamais été bavard.

– Et je suis né.

– Tu es né à peu près au moment où ces ouvriers, partisans des droits civiques, ont disparu. Eddie a eu le culot de me demander si j'étais mêlé à cette affaire.

– L'étiez-vous ?

– Foutre non. Je n'ai pas su qui avait fait le coup pendant presque un an.

– C'étaient des types du KKK, n'est-ce pas ?

– C'étaient des hommes du KKK.

– Avez-vous été heureux quand ces garçons ont été assassinés ?

– Mais, bon Dieu, qu'est-ce que ç'a à voir avec moi et la chambre à gaz en 1990 ?

– Est-ce qu'Eddie savait que vous participiez à des attentats ?

– Personne n'était au courant. Nous n'avions pas montré jusqu'alors une activité débordante. Comme je l'ai dit, tout ça se passait dans le Sud, autour de Meridian.

– Et vous brûliez d'envie de venir à la rescousse ?

– Il fallait les aider. Les flics du FBI s'étaient infiltrés partout. Il était difficile de faire confiance à qui que ce soit. Le mouvement antiségrégationniste faisait boule de neige. Il fallait réagir. Je n'en ai pas honte.

Adam sourit en secouant la tête.

– Eddie, lui, en avait honte, n'est-ce pas ?

– Eddie ignorait tout jusqu'à l'attentat Kramer.

– Pourquoi l'avoir mêlé à ça ?

– Je ne l'y ai pas mêlé.

– Mais si. Vous avez demandé à votre femme de dire à Eddie de rouler jusqu'à Cleveland pour ramener votre voiture. C'était en faire votre complice.

– J'étais en prison, non ? J'avais peur. Personne ne le saurait jamais. C'était sans danger.

– Peut-être qu'Eddie ne pensait pas la même chose.

– Je ne sais pas ce que pensait Eddie. Quand je suis sorti de prison, il avait disparu. Vous étiez tous partis. Je ne l'ai jamais revu jusqu'à l'enterrement de sa mère. Il est arrivé puis a filé sans dire un mot à personne.

Sam frotta les rides de son front avec sa main gauche, puis la passa dans ses cheveux gras. Son visage était triste. Adam, en regardant par la fente, s'aperçut qu'il avait les yeux humides.

– La dernière fois que j'ai vu Eddie, il grimpait dans sa voiture devant l'église après l'enterrement. Il était pressé. Quelque chose m'a dit que je ne le reverrais jamais. Il était là à cause de la mort de sa mère et je savais que ce serait sa dernière visite chez nous. Il n'y avait aucune autre raison pour lui de revenir. J'étais sur les marches de l'église, Lee à côté de moi, et nous l'avons regardé disparaître. J'étais en train d'enterrer ma femme et en même temps je voyais mon fils pour la dernière fois.

– Avez-vous essayé de le retrouver ?

– Non. Non, pas vraiment. Lee m'a dit qu'elle avait un numéro de téléphone, mais je n'avais pas envie de quémander. C'était évident qu'il ne voulait plus rien avoir à faire avec moi, aussi je l'ai laissé tranquille. J'ai souvent pensé à toi, et je me souviens d'avoir dit à ta grand-mère comme ce serait agréable de te voir. Mais je n'allais pas passer mon temps à retrouver vos traces.

– De toute façon, vous auriez eu du mal.

– C'est ce que j'entendais dire. Lee quelquefois téléphonait à Eddie et elle me rapportait leur conversation. Apparemment, vous parcouriez la Californie dans tous les sens.

– Je suis allé dans six écoles en douze ans.

– Mais pourquoi ? Qu'est-ce qu'il faisait ?

– Beaucoup de choses. Il perdait son emploi et nous déménagions parce qu'il ne pouvait payer le loyer. Ensuite, maman a trouvé du travail et nous avons déménagé encore une fois. Puis papa est devenu furieux contre mon école pour de vagues raisons, et il m'a retiré de l'établissement.

– Quel était son métier ?

– Pendant un certain temps il a travaillé pour la poste, puis on l'a viré. Il a menacé de faire un procès et pendant très longtemps il a mené une harassante guérilla. Faute d'avoir trouvé un avocat pour se charger de son affaire, il submergeait son ancien service de récriminations. Il disposait toujours d'une petite table de travail et d'une vieille machine à écrire. Il conservait des boîtes pleines de dossiers. C'étaient ses biens les plus précieux. Chaque fois que nous déménagions, il prenait grand soin de son petit bureau, comme il l'appelait. Je me souviens de ces innombrables nuits où, couché dans mon lit, j'essayais de dormir sans y parvenir à cause de cette fichue machine à écrire qui se mettait en route à n'importe quelle heure. Il haïssait le gouvernement fédéral.

– C'était bien mon fils.

– Mais pour des raisons totalement différentes. Une année, il a eu les polyvalents sur le dos. J'ai toujours trouvé ça bizarre parce qu'il n'avait pas gagné suffisamment d'argent pour payer ne serait-ce que trois dollars d'impôts. Aussi il leur a déclaré la guerre. Un interminable conflit. Il n'arrêtait pas d'adresser du courrier au gouverneur, au président, aux sénateurs, aux députés, à tous ceux qui avaient un bureau et un cabinet. Lorsqu'il recevait une réponse, il considérait qu'il avait obtenu une petite victoire. Il gardait toutes les lettres. Un jour, il s'est disputé avec un voisin à cause d'un chien qui s'était soulagé devant notre porte. Ils se sont insultés par-dessus la haie. Ils allaient, si ça continuait, téléphoner à toutes sortes de gros bonnets. Papa s'est précipité dans la maison et en est ressorti quelques secondes plus tard pour reprendre la dispute. Il brandissait treize lettres du gouverneur de l'État de Californie. Il les comptait à haute voix en les agitant sous le nez du voisin, si bien que le malheureux a dû accepter sa défaite. Plus de chien levant la patte devant notre porte. Naturellement, chacune de ces lettres disait poliment à mon père d'aller se faire voir.

Sans qu'ils s'en rendent compte, ils souriaient tous les deux à la fin de ce petit récit.

– S'il ne pouvait garder un travail, comment avez-vous réussi à survivre ? demanda Sam.

– Je ne sais pas. Ma mère travaillait. Elle était pleine d'énergie, parfois elle avait deux emplois en même temps. Caissière dans une épicerie et vendeuse dans une pharmacie. À un moment donné, papa a été engagé pour placer des contrats d'assurance-vie. J'imagine qu'il se débrouillait assez bien parce que la situation s'est améliorée au fur et à mesure que j'ai grandi. Ça lui convenait, même s'il haïssait les compagnies d'assurances. Il en a poursuivi une en justice. Il a perdu. Bien entendu, il a tout rejeté sur son avocat : celui-ci a commis alors l'erreur d'envoyer à mon père une longue lettre. Papa est resté trois jours devant sa machine. Son chef-d'œuvre achevé, il l'a montré fièrement à maman. Vingt et une pages qui mettaient en évidence les bourdes et les mensonges de l'avocat. Maman s'est contentée de hocher la tête. Mais Eddie s'est battu avec ce pauvre avocat pendant des années.

– Quelle sorte de père était-il ?

– Je ne sais pas. C'est une question difficile, Sam.

– Pourquoi ?

– À cause de la façon dont il est mort. J'étais encore furieux contre lui longtemps après sa mort. Je ne comprenais pas comment il avait pu décider de nous quitter, et penser que nous n'avions plus besoin de lui, qu'il était temps pour lui d'en finir. Même après avoir appris la vérité, j'ai été furieux contre lui parce qu'il m'avait menti pendant toutes ces années, parce qu'il avait changé mon nom et s'était enfui. C'était extrêmement perturbant pour un jeune garçon. Ça l'est toujours, d'ailleurs.

– Es-tu encore furieux ?

– Pas vraiment. J'ai tendance à me souvenir de ce qui était bien. Il est le seul père que j'aie jamais eu, aussi je ne vois pas comment je pourrais le juger. Il avait du mal à garder un travail, mais nous n'avons jamais eu faim et avons toujours eu un toit. Nos parents n'arrêtaient pas de parler de divorce, mais ça n'aboutissait jamais. Ma mère est partie plusieurs fois, et puis ç'a été son tour à lui. C'était traumatisant, mais Carmen et moi avions fini pour nous y habituer. Il avait aussi ses mauvais jours, ses moments difficiles, comme on les appelait. Il se retirait dans sa chambre, fermait la porte à clef et tirait les volets. Ma mère nous faisait venir, ma sœur et moi, et nous expliquait que notre père ne se sentait pas bien, et que nous devions être très sages. Ni télévision ni radio. Elle était d'un grand soutien pour lui lorsqu'il s'enfermait ainsi. Il restait dans sa chambre pendant des jours, puis brusquement en sortait comme si rien n'était arrivé. Nous avions appris à vivre avec les moments difficiles d'Eddie. Je jouais au base-ball avec lui dans la cour, et nous allions sur les manèges, dans les fêtes foraines. Il m'a emmené deux fois à Disneyland. Je suppose que c'était un brave homme, un bon père, qui était malheureusement affligé d'un caractère sombre et lunatique.

– Mais vous n'étiez pas réellement liés.

– Non, pas vraiment. Il m'aidait à faire mes devoirs, surtout en sciences, et il exigeait un bulletin parfait. Nous parlions du système solaire, de l'environnement, mais jamais des filles, des relations sexuelles et des voitures. Jamais non plus de notre famille. Il n'y avait pas de réelle intimité. Ce n'était pas quelqu'un de chaleureux.

Sam se frotta le coin des yeux.

– Parle-moi de sa mort, demanda-t-il.

– Comment ça, de sa mort ?

– Comment est-ce arrivé ?

Adam attendit un long moment avant de répondre. Il pouvait raconter le suicide de plusieurs manières. Il pouvait être cruel, méchant, d'une franchise brutale afin d'accabler le vieil homme. C'était quelque chose qu'il fallait faire, s'était-il répété bien souvent. Sam devait souffrir. Il fallait le frapper en plein visage en le rendant responsable du suicide d'Eddie, lui faire mal, le faire pleurer.

En même temps, Adam désirait passer rapidement là-dessus, atténuer les moments douloureux, puis parler d'autre chose. Ce vieux prisonnier, assis de l'autre côté du treillis, souffrait déjà suffisamment.

– C'était durant un de ses moments difficiles, dit Adam en regardant le grillage. Il s'était cloîtré dans sa chambre pendant trois semaines, ce qui constituait un record. Maman n'arrêtait pas de nous répéter qu'il allait beaucoup mieux, qu'il ne tarderait plus à réapparaître. Nous la croyions parce qu'il surgissait toujours à l'improviste. Il a choisi un jour où maman était au travail et Carmen chez des amis, un jour où il savait que je serais le premier à rentrer à la maison. Je l'ai trouvé allongé par terre dans ma chambre à coucher, tenant encore le pistolet. Un coup de feu dans la tempe droite. Il y avait un petit cercle de sang autour de sa tête. Je me suis assis sur le bord de mon lit.

– Quel âge avais-tu ?

– Presque dix-sept ans. Je terminais le lycée. Des notes excellentes. Je me suis rendu compte qu'il avait soigneusement disposé une demi-douzaine de serviettes par terre avant de se coucher dessus. J'ai cherché son pouls, mais la main était déjà raide. Le coroner m'a dit qu'il était mort depuis trois heures. À côté de lui, un mot, tapé proprement sur une feuille blanche. Ça m'était destiné. Il disait qu'il m'aimait, qu'il était navré, qu'il me chargeait de m'occuper des femmes, un jour peut-être je comprendrais. Puis il m'indiquait un sac-poubelle en plastique également à terre. Je devais y entasser les serviettes souillées, remettre de l'ordre, appeler la police. « Ne touche pas au pistolet, disait-il. Et dépêche-toi avant que les femmes ne rentrent à la maison. »

Adam toussota et regarda le plancher.

— J'ai fait exactement ce qu'il me demandait et j'ai attendu la police. Nous sommes restés seuls un quart d'heure, rien que nous deux. Il était là, étendu sur le plancher, et j'étais allongé sur mon lit sans le quitter des yeux. J'ai commencé à pleurer, à pleurer sans pouvoir me retenir, lui demandant pourquoi il en était arrivé là. C'était mon père, étendu dans son jean délavé, ses chaussettes sales et son sweat-shirt favori. Si on le regardait en dessous du cou, on pouvait penser qu'il dormait, mais il avait un trou dans la tête et du sang séché dans les cheveux. Je le haïssais d'être mort et, en même temps, j'avais pitié de lui. Je me souviens de lui avoir demandé pourquoi il ne m'avait pas parlé avant d'agir ainsi. Je lui ai posé mille questions. Puis j'ai entendu des voix. Brusquement, la pièce s'est remplie de flics. Ils m'ont emmené dans la salle de séjour et mis une couverture sur les épaules. C'en était fait de mon père.

Sam était toujours appuyé sur ses coudes, mais il avait maintenant une main devant les yeux. Il y avait encore quelque chose qu'Adam tenait à lui dire.

— Après l'enterrement, Lee est restée avec nous un certain temps. Elle m'a parlé de vous et de la famille Cayhall. Elle a comblé certaines lacunes au sujet de mon père. Et j'ai commencé à être obsédé par vous et par l'attentat Kramer. Je me suis mis à lire des articles dans de vieux magazines et de vieux journaux. Il m'a fallu environ un an pour comprendre pourquoi Eddie s'était suicidé. Et pourquoi à ce moment précis. Il s'était caché dans sa chambre durant votre procès et il s'est tué lorsque vous avez été condamné.

Sam enleva sa main et fixa Adam, les yeux humides.

— Ainsi tu rejettes sa mort sur moi, n'est-ce pas, Adam ? C'est bien ça ce que tu veux me dire ?

— Non. Vous n'êtes pas totalement responsable.

— Quel degré de responsabilité alors ? Quatre-vingts pour cent ? Quatre-vingt-dix-neuf pour cent ? Jusqu'à quel point est-ce ma faute ?

— Je ne sais pas, Sam. Pourquoi ne pas me le dire ?

Sam s'essuya les yeux et éleva la voix.

— Et puis, merde, je veux que ce soit à cent pour cent.

Je prends l'entière responsabilité de sa mort, d'accord ? Est-ce là ce que tu veux ?

— C'est à vous de voir.

— Ne prends pas tes grands airs ! Ajoute simplement le nom de mon fils à la liste. C'est ce que tu veux, n'est-ce pas ? Les jumeaux Kramer, leur père et Eddie. J'en ai donc tué quatre, d'accord ? Y a-t-il encore quelqu'un que tu veux ajouter à la liste ? Fais-le rapidement, mon garçon, la pendule tourne.

— Combien y en a-t-il encore ?

— De cadavres ?

— Oui. De cadavres. J'ai entendu certaines rumeurs.

— Naturellement, tu les crois. Tu sembles très disposé à croire tout le mal qu'on dit de moi.

— Je n'ai pas dit que j'y croyais.

Sam sauta sur ses pieds et marcha rapidement vers l'autre bout de la pièce.

— Je suis fatigué de cette conversation ! cria-t-il. Et j'en ai assez de toi ! J'aurais presque envie d'être de nouveau harcelé par ces foutus avocats juifs.

— On peut arranger ça, lui lança Adam.

Sam revint lentement vers sa chaise.

— Je suis ici à m'angoisser à propos de mes fesses, à vingt-trois jours de la chambre à gaz, et tout ce que tu veux, c'est parler des morts. Continue à jacasser comme ça, petit, et très bientôt tu pourras aussi me mettre sur la liste. Ce que je veux, c'est te voir agir !

— J'ai déposé une requête ce matin.

— Parfait ! Maintenant, fous le camp, bon Dieu ! Fous le camp, nom de Dieu ! et arrête de m'emmerder !

22

La porte s'ouvrit du côté d'Adam, et Packer entra
avec deux hommes sur ses talons. Visiblement des avocats – complet sombre, air renfrogné, attaché-case volumineux. Packer leur désigna deux chaises placées sous
le système d'air conditionné. Les deux hommes
s'assirent. Packer regarda Adam, puis posa son regard
sur Sam.

– Ça va ? demanda-t-il à Adam.

Adam acquiesça. Sam se glissa de nouveau sur sa
chaise. Packer parti, les deux avocats se mirent au travail sur d'épais dossiers. Puis ils tombèrent la veste.

Cinq minutes s'écoulèrent sans que Sam et Adam
échangent la moindre parole. Adam se tourna un instant vers les avocats à l'autre bout de la pièce. Ces
deux-là se trouvaient maintenant à côté du plus célèbre
détenu du quartier des condamnés à mort, celui qu'on
allait gazer. Ils ne pouvaient s'empêcher de lui jeter des
coups d'œil curieux ainsi qu'à son avocat.

La porte s'ouvrit derrière Sam et deux gardiens
entrèrent accompagnés d'un petit homme sec, menottes
aux poignets, entraves aux chevilles, comme s'il pouvait
s'emporter tout d'un coup et tuer une douzaine de personnes à main nue. Les gardiens le conduisirent près
d'un siège face à ses avocats. Ils lui enlevèrent ses
chaînes mais lui laissèrent les menottes. Un des gardiens
quitta la pièce. L'autre se plaça entre Sam et le Noir.

Le camarade de Sam, un type nerveux, ne paraissait
pas satisfait de ses avocats. Ceux-ci ne semblaient pas
non plus particulièrement ravis de leur client. Adam

247

observait le trio. Les deux avocats parlaient maintenant au Noir comme s'il était prêt à leur sauter à la gorge. On entendait leur conversation, mais il était impossible d'en saisir le sens.

Sam se pencha de nouveau sur ses coudes et fit signe à Adam de faire de même. Leurs visages étaient à une dizaine de centimètres l'un de l'autre, juste en face de l'ouverture.

– C'est Stockholm Turner, murmura Sam.

– Stockholm ?

– Oui, mais on l'appelle Stock. Ces Africains de la campagne aiment les noms bizarres. Il a un frère qui s'appelle Danemark et une sœur Allemagne.

– Qu'a-t-il fait ? demanda Adam, brusquement curieux.

– Dévalisé un magasin de spiritueux et tué le propriétaire. Il y a deux ans, l'ordre d'exécution était arrivé. Il ne lui restait plus que deux heures avant la chambre à gaz.

– Que s'est-il passé ?

– Ses avocats ont obtenu un sursis. Ils continuent à se battre depuis. On ne sait jamais, mais c'est peut-être lui qui y passera après moi.

À l'autre bout de la pièce, la discussion allait bon train. Stock n'était plus accroupi comme un fauve, mais assis sur le bord de sa chaise. Il se disputait violemment avec ses avocats.

Sam sourit, puis gloussa doucement.

– La famille de Stock est misérable et l'a quasiment laissé tomber. C'est assez fréquent, en particulier chez les Africains. Il ne reçoit presque jamais de courrier et n'a presque pas de visites. Il est né à cinquante kilomètres d'ici, mais tout le monde l'a oublié. Comme ses appels commençaient à s'épuiser, Stock s'est mis à se poser des questions sur la vie et la mort. Ici, si personne ne réclame votre corps, l'État du Mississippi vous enterre comme un clochard. Stock s'est soudain inquiété de ce qui allait advenir de son corps. Packer et quelques gardiens n'allaient pas laisser passer ça. Ils ont réussi à le convaincre que son corps serait envoyé au crématoire. Il exploserait comme une bombe puisqu'il serait plein de gaz. Les cendres seraient ensuite lancées d'avion sur Parchman. Stock était épouvanté. Il ne pouvait plus dormir, il s'est mis à maigrir. Il a écrit des lettres à sa famille, à ses amis, les suppliant de lui envoyer quelques dollars afin qu'il puisse être enterré comme un bon chrétien. L'argent a afflué. Il avait écrit à des pasteurs, à toutes sortes d'associations. Même ses avocats lui ont expédié de l'argent. À l'expiration de son sursis, Stock avait environ quatre cents dollars. Il était fin prêt à mourir. Ou du moins c'est ce qu'il pensait.

Les yeux de Sam pétillaient. Il racontait cette histoire à voix basse, lentement, pour en savourer tous les détails.

– Une vague tradition permet, pendant les soixante-douze heures qui précèdent l'exécution, des visites illimitées. Dans la mesure où les consignes de sécurité sont respectées, on permet au condamné à mort de faire pratiquement tout ce dont il a envie. Une petite pièce sur le devant, avec un bureau et un téléphone, se transforme en parloir. Elle se remplit généralement de monde – grand-mères, nièces, neveux, cousins, cousines, oncles et tantes –, en particulier pour un Africain. Bon sang, on les enfourne là-dedans par wagons entiers. Ça devient presque une petite fête de famille.

« Il y a aussi cette règle, certainement implicite, qui autorise une dernière rencontre conjugale avec l'épouse. S'il n'y a pas d'épouse, le directeur – toujours d'une indulgence sans limites – accorde une brève rencontre avec la petite amie. Le galant tire un dernier coup avant de passer l'arme à gauche.

Sam glissa un regard le long du comptoir en direction de Stock.

– Bon, ce vieux Stock que tu vois là-bas est un des résidents les plus célèbres. Il est parvenu à convaincre le patron qu'il avait à la fois une épouse et une petite amie. Et que ces dames étaient d'accord pour passer un dernier moment avec lui avant sa mort. Ensemble, au même moment ! Tous les trois ! Le directeur, paraît-il, se doutait qu'il y avait quelque chose de louche. Mais on aimait bien ce type, et puis on allait le tuer. Stock était assis dans la petite pièce du devant, avec sa mère, ses sœurs, ses cousins et ses nièces, une ribambelle d'Africains qui pour la plupart n'avaient pas prononcé son nom depuis dix ans. Il mangeait son dernier repas et tout le monde pleurait. À peu près quatre heures avant la fin, on a demandé à la famille de vider la pièce et de se rendre à la chapelle. Stock a patienté quelques minutes. Sa femme et sa petite amie sont arrivées, accompagnées de gardiens. Stock attendait, les yeux fous. Le pauvre type était en cage depuis douze ans.

« On a disposé une espèce de couche pour l'occasion, et Stock et les filles, de bien jolies jeunes femmes, se sont mis au lit. Stock était sur le point d'entrer en action soit avec sa femme, soit avec sa petite amie, peu importe, lorsque le téléphone a sonné. C'était son avocat qui hurlait comme un fou pour annoncer l'extraordinaire nouvelle : la cinquième chambre venait d'accorder un sursis. Stock lui a raccroché au nez. Il avait, pour le moment, des choses plus importantes à faire. Quelques minutes ont passé, puis le téléphone s'est remis à sonner. Stock s'en est emparé, c'était à nouveau son avocat, bien plus calme cette fois. Il lui a expliqué les manœuvres juridiques qui lui avaient sauvé la vie. Stock l'a remercié mais lui a demandé de ne pas en parler avant une heure. Mais à ce moment-là le bureau du procureur avait appelé le directeur. L'exécution était annulée, ou plutôt avait avorté, comme ils disent. Stock était en train de s'en donner comme s'il ne devait plus jamais voir une autre femme de sa vie. La porte n'était pas fermée de l'intérieur pour des raisons évidentes. Naifeh, après avoir attendu patiemment, a frappé doucement à la porte. Il est temps de regagner votre cellule, a-t-il dit. Stock a répliqué qu'il avait encore besoin de cinq minutes. Non, a dit Naifeh. S'il vous plaît, a supplié Stock. Le directeur a souri au gardien qui a souri au directeur. Pendant cinq minutes, ils ont regardé par terre tandis que la couche grinçait.

« Finalement Stock est ressorti, en se pavanant comme le champion du monde de boxe poids lourd. Les gardiens ont affirmé qu'il paraissait plus heureux de ce qu'il venait d'accomplir que de l'annonce de son sursis. On s'est rapidement débarrassé des femmes qui se sont avérées n'être ni son épouse ni sa petite amie.

– Qui étaient-elles ?

– Des prostituées.

– Des prostituées ! s'exclama Adam.

Un des avocats lui lança un coup d'œil.

Sam se pencha si près que son nez était presque à l'intérieur de la fente.

– Oui, des putains des environs. Son frère s'était

débrouillé pour mettre ça sur pied. Souviens-toi de l'argent pour l'enterrement.

– Vous plaisantez.

– Mais non. Quatre cents dollars pour des putains, à première vue, ça semble exorbitant, en particulier pour des Africaines. Mais elles étaient terrifiées à l'idée de venir dans le quartier des condamnés à mort. Stock m'a dit plus tard qu'il se fichait éperdument de la manière dont il serait enterré. Il m'a dit aussi que ça valait largement le prix. Naifeh, embarrassé, a menacé de supprimer les visites conjugales. Mais l'avocat de Stock, le petit là-bas, aux cheveux noirs, l'a attaqué en justice. On peut toujours tirer un dernier coup. Stock attend sans doute avec impatience la prochaine occasion.

Sam s'appuya au dossier de sa chaise, son sourire quitta lentement son visage.

– Personnellement, je n'ai guère pensé à ma visite conjugale. En principe, ça ne concerne que les relations entre mari et femme. Mais le patron fera une petite exception pour moi. Qu'en penses-tu ?

– Franchement, je n'ai pas songé à ça.

– Je plaisantais. Je suis un vieux bonhomme. Je me contenterai d'un petit grattage dans le dos et d'un bon coup de gnôle.

– Et pour votre dernier repas ? demanda Adam doucement.

– Ce n'est pas drôle.

– Je pensais que nous plaisantions.

– Quelque chose d'infect, du porc bouilli avec des gros pois caoutchouteux. La même chose que ce qu'ils m'ont servi pendant dix ans. Je détesterais donner aux cuisiniers ce prétexte pour préparer un repas digne d'un être humain.

– J'en ai l'eau à la bouche.

– Oh, tu pourras le partager avec moi. Pourquoi nous alimenter avant de nous tuer ? Ils nous envoient aussi le médecin. Peux-tu croire ça ? Ils veulent s'assurer qu'on est en forme pour mourir. Jusqu'au psychiatre qui nous examine à la dernière minute. Il confirme par écrit qu'on est suffisamment sain d'esprit pour être gazé. Il y a aussi un aumônier, également appointé, qui s'assure que notre âme va prendre la bonne route. Tout ça aux frais des contribuables. N'oublie surtout pas la visite conjugale. On peut mourir avec notre libido satisfaite.

Ils pensent vraiment à tout. Que d'attentions ! Vraiment soucieux de notre appétit, de notre santé, de notre bien-être spirituel. Mais, au dernier moment, ils nous fourrent un cathéter dans le pénis et nous bouchent le cul afin que ça reste propre. Ça c'est pour eux, pas pour nous. Ils ne veulent pas avoir à nettoyer après coup. Un gueuleton et on ferme la sortie. Dégueulasse, non, absolument dégueulasse. Dégueulasse, dégueulasse, dégueulasse.

– Parlons d'autre chose.

Sam finit sa dernière cigarette et l'écrasa par terre devant le gardien.

– Non. Arrêtons de parler. J'en ai assez pour aujourd'hui.

– Bien.

– Et c'en est fini avec Eddie, hein ? C'est réellement dur de venir au parloir pour être agressé avec ce genre de truc.

– Pardonnez-moi. On ne parlera plus d'Eddie.

– Essayons de nous concentrer sur moi au cours de ces trois semaines. C'est bien suffisant pour nous tenir occupés.

– D'accord.

Du côté est de la nationale 82, l'agglomération de Greenville avait grandi de manière hideuse : centres commerciaux, magasins minables, fast-foods, motels. Du côté ouest, le fleuve empêchait ce genre de progression. Mais la nationale 82 créait un large couloir, une véritable brèche par où s'engouffraient les promoteurs immobiliers.

Au cours de ces dernières vingt-cinq années, Greenville, d'une ville assoupie au bord du fleuve, était devenue une ville d'affaires prospère.

Les rues conduisant au centre-ville étaient ombragées et bordées de vieilles maisons majestueuses. Le centre urbain était agréable, pittoresque, bien préservé. Un curieux contraste avec le chaos bordant la nationale 82, se disait Adam. Il se gara dans Washington Street peu après cinq heures. Il laissa sa cravate et sa veste dans la voiture. La température avoisinait trente degrés.

Il longea à pied trois pâtés de maisons et trouva le parc où se dressait la statue en bronze de deux petits garçons. Ils avaient la même taille, le même sourire, les mêmes yeux. Le sculpteur les avait rendus à la perfection. Josh et John Kramer auraient cinq ans à jamais, figés dans le temps grâce à un alliage de cuivre et d'étain. Sur une plaque on pouvait lire cette simple inscription :

JOSH ET JOHN KRAMER
SONT MORTS ICI LE 21 AVRIL 1967
(2 MARS 1962-21 AVRIL 1967)

Le square dessinait un carré parfait. Là se dressaient autrefois le bureau de Marvin Kramer et le vieil immeuble voisin. Ce terrain appartenait depuis des années à la famille Kramer. Le père de Marvin l'avait donné à la ville pour qu'on y érige un monument. Sam s'était chargé de raser les bureaux de l'avocat et la ville l'autre immeuble. Le jardin était entouré d'une clôture en fer forgé, avec une entrée à chaque bout donnant sur les trottoirs. Un mail planté de chênes et d'érables longeait la clôture. Des haies et des bordures parfaitement entretenues entouraient des parterres de bégonias et de géraniums. Un petit théâtre de marionnettes se dressait dans un coin. Un groupe d'enfants noirs voltigeait sur les balançoires.

Adam s'assit sur un banc et regarda longuement Josh et John. « N'oublie jamais les victimes, lui avait demandé Lee avec insistance. Elles ont droit à une réparation. Elles l'ont bien mérité. »

Il se souvenait des détails horribles des procès – la vitesse avec laquelle l'explosion s'était propagée dans le bâtiment, l'état dans lequel se trouvaient les petits corps, les pompiers emportant les victimes, les photographies du bâtiment et des enfants.

Adam était assis à l'emplacement même où se trouvait autrefois le bureau de Marvin Kramer. Il ferma les yeux et essaya de sentir le sol trembler. Il revoyait la séquence de son film avec les décombres fumants et le nuage de poussière en suspension. Il entendait la voix excitée du speaker et, en fond sonore, le mugissement des sirènes.

Ces enfants, maintenant coulés dans le bronze, n'étaient guère plus âgés que lui lorsque son grand-père les avait tués. Ils avaient cinq ans, et lui presque trois.

Une soudaine sensation de culpabilité le frappa au creux de l'estomac. Il se mit à frissonner et à transpirer. Le soleil se couchait derrière deux grands chênes, et ses rayons, filtrant à travers les branchages, illuminaient le visage des deux garçons.

Comment Sam avait-il pu faire ça ? Et pourquoi Sam Cayhall était-il son grand-père et pas celui de quelqu'un d'autre ? Quand avait-il décidé de participer à la croisade du KKK contre les Juifs ? Qu'est-ce qui l'avait poussé à se métamorphoser de simple brûleur de croix en terroriste patenté ?

Adam, regardant les statues, haïssait son grand-père. Il se sentait coupable d'aider cette crapule.

Il prit une chambre d'hôtel et appela Lee pour lui donner des nouvelles. Il regarda les informations sur la chaîne locale. C'était un autre jour d'été languissant dans le Mississippi, avec peu de choses méritant la peine d'être mentionnées. Sam Cayhall et ses dernières tentatives pour rester en vie constituaient les seuls événements d'importance. On rapportait les sombres prédictions du gouverneur et du procureur concernant la nouvelle demande de sursis déposée ce matin même par la défense. Tout le monde en avait par-dessus la tête de ces appels interminables. Vingt-trois jours avant l'exécution, coassa la speakerine, comme si elle donnait le décompte des jours pour les achats de Noël. Le chiffre 23 fut inséré sous la même éternelle photo de Sam Cayhall.

Adam dîna dans une petite brasserie du centre-ville. À la tombée de la nuit, il marcha sur le trottoir devant les boutiques et les magasins. Sam avait parcouru ces mêmes rues, marché sur le même sol, attendant que la bombe explose et se demandant ce qui avait bien pu clocher. Adam s'arrêta près d'une cabine téléphonique, peut-être celle que Sam avait essayé d'utiliser pour avertir Marvin Kramer.

Le square était désert et sombre, avec deux lampadaires à l'entrée pour l'éclairer. Adam s'assit sur le socle de la statue. Il y demeura longtemps, oubliant l'obscurité, essayant de penser l'impensable. Cette bombe était au cœur de sa vie, il n'en doutait pas. Elle l'avait arraché au Mississippi pour l'envoyer dans un autre univers, avec un autre nom. Elle avait transformé ses parents en réfugiés, fuyant leur passé, se cachant du présent. Elle avait assurément tué son père. La bombe avait joué un rôle capital dans la décision d'Adam de devenir avocat, une vocation qu'il n'avait pourtant jamais eue. Il rêvait d'être aviateur.

Et maintenant cette même bombe allait prendre sa dernière victime dans vingt-trois jours.

Que lui réservait-elle ?

23

La plupart du temps, les jugements en appel dans les cas de peine de mort traînent en longueur. Personne ne se hâte. Les problèmes sont extrêmement complexes. Les appels, les requêtes, les pétitions, les suppliques signifient des dossiers épais et indigestes.

Parfois, cependant, un jugement peut être rendu avec une célérité surprenante. La justice se montre alors terriblement efficace. En particulier au cours des derniers jours, après que la date d'une exécution a été fixée. Cet exemple de justice expéditive fut infligé pour la première fois à Adam tandis qu'il flânait dans les rues de Greenville.

La Cour suprême du Mississippi examina sa pétition et la rejeta le lundi, aux alentours de cinq heures de l'après-midi. Adam venait d'arriver à Greenville et n'était informé de rien. Le refus n'était pas une surprise, mais la rapidité avec laquelle il avait été opposé en était une. Le tribunal avait statué sur la pétition en moins de huit heures.

Dans la courte période précédant l'exécution, les doubles des requêtes et des jugements sont transmis par fax aux instances supérieures. Le refus de la Cour suprême du Mississippi atterrit sur le bureau de l'honorable Flynn Slattery de la Cour fédérale de Jackson. Ce jeune juge n'avait pas encore eu affaire aux requêtes concernant Cayhall.

Le cabinet du juge Slattery chercha à atteindre Adam Hall le lundi, entre cinq et six heures de l'après-midi. Mais l'avocat de Cayhall était assis dans le parc Kramer.

Slattery appela le procureur, Steve Roxburgh, et une brève rencontre fut organisée dans le bureau du juge à huit heures trente. Ce magistrat était un bourreau de travail, et c'était sa première condamnation à mort. Il étudia la pétition jusqu'à minuit.

Si Adam avait regardé les dernières informations du lundi soir, il aurait appris que sa pétition avait déjà été rejetée par la Cour suprême du Mississippi. À ce moment-là, il dormait d'un profond sommeil.

Le mardi, à six heures du matin, il jeta un coup d'œil au journal de Jackson et apprit le rejet de la Cour suprême du Mississippi. Il sauta dans sa voiture et roula à toute vitesse en direction de Jackson, située à deux heures de route. À neuf heures, il entrait dans le tribunal fédéral situé dans le centre-ville. Il y rencontra brièvement Breck Jefferson, l'adjoint de Slattery. On lui demanda de revenir à onze heures afin de rencontrer le magistrat.

Lorsqu'il arriva devant le bureau de Slattery à onze heures précises, une réunion s'y déroulait déjà.

Breck, l'assistant, ouvrit la porte, salua Adam et le pria d'entrer. Silence immédiat dans la salle. Adam s'approcha lentement de la table. Slattery, à contre-cœur, se leva de son fauteuil et se présenta à Adam. La poignée de main fut froide et sèche.

– Prenez un siège, dit-il sur un ton qui ne laissait rien présager de bon, désignant de la main les huit fauteuils réservés à la défense.

Adam hésita un instant, puis choisit celui qui se trouvait en face de quelqu'un qu'il connaissait de vue, le procureur Roxburgh. Il posa son attaché-case sur la table et s'assit. Il y avait quatre fauteuils vides à sa droite et trois à sa gauche. Il se sentait seul et de trop.

– Je suppose que vous connaissez notre gouverneur et notre procureur, dit Slattery comme si tout le monde, sans exception, les avait personnellement rencontrés.

– Ni l'un ni l'autre, dit Adam.

– Je suis David McAllister, monsieur Hall, heureux de vous rencontrer, dit rapidement le gouverneur en exhibant dans un sourire éclair sa denture de jeune premier.

– Enchanté, dit Adam en remuant à peine les lèvres.

– Et je suis Steve Roxburgh, dit le procureur.

Adam se contenta de lui adresser un petit signe de tête.

Roxburgh ouvrit le débat.

– Voici les avocats de mon bureau traitant les appels dans les affaires de condamnation à mort, Kevin Lard, Bart Moody, Morris Henry, Hugh Simms et Joseph Ely.

Tous s'inclinèrent, comme il se doit, à l'appel de leur nom, sans se départir pour autant de leur physionomie sévère et hautaine. Adam compta onze personnes de l'autre côté de la table.

McAllister, en revanche, s'abstint de présenter ses collaborateurs qui, apparemment, souffraient de migraine ou d'hémorroïdes.

– J'espère que nous n'avons pas agi trop rapidement, monsieur Hall, dit Slattery en posant des demi-lunes sur son nez.

Il avait un peu plus de quarante ans, c'était une des jeunes recrues de l'administration Reagan.

– Quand vous proposez-vous de déposer officiellement votre pétition devant la Cour fédérale ?

– Aujourd'hui même, dit Adam nerveusement, encore abasourdi par la vitesse surprenante à laquelle les choses se déroulaient.

– Quand l'État du Mississippi peut-il donner son avis ? demanda le juge à Roxburgh.

– Demain matin. Dans la mesure où la pétition déposée soulève les mêmes problèmes que ceux présentés à la Cour suprême.

– Ce sont les mêmes, dit Adam à Roxburgh, puis se tournant vers Slattery : On m'avait demandé d'être ici à onze heures. À quelle heure cette réunion a-t-elle effectivement commencé ?

– La réunion a commencé exactement à l'heure à laquelle je l'ai décidé, monsieur Hall, dit Slattery d'un ton glacé. Est-ce que cela vous pose un problème ?

– Oui. Il est évident que cette réunion a commencé il y a déjà quelque temps. Et sans moi.

– Rien ne s'y oppose. Nous sommes dans mon bureau et j'ai commencé la réunion à l'instant où je le désirais.

– Certes, mais il s'agit de ma pétition. Il me semble que j'aurais dû être présent dès le début.

– Vous ne me faites pas confiance, monsieur Hall ?

dit Slattery en s'appuyant sur ses coudes avec l'air de quelqu'un qui s'amuse beaucoup.

– Je ne fais confiance à personne, dit Adam en regardant le juge droit dans les yeux.

– Nous essayons de vous être agréables, monsieur Hall. Votre client n'a pas beaucoup de temps devant lui, et je m'efforce de faire avancer les choses. Je pensais que vous seriez heureux de voir que nous avions pu organiser cette rencontre aussi rapidement.

– Merci, dit Adam en regardant son calepin.

Il y eut un silence et l'atmosphère se détendit légèrement.

Slattery s'empara d'une feuille de papier.

– Déposez votre pétition aujourd'hui. L'État du Mississippi donnera sa réponse demain. Je l'examinerai durant le week-end et rendrai mon jugement lundi. Au cas où je me déciderais pour une audience, j'aimerais savoir, de part et d'autre, le temps qu'il vous faudra pour la préparer. Qu'en est-il pour vous, monsieur Hall ? Dans combien de temps serez-vous prêt ?

Sam n'avait plus que vingt-deux jours à vivre. Donc l'audience devait avoir lieu le plus vite possible. Mais Adam n'avait pas la moindre idée du temps qu'il lui faudrait pour la préparer. Il n'avait jamais eu l'occasion de le faire. Il n'était qu'un débutant, bon Dieu ! Quelque chose lui disait que les onze vautours en train de le couver du regard misaient, à cet instant précis, sur son ignorance.

– Je peux être prêt dans une semaine, dit-il, avec le visage impassible d'un joueur de poker.

– Très bien, dit Slattery, comme s'il venait d'entendre la bonne réponse.

Roxburgh glissa quelque chose à l'oreille d'un de ses pairs, ce qui fit rire toute la bande.

– Maintenant, monsieur Hall, j'aimerais savoir si cette cour peut s'attendre à d'autres requêtes de votre part. Ma question n'est guère habituelle, mais nous avons affaire à une situation inhabituelle. À mon avis, il serait préférable que nous travaillions ensemble.

En d'autres termes, ce juge veut s'assurer de façon certaine qu'il n'y aura pas de sursis, pensa aussitôt Adam. Juridiquement, Sam avait le droit de présenter n'importe quelle requête à n'importe quel moment. Adam choisit cependant de rester courtois.

– Franchement, je n'en sais rien, Votre Honneur. Pas encore en tout cas. Peut-être la semaine prochaine.

– Vous allez certainement déposer les appels habituels de dernière minute, dit Roxburgh tandis que cette assemblée de rusés compères, un sourire narquois aux lèvres, regardait Adam avec un mélange de surprise et d'étonnement.

– Franchement, monsieur Roxburgh, je ne suis nullement dans l'obligation de parler de mes projets avec vous. Ni avec la Cour, d'ailleurs.

– Naturellement, lança à brûle-pourpoint McAllister, incapable sans doute de tenir sa langue plus de cinq minutes.

Adam avait remarqué l'avocat assis à la droite de Roxburgh, un homme méthodique, au regard froid. Il paraissait jeune, malgré ses cheveux gris. McAllister semblait l'estimer. Il s'était penché à plusieurs reprises sur sa droite pour lui demander des explications. Il s'agissait sans doute de ce juriste abject surnommé maître la Mort. Cet homme supérieurement intelligent aimait conclure rapidement les affaires de condamnations à mort. Morris Henry, de son vrai nom.

– Alors, dépêchez-vous de déposer vos appels, dit Slattery, qui se sentait frustré. Je n'ai pas l'intention de travailler vingt-quatre heures par jour lorsque ces choses en arrivent à la phase finale.

– Bien sûr, monsieur le juge, dit Adam avec une feinte compassion.

Slattery lui lança un regard furieux, puis revint aux papiers posés devant lui.

– Eh bien, messieurs, je vous suggère de rester près de votre téléphone dimanche soir et lundi matin. Je vous appellerai aussitôt que j'aurai pris une décision. La séance est levée.

Il se trouvait dans le hall lorsque quelqu'un l'interpella. C'était le gouverneur, flanqué de deux de ses larbins.

– Puis-je vous dire un mot? demanda McAllister en tendant le bras en direction d'Adam.

Les deux hommes se serrèrent la main.

– À quel sujet?

– Ça ne prendra que cinq minutes, d'accord?

Adam jeta un coup d'œil aux deux assistants du gouverneur qui attendaient à quelques mètres.

– En privé. Et à titre confidentiel, dit-il.

– Bien sûr, dit McAllister en faisant un signe de la main en direction d'une porte à deux battants.

Ils entrèrent dans une petite salle d'audience vide, aux lumières éteintes. Le gouverneur était svelte, élégamment habillé, joli costume, cravate de soie, chemise en popeline. Il n'avait pas encore quarante ans et vieillissait remarquablement bien.

– Comment va Sam ? demanda-t-il en feignant un réel intérêt.

Adam toussota, détourna le regard et posa son attaché-case par terre.

– Oh, il va très bien. Je lui dirai que vous avez demandé de ses nouvelles. Il en sera ravi.

– J'ai entendu dire que sa santé n'était pas bonne.

– Sa santé ? Vous essayez de le tuer. Comment pouvez-vous vous inquiéter de sa santé ?

– C'est un bruit qui court.

– Il vous hait jusqu'au fond des tripes, d'accord ? Sa santé est mauvaise, mais il peut encore tenir le coup pendant trois semaines.

– La haine n'est pas quelque chose de nouveau pour Sam.

– De quoi exactement souhaitez-vous me parler ?

– Je voulais simplement vous saluer. Je suis sûr que nous nous rencontrerons sous peu.

– Écoutez-moi, monsieur le gouverneur, j'ai passé un accord avec mon client qui m'interdit formellement de vous parler. Je le répète, il vous hait. C'est à cause de vous qu'il est dans le quartier des condamnés à mort. Il rejette sur vous tout ce qui lui arrive. S'il savait que nous sommes ensemble maintenant, il ne voudrait plus de moi pour défenseur.

– Votre propre grand-père vous rejetterait ?

– Oui. Si je lis demain dans le journal que nous nous sommes vus aujourd'hui, que nous avons parlé de Sam Cayhall, il me faudra reprendre la route de Chicago, ce qui probablement rendra l'exécution impossible parce que Sam n'aura pas d'avocat. On ne peut tuer quelqu'un qui n'a pas d'avocat.

– Qui dit ça ?

– Je vous demande simplement d'être discret, d'accord ?

– Vous avez ma parole. Mais si nous ne pouvons discuter, comment ferons-nous pour envisager une mesure de grâce ?

– Je ne sais pas. Je n'en suis pas encore là.

Le visage de McAllister était toujours aussi avenant. Le sourire charmeur subsistait du moins en surface.

– Vous avez pensé à la possibilité d'une grâce, n'est-ce pas ?

– Oui. Quand il ne reste plus que trois semaines, on pense bien sûr à une grâce. Chaque condamné à mort en rêve, monsieur le gouverneur, et c'est pourquoi vous ne pouvez en accorder aucune. Vous et moi savons que cela ne peut se faire.

– Je ne suis pas sûr qu'il mérite la mort.

Il lâcha cette phrase en regardant au loin, comme si son cœur pouvait changer sa décision, comme si les années l'avaient mûri, atténuant son envie forcenée de punir Sam. Adam se préparait à répondre lorsqu'il se rendit compte de l'ampleur de ce qu'il venait d'entendre. Il garda les yeux fixés au sol pendant une minute, observant avec grande attention les mocassins à pompons du gouverneur. Ce dernier était plongé dans ses pensées.

– Je ne suis pas sûr non plus qu'il mérite la mort, dit Adam.

– Que vous a-t-il raconté ?

– À propos de quoi ?

– À propos de l'attentat Kramer.

– Il affirme m'avoir tout dit.

– Mais vous avez des doutes ?

– Oui.

– Moi aussi. J'ai toujours eu des doutes.

– Pourquoi ?

– Pour un tas de raisons. Jeremiah Dogan était un fieffé menteur et il avait une peur épouvantable d'aller en prison. Les agents du fisc le tenaient à la gorge.

– Donc il mentait ?

– Je ne sais pas. Peut-être.

– Sur quoi ?

– Avez-vous demandé à Sam s'il avait un complice ?

Adam garda le silence un instant pour peser la question.

– Franchement, je ne peux révéler nos conversations. C'est confidentiel.

– Je comprends. Il y a un tas de gens dans cet État qui souhaitent secrètement que Sam ne soit pas exécuté, dit McAllister en regardant Adam fixement.

– Seriez-vous l'un d'eux ?

– Je ne sais pas. Mais où en sommes-nous si Sam n'avait pas l'intention de tuer Marvin Kramer et ses enfants ? Il est certain que Sam était présent. Mais où en sommes-nous si c'était quelqu'un d'autre qui avait réellement l'intention de tuer ?

– Alors Sam ne serait pas aussi coupable que nous le pensons.

– Exactement. Il n'est certainement pas innocent, mais pas suffisamment coupable pour être exécuté. Sam me gêne, monsieur Hall. Puis-je vous appeler Adam ?

– Je vous en prie.

– Sam n'a pas fait allusion à un complice ?

– Franchement, je ne peux parler de ça. Pas maintenant.

Le gouverneur sortit une main de sa poche et tendit à Adam une carte de visite.

– Deux numéros de téléphone. Celui de ma ligne directe au bureau et celui de mon domicile. Tous les appels sont confidentiels, je le jure. Je m'exhibe devant des caméras quelquefois, Adam, ça fait partie de mon métier, mais on peut aussi me faire confiance.

Adam prit la carte et regarda les numéros de téléphone écrits à la main.

– Je ne pourrai me supporter si je refuse de pardonner à un homme qui ne mérite pas la mort, dit McAllister en se dirigeant vers la porte. Appelez-moi, mais ne tardez pas trop. Ça s'échauffe sérieusement. Je reçois vingt coups de téléphone par jour.

Il fit un petit clin d'œil à Adam, lui montra encore une fois sa denture étincelante et quitta la pièce.

Adam s'assit sur une chaise métallique appuyée contre le mur et regarda attentivement la carte. Il y avait un sceau officiel doré, en relief. *Vingt coups de téléphone par jour.* Qu'est-ce que ça signifiait ? Est-ce que les gens voulaient la mort de Sam ou sa grâce ?

Beaucoup de gens dans cet État n'étaient pas pour l'exécution de Sam. Pesait-il déjà les votes qu'il pourrait y perdre contre ceux qu'il pourrait y gagner ?

24

Le sourire de la réceptionniste dans le hall d'entrée n'était pas aussi spontané que d'habitude. En se dirigeant vers son bureau, Adam prit conscience de l'atmosphère morose du cabinet. Les bavardages s'effectuaient un ton plus bas. On s'affairait davantage.

Les gens de Chicago étaient là. Cela arrivait de temps en temps, pas nécessairement dans un but d'inspection. Personne n'avait jamais été mis à la porte après le passage des hommes de Chicago. Néanmoins, leur présence suscitait toujours une certaine tension qui ne disparaissait qu'à leur départ vers le Nord.

Adam ouvrit la porte de son bureau et faillit écraser le visage de Garner Goodman. Ses cheveux gris étaient ébouriffés. Il portait un nœud papillon vert cru et une chemise blanche amidonnée. Il marchait de long en large dans la pièce, et se trouvait près de la porte lorsque celle-ci s'était ouverte. Adam lui jeta un regard interrogateur, puis lui serra la main.

– Entrez, entrez, dit Goodman en fermant la porte, invitant Adam dans son propre bureau.

Il n'avait toujours pas souri.

– Qu'est-ce que vous faites là ? demanda Adam en lançant son attaché-case par terre, avant de se diriger vers son siège.

Goodman caressa sa belle barbe grise et redressa son nœud papillon.

– Une affaire assez urgente, j'en ai peur. Pas vraiment de bonnes nouvelles.

– C'est-à-dire ?

264

– Asseyez-vous. Cela peut prendre du temps.

– Mais non. De quoi s'agit-il ?

Ce devait être quelque chose d'horrible si on lui demandait de s'asseoir.

Goodman tripota de nouveau son nœud papillon et se frotta la barbe.

– Bon, ça s'est passé à neuf heures ce matin. Vous savez que le comité du personnel est composé de quinze associés, tous assez jeunes. Ce comité est formé de plusieurs sous-comités, un pour engager les gens, un pour les questions de discipline, etc. Comme vous vous en doutez, il y en a un qui s'occupe des renvois. Celui-ci s'est réuni ce matin avec, pour tout orchestrer, devinez qui ?

– Daniel Rosen.

– Évidemment, il a travaillé au corps le sous-comité de liquidation pendant dix jours. Il veut obtenir votre renvoi.

Adam s'assit à son bureau. Goodman prit le fauteuil en face de lui.

– Ce sous-comité est composé de sept membres qui se sont donc réunis ce matin à la demande de Rosen. Cinq étaient présents, le quorum était atteint. Rosen, naturellement, ne m'a pas prévenu, ni personne d'autre. Les réunions de liquidation sont, pour des raisons évidentes, strictement confidentielles. Il n'y a aucune obligation de prévenir qui que ce soit.

– Pas même moi ?

– Pas même vous. Votre affaire était la seule à l'ordre du jour. La réunion a duré moins d'une heure. Les jeux étaient faits d'avance. Rosen a présenté le dossier avec énormément de conviction. Souvenez-vous qu'il a été l'un des ténors du barreau pendant trente ans. Toutes les réunions de liquidation exigent un compte rendu au cas où il y aurait un procès par la suite. Aussi, Rosen est allé au fond des choses. Il soutient évidemment que vous nous avez trompés, que votre présence parmi nous montre le cabinet sous un jour défavorable, etc. Il avait en sa possession la photocopie d'une douzaine d'articles parus dans la presse sur Sam et vous, qui insistaient sur la relation grand-père-petit-fils. Son argumentation tendait à montrer que vous mettiez le cabinet dans l'embarras.

– Le résultat du vote ?

– Quatre contre vous.

– Les salauds !

– Bon. Rosen ne peut plus plaider, il cherche la bagarre sur place. Il ne sera plus là dans six mois.

– Pour l'instant, ça ne me sert pas à grand-chose.

– Ça donne de l'espoir. La nouvelle, finalement, est parvenue à mon bureau autour de onze heures. Heureusement, Emmitt Wycoff était présent. Je suis allé trouver Rosen et nous avons eu une violente dispute. Voilà de quoi il s'agit : le comité du personnel au grand complet se réunit demain matin à huit heures pour examiner votre renvoi. Il faut que vous soyez là !

– Demain matin à huit heures !

– Oui. Ces gens sont très occupés. Audience au palais de justice. On aura de la chance si nous avons le quorum.

– Il est de combien ?

– Deux tiers de quinze. Dix. Si le quorum n'est pas atteint, on risque d'avoir des ennuis.

– Des ennuis ! Et ce qui a lieu en ce moment, vous appelez ça comment ?

– Ça peut devenir pire. Si nous n'avons pas le quorum demain matin, vous aurez droit de demander un autre examen dans trente jours.

– Sam sera mort dans trente jours.

– Peut-être pas. En tout cas, il y aura une réunion demain matin. Emmitt et moi avons obtenu l'engagement de neuf membres.

– Qu'en est-il des quatre qui ont voté contre moi ce matin ?

Goodman grimaça un sourire et détourna les yeux.

– Vous pouvez deviner. Rosen s'arrangera demain pour avoir les voix auxquelles il tient.

Adam frappa brusquement la table des deux mains.

– Bon Dieu, je m'en vais !

– Impossible. Vous avez été liquidé.

– Bon, je ne me battrai pas. Bande de salauds !

– Écoutez-moi, Adam...

– Bande de salauds !

Goodman se tut un instant pour permettre à Adam de se calmer. Il redressa son nœud papillon et vérifia la longueur de sa barbe. Il pianota sur la table.

– Voyez-vous, Adam, ça marchera demain matin. Emmitt le pense et moi aussi. Le cabinet est derrière vous sur cette question. On croit à ce que vous faites, et franchement nous ne sommes pas mécontents de la publicité. Il y a eu de superbes articles dans les journaux de Chicago.

– Le cabinet, c'est sûr, semble être vraiment de mon côté !

– Écoutez-moi. On peut réussir demain. C'est moi qui parlerai. Wycoff est en train de forcer la main à quelques personnes. Et il y en a d'autres qui se battront avec nous.

– Rosen n'est pas stupide, monsieur Goodman. Il veut gagner, c'est tout. Il se moque de moi, de Sam, de vous, de tous ceux qui sont mêlés à cette affaire. Il veut simplement gagner. C'est la guerre. Je veux bien parier qu'il est actuellement au téléphone pour essayer de gagner des voix.

– Alors battons-nous contre ce vieil enquiquineur, d'accord. Arrivons à la réunion demain matin pour lui montrer qu'on ne va pas digérer ça. Laissons à Rosen le mauvais rôle. Pour tout dire, Adam, ce type n'a pas tellement d'amis.

Adam se dirigea vers la fenêtre et jeta un coup d'œil à travers les stores. Les piétons s'affairaient en bas sur le Mall. Il avait près de cinq mille dollars placés. S'il se montrait économe, s'il changeait sa manière de vivre, il pouvait tenir pendant six mois. Il ne s'était jamais préoccupé d'argent, et ne tenait pas à commencer maintenant. Il s'inquiétait bien plus à propos des trois prochaines semaines. Après une lutte de dix jours dans une affaire de condamnation à mort, il se rendait compte qu'il avait besoin d'aide.

– Comment ça se passe vers la fin ? demanda-t-il après un long silence.

Goodman, lentement, se leva de son fauteuil et s'avança vers l'autre fenêtre.

– Assez dingue. Vous ne dormirez pas beaucoup les quatre derniers jours. Vous galoperez dans toutes les directions. Le jugement des cours est imprévisible. Le système lui-même est imprévisible. Vous n'arrêterez pas de faire requête sur requête, de lancer des appels en sachant parfaitement qu'ils ne serviront à rien. La presse vous harcèlera. Et, plus important encore, il vous faudra passer le plus de temps possible avec votre client. C'est un travail de fou, et gratis par-dessus le marché.

– Donc, j'ai besoin d'aide.

– Mais bien sûr. Vous ne pouvez faire ça tout seul. Lorsque Maynard Tole a été exécuté, un avocat de Jackson ne quittait pas le bureau du gouverneur, un autre était dans celui de l'administration de la Cour suprême du Mississippi, un autre à Washington, et deux dans le quartier des condamnés à mort. C'est pourquoi vous devez vous battre demain, Adam. Vous avez besoin du cabinet et de sa force. Vous ne pouvez pas faire ça tout seul. Il vous faut une équipe.

– C'est ce qu'on appelle un coup bas.

– Oui. Il y a un an, vous étiez à la faculté de droit, et maintenant on veut vous évincer. Je me doute que ça fait mal. Mais croyez-moi, Adam, c'est une question de chance. Ça ne tient pas debout. Dans dix ans, vous serez parmi les associés de Kravitz et Bane.

– À votre place, je ne parierais pas.

– Allons à Chicago. J'ai deux billets pour le vol de sept heures quinze. Nous serons là-bas à huit heures trente. On ira dans un bon restaurant.

– Il faut que je prenne quelques vêtements.

– Parfait. On se retrouve à l'aéroport.

Onze membres du comité du personnel étaient présents ; le quorum était atteint. Ils s'enfermèrent dans la bibliothèque du sixième étage, autour d'une grande table et d'une Thermos de café. Ils avaient apporté avec eux leurs énormes dossiers, leurs dictaphones et leurs agendas. L'un d'eux avait même amené sa secrétaire qui, assise dans le couloir, travaillait comme une damnée. C'étaient là des gens occupés. Dix hommes, une femme, ayant tous un peu moins ou un peu plus de quarante ans, associés bien entendu de Kravitz et Bane, et ne souhaitant qu'une chose, remettre le plus rapidement possible les pieds dans leurs bureaux.

Le problème d'Adam Hall les empoisonnait.

Adam était arrivé au bureau à sept heures trente.

À huit heures, il se cachait dans une petite salle de réunion inutilisée, contiguë à la bibliothèque. Il était nerveux, mais s'efforçait de le cacher. Il lisait les journaux du matin en buvant du café. Parchman était sur une autre planète. Il examina la liste des quinze membres du comité du personnel. Il ne connaissait aucun nom. Onze étrangers allaient décider de son avenir durant la prochaine heure avant de voter rapidement et de partir s'occuper d'affaires plus urgentes. Wycoff s'était montré quelques minutes avant huit heures et lui avait promis une issue rapide et satisfaisante.

Garner Goodman ouvrit la porte à huit heures cinq.

– Ça s'annonce bien, dit-il dans un souffle. En ce moment ils sont déjà onze dont cinq de notre côté. Trois des partisans de Rosen, du sous-comité, sont là, mais les deux autres ne se sont pas encore montrés.

– Est-ce que Rosen est arrivé ? demanda Adam, connaissant la réponse mais espérant que ce vieux brigand aurait trépassé dans son sommeil.

– Bien entendu. Mais il se fait du souci. Emmitt téléphonait encore hier soir à dix heures. Nous avons les votes nécessaires, et Rosen le sait.

Goodman se glissa dans l'entrebâillement de la porte et disparut.

À huit heures quinze, le président déclara la réunion ouverte. Le problème d'Adam Hall était la seule question à l'ordre du jour. Emmitt Wycoff ouvrit les débats. Il passa dix minutes à démontrer à quel point Adam était quelqu'un de merveilleux. De toute évidence, une moitié des assistants ne prêtait aucune attention à son exposé. Ils parcouraient leurs dossiers et jonglaient avec leur emploi du temps.

Garner Goodman prit ensuite la parole. Il fit l'éloge d'Adam, regrettant, certes, qu'il n'ait pas avoué sa parenté avec Sam lors de son engagement, mais quoi, il s'agissait du passé. Et, pour le moment, il y avait des choses bien plus importantes en vue : son client n'avait plus que trois semaines à vivre.

Personne ne posa de questions à Wycoff ni à Goodman. Celles-ci, de toute évidence, seraient adressées à Rosen.

Les avocats ont une solide mémoire. Si vous sautez à la gorge de l'un d'entre eux, il attendra patiemment dans l'ombre pendant des années avant de vous rendre la pareille. Daniel Rosen avait beaucoup de gens qui l'attendaient au tournant chez Kravitz et Bane. Il s'était mis trop de monde à dos. C'était un tyran, un menteur, une brute. À la fin de sa carrière, il accumulait les rancunes.

Il fut interrompu pour la première fois, au bout de deux minutes, par un jeune associé qui faisait de la moto avec Emmitt Wycoff. Rosen marchait de long en large comme s'il était dans une salle d'audience archicomble à l'époque de sa gloire. La question l'arrêta net. Avant qu'il puisse décocher une réponse cinglante, une autre l'atteignait de plein fouet et, au moment où il se préparait à riposter, une troisième, venue de nulle part, lui tombait dessus. La bagarre était engagée.

Ses adversaires travaillaient en équipe. Ils se passaient le témoin avec beaucoup d'aisance. Ils harcelaient Rosen. En moins d'une minute, l'ancien ténor du barreau en vint aux insultes.

– Où voyez-vous une lutte d'intérêts, monsieur Rosen ?

– Il ne fait aucun doute qu'un avocat peut représenter un membre de sa famille, n'est-ce pas, monsieur Rosen ?

– Est-ce que le comité qui a engagé Mr. Hall lui a demandé si ce cabinet représentait un membre de sa famille ?

– Pourquoi considérez-vous la publicité uniquement sous son aspect négatif ?

– Ne voudriez-vous pas aider un de vos proches qui se trouverait condamné à mort ?

– Que pensez-vous secrètement de la peine de mort, monsieur Rosen ?

– Souhaiteriez-vous voir Sam Cayhall exécuté parce qu'il a tué des Juifs ?

– Ne pensez-vous pas que vous avez tendu une embuscade à Mr. Hall ?

Ce n'était pas, à vrai dire, un moment agréable. Daniel Rosen avait à son actif quelques-unes des plus grandes réussites devant les tribunaux de Chicago et voilà qu'il était descendu en flammes dans une bataille de troisième ordre, devant un comité. Pas de jury. Pas de juges. Un simple comité.

L'idée de reculer ne l'avait jamais effleuré. Il haussa le ton, s'en prit directement à Adam.

Ce fut une erreur. Bientôt Rosen battait des ailes comme un oiseau blessé, gisant à côté d'une meute de loups. Lorsqu'il devint évident qu'il n'obtiendrait jamais la majorité, il baissa la voix, retrouva son calme, acheva son exposé et sortit en coup de vent de la pièce.

Le président compta les voix. Rosen en obtint cinq, Adam six.

– Six contre cinq ? dit Adam en regardant les visages soulagés mais graves de Goodman et de Wycoff.

– Un véritable raz de marée, railla Wycoff.

– Ç'aurait pu être pire, dit Goodman. Vous pourriez être au chômage.

– Pourquoi ne suis-je pas aux anges ? Je veux dire : il s'en est fallu d'une voix.

– Pas vraiment, expliqua Wycoff. On avait compté les votes avant la réunion. Rosen n'avait probablement que deux voix sûres. Les autres ont voté pour lui parce qu'ils savaient que vous alliez gagner. Cette fois il est fini. Dans trois mois, il sera à la retraite.

– Peut-être plus tôt, ajouta Goodman. Il est irresponsable. Tout le monde en a assez de lui.

– Moi surtout, dit Adam.

Wycoff jeta un coup d'œil à sa montre.

– Bon, Adam, il faut que je file, dit-il en boutonnant sa veste. Quand retournez-vous à Memphis ?

– Aujourd'hui, j'imagine.

– Pouvons-nous déjeuner ensemble ? J'aimerais vous parler.

– Bien sûr.

– Parfait. Ma secrétaire va vous appeler. À tout à l'heure.

Goodman regarda également sa montre.

– Quelqu'un m'attend dans mon bureau, je vous retrouve au déjeuner.

– Rien qu'une voix, répéta Adam en regardant le mur.

– Allons, Adam, ce n'était pas aussi serré que ça.

– Pour ma part, je trouve ça plutôt serré.

25

Adam ne sut jamais si ses démêlés avec les grands patrons de Chicago étaient connus de Baker Cooley et des avocats du cabinet de Memphis. Leur attitude à son égard ne changea pas. On faisait mine de l'ignorer et on évitait son bureau. Aucune remarque désagréable. Après tout, il appartenait à la maison mère. Il arrivait même qu'on lui sourie lorsqu'on ne pouvait faire autrement, et on s'arrêtait pour bavarder un instant dans le couloir s'il en manifestait l'envie. Mais ces avocats d'affaires, avec leurs chemises bien repassées, leurs mains manucurées, n'étaient pas habitués à la sueur et à la crasse qui sont généralement le lot des avocats d'assises. Ils n'allaient jamais dans les prisons, ni dans les maisons d'arrêt ni dans les centrales pour voir leurs clients. Ils n'avaient pas à se battre avec des policiers, des procureurs et des juges grincheux. La plupart du temps ils travaillaient derrière leurs bureaux et autour de tables de conférence en acajou. Ils passaient leurs journées avec des clients qui pouvaient se permettre de payer plusieurs centaines de dollars l'heure le moindre conseil. Quand ils n'étaient pas en rendez-vous, ils discutaient au téléphone, déjeunaient avec d'autres avocats ou avec les cadres supérieurs des banques et des compagnies d'assurances.

Le tapage médiatique autour de Cayhall et d'Adam les irritait. Ils étaient gênés de voir le nom de leur cabinet cité à propos d'un tel criminel. La plupart ignoraient que c'était le cabinet de Chicago qui avait défendu ce détenu pendant sept ans. Leurs amis leur posaient des questions. Les avocats des autres cabinets faisaient des plaisanteries sur leur compte. Leurs femmes se sentaient humiliées à l'heure du thé et dans les garden-parties. Leurs beaux-parents s'intéressaient brusquement à l'avenir de leur carrière juridique.

Sam Cayhall et son petit-fils étaient rapidement devenus une épine dans le pied de ces messieurs. Malheureusement, Adam n'y pouvait rien. Il en avait parfaitement conscience, et s'en moquait. C'était un lieu de travail où il ne comptait pas rester plus de trois semaines.

Le vendredi matin, il sortit de l'ascenseur sans saluer la réceptionniste. En l'apercevant, elle s'était mise à ranger des magazines. Darlene, sa secrétaire, lui tendit un message téléphonique en provenance de Todd Marks, du *Memphis Press*.

Il prit le papier rose, en fit une boulette et, arrivé dans son bureau, le jeta dans sa corbeille. Il accrocha son manteau à une patère et étala sur sa table de travail les notes qu'il avait rédigées dans l'avion de Chicago, les plaidoiries extraites des dossiers de Goodman et les photocopies de douzaines de jugements récents des cours fédérales.

Très vite, il se plongea dans l'univers de la jurisprudence. Chicago n'était plus qu'un lointain souvenir.

Rollie Wedge avait attendu, en buvant du thé glacé à une terrasse de café, de voir Adam longer le trottoir avant d'entrer dans le Brinkley Plaza. Il portait une chemise blanche, une cravate, un pantalon en coton gaufré et des mocassins. Il patienta un instant puis pénétra à son tour dans l'immeuble par l'entrée principale.

Le hall était désert. Il jeta un coup d'œil sur le plan. Le cabinet Kravitz et Bane occupait les troisième et quatrième étages. Il prit un des quatre ascenseurs et monta jusqu'au huitième. Il arriva dans un petit hall d'entrée. Sur sa droite, il y avait une porte avec le nom d'une société gravée sur une plaque de cuivre, et sur sa gauche partait un couloir. Près d'un point d'eau, une autre porte donnait sur l'escalier. Il descendit tranquillement les huit étages sans rencontrer personne en chemin. Il prit un autre ascenseur pour monter au troisième. Dans l'entrée se tenait la réceptionniste, toujours penchée sur ses magazines. Au moment où il allait lui adresser la parole, la sonnerie du téléphone retentit. La jeune femme se lança alors dans une conversation passionnée. Des portes de verre à deux battants séparaient le bureau de réception du palier des ascenseurs. Wedge monta jusqu'au quatrième étage. Pas de réceptionniste cette fois mais des portes verrouillées. À leur droite, sur le mur, un code de dix chiffres.

Wedge entendit des voix et fila dans l'escalier. Il attendit de nouveau un moment dans l'entrée et s'arrêta près du point d'eau pour en boire une gorgée. La porte de l'ascenseur s'ouvrit et un jeune homme vêtu d'un pantalon kaki et d'un blazer bleu apparut, tenant une boîte en carton sous le bras et un gros volume dans la main droite. Il s'avança vers la porte de Kravitz et Bane. Sans remarquer cette présence dans son dos, il s'arrêta, et avec précaution mit le livre en équilibre sur le sommet de la boîte, libérant ainsi une main pour composer le numéro du code. Sept, sept, trois, un bip se fit entendre chaque fois qu'il pressait une touche. Wedge était à cinquante centimètres derrière lui, regardant au-dessus de son épaule.

Le jeune homme reprit le livre dans sa main droite et allait se retourner quand Wedge le heurta légèrement.

– Pardon, je ne suis pas...

Il recula d'un pas et jeta un coup d'œil au-dessus de la porte.

– Je ne suis pas chez Riverbend Trust, dit-il, l'air étonné.

– Non. Ici c'est Kravitz et Bane.

– Nous sommes à quel étage ? demanda Wedge tandis que le cliquetis déverrouillant la porte se faisait entendre.

– Au quatrième. Riverbend Trust est au huitième.

– Pardon, répéta Wedge, prenant un air confus. Je me suis trompé d'étage.

Le jeune homme fronça les sourcils, puis ouvrit la porte.

En renouvelant une troisième fois ses excuses, Wedge reprit l'ascenseur pour regagner le hall principal et quitta l'immeuble.

Il roula ensuite pendant dix minutes en direction du nord-est avant que n'apparaissent les immeubles abritant les logements sociaux. Il s'engagea dans l'allée de l'Auburn House. Un gardien en uniforme l'arrêta immédiatement. Il essayait simplement de faire demi-tour, expliqua-t-il. Qu'on veuille bien l'excuser. En regagnant la rue, il aperçut la Jaguar bordeaux de Lee Booth.

Il roula vers le fleuve pour retrouver le centre-ville. Vingt minutes plus tard, il garait sa voiture dans un entrepôt en brique rouge abandonné, construit sur la falaise. Assis dans sa voiture, il changea rapidement de vêtements. Il enfila une chemise tabac aux manches courtes avec des ourlets bleu marine. Le nom de Rusty était brodé sur la poche de poitrine. Il s'avança rapidement jusqu'au coin du hangar et commença à descendre une pente herbeuse qui le conduisit dans des brous-sailles. Il reprit son souffle sous un arbuste. Devant lui s'étendait maintenant une pelouse soigneusement entretenue. Derrière, sur les flancs du promontoire, se trouvait perché un immeuble résidentiel. Le mur de brique et les grilles allaient de toute évidence lui poser un problème. Caché par les frondaisons, il étudia atten-tivement la configuration des lieux.

Le portail du parking situé à côté de la résidence constituait l'unique accès aux appartements. Il était fermé. Un vigile en uniforme se tenait à l'intérieur d'une cabine vitrée.

Wedge renonça à enjamber la clôture et choisit de pénétrer dans l'enceinte de la résidence par les jardins escarpés. Il rampa en s'accrochant aux buis. À tout moment, il risquait de glisser et d'atterrir sur la route qui longeait le fleuve, en contrebas. Il se faufila sous des terrasses en bois suspendues au-dessus de l'à-pic. Sous la septième, il opéra un rétablissement et bondit par-dessus la balustrade. Il s'assit dans un fauteuil en rotin pour se reposer puis donna le change en faisant mine de se livrer à une tournée d'inspection. Mais il n'y avait personne qui pût le voir. Ces gens riches exigeaient le respect de leur intimité. Ils le payaient au prix fort. Chaque terrasse était isolée de sa voisine par une claie en bois couverte de plantes grimpantes. Wedge sentait sa chemise trempée lui coller à la peau.

La porte coulissante donnant sur la cuisine était fer-mée. Sa serrure ne résista pas longtemps. Wedge la cro-cheta sans laisser de trace de son passage. Il vérifia les montants avant d'entrer. Il y avait sûrement une alarme.

En l'absence des occupants, le système allait se déclencher. Le tout était de savoir s'il s'agissait d'une alarme silencieuse ou d'une sirène assourdissante.

Il prit sa respiration et fit glisser la porte. Pas de sirène. Il jeta un bref coup d'œil au détecteur placé au-dessus de l'ouverture, puis se glissa à l'intérieur.

Le faisceau électronique avertit immédiatement Willis, le vigile. Un signal peu bruyant mais bien visible sur l'écran de contrôle. Une lumière rouge s'était mise à clignoter sous le numéro sept, l'appartement de Mrs. Booth. Willis attendit quelques secondes. Le clignotement allait probablement cesser. Au moins deux fois par mois, Lee Booth mettait son alarme en marche par mégarde. Une bonne moyenne pour les résidents qu'il avait mission de protéger. Un regard jeté sur son calepin lui indiqua que Mrs. Booth était partie à neuf heures quinze. Mais il arrivait que des visiteurs passent la nuit chez elle. D'ailleurs, elle logeait en ce moment son neveu.

Willis contempla la lumière rouge pendant quarante-cinq secondes. Elle cessa de clignoter mais resta allumée. Ce n'était pas normal, mais pas de panique. Ces gens qui paient des gardiens armés vingt-quatre heures sur vingt-quatre ne prennent guère au sérieux leur système d'alarme. Willis composa rapidement le numéro de téléphone de Mrs. Booth. Pas de réponse. Il pressa un bouton pour demander l'assistance de la police, ouvrit le tiroir contenant les clefs, et en sortit le numéro sept. Puis il quitta le poste de garde et traversa rapidement le parking pour aller voir ce qui se passait chez Mrs. Booth. Il détacha la courroie de sécurité de son holster afin de pouvoir dégainer rapidement en cas de besoin.

Rollie Wedge pénétra dans le poste de garde. Le tiroir avec les clefs était grand ouvert. Il prit le double du trousseau portant le numéro sept, ainsi qu'une carte donnant le code du système d'alarme. Et pendant qu'il y était, il s'empara également des trousseaux et des codes des appartements huit et treize. Simplement pour embêter ce vieux Willis et les flics.

26

Ils se rendirent d'abord au cimetière pour apporter leur tribut aux morts. Des chênes et des ormes majestueux ombrageaient les allées. Les pelouses étaient parfaitement tondues, les haies impeccablement taillées. La municipalité de Clanton prenait grand soin d'honorer le passé.

La journée était radieuse. La brise s'était levée au cours de la nuit et avait chassé la pluie. Les collines étaient couvertes de fleurs sauvages. Lee s'agenouilla sur la tombe de sa mère et y déposa un petit bouquet. Elle ferma les yeux. Adam, debout derrière elle, regardait l'inscription. *Anna Gates Cayhall, 3 septembre 1922-18 septembre 1977*. Elle était morte à cinquante-cinq ans, se dit Adam. Il en avait treize et vivait encore en Californie dans une merveilleuse ignorance.

C'était étrange. Les époux sont généralement enterrés côte à côte. Le premier à mourir occupe la première place. À chaque visite au cimetière, son conjoint peut voir son nom gravé dans la pierre avec sa date de naissance.

– Papa avait cinquante-six ans quand maman est morte, expliqua Lee en prenant la main d'Adam. Je voulais qu'il l'enterre dans un caveau où il pourrait la rejoindre, il a refusé. Il pensait sans doute qu'il pouvait se remarier.

– Tu m'as dit qu'elle ne l'aimait pas.

– Elle l'aimait d'une certaine manière. Ils ont vécu ensemble pendant presque quarante ans. Mais ils n'ont jamais été proches. En grandissant, j'ai découvert qu'elle n'aimait pas vraiment être près de lui. C'était une fille simple de la campagne, mariée jeune. Les enfants, le ménage, la soumission au mari. Ce n'était pas rare à l'époque. Elle était certainement frustrée.

– Peut-être ne voulait-elle pas de Sam près d'elle pour l'éternité.

– J'y ai pensé. En fait, Eddie voulait qu'ils soient enterrés aux deux extrémités du cimetière.

– Bravo, Eddie.

– Il ne plaisantait pas.

– Que savait-elle de Sam et du KKK?

– Je n'en ai aucune idée. On n'en parlait pas. Elle avait honte après son arrestation. Elle est même restée un certain temps avec vous chez Eddie. Les journalistes l'importunaient.

– Elle n'a assisté à aucun de ses procès?

– Non. Sam ne voulait pas qu'elle y assiste. Elle faisait de l'hypertension. Il s'en est servi pour la tenir à l'écart.

Ils s'engagèrent dans une allée étroite qui traversait la partie ancienne du cimetière. Ils se tenaient par la main. Lee montra du doigt une rangée d'arbres, de l'autre côté de la rue, sur la colline d'en face.

– C'est là que les Noirs sont enterrés, dit-elle. Sous ces arbres là-bas. C'est leur cimetière.

– Tu plaisantes? Même aujourd'hui?

– Bien sûr. Tu connais: Qu'ils restent à leur place! Ces gens ne pouvaient supporter l'idée qu'un nègre puisse reposer parmi leurs ancêtres.

Adam secoua la tête, ne parvenant pas à croire ce qu'il venait d'entendre. Ils escaladèrent la colline et se reposèrent sous un chêne. Les rangées de tombes s'étendaient paisiblement en dessous d'eux. Le dôme du palais de justice scintillait dans le soleil, à quelques centaines de mètres.

– Petite fille, j'ai joué ici, dit-elle tranquillement. Le jour de la fête de l'Indépendance, la ville offre un feu d'artifice et les meilleures places se trouvent dans le cimetière. Il y a un parc en bas, c'est de là que partent les fusées. On grimpait sur nos vélos avec plein de trucs sur nos porte-bagages et on venait voir le défilé et jouer avec nos amis. À la tombée de la nuit, on se rassemblait ici, au beau milieu des morts, on s'asseyait sur ces tombes pour regarder le feu d'artifice. Les hommes restaient près de leurs camionnettes. Ils y cachaient de la bière et du whisky. Les femmes s'allongeaient sur des couvertures et s'occupaient des bébés. On pouvait courir, s'ébattre, rouler à vélo absolument partout.

– Et Eddie ?

– Eddie aussi, naturellement. Eddie était un petit frère absolument normal, empoisonnant par moments, un vrai garçon, quoi. Il m'a beaucoup manqué, tu sais. Il me manque encore beaucoup.

– Il me manque aussi.

– Nous sommes venus ici la nuit où il a eu son bac. J'étais à Nashville depuis deux ans. Je suis revenue parce qu'il voulait que je sois là pour son examen. On a acheté une bouteille de vin bon marché. Je crois bien que c'était la première fois qu'il en buvait. Je ne l'oublierai jamais. Nous sommes restés assis sur la tombe d'Emil Jacob, et nous avons descendu la bouteille.

– C'était en quelle année ?

– En 61, je crois. L'idée de s'engager dans l'armée lui trottait dans la tête. Quitter Clanton, s'éloigner de Sam. Je ne voulais pas que mon petit frère s'engage dans l'armée. Nous avons discuté jusqu'au lever du jour.

– Il était déboussolé ?

– Probablement pas davantage que la plupart des gosses de dix-huit ans qui quittent le lycée. Il avait peur de rester à Clanton. Il craignait que quelque chose ne lui arrive, qu'il n'attrape une mystérieuse maladie génétique, qu'il ne devienne à son tour un autre Sam. Un autre Cayhall avec un capuchon pointu. Il avait une envie folle de partir d'ici.

– Toi aussi, tu es partie.

– Oui, bien sûr, mais j'étais plus solide qu'Eddie, au moins à dix-huit ans. Je ne l'imaginais pas quittant la maison si jeune. Nous avons bu du vin pour essayer d'avoir prise sur la vie.

– Est-ce que mon père a jamais eu prise sur la vie ?

– J'en doute, Adam. Nous étions tourmentés à cause de Sam, de toute cette famille rongée par la haine. Je souhaite que tu n'apprennes jamais certaines histoires. Je les ai chassées de mon esprit. Eddie n'y est pas parvenu.

Elle reprit sa main pour marcher le long d'un chemin de terre et s'arrêta en montrant du doigt une rangée de petites pierres tombales.

– Ici sont enterrés tes arrière-grands-parents, tes tantes, tes oncles, toutes sortes de Cayhall.

Adam en compta huit en tout. Il lut les noms et les dates à haute voix, les adieux gravés dans le granit.

– Il y en a davantage encore à Karaway, dit Lee, à une quinzaine de kilomètres d'ici. Des paysans, enterrés à l'ombre du clocher.

– Es-tu venue aux enterrements?

– J'ai assisté à quelques-uns. Ce n'était pas de la famille proche, Adam. Certaines de ces personnes sont mortes des années avant que je ne connaisse leur existence.

– Pourquoi ta mère n'est pas enterrée ici?

– Elle ne le voulait pas. Elle savait qu'elle allait mourir et elle a choisi sa dernière demeure. Elle ne s'est jamais considérée comme une Cayhall. C'était une Gates.

– Petite maligne!

Lee arracha une touffe de mauvaises herbes de la tombe de sa grand-mère et passa ses doigts sur le nom de Lydia Newsome Cayhall, morte en 1961, à l'âge de soixante-douze ans.

– Je me souviens fort bien d'elle, dit Lee en s'agenouillant dans l'herbe. Une bonne chrétienne. Elle se retournerait dans sa tombe si elle savait que son troisième fils se trouve dans une cellule du quartier des condamnés à mort.

– Et celui-là? demanda Adam en montrant du doigt la tombe du mari de Lydia, Nathaniel Lucas Cayhall, mort en 1952 à l'âge de soixante-quatre ans.

Lee fit la grimace.

– Un méchant vieillard, dit-elle. Je suis sûre qu'il était fier de Sam. Nat, comme on l'appelait, a été tué lors d'un enterrement.

– Comment ça?

– Les enterrements sont des occasions pour les gens de se rencontrer, du moins par ici. Ils sont précédés de veillées mortuaires, avec une foule de gens qui viennent dire un dernier adieu au défunt et se restaurer et boire, bien sûr. La vie était dure dans les campagnes du Sud. Souvent les enterrements se terminaient par des bagarres entre ivrognes. Nat était très violent. Il s'est battu, après un enterrement, avec des gens qu'il aurait mieux fait de laisser tranquilles. Ils l'ont frappé à mort avec un bâton.

– Où était Sam ?

– Au milieu de la bagarre. Il a pris des coups, mais il est resté en vie. J'étais une petite fille, mais je me souviens de l'enterrement de Nat. Sam, à l'hôpital, n'avait pu y assister.

– S'est-il vengé ?

– Naturellement.

– Comment ?

– Rien n'a jamais été prouvé, mais, des années plus tard, les deux hommes qui avaient frappé Nat sont sortis de prison. On les a vus un moment dans les environs, puis ils ont disparu. Un des corps a été retrouvé quelques mois plus tard dans le Milburn County. Battu à mort évidemment. Aucune trace de l'autre type. La police a questionné Sam et ses frères, mais aucune preuve.

– C'est lui qui avait fait le coup ?

– Bien sûr. A cette époque, personne ne pouvait provoquer les Cayhall. On savait qu'ils étaient à moitié fous, méchants comme la peste.

Ils se remirent à marcher sur le sentier.

– Donc, Adam, la question que nous avons à résoudre est : où enterrer Sam ?

– Je pense que nous devrions l'enterrer là-bas, avec les Noirs. C'est ce qu'il mérite.

– Crois-tu qu'ils voudraient de lui ?

– Très juste.

– Mais sérieusement ?

– Sam et moi n'en sommes pas encore là.

– Penses-tu qu'il veuille être enterré ici, dans le comté de Ford ?

– Je ne sais pas. Nous n'en avons pas parlé pour d'évidentes raisons. Il y a encore de l'espoir.

– Beaucoup d'espoir ?

– Un soupçon. Suffisamment pour continuer à se battre.

Ils quittèrent le cimetière et s'engagèrent dans une rue tranquille, avec des trottoirs défoncés, sous le couvert de vieux chênes. Les maisons étaient vétustes, mais joliment peintes, avec de longues terrasses et des chats couchés sur les marches de la porte d'entrée. Les enfants faisaient la course sur des bicyclettes et des planches à roulettes. Les vieillards se balançaient dans leur fauteuil à bascule.

– Voilà où j'ai fait mes débuts, Adam, dit Lee.

Elle avait les mains profondément enfoncées dans les poches de son jean. Elle regardait chaque maison, les yeux humides, comme si elle y était allée enfant et pouvait se souvenir des fillettes qui avaient été ses amies. Elle entendait leurs babillages, leurs fous rires, elle revoyait les jeux puérils et les querelles tragiques des enfants de dix ans.

– Était-ce une époque heureuse ? lui demanda Adam.

– Je ne sais pas. Nous n'avons jamais habité en ville ; pour les autres, on était des enfants de la campagne. J'ai toujours eu envie d'une de ces maisons avec des amies autour et des commerces à proximité. Les petits citadins se considéraient légèrement supérieurs à nous, mais ce n'était pas réellement un problème. Mes meilleures amies habitaient ici. J'ai passé des heures à jouer dans ces rues, à escalader ces arbres. C'était probablement le bon temps, j'imagine. Les souvenirs de notre ferme ne sont pas très agréables.

– À cause de Sam ?

Une vieille, dans une robe à fleurs, avec un grand chapeau de paille, balayait le devant de sa porte. Elle leur jeta un coup d'œil, s'immobilisa et les regarda. Lee ralentit puis s'arrêta près de l'allée. La femme la dévisagea.

– Bonjour, madame Langston, dit Lee avec chaleur.

Mrs. Langston empoigna le manche de son balai, se redressa et regarda Lee dans les yeux.

– Je suis Lee Cayhall, vous vous souvenez de moi ? insista Lee gentiment.

En entendant le nom de Cayhall prononcé à haute voix, Adam se surprit à regarder autour de lui. Il se sentait gêné à l'idée que ce nom atteigne d'autres oreilles que les siennes. Si Mrs. Langston se souvenait de Lee, elle n'en laissa rien paraître. Son petit signe de tête signifiait clairement : « Bonjour, et bon vent. »

– Contente de vous avoir revue, dit Lee en s'éloignant.

Mrs. Langston monta à pas pressés les marches du perron et disparut à l'intérieur.

– Je sortais avec son fils au lycée, dit Lee en hochant la tête.

– Elle semblait mourir d'envie de te voir.

– Elle a toujours été un peu folle, dit Lee sans conviction. Elle craignait peut-être de parler à une Cayhall. Peur des qu'en-dira-t-on.

– Restons incognito pour le reste de la journée. D'accord ?

– Tout à fait. Tu vois la troisième maison sur la droite, celle peinte en brun ?

– Oui.

– C'est là que tu habitais.

Deux petits garçons jouaient avec des pistolets dans la cour de devant. Sur la terrasse, une jeune femme se balançait dans un rocking-chair. C'était une petite maison banale, proprette, parfaite pour un jeune couple avec des bébés.

Adam avait presque trois ans quand Eddie et Evelyn s'étaient enfuis. Debout au coin de la rue, il essayait de retrouver en lui la trace d'un souvenir. En vain.

– Elle était peinte en blanc en ce temps-là. Et les arbres étaient bien plus jeunes.

– Était-elle agréable ?

– Assez. Tes parents n'étaient pas mariés depuis longtemps. C'étaient des gamins avec un enfant. Eddie travaillait dans un garage de pièces détachées. Puis il a été engagé aux ponts et chaussées. Mais, très vite, il a encore quitté cet emploi.

– Ça me rappelle des choses.

– Evelyn travaillait à mi-temps dans une bijouterie, sur la place. Je crois qu'ils étaient heureux. Elle n'était pas de la région, elle ne connaissait pas grand monde. Ils se tenaient à l'écart.

Ils passèrent devant la maison. Un des enfants braqua une mitraillette orange en direction d'Adam. Ce n'était pas le moment de ressusciter le passé. Peu après ils aperçurent la place.

– Les gens du comté de Ford apprécient toujours de venir y faire leurs achats le samedi matin, dit Lee, tandis qu'ils déambulaient sur le trottoir de Washington Street.

Lee s'arrêta devant une vieille épicerie.

– C'était notre point de rendez-vous, expliqua-t-elle. Au fond, il y avait un grand siphon d'eau de Seltz, avec un juke-box et des rayons de bandes dessinées. Pour quelques sous, on avait une énorme glace. Il fallait des heures pour la manger. Ça durait même plus longtemps encore en présence des garçons.

Ils traversèrent la rue main dans la main. Près du monument aux morts de la guerre de Sécession, des vieillards taillaient des morceaux de bois avec leurs couteaux tout en chiquant du tabac. Ils achetèrent des Coca-Cola à un distributeur automatique et s'installèrent dans un petit belvédère édifié au milieu de la pelouse. Lee lui raconta alors le plus célèbre procès de l'histoire du comté, celui de Carl Lee Hailey, en 1984. Un Noir qui avait tué à coups de fusil deux paysans coupables du viol de sa petite fille. Des manifestations avaient été organisées d'un côté par les Noirs et de l'autre par le Ku Klux Klan. La Garde nationale était restée mobilisée jour et nuit pour maintenir l'ordre. L'homme avait été acquitté par un jury composé uniquement de Blancs.

Adam se souvenait de ce procès. Il était alors en première année à Pepperdine.

Dans l'enfance de Lee, les distractions étaient rares. Les gens se rendaient volontiers dans les salles des tribunaux. Sam les avait amenés ici, Eddie et elle, pour assister au procès d'un homme accusé d'avoir tué un chien de chasse. Reconnu coupable, il avait passé un an en prison. Le public était divisé – les citadins étaient contre cette condamnation, les paysans pour. Ils accordaient beaucoup de valeur à un bon beagle. Sam avait été particulièrement heureux de voir l'homme condamné.

Lee voulait montrer encore quelque chose à son neveu. Ils contournèrent le palais de justice. Derrière le bâtiment, deux fontaines étaient séparées de quelques mètres. Aucune d'elles n'avait été utilisée depuis des années. L'une était réservée aux Blancs, l'autre aux Noirs. Elle rappela l'histoire de Rosia Alfie Gatewood, Miss Allie, comme on l'appelait. Elle avait été la première personne de sang noir à boire à la fontaine des Blancs sans recevoir de coups. Peu après, l'alimentation en eau des deux fontaines avait été coupée.

Ils quittèrent Clanton en voiture. C'était Adam qui conduisait. Lee lui indiqua la route jusqu'à ce qu'ils roulent sur la nationale. Une belle campagne avec de jolies petites fermes et des vaches paissant dans les collines. Une journée magnifique.

Lee lui fit signe de s'engager sur un chemin empierré qui serpentait au milieu des bois. Ils arrivèrent enfin devant une maison blanche à l'abandon. Les broussailles grimpaient jusque sous la véranda. Du lierre ruisselait à travers les fenêtres. Le sentier qui conduisait à cette masure était défoncé, creusé d'ornières, impraticable. Les mauvaises herbes et les ronces avaient tout envahi, noyant jusqu'à la boîte aux lettres.

– Le domaine des Cayhall, marmonna Lee.

Ils restèrent assis un long moment dans la voiture à regarder cette petite maison.

– Que lui est-il arrivé? demanda finalement Adam.

– Oh, c'était une bonne bâtisse. Malheureusement, elle n'a pas eu beaucoup de chance. Les gens qui l'habitaient ne la méritaient pas.

Elle souleva lentement ses lunettes de soleil et s'essuya les yeux.

– J'ai vécu ici pendant dix-huit ans et je n'avais qu'une envie, en partir.

– Pourquoi est-elle à l'abandon?

– Je pense qu'elle était payée depuis longtemps, mais papa a dû l'hypothéquer à cause des frais d'avocats, lors de son dernier procès. Bien sûr, il n'y est jamais revenu. La banque l'a saisie, ainsi que les quarante hectares de terrain. Tout a été perdu. J'avais demandé à Phelps de la racheter, mais il a refusé. Impossible de lui en vouloir. En vérité, je ne tenais pas tellement à en devenir propriétaire. J'ai entendu dire qu'elle avait été louée à plusieurs reprises, puis finalement désertée.

– Mais vos affaires personnelles?

– La veille de la saisie, la banque m'a permis d'emmener ce que je désirais. J'ai emporté des albums-photos, des agendas, des bibles, des souvenirs, quelques objets précieux ayant appartenu à ma mère. Tout est entreposé à Memphis.

– J'aimerais bien voir.

– Le mobilier ne valait pas un déménagement, pas le moindre meuble de valeur. Ma mère était morte, mon frère venait de se suicider, et mon père était condamné à mort. Je n'étais pas d'humeur à collectionner les souvenirs. Ma foi, j'avais envie de tout brûler. Je l'ai presque fait.

– Tu n'es pas sérieuse.

– Bien sûr que si. Après avoir passé quelques heures

à l'intérieur, j'ai décidé de mettre le feu à cette maudite maison et à tout ce qu'il y avait dedans. Ça arrive tout le temps, n'est-ce pas, des incendies ? J'ai trouvé une vieille lampe avec un peu de pétrole. Je me suis assise à la table de cuisine. Je parlais à la lampe tandis que j'emballais quelques objets. Ç'aurait été facile.

– Pourquoi ne l'as-tu pas fait ?

– Je ne sais pas. J'aurais aimé en avoir le cran. J'ai eu peur de la banque. Les incendies volontaires sont un délit criminel ! Je me souviens d'avoir ri à l'idée d'aller en prison. J'y aurais rejoint Sam. C'est pourquoi je n'ai pas craqué l'allumette. Je craignais d'avoir des ennuis, d'être arrêtée.

Il faisait chaud à l'intérieur de la voiture. Adam ouvrit la portière.

– J'ai envie de jeter un coup d'œil, dit-il en sortant.

Ils se frayèrent un chemin à travers les ronces. Ils s'arrêtèrent devant la véranda au plancher vermoulu.

– Je n'entrerai pas là-dedans, dit Lee fermement en lui lâchant la main.

Adam inspecta les lieux du regard et décida de ne pas s'y aventurer. Il longea la façade, regardant par les fenêtres que le lierre avait brisées. Il contourna la maison, suivi de Lee.

À l'arrière, de vieux chênes et des érables plantés sur un terrain en pente douce. Deux cents mètres plus loin, les fourrés. Alentour, la masse sombre des bois.

Lee lui reprit la main. Ils se dirigèrent vers un arbre proche d'une cabane en bois, celle-ci, paradoxalement, en bien meilleur état que la maison.

– Voilà mon arbre, dit-elle en levant les yeux vers la cime. Mon pacanier à moi.

Sa voix tremblait légèrement.

– C'est un très gros arbre.

– Parfait pour l'escalade. J'ai passé des heures ici perchée sur une fourche, balançant mes pieds dans le vide, mon menton posé sur une branche. Au printemps et en été, je grimpais à peu près jusqu'au milieu. Personne ne pouvait me voir. C'était mon petit monde.

Elle ferma brusquement les yeux et porta la main à sa bouche. Ses épaules tremblaient. Adam la prit par la taille.

– C'est là que c'est arrivé, dit-elle après un moment.

Elle se mordit les lèvres pour s'empêcher de pleurer.

– Tu m'as demandé un jour ce qui s'était passé, dit-elle, les dents serrées, s'essuyant les joues avec le dos de la main. Comment papa avait fait pour tuer un Noir.

Elle fit un léger signe de tête vers la maison.

Ils restaient là à la contempler sans mot dire. L'unique porte de derrière donnait sur une petite terrasse carrée entourée d'une balustrade. La brise agitait les feuilles. Leur frémissement était le seul bruit perceptible. Lee soupira.

– Il s'appelait Joe Lincoln. Il vivait un peu plus bas, près de la route, avec sa famille.

Elle fit un geste pour désigner un sentier à demi effacé.

– Il avait une douzaine d'enfants.

– Dont Quince Lincoln ? demanda Adam.

– Oui. Comment connais-tu son nom ?

– Sam m'en a parlé l'autre jour lorsque nous évoquions Eddie. Il m'a dit que Quince et Eddie étaient de très bons copains lorsqu'ils étaient enfants.

– Il n'a pas parlé du père de Quince ?

– Non.

– C'est ce que je pensais. Joe travaillait ici dans notre ferme. Sa famille vivait dans une maison de plain-pied, avec des pièces en enfilade dont nous étions également propriétaires. C'était un brave homme avec une famille nombreuse. Comme la plupart des Noirs à cette époque, il était très pauvre. Je connaissais deux ou trois filles, mais nous n'étions pas liées comme Quince et Eddie. Un jour d'été, alors qu'ils jouaient dans la cour de derrière, les garçons ont commencé à se disputer à propos d'un soldat de plomb. Eddie accusait Quince de le lui avoir volé. Un petit drame classique. Je crois qu'ils avaient huit ou neuf ans. Papa passait dans les parages et Eddie s'est précipité sur lui pour se faire plaindre. Quince se défendait comme un diable, niait tout. Les deux garçons étaient fous de rage, au bord de la crise de larmes. Sam, comme d'habitude, s'est mis en colère et s'en est pris violemment à Quince, le traitant de tous les noms. « Sale voleur de petit nègre !... Demande pardon, salaud de négrillon. » Il exigeait que Quince rende le soldat. Le gamin s'est mis à pleurer, répétant qu'il ne l'avait pas. Eddie affirmait le contraire. Sam a saisi Quince par le bras, l'a secoué violemment et lui a donné une terrible fessée. Mon père hurlait, trépignait. Quince pleurait et suppliait. Finalement, il est parvenu à se dégager. Il a couru se réfugier chez lui. Eddie s'est précipité dans la maison. Papa l'a suivi. Un instant après, il franchissait de nouveau le seuil avec une canne. Il l'a posée avec précaution sous l'auvent et s'est assis sur les marches. Il attendait. Il a allumé une cigarette en surveillant le chemin de terre. La maison des Lincoln n'était pas loin. Quelques minutes plus tard Joe est apparu, sortant des bois avec Quince sur les talons. Comme il s'approchait de la maison, il a aperçu papa. Il a ralenti. Sam a crié par-dessus son épaule : « Eddie, viens ici ! Viens me voir donner une raclée à ce nègre ! »

Lee se mit à marcher lentement en direction de la maison. Elle s'arrêta à quelques pas de la terrasse.

– Quand Joe s'est trouvé à peu près ici, il s'est arrêté, a regardé Sam. « Quince m'a dit que vous l'aviez frappé, monsieur Sam. » À quoi mon père a répondu : « Quince est un sale petit nègre et un voleur, Joe. Tu devrais apprendre l'honnêteté à tes enfants. » Ils ont commencé à se disputer. Ça s'envenimait. Sam, brusquement, est descendu d'un bond de la terrasse et a donné le premier coup. Les deux hommes sont tombés par terre, juste ici, et se sont battus comme des chats sauvages. Joe était un peu plus jeune et plus vigoureux, mais papa était tellement furieux, tellement excité que le combat n'avait rien d'inégal. Ils se frappaient au visage, s'injuriaient, se donnaient des coups de pied, luttaient comme deux fauves.

Lee s'arrêta de parler et montra du doigt la porte de derrière.

– À un moment donné, Eddie est apparu sur la terrasse pour regarder la bagarre. Quince se tenait à quelques pas de là, hurlant après son père. Sam a bondi jusqu'à la porte, s'est emparé de la canne. Il a frappé Joe au visage et sur la tête jusqu'à ce qu'il tombe à genoux. Puis il lui a enfoncé la canne dans le ventre, dans l'entrejambe. Joe a regardé Quince et lui a crié d'aller chercher son fusil. Quince a disparu. Sam s'est arrêté de frapper et s'est tourné vers Eddie. « Va chercher le mien. » Eddie restait figé sur place. Papa a crié plus fort. Joe était par terre à quatre pattes, essayant de récupérer. Au moment où il allait se relever, Sam l'a frappé de nouveau pour le maintenir au sol. Eddie est rentré dans la maison et Sam a gagné la terrasse. Mon frère est revenu quelques secondes plus tard avec le fusil. Papa lui a crié de rentrer à l'intérieur.

Lee s'avança vers la terrasse et s'assit sur le bord. Elle enfonça son visage dans ses mains et se mit à pleurer. Adam, debout à quelques pas, fixait le sol. Quand finalement il la regarda, ses yeux étaient rouges, son rimmel coulait, elle reniflait. Elle essuya son visage avec sa main puis la passa sur son jean.

– Excuse-moi, murmura-t-elle.

– Je t'en prie, continue, dit Adam.

Elle ravala ses sanglots, puis s'essuya de nouveau les yeux.

– Joe se trouvait exactement à cet endroit, dit-elle en montrant l'herbe aux pieds d'Adam. Il a réussi à se relever, s'est retourné et a aperçu papa avec son fusil. Il a jeté un coup d'œil en direction du sentier. Quince n'était pas encore en vue. Il s'est tourné de nouveau vers papa debout sur la terrasse. Puis mon gentil petit papa a levé lentement son fusil, a hésité une seconde, a regardé autour de lui pour s'assurer que personne ne pouvait le voir, et a appuyé sur la détente. Tout simplement. Joe s'est écroulé, frappé à mort.

– Tu as vu la scène, n'est-ce pas ?

– Oui.

– Où étais-tu ?

– Par là, dit-elle en faisant un petit signe de tête. Dans mon arbre.

– Sam ne pouvait pas te voir ?

– Personne ne pouvait me voir. J'ai assisté à tout.

Elle mit sa main devant ses yeux de nouveau, essayant de refouler ses larmes. Adam s'avança vers la terrasse et s'assit à côté d'elle.

Lee s'éclaircit la voix.

– Il a fixé Joe pendant une minute, prêt à donner le coup de grâce. Mais c'en était fini pour Joe. Foudroyé. Il y avait du sang près de sa tête, dans l'herbe. Je le voyais parfaitement de mon arbre. Je me souviens d'avoir enfoncé mes ongles dans l'écorce pour m'empêcher de tomber. J'avais une envie folle de crier mais je restais muette d'effroi. Je ne voulais pas que mon père m'entende. Quince est apparu quelques minutes plus tard. Il avait entendu le coup de feu. Il courait comme un fou, le visage couvert de larmes. Quand il a vu son père par terre, il a commencé à pousser des hurlements.

Mon père a levé de nouveau son fusil. En une fraction de seconde, j'ai compris qu'il allait tirer sur le garçon. Heureusement, Quince a jeté le fusil par terre et s'est précipité vers son père. Il hurlait toujours. Sa chemise claire a bientôt été trempée de sang. Sam a contourné le corps, a ramassé le fusil de Joe, et est rentré chez lui avec les deux fusils.

Lee se leva lentement et fit quelques pas.

– Quince et Joe étaient juste ici, dit-elle en enfonçant son talon dans l'herbe. Quince tenait la tête de son père contre sa poitrine. Il y avait du sang partout. Le gamin faisait entendre un drôle de son, une sorte de gémissement comme les râles d'un animal à l'agonie.

Elle se retourna et regarda le pacanier.

– Et moi j'étais là, assise sur une branche comme un petit oiseau, ne pouvant m'arrêter de pleurer. Je haïssais mon père de toutes mes forces.

– Où était Eddie ?

– Dans la maison, dans sa chambre, sa porte fermée à clef, dit-elle, montrant du doigt une fenêtre aux vitres brisées et aux volets arrachés. C'était sa chambre. Il m'a dit plus tard qu'il avait regardé dehors lorsqu'il avait entendu le coup de feu. Il avait vu Quince accroché à son père. Quelques minutes plus tard, Ruby Lincoln arrivait avec une ribambelle d'enfants derrière elle. Mon Dieu, c'était atroce. Ils criaient, hurlaient, pleuraient, demandaient à Joe de se relever, de ne pas mourir maintenant, de ne pas les abandonner.

« Sam a appelé une ambulance et a téléphoné à son frère, Albert, et à quelques voisins. Très vite, il y a eu foule dans la cour de derrière. Sam et sa bande se tenaient sur la terrasse avec leurs fusils, surveillant la famille en deuil. Ruby a traîné le corps sous cet arbre, là-bas, dit-elle en montrant un grand chêne. L'ambulance est arrivée après ce qui m'a paru une éternité. On a emmené le corps. Ruby et ses enfants sont retournés chez eux. Mon père et ses copains ont passé un bon moment à rire sur la terrasse.

– Combien de temps es-tu restée dans l'arbre ?

– Je ne sais pas. Quand tout le monde a été parti, j'en suis descendue et je me suis mise à courir vers le bois. Eddie et moi avions un endroit favori près d'une petite crique. Je savais qu'il viendrait me chercher là. Il était effrayé, hors d'haleine. Il m'a raconté la scène. Je lui ai dit que je l'avais vue. Tout d'abord il n'a pas voulu me croire, mais je lui ai donné des détails. Nous avions une peur bleue. Il a fouillé dans sa poche et en a sorti le petit soldat de plomb pour lequel il s'était disputé avec Quince. Il l'avait trouvé sous son lit. À l'instant même, il a décidé que tout ce qui s'était passé était sa faute. Nous nous sommes juré de garder le secret. Il m'a promis de ne jamais raconter à personne que j'avais été témoin du meurtre, et je lui ai promis de ne jamais révéler qu'il avait retrouvé le soldat. Il s'en est débarrassé en le jetant dans l'eau.

– Eddie et toi, vous n'avez jamais raconté ça à personne ?

Lee fit un signe négatif de la tête.

– Sam n'a jamais su que tu étais dans l'arbre ?

– Non. Je ne l'ai jamais dit à ma mère. Eddie et moi en avons parlé de temps en temps au cours de ces années et, le temps passant, nous avons définitivement enterré ce drame. Lorsque nous sommes revenus à la maison, nos parents se disputaient violemment. Ma mère était hors d'elle, elle avait les yeux fous. Je pense que mon père l'avait frappée. Elle nous a pris par le bras et nous a ordonné de monter dans la voiture. Comme nous nous préparions à quitter l'allée, le shérif est arrivé. Nous avons tourné en rond pendant un moment, ma mère au volant, Eddie et moi sur le siège arrière, bien trop effrayés pour articuler le moindre son. Nous supposions que mon père irait en prison. Lorsque nous avons ramené la voiture dans l'allée, il était assis sur la terrasse comme si de rien n'était.

– Qu'a fait le shérif ?

– Rien. Il a parlé un moment avec mon père. Sam lui a montré le fusil de Joe et lui a expliqué qu'il avait agi en état de légitime défense. Après tout, ce n'était qu'un nègre.

– Il n'a pas été arrêté ?

– Non, Adam. Ça se passait dans le Mississippi au début des années cinquante. Le shérif a dû rire un bon coup. Il a donné une grande tape dans le dos de Sam et lui a dit de se conduire en brave garçon. Il lui a même permis de garder le fusil de Joe.

– Incroyable !

– Nous espérions qu'il irait en prison pour quelques années.

– Qu'ont fait les Lincoln?

– Que pouvaient-ils faire? Qui les aurait écoutés? Sam a interdit à Eddie de voir Quince. Pour être sûr que les garçons ne se fréquentent plus, il a chassé la famille de leur maison.

– Bon Dieu!

– Il leur a donné une semaine pour filer. Le shérif est venu les expulser. C'était légal, il était en droit de le faire, a expliqué Sam à notre mère. C'est la seule fois, je crois, où elle a failli le quitter. J'aurais aimé qu'elle le fasse.

– Est-ce qu'Eddie a revu Quince?

– Des années plus tard. Dès qu'il a eu son permis de conduire, il s'est mis à la recherche des Lincoln. Ils s'étaient installés dans un petit ghetto, de l'autre côté de Clanton. Eddie s'est excusé des centaines de fois, leur a dit qu'il était accablé. Mais Ruby lui a demandé poliment de partir. La famille vivait dans un baraquement sans électricité.

Lee s'avança vers son arbre et s'assit contre le tronc. Adam vint s'accroupir près d'elle. Ainsi, durant toutes ces années, sa tante avait gardé ce fardeau pour elle. Il pensa à son père, à ses angoisses, à ses tourments, aux cicatrices qu'il avait cachées jusqu'à sa mort. Adam commençait à comprendre ce qui l'avait conduit au suicide. En regardant la terrasse, il vit un homme jeune armé d'un fusil, le visage défiguré par la haine.

– Et qu'a fait Sam après ça?

Lee essayait de toutes ses forces de reprendre son calme.

– La maison est restée silencieuse comme un tombeau pendant une semaine, peut-être un mois, je ne sais plus. Il me semble qu'il a fallu attendre des années avant qu'on se remette à parler aux repas. Eddie s'enfermait à clef dans sa chambre. Je l'entendais sangloter la nuit. Il haïssait notre père. Il aurait voulu le voir au cimetière. Il s'accusait de tout. Maman s'inquiétait, passait beaucoup de temps avec lui. Quant à moi, mes parents pensaient que j'étais en train de jouer dans les bois lorsque le drame est arrivé. Ensuite j'ai épousé Phelps et j'ai commencé à voir un psychiatre. J'aurais voulu qu'Eddie fasse de même. Mais il refusait de m'écouter. La dernière fois que je lui ai téléphoné, il m'a reparlé du meurtre. Il n'a jamais pu surmonter ce drame.

– Tu y es parvenue ?

– Je n'ai pas dit ça. La psychothérapie m'a aidée. Mais je continue à me demander ce qui serait arrivé si j'avais crié avant que mon père n'appuie sur la détente. Est-ce qu'il aurait tué Joe alors que sa fille le regardait ? Je ne le pense pas.

– Allons, Lee. C'était il y a quarante ans. Tu n'as pas à t'accuser ainsi.

– Eddie me rendait responsable. Il se rendait responsable. Nous nous accusions souvent mutuellement. Nous ne pouvions nous confier à nos parents. Nous étions livrés à nous-mêmes, sans appui.

Des milliers de questions se pressaient dans l'esprit d'Adam. Il n'en reparlerait probablement jamais avec Lee, aussi voulait-il connaître ce qui était arrivé dans les moindres détails. Où Joe avait-il été enterré ? Qu'était devenu son fusil ? Avait-on parlé du meurtre dans le journal ? Est-ce que l'affaire était arrivée devant un tribunal ? Sam en avait-il jamais parlé à ses enfants ? Où se trouvait sa grand-mère au moment du drame ? Les avait-elle entendus se battre, avait-elle entendu le coup de feu ? Qu'était-il arrivé à la famille de Joe ? Vivait-elle toujours dans le comté de Ford ?

– Brûlons-la, Adam, dit Lee avec force.

– Mais non.

– Si ! Brûlons cet endroit maudit, la maison, la cabane, l'arbre, l'herbe, bonne ou mauvaise. Ça ne sera pas difficile. Quelques allumettes ici et là. Faisons-le.

– Non, Lee.

– Faisons-le.

Adam se pencha gentiment vers elle et la prit par le bras.

– Partons, Lee. J'en ai assez entendu pour aujourd'hui.

Elle n'essaya pas de résister. Elle aussi était lasse de cette journée.

Ils quittèrent le domaine des Cayhall en silence. Lee lui fit signe de prendre à gauche, au bout du chemin. Elle ferma les yeux comme si elle cherchait le sommeil. Ils contournèrent Clanton et s'arrêtèrent dans une épicerie de village près de Holly Springs. Lee voulait boire un Coca-Cola. Elle insista pour aller l'acheter elle-même. Elle revint à la voiture avec un pack de bières. Elle en offrit une à Adam.

– Qu'est-ce que c'est que ça ? demanda-t-il.

– Je veux juste en boire deux, dit-elle. Je suis à bout de nerfs. Ne m'en laisse pas boire plus de deux, d'accord. Seulement deux.

– Tu ne devrais pas faire ça, Lee.

– Je vais bien, dit-elle en décapsulant la bouteille.

Adam démarra rapidement. Au bout d'un quart d'heure, Lee avait bu ses deux canettes. Elle commença à somnoler. Adam avait une soudaine envie de quitter le Mississippi, de retrouver les lumières de Memphis.

27

Sept jours plus tôt, Adam se réveillait avec une fameuse gueule de bois. Puis il s'était rendu au tribunal du juge Slattery, à Chicago, à Greenville, à Clanton et à Parchman. Il avait rencontré le gouverneur et le procureur. Mais aucune rencontre avec son client depuis six jours.

Ras le bol avec le client. Adam se prélassa sur la terrasse jusqu'à deux heures du matin, buvant du café et suivant des yeux les bateaux sur le fleuve. Il écrasait des moustiques et s'efforçait de chasser les fantômes de son esprit.

Il se coucha, mais dormit d'un sommeil agité. Au milieu de la nuit, alors qu'il s'était assis sur le bord de son lit, la pensée lui vint que Sam pouvait trouver un autre avocat, que la peine de mort, au fond, avait un sens, notamment dans le cas de son grand-père. Il allait retourner à Chicago et changer de nouveau de nom. Mais tout se dissipa aux premiers rayons du soleil passant à travers les persiennes. Aujourd'hui dimanche, il ferait la grasse matinée, avec un bon journal et un café fort. Il irait au bureau l'après-midi. Son client n'en avait plus que pour dix-sept jours.

Lee avait bu une troisième bière après leur arrivée dans l'appartement, puis elle s'était couchée. Adam l'avait surveillée de près, s'attendant à la voir prendre une terrible cuite. Mais elle s'était montrée raisonnable. Il ne l'avait pas entendue remuer durant la nuit.

Il prit une douche et entra dans la cuisine. Un fond de café sirupeux l'attendait : Lee était déjà levée. Il l'appela, puis se dirigea vers sa chambre. Il jeta un coup d'œil rapide sur la terrasse et partit à sa recherche de pièce en pièce. Elle n'était pas là. Le journal du dimanche était posé bien en évidence sur la table basse dans la salle de séjour.

Il se fit du café frais et quelques toasts. Il s'installa dehors. Il était presque neuf heures trente. Par chance, le ciel s'était couvert et la température était un peu moins suffocante. Ce serait un bon dimanche pour travailler au bureau. Il ouvrit le journal.

Peut-être Lee était-elle allée faire une course ou s'était-elle rendue à l'église. Ils n'en étaient pas encore à se laisser des messages sur la table pour s'informer de leurs faits et gestes.

Alors qu'il mangeait ses tranches de pain grillées et tartinées de confiture de fraises, quelque chose lui coupa brusquement l'appétit. La page des faits divers contenait un nouvel article sur Sam Cayhall, illustré par la même photographie vieille de dix ans. Un texte assez bavard récapitulait les événements survenus au cours de la semaine. Un encadré rappelait la chronologie de l'affaire. Avec un point d'interrogation des plus subtils concernant la date du 8 août. Mais le paragraphe le plus déplaisant reprenait les propos d'un professeur de droit de l'université d'Oxford, dans le Mississippi. Cet expert en droit constitutionnel avait étudié de nombreux cas de condamnations à mort. L'éminent juriste se montrait prolixe concernant Sam Cayhall. À l'en croire, ce dernier constituait une cause désespérée. Il avait étudié son dossier avec minutie et avait suivi tous les épisodes de l'affaire. Sam en était au point de non-retour. Un miracle pouvait quelquefois survenir au dernier moment parce que le condamné avait été mal défendu, lors des appels. Des experts pouvaient accomplir en pareil cas des prodiges, détecter des anomalies ayant échappé à des juristes moins affûtés. Malheureusement, l'affaire Cayhall n'entrait pas dans cette catégorie. Le prisonnier avait bénéficié d'une assistance juridique hors pair prodiguée par de grands avocats du barreau de Chicago.

Ce commentateur avisé et néanmoins joueur pariait à cinq contre un que la sentence serait bien exécutée le 8 août. Et pour quiconque se fiait à ses pronostics, il offrait en prime son portrait dans le journal.

Adam en fut brusquement accablé. Ce professeur de droit avait raison. Sam avait eu de la chance. Les avocats de Kravitz et Bane l'avaient magnifiquement défendu. Aujourd'hui, sa vie ne dépendait plus que des appels de dernière minute.

Il jeta le journal par terre, retourna dans la cuisine pour reprendre du café. La porte coulissante émit un bip. C'était le son du nouveau système de sécurité installé l'avant-veille. L'ancien fonctionnait mal et quelques clefs avaient mystérieusement disparu. Il n'y avait eu aucune trace de cambriolage et Willis ne savait jamais le nombre exact de trousseaux de clefs qu'il gardait pour chaque appartement. La police de Memphis avait jugé que la porte coulissante n'avait pas été correctement fermée. Lee Booth et son neveu ne s'en étaient guère préoccupés.

Adam, par mégarde, cassa un verre près de l'évier. Des éclats jonchaient le sol autour de ses pieds nus. Il gagna avec précaution le débarras pour y prendre un balai et une pelle à poussière. Il balaya soigneusement les morceaux et en fit un petit tas qu'il jeta dans la poubelle, sous l'évier. Quelque chose retint alors son attention. Il plongea lentement la main dans le sac plastique. Entre le marc de café encore chaud et les éclats de verre, il trouva une bouteille. Une bouteille de vodka vide.

Il essuya le marc de café et regarda l'étiquette. La petite poubelle était en principe vidée tous les deux jours, quelquefois même chaque jour. Aujourd'hui, elle était à moitié pleine. La bouteille n'était pas là depuis très longtemps. Il ouvrit le réfrigérateur, espérant trouver le pack de bières acheté la veille. Lee en avait bu deux en cours de route et une autre dans l'appartement. Rien dans le réfrigérateur, ni dans les déchets de la cuisine, de la salle de séjour, des salles de bains et des chambres à coucher. Adam s'obstinait. Il voulait ces bouteilles. Il fouilla dans l'office, le placard à balais, l'armoire à linge, le buffet. Il inspecta minutieusement les tiroirs des commodes de sa tante. Il se donnait un peu l'impression d'être un voleur. Mais il continuait ses recherches parce qu'il avait peur.

Les bouteilles se trouvaient sous le lit, vides bien entendu, soigneusement dissimulées dans une vieille boîte à chaussures. Trois bouteilles vides de Heineken bien rangées. Un vrai paquet-cadeau. Adam s'assit par terre pour les examiner. On les avait bues récemment. Adam s'adossa au mur, les idées se bousculant dans sa tête. Lee s'était donné beaucoup de peine pour cacher les canettes, les dissimulant sous son lit. Pourquoi n'avait-elle pas été aussi soigneuse pour cacher la bouteille de vodka ? Pourquoi l'avait-elle simplement jetée dans la poubelle ?

Adam se rendit compte qu'il essayait d'épouser la pensée d'un esprit rationnel au lieu de suivre la logique tortueuse d'un ivrogne. Il ferma les yeux et donna un coup de tête contre le mur. Il avait emmené sa tante dans le comté de Ford pour contempler des tombes et lui faire revivre un cauchemar. Depuis quinze jours, il n'avait eu de cesse d'élucider des secrets de famille. D'instinct il éprouvait le besoin de savoir pour quelles raisons sa famille était si étrange et si violente. Désormais, il comprenait que son désir égoïste de vouloir tout exhumer lui importait moins que l'équilibre de sa tante.

Il remit la boîte à chaussures à l'endroit où il l'avait découverte et la bouteille de vodka dans la poubelle. Il s'habilla rapidement et quitta l'immeuble. Il questionna le gardien à propos de Lee. Celui-ci vérifia sur son carnet que Mrs. Booth était partie depuis presque deux heures, à huit heures trente précises.

À Chicago, les avocats de Kravitz et Bane avaient pour habitude de venir au bureau le dimanche. Tant d'assiduité n'était nullement partagée par ceux du cabinet de Memphis. Adam était seul dans les lieux. Il s'enferma néanmoins à clef, pour se plonger dans les arcanes juridiques.

Il avait de la peine à se concentrer. Il se faisait du souci à propos de Lee et méprisait Sam. Il lui serait difficile désormais de regarder son grand-père en face. Pourtant Sam, si frêle, si pâle, si ridé, méritait un peu de compassion. Il lui avait d'ailleurs demandé avec véhémence de laisser les affaires de famille de côté, il en avait suffisamment sur le dos en ce moment. Pourquoi faire surgir à l'esprit d'un condamné à mort ses fautes passées ?

Adam à vrai dire se montrait las de ses incursions dans la mystérieuse histoire de la famille Cayhall. Il était avocat, un avocat de fraîche date, certes, mais un avocat consciencieux. Son client avait besoin de lui. Il était temps de s'occuper de la procédure et d'oublier le folklore.

À onze heures trente, il composa le numéro de téléphone de Lee. Il lui laissa un message sur le répondeur, disant où il se trouvait et la priant de le rappeler. Il téléphona de nouveau à une heure, et encore une fois à deux heures. Aucune réponse. Il se préparait à appeler de nouveau lorsque le téléphone se mit à sonner.

Ce n'était pas la voix agréable de Lee, mais la voix sèche de l'honorable Flynn Slattery.

– Oui, monsieur Hall, le juge Slattery à l'appareil. J'ai examiné soigneusement l'affaire, et je rejette vos requêtes, donc le report de l'exécution, dit-il d'un ton presque satisfait. Pour de nombreuses raisons trop longues à vous énumérer présentement. Mon adjoint vous envoie mon jugement par fax, vous allez le recevoir d'un moment à l'autre.

– Oui, monsieur, dit Adam.

– Il vous faudra faire appel aussitôt que possible, n'est-ce pas ? Je vous suggère de présenter votre requête demain matin.

– J'y travaille en ce moment, Votre Honneur, en fait c'est presque terminé.

– Parfait. Vous vous attendiez donc à ma décision.

– Oui, monsieur. J'ai commencé à travailler sur cet appel dès que j'ai quitté votre bureau mardi.

Il était tentant de lancer quelques bonnes piques à Slattery. Mais il était juge à la Cour fédérale. Adam risquait très prochainement d'avoir encore affaire à lui.

– Au revoir, monsieur Hall, dit Slattery en raccrochant.

Adam fit le tour de son bureau une douzaine de fois, puis regarda la pluie fine qui tombait sur le Mall. Il maudissait les juges fédéraux en général, et Slattery en particulier. Il revint vers son traitement de texte et fixa l'écran, attendant l'inspiration.

Dès qu'il eut fini de taper, il mit en marche l'imprimante. Puis il alla à la fenêtre et rêva d'un miracle jusqu'à la tombée de la nuit. Il traîna plusieurs heures au bureau dans le but de donner à Lee le temps de retourner dans l'appartement.

Elle ne s'y trouvait pas. Le gardien confirma qu'elle

n'était pas repassée chez elle de la journée. Il n'y avait aucun message sur le répondeur en dehors du sien. Il fit réchauffer des pop-corn dans le four à micro-ondes et regarda deux films vidéo. L'idée d'appeler Phelps Booth lui répugnait. Il frissonnait rien que d'y penser.

Il envisagea de dormir sur le sofa, dans la salle de séjour, afin d'entendre sa tante si jamais elle rentrait. Mais, après la fin du deuxième film, il gagna sa chambre pour dormir.

28

La disparition de la veille finit par s'expliquer. Lee avait passé la journée à l'hôpital, avec une des pensionnaires du refuge de l'Auburn. Cette pauvre gamine n'avait que treize ans, c'était son premier bébé. Naturellement, il y en aurait d'autres. Elle avait commencé à avoir des douleurs un mois plus tôt. Sa mère était en prison et sa tante probablement en train de vendre de la drogue. Lee lui avait tenu la main tout au long du difficile accouchement. Oui, la maman allait bien et le bébé aussi. Un enfant non désiré de plus.

La voix de Lee était rauque, ses paupières gonflées et rouges. Elle était rentrée peu après une heure. Elle aurait, bien sûr, appelé plus tôt si elle n'avait pas été enfermée dans la salle de travail pendant six heures, et pendant deux heures dans celle des accouchements.

Adam, en pyjama, buvait du café dans la cuisine et feuilletait le journal tandis qu'elle parlait. Il ne l'avait pas interrogée. Il faisait de son mieux pour dissimuler son inquiétude. Elle avait insisté pour préparer le petit déjeuner. Elle se donnait un air affairé et bavardait en évitant de regarder son neveu dans les yeux.

– Quel est le nom de la gamine ? demanda-t-il comme s'il était profondément intéressé par l'histoire de Lee.

– Euh... Natasha. Natasha Perkins.

– Et elle n'a que treize ans ?

– Oui, sa mère en a vingt-neuf. Peux-tu croire ça ? Une grand-mère de vingt-neuf ans.

Adam secoua la tête, incrédule. Il jeta un coup d'œil

dans le *Memphis Press* à la page des mariages, des divorces, des naissances, des arrestations et des morts. Le carnet ne mentionnait aucune nouvelle maman du nom de Natasha Perkins.

Lee avait fini de s'escrimer avec le petit déjeuner.

– Bon appétit, dit-elle avec un sourire forcé.

Ses talents de cuisinière étaient toujours une source de plaisanterie.

Adam sourit et continua sa lecture. Ils mangèrent en silence pendant quelques minutes, un silence qui devenait pesant. Lee actionna la télécommande pour créer un bruit de fond. Tous deux se prirent soudain de passion pour le bulletin météorologique. Lee grignotait un toast, en poussant les œufs d'un bord à l'autre de son assiette. Adam soupçonnait qu'elle avait la nausée.

Il termina rapidement son petit déjeuner et mit son couvert dans l'évier. Il se rassit à la table pour finir son journal. Lee gardait les yeux rivés sur la télévision. N'importe quoi plutôt que croiser le regard interrogateur de son neveu.

– J'irai probablement voir Sam aujourd'hui, dit Adam. Ça fait une semaine que je ne suis pas allé là-bas.

Lee fixa la table.

– Je regrette d'être allée à Clanton samedi, dit-elle.

– Je sais.

– Une mauvaise idée.

– Je suis désolé, Lee. C'est ma faute.

– Ce n'est pas bien...

– J'ai eu tort.

– Ce n'est pas bien pour lui, Adam. C'est cruel de lui rappeler ces choses alors qu'il n'a plus que deux semaines à vivre.

– C'est vrai. Et je n'avais pas à te les faire revivre.

– Ça ira, dit-elle, comme si ça n'allait pas maintenant, mais qu'il y avait un peu d'espoir pour l'avenir.

– Je suis désolé, Lee. Vraiment désolé.

– D'accord, d'accord. Qu'allez-vous faire, Sam et toi, aujourd'hui ?

– Surtout discuter. La Cour fédérale du Mississippi a rejeté notre requête hier, donc nous faisons appel ce matin. Sam aime aborder les questions de procédure. Peaufiner les arguments.

– Dis-lui que je pense à lui.

– Je le ferai.

Elle repoussa son assiette et posa son menton entre ses deux mains.

– Demande-lui s'il veut que je vienne le voir.

– En as-tu envie ? demanda Adam, incapable de cacher sa surprise.

– Quelque chose me dit que je le devrais. Je ne l'ai pas vu depuis tant d'années.

– Je lui poserai la question.

– Ne lui parle pas de Joe Lincoln, d'accord ? Je n'ai jamais dit à papa que je l'avais vu tirer. Eddie et moi avons grandi avec ce fardeau. Mais franchement, Adam, ce n'était pas quelque chose de si important pour nos voisins. Mon père avait tué un Noir, bon. C'était en 1950.

– Ainsi, Sam va être enterré sans jamais avoir été confronté à son crime ?

– À quoi cela servirait-il désormais ? Quarante ans ont passé, Adam.

– Je ne sais pas. Peut-être l'expression d'un regret.

– Auprès de toi ? Il te ferait des excuses et tout irait bien, c'est ça ? Allons, Adam, tu es jeune et tu ne comprends pas. Laisse-le tranquille. Ne fais pas souffrir davantage ce vieillard. En ce moment tu es sa seule petite lueur d'espoir.

– Bon, bon.

– Tu n'as pas le droit de lui faire honte avec l'histoire de Joe Lincoln.

– Tu as raison. Je m'en abstiendrai. C'est promis.

Les yeux rougis de Lee se posèrent un instant sur lui, puis elle s'excusa et disparut. Adam entendit jouer la serrure de la porte de la salle de bains. Il traversa la pièce et se tint immobile dans le couloir. Sa tante était en train de vomir.

Dès dix heures du matin, Adam avait fait appel auprès de la cinquième chambre de La Nouvelle-Orléans. Il avait eu aussi sa première conversation avec le fonctionnaire de la Cour suprême des États-Unis qui supervisait les derniers appels de tous les condamnés à mort. Ce fonctionnaire travaillait souvent vingt-quatre heures sur vingt-quatre lorsque l'exécution approchait. Garner Goodman avait mis Adam au courant des agissements de ce personnage et de son bureau. Aussi Adam l'avait-il appelé avec quelque répugnance.

Richard Olander était un homme très efficace, mais qui donnait l'impression d'être déjà fatigué le lundi matin.

– Nous nous attendions à ce refus, dit-il à Adam, comme si cette damnée requête aurait dû être présentée plus tôt.

Il demanda à Adam si c'était sa première exécution.

– Heureusement, dit Adam. Et j'espère que ce sera la dernière.

– Vous avez choisi le mauvais numéro, dit Mr. Olander, avant d'expliquer avec un luxe de détails ce que la Cour attendait des derniers appels. À partir de cet instant et jusqu'à la fin, quel que soit leur sujet et quel que soit l'endroit où elles seront présentées, un double de chaque requête doit être envoyé à mon bureau.

On avait l'impression qu'il lisait un manuel. Il s'apprêtait d'ailleurs à télécopier à Adam une copie du règlement. Celui-ci devait être suivi à la lettre. Du moins si Adam avait envie d'offrir à son client quelque chance devant la Cour.

Adam promit de se conformer au règlement.

Mr. Olander expliqua ensuite que son bureau avait la liste de tous les appels, de toutes les requêtes possibles de dernière minute. Si, par exemple, un avocat n'avait pas entrevu un point important, on le lui faisait savoir pour qu'il fasse appel. Est-ce qu'Adam désirait avoir copie de cette liste?

Non. Il en était déjà muni. Sans compter l'ouvrage de Garner Goodman sur les appels de dernière minute.

Parfait, dit Mr. Olander. Mr. Cayhall avait encore seize jours, et bien des événements pouvaient se produire d'ici là, mais il serait surpris par l'obtention d'un nouveau sursis.

Merci de m'en informer, pensa Adam.

Mr. Olander resterait personnellement à côté de son téléphone pendant les douze heures qui précéderaient l'exécution.

– Appelez à n'importe quel moment, dit-il en promettant de rendre les choses aussi faciles que possible pour Adam et son client.

Adam raccrocha brutalement et se mit à arpenter son bureau. Comme toujours, sa porte était fermée à clef.

Sa photographie avait été de nouveau publiée dans le journal d'hier, et il ne tenait pas à être vu. Il appela le refuge de l'Auburn et demanda Lee Booth. Elle était absente. Il appela son appartement, sans plus de résultat. Il téléphona alors à Parchman et dit au fonctionnaire du poste de garde qu'il serait là aux environs de une heure.

Il s'assit devant son traitement de texte et ouvrit un de ses dossiers en cours, le résumé chronologique de l'affaire Cayhall.

Le jury du comté de Lakehead avait condamné Sam le 12 février 1981, et deux jours plus tard lui avait annoncé sa condamnation à mort. Celui-ci avait fait appel immédiatement devant la Cour suprême du Mississippi, mettant en avant des erreurs et des aberrations lors de l'instruction et du procès. Sa dernière comparution devant la cour d'assises n'était intervenue que quatorze ans après l'attentat. Son avocat, Benjamin Keyes, avançait un argument de poids. La Cour suprême du Mississippi était grandement divisée au moment du jugement, le 23 juillet 1982. Elle avait décidé néanmoins de la validité de la procédure.

Keyes avait présenté alors une pétition jugée devant la Cour suprême des États-Unis. Étant donné que la Cour suprême n'accorde que rarement un délai après que le verdict a été rendu, ç'avait été une surprise lorsque, le 4 mars 1983, elle avait accepté de revoir le dossier de Sam.

La Cour suprême des États-Unis s'était montrée presque aussi indécise que l'avait été celle du Mississippi sur la question de l'affaire jugée. Elle était arrivée aux mêmes conclusions. Le 21 septembre 1983, par six voix contre trois, elle avait considéré que la condamnation de Sam était légale. Keyes, immédiatement, avait présenté de nouvelles requêtes, en vain.

Sam avait engagé Keyes pour le défendre durant le procès et lors des appels auprès de la Cour suprême du Mississippi. Au moment où la Cour suprême des États-Unis confirmait la culpabilité de Sam, Keyes travaillait sans être payé. Il avait écrit une longue lettre à Sam lui expliquant qu'il était temps pour lui de prendre d'autres dispositions. Sam l'avait fort bien compris.

En même temps Keyes avait adressé une lettre à un avocat de ses amis appartenant à l'Union américaine pour les droits civiques. Celui-ci avait envoyé un courrier à son confrère Garner Goodman de chez Kravitz et Bane. La lettre avait atterri sur le bureau de Goodman au meilleur moment possible. Sam voyait son exécution approcher avec désespoir. Goodman cherchait une affaire d'assistance judiciaire gratuite. Une correspondance s'était établie, et, le 18 décembre 1983, Wallace Tyner, un associé du cabinet, s'occupant du Département de défense criminelle, avait présenté une pétition pour obtenir un délai après condamnation auprès de la Cour suprême du Mississippi.

Tyner alléguait de multiples erreurs lors du procès de Sam, y compris la présentation, pour preuves, des photos macabres des corps mutilés de Josh et John Kramer. Il soutenait que McAllister avait systématiquement privilégié des Noirs pour siéger dans le jury plutôt que des Blancs. Il affirmait que le lieu du procès choisi par le juge était tendancieux. Cependant, il avait dû renoncer à soutenir que Sam avait été victime d'une défense insuffisante. Sam avait refusé de signer cette pétition parce qu'on y attaquait Benjamin Keyes, avocat qu'il estimait beaucoup.

Le 1er juin 1985, la Cour suprême du Mississippi avait rejeté toutes les demandes de sursis après condamnation. Tyner avait alors fait appel devant la Cour suprême des États-Unis. Nouveau rejet. Il avait donc présenté la première requête de Sam devant la Cour fédérale du Mississippi en vue d'obtenir une audience supplémentaire, et un sursis à l'exécution.

Deux ans plus tard, le 3 mai 1987, la Cour fédérale du Mississippi opposait une fin de non-recevoir à l'ensemble de la pétition. Tyner avait fait appel auprès de la cinquième chambre de La Nouvelle-Orléans. Celle-ci avait confirmé les décisions des cours précédentes. Le 20 mars 1988, le même Tyner avait demandé une audience devant la cinquième chambre. À son tour refusée. Le 3 septembre 1988, Tyner et Goodman s'étaient rendus sans conviction auprès de la Cour suprême pour obtenir que l'affaire soit traitée par une instance supérieure. Une semaine plus tard, Sam écrivait à Goodman et Tyner la première des nombreuses lettres les menaçant de se passer de leurs services.

La Cour suprême avait accordé son dernier sursis le 14 mai 1989. Tyner avait démontré avec succès qu'une affaire présentée en Floride avait des points communs avec la sienne.

Aucune pétition ou requête n'avait été présentée pendant que la Cour suprême examinait l'affaire de Floride. Sam, à ce moment-là, faisait de son mieux pour se débarrasser de Kravitz et Bane. Il avait réussi à obtenir un jugement de la cinquième chambre qui mettait fin à l'accord passé avec ses avocats. Le 29 juin 1990, la cinquième chambre lui avait permis de se défendre lui-même. Garner Goodman avait refermé le dossier de Sam Cayhall. Pas pour longtemps.

Le 9 juillet 1990, la Cour suprême avait annulé le sursis de Sam. Le 10 juillet, la cinquième chambre avait suivi le mouvement. Le même jour, la Cour suprême du Mississippi avait fixé la date d'exécution pour le 8 août, quatre semaines plus tard.

Après neuf ans de batailles juridiques, Sam ne disposait plus que de seize jours pour sauver sa vie.

29

À l'approche de midi le quartier des condamnés à mort était particulièrement calme. Les ventilateurs bourdonnaient, brassant un air de plus en plus lourd. Peu de conversations, pas de disputes, de rares billets passés de cellule à cellule.

Ce matin, les informations télévisées avaient annoncé la défaite de Sam Cayhall dans son dernier combat juridique, comme s'il s'agissait de planter le dernier clou dans le cercueil. Une station de Jackson égrenait le compte à rebours. Seize jours ! Le chiffre clignotait sous la vieille et éternelle photo de Sam. Des speakerines, jouant de la prunelle, outrageusement fardées, ne connaissent rien aux lois, gazouillaient devant les caméras en livrant leurs prédictions : « D'après nos sources, les possibilités légales de Cayhall sont quasiment épuisées. Nombre de personnes compétentes croient que son exécution aura effectivement lieu comme prévu, le 8 août. » Puis on passait aux sports et à la météo.

Packer souriait intérieurement, tandis qu'il traversait la galerie A. Les ronchonnements, les rouspétances, les revendications qui faisaient partie de son travail quotidien avaient presque disparu. Les détenus se préoccupaient surtout de leurs appels et de leurs avocats. L'autorisation la plus demandée, au cours de ces deux dernières semaines, avait été le droit de se servir du téléphone pour appeler un avocat.

Packer ne désirait nullement une autre exécution, mais il savourait ce répit. Il le savait temporaire. Si Sam obtenait un sursis demain, le vacarme reprendrait.

Il s'arrêta devant la cellule de Sam.

– L'heure de la promenade, Sam.

Sam était assis sur son lit en train de taper à la machine, une cigarette au coin des lèvres, comme toujours.

– Quelle heure est-il ? demanda-t-il, posant la machine à écrire avant de se lever.

– Onze heures.

Il présenta ses poignets à Packer. Packer lui passa les menottes.

– Promenade solitaire ? demanda-t-il.

Sam se retourna, les mains dans le dos.

– Non. Henshaw a envie de sortir aussi.

– Je vais aller le chercher, dit Packer.

La grille s'ouvrit. Sam suivit docilement son gardien. Les détenus étaient appuyés contre les barreaux, les mains et les bras pendants. On voulait voir Sam.

Après d'autres barreaux et d'autres couloirs, Packer déverrouilla une porte blindée. Elle donnait sur l'extérieur. Le soleil était aveuglant. Sam détestait cet instant de la promenade. Il s'avança sur l'herbe et ferma les yeux. Packer lui enleva les menottes. Sam ouvrit lentement les paupières pour s'habituer à la lumière du dehors.

Packer retourna à l'intérieur. Sam resta immobile de longues minutes. La clarté l'éblouissait, ses tempes devenaient douloureuses. La chaleur ne le gênait pas, il vivait avec elle. Mais les rayons du soleil le frappaient comme un laser. Ils déclenchaient chez lui un terrible mal de tête chaque fois qu'il était autorisé à sortir de sa cellule. Il aurait pu facilement s'offrir une paire de lunettes bon marché, semblables à celles de Packer. Ç'aurait été trop simple. Le port des lunettes de soleil était interdit.

Il avança d'un pas mal assuré sur l'herbe rase, regardant au-delà de la clôture les champs de coton. Le lieu de la promenade était un terrain en partie herbeux, en partie recouvert de terre battue. Il y avait aussi deux bancs de bois. Et un panier de basket pour les Noirs. Les gardiens et les prisonniers l'avaient baptisé « l'arène ». Sam s'y était risqué avec précaution un millier de fois. Il comparait souvent ses dimensions avec celles relevées par les autres détenus. La cour avait quinze mètres de long sur onze de large. La clôture avait trois mètres cinquante de haut. Elle était surmontée de cinquante centimètres de fils de fer barbelés. Derrière il y avait une pelouse mitée de trente mètres de long. Elle s'arrêtait à l'enceinte principale, surveillée en permanence par des gardiens postés dans des miradors.

Sam marcha tout droit en direction de la clôture. Arrivé à sa hauteur, il pivota de quatre-vingt-dix degrés et reprit son exercice habituel : compter chacun de ses pas. Quinze mètres sur onze. Sa cellule avait deux mètres sur trois, la bibliothèque de droit, l'Appendice, en avait six sur cinq, le parloir deux sur dix. On lui avait dit que la chambre à gaz en avait cinq sur trois et demi, et la cabine elle-même était un carré d'un mètre vingt de côté.

Au cours de sa première année de détention, Sam avait couru en longeant les bords de la cour, pour transpirer et entretenir son souffle. Il avait aussi lancé quelques balles dans le panier, puis y avait renoncé. Il restait des jours et des jours sans pouvoir faire le moindre panier. Finalement, il avait abandonné tout exercice. Pendant des années, il avait passé cette heure à profiter simplement de ce moment d'abandon en plein air. Il lui était arrivé de rester debout près de la clôture, et de laisser son regard s'évader au-delà des champs de coton, des arbres. Vers la liberté. Vers les routes. Vers les rivières poissonneuses. Vers les femmes. Il pouvait presque deviner sa petite ferme dans le comté de Ford, si proche, entre ces deux bosquets. Il avait rêvé du Brésil, de l'Argentine, où il aurait pu vivre sous un nom d'emprunt.

Puis il avait arrêté de rêver, de regarder à travers la clôture comme si un miracle pouvait le faire sortir de là. Il marchait en fumant, presque toujours seul. Il aimait quelquefois jouer aux dames.

La porte s'ouvrit de nouveau et Hank Henshaw franchit le seuil. Packer lui enleva les menottes. Le prisonnier plissait les yeux en baissant la tête. Dès qu'il fut libéré, il frotta ses poignets, et étira son dos et ses jambes. Packer s'approcha de l'un des bancs et y déposa une boîte en carton défraîchi.

Les deux prisonniers suivirent Packer des yeux jusqu'à ce qu'il quitte la cour. Ils s'installèrent alors à califourchon sur la planche de bois avec la boîte devant eux. Sam disposa soigneusement le damier sur le banc, tandis que Henshaw comptait les pions.

– À moi les blancs, dit Sam.

– Tu avais les blancs la dernière fois, dit Henshaw en le regardant dans les yeux.

– J'avais les noirs, la dernière fois.

– Non. C'était moi qui avais les noirs, la dernière fois. À mon tour d'avoir les blancs.

– Écoute, Hank. Il ne me reste que seize jours et si je veux avoir les blancs, eh bien, je les aurai.

Henshaw haussa les épaules et capitula. Ils disposèrent les pions avec soin.

– J'imagine que tu veux jouer en premier, dit Henshaw.

– Naturellement.

Sam poussa un pion. La partie s'engagea. Le soleil, en cette fin de matinée, était de plomb. Au bout de quelques minutes, leur combinaison rouge leur colla au corps. Ils étaient l'un et l'autre pieds nus dans leurs sandales en caoutchouc.

Hank Henshaw, âgé de quarante et un ans, se trouvait dans le quartier des condamnés à mort depuis sept ans, mais pensait ne jamais voir la chambre à gaz. Deux erreurs capitales avaient été commises lors de son procès. Henshaw pouvait espérer son annulation.

– De mauvaises nouvelles hier ? dit-il, comme Sam réfléchissait à son prochain coup.

– Oui, les choses sont plutôt moches, on dirait.

– Qu'en pense ton avocat ?

Les deux hommes gardaient le nez baissé sur le damier.

– Que ça vaut encore la peine de se battre.

– Mais, bon Dieu, qu'est-ce que ça signifie ? demanda Henshaw en poussant son pion.

– Ça veut dire qu'on va me gazer, mais que j'irai au son de la fanfare.

– Le gamin sait ce qu'il fait ?

– Oh oui. Il est malin. C'est dans le sang.

– Mais c'est un blanc-bec.

– Il est intelligent, tu sais. Bonne éducation. Sorti numéro deux de la fac de droit. Rédacteur en chef de leur revue.

– Que veux-tu dire par là ?

– Je veux dire qu'il est vraiment brillant. Il trouvera quelque chose.

– Tu es sérieux, Sam ? Tu penses que ça va marcher ?

Sam, brusquement, prit deux pions noirs et Henshaw poussa un juron.

– Minable, dit Sam avec un grand sourire. Quand m'as-tu battu pour la dernière fois ?

– Il y a deux semaines.

– Menteur ! Tu ne m'as pas battu depuis trois ans.

Henshaw déplaça un autre de ses pions et Sam le lui souffla. Cinq minutes plus tard, la partie se terminait par une écrasante victoire de Sam. Ils remirent les pions en place et recommencèrent.

À midi, Packer et un autre gardien arrivèrent avec les menottes. La récré était terminée. On les reconduisit dans leur cellule où le déjeuner les attendait. Haricots, pois, purée de pommes de terre et quelques tranches de pain. Sam n'en avala pas le tiers. Il attendait patiemment qu'un surveillant vienne le chercher. Il tenait à la main un short propre et un morceau de savon. C'était l'heure de la douche.

Par ordre de la Cour, les condamnés à mort avaient droit à cinq petites douches par semaine, qu'ils en aient besoin ou non.

Sam passa sous le jet. La cabine était assez propre. Elle était utilisée par les quatorze détenus de la galerie. On gardait ses sandales en caoutchouc aux pieds. Après cinq minutes, l'eau s'arrêta et Sam s'égoutta en fixant les carreaux moisis du mur. Il y avait certaines choses dans le quartier des condamnés à mort qu'il n'aurait pas voulu manquer.

Vingt minutes plus tard, on le faisait monter dans un minibus pour le conduire à l'Appendice.

Adam l'attendait. Il enleva sa veste, remonta les manches de sa chemise tandis que le gardien, après avoir libéré les poignets de Sam, quittait la pièce. Les deux hommes se serrèrent la main. Sam s'asseya et alluma une cigarette.

– Où étais-tu ? demanda-t-il.

– Très occupé, répondit Adam en s'asseyant de l'autre côté de la table. J'ai dû faire un voyage éclair à Chicago mercredi et jeudi derniers.

– Quelque chose à voir avec moi ?

– Si l'on veut. Goodman voulait réexaminer l'affaire. Il y avait aussi autre chose.

– Ainsi Goodman s'en mêle encore ?

– Goodman est mon patron en ce moment, Sam, je dois lui dire ce qui se passe si je veux garder mon travail. Je sais que vous le détestez, mais il s'intéresse énormément à vous et à votre affaire. Croyez-le ou non, il ne tient absolument pas à vous voir gazer.

– Je ne le hais plus.

– Pourquoi ce changement ?

– Je ne sais pas. Lorsqu'on est si près de la mort, on pense à un tas de choses.

Adam avait envie d'en entendre davantage. Il regardait son grand-père fumer et essayait de ne pas penser à Joe Lincoln. Ni au père de Sam battu à mort dans une dispute d'ivrognes au cours d'un enterrement. Il voulait aussi oublier toutes les lamentables histoires que Lee lui avait racontées. Il s'efforçait de faire le vide mais en vain.

Il avait promis à sa tante de ne plus réveiller les fantômes.

– Vous avez sûrement entendu parler de notre dernière défaite, dit Adam en sortant les journaux de son attaché-case.

– Ça n'a pas traîné, non ?

– J'ai déjà fait appel auprès de la cinquième chambre.

– Je n'ai jamais gagné devant la cinquième chambre.

– À ce stade, nous n'avons pas le choix.

– Que pouvons-nous faire à ce stade ?

– Plusieurs choses. J'ai croisé le gouverneur mardi dernier. Il voulait me parler en tête à tête. Il m'a donné son numéro de téléphone privé et m'a invité à l'appeler à propos de notre affaire. Il affirme qu'il a des doutes sur l'étendue de votre culpabilité.

Sam lui jeta un coup d'œil furieux.

– Des doutes ? C'est uniquement à cause de lui que je suis ici. Il n'a qu'une envie, me voir exécuter.

– Vous avez probablement raison, mais...

– Tu m'as promis de ne pas lui parler. Tu as signé un accord avec moi qui t'interdit expressément tout contact avec cette ordure.

– Du calme, Sam. Il m'a pris à part à la sortie du bureau du juge.

– Je suis surpris qu'il n'ait pas organisé une conférence de presse.

– Je l'ai menacé. Je lui ai fait promettre de ne pas en parler.

– Tu serais bien le premier à faire taire ce salaud.

– Il n'est pas contre l'idée d'une grâce.

– Il t'a dit ça ?

– Oui.

– Pourquoi ? Je n'y crois pas.

– Je ne sais pas pourquoi, Sam. Franchement je m'en moque. Mais quel mal à ça ? Quel danger y a-t-il à présenter une demande de grâce ? Bon, il aura sa photo dans les journaux. Les caméras de télévision le poursuivront. Mais s'il y a une chance qu'il nous écoute, pourquoi devriez-vous vous préoccuper qu'il en tire avantage ?

– Non. Ma réponse est non. Je ne t'autoriserai pas à demander un recours en grâce. Bon Dieu, non. Mille fois non. Je le connais, Adam. Il cherche à t'attirer dans ses filets. C'est une farce pour amuser la galerie. Il jouera la comédie jusqu'à la dernière minute pour obtenir un maximum de publicité autour de mon exécution.

– Quelle importance ?

Sam frappa du poing sur la table.

– Parce que ça ne servira à rien, Adam ! Il ne changera pas d'avis.

Adam gribouilla quelque chose sur son calepin. Sam remua sur sa chaise et alluma une autre cigarette. Ses cheveux étaient encore mouillés. Il les peigna avec ses doigts.

Adam posa son stylo sur la table et regarda son client.

– Que voulez-vous faire alors, Sam ? Abandonner ? Jeter l'éponge ? Puisque vous connaissez si bien le droit, dites-moi ce que vous voulez faire.

– J'y ai réfléchi.

– Je n'en doute pas.

– La procédure devant la cinquième chambre n'est pas sans intérêt, mais ce n'est guère prometteur. Il n'y a plus grand-chose à faire, si tu veux tout savoir.

– Sauf Benjamin Keyes.

– Juste. À l'exception de Keyes. Il a fort bien travaillé lors du procès en appel, et c'est presque un ami. Je détesterais avoir à le poursuivre.

– C'est normal dans les cas de condamnation à mort, Sam. On attaque toujours l'avocat du procès. On soutient que sa défense comportait de graves lacunes.

Goodman m'a dit qu'il voulait le faire, mais que vous aviez refusé. Ç'aurait dû être présenté depuis des années.

– Il a raison là-dessus. Il m'a supplié d'accepter, mais j'ai dit non. J'imagine que c'était une erreur.

Adam, assis au bord de sa chaise, prenait des notes.

– J'ai étudié les minutes du procès, et je pense que Keyes a commis une faute majeure en ne vous appelant pas à la barre pour témoigner.

– Je voulais m'adresser au jury, tu sais. Je te l'ai déjà dit. Après le témoignage de Dogan, je pensais qu'il était important d'expliquer au jury que si j'avais effectivement posé la bombe, je n'avais aucunement l'intention de tuer qui que ce soit. C'est la vérité, Adam. Je ne voulais tuer personne.

– Vous vouliez témoigner, mais votre avocat a refusé.

Sam sourit et regarda par terre.

– Est-ce là ce que tu veux que je dise ?

– Oui.

– Je n'ai pas tellement le choix, n'est-ce pas ?

– Non.

– Très bien. Voilà ce qui s'est passé. Je voulais témoigner, mais mon avocat a refusé.

– Je présente ça en urgence demain matin.

– C'est trop tard, non ?

– Ce problème aurait dû être soulevé depuis longtemps, mais qu'avons-nous à perdre ?

– Appelleras-tu Keyes pour le lui dire ?

– Si j'ai le temps. Mais je me soucie peu de froisser son amour-propre en ce moment.

– Moi non plus, d'ailleurs. Qu'il aille au diable ! Qui d'autre pouvons-nous attaquer ?

– La liste est courte.

Sam sauta sur ses pieds et commença à marcher de long en large devant la table en comptant ses pas. La pièce avait dix mètres de long. Il tourna autour de la table en passant derrière Adam, et longea les quatre murs en continuant de compter ses pas. Il s'immobilisa devant un des rayonnages.

Adam arrêta de prendre des notes.

– Lee aimerait savoir si elle peut vous rendre visite.

Sam le regarda dans les yeux, puis lentement revint s'asseoir à la table.

– Elle le désire ?

– Je pense.

– Il faut que j'y réfléchisse.

– Faites vite.

– Comment est-elle ?

– Elle va bien, j'imagine. Elle m'a demandé de vous dire son affection. Elle prie pour vous. Elle pense beaucoup à vous.

– Sait-on à Memphis qu'elle est ma fille ?

– Je ne le crois pas. Ce n'est pas encore paru dans les journaux.

– J'espère qu'on va la laisser tranquille.

– Nous sommes allés à Clanton samedi dernier.

Sam le regarda, puis fixa le plafond.

– Qu'avez-vous vu ?

– Un tas de choses. Elle m'a montré la tombe de ma grand-mère et la sépulture des Cayhall.

– Elle ne voulait pas être enterrée avec les Cayhall. Est-ce que Lee t'a dit ça ?

– Oui. Elle m'a demandé où vous voudriez être enterré.

– Je n'ai pas encore pris de décision à ce sujet.

– Bien entendu. Simplement, dites-le-moi quand vous serez fixé. Nous avons traversé la ville à pied. Elle m'a montré la maison où nous avons habité.

– On allait regarder le feu d'artifice dans le cimetière.

– Lee m'a dit ça aussi. Nous avons déjeuné au salon de thé et roulé dans la campagne. Elle m'a emmené dans la ferme.

– Elle est encore debout ?

– Oui. Mais à l'abandon. Les broussailles ont tout envahi. Elle m'a beaucoup parlé de son enfance.

– A-t-elle quelques bons souvenirs ?

– Pas vraiment.

Sam croisa les bras et pencha la tête vers la table. Les deux hommes restèrent silencieux pendant au moins une minute.

– T'a-t-elle parlé du petit garçon noir, l'ami d'Eddie, Quince Lincoln ?

Adam hocha lentement la tête.

– Oui.

Sam le regarda dans les yeux.

– Et de son père Joe ?

– Elle m'en a parlé.

– L'as-tu crue ?

– Oui. Le fallait-il ?

– C'est vrai. Tout ça est vrai.

– Je m'en doutais.

– Qu'as-tu ressenti quand elle t'a raconté ça ? Quelle fut ta réaction ?

– Je vous ai haï au plus profond de moi.

– Et maintenant ?

– C'est différent.

Sam quitta sa chaise et marcha jusqu'au bout de la table. Il tourna le dos à Adam.

– C'était il y a quarante ans, bredouilla-t-il d'une voix à peine audible.

– Je ne suis pas venu ici pour en parler, dit Adam, se sentant déjà coupable.

Sam se retourna et s'adossa aux étagères de la bibliothèque. Il croisa les bras et fixa le mur.

– J'ai souhaité mille fois que ça ne soit pas arrivé.

– J'ai promis à Lee de ne pas en parler, Sam. Je suis désolé.

– Joe Lincoln était un brave homme. Je me suis souvent demandé ce qui était arrivé à Ruby et à Quince, et aux autres enfants.

– Oubliez ça, Sam. Parlons d'autre chose.

– J'espère que ma mort leur fera plaisir.

30

Comme Adam passait en voiture devant le poste de garde de l'entrée principale, la gardienne lui adressa un petit salut amical. Adam lui rendit son geste et ralentit tout en actionnant la manette d'ouverture du coffre arrière. Au sortir de la prison, les visiteurs n'avaient pas à exhiber leurs papiers, mais on s'assurait qu'aucun détenu n'avait trouvé à s'enfuir comme passager clandestin. Le jeune avocat en était à sa cinquième visite en deux semaines. Le QHS promettait de devenir son deuxième domicile dans les seize jours à venir. Charmante perspective.

Il prit la route vers le sud, à l'opposé de Memphis. Adam n'avait pas envie de se retrouver ce soir en présence de Lee. Il se sentait en partie responsable de sa nouvelle rechute, mais sa tante, de son propre aveu, avait choisi d'assumer sa vie d'alcoolique. Et rien ne pouvait l'empêcher de boire quand elle y était décidée. Il la verrait demain. Aujourd'hui, il avait besoin de prendre l'air.

On était au milieu de l'après-midi et la route vibrait sous la chaleur. Les champs étaient secs, poussiéreux. Les travaux agricoles s'effectuaient au ralenti. La circulation s'écoulait paresseusement. Adam s'arrêta sur le bas-côté et releva la capote. Il roula ensuite vers Greenville. Il avait une visite à faire, une visite assez désagréable, mais à laquelle il se sentait tenu. Il espérait avoir assez de courage pour s'en acquitter.

Il arriva à Greenville peu avant cinq heures. Il tourna dans le centre-ville, passa à deux reprises devant le parc

Kramer, aperçut la synagogue. Il se gara au bout de Main Street, à côté de la digue protégeant la ville. Il resserra son nœud de cravate et fit environ deux cents mètres dans Washington Street avant de tomber sur un vieil immeuble en brique portant l'enseigne du magasin de gros des Kramer. Il franchit de lourdes portes vitrées. Les lattes du parquet grinçaient sous ses pas. La partie du bâtiment donnant sur la rue abritait toujours un comptoir de vente au détail au mobilier désuet. Des vitrines montaient jusqu'au plafond. Des boîtes et des paquets d'alimentation d'un autre âge y étaient exposés. On avait également gardé la vieille caisse enregistreuse. Toutefois, ce musée faisait rapidement place à une maison de commerce des plus modernes. L'arrière de l'énorme bâtisse avait été rénové. Un mur vitré séparait ces nouveaux locaux du hall d'entrée. Un large couloir recouvert de moquette conduisait aux bureaux. Au-delà se trouvait l'entrepôt.

Adam examinait avec curiosité les objets anciens. Un jeune homme en jean s'avança vers lui.

– Puis-je faire quelque chose pour vous ?

Adam sourit bien qu'il éprouvât à cet instant une grande tension nerveuse.

– J'aimerais voir Mr. Elliot Kramer.

– Êtes-vous représentant ?

– Non.

– Acheteur ?

– Non.

Le jeune homme tenait un crayon à la main.

– Alors puis-je vous demander de quoi il s'agit ?

– J'ai besoin de voir Mr. Elliot Kramer. Est-il ici ?

– Il passe la plupart de son temps dans notre entrepôt principal.

Adam s'avança de trois pas vers son interlocuteur et lui tendit sa carte de visite.

– Je m'appelle Adam Hall, je suis avocat à Chicago. J'ai réellement besoin de voir Mr. Kramer.

Le jeune homme prit la carte, l'examina quelques secondes puis jeta un coup d'œil soupçonneux à Adam.

– Attendez ici une minute, dit-il en s'éloignant.

Adam se pencha sur le comptoir pour admirer la caisse enregistreuse. Un ancêtre des Kramer descendu d'un bateau à aubes avait décidé de faire de Greenville sa résidence. Il avait ouvert un petit magasin de nouveautés. Et, de fil en aiguille, avait fait fortune. À chacun des procès de Sam, la famille Kramer avait été décrite comme très aisée.

Après vingt minutes d'attente, Adam, soulagé, se préparait à partir. Il avait fait ce qu'il considérait être son devoir. Si Mr. Kramer ne voulait pas le rencontrer, il n'y pouvait rien.

Il entendit un bruit de pas sur le parquet et se retourna. Un homme âgé tenait sa carte de visite à la main. Grand et mince, il avait des cheveux gris ondulés, des yeux brun foncé aux cernes profonds, un visage émacié, autoritaire. Il aborda Adam les sourcils froncés.

Un court instant, Adam regretta de n'être pas parti cinq minutes plus tôt.

– Bonjour, dit-il, voyant que le vieil homme n'allait pas parler. Monsieur Elliot Kramer ?

Mr. Kramer fit un petit signe affirmatif. Cette simple question l'avait raidi.

– Je m'appelle Adam Hall. Je suis avocat à Chicago. Sam Cayhall est mon grand-père. C'est moi qui le défends.

Mr. Kramer l'avait déjà deviné.

– J'aimerais vous parler.

– Me parler de quoi ? dit Mr. Kramer d'une voix sourde.

– De Sam.

– Qu'il pourrisse en enfer ! lança-t-il comme s'il était déjà certain du sort qui attendait cet homme.

Ses yeux étaient d'un brun si foncé qu'ils paraissaient presque noirs. Adam fixa le sol pour éviter ce regard.

– Je comprends ce que vous ressentez. Je pense que c'est normal, mais je voudrais simplement vous parler quelques minutes.

– Est-ce que Sam vous a demandé de me transmettre ses regrets ? demanda Mr. Kramer.

Qu'il appelât son grand-père simplement Sam parut à Adam assez bizarre. Pas Mr. Cayhall, pas Cayhall, simplement Sam, comme si les deux hommes s'étaient autrefois disputés et que l'heure de la réconciliation avait sonné. Que Sam formule des excuses et tout serait en ordre.

La tentation de mentir effleura Adam. Il pouvait en rajouter, dire à quel point Sam se sentait mal durant les derniers jours qui lui restaient à vivre, à quel point il souhaitait le pardon. Mais il était incapable de s'y résoudre.

– Est-ce que cela ferait une différence ?

Mr. Kramer mit doucement la carte de visite dans la poche de poitrine de sa chemise et regarda la rue.

– Non, dit Mr. Kramer, ça ne changerait rien. C'est quelque chose qui aurait dû être fait depuis longtemps.

Ses paroles avaient les intonations chantantes de l'accent du delta. Si leur sens n'avait rien de chaleureux, la façon de les prononcer avait quelque chose d'apaisant. Les mots arrivaient lentement, posément, comme si le temps n'avait pas prise sur eux. Ils exprimaient des années de souffrance et, plus encore, semblaient dire que la vie s'était arrêtée depuis longtemps.

– Non, monsieur Kramer. Sam ne sait pas que je suis ici. Il ne peut vous envoyer ses excuses. En revanche, je vous présente les miennes.

Le regard qui, par-delà la vitrine, interrogeait le passé resta impénétrable. Néanmoins, le vieil homme écoutait.

– Je me sens dans l'obligation de dire, au moins pour moi-même et pour la fille de Sam, que nous sommes terriblement affligés par ce qui a eu lieu.

– Pourquoi Sam n'a-t-il pas dit ça depuis le début ?

– Je ne peux répondre à cette question.

– Bien sûr. Vous êtes si jeune !

Ah, le pouvoir de la presse ! Naturellement Mr. Kramer avait lu les journaux comme tout le monde.

– Oui, monsieur. Mais j'essaie de lui sauver la vie.

– Pourquoi ?

– Le tuer ne ressuscitera pas vos petits-enfants ni votre fils. Il était coupable, mais le gouvernement l'est également en voulant sa mort.

– Vous pensez que je n'ai jamais entendu ces propos auparavant ?

– Bien entendu que vous les avez entendus. Je ne peux imaginer vos épreuves. J'essaie simplement d'éviter qu'il en soit de même pour moi.

– Que voulez-vous de plus ?

– Pouvez-vous m'accorder cinq minutes ?

– Nous avons déjà parlé pendant trois minutes. Il vous en reste deux.

Il jeta un coup d'œil à sa montre comme s'il voulait actionner une sonnerie, puis il enfonça ses longues mains dans les poches de son pantalon. Ses yeux retournèrent vers la vitrine et la rue.

– D'après le journal de Memphis, vous auriez dit que vous vouliez être présent lorsqu'on attacherait Sam Cayhall dans la chambre à gaz, que vous vouliez le regarder dans les yeux à ce moment-là.

– La citation est exacte. Mais je ne crois pas que cela soit possible.

– Pourquoi ?

– Parce que notre système judiciaire est pourri. Cayhall a été choyé, dorloté en prison pendant presque dix ans. Il a fait appel sur appel. En ce moment même, vous tirez toutes sortes de ficelles pour le garder en vie. Ce système est corrompu. Nous ne croyons plus à la justice.

– Je peux vous assurer qu'il n'est nullement choyé. Le quartier des condamnés à mort est un endroit horrible. J'en viens.

– Oui, mais il est vivant. Il vit, il respire, il regarde la télévision, il lit. Il discute avec vous, il rédige des requêtes. Et lorsque la mort viendra, si jamais elle vient, il aura tout le temps de s'y préparer. Il pourra dire au revoir à ses proches, faire ses prières. Mes petits-enfants n'en ont pas eu le temps, monsieur Hall. Ils n'ont pas pu embrasser leurs parents, leur donner un dernier baiser. Ils ont été pulvérisés alors qu'ils étaient en train de s'amuser.

– Je vous comprends, monsieur Kramer. Mais tuer Sam ne ferait pas revenir vos petits-enfants.

– Bien sûr que non. Mais nous nous sentirions réellement soulagés. Ça enlèverait un certain poids à nos souffrances. J'ai fait un million de prières en demandant de vivre assez longtemps pour voir votre grand-père mort. J'ai eu une crise cardiaque il y a cinq ans. On m'a gardé en salle de réanimation pendant quinze jours. C'est la volonté de survivre à Sam Cayhall qui m'a tenu en vie. Je serai présent, monsieur Hall, si mes médecins me le permettent. Je serai là pour le regarder mourir, puis je rentrerai chez moi et attendrai ma fin.

– Je suis navré que vous voyiez les choses ainsi.

– J'en suis navré moi aussi. Et je suis surtout navré d'avoir un jour entendu prononcer le nom de Sam Cayhall.

Adam recula d'un pas et s'appuya au comptoir près

de la caisse enregistreuse. Il fixait le plancher. Mr. Kramer regardait toujours vers la vitrine. Le soleil se couchait derrière les immeubles. La lumière, dans cet étrange petit musée, déclinait rapidement.

– J'ai perdu mon père à cause de ce drame, dit Adam doucement.

– J'en suis désolé. J'ai lu qu'il s'était suicidé peu après le dernier procès.

– Sam a également souffert, monsieur Kramer. Il a détruit sa famille en même temps que la vôtre. Il a sur les épaules plus de culpabilité que vous et moi ne pourrons jamais le concevoir.

– Peut-être en sera-t-il délivré lorsqu'il sera mort.

– C'est possible. Mais pourquoi ne pas arrêter le massacre ?

– Comment pensez-vous que je puisse l'arrêter ?

– J'ai lu quelque part que le gouverneur et vous étiez de vieux amis.

– En quoi cela vous regarde-t-il ?

– Je ne me trompe pas ?

– C'est quelqu'un du pays. Je le connais depuis de nombreuses années.

– Je l'ai rencontré la semaine dernière pour la première fois. Vous n'ignorez pas qu'il peut accorder sa grâce.

– À votre place, je ne compterais pas là-dessus.

– Je n'y compte pas. Je suis désespéré, monsieur Kramer. Au point où j'en suis, je n'ai rien à perdre sauf mon grand-père. Si votre famille et vous êtes partisans de l'exécution, alors le gouverneur fera selon votre volonté.

– Vous avez raison.

– Et si vous décidez de changer d'avis, je pense que le gouverneur vous suivra.

– J'ai donc le choix, dit le vieil homme, bougeant enfin.

Il s'avança vers Adam.

– Non seulement vous êtes désespéré, monsieur Hall, mais vous êtes naïf.

– Je ne vous contredirai pas.

– Ainsi j'ai donc tant de pouvoir. Si je l'avais su auparavant, votre grand-père serait mort depuis longtemps.

– Il ne mérite pas de mourir, monsieur Kramer, dit Adam en se dirigeant vers la porte.

Il ne s'était pas attendu à trouver ici la moindre sympathie. Ce qui était important, c'était que Mr. Kramer le voie, lui, et sache que d'autres vies étaient terriblement affectées par ce drame.

– Mes petits-fils et mon fils non plus.

Adam ouvrit la porte.

– Excusez mon intrusion et permettez-moi de vous remercier du temps que vous m'avez consacré. J'ai une sœur, un cousin et une tante, la fille de Sam. Je voulais simplement que vous sachiez que Sam a une famille. C'est tout. Qui souffrira s'il meurt. Si on ne l'exécute pas, il ne quittera jamais la prison. Il se laissera dépérir et mourra bientôt de mort naturelle.

– Vous souffrirez ?

– Oui. J'appartiens à une famille pitoyable, monsieur Kramer, plongée dans la tragédie. J'essaie d'en éviter une autre.

Mr. Kramer se retourna pour le regarder. Son visage était sans expression.

– J'en suis désolé.

– Merci encore, dit Adam.

– Au revoir, monsieur, dit Mr. Kramer, sans le moindre sourire de politesse.

Adam quitta l'immeuble et marcha dans une rue ombragée pour atteindre le centre-ville. Il retrouva le square et le monument édifié à la mémoire des jumeaux. Il s'assit sur le même banc, pas très loin de la statue en bronze des petits garçons. Après quelques minutes, fatigué des souvenirs et de la culpabilité, il s'éloigna.

Il trouva un motel et téléphona à Lee. Apparemment, elle n'avait pas bu et semblait pareillement soulagée qu'il ne rentre pas le soir. Adam s'endormit avant la nuit.

31

Adam traversa en voiture le centre de Memphis peu avant l'aube. Il s'enferma dans son bureau dès sept heures. À huit heures, il avait déjà parlé trois fois à Garner Goodman, qui lui avait paru tendu. Il souffrait d'insomnie. Ils passèrent en revue toutes les erreurs commises par Keyes dans ses choix tactiques. Le dossier Cayhall comportait une masse de rapports, de documents, de recherches sur ce qui aurait pu faire échouer la défense. Malheureusement, presque rien n'avait été avancé contre Benjamin Keyes.

Le procès s'était déroulé voici de nombreuses années, lorsque la chambre à gaz représentait une éventualité trop lointaine pour qu'on s'en inquiète sérieusement. Goodman fut heureux d'apprendre que Sam pensait désormais qu'il aurait dû témoigner et que Keyes l'en avait dissuadé. Il restait cependant sceptique quant à la sincérité de cette affirmation.

Ce qui ne l'empêcherait pas de tirer profit de la déclaration de Sam.

Goodman et Adam savaient qu'on avait trop attendu pour soulever le problème. Chaque semaine, les revues juridiques rapportaient des décisions de la Cour suprême rejetant des requêtes légitimes parce qu'elles n'avaient pas été déposées à temps. Du moins examinait-on toujours la question. Adam était comme survolté.

Cette fois encore, la requête serait présentée d'abord à la Cour de l'État du Mississippi. Il espérait une décision rapide. Forcément négative. Après quoi, sa requête partirait devant la Cour fédérale.

À dix heures, il envoya par télécopie sa dernière mouture au fonctionnaire de la Cour suprême du Mississippi, et à Breck Jefferson, du bureau de Slattery. Des fax furent également adressés au fonctionnaire de la cinquième chambre qui siégeait à La Nouvelle-Orléans. Puis il téléphona à Mr. Olander, de la Cour suprême fédérale, pour l'informer de ses démarches. Celui-ci lui demanda d'expédier sur-le-champ un fax à Washington.

Darlene frappa à sa porte. Un visiteur l'attendait dans le hall, un certain Mr. Wyn Lettner. Adam traversa le hall pour l'accueillir. Il était seul et habillé comme un homme qui règne sur une rivière à truites. Bottes en caoutchouc et casquette de toile. Ils échangèrent quelques politesses : le poisson mordait, Irene allait bien, Adam avait-il l'intention de revenir bientôt à Calico Rock.

— Je suis venu en ville pour affaires, et je voulais simplement vous voir quelques minutes, dit Lettner à voix basse.

— Bien sûr, répondit Adam sur le même ton. Mon bureau est au bout du couloir.

— Non. Faisons plutôt quelques pas.

Dans la rue, Lettner acheta un paquet de cacahouètes à un vendeur ambulant. Ils marchèrent lentement en direction de l'hôtel de ville. Lettner mangeait ses cacahouètes, et en jetait aux pigeons.

— Comment va Sam ? demanda-t-il finalement.

— Il lui reste quinze jours. Comment vous sentiriez-vous s'il ne vous restait plus que quinze jours à vivre ?

— Je crois que je ferais sérieusement mes prières.

— Il n'en est pas encore là, mais ça ne saurait tarder.

— Est-ce que ça va avoir lieu ?

— En tout cas, on s'y prépare. Aucun ordre écrit n'a été donné pour arrêter le processus.

Lettner se goinfra de cacahouètes.

— Bonne chance, mon vieux. Je me suis surpris récemment à songer à vous et à ce vieux Sam.

— Merci. Et vous êtes venu à Memphis pour me souhaiter bonne chance ?

— Pas exactement. Après votre départ, j'ai repensé à l'attentat Kramer. J'ai consulté mes dossiers personnels et mes rapports. Bien des choses me sont revenues en mémoire. J'ai appelé quelques-uns de mes vieux copains, et nous avons échangé des histoires d'anciens combattants à propos du KKK. C'était le bon temps.

– Je regrette d'avoir manqué ça.

– Et je me suis dit qu'il y avait peut-être un certain nombre d'éléments que j'aurais dû vous confier.

– Par exemple ?

– Par exemple dans l'affaire Dogan. Vous savez qu'il est mort un an après avoir témoigné.

– Sam me l'a dit.

– Sa femme et lui ont été tués dans l'explosion de leur maison. Une fuite de gaz dans leur chaudière. Une étincelle et tout a explosé. Une énorme boule de feu. Les restes des victimes tenaient dans un petit sac en papier.

– Regrettable. Et alors ?

– Nous n'avons jamais cru à l'hypothèse d'un accident. Dans nos laboratoires, on a reconstitué l'appareil de chauffage. Il était terriblement endommagé, mais, de l'avis de nos experts, quelqu'un avait trafiqué le matériel pour provoquer une fuite.

– Quel rapport avec Sam ?

– Effectivement, aucun.

– Alors pourquoi en parler ?

– Parce que ça peut vous concerner.

– Franchement, je ne vous suis pas.

– Dogan avait un fils, un garçon qui s'était engagé dans l'armée en 1979. Il avait été affecté en Allemagne. Au cours de l'été, Dogan et Sam ont été mis en accusation devant la cour d'assises de Greenville. Peu après, Dogan a témoigné contre Sam. Une sacrée affaire. En octobre 1980, le fils de Dogan s'est absenté sans permission en Allemagne. Volatilisé.

Lettner mâchonna quelques cacahouètes et lança les coquilles à une bande de pigeons.

– Jamais retrouvé depuis. L'armée a cherché partout. Le temps a passé. Dogan est mort sans savoir ce qui était arrivé à son fils.

– Que lui est-il arrivé ?

– Mystère. À ce jour, il n'a jamais réapparu.

– Est-il mort ?

– Probablement. Pas la moindre trace de lui.

– Qui l'a tué ?

– Peut-être la même personne qui a tué ses parents.

– Et ce serait qui ?

– Nous avons une théorie, mais pas de suspect. Nous pensions à l'époque que le fils avait été enlevé avant le procès. Un avertissement en quelque sorte. Peut-être que Dogan était en possession de secrets gênants.

– Alors pourquoi tuer Dogan après le procès?

Ils s'arrêtèrent à l'ombre d'un arbre et s'assirent sur un banc devant le palais de justice. Adam, finalement, accepta quelques cacahouètes.

– Qui connaissait les détails de l'attentat Kramer? demanda Lettner. Absolument tous les détails.

– Sam et Jeremiah Dogan.

– Exact. Et qui était leur avocat lors des deux premiers procès?

– Clovis Brazelton.

– Peut-on supposer que Brazelton en connaissait, lui aussi, les détails?

– Je l'imagine. C'était un membre actif du KKK, n'est-ce pas?

– Oui. Donc ça fait trois bonshommes – Sam, Dogan et Brazelton. Quelqu'un d'autre?

Adam réfléchit un instant.

– Peut-être le mystérieux complice.

– Peut-être. Dogan est mort. Sam ne parlera pas. Et Brazelton est mort.

– De quoi est-il mort?

– Accident d'avion. L'affaire Kramer en avait fait une sorte de héros. Il s'en était servi pour asseoir sa réputation. Magnifique réussite. Il adorait l'avion. Il s'est acheté un appareil. Il aimait à le prendre partout où il allait plaider. Il revenait de la côte Ouest, il y a quelques années, lorsque son avion a disparu des écrans radar. On a retrouvé son corps dans un arbre. La météo était excellente. L'administration de l'aviation civile a conclu à une panne de moteur.

– Encore une mort mystérieuse.

– Oui. Donc tout le monde est mort sauf Sam. Mais ça se rapproche pour votre grand-père.

– Y a-t-il un lien entre la mort de Dogan et celle de Brazelton?

– Non. Elles sont survenues à des années de distance. Mais notre théorie, si l'on s'en tient à ce scénario, suppose que les crimes ont été commis par la même personne.

– Qui donc agirait dans l'ombre?

– Quelqu'un qui tient beaucoup à ce que certaines choses ne soient jamais révélées. Ce pourrait bien être Mr. X, l'éventuel complice de Sam.

– Un peu tiré par les cheveux, non ?

– En effet. Nous n'avons aucune preuve. Mais je vous ai dit à Calico Rock que nous avions toujours pensé que Sam avait eu un comparse. Voire qu'il n'était là que pour aider Mr. X dans sa mission. En tout cas, quand Sam s'est fait prendre, Mr. X a disparu. Peut-être s'est-il employé par la suite à éliminer les témoins.

– Pourquoi aurait-il tué la femme de Dogan ?

– Il se trouve qu'elle était dans le même lit que son mari lorsque la maison a sauté.

– Pourquoi aurait-il tué le fils de Dogan ?

– Pour contraindre le père au silence. Souvenez-vous, lorsque Dogan a témoigné, son fils avait disparu depuis quatre mois. Un otage, qui sait ?

– Je n'ai rien lu à propos du fils.

– On en a très peu parlé. Ça s'est passé en Allemagne. Nous avons conseillé à Dogan de ne pas s'exciter là-dessus.

– Je m'y perds. Dogan n'a accusé absolument personne au procès en dehors de Sam. Pourquoi ce Mr. X l'aurait-il assassiné après ?

– Parce qu'il détenait des secrets, et qu'il a témoigné contre un membre du Klan.

Adam écrasa quelques coquilles et lança les grains d'arachide à un gros pigeon. Il était presque midi. Des douzaines d'employés de bureau traversaient rapidement le parc à la recherche d'un déjeuner qu'ils auraient à expédier en moins d'une demi-heure.

– Vous avez faim ? demanda Lettner en consultant sa montre.

– Non.

– Soif ? J'ai envie d'une bière.

– Non, merci. En quoi cet assassin sans visage devrait-il me concerner, moi ?

– Sam est le dernier témoin et on prévoit de le faire taire définitivement dans deux semaines. S'il meurt sans parler, Mr. X peut vivre en paix. Si Sam ne meurt pas dans deux semaines, alors notre homme ne peut s'estimer tout à fait tranquille. De plus, si Sam se mettait à parler, quelqu'un risquerait d'avoir des ennuis.

– Moi ?

– Vous êtes le seul à essayer de trouver la vérité.

– Vous pensez qu'il est dans les parages ?

– C'est possible. À moins qu'il ne soit chauffeur de taxi à Montréal. Ou qu'il n'ait jamais existé.

Adam jeta un coup d'œil rapide par-dessus son épaule, comme s'il se sentait en danger.

– Je me rends parfaitement compte que ça paraît absurde, dit Lettner.

– Mr. X peut dormir sans crainte, Sam ne parlera pas.

– Néanmoins il y a un risque. Je voulais vous prévenir, Adam.

– Je n'ai pas peur. Si Sam me donnait le nom de ce type, je le crierais sur les toits et j'ensevelirais les juridictions d'appel sous une avalanche de requêtes. En pure perte, bien sûr. Il est trop tard pour développer de nouvelles argumentations.

– Et le gouverneur ?

– Peu d'espoir.

– Bon. Mais je me permets d'insister : soyez prudent.

– Je dois sans doute vous remercier.

– Allons prendre une bière.

Dieu veuille que Lee ne rencontre jamais Wyn Lettner, se dit Adam.

– Il est midi moins cinq. Vous n'allez pas vous mettre à boire si tôt.

– Souvent je commence au petit déjeuner.

Mr. X était assis sur un banc du parc derrière un journal, des oiseaux à ses pieds. Il se trouvait à plus de vingt mètres et n'avait pu capter la conversation. Il lui semblait reconnaître le vieux bonhomme, un agent du FBI. Sa photographie avait été publiée dans les journaux bien des années auparavant. Il allait le suivre pour découvrir qui il était et où il vivait.

Wedge commençait à en avoir assez de Memphis. Ce plan lui convenait parfaitement. Le gamin travaillait dans son cabinet, se rendait à Parchman, dormait dans la résidence et semblait pédaler dans le vide. Wedge était un malade du renseignement. Jusqu'à présent, son nom n'avait jamais été rendu public. Personne ne le connaissait. Absolument personne.

La date, sur le petit mot posé sur le plan de travail, était exacte. Lee avait même donné l'heure, dix-neuf heures quinze. L'écriture n'était pas très ferme, mais pas non plus relâchée. Lee avertissait son neveu qu'elle était couchée avec ce qui semblait être la grippe. Ne la déranger sous aucun prétexte. Elle avait été voir un médecin qui lui avait conseillé de s'aliter. Pour rendre la situation tout à fait crédible, un flacon de médicaments provenant de la pharmacie du coin était posé à côté d'un verre d'eau à moitié vide. Il y avait même la date du jour sur l'étiquette.

Adam, rapidement, regarda dans la poubelle placée sous l'évier – pas trace de boisson alcoolisée.

Il plaça une pizza congelée dans le four à micro-ondes et se dirigea vers la terrasse pour observer les bateaux sur le fleuve.

32

Le premier message du matin arriva peu après le petit déjeuner. Sam, dans son short flottant, était accroché aux barreaux, un mégot au coin des lèvres. La missive provenait du Petit Prédicateur et apportait de mauvaises nouvelles.

Cher Sam,
Mon rêve est terminé. Le Seigneur s'est occupé de moi la nuit dernière et m'en a dévoilé la fin. J'aurais préféré qu'Il ne le fasse pas. Il y a beaucoup de choses dedans, et je t'expliquerai si tu y tiens. En gros, tu seras auprès de Lui dans peu de temps. Il m'a recommandé de te dire de faire la paix avec Lui. Il t'attend. Le voyage sera difficile, mais tu en seras récompensé. Je t'aime très fort.

Frère Randy.

– Va te faire voir, marmonna Sam en froissant le morceau de papier avant de le jeter par terre.

Ce gamin perdait lentement la boule et on ne pouvait rien faire pour lui. Sam avait déjà préparé à l'intention du frère Randy une série d'appels à déposer dès que celui-ci serait devenu complètement fou.

Il aperçut les mains de Gullitt passées à travers les barreaux de la cellule voisine.

– Comment ça va, Sam ? demanda Gullitt.

– Dieu se tracasse pour moi, dit Sam.

– Vraiment ?

– Oui. Le Petit Prédicateur a eu droit à la suite de son rêve la nuit dernière. Il m'en fait profiter.

– Ah, tant mieux.

– Ça ressemble plutôt à un cauchemar.

– À ta place, je n'y ferais pas attention. Ce cinglé rêve tout éveillé. Il m'a dit hier qu'il a pleuré pendant une semaine.

– Est-ce que tu l'entendais ?

– Non, Dieu merci.

– Pauvre gosse. J'ai préparé quelques appels pour lui, au cas où je devrais partir. Je vais te les laisser.

– Que veux-tu que j'en fasse ?

– Je laisse aussi des instructions. Il faudra transmettre tout ça à son avocat.

Gullitt siffla doucement.

– Bon Dieu de bon Dieu, Sam, qu'est-ce que je vais devenir si tu t'en vas ? Je n'ai pas parlé à mon avocat depuis un an.

– Ton avocat est un imbécile.

– Alors, aide-moi à le virer, Sam. Je t'en prie. Tu as bien viré les tiens. Aide-moi. Je ne sais pas comment m'y prendre.

– Mais qui te défendra alors ?

– Ton petit-fils. Dis-lui qu'il peut s'occuper de mon affaire.

Sam sourit, puis se mit à glousser. Puis à rire franchement à l'idée d'adresser ses copains du quartier des condamnés à mort à Adam, de remettre ces cas désespérés entre ses mains.

– Qu'y a-t-il de tellement drôle ? demanda Gullitt.

– Toi. Qu'est-ce qui te fait croire qu'il voudrait s'occuper de ton dossier ?

– Écoute, Sam, parle à ce gosse pour moi. Il doit être malin, c'est ton petit-fils.

– Et si l'on me gaze ? As-tu envie d'avoir un avocat qui vient de perdre son premier condamné à mort ?

– Bon Dieu, je ne vais pas me mettre à faire la fine bouche.

– Du calme, J.B. Tu as encore des années devant toi.

– Combien d'années ?

– Au moins cinq, peut-être plus.

– Tu le jures ?

– Je te donne ma parole. Je vais le certifier par écrit. Si je me suis trompé, tu pourras me poursuivre.

– Très drôle, Sam, vraiment très drôle.

Un déclic se fit entendre au bout du couloir, suivi

d'un bruit de pas. C'était Packer. Il s'arrêta en face de la cellule six.

– B'jour, Sam, dit-il.

– B'jour, Packer.

– Mets-toi en rouge. Tu as de la visite.

– Qui est-ce ?

– Quelqu'un qui veut te parler.

– Qui est-ce ? demanda de nouveau Sam, tandis qu'il enfilait rapidement sa combinaison rouge

Il s'empara de ses cigarettes. Il se moquait pas mal de l'identité du visiteur ou de ce qu'on pouvait bien lui vouloir. Une visite était toujours bienvenue, une détente loin de la cellule.

– Dépêche-toi, Sam, dit Packer.

– C'est mon avocat ? demanda Sam en glissant ses pieds dans les sandales de caoutchouc.

– Non.

Packer lui passa les menottes, et la grille s'ouvrit. Ils quittèrent la galerie A pour se diriger vers le parloir.

Packer enleva les menottes et claqua la porte derrière lui. Sam aperçut une femme solidement bâtie, assise de l'autre côté du treillis. Il frotta ses poignets et s'avança de quelques pas en direction du siège qui lui faisait face. Il ne connaissait pas cette femme. Il s'assit, alluma une cigarette et la regarda dans les yeux.

Elle se pencha rapidement en avant et dit d'une voix tendue :

– Monsieur Cayhall, je suis le docteur Stegall.

Elle glissa une carte de visite par l'ouverture.

– Je suis le psychiatre des maisons d'arrêt de l'État du Mississippi.

Sam regarda la carte posée sur le comptoir. Puis il la prit et l'examina d'un air soupçonneux.

– Là-dessus, on dit que vous vous appelez N. Stegall, docteur N. Stegall.

– C'est juste.

– Curieux prénom, N. Je n'ai jamais rencontré une femme appelée N.

Le petit sourire tendu disparut du visage de la femme. Elle se redressa.

– Ce n'est qu'une initiale. Il y a quelques raisons pour cela.

– Une initiale pour quel prénom ?

– Franchement, ça ne vous regarde pas.

– Nancy ? Nelda ? Nona ?

– Si j'avais désiré que vous le sachiez, je l'aurais porté sur ma carte de visite, ne pensez-vous pas ?

– Je ne sais pas. Ce doit être quelque chose d'assez terrible. Neck ? Ned ? Je ne peux imaginer quelqu'un se cachant derrière une initiale.

– Je ne me cache pas, monsieur Cayhall.

– Appelez-moi simplement S., d'accord ?

La femme serra les mâchoires et jeta un regard furieux à travers le treillis.

– Je suis ici pour vous aider.

– C'est un peu tard, N.

– S'il vous plaît, appelez-moi docteur Stegall.

– Très bien, dans ce cas appelez-moi maître Cayhall.

– Maître Cayhall ?

– Oui. Je connais le droit beaucoup mieux que la plupart de ces guignols qui viennent s'asseoir à votre place.

Le docteur Stegall parvint à esquisser un sourire bienveillant.

– Mon rôle, à ce stade, consiste à vous apporter un peu d'aide. Vous n'êtes pas obligé de coopérer si vous n'en avez pas envie.

– Merci infiniment.

– Si vous souhaitez me parler, si vous avez besoin d'un médicament, maintenant ou plus tard, il suffit de me prévenir.

– Que diriez-vous d'un peu de whisky ?

– Je ne peux pas délivrer d'ordonnance pour de l'alcool.

– Pourquoi pas ?

– Le règlement de la prison, j'imagine.

– Que pouvez-vous prescrire ?

– Des tranquillisants, du Valium, des somnifères, ce genre de produits.

– Et pour quoi ?

– Pour vos nerfs.

– Mes nerfs vont très bien.

– Pouvez-vous dormir ?

Sam réfléchit un bon moment.

– Eh bien, pour être tout à fait franc, mon sommeil n'est plus aussi bon. Hier, je n'ai dormi en tout et pour tout que douze heures. Habituellement, je dors de quinze à seize heures par jour.

– Douze heures ?

– Oui. Vous venez souvent dans le quartier des condamnés à mort ?

– Non, pas très souvent.

– C'est ce que je pensais. Si vous connaissiez votre affaire, vous sauriez que nous dormons en moyenne seize heures par jour.

– Je vois. Et qu'ai-je à apprendre d'autre ?

– Oh, un tas de choses. Par exemple que Randy Dupree sombre lentement dans la folie, et que personne ici ne s'en soucie. Pourquoi n'êtes-vous pas allée le voir ?

– Cet établissement abrite cinq mille détenus, monsieur Cayhall, je...

– Alors, fichez le camp. Partez. Allez vous occuper des autres. Je suis resté ici pendant neuf ans et demi, et je ne vous ai jamais vue. Maintenant qu'ils veulent tous me gazer, vous arrivez en courant avec votre trousse d'urgence. Vous tenez à ce que je me conduise comme un gentil garçon pour pouvoir me tuer facilement. Pourquoi vous préoccuper aujourd'hui de mes nerfs et de mes insomnies ? Vous êtes employée par l'État du Mississippi, et l'État du Mississippi fait tout pour m'envoyer à la mort.

– Je fais mon travail, monsieur Cayhall.

– Votre travail pue, N. Trouvez un vrai travail où vous puissiez aider les gens. Vous êtes là parce qu'il ne me reste que treize jours à vivre. Vous voulez que je disparaisse en douceur. Vous êtes à la botte du gouverneur.

– Je ne suis pas venue ici pour me faire insulter.

– Alors dépêchez-vous de ficher le camp. Allez en paix et ne péchez plus.

Le docteur Stegall sauta sur ses pieds et empoigna son attaché-case.

– Vous avez ma carte. Si vous avez besoin de quoi que ce soit, faites-le-moi savoir.

– On y pensera, N. Mais ne restez pas assise à côté du téléphone.

Sam se leva et se dirigea vers la porte. Il frappa deux fois avec la paume de la main et attendit, adossé aux montants, l'arrivée de Packer.

Adam s'apprêtait à gagner Parchman, quand le téléphone se mit à sonner. Darlene lui dit que c'était urgent. Elle avait raison.

Le correspondant se présenta comme un fonctionnaire de la cinquième chambre de la cour d'appel de La Nouvelle-Orléans. L'homme avait un ton étonnamment amical. Il informa Adam que la pétition Cayhall attaquant la légalité constitutionnelle de la chambre à gaz, reçue lundi, avait été présentée devant trois juges. Ceux-ci tenaient à entendre les arguments des parties. Pouvait-il se trouver à La Nouvelle-Orléans demain, vendredi, à treize heures, pour exposer de vive voix ses arguments ?

Adam en laissa presque tomber le récepteur. Demain ?

– Naturellement, dit-il, après une courte hésitation.

– A une heure précise, insista l'employé. La Cour normalement ne donne pas d'audience l'après-midi lorsqu'il s'agit de présentation orale. Mais, étant donné l'aspect particulièrement urgent de cette affaire, les juges ont décidé d'organiser une confrontation.

Il demanda ensuite à Adam s'il avait déjà été amené à défendre un de ses clients devant la cinquième chambre.

Il plaisante, se dit Adam. Il y a un an, j'en étais à préparer mes examens de droit. Il se contenta de répondre qu'il ne l'avait jamais fait. Le fonctionnaire lui annonça alors qu'il allait immédiatement lui envoyer par fax un exemplaire du règlement de la Cour sur les présentations orales. Adam le remercia et raccrocha.

Il s'assit sur le bord de son bureau en essayant de rassembler ses pensées. Darlene lui apporta le fax. Elle aurait à lui réserver une place sur un vol pour La Nouvelle-Orléans.

Était-il parvenu à retenir l'attention de la Cour avec ce problème ? Était-ce une bonne nouvelle ou une simple formalité ? Dans sa jeune carrière d'avocat, il ne s'était présenté seul qu'une fois à la barre. Et Emmitt Wycoff se tenait à proximité. De plus, cette affaire était passée devant le tribunal de Chicago, à peu de distance de son bureau. Demain il pénétrerait dans un tribunal inconnu, d'une ville inconnue, pour tenter de défendre une requête de dernière heure devant des juges dont il n'avait jamais entendu parler.

Il appela Garner Goodman. Goodman s'était présenté devant la cinquième chambre en plusieurs occasions. Il conseilla à Adam de se détendre. Ce n'était ni une bonne ni une mauvaise nouvelle. La Cour, de toute évidence, était intéressée par cette procédure, mais elle avait déjà entendu cette sorte d'argument. Le Texas et la Louisiane avaient, eux aussi, remis en question la légalité constitutionnelle de ce genre d'exécution.

Goodman lui assura qu'il pouvait s'en tirer fort bien. Il pouvait aussi faire un saut à La Nouvelle-Orléans. Adam déclina cette proposition. Il se débrouillerait seul.

– Gardez le contact avec moi, ajouta Goodman.

Adam s'enferma dans son bureau pour mémoriser le règlement des requêtes orales. Il relut les dossiers, les minutes des procès qui attaquaient la chambre à gaz. Il appela Parchman, demandant qu'on informe Sam qu'il n'irait pas le voir aujourd'hui.

Il travailla jusqu'à la nuit, puis effectua avec appréhension le trajet qui le séparait de l'appartement de Lee. Le petit mot était toujours sur le plan de travail, inchangé. Il tourna dans l'appartement. Aucune trace de mouvement dans la journée.

La porte de la chambre à coucher était entrouverte. Il la poussa.

– Lee, appela-t-il doucement dans l'obscurité. Est-ce que ça va, Lee ?

Quelqu'un remua dans le lit.

– Oui, dit-elle. Entre.

Adam s'assit doucement sur le bord du lit en essayant d'apercevoir le visage de sa tante. La pièce n'était éclairée que par un rai de lumière venant du couloir. Lee se redressa et prit appui sur les oreillers.

– Ça va mieux, dit-elle d'une voix rauque. Et toi ?

– Ça va, Lee. Je m'inquiétais un peu.

– Ça ira. C'est ce méchant petit virus.

Des draps et des couvertures émanait une odeur âcre, écœurante. Adam avait envie de hurler. C'était une odeur fétide de vodka, de gin éventé, ou de purée rance. Peut-être un mélange du tout. Adam ne pouvait voir les yeux de Lee, mais entrevoyait une chemise de couleur foncée.

– Qu'as-tu pris comme médicament ? demanda-t-il.

– Je ne sais pas. Des pilules. Le docteur m'a dit que

la fièvre allait m'assommer quelques jours, puis me quitter brusquement. Je me sens déjà mieux.

Adam se préparait à dire quelque chose sur cette grippe invraisemblable qui apparaissait en plein mois de juillet, mais il retint sa langue.

– As-tu mangé ?

– Je n'ai pas d'appétit.

– Y a-t-il quelque chose que je puisse faire ?

– Non, mon chéri. Comment ça va pour toi ? Quel jour sommes-nous ?

– Jeudi.

– J'ai l'impression d'être restée enfermée dans une grotte depuis une semaine.

Ou bien Adam se prêtait à cette comédie, en espérant que sa tante arrête de boire avant qu'il ne soit trop tard. Ou bien il la confondait sur-le-champ en l'assurant qu'il n'était pas dupe. Avec le risque de provoquer une dispute. Peut-être était-ce la bonne méthode avec les alcooliques.

– Ton médecin sait-il que tu bois ? demanda-t-il en retenant son souffle.

Lee garda le silence un long moment.

– Je n'ai pas bu, dit-elle dans un souffle.

– Allons, Lee. J'ai trouvé la bouteille de vodka dans la poubelle. Et les trois canettes de bière sous ton lit. L'odeur de ta chambre rappelle celle d'une brasserie. Tu ne peux tromper personne, Lee. Tu picoles de nouveau. Laisse-moi t'aider.

Elle s'assit, ramenant ses jambes vers sa poitrine. Les minutes passaient. Un silence pesant régnait dans l'appartement.

– Comment va mon cher père ? marmonna-t-elle d'une voix pâteuse et agressive.

– Je ne l'ai pas vu aujourd'hui.

– Penses-tu que nous irons mieux lorsqu'il sera mort ?

Adam fixa sa silhouette.

– Non, Lee, je ne le pense pas. Et toi ?

Elle ne bougeait plus.

– Tu es désolé pour lui, n'est-ce pas ? demanda-t-elle finalement.

– Bien sûr.

– Il te fait pitié ?

– Oui.

– À quoi ressemble-t-il ?

– À un vieillard. Avec des cheveux gris, gras, tirés en arrière. Il a une petite barbe poivre et sel. Des tas de rides. Et il est pâle à faire peur.

– Comment s'habille-t-il ?

– Une combinaison rouge. Tous les condamnés à mort portent la même.

Lee s'abandonna un moment à ses pensées.

– J'imagine que c'est facile d'avoir pitié de lui.

– Ça l'est pour moi.

– Écoute, Adam, je ne l'ai jamais vu avec tes yeux. Pour moi, c'est une tout autre personne.

– Comment le vois-tu ?

Elle tira la couverture sur ses jambes.

– Mon père me dégoûte.

– Il te dégoûte encore ?

– Oh oui. Je trouve que les choses devraient aller à leur terme. Dieu sait qu'il le mérite.

– Pourquoi ?

Cette question la rendit de nouveau songeuse. Lee se tourna légèrement sur sa gauche et prit une tasse ou un verre sur la table de nuit. Elle but à petites gorgées. Adam s'abstint de lui demander quoi.

– Te parle-t-il du passé ?

– Uniquement lorsque je le questionne. Nous avons parlé d'Eddie, mais je lui ai promis de ne plus recommencer.

– Il est responsable de la mort d'Eddie. Est-ce qu'il s'en rend compte ?

– Peut-être.

– Te l'a-t-il dit ? As-tu rejeté la faute sur lui ?

– Non.

– Tu aurais dû. Tu prends trop de précautions avec lui. Il faut qu'il prenne conscience de ses actes.

– Je pense qu'il en a pris conscience. Mais c'est toi qui m'as dit que ce n'était pas bien de le tourmenter ainsi.

– T'a-t-il parlé de Joe Lincoln ? Lui as-tu parlé de Joe Lincoln ?

– Je lui ai dit que nous sommes allés, toi et moi, voir notre maison de famille. Il m'a demandé si je savais quelque chose à propos de Joe Lincoln. Je lui ai dit que oui.

– A-t-il nié ?

– Non. Il était bourrelé de remords.

– Quel menteur !

– Non. Il était sincère.

Toujours immobile, Lee marqua une nouvelle pause.

– T'a-t-il parlé du lynchage ?

Adam ferma les yeux et posa ses coudes sur ses genoux.

– Non, murmura-t-il.

– Bien sûr !

– Je ne veux pas entendre ça, Lee.

– Mais si, tu vas l'entendre. Tu as débarqué ici avec mille questions sur la famille et sur le passé. Il y a deux semaines, tu voulais en entendre toujours plus sur les calamités de la famille Cayhall. Il te fallait tout renifler, le sang et les tripes.

– J'en ai assez appris.

– Quel jour sommes-nous ?

– Jeudi, Lee. Tu me l'as déjà demandé.

– Une de mes filles devait accoucher aujourd'hui. Son deuxième enfant. Je n'ai pas téléphoné au bureau. Je suppose que c'est la faute de ce médicament.

– Ou de l'alcool.

– D'accord. Bon Dieu, je suis alcoolique ! Qui peut me jeter la pierre ? Parfois, j'aimerais avoir le courage de faire ce qu'Eddie a fait.

– Allons, Lee. Laisse-moi t'aider.

– Oh, tu m'as déjà sérieusement aidée. J'étais bien tranquille, bien sage, parfaitement sobre, jusqu'à ton arrivée.

– D'accord. J'ai eu tort. Je suis désolé. Je ne me rendais pas compte...

Sa voix s'assourdit et sa phrase resta en suspens.

Elle remua légèrement et Adam la regarda boire une nouvelle gorgée. Des effluves malodorants imprégnaient le côté du lit où elle était couchée.

– C'est ma mère qui m'a raconté l'histoire, dit-elle d'une voix sourde. Elle avait entendu des rumeurs. Avant qu'ils ne soient mariés, elle savait qu'il avait participé au lynchage d'un jeune Noir.

– Je t'en prie, Lee.

– Je n'ai jamais questionné mon père là-dessus, mais Eddie l'a fait. Un jour, il l'a mis au pied du mur. Ils se sont violemment querellés, mais Sam a fini par admettre que c'était vrai. Et qu'il ne regrettait rien. Ce jeune Noir avait, prétendait-il, violé une Blanche. Mais la fille n'était qu'une roulure. Selon la version de ma mère, bien des gens doutaient de la réalité du viol. Sam avait quinze ans à l'époque. Une bande de types s'est rendue à la prison, a fait sortir le prisonnier et l'a emmené dans les bois. Le père de Sam, naturellement, était le chef de la bande. Ses oncles étaient présents.

– Assez, Lee.

– Ils l'ont fouetté tant et plus, puis l'ont pendu à un arbre. Mon cher père était au beau milieu. Il ne pouvait pas vraiment le nier, tu sais, parce que quelqu'un a pris une photo.

– Une photo ?

– Oui. Quelques années plus tard la photo illustrait un livre racontant les épreuves des Noirs dans le Sud profond. Un livre publié en 1947. Ma mère en a gardé un exemplaire pendant des années. Eddie l'a trouvé dans le grenier.

– Sam est sur la photographie ?

– Bien sûr. Il sourit de toutes ses dents. Les hommes se tiennent debout sous l'arbre. Les pieds du Noir sont suspendus au-dessus de leurs têtes. Tous s'amusent comme des fous. Ce n'était qu'un lynchage de plus. L'auteur du cliché est resté anonyme. L'image parlait d'elle-même. La légende indique simplement : *Un lynchage dans la campagne du Mississippi, en 1936.*

– Où est ce livre ?

– Par là, dans un tiroir. Je l'ai gardé avec d'autres trésors de famille au moment de la saisie. Je l'ai sorti l'autre jour, pensant que tu pouvais avoir envie d'y jeter un coup d'œil.

– Non. Je ne veux pas voir ça.

– Courage. Tu voulais tout savoir sur nous. Eh bien, les voilà, le grand-père, l'arrière-grand-père, tous les Cayhall en pleine action. Pris sur le fait. Fiers de ce qu'ils font.

– Arrête, Lee.

– Il y a eu d'autres lynchages, Adam.

– Ferme-la, Lee. D'accord ? Je ne veux rien entendre de plus.

Elle se pencha sur le côté pour se mettre à la portée de la table de nuit.

– Qu'est-ce que tu bois, Lee ?

– Un sirop pour la toux.

342

– Mon œil!

Adam sauta sur ses pieds et marcha dans l'obscurité jusqu'à la table de nuit. Lee but rapidement la dernière gorgée. Adam lui arracha le verre des mains pour sentir ce qu'il contenait.

– Bourbon, dit-il.

– Il y en a encore dans l'arrière-cuisine. Tu veux bien aller me le chercher.

– Non. Tu en as assez pris.

– Si j'en veux, j'en aurai.

– Non, tu n'en auras pas, Lee. Tu ne vas plus boire une seule goutte ce soir. Demain j'appellerai ton médecin et on trouvera la solution.

– Je n'ai pas besoin d'aide. J'ai besoin d'une arme.

Adam posa le verre sur la commode et alluma la lampe. Lee mit sa main devant ses yeux pendant quelques secondes, puis regarda son neveu. Elle avait les yeux rouges et gonflés. Ses cheveux étaient emmêlés, sales, poisseux.

– Pas très jolie, non, dit-elle d'une voix pâteuse, en détournant le regard.

– Effectivement. On va avoir de l'aide, Lee. On s'en occupera demain.

– Va me chercher un verre. Je t'en prie.

– Non.

– Alors, fiche-moi la paix. Tout ça est ta faute, tu le sais bien. Maintenant, va-t'en, va te coucher.

Adam s'empara d'un oreiller sur le lit et le jeta par terre.

– Je vais dormir ici cette nuit, dit-il en montrant l'oreiller. Je vais fermer la porte à clef de manière que tu ne puisses pas quitter ta chambre.

Elle lui jeta un regard furieux mais ne dit rien. Il éteignit la lampe du couloir et la pièce fut plongée dans le noir. Il tourna la clef et s'étendit sur la moquette contre la porte.

– Maintenant dors, Lee, et oublie tout ça.

– Va te coucher, Adam. Je te promets de ne pas quitter cette chambre.

– Non. Tu es ivre. Ne compte pas sur moi pour m'éclipser. Si tu essaies d'ouvrir cette porte, je te remets au lit de force.

– Très romantique.

– Dors.

– Je ne peux pas dormir.

– Essaie.

– Tu ne veux pas que je raconte des histoires sur les Cayhall, Adam ? Je connais d'autres histoires de lynchage.

– Ferme-la, Lee ! cria Adam.

Sa tante se tint brusquement tranquille. Le lit craqua tandis qu'elle se retournait pour trouver une bonne position. Après un quart d'heure elle avait rendu les armes. Une demi-heure plus tard Adam trouvait le sol particulièrement inconfortable.

Il dormit par intermittence avec de longs moments de veille. Il fixait alors le plafond, s'inquiétant au sujet de sa tante et de la cinquième chambre de la cour d'appel. Au cours de la nuit, ses yeux fouillèrent l'obscurité, cherchant l'emplacement du tiroir. Le livre était-il réellement à l'intérieur ? Il fut tenté d'aller le chercher, puis de se glisser dans la salle de bains pour regarder la photo. Mais il ne voulait pas prendre le risque de réveiller sa tante. Et il ne tenait pas vraiment à voir ce portrait de famille.

33

Dans l'arrière-cuisine il trouva une bouteille de bourbon derrière des boîtes de biscuits salés. Il la vida dans l'évier. Il faisait encore noir. Il se fit un café très fort, relut ses notes sur la terrasse et repassa dans sa tête les arguments qu'il allait présenter dans quelques heures à La Nouvelle-Orléans.

À sept heures il préparait des toasts. Aucun signe de Lee. Il n'avait pas envie de la voir. C'était pourtant nécessaire. Il avait des choses à lui dire. Il fit du bruit avec les assiettes et les couverts entassés dans l'évier, et monta le son de la télévision au moment des informations.

Lee ne bougeait toujours pas. Après s'être douché et habillé, il tourna doucement la poignée de sa porte. La chambre était fermée à clef. Elle s'était enfermée dans sa grotte, pour éviter la pénible conversation du lendemain matin. Il lui écrivit un petit mot pour l'informer qu'il partait pour La Nouvelle-Orléans et qu'il y passerait la nuit. Il serait de retour demain. Il la suppliait de ne pas boire.

Il posa le mot sur le plan de travail. Bien en évidence. Adam quitta l'appartement et roula vers l'aéroport.

Le vol direct jusqu'à La Nouvelle-Orléans prit cinquante-cinq minutes. Adam but un jus de fruits et essaya de faire disparaître ses courbatures. Il avait dormi moins de trois heures par terre. Il se jura de ne pas renouveler l'expérience. Sa tante admettait qu'elle avait rechuté trois fois. Si l'alcool était plus fort que sa volonté d'abstinence, il n'y avait rien à faire. Si Lee continuait à boire, il irait s'installer à l'hôtel, ce n'était pas un problème.

Dans l'immédiat, il lui fallait se concentrer sur des problèmes juridiques, pas sur des photographies de lynchages ni sur la santé de sa tante bien-aimée.

La voiture louée par Darlene était une Cadillac avec chauffeur. Adam s'installa confortablement sur le siège arrière. En fin de compte il y avait certains avantages à appartenir à un gros cabinet.

Il n'était jamais allé à La Nouvelle-Orléans. Parcours banal de l'aéroport au centre-ville : beaucoup de circulation sur les voies express. Et brusquement on était en plein centre. Le chauffeur expliqua à son passager que le Quartier français n'était qu'à quelques pâtés de maisons. La voiture s'arrêta et Adam en descendit devant un bâtiment où siégeait la cinquième chambre de la cour d'appel. C'était un immeuble impressionnant avec un portique néoclassique corinthien et un grand escalier monumental.

Mr. Feriday se montra aussi courtois et empressé que la veille au téléphone. Il inscrivit le nom d'Adam sur un registre et lui expliqua certains articles du règlement de la Cour. Il était presque midi, et l'activité des bureaux s'était ralentie. Le moment idéal pour une petite visite. Ils se dirigèrent vers les salles de tribunal, ce qui les fit passer devant les bureaux des juges et des fonctionnaires.

– La cinquième chambre a quinze juges, expliqua Mr. Feriday, tandis qu'ils marchaient sans se presser sur les dalles de marbre. Leurs bureaux donnent tous sur ce corridor. En ce moment, trois postes sont à pourvoir et les nominations dépendent de l'agrément de Washington.

Les couloirs étaient sombres et silencieux. De profonds esprits œuvraient avec acharnement derrière les lourdes portes de bois capitonnées.

Mr. Feriday montra d'abord la salle la plus impressionnante. Ce n'était que marbre et boiseries, lourdes tentures et lustre immense. Quinze gros fauteuils en demi-cercle douillettement serrés les uns contre les autres.

– La plupart des affaires sont confiées à trois juges. Mais il arrive que, pour certaines affaires importantes, les juges se retrouvent ici au grand complet, expliqua-t-il à voix basse comme si la solennité de cette salle l'impressionnait.

À cause de la position élevée du tribunal, les avocats à la barre devaient regarder en l'air pendant leur plaidoirie. Adam se sentit assez effrayé.

– Il est extrêmement rare que le tribunal au complet tienne séance, expliqua encore Mr. Feriday, comme s'il donnait un cours particulier à un étudiant de droit de première année. Les grandes décisions des années soixante et soixante-dix concernant les droits civiques ont été prises ici.

Ils descendirent le couloir en direction du tribunal ouest, plus petit que le premier, mais tout aussi intimidant.

– C'est ici que siègent les trois juges, expliqua Mr. Feriday tandis qu'ils marchaient dans la partie réservée au public, entre la barre et le tribunal.

Celui-ci était également surélevé, pas autant toutefois que dans la grande salle.

– En fait, toutes les présentations orales ont lieu le matin, dit Mr. Feriday. Votre affaire est un peu différente parce qu'il s'agit d'un cas de peine de mort dans sa phase finale.

Il tendit le doigt vers le fond de la pièce.

– Vous serez assis là, puis l'huissier annoncera votre affaire. Vous irez à la barre et parlerez le premier durant vingt minutes.

Adam savait tout cela, mais ce rappel n'était pas inutile.

Mr. Feriday désigna de la main un appareil posé sur le podium qui ressemblait à un feu de circulation.

– Voilà le sablier, dit-il gravement. Il est extrêmement important. Vingt minutes, pas une seconde de plus. Quand un avocat n'en tient pas compte, ce n'est pas beau à voir. Lorsque la lumière est verte, vous commencez à parler. Elle vire au jaune pour vous avertir que votre temps de parole arrive à sa fin. Quand la lumière rouge s'allume, vous devez vous arrêter, même au milieu d'une phrase, et vous asseoir. C'est simple. Des questions à poser ?

– Qui sont les juges ?

– McNeely, Robichaux et Judy, dit-il, comme si Adam les connaissait personnellement. Il y a un vestibule là-bas et une bibliothèque au deuxième étage. Soyez ici à une heure moins dix.

– Merci, monsieur.

– Si vous avez besoin de moi, je suis dans mon bureau. Bonne chance.

Ils se serrèrent la main. Adam resta debout devant le tribunal.

À une heure moins dix, il franchit la porte de chêne du tribunal ouest pour la seconde fois. D'autres avocats se préparaient pour la bataille. Au premier rang, l'avocat général, Steve Roxburgh, et sa troupe de conseillers. Adam s'assit seul au banc de la défense.

Lucas Mann avait pris place du côté de ses contradicteurs, plusieurs rangées derrière Roxburgh. Il lisait tranquillement le journal. Il fit un léger signe de tête à Adam. C'était agréable de le voir ici. Il était amidonné de la tête aux pieds dans une tenue kaki impeccable. Toutefois sa cravate était suffisamment voyante pour luire dans l'obscurité. Mann n'était pas intimidé par la cinquième chambre et voulait garder ses distances vis-à-vis de Roxburgh. Avocat de Parchman, il ne faisait que son travail. Si la cinquième chambre accordait un sursis à Sam, Lucas Mann en serait heureux.

Morris Henry, maître la Mort, était au milieu de la bande de Roxburgh. Il expliquait certains détails à quelques esprits moins éclairés.

Adam essayait de se détendre. C'était difficile. Il avait des douleurs dans le ventre et ses genoux tremblaient. Mais l'épreuve ne durerait que vingt minutes. Les trois juges ne pouvaient le tuer, ils ne pouvaient que le mettre dans l'embarras. Il était capable de supporter n'importe quoi pendant vingt minutes. Il essaya de penser à Sam – non pas au raciste, au meurtrier, mais à son client, à ce vieillard qui dépérissait dans le quartier des condamnés à mort. Puisque Sam avait obtenu vingt minutes du temps si précieux de ce tribunal, son avocat devait en tirer le meilleur parti.

Une lourde porte claqua quelque part et Adam sursauta dans son fauteuil. Un huissier apparut pour annoncer « la Cour ». Surgirent aussitôt trois silhouettes en robe noire – McNeely, Robichaux et Judy. Les juges portaient de gros dossiers et paraissaient totalement dépourvus d'humour ou de bonne volonté. Ils s'assirent dans leurs fauteuils de cuir dont le haut du dossier se détachait sur des lambris sombres et vernis. « Affaire État du Mississippi contre Sam Cayhall », lança l'huissier. Les avocats quittèrent le fond de la salle. Adam passa nerveusement la petite porte battante qui conduisait à la barre.

Le président du tribunal était Judy, l'honorable Eileen Judy, une jeune femme du Texas. Robichaux venait de la Louisiane. Il avait une cinquantaine d'années. McNeely paraissait plus que centenaire. Il était également originaire du Texas. Judy prononça quelques mots d'introduction, puis demanda à maître Adam Hall, de Chicago, de commencer son argumentation. Adam se leva, l'estomac noué, les jambes flageolantes. Il s'avança vers le tribunal, c'est-à-dire au centre de la pièce, et regarda en l'air, très haut, en direction des juges.

La lumière verte à côté de lui s'alluma et il comprit qu'il était temps de se mettre à parler. La salle était silencieuse. Les juges le fixaient de bas en haut. Il toussota et se lança dans une attaque féroce contre la chambre à gaz.

Pendant cinq minutes il se permit de dire ce qu'il avait déjà écrit dans son rapport. L'heure du déjeuner venait à peine de se terminer et la chaleur à l'extérieur était accablante. Mieux valait laisser aux juges le temps de se ressaisir.

– Monsieur Hall, il me semble que vous ne faites que répéter ce que vous avez déjà écrit dans votre rapport, dit Judy avec agacement. Nous savons lire, monsieur Hall.

– Oui, Votre Honneur, dit Adam, évitant soigneusement toute allusion qui aurait pu avoir un lien quelconque avec le sexe de ce juge.

Il décrivit alors les effets des gaz de cyanure sur des rats de laboratoire, une étude qui n'avait pas été insérée dans son rapport. Ces expériences avaient été menées par des chimistes suédois dans le but de prouver que l'homme ne meurt pas instantanément lorsqu'il respire le gaz empoisonné. Ces recherches avaient été financées par un organisme européen partisan de l'abolition de la peine de mort en Amérique.

– Les rats sont pris de convulsions, les poumons ne respirent plus, le cœur s'arrête, puis ces organes se remettent à fonctionner de façon désordonnée pendant plusieurs minutes. Le gaz fait éclater les vaisseaux sanguins, y compris ceux du cerveau. Les muscles tremblent de façon incontrôlable. Les rats bavent en poussant des cris aigus.

Cette étude démontrait que les rats ne mouraient pas sur le coup, qu'ils souffraient énormément. Ces expériences avaient été conduites de manière rigoureusement scientifique. Des doses appropriées de poison avaient été données à ces cobayes. En moyenne, la mort ne survenait qu'après dix minutes. Adam n'épargnait aucun détail. Il s'échauffait, prenait de l'assurance. Non seulement les juges écoutaient, mais ils semblaient suivre avec intérêt son exposé.

— Maintenant, permettez-moi d'être direct, l'interrompit Robichaux, la voix haut perchée. Vous ne voulez pas que votre client meure dans la chambre à gaz parce que ce moyen vous semble cruel. Voulez-vous dire par là que vous accepteriez qu'il soit exécuté par injection d'une dose mortelle ?

— Non, Votre Honneur. Ce n'est pas ce que je dis. Ce que je veux, c'est que mon client ne soit pas exécuté, quelle que soit la méthode employée.

— Mais une piqûre vous paraît moins cruelle ?

— Toutes les méthodes sont cruelles, mais la piqûre me semble être la moins terrible. Il ne fait aucun doute que la chambre à gaz est un moyen particulièrement horrible de quitter ce monde.

— Pire que d'être atteint par une bombe ? Que d'être pulvérisé par de la dynamite ?

Un pesant silence s'abattit sur le tribunal. La phrase de Robichaux avait atteint son but. Il avait appuyé sur le mot « dynamite ». Adam cherchait désespérément une réplique. McNeely jeta un regard furieux à son collègue.

C'était un coup bas. Adam sentit monter sa rage. Il parvint cependant à conserver son sang-froid.

— Nous parlons des moyens d'exécution, Votre Honneur, non du crime qui a envoyé cet homme dans le quartier des condamnés à mort.

— Pourquoi ne voulez-vous pas en parler ?

— Parce que ce n'est pas du crime qu'il est débattu ici. Parce que je n'ai que vingt minutes et que mon client n'a plus que douze jours devant lui.

— Peut-être que votre client n'aurait pas dû poser cette bombe ?

– Bien sûr que non. Mais il a été condamné pour cet acte. Aujourd'hui il risque la chambre à gaz. Bien qu'il s'agisse d'un moyen cruel d'exécuter les gens.

– Que pensez-vous de la chaise électrique ?

– Les mêmes arguments la concernent. Il y a eu des cas épouvantables de condamnés souffrant le martyre sur la chaise électrique avant de mourir.

– Et qu'en est-il du peloton d'exécution ?

– C'est cruel, en vérité.

– Et la pendaison ?

– Je n'ai guère d'informations sur la pendaison, mais ce supplice me paraît particulièrement cruel.

– Mais vous aimez l'idée d'une piqûre mortelle ?

– Je n'ai pas dit cela. J'ai dit que ce moyen me semblait moins cruel que les autres.

Le juge McNeely intervint.

– Pourquoi le Mississippi est-il passé de la chambre à gaz à la mort par injection ?

Ce point avait été expliqué de long en large dans la requête. Adam sentit que McNeely était de son côté.

– J'ai résumé l'histoire de cette procédure dans mon rapport, Votre Honneur. On a pris cette mesure principalement pour faciliter les exécutions. La loi admet que cette méthode est moins cruelle et, afin d'écarter des contestations constitutionnelles comme celle-ci, on a changé la méthode.

– Donc, l'État a effectivement reconnu que cette manière d'exécuter les gens est préférable à l'autre ?

– Oui, Votre Honneur. Mais la loi n'a pris effet qu'en 1984, et ne s'applique qu'aux hommes condamnés après cette date. Elle ne s'applique pas à Sam Cayhall.

– Je vous comprends parfaitement. Vous nous demandez de rejeter la chambre à gaz comme mode d'exécution. Mais que se passera-t-il si nous le faisons ? Qu'arrivera-t-il à votre client et à ses semblables qui ont été condamnés avant 1984 ? Arriveront-ils à passer à travers les mailles du filet ? Il n'y a aucune disposition de la loi qui permettrait de les exécuter au moyen d'une injection par voie intraveineuse.

Adam avait prévu cette question. Sam la lui avait déjà posée.

– Je ne peux vous répondre, Votre Honneur, sauf que j'ai grande confiance dans la compétence et dans les décisions de la cour du Mississippi pour adopter une nouvelle loi s'appliquant à mon client et à ceux de son espèce.

C'est alors que le juge Judy intervint.

– En supposant que les choses se passent ainsi, monsieur Hall, que nous direz-vous lorsque vous reviendrez ici dans trois ans ?

Grâce au ciel, la lumière jaune s'alluma. Adam n'avait plus qu'une minute.

– Je trouverai sûrement un argument, dit-il avec un large sourire, à condition que vous m'en donniez le temps.

– Nous avons déjà examiné un cas comme celui-ci, monsieur Hall, dit Robichaux. En fait, vous en parlez dans votre rapport. Une affaire qui s'est déroulée au Texas.

– Oui, Votre Honneur. Je demande à la Cour de reconsidérer sa décision sur ce point. Presque tous les États qui avaient une chambre à gaz ou une chaise électrique les ont abandonnées en faveur de l'injection. Le motif va de soi.

Il disposait encore de quelques secondes, mais décida que c'était le bon moment pour arrêter. Il préférait ne pas être interrogé de nouveau.

– Merci, dit-il en retournant d'un pas assuré vers son siège.

C'était fini. Son petit déjeuner était passé. Il s'était comporté de façon satisfaisante pour un apprenti. Ce serait plus facile la prochaine fois.

Roxburgh, parfaitement préparé, se montra carré et méthodique. Il tenta quelques plaisanteries au sujet des rats et des crimes qu'ils avaient commis. Ce genre d'humour parut déplacé. NcNeely le titilla en lui posant les mêmes questions. Pourquoi les États se précipitaient-ils tous pour adopter la mort par injection ? Roxburgh campa sur ses positions et déclina une longue série d'affaires où les différentes juridictions fédérales avaient reconnu la légalité de la chambre à gaz, de la chaise électrique, de la pendaison et du peloton d'exécution. La loi était de son côté. Il sut le démontrer brillamment. Ses vingt minutes passèrent comme un éclair.

Le juge Judy évoqua brièvement l'urgence en la matière et promit qu'une décision serait prise dans quelques jours.

Adam serra la main de Roxburgh avant de sortir. Un

journaliste de Jackson l'attendait. Il n'avait que quelques questions à poser. Adam fut poli, mais s'abstint de tout commentaire. Roxburgh, comme toujours, se montra loquace. Dès qu'Adam se fut éloigné, les journalistes entourèrent l'avocat général et placèrent des micros sous son nez.

Adam n'avait qu'une hâte, quitter ce bâtiment.

– Avez-vous déjeuné ? demanda une voix tout près de lui.

C'était Lucas Mann, avec d'énormes lunettes de soleil. Ils se serrèrent la main sous le portique.

– Je n'ai pas faim, reconnut Adam.

– Vous vous en êtes bien sorti. Très éprouvant, n'est-ce pas ?

– En effet. Pourquoi êtes-vous ici ?

– Ça fait partie de mon travail. Le patron m'a demandé de faire un saut en avion pour assister à cette audience. Nous attendons leur décision avant de commencer les préparatifs. Allons manger.

Le chauffeur d'Adam arrêta la voiture près du trottoir et les deux hommes s'installèrent sur le siège arrière.

– Connaissez-vous la ville ? demanda Mann.

– Non. C'est la première fois que je viens ici.

– Au Bon Café, dit Mann au chauffeur. C'est un endroit merveilleux, à deux pas d'ici. Jolie berline.

– L'avantage des gros cabinets.

Le déjeuner commença par un plat nouveau pour Adam, des huîtres. Il en avait entendu parler, mais n'avait jamais eu envie d'en manger. Mann, avec adresse, fit une démonstration sur la manière de les gober : un peu de sauce rémoulade, et hop ! on les avale toutes crues. La première huître d'Adam glissa de sa coquille et atterrit sur la table. La seconde tomba toute crue au fond de son gosier.

– Surtout, ne les mâchez pas, lui dit Mann. Laissez-les simplement glisser.

Les dix suivantes glissèrent effectivement, mais pas assez rapidement de l'avis d'Adam.

– J'ai vu que vous aviez présenté une requête pour défense incomplète, dit Mann.

– Nous allons, à partir de maintenant, faire appel sur tout.

– La Cour suprême ne perdra pas de temps avec ça.

– Effectivement. Apparemment, tout le monde semble fatigué de Sam Cayhall. J'ai déposé le dossier à la Cour aujourd'hui. Je ne m'attends à aucune bienveillance de la part de Slattery.

– Moi non plus.

– Quelles sont mes chances avec seulement douze jours devant moi ?

– De plus en plus faibles, mais la situation reste imprévisible. Disons : cinquante-cinquante. Il y a quelques années, avec Stockholm Turner, nous avons atteint l'extrême. Quinze jours avant, c'était dans la poche, une semaine plus tard, l'impasse. Il avait un bon avocat mais les appels étaient épuisés. On lui a donné son dernier repas et...

– ... une visite conjugale avec deux prostituées.

– Comment savez-vous ça ?

– Sam m'a raconté l'histoire.

– Elle est véridique. Il a obtenu un sursis de dernière minute. Aujourd'hui il est à des années de la chambre à gaz. On ne peut jamais savoir.

– Mais quel est votre sentiment ?

Mann but une grande gorgée de bière, s'appuya à son dossier, tandis que deux assiettes remplies de crevettes étaient posées devant eux.

– Je n'ai aucun flair lorsqu'il s'agit d'exécution. Tout peut arriver. Continuez simplement à faire appel, à déposer des requêtes. C'est une sorte de marathon. Vous pouvez abandonner. L'avocat de Jumbo Parris s'est effondré douze jours avant l'exécution. Il était à l'hôpital lorsque son client y est passé.

Adam mâchonna un bouquet et le fit descendre avec une gorgée de bière.

– Le gouverneur souhaite que je lui parle. Dois-je le faire ?

– Qu'en dit votre client ?

– Que croyez-vous ? Il hait le gouverneur. Il m'a interdit de lui adresser la parole.

– Vous devez déposer une demande de grâce. C'est la procédure normale.

– Connaissez-vous McAllister ?

– C'est un animal politique très vorace. Je ne lui accorderais pas ma confiance, même pour une minute. Il a néanmoins le pouvoir de gracier les condamnés à

354

mort. Il peut commuer la peine. Il peut lui laisser la vie, il peut même le libérer. La loi accorde un immense pouvoir au gouverneur dans ce domaine. Il sera probablement votre dernier espoir.

– Tragique !

– Comment trouvez-vous les crevettes ? demanda Mann, la bouche pleine.

– Délicieuses.

Adam appréciait Lucas Mann, mais son client ne l'aimait pas. Comme disait Sam, « Mann travaille pour l'État et l'État veut ma peau ».

Un vol en fin d'après-midi l'aurait ramené à Memphis aux alentours de six heures trente, bien avant qu'il fasse nuit. Il aurait pu passer une heure à son bureau avant de revenir chez Lee. Mais il n'en avait pas la moindre envie. Il avait une chambre magnifique dans un hôtel moderne près du fleuve, généreusement offerte par Kravitz et Bane. De plus, il n'avait jamais vu le Quartier français.

Il s'éveilla à six heures, après une longue sieste réparatrice. Il était allongé sur le lit, ses chaussures encore aux pieds. Il fixa le ventilateur du plafond pendant une demi-heure avant de bouger.

Lee ne décrocha pas le téléphone. Il laissa un message sur le répondeur. Il descendit dans le vaste hall où on jouait du jazz à l'heure de l'apéritif. Il marcha dans la chaleur écrasante. Les festivités du vendredi soir commençaient dans le Quartier français. Filles, striptease, travestis, cabaret, alcool et musique. Il y avait foule pour boire, manger, danser et s'amuser.

Il acheta un cornet de crème glacée à la vanille et retourna vers son hôtel. En d'autres circonstances, il aurait pu être tenté par un spectacle de strip-tease, ou par un bar à la mode. Mais, ce soir, les ivrognes lui rappelaient Lee. La musique et les rires lui faisaient penser à Sam. Sam qui comptait les jours et espérait que son avocat accomplirait un miracle. Sam ne verrait jamais La Nouvelle-Orléans, il ne mangerait jamais d'huîtres, il ne boirait plus jamais une bière fraîche à la terrasse d'un café. Même s'il vivait au-delà du 8 août, il continuerait à n'être qu'un mort vivant.

Adam quitta le Quartier français. Il avait besoin de se reposer. Le marathon allait commencer.

34

Un gardien nommé Tiny passa les menottes à Sam et le fit sortir de la galerie A. Le prisonnier portait un sac en plastique contenant le courrier qui lui était parvenu ces deux dernières semaines. Des centaines de lettres d'admirateurs. Sam recevait tous les mois des encouragements épistolaires rédigés par une poignée de supporters – membres et sympathisants du KKK, racistes, antisémites, fanatiques de tout poil. Il y avait répondu pendant un certain temps, puis avait fini par se lasser. À quoi ça pouvait bien lui servir de passer pour un héros ? Surtout auprès de ces excités. Il y avait vraiment une bande de désaxés à l'extérieur. À croire qu'on se trouvait plus en sécurité derrière les barreaux que dans la rue.

Le courrier était un droit bien établi par la Cour fédérale, non un privilège. Les autorités ne pouvaient pas le lui supprimer. Tout au plus le contrôler. Chaque lettre était ouverte par l'administration et les colis fouillés, exception faite des enveloppes indiquant clairement qu'elles avaient été cachetées dans un cabinet d'avocat. Ces lettres n'étaient pas soumises à la censure, et donc pas lues. La distribution du courrier s'effectuait avec régularité et exactitude.

L'exécution de Sam était insupportable aux yeux de beaucoup d'extrémistes. Aussi son courrier avait considérablement augmenté depuis que la cinquième chambre avait annulé son sursis. Attaques contre les Juifs, les Noirs, les libéraux, ces odieux conspirateurs.

Sam en avait assez de cette littérature. Il recevait

environ six lettres par jour. À sa demande, le gardien qui l'escortait ouvrit une petite trappe dans le treillis et lança le sac en plastique de l'autre côté. Adam le ramassa.

– De quoi s'agit-il ?

– De mon fan-club, répondit Sam en s'asseyant sur son siège habituel et en allumant une cigarette.

– Que dois-je faire de ces lettres ?

– Les lire. Les brûler. Ça m'est égal. J'ai nettoyé ma cellule ce matin. Ainsi tu viens de rentrer de La Nouvelle-Orléans ? Raconte-moi.

Adam posa les lettres sur une chaise et s'assit en face de Sam. La température extérieure atteignait les quarante et un degrés. Il ne faisait guère plus frais au parloir. On était samedi. Adam portait un jean, des mocassins et une chemisette en coton léger.

– La cinquième chambre de la cour d'appel m'a téléphoné jeudi, car elle voulait m'entendre vendredi. Je suis allé là-bas et je les ai éblouis avec mon exposé. Je suis revenu à Memphis ce matin.

– Quand prendront-ils leur décision ?

– Très bientôt.

– Un tribunal de trois juges ?

– Oui.

– Qui ?

– Judy, Robichaux et McNeely.

Sam réfléchit un moment à l'énoncé de ces noms.

– McNeely est un ancien combattant qui nous aidera. Judy, une salope de conservateur, oh ! pardon, je veux dire une américano-conservatrice-américaine. Je ne connais pas Robichaux. D'où vient-il ?

– Louisiane du Sud.

– Ah, un Acadio-Américain.

– Un dur à cuire. Il ne nous aidera pas.

– Battus à deux contre un. Je croyais que tu les avais éblouis.

– Nous n'avons pas encore perdu.

Adam était surpris d'entendre Sam parler avec tant de familiarité des juges. Il est vrai qu'il s'était intéressé aux cours de justice depuis de nombreuses années.

– Où en est la requête pour défense défectueuse ? demanda Sam.

– Devant le tribunal du district. Je l'ai déposée peu après l'autre.

– Passons à quelque chose de nouveau.

– J'y travaille.

– Travaille vite. Il ne me reste plus que onze jours. Je passe au moins trois heures chaque jour à regarder mon calendrier. Au réveil, je trace une grande croix sur la date de la veille. J'ai mis un cercle autour du 8 août. Mes croix se rapprochent de plus en plus du cercle. Remue-toi, bon Dieu !

– Je m'y emploie. Je mets au point une nouvelle stratégie.

– Rentre-leur dedans.

– À mon avis, nous pouvons prouver que vous êtes mentalement dérangé.

– J'y ai pensé.

– Vous êtes vieux et sénile. Bien trop calme en face de la mort. Quelque chose ne va pas. Vous n'êtes plus en état de comprendre la raison de votre exécution.

– On a étudié les mêmes dossiers.

– Goodman connaît un expert qui dira n'importe quoi pour de l'argent. Nous pensons le faire venir ici. Un simple examen.

– Merveilleux. Je m'arrache les cheveux et je pars chasser les papillons dans ma cellule.

– Nous pouvons jouer cette carte.

– D'accord. Vas-y. Présentons requête sur requête.

– C'est ce que je compte faire.

Sam tira sur sa cigarette et réfléchit un instant. Adam rêvait d'air frais. Il n'avait qu'une envie, monter dans sa voiture, toutes vitres fermées, et mettre la climatisation à fond.

– Quand reviens-tu ? demanda Sam.

– Lundi. Écoutez-moi, Sam. Vous allez mourir un de ces jours. Ça peut être le 8 août comme dans cinq ans. Mais au rythme où vous fumez, ça ne pourra pas durer très longtemps.

– Le tabac n'est pas mon souci essentiel question santé.

– Bien sûr. Mais votre famille, Lee et moi, avons besoin de nous occuper des formalités d'enterrement. Ça ne peut pas se faire du jour au lendemain.

Sam fixa les minuscules losanges du treillis. Adam gribouilla quelque chose sur son calepin. Le système d'air conditionné renâclait et sifflait, sans grand résultat.

– Ta grand-mère était une vraie dame, Adam. Je

regrette que tu ne l'aies pas connue. Elle aurait mérité mieux que moi.

– Lee m'a conduit sur sa tombe.

– Je l'ai fait beaucoup souffrir, et elle l'a supporté. Enterre-moi près d'elle pour que je puisse – on ne sait jamais – me faire pardonner.

– J'y veillerai.

– Fais-le. Combien ça va coûter?

– Je m'en charge, Sam.

– Je n'ai pas d'argent, Adam. J'ai perdu mes terres et ma ferme. Je n'ai rien.

– Avez-vous fait un testament?

– Oui. De ma propre main.

– Nous regarderons ça la semaine prochaine.

– Tu me promets d'être ici lundi.

– Je vous le promets, Sam. Puis-je vous apporter quelque chose?

Sam hésita une seconde, l'air embarrassé.

– Tu sais ce que j'aimerais réellement? demanda-t-il avec un sourire enfantin.

– Quoi donc? Tout ce que vous voulez, Sam.

– Quand j'étais petit, mon plus grand bonheur, c'était un esquimau.

– Un esquimau?

– Un petit bâtonnet de crème glacée. À la vanille, enrobé de chocolat. C'était mon régal avant d'être enfermé. Je crois qu'on en fait toujours.

– Un esquimau? répéta Adam.

– Oui. J'en ai encore le goût dans la bouche. La meilleure crème glacée du monde. Imagine, déguster ça ici, dans ce four.

– Eh bien, Sam, vous aurez votre esquimau.

– Apportes-en plusieurs.

– J'en apporterai une douzaine. Nous les mangerons ensemble en dégoulinant de sueur.

Le second visiteur de Sam, ce samedi-là, n'était pas attendu. Il s'arrêta au poste de garde et montra un permis de conduire de la Caroline du Nord, avec sa photo. Il déclara au gardien qu'il était le frère de Sam Cayhall. Il avait appris qu'il pouvait lui rendre visite à n'importe quel moment, jusqu'au jour de l'exécution. Mr. Holland, du bureau administratif, lui avait confirmé la veille au téléphone cette possibilité. Le gardien retourna à l'intérieur pour téléphoner.

Le visiteur attendait patiemment dans sa voiture de location. Le gardien donna deux coups de téléphone, puis nota sur son calepin le numéro de la plaque minéralogique. Il demanda au visiteur de se garer quelques mètres plus loin, de fermer sa voiture à clef et d'attendre. L'homme obéit. Quelques minutes plus tard un minibus blanc de la prison arrivait. Un gardien armé, en uniforme, était au volant. Il fit signe au visiteur de monter près de lui.

La voiture franchit facilement le double portail du QHS. Deux gardiens exécutèrent une fouille en règle. Le visiteur n'avait ni paquet ni attaché-case.

On le fit entrer dans le parloir vide. Il s'assit à peu près au milieu de la séparation.

– Nous allons chercher Sam, dit un des gardiens. Ça va prendre cinq minutes.

Sam tapait à la machine lorsque les gardiens s'arrêtèrent devant sa grille.

– Allons-y, Sam. Tu as de la visite.

Sam s'arrêta de taper et regarda les gardiens. Son ventilateur ronflait et un match de base-ball passait à la télévision.

– Qui est-ce ? lança-t-il.

– Ton frère.

Sam posa doucement la machine à écrire sur une des étagères et s'empara de sa combinaison.

– Lequel ?

– Nous ne posons pas de questions, Sam. C'est ton frère. Allons, viens.

Ils lui passèrent les menottes et il les suivit le long de la galerie. Des trois frères de Sam, l'aîné était mort d'une crise cardiaque avant même la condamnation. Donnie, le plus jeune, avait soixante et un ans. Il habitait près de Durham, en Caroline du Nord. Albert, âgé de soixante-sept ans, de santé fragile, vivait au fond des bois dans la campagne du comté de Ford. C'était Donnie qui envoyait les cigarettes chaque mois, avec quelques dollars et, de temps en temps, un petit mot. Albert n'avait pas écrit depuis sept ans. Tous les autres Cayhall avaient oublié Sam.

Ce doit être Donnie, se dit-il. Donnie était le seul qui s'intéressait suffisamment à lui pour venir le voir. Il ne l'avait pas rencontré depuis deux ans. Quelle bonne surprise !

Sam franchit la porte, et regarda l'homme assis de l'autre côté de la séparation. C'était un inconnu. Un coup d'œil rapide lui confirma qu'il n'y avait personne d'autre que ce visiteur. Ce dernier fixait Sam d'un air froid et tranquille. Comme les gardiens étaient toujours là, Sam sourit à l'étranger. Après leur départ, il s'assit en face de l'homme, alluma une cigarette et garda le silence.

Ce type lui disait quelque chose, mais il n'arrivait pas à mettre un nom sur cette tête. Tous deux se dévisageaient à travers l'ouverture du treillis.

– Est-ce que je vous connais ? demanda finalement Sam.

– Oui, répondit l'homme.

– D'où ça ?

– Du passé, Sam. De Greenville, de Jackson, de Vicksburg. La synagogue, le bureau de l'agent immobilier, la maison des Pinder, le cabinet Kramer.

– Wedge ?

L'homme acquiesça lentement. Sam ferma les yeux et envoya sa fumée en direction du plafond. Il jeta sa cigarette et s'affaissa sur sa chaise.

– Bon Dieu, je te croyais mort.

– Ce n'est pas très gentil.

– Espèce de salaud, lança Sam, les dents serrées. Ordure. J'espérais... J'ai rêvé pendant vingt-trois ans de ta mort. Je t'ai tué un million de fois avec mes mains nues, à coups de bâton, à coups de couteau. Je t'ai saigné à blanc ; je t'ai entendu demander grâce.

– Désolé, Sam. Me voilà.

– Je te hais comme je n'ai jamais haï personne. Si j'avais une arme en ce moment, je t'exploserais la figure et t'allongerais vite fait. J'en rirais aux larmes avant de pleurer pour de bon. Rollie, je te hais.

– Réserves-tu cet accueil à tous tes visiteurs, Sam ?

– Que veux-tu, Wedge ?

– On peut nous entendre ?

– Ils se fichent pas mal de ce qu'on raconte.

– Et les micros ?

– Si tu as peur, va-t'en, imbécile. Décampe.

– Dans une minute, Sam. Mais d'abord, je tiens à te dire que je suis dans les parages à tout observer de très près. Bien content aussi que mon nom n'ait jamais été mentionné. Il faut continuer, Sam. Je sais comment m'y prendre pour faire taire les bavards.

– Je sais, tu es un diabolique.

– Montre-toi un homme, Sam. Meurs avec dignité. Tu étais à mes côtés. Tu es mon complice. Selon la loi, tu es aussi coupable que moi. D'accord je suis libre, mais qui a dit que la justice est de ce monde ? Emmène notre petit secret dans la tombe et personne n'aura à s'en plaindre.

– Où as-tu filé après ?

– Partout et nulle part. Wedge n'est pas mon vrai nom, Sam. Ne te fais pas d'illusions. Même Dogan ne connaissait pas ma véritable identité. J'ai été appelé sous les drapeaux en 66 et, comme je ne voulais pas aller au Vietnam, je suis passé au Canada. Depuis, je reste dans l'ombre. Je n'existe pas, Sam.

– Tu devrais être assis à ma place.

– Non. Tu te trompes. Toi non plus, d'ailleurs, tu ne devrais pas être ici. Quelle idée de retourner à Greenville ! Le FBI ne nous aurait jamais pris. On était bien trop malins, Dogan et moi. Tu étais le maillon faible, Sam. C'était le dernier attentat. À cause des morts, il était temps d'arrêter. Tu vois, tu aurais pu rentrer chez toi soigner tes poulets et tes vaches. Si tu es ici, Sam, c'est parce que tu es un pauvre crétin.

– Et toi plus encore de venir me voir aujourd'hui.

– Erreur. Personne ne te croira si tu te mets à crier. Accepte ton sort, Sam, pars tranquillement.

Sam alluma une autre cigarette et écrasa les cendres qui se trouvaient déjà par terre.

– Fous le camp, Wedge. Je t'ai assez vu.

– Navré, Sam, mais j'espère qu'on va te gazer.

Ils étaient assis au fond du cinéma et mangeaient du pop-corn comme deux adolescents. L'idée du cinéma venait d'Adam. C'était un western politiquement correct. Tous les Indiens étaient des gentils et tous les cowboy des méchants. Le « virus » de Lee l'avait clouée trois jours au lit.

Le samedi matin, la purge était terminée. Adam avait choisi un petit restaurant pour le dîner, service rapide, et pas d'alcool. Lee avait bu deux jus de fruits. Ses cheveux étaient propres et tirés derrière ses oreilles. Ses yeux limpides. Elle était maquillée. Il fallait cacher les stigmates de la semaine passée.

Il n'avait pas été question de la nuit de jeudi, lorsque Adam avait dormi contre la porte de sa chambre. On n'aborderait ce sujet que plus tard. Adam en était d'accord. Sa tante marchait sur une corde raide, vacillant au-dessus d'un gouffre. On ne parlerait plus de Sam et de ses meurtres. On ne parlerait plus d'Eddie. On ne parlerait plus de la sombre saga des Cayhall.

Adam aimait tendrement sa tante. Elle était fragile, malade. Elle avait besoin de s'appuyer sur ses larges épaules.

35

Phillip Naifeh se réveilla à l'aube du dimanche matin avec des douleurs aiguës au thorax. On le transporta en urgence à l'hôpital de Cleveland. Le trajet en ambulance prit vingt minutes. Son état était stationnaire à l'arrivée.

Sa femme, âgée de quarante et un ans, attendait anxieusement dans le couloir de l'hôpital. Ce n'était pas la première fois qu'elle attendait. Il s'agissait d'une répétition de ce qui s'était passé trois ans plus tôt. Un jeune médecin expliqua que l'attaque n'était pas trop grave, que son patient avait déjà récupéré, qu'il était hors de danger. Pour le moment, il se reposait. On le placerait en observation jusqu'au lendemain et, si tout évoluait comme prévu, il pourrait retourner chez lui dans moins d'une semaine.

Bien entendu il n'était pas question pour Phillip de prendre son poste à Parchman et de s'occuper, de quelque manière que ce soit, de l'exécution de Cayhall. Il lui serait même interdit de téléphoner là-bas.

Le sommeil commençait à le fuir. Adam, habituellement, lisait dans son lit pendant une heure environ. Les publications juridiques sont les meilleurs des somnifères. Aujourd'hui, pourtant, plus il lisait, plus il s'énervait.

Il dormit par à-coups durant la nuit de samedi. À son réveil, le soleil était levé. Presque huit heures. Lee avait parlé d'une nouvelle expérience dans la cuisine. Il n'y a pas si longtemps, elle se débrouillait très bien avec des œufs et des saucisses. Et, comme tout le monde, s'en sortait avec les toasts. Mais, tandis qu'Adam enfilait son jean et son tee-shirt, aucune odeur de pain grillé ne lui parvint aux narines.

La cuisine était vide. Il appela sa tante et jeta un coup d'œil à la cafetière. Elle était à moitié pleine. La porte de la chambre était ouverte. Les lumières éteintes. Adam fit rapidement le tour de toutes les pièces. Lee n'était pas davantage sur la terrasse. Une sensation désagréable commençait à lui nouer l'estomac. Il courut jusqu'au parking, la Jaguar ne s'y trouvait plus. Il marcha pieds nus sur l'asphalte déjà brûlant et demanda au gardien à quel moment elle était partie. Willis regarda son calepin. Mrs. Booth avait quitté l'immeuble depuis presque deux heures. Elle paraissait tout à fait normale.

C'est sur le divan de la salle de séjour qu'Adam découvrit la raison de cette disparition. Les suppléments du *Memphis Press* du dimanche y étaient posés en vrac, la rubrique mondaine sur le dessus. Le visage de Lee s'étalait en première page. Une photo prise lors d'une soirée de bienfaisance, quelques années plus tôt. C'était un gros plan sur les visages souriants de Mr. et Mrs. Phelps Booth. Lee était éblouissante dans une robe noire décolletée. Phelps portait un smoking aux revers de soie. L'image d'un couple parfaitement heureux.

Todd Marks venait d'exploiter un autre filon de l'affaire Cayhall. Beau gâchis. Chaque nouvel épisode de ce feuilleton grimpait d'un cran dans l'ignominie. L'article commençait de façon relativement neutre, avec un résumé des événements de la semaine se rapportant à l'attente de l'exécution. On y retrouvait des personnages devenus familiers au lecteur – McAllister, Roxburgh, Lucas Mann – et le ferme commentaire de Naifeh : « Je n'ai rien à dire. » Mais rapidement les choses se gâtaient. L'article s'attaquait méchamment à Lee Cayhall Booth. Cette éminente personnalité de la vie mondaine de Memphis, l'épouse du grand banquier Phelps Booth, était la tante d'Adam Hall et, si incroyable que cela paraisse, la fille du monstrueux Sam Cayhall.

À la lecture de ce torchon, on avait l'impression que c'était Lee qui était coupable d'un crime odieux. On citait de soi-disant amies, ayant conservé l'anonymat bien entendu, qui prétendaient avoir été atterrées en apprenant sa véritable identité. Le journaliste évoquait la famille Booth, sa fortune. Comment un descendant de l'aristocratie avait-il pu s'abaisser au point d'épouser une Cayhall ? Une autre soi-disant amie, toujours anonyme, s'interrogeait finement sur la décision de leur fils Walt de ne pas rentrer à Memphis. Ce garçon n'était toujours pas marié, précisait-on.

Le journal racontait aussi, et c'était le pire, que lors d'une soirée de bienfaisance Lee et Phelps Booth s'étaient trouvés placés à une table voisine de celle de Ruth Kramer.

Une petite photo de la veuve était insérée dans l'article. C'était une femme séduisante, d'une cinquantaine d'années.

Il s'agissait d'un article franchement nauséabond. Adam jeta le *Memphis Press* par terre et but son café. Sa tante s'était réveillée dans cette chaude matinée de dimanche, propre, sobre, pour la première fois depuis plusieurs jours. Elle s'était installée sur le sofa avec sa tasse et son journal. Et cet article lui avait sauté au visage. Elle avait de nouveau pris la fuite. Mais où ? Quel était son abri ? Elle évitait certainement Phelps. Peut-être avait-elle un amant quelque part qui l'hébergeait et la réconfortait. Improbable. Adam espérait qu'elle n'était pas en train de rouler dans les rues, sans but, avec une bouteille à portée de main.

L'atmosphère commençait à devenir irrespirable autour de la famille Booth. Leur sale petit secret était éventé. Comment allaient-ils supporter cette humiliation ? La famille pouvait ne jamais s'en remettre.

Parfait, se dit Adam. Il prit une douche, changea de vêtements et quitta l'appartement. Il ne s'attendait pas à voir la Jaguar bordeaux dans les rues désertes de Memphis, mais il les parcourut par acquit de conscience. Il gagna enfin le lotissement situé près du refuge de l'Auburn. Naturellement Lee ne s'y trouvait pas, mais ce trajet en voiture l'avait rasséréné. À midi, Adam se rendit à son bureau.

La seule visite que Sam eut ce dimanche-là fut aussi inattendue que celle de Wedge. Il frotta ses poignets lorsqu'on lui enleva les menottes et s'assit devant le treillis, en face d'un homme aux cheveux gris, avec un visage avenant et un sourire chaleureux.

– Monsieur Cayhall, je m'appelle Ralph Griffin. Je suis depuis peu l'aumônier de Parchman. C'est pourquoi nous ne nous sommes pas encore rencontrés.

Sam fit un petit signe de tête.

– Enchanté.

– Moi aussi. Vous connaissiez, j'en suis sûr, mon prédécesseur.

– Ah oui, le très honorable révérend Rucker. Où est-il maintenant ?

– À la retraite.

– Tant mieux. Je ne l'ai jamais trouvé sympathique. Ça m'étonnerait qu'il réussisse sa montée au ciel.

– J'ai entendu dire qu'il n'était pas très aimé.

– Aimé ? Il était méprisé par tout le monde. Nous ne lui faisions pas confiance. Peut-être parce qu'il était pour la peine de mort. Pouvez-vous imaginer ça ? Dieu l'avait choisi pour s'occuper de nous et, malgré ça, il croyait que nous devions mourir. Vous savez, la loi du talion, ce truc-là.

– J'en ai entendu parler.

– Quelle sorte de religieux êtes-vous ? À quelle Église appartenez-vous ?

– J'ai reçu les ordres dans l'Église baptiste, mais actuellement je n'appartiens à aucune Église particulière. Le Seigneur, à mon avis, doit être très déçu par tant de sectarisme.

– Je le déçois aussi, savez-vous.

– Comment ça ?

– Vous connaissez sans doute Randy Dupree. Viol et meurtre.

– Oui. J'ai eu son dossier entre les mains. À une certaine époque, il était prédicateur.

– Effectivement. Nous l'appelons d'ailleurs le Petit Prédicateur. Il a reçu récemment du ciel le don d'interpréter les rêves. Il chante et guérit. Il ferait probablement danser les serpents si on le lui permettait. « Ils saisiront les serpents. » Évangile de Marc, chapitre seize, verset dix-huit. Bon. Il a fini un très long rêve qui a duré presque un mois, une sorte de petit feuilleton. On lui a finalement révélé que je serais exécuté, et que Dieu attend que je confesse mes péchés.

– Ce ne serait pas une mauvaise idée. Mettre les choses en ordre.

– Pourquoi se hâter ? J'ai encore dix jours.

– Donc, vous croyez en Dieu ?

– Bien sûr. Êtes-vous pour la peine de mort ?

– Sûrement pas.

Sam le regarda un moment en silence.

– Êtes-vous sérieux ?

– Tuer est une mauvaise chose, monsieur Cayhall. Si, effectivement, vous êtes coupable du crime pour lequel on vous a condamné, alors vous aviez vraiment tort de tuer. Mais le gouvernement a pareillement tort de vous tuer.

– Alléluia, mon frère.

– Je n'ai jamais été convaincu que Jésus souhaitait la mort du pécheur. Il ne nous a pas enseigné la vengeance mais l'amour et le pardon.

– C'est ainsi que j'ai lu les Évangiles. Comment diable avez-vous obtenu le droit de travailler ici ?

– J'ai un cousin au Sénat.

Sam sourit.

– Vous ne resterez pas longtemps. Vous êtes trop honnête.

– Non. Mon cousin est le président de la commission chargée des prisons, il est très puissant.

– Alors, priez pour qu'il soit réélu.

– C'est ce que je fais chaque matin. Je voulais simplement faire une petite visite pour me présenter. J'aimerais parler avec vous durant les prochains jours, prier avec vous si vous le désirez. Je n'ai jamais assisté un condamné à mort.

– Il n'est pas demandé d'avoir de l'expérience.

– Avez-vous peur ?

– Je suis vieux, mon révérend. J'aurai soixante-dix ans dans quelques mois, si on me laisse aller jusque-là. Par moments, la pensée de mourir m'est plutôt agréable. Quitter cette cage serait un soulagement.

– Vous vous battez néanmoins.

– Bien sûr, mais parfois j'en arrive à ne plus savoir pourquoi. C'est comme de lutter contre un cancer. On perd peu à peu ses forces, on décline. On meurt un peu chaque jour, et on atteint le moment où la mort serait la bienvenue. Mais personne ne veut réellement mourir. Pas même moi.

– J'ai lu certaines choses sur votre petit-fils. Ça doit être réconfortant. Je sais que vous êtes fier de lui.

Sam sourit et fixa le plancher.

– De toute façon, poursuivit le révérend, je serai dans les parages. Aimeriez-vous que je revienne demain?

– Ce serait bien. Laissez-moi réfléchir un peu, d'accord?

– Entendu. Vous connaissez le règlement, n'est-ce pas? Durant vos dernières heures, vous n'aurez le droit d'avoir près de vous que deux personnes. Votre avocat et votre directeur de conscience. Je serais honoré de rester près de vous.

– Merci. Aurez-vous le temps de parler à Randy Dupree? Le pauvre garçon devient fou, et il a réellement besoin qu'on l'aide.

– Je le verrai demain.

– Merci.

Adam regardait le film qu'il venait de louer, le téléphone à portée de la main. Il n'avait aucune nouvelle de Lee. À dix heures, il appela à deux reprises la côte Ouest. D'abord sa mère, à Portland. Elle parut accablée, mais rassurée d'avoir de ses nouvelles. Adam s'abstint de parler de son grand-père. Il travaillait énormément, serait, en toute probabilité, de retour à Chicago dans une quinzaine de jours. Lee allait bien, ajouta Adam.

Le second appel était destiné à sa jeune sœur Carmen, à Berkeley. Une voix d'homme répondit au téléphone. Un certain Kevin, son fidèle compagnon depuis plusieurs années. Carmen vint rapidement à l'appareil. Elle avait suivi les événements de près. Adam laissa planer un certain optimisme sur toute l'affaire. Sa sœur s'inquiétait de le savoir là-bas, au milieu de ces horribles racistes, de ces malades du KKK. Adam lui répondit que tout se déroulait dans le plus grand calme. Il habitait chez Lee. Ils profitaient au maximum l'un de l'autre. Adam fut surpris que sa sœur désire avoir des nouvelles de Sam. Comment était-il, à quoi ressemblait-il, comment se comportait-il, avait-il parlé d'Eddie? Devait-elle faire un saut en avion pour le voir avant le 8 août? Il y penserait, en parlerait à Sam.

Il s'endormit sur le divan, la télévision allumée.

À trois heures du matin, il fut réveillé par la sonnerie du téléphone; une voix inconnue lui annonça sèchement que Phelps Booth était à l'appareil.

– Vous êtes sans doute Adam ?

Il se redressa et se frotta les yeux.

– Oui, c'est moi.

– Avez-vous des nouvelles de Lee ? demanda Phelps d'un ton étonnamment neutre.

Adam jeta un coup d'œil à la pendule accrochée au mur au-dessus de la télévision.

– Non. Que se passe-t-il ?

– Elle a des ennuis. La police m'a appelé il y a une heure environ. Ils l'ont arrêtée ce soir au volant de sa voiture en état d'ébriété. Ils l'ont emmenée au poste.

– Oh non ! fit Adam.

– Ce n'est pas la première fois. Elle a refusé de souffler dans le ballon et a été conduite en cellule pour y être enfermée avec des ivrognes pendant cinq heures. Elle a porté mon nom sur les formulaires, c'est pourquoi les flics m'ont appelé. J'ai filé jusqu'à la prison, mais elle avait déjà versé sa caution. Elle n'y était plus. Je pensais qu'elle avait cherché à vous joindre.

– Non. Elle n'était pas dans l'appartement quand je me suis réveillé hier matin. Et elle m'a laissé sans nouvelles. Où a-t-elle pu aller ?

– Qui sait ? Je n'ai aucune envie de réveiller ses amies à cette heure-ci. Peut-être devrions-nous nous contenter d'attendre.

Qu'on l'invite brusquement à prendre une décision mit Adam mal à l'aise. Ces deux-là étaient mariés pour le meilleur et pour le pire depuis presque trente ans, et ils en avaient vu d'autres. Comment Phelps Booth pouvait-il penser que lui, Adam, connaissait la solution ?

– Elle n'a pas quitté le poste de police en voiture, n'est-ce pas ?

– Bien sûr que non. Quelqu'un est venu la chercher. Ce qui crée un nouveau problème. Il faut aller récupérer sa voiture dans le parking du commissariat.

– Avez-vous une clef ?

– Oui. Vous pourriez m'aider à sortir l'auto ?

Adam, tout à coup, se souvint de l'article dans le journal et de la photo de Phelps et de Lee. Pour les Booth, il devait être celui par qui le scandale arrive. S'il était resté à Chicago, rien de tel n'aurait jamais eu lieu.

– Bien sûr. Simplement, dites-moi...

– Attendez-moi chez le gardien. Je serai là-bas dans dix minutes.

Adam se lava les dents, noua les lacets de ses baskets, et passa un quart d'heure à échanger des propos insignifiants avec Willis. Une Mercedes noire, le modèle le plus imposant qu'il ait jamais vu, apparut et s'arrêta le long du trottoir. Adam monta dans la voiture.

Les deux hommes se serrèrent la main, par politesse. Phelps portait une tenue de jogging et une casquette avec l'insigne du Racing, l'équipe de base-ball. Il roulait lentement.

— Je suppose que Lee vous a raconté un certain nombre de choses sur moi, dit-il sans la moindre expression de méfiance ou d'inquiétude.

— Oui, certaines choses, dit Adam prudemment.

— Bon. Comme il y a beaucoup à dire, je ne vais pas vous demander quels sont les sujets qu'elle a abordés.

Très bonne idée, se dit Adam.

— Il est probablement préférable de parler simplement de base-ball. J'imagine que vous êtes un fanatique du Racing, dit Phelps.

— Bien sûr, et vous ?

— Moi aussi. J'adore le sport, mais l'argent a tout pourri.

Cela parut bizarre à Adam que Phelps Booth s'en prenne à l'argent.

— Qu'y a-t-il de mal à ce que les joueurs essaient de gagner leur vie ?

— Qui vaut cinq millions de dollars par an ?

— Personne. Mais si des rockers en gagnent cinquante, pourquoi les joueurs de base-ball n'en gagneraient pas cinq ? Il s'agit d'un jeu. L'important, c'est les joueurs. Je me rends au stade pour les voir, pas pour admirer le propriétaire du club.

— Mais vous vous rendez compte du prix des billets ? Quinze dollars pour assister à un match !

— Le stade est plein. Il faut croire que les spectateurs se moquent du prix.

Ils traversèrent le centre-ville, absolument désert à quatre heures du matin. Quelques minutes plus tard, ils s'arrêtaient devant le commissariat.

— Écoutez, Adam, je ne sais pas trop ce que Lee vous a dit sur ses problèmes avec l'alcool.

— Elle m'a dit qu'elle était alcoolique.

— C'est malheureusement vrai. C'est la deuxième fois qu'elle est arrêtée pour conduite en état d'ivresse. La première fois, j'ai réussi à écarter la presse, mais je ne sais trop ce qui va se passer aujourd'hui. Elle est soudain devenue la cible des journalistes. Grâce au ciel, elle n'a blessé personne, dit Phelps en garant la voiture près de la clôture du parking. Elle s'en est sortie et a rechuté une demi-douzaine de fois.

– Une demi-douzaine de fois ? Elle m'a dit qu'elle avait suivi trois cures de désintoxication.

– Impossible de croire les alcooliques. Elle m'a fait au moins cinq serments au cours des cinq dernières années. Son endroit favori est une petite clinique, tout ce qu'il y a de chic, appelée Spring Creek. C'est au bord du fleuve, à quelques kilomètres au nord de la ville, très joli, très calme. Réservée bien sûr à une clientèle aisée. On les sèvre et on les dorlote. Bonne nourriture, beaucoup d'exercice, sauna, vous voyez, tout le tralala. C'est si paradisiaque qu'à mon sens j'ai l'impression qu'elle s'est rendue là-bas hier soir. Elle a des amis qui lui réservent sa chambre. Une résidence secondaire, quoi.

– Combien de temps va-t-elle y rester ?

– Ça dépend. Le séjour est d'au moins une semaine. Parfois d'un mois. Ça coûte deux mille dollars par jour et, bien entendu, on m'envoie la note. Mais je m'en moque. Je paierais une fortune pour l'aider.

– Quel sera mon rôle ?

– Tout d'abord, nous allons essayer de vérifier où elle est. Quand elle en arrive là, elle agit de façon assez prévisible. Je suis sûr qu'elle va se réfugier à Spring Creek. Après quoi, il me faudra faire jouer mes relations pour neutraliser la presse. Ce ne sera pas facile étant donné tout ce qu'on a imprimé récemment.

– Je suis désolé.

– Dès qu'on l'aura retrouvée, il faudra aller la voir. Portez-lui des fleurs et des chocolats. Je sais que vous êtes très occupé, et ce qui vous attend durant les prochains, euh...

– Neuf jours.

– C'est ça. Bon. Essayez tout de même de la voir. Lorsque ce sera fini à Parchman, je vous conseille de retourner à Chicago et de la laisser tranquille.

– De la laisser tranquille ?

– Oui. C'est sans doute dur à entendre, mais c'est nécessaire. Ses problèmes ont plusieurs causes. J'en suis une, entre autres, mais il y a des choses que vous ignorez. Sa famille aussi est en partie responsable. Elle vous adore, mais vous faites resurgir des cauchemars. Ne m'en veuillez pas. Je sais que ça fait mal, mais c'est la vérité.

Adam regarda la clôture de fil de fer barbelé bordant le trottoir.

– Elle a arrêté de boire pendant cinq ans, poursuivit Phelps. Et nous avons pensé que c'était définitif. Puis Sam a été condamné, et Eddie est mort. Quand elle est revenue de l'enterrement, elle a sombré de nouveau et j'ai souvent pensé qu'elle ne s'en sortirait plus. C'est mieux pour elle si vous restez au loin.

– Mais j'aime Lee.

– Et elle vous aime. Mais il faut vous aimer à distance. Envoyez-lui des lettres, des cartes postales de Chicago, des fleurs pour son anniversaire. Téléphonez-lui une fois par mois, parlez de films et de livres, mais gardez le silence sur la famille.

– Qui prendra soin d'elle ?

– Elle a presque cinquante ans, Adam, et c'est quelqu'un de très indépendant. Elle est alcoolique depuis de nombreuses années, et il n'y a rien que vous ou moi puissions faire. Elle connaît sa maladie. Elle arrive à ne pas boire quand elle ne veut pas boire. Vous n'avez pas une bonne influence sur elle. Ni moi non plus, d'ailleurs. Désolé.

Adam respira profondément et posa la main sur la poignée de la portière.

– Ne m'en veuillez pas, Phelps, si je vous ai mis, vous et votre famille, dans l'embarras. Ce n'était pas volontaire.

Phelps sourit et posa une main sur l'épaule d'Adam.

– Croyez-le ou non, mais ma famille, sur beaucoup de points, est encore plus instable que la vôtre. Nous avons vu pire.

– Ça me semble difficile.

– C'est pourtant la vérité, dit Phelps en lui tendant un trousseau de clefs. Présentez-vous là-bas, ils vous conduiront à sa voiture.

Adam ouvrit la portière et descendit de la Mercedes. Tandis qu'il franchissait le portail, il ne pouvait s'empêcher de penser que Phelps Booth aimait toujours sa femme.

36

Le colonel à la retraite George Nugent ne fut pas réellement ému en apprenant la crise cardiaque de Naifeh. Le vieux bonhomme était d'ailleurs beaucoup mieux le lundi matin. Bon sang, il n'était qu'à quelques mois de sa retraite. Naifeh était un brave homme, mais on ne voyait plus très bien à quoi il servait. Il ne restait en fonction que pour arrondir sa retraite. Nugent envisageait sérieusement de prendre sa place.

Aujourd'hui, il lui fallait cependant examiner une question plus urgente. L'exécution de Cayhall devait avoir lieu dans neuf jours, ou plutôt huit étant donné qu'elle était prévue une minute après minuit, le mercredi de la semaine prochaine. Ce mercredi serait considéré comme un jour entier, mais ne durerait qu'une minute. Mardi en huit serait en fait le dernier jour.

Sur son bureau était posé un gros cahier relié en cuir. Les mots *Protocole du Mississippi* étaient imprimés en majuscules sur la couverture. C'était son chef-d'œuvre, le résultat de deux semaines de minutieuses planifications. Nugent avait été horrifié de lire les instructions hasardeuses rassemblées de manière empirique par Naifeh lors des précédentes exécutions. C'était un miracle qu'ils aient réellement réussi à gazer quelqu'un. Maintenant il y avait un plan, des instructions soigneusement détaillées et bien présentées. Le livre avait cinq centimètres d'épaisseur et comportait cent quatre-vingts pages. Bien entendu, le nom de l'auteur y figurait en bonne place.

Lucas Mann entra dans le bureau du colonel à huit heures et quart le lundi matin.

– Vous êtes en retard, lança Nugent avec l'autorité de quelqu'un qui a maintenant la responsabilité des opérations.

Mann n'était qu'un avocat, tandis que Nugent, lui, était le maître de cérémonie. Mann se satisfaisait de son travail, mais Nugent avait des visées plus hautes. Celles-ci s'étaient d'ailleurs considérablement précisées au cours de ces dernières vingt-quatre heures.

– Et alors ? dit Mann, debout près d'un fauteuil.

Nugent était vêtu comme toujours d'un pantalon vert olive impeccablement repassé, d'une chemise amidonnée de la même couleur, avec un tee-shirt gris sortant du col, les bottes soigneusement astiquées. Il se plaça derrière son bureau. Mann détestait ce type.

– Nous n'avons plus que huit jours, dit Nugent, comme s'il était le seul à le savoir.

– Pour moi, il en reste neuf, répliqua Mann.

Les deux hommes étaient debout.

– Mercredi en huit ne compte pas. Il ne nous reste que huit jours pour effectuer le travail.

– C'est-à-dire ?

Nugent s'assit, bien droit, dans son fauteuil.

– Deux choses. Premièrement, voici un manuel que j'ai préparé en vue de l'exécution. Un protocole. De A à Z. Parfaitement construit, avec index et appendice. J'aimerais que vous revoyiez la réglementation légale qui s'y trouve pour vous assurer qu'elle est toujours valable.

Mann jeta un coup d'œil sur la reliure noire, mais ne toucha pas au volume.

– Deuxièmement, j'aimerais avoir un rapport chaque jour sur ce qui se passe au niveau des appels. D'après ce que je comprends, il n'y a encore ce matin aucun empêchement légal.

– C'est exact, répondit Mann.

– J'aimerais donc, dis-je, avoir une mise à jour écrite à la première heure de la matinée.

– Alors, il vous faut engager un avocat. Vous n'êtes pas mon supérieur, et je veux bien être damné si j'écris le moindre petit compte rendu pour accompagner votre café du matin. Je vous avertirai de l'évolution de la situation, mais je ne noircirai pas du papier pour vous.

Ah, les frustrations de la vie civile ! Nugent avait la nostalgie de la discipline militaire. Les avocats, des tire-au-flanc.

– Fort bien. Voulez-vous néanmoins examiner le protocole ?

Mann ouvrit l'ouvrage d'un coup sec et tourna quelques pages.

– Vous savez, nous avons déjà organisé quatre exécutions sans ça.

– Franchement, ça m'étonne.

– Pas moi. Nous sommes devenus très efficaces, je l'avoue, et à mon grand regret.

– Écoutez-moi, Lucas, je ne me réjouis pas de cette exécution, dit Nugent d'un air faussement navré. C'est Phillip qui m'a demandé de le faire. J'espère qu'il va y avoir un sursis. Je l'espère sincèrement. Mais s'il n'y en a pas, alors nous devons être prêts. Je veux que tout se passe sans heurt.

Mann n'était pas dupe de tant d'hypocrisie, il s'empara cependant du manuel. Nugent n'avait pas encore assisté à une exécution, et il comptait maintenant les heures, pas même les jours. Il mourait d'envie de voir Sam ligoté à la chaise et respirant le gaz.

Lucas quitta le bureau. Dans le couloir, il croisa Bill Monday, le bourreau, qui, à coup sûr, se rendait chez Nugent pour discuter tranquillement des préparatifs.

Adam arriva à l'Appendice peu avant trois heures. La journée avait commencé pour lui dans l'affolement. Lee avait été arrêtée pour conduite en état d'ivresse. Rien, depuis, ne s'était amélioré.

Pendant qu'il buvait du café dans son bureau, essayant de se débarrasser d'une migraine, Darlene, en l'espace de dix minutes, lui avait apporté un fax en provenance de La Nouvelle-Orléans et un autre de la Cour de justice de l'État. Il avait perdu sur les deux tableaux. La cinquième chambre soutenait la décision de la Cour fédérale. La chambre à gaz n'était pas un moyen cruel et obsolète d'exécution. Quant à la Cour d'État, elle rejetait les attaques portées contre la défense de Benjamin Keyes. Le mal de tête était brusquement oublié. Moins d'une heure après, Mr. Richard Olander avait téléphoné de Washington pour s'informer des projets d'Adam. Il voulait savoir quelles autres requêtes pouvaient être déposées par la défense. Une demi-heure après le coup de téléphone d'Olander, un fonctionnaire des peines capitales de la cinquième chambre avait appelé Adam pour lui demander s'il avait l'intention de faire appel du jugement de la Cour d'État.

Adam avait expliqué aux deux fonctionnaires qu'il présenterait ses appels aussi rapidement que possible, peut-être même avant la fin de la journée. À la réflexion, il trouvait très difficile de pratiquer le droit à si grande échelle. À ce stade de la procédure, cours de justice et juges l'observaient pour voir quelle serait sa prochaine démarche. Malheureusement, les raisons en étaient évidentes et décourageantes. Tout le monde se moquait qu'il trouve ou non un moyen d'empêcher l'exécution. On s'inquiétait simplement des problèmes de logistique. Les juges n'aimaient guère lire des requêtes à trois heures du matin. Ils voulaient avoir des copies des tout derniers appels sur leurs bureaux avant que ceux-ci n'arrivent officiellement.

Phelps avait appelé Adam juste avant midi pour l'informer qu'il n'avait pas encore retrouvé Lee. Il avait téléphoné à toutes les cliniques de désintoxication, à toutes les maisons de santé à cent kilomètres à la ronde, et aucune n'avait entendu parler de Lee Booth. Il continuait ses recherches, malgré un agenda tyrannique.

Sam arriva à l'Appendice une demi-heure plus tard, de méchante humeur. Il avait appris les nouvelles des rejets à midi sur l'antenne de Jackson, la station qui tenait le compte à rebours. Plus que neuf jours. Il s'assit devant la table et regarda Adam d'un air morne.

– Où sont les esquimaux ? demanda-t-il comme un enfant qui a envie d'un bonbon.

Adam glissa la main sous la table et en sortit un petit emballage en polystyrène expansé. Il plaça la boîte sur la table.

– On a failli me la confisquer à l'entrée. Alors, dégustez-les avec recueillement.

Sam en prit un, l'admira un long moment, puis, avec précaution, enleva le papier. Il lécha la pellicule de chocolat, puis mordit dedans. Il savourait ce miracle, les yeux fermés.

À peine une minute plus tard, le premier esquimau était englouti, et Sam s'attaquait au second.

– Mauvaise journée, dit-il en léchant le chocolat.

Adam lui remit quelques papiers.

– Voici les deux jugements. Incroyablement brefs et contre nous. Vous n'avez pas une foule d'amis dans ces palais de justice, Sam.

– Je le sais. Heureusement, le reste du monde m'adore. Je n'ai aucune envie de lire ces sottises. Qu'allons-nous faire maintenant ?

– Prouver que vous êtes bien trop fou pour être exécuté. À cause de votre grand âge, vous ne comprenez pas réellement la nature de votre punition.

– Ça ne marchera pas.

– Cette idée vous plaisait samedi. Que s'est-il passé ?

– Ça ne marchera pas.

– Pourquoi pas ?

– Parce que je ne suis pas fou. Je sais parfaitement bien pourquoi on va m'exécuter. Tu fais ce que les avocats adorent : concevoir des plans biscornus et trouver des experts farfelus pour les soutenir.

Il mordit un grand coup dans son esquimau et passa sa langue sur ses lèvres.

– Vous voulez renoncer ? lança Adam.

Sam réfléchit en regardant ses ongles jaunis par la nicotine.

– Peut-être, dit-il en se léchant les doigts.

Adam se glissa à côté de son grand-père au lieu de se placer en face et le regarda droit dans les yeux.

– Qu'est-ce qui se passe, Sam ?

– Je ne sais pas. J'ai réfléchi à tout ça.

– Je vous écoute.

– Quand j'étais jeune, mon meilleur ami s'est tué dans un accident de voiture. Il avait vingt-six ans, une jeune femme, un bébé, une jolie maison, la vie devant lui. Et brusquement il n'était plus là. Je lui ai survécu pendant quarante-trois ans. Je suis un vieillard, Adam. Je suis réellement vieux. Je suis fatigué. J'ai envie de renoncer.

– Allons, Sam !

– Regarde tout ce que ça donnerait. Tu n'aurais plus à subir ces pressions insensées. Tu ne passerais pas la semaine prochaine à t'agiter comme un fou et à rédiger des requêtes inutiles. Tu ne te sentirais pas responsable et misérable une fois l'affaire finie. Je ne passerais pas mes derniers jours à prier pour un miracle, je pourrais mettre mes affaires en ordre. Nous aurions plus de temps ensemble. En fin de compte, cela rendrait un tas de gens heureux – les Kramer, McAllister, Roxburgh et quatre-vingts pour cent des Américains qui sont pour la peine de mort. Ce serait un grand moment dans la défense de l'ordre public. Je pourrais partir dignement au lieu de ressembler à un désespéré qui s'accroche à la vie par peur de la mort. C'est assez séduisant.

– Que vous arrive-t-il, Sam ? Samedi dernier, vous étiez encore prêt à combattre avec acharnement.

– Je suis fatigué. Je suis un vieil homme. Ma vie a été longue. Et que se passera-t-il si tu réussis à sauver ma peau ? Où ça me mènera-t-il ? Je n'irai nulle part, Adam. Tu retourneras à Chicago et tu te consacreras entièrement à ton métier. Je suis sûr que tu viendras ici quand tu pourras, que tu m'écriras, que tu m'enverras des cartes postales, mais moi je continuerai à vivre dans le quartier des condamnés à mort, pas toi. Tu n'as aucune idée de ce que c'est.

– Nous n'allons pas renoncer, Sam. Vous avez encore une chance.

– La décision ne t'appartient pas.

Il termina le deuxième esquimau et s'essuya la bouche du revers de sa manche.

– Je n'aime pas quand vous êtes comme ça, Sam. Je vous préfère déchaîné, agressif, combatif.

– Je suis fatigué, c'est tout.

– Vous ne pouvez pas les laisser vous tuer. Vous devez vous battre jusqu'au bout, Sam.

– Pourquoi ?

– Parce que ce n'est pas juste. Parce que c'est moralement indéfendable pour l'État de vous tuer. Voilà pourquoi vous ne devez pas renoncer.

– Mais nous allons perdre de toute façon.

– Peut-être. Peut-être pas. Ça fait presque dix ans que vous vous battez. Pourquoi abandonner lorsqu'il ne reste plus qu'une semaine ?

– Parce que c'est fichu, Adam. Cette affaire arrive à son terme.

– Peut-être, mais nous ne pouvons pas capituler. Je vous en prie, ne jetez pas l'éponge. Bon Dieu, je progresse. J'arrive à secouer ces marionnettes.

Sam sourit gentiment avec un air indulgent.

Adam posa sa main sur le bras de son grand-père.

– J'ai pensé à plusieurs nouvelles stratégies, dit-il. En fait, demain, un expert viendra vous examiner.

Sam tourna la tête pour le regarder.

– Quelle sorte d'expert ?

– Un psy.

– Un psy ?

– Oui. Un psy de Chicago.

– J'ai déjà parlé à un psy. Ça ne s'est pas vraiment bien passé.

– Ce type est différent. Il travaille pour nous. Il affirmera que vous n'avez plus toutes vos facultés.

– Tu veux dire que je les avais quand je suis arrivé ici ?

– Oui, c'est ce que nous avancerons. Ce psychiatre vous examinera demain. Il fera un rapport. Vous êtes sénile, vraiment fou, un crétin fini, et je ne sais quoi encore.

– Comment sais-tu qu'il dira ça ?

– Parce que nous le paierons pour qu'il le dise.

– Qui le paie ?

– Kravitz et Bane, ces Judéo-Américains de Chicago qui vous sont dévoués et que vous haïssez. En réalité cette idée est de Goodman.

– Votre expert doit être de première grandeur.

– On ne peut pas se montrer délicat au point où nous en sommes. D'autres avocats du cabinet s'en sont déjà servis pour plusieurs affaires. Il dit toujours ce qu'on veut qu'il dise. Simplement, conduisez-vous de façon bizarre lorsqu'il viendra vous parler. Racontez-lui des histoires horribles sur cet endroit. Faites-lui bien sentir l'atrocité et l'horreur qu'il y a à être ici.

– Aucun problème.

– Dites-lui que vos facultés se sont détériorées au cours des années, que cette situation est particulièrement pénible pour un homme de votre âge. Vous êtes de loin le plus âgé ici, Sam. Dites-lui à quel point vous en souffrez. Rajoutez-en. Il fera un rapport absolument irrésistible, et je me précipiterai au Palais avec ça.

– Ça ne marchera pas.

– Ça vaut la peine d'essayer.

– La Cour suprême du Texas a autorisé l'exécution d'un débile mental.

– On n'est pas au Texas, Sam. Chaque affaire est différente. Simplement, soyez de notre côté, soutenez-nous, d'accord.

– Nous ? Qui ça ?

– Goodman et moi. Vous m'avez dit que vous ne le haïssiez plus. J'ai pensé que je pouvais le laisser entrer dans la danse. Sérieusement, j'ai besoin d'aide. C'est bien trop de travail pour un seul avocat.

Sam écarta sa chaise de la table et se leva. Il s'étira les jambes et les bras et commença à marcher de long en large en comptant ses pas.

– Je rédige une requête pour la Cour suprême ce matin même, dit Adam en consultant son calepin. Ils refuseront probablement de m'écouter, mais je le ferai néanmoins. Je termine également l'appel pour la cinquième chambre à propos de la défense défectueuse. Le psychiatre sera là demain après-midi. Je présenterai la requête concernant vos facultés mentales mercredi matin.

– Je préférerais partir en paix, Adam.

– Oubliez ça, Sam. Nous n'allons pas renoncer. J'ai parlé à Carmen hier au soir, elle veut vous voir.

Sam s'assit sur le bord de la table et regarda le plancher. Ses yeux plissés étaient tristes. Il tira sur sa cigarette et envoya la fumée en direction de ses pieds.

– Pourquoi en aurait-elle envie ?

– Je ne lui ai pas demandé pourquoi, et ce n'est pas moi qui le lui ai suggéré. C'est elle qui a mis la question sur le tapis. Je lui ai dit que je vous interrogerais là-dessus.

– Je ne l'ai jamais vue.

– Je sais. Elle est votre seule petite-fille, Sam, et elle veut venir vous voir.

– Je ne veux pas qu'elle me voie dans cet état, dit-il en montrant sa combinaison rouge.

– Elle n'y prêtera même pas attention.

Sam tendit la main vers la boîte et prit un autre esquimau.

– Tu en veux un ? demanda-t-il.

– Alors, pour Carmen ?

– Laisse-moi y réfléchir. Est-ce que Lee veut toujours venir me voir ?

– Euh... bien sûr. Je ne lui ai pas parlé depuis quelques jours, mais je suis certain qu'elle le désire.

– Je croyais que tu habitais chez elle.

– Effectivement. Mais elle est en voyage.

– Laisse-moi réfléchir. À cet instant précis, j'y suis

opposé. Je n'ai pas vu Lee depuis presque dix ans, et je ne veux pas qu'elle se souvienne de moi tel que je suis maintenant. Dis-lui que je vais réfléchir, mais pour le moment je n'y tiens pas.

– Je le lui dirai, promit Adam, se demandant s'il la verrait prochainement.

Si elle était entrée en clinique pour désintoxication, on l'internerait très certainement pour plusieurs semaines.

– Je serai content quand ça sera fini, Adam. J'en ai réellement par-dessus la tête.

Il prit une grosse bouchée de crème glacée.

– Je vous comprends. Mais n'y pensons pas pendant un certain temps.

– Pourquoi ?

– Pourquoi ? Mais c'est évident. Je ne veux pas passer ma vie professionnelle à me souvenir sans arrêt que j'ai perdu ma première affaire.

– Ce n'est pas une mauvaise raison.

– Parfait. Donc on continue ?

– Si tu le dis. Amène ton psy. Je me montrerai aussi dingue que possible.

– Parfait.

Lucas Mann attendait Adam au portail de la prison. Il était presque cinq heures. Il faisait encore chaud et l'air était toujours aussi lourd.

– Vous avez une minute ? demanda-t-il à travers la vitre de la voiture d'Adam.

– Sans doute. De quoi s'agit-il ?

– Garez-vous là-bas et nous nous assiérons à l'ombre.

Ils se dirigèrent vers une table de pique-nique placée près des parloirs, sous un énorme chêne, avec la route nationale pour horizon.

– Plusieurs choses, dit Mann. Comment va Sam ? Tient-il le coup ?

– Aussi bien qu'on peut s'y attendre. Pourquoi ?

– Par intérêt, c'est tout. Au dernier comptage, nous avons reçu quinze demandes d'interview aujourd'hui. La tension monte. La presse s'échauffe.

– Sam n'a aucune intention de leur parler.

– Des journalistes veulent aussi vous voir.

– Je n'ai pas davantage l'intention de leur parler.

– Bien. Il faudra faire signer à Sam un formulaire qui nous donne l'autorisation écrite de dire à ces messieurs d'aller voir ailleurs. Êtes-vous au courant pour Naifeh ?

– Je l'ai lu dans le journal ce matin.

– Il va bien, mais il ne pourra pas s'occuper de l'exécution. C'est un paranoïaque, un dénommé George Nugent, un des adjoints du directeur, qui prendra le relais. Un ancien colonel. Un militaire à la retraite, vous voyez le tableau. Une ganache. Un dangereux naïf.

– Je m'en fiche. Il ne peut tuer Sam avant que la Cour n'ait donné l'ordre d'exécution.

– Juste. Je voulais simplement vous mettre en garde.

– Impatient de le rencontrer.

– Autre chose. J'ai un ami, un vieux copain à la faculté de droit, qui travaille maintenant dans les services du gouverneur. Il m'a appelé ce matin. Il paraîtrait que McAllister se fait du souci à propos de l'exécution de Sam. Selon mon informateur, qui pourrait bien être manipulé par le gouverneur, ce dernier aimerait vous accorder une audience de recours en grâce, de préférence dans deux ou trois jours.

– Êtes-vous proche du gouverneur ?

– Non. Je le méprise.

– Moi aussi. Mon client également.

– C'est pourquoi cet ami a été sollicité pour m'influencer. Le gouverneur commencerait à douter du bien-fondé de l'exécution de Sam.

– Le croyez-vous ?

– C'est suspect. La réputation du gouverneur s'est faite sur le dos de Sam Cayhall, et je suis certain qu'il met au point son plan médiatique pour les huit prochains jours. Mais qu'avez-vous à perdre ?

– Rien.

– Ce n'est pas une mauvaise idée.

– Je suis de cet avis. Malheureusement, mon client m'a formellement interdit de solliciter une telle audience.

Mann haussa les épaules comme si, en vérité, les décisions de Sam ne le concernaient pas.

– Alors, c'est à Sam de décider. A-t-il fait un testament ?

– Oui.

– Et pour l'enterrement ?

– Je m'en occupe. Il veut être enterré à Clanton.

Ils commencèrent à marcher en direction du portail.

– Le corps ira dans un dépôt mortuaire à Indianola, pas très loin d'ici, pour y être remis à la famille. Toutes les visites se terminent quatre heures avant l'exécution. Dès ce moment, Sam ne peut avoir à ses côtés que deux personnes – son avocat et son directeur de conscience. Il faut aussi qu'il choisisse ses deux témoins, s'il le désire.

– Je lui en parlerai.

– Nous avons besoin de la liste des visiteurs qu'il acceptera de recevoir à partir d'aujourd'hui. C'est habituellement la famille et les amis proches.

– La liste sera courte.

– Je sais.

37

Bien entendu, tous les occupants du quartier des condamnés à mort connaissaient le déroulement d'une exécution. Les anciens, y compris Sam, avaient dû en supporter quatre au cours des huit dernières années. Ils en parlaient entre eux à voix basse, généralement, mais ne répugnaient pas à faire le récit des dernières heures du condamné aux nouveaux venus. Les gardiens aimaient eux aussi en parler.

Le dernier repas est pris dans le bureau de devant. On y trouve une table, quelques chaises, un téléphone, l'air conditionné. C'est dans cet espace anodin, avec des barreaux aux fenêtres, que le condamné à mort reçoit ses derniers visiteurs, et peut, s'il le désire, retrouver une dernière fois son épouse ou sa compagne. Les surveillants et les responsables patientent dans le couloir.

Le téléphone posé sur la table est le dernier appareil dont se sert l'avocat du condamné avant d'avertir celui-ci qu'aucun sursis n'a été accordé et qu'il n'y a plus d'appel possible. Il fait alors le long trajet qui le ramène à l'extrémité de la galerie A où son client attend dans une salle forte.

Celle-ci est située à huit portes de la cellule et deux portes avant la chambre à gaz. De deux mètres sur trois, elle est équipée d'une couchette, d'un lavabo et d'un w.-c. La veille de l'exécution, le condamné a quitté pour la dernière fois sa cellule pour y entrer. Ses effets personnels l'y ont suivi. C'est là qu'il attend, assis devant la télévision qui lui tend le miroir de sa tragédie. Son avocat, à l'affût des dernières informations, effectue des allées et venues entre cette cellule sinistre et le bureau de devant.

Le quartier des condamnés à mort est plongé dans la pénombre, il y règne un silence sépulcral. Les autres sont suspendus à leur poste de télévision ou se tiennent par la main à travers les barreaux pour prier.

Les vasistas sont fermés et verrouillés, le QHS est bouclé. Pourtant les prisonniers surprennent des éclats de voix et distinguent des lumières provenant de l'extérieur. Pour ces hommes qui restent assis pendant des heures dans leurs geôles, dont tous les sens sont en éveil, ce soudain remue-ménage leur met les nerfs à vif.

À onze heures, le directeur et son équipe pénètrent dans la galerie A et s'arrêtent devant la salle forte. À ce moment-là, l'espoir d'un sursis de dernière minute s'est quasiment envolé. Le condamné, assis sur son lit, prend la main de son avocat et celle de son aumônier. Le directeur lui annonce qu'il est temps de passer dans la chambre d'isolement. La porte de la cellule s'ouvre bruyamment et le condamné s'avance dans le couloir. Les autres détenus poussent des cris d'encouragement et de consolation. Beaucoup d'entre eux sont en larmes. La chambre d'isolement n'est qu'à six mètres de la salle forte. Le condamné s'avance entre deux rangées de solides gaillards armés. Il n'y a jamais de résistance.

Le directeur le fait alors entrer dans ce local qui ne renferme qu'un lit pliant. À ce moment-là il ne résiste jamais au besoin plus ou moins inconscient de converser avec le détenu comme si ce dernier avait à s'en trouver flatté. Tout est calme en dehors de quelques bruits sourds provenant de la pièce voisine. Puis vient l'heure de la prière. Il n'y a plus que quelques minutes.

Contiguë à la chambre d'isolement se trouve la chambre à gaz. Environ quatre mètres cinquante sur trois mètres cinquante. Au centre est installée la cabine. Le directeur, l'avocat de la prison, le médecin et quelques surveillants s'activent autour. Deux téléphones muraux ont été installés en cas de sursis de dernière minute. Dans un réduit situé sur la gauche, le bourreau prépare ses mélanges. Au fond, on compte trois ouvertures vitrées de soixante-quinze centimètres sur cinquante. Elles sont masquées par des tentures noires. De l'autre côté se trouve la salle des témoins.

Vingt minutes avant minuit, le médecin entre dans la

chambre d'isolement et vient poser un stéthoscope sur la poitrine du condamné. Le directeur emmène ensuite le détenu dans la chambre à gaz.

La salle est généralement remplie de monde – des gens toujours prêts à donner un coup de main pour voir mourir un homme. Ce sont eux qui vont placer le condamné dans la cabine. Ce sont eux qui vont le ligoter, verrouiller la porte et le tuer. Le protocole est relativement simple, et varie à peine d'une exécution à l'autre. Buster Moac était à demi ligoté sur la chaise lorsque le téléphone se mit à sonner. On le reconduisit dans la chambre d'isolement où il attendit pendant six terribles heures qu'on vienne le rechercher. Jumbo Parris fut le plus malin des quatre. Toxicomane impénitent, il commença par réclamer du Valium au psychiatre, longtemps avant le jour de l'exécution. Il demanda aussi à passer ses dernières heures seul, sans avocat, sans aumônier. Lorsqu'on vint le chercher pour le conduire dans la salle forte, il était drogué à mort. Il avait, bien entendu, stocké le Valium pour l'avaler à la dernière minute. Il fallut le traîner dans la chambre d'isolement où il sombra paisiblement, puis le traîner de nouveau dans la chambre à gaz pour l'achever.

Sam avait calculé qu'il se trouvait à environ vingt-cinq mètres de la chambre à gaz.

Il refaisait ce calcul le mardi matin, tout en traçant soigneusement une nouvelle croix sur son calendrier. Huit jours. Il faisait encore noir et terriblement chaud. Il avait mal dormi et passé une grande partie de la nuit assis devant son ventilateur. Le café et le petit déjeuner arriveraient dans une heure. Ce serait son trois mille quatre cent quarante-neuvième jour à Parchman. Sans compter la période passée dans la prison de Greenville durant ses deux premiers procès. Plus que huit jours.

Allongé sur son lit – ses draps trempés de sueur –, il pensait à la mort. Mourir ne l'impressionnait pas vraiment. Personne, bien sûr, ne connaissait les effets exacts du gaz. Mais la première inspiration lui ferait peut-être perdre brutalement conscience et, de toute façon, ça ne durerait pas longtemps, du moins l'espérait-il. Il avait vu sa femme diminuer à vue d'œil et souffrir horriblement d'un cancer. Des membres de sa famille étaient devenus gâteux. Il valait beaucoup mieux partir ainsi.

– Sam, appela à voix basse J.B. Gullitt, tu es levé ?

Sam s'avança jusqu'à la porte de sa cellule et s'appuya aux barreaux. Il voyait les mains et les avant-bras de son camarade.

– Oui. Je n'arrive pas à dormir.

Il alluma sa première cigarette de la journée.

– Moi non plus. Dis-moi, Sam, ça ne va pas se passer comme ça ?

– Bien sûr que non.

– Tu es sérieux ?

– Bien sûr que je suis sérieux. Mon avocat est en train de mettre le paquet. Il va me sortir de là.

– Alors pourquoi tu ne dors pas ?

– L'idée de partir d'ici m'excite.

– As-tu parlé de mon affaire à ton petit-fils ?

– Pas encore. En ce moment il a trop de choses à penser. Aussitôt que je suis tiré d'affaire, nous nous pencherons sur ton cas. Calme-toi. Essaie de dormir.

Les mains et les avant-bras de Gullitt disparurent lentement, puis Sam entendit son lit craquer. Il secoua la tête en songeant à la naïveté du gamin. Il finit sa cigarette et l'écrasa dans le couloir en passant le pied à travers les barreaux. C'était interdit. Il s'en moquait, bien sûr.

Il prit avec précaution sa machine à écrire sur l'étagère. Il avait des choses à dire, des lettres à écrire. Il y avait des gens dehors à qui il avait besoin de s'adresser.

George Nugent entra dans le quartier de haute sécurité, tel un général à cinq étoiles. Il jeta un coup d'œil désapprobateur aux cheveux longs et aux chaussures non cirées d'un des gardiens. Un Blanc.

– Faites-vous couper les cheveux, grogna-t-il, ou je vous mets au rapport. Et faites-moi briller ces chaussures.

– Oui, monsieur, dit le jeune gardien en esquissant un salut.

Nugent tourna brusquement la tête et fit un petit signe à l'intention de Packer.

– Numéro six, dit Packer en poussant la porte.

– Restez ici, ordonna Nugent.

Ses talons claquaient dans la galerie. Il s'arrêta devant la six. Sam était en short. Sa peau mince et ridée luisait à cause de la sueur. Il tapait à la machine. Il jeta un coup d'œil à l'étranger qui le fixait à travers les barreaux et se remit à son travail.

– Sam, je m'appelle George Nugent.

Sam frappa quelques touches. Il ne connaissait pas ce nom. Encore un type de l'administration.

– Que voulez-vous ? demanda-t-il sans lever la tête.

– Je voulais vous rencontrer, Sam.

– Enchanté. Maintenant, dégage.

Gullitt, à droite, et Henshaw, à gauche, s'étaient rués contre les barreaux à quelques pas de Nugent. Ils se mirent à glousser en entendant les paroles de Sam.

Nugent les foudroya du regard, puis toussota.

– Je suis un assistant du directeur général. Phillip Naifeh m'a chargé de votre exécution. Il y a un certain nombre de choses dont nous devons parler.

Sam se concentra sur sa lettre. Nugent attendait.

– Pourriez-vous, Sam, me consacrer quelques minutes de votre temps ?

– Ce serait mieux de l'appeler Mr. Cayhall, lança Henshaw, venant à la rescousse. Il est nettement plus âgé que vous. C'est important pour lui.

– Où avez-vous dégotté ces bottes ? demanda Gullitt en fixant les pieds de Nugent.

– Vous, les gars, rentrez dans vos cellules, dit Nugent d'un ton cassant. Je parle à Sam.

– Mr. Cayhall est occupé en ce moment, dit Henshaw, peut-être devriez-vous revenir plus tard. Je serais heureux de noter le rendez-vous.

– Vous êtes un juteux ? lui demanda Gullitt.

Nugent restait immobile, le dos raide. Il jeta un coup d'œil à droite et à gauche.

– Je vous ordonne d'aller au fond de vos cellules. J'ai besoin de parler à Sam.

– Nous n'avons pas d'ordres à recevoir de vous, dit Henshaw.

– Et que pouvez-vous nous faire ? demanda Gullitt. Nous mettre au régime disciplinaire ? Nous faire manger des racines ? Nous enchaîner au mur ? Allez jusqu'au bout, tuez-nous !

Sam posa sa machine à écrire sur le lit et s'approcha des barreaux. Il aspira une longue bouffée et envoya la fumée vers les narines de Nugent.

– Que voulez-vous ? demanda-t-il.

– J'ai besoin de savoir un certain nombre de choses vous concernant.

– Par exemple ?

– Avez-vous fait un testament ?

– Ça ne vous regarde pas. Un testament est un acte sous seing privé, qu'on ne présente au notaire qu'après la mort de son auteur. C'est la loi.

– Quel âne ! s'écria Henshaw.

– Je n'arrive vraiment pas à y croire, lança Gullitt. Où donc Naifeh a trouvé cet imbécile ?

– Autre chose ? demanda Sam.

Nugent changea de couleur.

– Nous avons besoin de savoir ce que nous ferons de vos affaires.

– C'est dans mon testament, d'accord ?

– J'espère que vous n'allez pas nous donner du fil à retordre, Sam.

– Mr. Cayhall, répéta Henshaw.

– Du fil à retordre ? fit Sam. Pourquoi ça ? J'ai l'intention de coopérer à fond avec l'État. Je suis un bon patriote. Je voterais et paierais mes impôts, si je pouvais. Je suis fier d'être américain, un Irlando-Américain. Et, en ce moment même, je reste très attaché à mon cher pays, même s'il projette de me gazer. Je suis un prisonnier modèle, George. Pas de problème avec moi.

Packer s'amusait au bout de la galerie. Mais Nugent ne lâchait pas pied.

– J'ai besoin de connaître le nom des gens que vous désirez avoir comme témoins lors de l'exécution, dit-il. Vous avez le droit d'en choisir deux.

– Je n'ai pas encore renoncé, George. Attendons quelques jours, voulez-vous.

– Parfait. J'ai aussi besoin de la liste de vos visiteurs pour les prochains jours.

– Eh bien, cet après-midi, je dois voir un médecin de Chicago. Un psychiatre parce que, figurez-vous, je suis cinglé. George, vous ne pourrez pas m'exécuter parce que je suis complètement fou. Mon psychiatre aura d'ailleurs le temps de vous examiner si vous le désirez. Ça ne prendra pas longtemps.

Henshaw et Gullitt se tordaient de rire. En un instant, un incroyable vacarme gagna la galerie. Tout le monde riait aux éclats. Nugent recula d'un pas et cria à droite et à gauche : « Silence ! » Les rires redoublèrent. Sam continuait à envoyer de la fumée à travers les barreaux. Sifflets et insultes ajoutaient au tapage.

– Je reviendrai, lança Nugent, furieux, à Sam.

– Il reviendra ! hurla Henshaw, et le vacarme reprit de plus belle.

Le colonel sortit de la galerie aux cris de « Heil Hitler ».

Le trajet en direction de Parchman, au cours de l'après-midi, ne fut pas particulièrement agréable. Garner Goodman était assis à côté d'Adam qui tenait le volant. Ils discutaient stratégie et passaient en revue les appels et procédures de dernière minute. Goodman projetait de retourner à Memphis pour le week-end, mais serait de retour pour les trois derniers jours. Le psychiatre, le docteur Swinn, était un homme froid, au visage sévère, habillé de noir. Il avait une énorme tignasse en broussaille, des yeux charbonneux déformés par des verres à double foyer. Il était totalement imperméable au charme de la conversation. Sa présence sur le siège arrière était des plus embarrassantes. Il ne prononça pas un seul mot durant le trajet entre Memphis et Parchman. Adam et Lucas Mann s'étaient arrangés pour que l'examen ait lieu dans le dispensaire remarquablement équipé de la prison. Le docteur Swinn avait informé Adam sèchement que ni Goodman ni lui ne pourraient être présents lors de la consultation médicale.

Un minibus de la prison les attendait au portail d'entrée. On emmena le docteur Swinn vers le dispensaire.

Goodman n'avait pas revu Lucas Mann depuis plusieurs années. Les deux hommes se saluèrent d'une poignée de main, en vieux amis. On quitta le bureau de Mann pour gagner un petit bâtiment. C'était un restaurant qui ressemblait à s'y méprendre à ceux du voisinage. L'endroit s'appelait « Chez soi ». On y servait des repas simples, mais pas d'alcool pour les employés et le personnel de la prison. Ce grill-room était géré par l'État.

Ils commandèrent du thé glacé et parlèrent de l'évolution de la peine capitale. Goodman et Mann pensaient que les exécutions allaient se multiplier. La Cour suprême des États-Unis effectuait un virage à droite. Elle était fatiguée des appels et des atermoiements sans fin. Il en était de même pour les cours fédérales. D'ailleurs, les jurys reflétaient de façon de plus en plus fidèle l'exaspération de la société vis-à-vis des crimes de sang. Les condamnés à mort devaient s'attendre au pire. On voulait se débarrasser de ces fauves. Les lobbies abolitionnistes voyaient fondre leur budget. De moins en moins d'avocats et de cabinets juridiques acceptaient de prendre en charge les énormes dépenses de l'assistance judiciaire gratuite.

Adam en avait assez de cette conversation. Il avait lu et entendu ces propos des centaines de fois. Il s'excusa et partit à la recherche d'un taxiphone. Phelps n'était pas là, lui dit une jeune secrétaire, mais il avait laissé un message pour Adam : Aucune nouvelle de Lee. Elle devait se présenter au tribunal dans deux semaines, peut-être la reverrait-on à cette occasion.

Darlene tapa le rapport du docteur Swinn. Adam et Garner Goodman travaillaient sur la pétition qui devait l'accompagner. Le brouillon du rapport comprenait vingt pages. C'était du sirop. Swinn se prostituait, vendait ses avis au plus offrant. Adam le détestait et tous ceux de son espèce. Le psychiatre pouvait dire blanc aujourd'hui et noir le lendemain. Il se mettait au diapason de ceux qui avaient les poches bien pleines. Mais aujourd'hui c'était pour eux qu'il exerçait ses talents. Sam était atteint de démence sénile. Ses facultés mentales s'étaient détériorées. Il ne pouvait appréhender la réalité, moins encore comprendre son exécution. Celle-ci ne servirait strictement à rien. Ce n'était pas une argumentation légale très originale. Et les conclusions n'étaient pas de celles que les cours de justice accueillent avec enthousiasme. Mais, comme Adam se le répétait chaque jour, il n'avait rien à perdre. Goodman, quant à lui, paraissait assez optimiste, à cause de l'âge de Sam. Il ne pouvait se souvenir d'aucune exécution d'un condamné ayant dépassé cinquante ans.

Ils travaillèrent, y compris Darlene, jusqu'à onze heures du soir.

38

Garner Goodman ne retourna pas à Chicago le mercredi matin, mais se rendit à Jackson. Le vol était si court qu'il eut juste le temps de prendre une tasse de café et d'avaler un croissant mal décongelé. Il loua une voiture à l'aéroport et roula immédiatement en direction de l'hôtel de ville.

Quatre ans plus tôt, au cours des journées et des heures qui avaient précédé l'exécution de Maynard Tole, Goodman avait fait ce même voyage à deux reprises. Tole avait assassiné plusieurs personnes en moins de deux jours. Difficile de provoquer un élan de sympathie pour lui. Goodman espérait qu'il en irait tout autrement pour Sam Cayhall. C'était un vieillard. Il ne lui restait sans doute guère plus que cinq ans à vivre. Son crime était de l'histoire ancienne, même dans le Mississippi.

Goodman s'était remémoré en détail ses arguments toute la matinée. Il entra dans l'hôtel de ville et s'émerveilla une fois de plus de sa splendeur. Une réplique en miniature du Capitole. On n'avait pas regardé à la dépense. Il avait été construit en 1910 par des forçats.

Goodman entra dans les bureaux du gouverneur situés au premier étage et tendit sa carte à une charmante réceptionniste. Le gouverneur était absent pour la matinée, dit-elle. Goodman avait-il par hasard un rendez-vous ? Non, expliqua-t-il aimablement, mais il s'agissait d'une affaire extrêmement importante. Pourrait-il être reçu par Mr. Andy Larramore, le conseiller du gouverneur ?

Il attendit. Une demi-heure plus tard, Mr. Larramore arrivait en personne. Les deux hommes se présentèrent et disparurent dans un étroit couloir qui serpentait parmi un dédale de petits bureaux. Le repaire de Larramore était un vrai capharnaüm – il ressemblait à son propriétaire. Larramore, très petit, était curieusement déhanché, et n'avait absolument pas de cou. Son long menton reposait sur sa poitrine. Lorsqu'il parlait, ses yeux, son nez, sa bouche se resserraient bizarrement. C'était un affreux spectacle. Goodman aurait été incapable de dire si ce personnage avait trente ou cinquante ans. Il fallait donc qu'il ait du génie.

– Le gouverneur prend la parole à un congrès d'agents d'assurances ce matin, dit Larramore en soulevant un agenda, comme s'il s'agissait d'un bijou de grande valeur. Ensuite, il visite une école des quartiers défavorisés.

– Je patienterai, dit Goodman. C'est très important.

Larramore mit l'agenda de côté et posa ses mains l'une sur l'autre sur la table.

– Qu'est-il arrivé à votre jeune collègue, le petit-fils de Sam ?

– Oh, c'est toujours lui le défenseur principal. Je suis, en fait, le patron de l'assistance judiciaire gratuite de chez Kravitz et Bane, je viens l'épauler.

– Nous suivons de près cette affaire, dit Larramore.

Son visage se crispait puis se relâchait à la fin de chaque phrase.

– Apparemment, nous arrivons dans la phase finale.

– On y arrive toujours, dit Goodman. À quel point le gouverneur s'intéresse à un recours en grâce ?

– Je suis sûr qu'il aime l'idée d'une audience. Quant à accorder sa grâce, c'est une autre affaire. L'éventail est extrêmement large, comme vous ne l'ignorez pas. Il peut commuer la peine et faire du détenu un prisonnier sur parole. Il peut adoucir la sentence en une peine de prison à vie, ou même de durée indéterminée.

Goodman hocha la tête.

– Me sera-t-il possible de le voir ?

– Il a prévu de revenir ici à onze heures. Je lui en toucherai un mot à ce moment-là. Il déjeunera probablement dans son bureau. On peut prévoir un petit moment libre aux environs de une heure. Soyez là.

– J'y serai. Je vous demande la plus grande discrétion. Notre client est absolument opposé à cette rencontre.

– Est-il opposé à l'idée de grâce ?

– Il ne nous reste plus que sept jours, monsieur Larramore. Nous ne sommes opposés à absolument rien.

Larramore plissa son nez, découvrit les dents de sa mâchoire supérieure et reprit l'agenda.

– Soyez là à une heure, je verrai ce que je peux faire.

– Merci.

Goodman quitta l'hôtel de ville. Il était neuf heures trente. Sa chemise était trempée sous les bras et lui collait au dos. Il enleva sa veste.

Il se dirigea vers Capitol Street. Au milieu des immeubles et de la circulation intense du centre-ville, l'hôtel particulier du gouverneur, tourné vers l'hôtel de ville, se dressait majestueusement au milieu d'un jardin parfaitement entretenu. C'était une grande bâtisse construite avant la guerre de Sécession, entourée de murs et fermée par des grilles. Un groupe d'opposants à la peine de mort s'était rassemblé sur le trottoir, la nuit où Tole avait été exécuté. Ils criaient des slogans à l'intention du gouverneur. Accompagné de Peter Wiesenberg, Goodman avait franchi rapidement une des grilles, une dernière requête dans la poche, quelques heures seulement avant l'exécution. Le gouverneur dînait en compagnie de personnages importants. Il s'était montré extrêmement irrité par cette intrusion. Il avait refusé la grâce mais, dans la meilleure tradition du Sud, il avait invité les avocats à dîner.

Goodman avait expliqué à Son Honneur qu'ils devaient retourner rapidement à Parchman pour être auprès de leur client au moment de sa mort. « Soyez prudents sur la route », leur avait dit le gouverneur avant d'aller retrouver ses hôtes.

Goodman se demandait combien d'abolitionnistes se rassembleraient ici dans quelques jours pour prier, pour entonner des psaumes, pour allumer des cierges, pour agiter des banderoles, pour crier à McAllister d'épargner le vieillard. Probablement fort peu.

Il était rare qu'on manque de bureaux dans le quartier d'affaires de Jackson. Goodman n'eut guère de difficultés à trouver ce qu'il cherchait. Une pancarte attira son attention au deuxième étage d'un immeuble particulièrement laid. Il se renseigna auprès de la société financière installée au rez-de-chaussée. Une heure plus tard, le propriétaire arrivait pour lui faire visiter l'endroit. C'était un deux-pièces minable, avec une moquette usée et des trous dans les cloisons. Goodman s'avança vers l'unique fenêtre et regarda la façade de l'hôtel de ville cent mètres plus loin.

– Parfait, dit-il.

– Le loyer est de trois cents dollars par mois, plus l'électricité. Les toilettes sont sur le palier. Six mois de bail minimum.

– Je n'en ai besoin que pour deux mois, dit Goodman, enfonçant la main dans sa poche pour en retirer un paquet de billets soigneusement pliés.

Le propriétaire regarda l'argent :

– Dans quelle sorte d'affaires travaillez-vous ?

– Marketing.

– D'où venez-vous ?

– De Detroit. Nous pensons établir une succursale dans cet État. Nous avons besoin d'un petit espace pour commencer. Seulement pour deux mois. Tout sera payé en liquide. Pas de complications. Nous décamperons sans faire le moindre bruit avant même que vous vous en aperceviez.

Le propriétaire prit l'argent et tendit deux clefs à Goodman, une pour le bureau, l'autre pour la porte d'entrée. Ils se serrèrent la main. Affaire conclue.

Goodman quitta ce taudis et retourna chercher sa voiture au parking de l'hôtel de ville. Tout en marchant, il riait sous cape en pensant au projet qu'il avait en tête. Cette idée n'avait pu germer que dans le cerveau d'un gamin tel qu'Adam. Il s'agissait d'une nouvelle tentative assez risquée dans la succession des manœuvres désespérées pour sauver la vie de Sam. Le plan n'avait rien d'illégal. La dépense serait minime. Qui se préoccupait de quelques dollars lorsqu'on en arrive à ce point ? Enfin, n'était-il pas le chef des services d'assistance judiciaire gratuite de son cabinet ? Après tout, c'était lui qui entretenait l'orgueil et le pharisaïsme de ses pairs. Personne, pas même Daniel Rosen, n'oserait le questionner sur ses dépenses concernant un loyer insignifiant et quelques appels téléphoniques.

Après ces trois semaines de travail intensif, Adam commençait à regretter la routine de Chicago.

La pétition s'appuyant sur les déficiences mentales de Sam se trouvait maintenant à Jackson, expédiée par fax, tandis que l'original allait suivre par Federal-Express. Adam se voyait maintenant obligé de demander poliment à l'administrateur de la Cour d'activer les choses. Dépêchez-vous de rejeter notre demande, avait-il dit avec plus de diplomatie. Si un sursis devait être accordé, il viendrait, en toute probabilité, d'un juge fédéral.

Chaque requête apportait avec elle un mince rayon d'espoir, et aussi, comme Adam l'apprit rapidement, l'angoisse d'un nouvel échec. Une requête devait franchir quatre obstacles avant d'être abandonnée définitivement – la Cour suprême du Mississippi, la Cour fédérale de la région, la Cour de la cinquième chambre, et la Cour suprême des États-Unis. Les chances de succès étaient très minces, surtout à cette phase des appels.

Le fonctionnaire de la cinquième chambre ne croyait pas que la Cour accepterait d'entendre une nouvelle présentation orale. Elle s'était aperçue qu'Adam se proposait de faire appel chaque jour. Les trois juges se contenteraient probablement d'examiner les rapports. Des conférences téléphoniques seraient organisées si les juges souhaitaient entendre sa voix.

Richard Olander l'appela de nouveau pour l'informer que la Cour suprême avait bien reçu ses appels. Ses requêtes pour présenter l'affaire oralement avaient été également examinées. Non, il ne pensait pas que la Cour accepte d'entendre une présentation orale. Les choses étaient trop proches de la fin. Il accusa aussi réception du fax concernant l'état mental de son client. Cette requête serait examinée attentivement par les cours locales. Intéressant, avait-il dit. Il insista pour connaître la nature des prochains appels. Adam se déroba.

L'attaché juridique du juge Slattery, Breck Jefferson, réputé pour son mauvais caractère, appela Adam pour l'informer que Son Honneur avait reçu la photocopie par fax de la nouvelle requête déposée devant la Cour suprême du Mississippi. Bien que Son Honneur ne fût pas convaincu par l'intérêt d'une telle démarche, il l'examinerait avec attention.

Adam se sentait vaguement satisfait à l'idée qu'il était parvenu à mobiliser quatre cours différentes en même temps.

À onze heures, Morris Henry, maître la Mort, lui téléphona pour lui dire qu'on avait bien reçu la dernière série d'appels de la dernière chance, comme il aimait à dire. Mr. Roxburgh avait convoqué personnellement une douzaine d'avocats pour mettre au point sa réponse. Henry était relativement aimable au téléphone, mais il avait frappé juste – nous avons, mon petit, un grand nombre d'avocats à notre disposition.

La paperasserie concernant l'affaire pouvait maintenant s'évaluer par kilos. La table de réunion était recouverte de piles soigneusement rangées. Darlene faisait sans arrêt des allées et venues. Elle apportait photocopies, messages téléphoniques et parfois du café. Elle relisait appels et requêtes. Habituée au travail fastidieux des emprunts d'État, elle n'avait pas peur des dossiers détaillés et volumineux. Elle avoua à plusieurs reprises que le changement intervenu dans ses tâches quotidiennes était assez excitant.

– Quoi de plus excitant en effet qu'une exécution ? lui fit remarquer Adam.

Même Baker Cooley parvint à s'arracher aux dernières nouveautés concernant la juridiction bancaire pour venir jeter un coup d'œil dans le bureau d'Adam.

Phelps appela aux environs de onze heures pour demander à Adam s'il voulait déjeuner avec lui. Adam refusa, prétextant l'obligation de se plier à des dates-butoirs et aux caprices de juges grincheux. Il n'y avait pas de nouvelles de Lee. Celle-ci, d'après Phelps, avait déjà disparu auparavant, mais jamais au-delà de deux jours. Il s'inquiétait et se proposait d'engager un détective privé. Il fallait rester en contact.

– Une journaliste demande à vous voir, dit Darlene en lui tendant une carte de visite annonçant la présence d'Anne L. Piazza, correspondante de *Newsweek*.

C'était le troisième journaliste à prendre contact avec le bureau ce mercredi.

– Excusez-moi auprès d'elle, dit Adam qui n'en pensait pas un traître mot.

– Je l'ai déjà fait, mais j'ai pensé qu'étant donné son appartenance à *Newsweek* vous pouviez avoir envie d'être tenu au courant.

– Je me moque éperdument du journal qui l'emploie. Dites-lui aussi que mon client n'accorde pas d'entretien.

Darlene sortit précipitamment en entendant la sonnerie du téléphone. C'était Goodman qui, de Jackson, annonçait qu'il verrait le gouverneur à une heure. Adam l'informa du climat de fébrilité qui régnait ici et des multiples appels téléphoniques.

Darlene ramena à midi trente un sandwich acheté chez le traiteur. Adam l'avala rapidement, puis fit un petit somme dans son fauteuil tandis que l'imprimante de l'ordinateur crachotait les pages d'une nouvelle requête.

Goodman feuilletait un magazine d'automobiles dans la salle d'attente. La même jolie secrétaire se faisait les ongles entre les sonneries du téléphone. Elle se garda du moindre commentaire lorsque sonna une heure. La même chose pour une heure trente. La fille, les ongles repeints couleur pêche, s'excusa à deux heures. Aucune importance, dit Goodman avec un large sourire. Ce qu'il y a de bien, dans le travail de l'assistance judiciaire gratuite, c'est qu'il n'est en aucune façon soumis à des horaires.

À deux heures et quart, une jeune femme dynamique, en tailleur sombre, apparut et s'avança vers Goodman.

– Monsieur Goodman, je suis Mona Stark, le chef de cabinet du gouverneur. M. le Gouverneur accepte de vous voir un instant.

Elle souriait. Goodman la suivit à travers des portes à deux battants avant d'entrer dans un immense bureau, avec deux grandes tables de travail à chaque bout.

McAllister, debout près de la fenêtre, sans veste, cravate desserrée, manches de chemise relevées, ressemblait en tout point au fonctionnaire surmené, assailli de toutes parts, et dévoué au service de ses administrés.

– Bonjour, monsieur Goodman, dit-il en tendant la main, et en dégainant un sourire de star.

– Content de vous voir, monsieur le gouverneur, dit Goodman.

Celui-ci n'avait pas d'attaché-case, aucun des objets fétiches de sa profession. Il ressemblait à quelqu'un qui, passant dans le couloir, avait décidé de s'arrêter pour saluer le gouverneur.

– Vous avez déjà rencontré Mr. Larramore et mon chef de cabinet, dit McAllister en désignant ses subalternes d'un petit geste de la main.

– Oui, nous nous connaissons. Merci de me recevoir aussi rapidement, dit Goodman en tentant en vain de le gratifier d'un sourire aussi éclatant.

En cet instant, il se montrait humble, reconnaissant d'être simplement reçu dans ce magnifique bureau.

– Allons travailler là-bas, dit le gouverneur, montrant du doigt une des tables.

Chacun prit un siège. Larramore et Mona attendaient, le stylo en suspens, pour prendre des notes. Goodman n'avait devant lui que ses mains.

– Sauf erreur, plusieurs requêtes ont été présentées ces derniers jours, dit McAllister.

– Oui, monsieur. Par simple curiosité, j'aimerais savoir si vous avez déjà eu à traiter ce genre d'affaire ? demanda Goodman.

– Non. Grâce au ciel.

– Bon. Ce genre de procédure est loin d'être inhabituel. Il est sûr que nous allons présenter requêtes et pétitions jusqu'au dernier moment.

– Puis-je vous poser une question, monsieur Goodman ? intervint le gouverneur avec cordialité.

– Certainement.

– Vous vous êtes occupé d'un nombre important de dossiers semblables à celui-ci. Quel est votre pronostic ?

– On ne sait jamais. Le cas de Sam est assez différent de celui de la plupart des autres détenus du quartier des condamnés à mort. Il a eu de bons avocats – lors du procès, et ensuite lors des appels.

– Dont vous-même, il me semble !

Goodman sourit, puis ce fut le tour de McAllister, et enfin celui de Mona Stark. Larramore restait penché sur son calepin, les traits crispés par la concentration.

– C'est juste. Les principaux appels de Sam ayant déjà été rejetés, nous sommes passés aux requêtes de dernière heure. Aujourd'hui, à sept jours de l'exécution, il nous reste cinquante pour cent de chances de gagner.

Mona inscrivit aussitôt cette estimation sur son calepin, comme si elle recelait une signification juridique énorme. Larramore, quant à lui, avait jusqu'ici tout pris par écrit.

McAllister réfléchit un instant.

– Vous me voyez un peu perplexe, monsieur Goodman. Votre client n'est même pas informé de notre entretien et il est opposé à l'idée d'un recours en grâce.

Quant à vous, vous m'avez demandé de garder le secret. Donc, que faisons-nous ici ?

– Les choses peuvent évoluer, monsieur le gouverneur. Je vous rappelle que je suis venu ici bien souvent. J'ai observé des hommes faisant le compte de leurs derniers jours. Pareil calcul déclenche de curieux comportements. Tout peut changer d'un jour à l'autre. En outre, comme avocat, il est de mon devoir d'épuiser toutes les possibilités, de considérer l'affaire sous tous ses angles.

– Me demandez-vous une audience ?

– Oui, monsieur. Une audience à huis clos.

– Quand ?

– Que diriez-vous de vendredi ?

– Dans deux jours, dit McAllister en jetant un coup d'œil par la fenêtre.

Larramore s'éclaircit la voix.

– Quels seront vos témoins ?

– Bonne question. Si je connaissais leurs noms, je vous les donnerais à l'instant. Ce n'est malheureusement pas le cas. De toute façon, notre présentation sera extrêmement brève.

– Qui témoignera pour l'État ? demanda McAllister à Larramore, qui en salivait d'excitation.

Goodman détourna le regard.

– Je suis certain que la famille des victimes voudra avoir son mot à dire. En général, on parle du crime. Un membre du personnel de la prison ne serait pas de trop pour qu'on sache à quelle sorte de détenu nous avons affaire. Ces audiences de recours en grâce ne sont pas très formelles.

– Je connais ce crime mieux que quiconque, dit McAllister presque pour lui-même.

– Nous nous trouvons en effet dans une curieuse situation, avoua Goodman. J'ai participé à beaucoup d'audiences de recours en grâce dans lesquelles le procureur était généralement le premier témoin à charge. À cette époque, c'était vous le procureur.

– Pourquoi tenez-vous à une audience à huis clos ?

– M. le Gouverneur est depuis longtemps l'ardent défenseur de la transparence judiciaire, lança Mona Stark.

– Ce serait préférable pour tout le monde, dit Goodman comme un professeur du haut de sa chaire. Vous ne subirez dans ce cas, monsieur le gouverneur, aucune pression étant donné que la chose restera secrète, pas de conseils non sollicités. Quant à nous, bien entendu, nous sommes en faveur d'un huis clos.

– Pourquoi ? demanda McAllister.

– Eh bien, franchement, monsieur, il est préférable pour tous que le public ne voie pas Ruth Kramer parler de ses deux petits garçons.

Goodman jeta un coup d'œil autour de lui tandis qu'il prononçait cette phrase. En fait, la véritable raison était ailleurs. Adam était persuadé que la seule manière d'amener Sam à accepter l'idée d'une audience de recours en grâce était de lui promettre qu'elle se tiendrait à huis clos. À cette seule condition, Adam réussirait peut-être à convaincre son grand-père que McAllister ne transformerait pas cette réunion en opération publicitaire.

Goodman connaissait des douzaines de personnes qui viendraient volontiers à Jackson pour témoigner spontanément en faveur de Sam. Des religieuses, des prêtres, des pasteurs, des psychologues, des travailleurs sociaux, des écrivains, des professeurs, et deux ou trois détenus du quartier des condamnés à mort. Le docteur Swinn certifierait que Sam se trouvait dans un triste état. Il démontrerait facilement que le gouverneur du Mississippi était sur le point de tuer un légume.

– Tout bien pesé, c'est compréhensible, dit McAllister.

– Cette affaire soulève déjà beaucoup trop de passion. Regardez les médias, dit Goodman, sachant que McAllister était pris de vertiges à la pensée de figurer dans la revue à grand spectacle organisée par les journalistes. Ça ne profiterait à personne de rendre l'audience publique.

Mona Stark, partisan déclaré de l'audience publique, fronça les sourcils et écrivit quelque chose en lettres capitales dans son calepin. McAllister s'abîma dans ses pensées.

– Publique ou à huis clos, une telle audience n'a pas de raison d'être, à moins que vous et votre client n'ayez du neuf à nous offrir. Je connais cette affaire, monsieur Goodman. J'ai marché parmi les décombres. J'ai vu les cadavres. Je ne peux pas changer d'avis sans élément nouveau.

– Par exemple ?

– Un nom. Si vous me donnez le nom du complice de Sam, j'accepterai cette audience. Comprenez-moi bien, je ne promets pas la grâce, simplement une audience de recours en grâce. Dans tous les autres cas de figure, ce serait une perte de temps.

– Vous croyez qu'il y a un complice ? demanda Goodman.

– Nous l'avons toujours soupçonné. Qu'en pensez-vous ?

– Pourquoi est-ce si important ?

– C'est important parce que c'est moi qui décide en fin de compte, monsieur Goodman. Après le rejet des appels par les cours de justice, et plus on s'approche de la nuit fatidique, je deviens la seule personne au monde qui puisse arrêter le compteur. Si Sam mérite la peine de mort, je n'hésiterai pas à m'asseoir à quelques mètres de lui lors de l'exécution. Mais s'il ne la mérite pas, je dois le gracier. Je suis un homme jeune, monsieur Goodman. Je ne tiens pas à être hanté par cette affaire le restant de ma vie. Je veux une décision équitable.

– Mais si vous croyez à l'existence d'un complice, pourquoi ne pas faire en sorte que les choses en restent là ?

– Parce que je veux en être sûr. Vous qui avez été son avocat pendant de nombreuses années, pensez-vous qu'il avait un complice ?

– Oui. J'ai toujours pensé qu'ils étaient deux. Je ne sais pas qui était le chef, mais il y avait quelqu'un avec Sam.

McAllister se pencha vers Goodman et le regarda dans les yeux.

– Monsieur Goodman, si Sam me dit la vérité, alors je lui accorderai une audience à huis clos et réfléchirai à la question du recours en grâce. Je ne promets absolument rien, comprenez-moi bien, en dehors de cette audience. Sinon, il n'y a rien d'autre à ajouter concernant cette affaire.

Mona et Larramore gribouillaient plus vite que des journalistes d'assises.

– Sam soutient qu'il dit la vérité.

– Alors ne pensez plus à cette audience. Je suis un homme très occupé.

Goodman était déçu mais il garda néanmoins le sourire.

– Bien, nous allons lui en reparler. Pouvons-nous nous revoir demain?

Le gouverneur jeta un coup d'œil à Mona qui consulta un agenda de poche et commença à secouer la tête comme pour signifier que le lendemain serait une journée très chargée.

– Pas le moindre créneau, dit-elle sèchement.

– Au déjeuner?

– Vous parlez devant la convention de la National Recovery Administration.

– Appelez-moi, proposa Larramore.

– Bonne idée, dit le gouverneur en se levant et en boutonnant ses manches.

Goodman serra la main de ses trois interlocuteurs.

– J'appellerai s'il y a quelque chose de nouveau. Quoi qu'il advienne, nous demanderons une audience de recours en grâce dès que possible.

– Je la rejette, à moins que Sam ne parle, dit le gouverneur.

– S'il vous plaît, mettez votre requête par écrit, monsieur, si vous n'y voyez pas d'inconvénient, demanda Larramore.

– Bien entendu.

Ils reconduisirent Goodman à la porte. McAllister s'assit dans son fauteuil directorial derrière sa table de travail. Il déboutonna de nouveau ses manches. Larramore fila dans son repaire un peu plus loin dans le couloir. Mona Stark examinait un listing.

– Combien d'appels pour Sam? demanda-t-il.

Elle passa un doigt le long d'une colonne.

– Hier, il y a eu vingt et un appels, quatorze en faveur de la chambre à gaz, cinq contre, deux indécis.

– Une nette augmentation.

– Oui, mais le journal vient de faire paraître un article sur les derniers efforts de son avocat pour sauver sa vie. On parle d'une audience de recours en grâce.

– Que disent les sondages?

– Pas de changement. Quatre-vingt-dix pour cent des Blancs de cet État sont en faveur de la peine de mort. Et à peu près la moitié des Noirs. Tout compris, cela fait autour de quatre-vingt-quatre pour cent.

– Et où en est ma cote de popularité?

– Soixante-deux pour cent. Mais si vous graciez Sam Cayhall, je suis sûre qu'elle tomberait de plusieurs dizaines.

– Vous êtes contre cette idée ?

– Il n'y a absolument rien à gagner et beaucoup à perdre. Oublions les sondages et les chiffres. Mais si vous graciez un de ces meurtriers, vous en aurez une cinquantaine sur le dos. Avocat, grand-mère, prêtre et j'en passe. De la pure folie.

– Vous avez raison. Où en est le programme des médias ?

– Je l'aurai dans une heure.

– J'ai besoin de le voir.

– Nagel finit de le mettre au point. De toute façon je pense que vous devriez accorder une audience de recours en grâce. Lundi, par exemple. Annoncez-la demain, et laissez la nouvelle mijoter pendant le week-end.

– Je ne veux pas d'un huis clos.

– Surtout pas. Nous voulons que Ruth Kramer pleure devant les caméras.

– Sam et ses avocats ne vont pas me dicter leurs conditions. S'ils veulent me voir, il faudra qu'ils se plient à mes volontés.

– Très juste. Mais n'oubliez pas que nous souhaitons qu'elle ait lieu. Quelle couverture de presse !

Goodman signa un contrat pour louer pendant un trimestre quatre téléphones sans fil. Il se servit d'une carte de crédit de Kravitz et Bane et résista habilement à l'avalanche de questions du jeune vendeur. Il se rendit à la bibliothèque de State Street et trouva les références de divers annuaires. Prenant pour critère leur épaisseur, il choisit d'abord ceux des grandes villes du Mississippi. Puis il s'occupa des agglomérations plus petites. Dans la salle d'accueil, il fit de la monnaie et passa deux heures à photocopier des pages entières.

Il travaillait gaiement. Personne n'aurait pu croire que ce petit homme soigné, avec ses cheveux gris ébouriffés et son nœud papillon, faisait partie des associés d'un des plus gros cabinets juridiques de Chicago, et qu'il avait à sa disposition des secrétaires et des juristes. Personne n'aurait pu croire qu'il gagnait plus de quatre cent mille dollars par an. Mais Garner Goodman s'en moquait éperdument. Il était heureux de remplir cette tâche. Une fois encore il essayait de sauver un malheureux d'un assassinat légal.

Il quitta la bibliothèque et roula pendant quelques centaines de mètres pour se rendre à la faculté de droit. Un certain John Bryan Glass y enseignait le droit criminel. Il avait également publié de savants articles contre la peine de mort. Goodman voulait savoir si ce professeur n'aurait pas quelques étudiants brillants, intéressés par un programme de recherches.

La malchance voulut que John Bryan Glass soit absent pour la journée, mais il donnait un cours tous les jeudis à neuf heures. Goodman jeta un coup d'œil à la bibliothèque de l'Université, puis quitta le bâtiment. Il gagna en voiture Old State Capitol Building et, pour tuer le temps, le visita de fond en comble durant une demi-heure, dont un quart d'heure consacré à l'exposition sur les droits civiques qui se tenait au rez-de-chaussée. Il demanda à la vendeuse de la boutique où il pourrait trouver à se loger. Elle lui indiqua la Millsaps-Buie House, un kilomètre plus bas dans la rue. Goodman se retrouva bientôt devant un adorable hôtel particulier de style victorien. Il retint la dernière chambre libre. L'endroit avait été merveilleusement restauré, et décoré d'objets et de meubles anciens. Le garçon d'étage lui prépara un whisky soda avant de le conduire dans sa chambre.

39

Le refuge de l'Auburn ouvrait à huit heures. Un vigile ensommeillé, la mine sombre, dans un uniforme chiffonné, en ouvrit le portail. Adam était la première personne à garer sa voiture dans le parking. Il attendit là une dizaine de minutes avant qu'une autre voiture vienne se ranger près de la sienne. Il reconnut la femme au volant. C'était la conseillère psychologique qu'il avait rencontrée dans le bureau de Lee deux semaines plus tôt. Il l'intercepta sur le trottoir au moment où elle allait entrer par une porte latérale.

– Excusez-moi, dit-il. Mais nous nous connaissons. Je suis Adam Hall, le neveu de Lee. Je suis désolé, mais je ne me souviens plus de votre nom.

La femme portait un vieil attaché-case d'une main et un sac en papier contenant son déjeuner de l'autre. Elle sourit.

– Joyce Cobb. Je me souviens de vous. Où est Lee ?

– Je ne sais pas. J'espérais que vous pourriez me renseigner. Vous n'avez pas eu de ses nouvelles ?

– Non. Pas depuis mardi.

– Mardi ? Je ne lui ai pas parlé depuis samedi. Vous l'avez vue mardi ?

– Elle a appelé ici, mais je ne l'ai pas eue directement. C'est le jour où le journal a relaté son arrestation pour cette histoire de conduite en état d'ivresse.

– Où était-elle ?

– Elle ne dit jamais où elle est ni quand elle reviendra. Elle a demandé à parler à l'administrateur pour l'informer qu'elle serait absente un certain temps.

– Comment cela se passe-t-il avec ses patientes ?

– Nous nous en occupons. C'est toujours difficile, bien sûr. Mais nous nous en sortons.

– Lee ne laisserait pas tomber ces filles. Peut-être leur a-t-elle parlé cette semaine ?

– Écoutez, Adam, la plupart de ces filles n'ont pas le téléphone. Et Lee, certainement, n'irait pas se promener dans le lotissement. D'ailleurs j'ai vu les pensionnaires dont elle s'occupe. Je sais qu'elles ne lui ont pas parlé.

Adam recula d'un pas et regarda la grille.

– D'accord, mais j'ai besoin de la retrouver. Je m'inquiète vraiment.

– Ça ira bien pour elle. C'est déjà arrivé et tout s'est bien passé.

Joyce avait brusquement envie d'entrer dans le bâtiment.

– Si j'ai de ses nouvelles, je vous préviendrai.

– S'il vous plaît. J'habite chez elle.

– Je sais.

Adam la remercia et remonta dans sa voiture. À neuf heures, il était à son bureau, plongé dans ses papiers.

Le colonel Nugent, assis au bout d'une longue table installée sur une petite estrade d'une trentaine de centimètres de haut, faisait face à une salle remplie de gardiens et d'employés de la prison. Au mur était accroché un grand tableau noir, un petit podium portatif se trouvait dans un coin. On avait disposé des chaises vides devant la table, à la droite du colonel, de façon que le public puisse voir les visages des personnages importants placés à sa gauche. Étaient présents Morris Henry, du bureau du procureur, qui avait, devant lui, d'épais dossiers, Lucas Mann, en bout de table, prenant des notes, deux assistants du directeur placés de chaque côté de Henry, et un envoyé du bureau du gouverneur assis à côté de Lucas.

Nugent regarda sa montre avant de commencer son laïus. Il jetait de temps à autre des coups d'œil à ses notes tout en s'adressant aux gardiens et aux employés.

– Étant donné que ce matin, 2 août, tous les sursis ont été rejetés par les différentes cours de justice, il n'y a rien qui puisse arrêter pour le moment cette exécution. Nous allons agir comme si elle devait avoir lieu comme prévu, une minute après minuit, mercredi prochain. Nous avons six jours entiers pour la préparer, et je suis bien décidé à ce que tout se déroule sans la moindre anicroche.

« Ce condamné a encore trois requêtes présentées en même temps aux différentes cours d'appel. On ne peut donc prévoir à coup sûr les événements. Nous sommes cependant en rapport constant avec le bureau du procureur. D'ailleurs, Mr. Morris Henry est présent parmi nous aujourd'hui. À son avis, et c'est également celui de Mr. Lucas Mann, les choses sont arrivées à leur phase finale. Un sursis peut être accordé à n'importe quel moment, mais cette possibilité apparaît de plus en plus improbable. Nous devons donc être prêts. Le condamné demandera certainement une audience de recours en grâce devant le gouverneur. Cela dit, une telle démarche a peu de chances de réussir. Donc, dès cet instant et jusqu'à mercredi prochain, nous devons rester sur le pied de guerre.

L'intervention de Nugent était ferme et précise. Il tenait le devant de la scène et, de toute évidence, en jouissait. Il revint à ses notes et poursuivit.

– La chambre à gaz sera examinée de près. Elle est d'un modèle ancien et n'a pas servi depuis deux ans, aussi devons-nous prêter la plus grande attention à son bon fonctionnement. Un agent du constructeur arrivera ce matin pour procéder à des essais aujourd'hui même et dans la nuit. Nous ferons une répétition complète de l'exécution durant le week-end, certainement dimanche soir, à condition qu'aucun sursis n'ait été accordé. J'ai dressé la liste des volontaires désirant participer à l'équipe d'exécution. Je ferai mon choix cet après-midi.

« Par ailleurs, nous sommes inondés de demandes en provenance des médias. On veut interviewer Mr. Cayhall, son avocat, notre avocat, le directeur, les gardiens, les autres détenus, le bourreau, absolument tout le monde. On veut faire partie des témoins de l'exécution. On veut avoir des photographies de la cellule de Sam et de la chambre à gaz. L'hystérie habituelle. Nous devons y faire face. Il ne doit y avoir absolument aucun contact avec les journalistes sans accord de ma part. Cette règle s'applique à tout le personnel de la prison et ne souffre aucune exception. Je répète : aucune exception. Je fournirai moi-même les informations appropriées lorsque je le jugerai nécessaire. Faites très attention à ces gens. Ce sont des charognards.

« Nous nous attendons aussi à quelques ennuis à l'extérieur de la prison. Par exemple, il y a dix minutes environ, un premier groupe de sympathisants du KKK s'est avancé devant le portail d'entrée. On les a repoussés dans l'espace situé entre la nationale et l'immeuble de l'administration. C'est là que devra être contenu ce genre de manifestation. Nous n'ignorons pas que d'autres protestataires arriveront prochainement. Apparemment ces gens projettent de rester sur place jusqu'à ce que tout soit fini. Les surveiller avec la plus grande attention. Ils sont dans leur droit à condition de manifester dans le calme. Bien que je n'aie pas été présent lors des quatre dernières exécutions, on m'a informé que des partisans de la peine de mort peuvent également venir créer du désordre. Nous nous arrangerons pour que les antagonistes soient tenus à distance les uns des autres.

Nugent ne pouvait rester assis plus longtemps, il se dressa avec raideur au bout de la table. Tous les yeux étaient tournés vers lui. Il jeta de nouveau un rapide coup d'œil à ses notes.

– Cette exécution sera différente des autres, à cause de la notoriété de Mr. Cayhall. Elle va par conséquent attirer sur elle l'intérêt du public et des médias, sans parler des agitateurs. Nous devons opérer à chaque instant avec un professionnalisme sans faille. Je ne tolérerai aucune infraction aux règles de conduite. Mr. Cayhall et sa famille ont le droit au respect durant ces derniers jours. Aucun commentaire scabreux à propos de la chambre à gaz ou de l'exécution elle-même. Je ne le supporterai pas. Quelqu'un a-t-il des questions à poser ?

Nugent jeta un coup d'œil sur la salle, profondément satisfait de lui-même. Il n'avait absolument rien oublié. Aucune question.

– Parfait. Nous nous reverrons dans la matinée à neuf heures.

Il congédia l'assemblée.

Garner Goodman se présenta au professeur John Bryan Glass au moment où celui-ci quittait son bureau pour aller donner son cours. Les étudiants furent vite oubliés. Les deux hommes, debout dans le couloir, échangeaient des compliments. Glass avait lu les livres de Goodman et Goodman avait lu la plupart des récents articles de Glass condamnant la peine de mort. Très rapidement la conversation en vint à la déplorable affaire Cayhall, en particulier au pressant besoin de Goodman d'avoir à sa disposition quelques étudiants en droit, de confiance, qui pourraient le seconder dans un projet de recherches urgentes durant le week-end. Glass proposa son aide, et les deux hommes se mirent d'accord pour se retrouver dans quelques heures, au moment du déjeuner, pour aborder le détail de l'affaire.

À trois cents mètres de la faculté de droit, Goodman trouva les petits bureaux de l'Association pour l'abolition de la peine capitale dans le Sud. Il s'agissait en fait d'une agence fédérale, qui possédait une antenne semblable dans chaque État où subsistait la peine de mort. Le responsable était un jeune Noir, un avocat ayant fait ses études à Yale, du nom de Hez Kerry, qui avait renoncé à une carrière dans un gros cabinet pour dédier sa vie à l'abolition de la peine de mort. Goodman l'avait rencontré à deux reprises lors de congrès. Bien que la « bande à Kerry », comme on l'appelait, ne représentât pas directement chacun des condamnés à mort, elle avait la responsabilité de surveiller chacune des affaires. Hez, âgé de trente et un ans, paraissait bien plus mûr. Ses cheveux gris prouvaient la violence des pressions exercées sur lui lors des combats menés pour défendre quarante-sept hommes condamnés à mort. Un petit calendrier était accroché au-dessus du bureau de la secrétaire dans le hall. En haut, quelqu'un avait écrit en caractères d'imprimerie les mots ANNIVERSAIRES DES CONDAMNÉS À MORT. Ce jour-là chacun d'eux recevait une carte, rien de plus. Le budget était serré.

Cette équipe avait deux avocats travaillant sous la supervision de Kerry et une secrétaire à plein temps. Des étudiants de la faculté de droit offraient gratuitement quelques heures de travail durant la semaine.

Goodman parla avec Hez Kerry pendant plus d'une heure. Ils mirent au point les manœuvres du prochain mardi. Kerry s'installerait devant le bureau du fonctionnaire de la Cour suprême du Mississippi. Goodman resterait dans les bureaux du gouverneur. John Bryan Glass, quant à lui, prendrait position devant l'annexe de la cinquième chambre de la Cour fédérale de Jackson. Un des anciens associés de chez Kravitz et Bane, qui travaillait maintenant à Washington, avait déjà accepté d'attendre devant le bureau du fonctionnaire des peines capitales. Adam serait dans le quartier des condamnés à mort avec son client et coordonnerait les appels de dernière minute.

Kerry accepta de participer à l'organisation du sondage d'opinion prévu par Goodman durant le week-end.

À onze heures, Goodman retourna dans le bureau du gouverneur à l'hôtel de ville et remit à Larramore un document écrit demandant une audience de recours en grâce. Le gouverneur n'était pas dans son bureau, mais lui, Larramore, recevrait Mr. Goodman après le déjeuner. Goodman laissa le numéro de téléphone de son hôtel et dit qu'il appellerait régulièrement. Il se rendit alors à son nouveau bureau où se trouvaient maintenant les plus beaux meubles de location qu'on puisse trouver pour deux mois, avec un paiement au comptant. Si l'on se fiait aux inscriptions portées sous le siège, les chaises pliantes provenaient d'un patronage. Quant aux tables bancales, elles avaient dû valser souvent dans les dîners improvisés ou les banquets de noces.

Goodman admira néanmoins ce Q.G. si rapidement aménagé. Il s'assit et prit un téléphone sans fil pour appeler sa secrétaire à Chicago, le bureau d'Adam à Memphis, son épouse à son domicile et la ligne directe du gouverneur.

Le jeudi, à quatre heures de l'après-midi, la Cour suprême du Mississippi n'avait pas encore rejeté l'appel de Sam s'appuyant sur ses troubles mentaux. Presque trente heures s'étaient écoulées depuis qu'Adam avait présenté cette requête. Il s'était rendu insupportable en appelant sans arrêt le fonctionnaire de la Cour. Il était fatigué d'avoir à justifier l'évidence – il avait besoin d'une réponse dans les plus brefs délais. La Cour ne considérait certainement pas le bon droit de cet appel. De l'avis d'Adam, elle renâclait plutôt, faisait tout pour retarder la présentation devant la Cour fédérale. Il se rendait bien compte qu'à ce stade un sursis de la Cour suprême de l'État du Mississippi était impensable.

Il n'était guère mieux loti avec les cours fédérales. La Cour suprême des États-Unis n'avait pas encore statué sur l'aspect non constitutionnel de la chambre à gaz. Et la cinquième chambre laissait dormir la requête à propos de l'incompétence de la défense.

Rien ne bougeait. Les cours siégeaient comme s'il s'agissait d'une procédure anodine. Adam, lui, avait besoin d'action, il fallait qu'un sursis lui soit accordé à quelque niveau que ce soit et, s'il n'y avait pas de sursis, qu'il obtienne au moins une audience pour présentation orale ou, au pis, un rejet, afin de pouvoir se tourner vers un autre tribunal.

Il marchait de long en large dans son bureau dans l'espoir d'entendre une sonnerie de téléphone. Il était à bout de nerfs, et ne supportait plus cette attente. Sa moquette était jonchée de brouillons de douzaines d'appels, sa table de travail encombrée de piles de papiers. Des messages étaient épinglés sur les murs.

Brusquement, Adam se mit à haïr cet endroit. Il avait besoin de prendre l'air. Il avertit Darlene qu'il allait faire un tour et quitta l'immeuble. Il était presque cinq heures, mais il faisait encore chaud dehors. Il se rendit au Peabody Hotel et prit un verre dans un coin du hall, près du piano. C'était sa première boisson alcoolisée depuis vendredi. Bien qu'il y prît plaisir, il ne pouvait s'empêcher d'être inquiet au sujet de Lee. Il la cherchait dans la foule des participants à un congrès qui assiégeait le bureau du réceptionniste. Il parcourait du regard toutes les tables où étaient assis des gens chics, espérant, sans trop savoir pourquoi, qu'elle lui apparaîtrait soudain. Où donc fugue-t-on quand on a cinquante ans ?

Un homme avec une queue-de-cheval et des chaussures de randonnée s'arrêta, le dévisagea et s'approcha.

– Excusez-moi, monsieur, n'êtes-vous pas Adam Hall, l'avocat de Sam Cayhall ?

Adam acquiesça d'un signe de tête.

L'homme sourit – de toute évidence ravi d'avoir reconnu Adam – et s'approcha de la table.

– Je suis Kirk Kleckner du *New York Times*, dit-il en posant une carte de visite devant Adam. Je suis chargé du reportage sur l'exécution de Cayhall. En réalité je viens d'arriver. Puis-je m'asseoir ?

Adam fit un vague signe de tête en direction d'une chaise vide. Kleckner s'assit.

– Vraiment heureux de vous voir ici, dit-il avec un grand sourire.

Il avait une quarantaine d'années, l'allure d'un baroudeur – barbe mal entretenue, gilet de coton, sur une chemise de toile de jean.

– Je vous ai reconnu grâce à des photos que j'ai consultées dans l'avion.

– Enchanté, dit Adam d'un ton sec.

– Pouvons-nous parler ?

– De quoi ?

– Oh, d'un tas de choses. Si j'ai bien compris, votre client ne donne pas d'interview.

– Exact.

– Et vous ?

– Moi non plus. Nous pouvons bavarder, mais rien d'officiel.

– Vous n'êtes pas un client facile.

– Je m'en fiche. Je ne m'intéresse absolument pas aux difficultés que vous pouvez rencontrer dans votre travail.

– Normal.

Une serveuse aguichante, en minijupe, vint prendre la commande. Café noir.

– Quand avez-vous vu pour la dernière fois votre grand-père ?

– Mardi.

– Quand le reverrez-vous ?

– Demain.

– Comment tient-il le coup ?

– Il survit. Les tensions s'accumulent, mais il les supporte assez bien jusqu'à maintenant.

– Et vous ?

– Je m'amuse comme un fou.

– Non, sérieusement. Pouvez-vous dormir, vous voyez, des choses comme ça.

– Je suis fatigué, ça c'est sûr. Et je ne dors presque plus. Je travaille plus que de raison, je cours dans tous les sens et je fais des navettes avec la prison. Comme nous arrivons à la phase finale, les prochains jours s'annoncent exténuants.

– C'est moi qui ai fait le reportage sur l'exécution de Bundy en Floride. Un cirque insensé. Ses avocats sont restés plusieurs jours sans dormir.

414

– Difficile de se relaxer dans ces affaires.

– Le referez-vous ? Ce n'est pas votre spécialité, mais envisagez-vous de travailler sur un autre dossier de condamnation à mort ?

– Uniquement s'il s'agit d'un autre parent. Pourquoi vous intéressez-vous à ces affaires ?

– Ça fait des années que j'écris des articles sur la peine de mort. C'est fascinant. J'aimerais avoir une interview avec Mr. Cayhall.

Adam secoua la tête et finit son verre.

– Il n'en est pas question. Il ne parle à personne.

– Voulez-vous lui dire deux mots en ma faveur ?

– Non.

La serveuse apporta le café. Adam fixait la foule.

– J'ai rencontré Benjamin Keyes hier à Washington, dit Kleckner. Il n'a pas été surpris d'apprendre que selon vous il aurait fait des erreurs au cours du procès. Il se doutait que ça allait venir.

À cet instant, Adam se moquait éperdument de Benjamin Keyes et de ses opinions.

– C'est toujours comme ça. Il faut que je parte. Heureux de vous avoir rencontré.

– Mais j'aimerais parler de...

– Écoutez, vous avez déjà eu beaucoup de chance de me coincer, dit Adam en se levant.

– Juste deux ou trois petites choses..., lança Kleckner à Adam qui s'éloignait.

Il quitta le Peabody et flâna un peu le long du fleuve. Il croisa des jeunes gens bien habillés qui, d'une certaine façon, lui ressemblaient. Ils se pressaient pour rentrer chez eux. Adam les enviait. Quelles que soient leurs occupations, leurs vocations, quelle que soit la pression qui s'exerçait sur eux en ce moment, la charge qu'ils pouvaient avoir sur leurs épaules devait être moins lourde que la sienne.

Il mangea un sandwich acheté chez un traiteur, et à sept heures il s'enferma de nouveau dans son bureau.

Le lapin avait été piégé dans les bois entourant Parchman par deux gardiens. Ils l'avaient appelé Sam, vu les circonstances. C'était un lapin de garenne marron, le plus grand des quatre qu'ils avaient capturés. Les trois autres avaient déjà été mangés.

Tard dans la soirée du jeudi, Sam le lapin et ses chasseurs, accompagnés du colonel Nugent et de l'équipe chargée de l'exécution, montèrent dans des fourgons du quartier de haute sécurité de la prison. Ils longèrent lentement la façade et contournèrent l'enclos ouest. Ils s'arrêtèrent finalement près d'un bâtiment carré en brique rouge, accolé à la partie sud-ouest du QHS.

Deux portes métalliques permettaient de pénétrer à l'intérieur du local. Celle donnant au sud conduisait à une pièce étroite de quatre mètres cinquante sur deux mètres cinquante. C'est là que se tenaient les témoins durant l'exécution. Ils s'asseyaient devant des rideaux noirs qui, une fois tirés, laissaient voir l'arrière de la chambre à gaz et la cabine.

L'autre porte donnait dans une salle de quatre mètres cinquante sur trois mètres cinquante, avec un sol de ciment peint, la chambre à gaz. La cabine elle-même, de forme octogonale, était installée au fond. Rutilante, éclatante, elle avait reçu récemment une couche de vernis argenté. Au sortir d'une inspection, une semaine plus tôt, Nugent avait exigé ce travail de réfection. La chambre de mort, comme on l'appelait aussi, était reluisante et soigneusement désinfectée. Les rideaux noirs sur les vitres derrière la cabine étaient tirés.

Sam le lapin attendait sur la plate-forme d'un des fourgons. Un petit gardien ayant environ le même poids et la même taille que Sam Cayhall fut conduit par deux de ses collègues dans la chambre à gaz. Nugent, l'air important, inspectait chaque détail comme Rommel sur le mur de l'Atlantique. Il avait le geste large et vif. Le petit gardien fut doucement poussé dans la cabine par ses collègues. Ils le firent asseoir dans le fauteuil en bois. En silence, sans un sourire, sans une grimace, sans une plaisanterie, ils attachèrent ses poignets avec des courroies de cuir aux bras du fauteuil. Ils passèrent ensuite aux cuisses et aux chevilles. Puis l'un d'eux souleva la tête de quelques centimètres et la tint en place, tandis que l'autre attachait la boucle.

Les deux gardiens sortirent avec précaution de la cabine. Nugent fit un signe à un troisième gardien qui s'avança comme s'il avait l'intention de dire quelque chose au condamné.

– À ce moment précis, Lucas Mann lira l'ordre d'exécution à Mr. Cayhall, expliqua Nugent comme un metteur en scène de théâtre amateur. Puis je demanderai au condamné s'il a une dernière parole à prononcer.

Il fit de nouveau un grand signe et un gardien ferma la lourde porte de la cabine et en assura l'étanchéité.

– Ouvrez maintenant ! hurla Nugent.

L'on déverrouilla la porte et le petit gardien fut libéré.

– Amenez le lapin, commanda Nugent.

Un des hommes alla chercher Sam le lapin sur la plate-forme du fourgon. L'animal était couché en toute innocence dans une cage métallique. On le passa aux deux gardiens qui venaient de quitter la cabine. Ils placèrent avec précaution la cage sur le fauteuil de bois, puis firent semblant de ligoter un homme imaginaire. Poignets, genoux, chevilles, tête. Le lapin était prêt à inhaler le gaz mortel.

On ferma de nouveau la porte et on vérifia les joints d'étanchéité. Nugent fit signe au bourreau qui mit une capsule d'acide sulfurique dans le conduit qui aboutissait à la cabine. Il actionna un levier et, avec un bruit métallique, le liquide se répandit dans la cuvette placée sous le fauteuil.

Nugent s'approcha d'un des hublots et regarda fixement à l'intérieur. Les autres membres de l'équipe firent de même. De la vaseline avait été étalée sur les joints afin d'éviter les fuites.

Tel un léger brouillard, le gaz empoisonné montait du dessous du fauteuil vers le plafond. Tout d'abord, le lapin ne réagit pas à ce gaz qui s'introduisait dans ses voies respiratoires, mais, soudain, il se raidit, sauta dans sa cage, se cogna aux barreaux avant d'être pris de violentes convulsions. Son corps tressautait, se tordait, se contractait affreusement. Au bout d'une minute, il s'immobilisa.

Nugent sourit et jeta un coup d'œil à sa montre. « La trappe », hurla-t-il. Une ouverture pratiquée dans le plafond de la cabine s'ouvrit pour libérer le gaz.

La porte de la salle donnant sur l'extérieur fut ouverte et la plupart des hommes présents sortirent pour prendre l'air ou allumer une cigarette. Il faudrait attendre au moins un quart d'heure avant qu'on puisse ouvrir la cabine et en retirer le lapin. On arroserait ensuite le tout à grande eau pour nettoyer. Nugent, toujours à l'intérieur, surveillait chaque opération. Les sous-fifres fumaient en éructant de temps en temps des rires gras.

À moins de vingt mètres de là, les vasistas du couloir de la galerie A étaient ouverts. Sam entendait les voix. Il était plus de dix heures. On avait éteint les lumières, mais dans chaque cellule de la galerie les détenus passaient leurs bras à travers les barreaux. Quatorze hommes écoutaient en silence dans le noir.

Un condamné à mort qui vit dans une cellule de deux mètres sur trois, vingt-trois heures par jour, développe un sens auditif exceptionnel. Il peut identifier les bruits de pas, les voix, distinguer le bourdonnement lointain d'une tondeuse à gazon ou d'un aspirateur. Bien entendu, il perçoit parfaitement le bruit que font l'ouverture et la fermeture de la porte de la chambre à gaz ainsi que les gloussements satisfaits de l'équipe chargée de l'exécution.

Sam, appuyé sur ses avant-bras, fixait les vasistas. Derrière ce mur, on réglait le ballet de sa mise à mort.

40

Entre le bas-côté ouest de la nationale 49 et la pelouse qui s'étendait devant les bâtiments de l'administration de Parchman, on comptait une quarantaine de mètres. C'était un terrain herbeux, plat, sur lequel couraient autrefois des rails de chemin de fer. Les abolitionnistes étaient parqués là et surveillés de près pendant les exécutions. Ils arrivaient toujours par petits groupes. Les manifestants s'asseyaient sur des chaises pliantes en brandissant des pancartes confectionnées chez eux. Ils brûlaient des cierges la nuit et entonnaient des cantiques au cours des dernières heures. Lorsque la mort était proclamée, ils continuaient à chanter, à prier, à pleurer.

Un incident était survenu juste avant l'exécution de Teddy Doyle Meeks, condamné pour le meurtre et le viol d'une enfant. La manifestation austère, presque religieuse, des opposants à la peine de mort avait été interrompue par des commandos d'étudiants venus en voiture. Ils avaient passé un bon moment à réclamer la mort du coupable. Ils buvaient de la bière en écoutant du hard rock. Ils hurlaient des slogans et chahutaient les opposants à la peine de mort. La situation s'était vite envenimée et les deux groupes en étaient venus rapidement aux insultes. Les autorités de la prison avaient dû intervenir pour rétablir l'ordre.

Le condamné suivant était Maynard Tole. Durant les jours précédant son exécution, les abolitionnistes avaient été confinés de l'autre côté de la nationale. On avait fait appel à des renforts afin que les choses se déroulent dans le calme.

Quand Adam arriva le vendredi matin, sept membres du Ku Klux Klan étaient présents, revêtus de leur tunique blanche. Trois d'entre eux s'efforçaient de mobiliser les gens en marchant sur le bas-côté de la nationale, avec des panneaux d'homme-sandwich. Les autres dressaient une grande tente bleu et blanc. Des poteaux métalliques et des cordes étaient éparpillés par terre. Deux glacières étaient posées à côté de quelques chaises de jardin. Ils avaient l'intention de camper là un bon moment.

Adam les observa en s'arrêtant devant le portail de Parchman. Pendant quelques minutes, il perdit la notion du temps. Voilà donc son héritage, ses racines. Voilà les compagnons de son grand-père et de ses ancêtres, c'étaient peut-être les mêmes que ceux qu'on voyait dans son film.

Machinalement, Adam ouvrit la portière et descendit de voiture. Sa veste et son attaché-case étaient restés sur le siège arrière. Il commença à marcher lentement en direction des hommes du KKK. Il s'arrêta près de leurs glacières. Leurs pancartes exigeaient la liberté de Sam Cayhall, prisonnier politique. « Exécutez les criminels mais libérez Sam. » Adam était mal à l'aise.

– Que voulez-vous ? demanda un type enroulé dans une bannière.

Les autres s'immobilisèrent pour regarder Adam.

– Je n'en sais rien, dit Adam en toute sincérité.

Trois autres types vinrent se mettre à côté du premier. Les quatre hommes s'avancèrent sur Adam. Ils portaient des robes semblables taillées dans un tissu blanc léger, avec des croix rouges et d'autres insignes brodés. Il était à peine neuf heures du matin, et ils transpiraient déjà.

– Qui êtes-vous ?

– Le petit-fils de Sam.

Ils s'avancèrent encore.

– Alors vous êtes de notre côté, dit l'un, soulagé.

– Non. Je ne suis pas avec vous.

– C'est vrai. Il fait partie de la bande de Juifs de Chicago, dit un autre.

On commençait à s'exciter.

– Pourquoi êtes-vous ici ? demanda Adam.

– Nous essayons de sauver Sam. Puisque vous êtes incapable de le faire.

– C'est à cause de vous qu'il est ici.

Un des plus jeunes, avec un visage rougeaud et des gouttes de sueur sur le front, prit la direction des opérations. Il se rapprocha d'Adam.

– Non. C'est parce qu'il est ici que nous sommes là. Je n'étais même pas né lorsque Sam a tué ces Juifs. Vous ne pouvez m'accuser de quoi que ce soit. Nous sommes ici pour protester contre son exécution. On le persécute pour des raisons politiques.

– Il ne serait pas là s'il n'avait pas fait partie du KKK. Où sont vos masques ? Vous ne cachez plus vos visages ?

Ses interlocuteurs commençaient à donner des signes d'impatience. Ce type devant eux, malgré tout, était le petit-fils de Sam Cayhall, leur idole, leur champion. C'était aussi l'avocat qui essayait de sauver un de leurs plus précieux symboles.

– Partez, dit Adam. Sam n'a pas envie que vous soyez là.

– Allez vous faire foutre ! ricana le plus jeune.

– Très convaincant. Partez, d'accord ? Sam aura bien plus de valeur pour vous mort que vivant. Laissez-le mourir en paix.

– Nous n'allons sûrement pas partir. Nous resterons ici jusqu'à la fin.

– Et que ferez-vous si Sam vous demande de partir ? Accepterez-vous ?

– Non, ricana de nouveau le plus jeune en jetant un coup d'œil au-dessus de son épaule pour avoir l'approbation des autres.

Visiblement ils étaient d'accord avec lui. Ils ne partiraient pas.

– Nous projetons de faire un vrai tapage.

– Formidable. Vous aurez sûrement votre photo dans les journaux. C'est pour ça que vous êtes ici, n'est-ce pas ? Des clowns à la parade, habillés de costumes bizarres, attirent toujours l'attention.

Des portières de voiture claquèrent quelque part derrière Adam, il se retourna et aperçut une équipe de journalistes de la télévision qui sortaient précipitamment d'une camionnette de reportage garée près de sa Saab.

– Très bien, très bien, dit-il au groupe. Souriez, les mecs. Voilà le moment que vous attendiez.

– Va te faire foutre, répéta le plus jeune.

Adam leur tourna le dos et marcha vers sa voiture. Une journaliste, un cameraman sur les talons, se précipita sur lui.

– Vous êtes bien Adam Hall? demanda-t-elle, haletante. L'avocat de Cayhall?

– Oui, dit-il sans s'arrêter.

– Pouvons-nous échanger quelques mots?

– Non. Mais ces garçons là-bas ont très envie de parler, dit-il, faisant un signe par-dessus son épaule.

La journaliste marchait à son côté tandis que le cameraman se débattait avec ses objectifs et ses batteries. Adam ouvrit la portière de sa voiture, la claqua et tourna la clef de contact.

Au portail, Louise, la gardienne, lui tendit un carton avec un numéro dessus. Il le plaça sur son tableau de bord. Elle lui fit signe d'entrer.

Packer effectua la fouille obligatoire devant l'entrée du quartier des condamnés à mort.

– Qu'y a-t-il là-dedans? demanda-t-il en montrant la petite glacière qu'Adam tenait dans sa main gauche.

– Des esquimaux, chef. Vous en voulez un?

– Faites-moi voir.

Adam tendit la boîte à Packer qui souleva le couvercle, le temps de compter douze esquimaux disposés sous la glace pilée. Il rendit la boîte à Adam et montra du doigt la porte du bureau de devant.

– Dorénavant, vous vous rencontrerez ici, expliqua-t-il.

– Pourquoi? demanda Adam en jetant un coup d'œil autour de lui.

La pièce contenait un bureau métallique, un téléphone, trois chaises et deux classeurs.

– Tout simplement parce que nous relâchons un peu la discipline au fur et à mesure que le jour J approche. Sam recevra ses visiteurs ici. Autant de temps qu'il le voudra.

– Touchante sollicitude.

Adam posa son attaché-case sur le bureau et décrocha le téléphone. Packer alla chercher Sam.

Dans le bureau du fonctionnaire de Jackson, une gentille personne apprit à Adam que la Cour suprême du

Mississippi venait de rejeter l'appel fondé sur les troubles mentaux de son client. Adam lui demanda d'envoyer un fax de la décision à son bureau, et un autre à Lucas Mann, à Parchman. Il appela Darlene à Memphis et lui dit de télécopier le nouvel appel à la Cour fédérale du district, avec des photocopies pour la cinquième chambre et pour Mr. Richard Olander, fonctionnaire très occupé, chargé des peines capitales à la Cour suprême de Washington. Il appela ensuite Mr. Olander pour l'informer de ce qui se passait. Il apprit alors que la Cour suprême des États-Unis venait de rejeter l'appel d'Adam concernant le caractère non constitutionnel de la chambre à gaz.

Sam entra dans le bureau de devant, sans menottes, alors qu'Adam était au téléphone. Ils se serrèrent rapidement la main et Sam s'installa sur une chaise. Au lieu de prendre une cigarette, il ouvrit la glacière et en sortit un esquimau. Il le dégusta lentement en écoutant Adam parler avec Olander.

– La Cour suprême des États-Unis rejette notre requête, souffla Adam en posant une main sur le combiné.

Sam sourit bizarrement et regarda attentivement quelques enveloppes qu'il avait apportées avec lui.

– La Cour suprême du Mississippi nous déboute également, expliqua Adam à son client, tandis qu'il composait un autre numéro. On s'y attendait d'ailleurs. Nous présentons maintenant cette requête devant la Cour fédérale.

Il appela aussi la cinquième chambre pour savoir où en était son appel concernant l'insuffisance de la défense lors des procès. L'employé de La Nouvelle-Orléans lui apprit qu'aucune décision n'avait encore été prise ce matin. Adam raccrocha et s'assit sur le bord du bureau.

– La cinquième chambre n'a pas encore rendu son jugement sur les insuffisances de la défense, dit-il à son client qui, connaissant la loi et les procédures, l'écoutait d'une oreille experte. En gros, la journée commence mal.

– La télévision de Jackson, ce matin, a déclaré que j'avais sollicité une audience de recours en grâce auprès du gouverneur, dit Sam entre deux bouchées. C'est archifaux. Je ne suis pas d'accord.

– Du calme, Sam. C'est la routine.

– Routine, mon œil. Je pensais que nous avions signé un accord. McAllister est même apparu à l'écran pour expliquer à quel point il lui était pénible d'avoir à prendre sa décision. Je t'avais prévenu.

– McAllister doit rester le cadet de nos soucis, Sam. Cette demande d'audience est une pure formalité. Nous ne sommes pas obligés de nous y rendre.

Sam, dépité, hochait la tête. Adam l'observait attentivement. Il n'était pas réellement en colère, il semblait presque indifférent à ce qu'avait entrepris son avocat. Il se montrait résigné, presque abattu. Il avait rouspété d'instinct, sans conviction. Une semaine plus tôt il se serait mis dans tous ses états.

– Ils se sont entraînés hier soir, sais-tu. Ils ont mis en route la chambre à gaz, tué un rat, quelque chose comme ça, tout a marché à merveille. Maintenant tout le monde attend avec impatience mon exécution. Peux-tu croire ça ? Ils ont fait une répétition générale, les salauds !

– Je suis désolé, Sam.

– Sais-tu ce que sentent les émanations de cyanure ?

– Non.

– La cannelle. Ça flottait dans l'air hier au soir. Ces idiots n'ont même pas pris la peine de fermer les vasistas de la galerie. J'en ai respiré une bouffée.

Adam ne savait pas si c'était vrai ou faux. La chambre à gaz était aérée après l'exécution, pendant plusieurs minutes, et le gaz mortel s'échappait dans l'atmosphère. Bien entendu, il ne pouvait pénétrer dans les galeries. Peut-être Sam avait-il entendu des histoires à propos du gaz par l'intermédiaire des gardiens. Peut-être cela faisait-il partie du folklore. Juché sur le bureau, il balançait doucement les pieds, regardant ce pauvre vieillard aux bras maigres et aux cheveux gras. C'était réellement un péché de tuer une vieille personne telle que Sam Cayhall. Il avait commis ses crimes une génération plus tôt. Il avait souffert, agonisé par avance dans une cellule de deux mètres sur trois. Quel bénéfice tirerait l'État en l'achevant ?

– Je suis navré, Sam, dit-il avec compassion, mais il faut que nous parlions d'un certain nombre de choses.

– Y avait-il des hommes du KKK dehors ce matin ? La télévision en a filmé quelques-uns hier.

– Oui. J'en ai compté sept, il y a quelques minutes. En tenue de cérémonie, mais sans les masques.

– Tu sais, j'en portais un moi aussi, dit-il, tel un ancien combattant voulant épater un gamin.

– Je sais, Sam. Et c'est parce que vous en avez porté un que vous êtes maintenant assis ici, dans le quartier des condamnés à mort avec votre avocat qui compte les heures avant qu'on vous ligote dans la chambre à gaz. Vous devriez haïr ces imbéciles qui sont dehors.

– Je ne les hais pas. Mais ils n'ont pas le droit d'être là. Ils m'ont abandonné. C'est Dogan qui m'a envoyé ici. Lorsqu'il a témoigné contre moi, il était le Grand Manitou du Mississippi. Ils ne m'ont pas donné un centime pour payer l'avocat. Ils m'ont totalement oublié.

– Mais qu'attendiez-vous donc de cette bande de voyous ? De la loyauté ?

– Moi je l'ai été, loyal.

– Et regardez où vous en êtes, Sam. Vous devriez accuser publiquement le KKK et demander à ses représentants de partir, de se tenir à l'écart de votre exécution.

Sam tripota ses enveloppes, puis les posa avec soin sur une chaise.

– Je leur ai demandé de dégager, dit Adam.

– Quand ?

– Il y a quelques minutes. Je me suis disputé avec eux. Ils se moquent éperdument de vous, Sam. Ils veulent simplement tirer parti de votre exécution. Vous êtes pour eux un martyr inespéré. Ils feront des slogans avec votre nom pour les scander en brûlant des croix. Ils organiseront des pèlerinages sur votre tombe. Ils n'ont qu'une envie, c'est que vous soyez mort, Sam. Quelle publicité pour eux !

– Tu les as affrontés ? demanda Sam, avec un peu d'amusement et un certain orgueil.

– Oui. Ça n'avait rien d'héroïque. Qu'avez-vous décidé à propos de Carmen ? Si elle vient, elle doit prendre des dispositions en vue de son voyage.

Sam tira sur sa cigarette, l'air pensif.

– J'aimerais bien la voir, mais tu dois lui dire à quoi je ressemble. Je ne tiens pas à la bouleverser.

– Vous êtes superbe, Sam.

– Merci beaucoup. Et pour Lee ?

– Qu'avez-vous décidé ?

– Comment va-t-elle ? Nous recevons les journaux ici. J'ai vu sa photo dans le journal de Memphis lundi dernier. Puis j'ai lu son nom à propos d'une infraction pour conduite en état d'ivresse mardi. Elle n'est pas en prison, n'est-ce pas ?

– Non. Elle est dans une clinique de désintoxication, dit Adam, comme s'il savait exactement où elle se trouvait.

– Peut-elle sortir pour venir ici ?

– Y tenez-vous ?

– Je le crois. Peut-être lundi. Attendons de voir.

– Aucun problème, dit Adam, se demandant comment il allait faire pour la retrouver. Je lui en parlerai durant le week-end.

Sam tendit à Adam une des envelopppes non cachetées.

– Remets ça à l'administration. C'est la liste des visiteurs que j'accepte de recevoir jusqu'au dernier moment. Vas-y, ouvre l'enveloppe.

Adam jeta un coup d'œil sur la liste. Il n'y avait que quatre noms. Adam, Lee, Carmen et Donnie Cayhall.

– Pas grand monde.

– Je ne veux pas que toute la tribu débarque ici. Ils ne m'ont pas rendu une seule visite pendant neuf ans et demi. Bon Dieu, je n'ai aucune envie qu'ils viennent traîner leurs pieds à la dernière minute pour me dire adieu. Qu'ils gardent ça pour l'enterrement.

– J'ai reçu des demandes d'interview. Journaux, télévision.

– Laisse tomber.

– C'est ce que j'ai fait. Mais il y a une demande qui peut vous intéresser. Le type s'appelle Wendall Sherman, un auteur assez connu qui a publié quatre ou cinq livres. Je n'en ai lu aucun. Ses motifs sont valables. Je lui ai parlé hier au téléphone. Il veut s'asseoir devant vous pour enregistrer votre histoire. Il me semble honnête. Il m'a averti que l'enregistrement pourrait prendre des heures. Il arrive de Memphis aujourd'hui par avion juste au cas où vous accepteriez.

– Pourquoi veut-il m'enregistrer ?

– Pour écrire un livre sur vous.

– Une biographie romancée ?

– Je ne sais pas. Il accepte de payer cinquante mille dollars immédiatement, avec en plus un pourcentage sur les ventes.

– Magnifique! Me voilà en possession de cinquante mille dollars quelques jours avant ma mort. Pour quoi faire?

– Je me contente de transmettre la proposition.

– Envoie-le au diable. Ça ne m'intéresse pas.

– Parfait.

– Je veux que tu prépares un document qui te permette d'entrer en possession de tous les droits sur l'histoire de ma vie. Lorsque je serai parti, mon Dieu, tu en feras ce que bon te semblera.

– Ce ne serait pas une mauvaise idée d'en faire l'enregistrement.

– Tu veux dire...

– Parler dans un appareil avec des petites cassettes. Je peux en avoir un pour vous. Vous restez assis là dans votre cellule, et vous racontez votre vie.

– Quel ennui! dit Sam en finissant son esquimau avant de jeter le bâton dans la corbeille à papier.

– Ça dépend sous quel angle on se place. Les choses semblent assez curieuses maintenant.

– Oui, tu as raison. Une vie terriblement morne avec une fin sensationnelle.

– À mon avis, ça pourrait faire un best-seller.

– Je vais y réfléchir.

Sam sauta brusquement sur ses pieds, en laissant ses sandales de caoutchouc sous sa chaise. Il arpenta le bureau à longues enjambées, tout en fumant.

– Cinq mètres sur quatre, grommela-t-il pour lui-même avant de recommencer ses mesures.

Adam écrivait sur son calepin, essayant d'oublier la silhouette rouge s'agitant devant le mur. Sam finalement s'arrêta et s'appuya sur un des classeurs.

– J'aimerais que tu me rendes un service, fit-il en fixant le mur de l'autre côté de la pièce.

Il parlait presque à voix basse.

– Je vous écoute, dit Adam.

Sam s'avança vers la chaise et prit une des enveloppes. Il la tendit à Adam et revint vers le classeur. L'enveloppe était à l'envers, de sorte qu'Adam ne pouvait voir l'adresse.

– Je veux que tu remettes ça à son destinataire, dit Sam.

– Qui est-ce?

– Quince Lincoln.

Adam posa la lettre près de lui sur la table et regarda Sam avec attention. Celui-ci apparemment était perdu dans ses pensées. Ses yeux fixaient quelque chose d'indéfini sur le mur qui lui faisait face.

– J'ai travaillé là-dessus pendant une semaine, dit-il d'une voix cassée, mais j'y ai réfléchi pendant quarante ans.

– Qu'y a-t-il dans cette lettre ? demanda Adam doucement.

– Mes excuses. Je me suis senti coupable pendant tant d'années, Adam. Joe Lincoln était un brave, un honnête homme, un bon père de famille. Je me suis mis en colère et je l'ai tué sans raison. Je savais avant de l'abattre que j'allais m'en tirer. Je me suis senti mal à cause de ça. Très mal. Il n'y a rien que je puisse faire maintenant, sauf présenter mes excuses.

– Je suis sûr que ça signifiera quelque chose pour les Lincoln.

– Peut-être. Dans cette lettre, je leur demande de me pardonner, ce qui est je crois la manière de faire des chrétiens. Avant de mourir, j'aimerais essayer de dire à quel point je suis accablé par ce qui s'est passé.

– Avez-vous une idée où je peux le trouver ?

– Ça, c'est le problème. J'ai appris que les Lincoln habitent toujours le comté de Ford. Ruby, sa veuve, est probablement encore en vie. Je crains que tu ne sois obligé d'aller à Clanton et de poser des questions. Il y a maintenant un shérif africain là-bas, à ta place je commencerais par lui. Il doit connaître tous les Africains de la région.

– Et si je trouve Quince ?

– Dis-lui qui tu es. Donne-lui la lettre. Dis-lui que je suis mort accablé de remords. Peux-tu faire ça ?

– J'en serais heureux. Mais je ne suis pas sûr du moment où je pourrais le faire.

– Attends que je sois mort. Tu auras du temps libre une fois que les choses seront terminées.

Sam retourna vers sa chaise et prit les deux autres enveloppes. Il les tendit à Adam et commença à marcher de long en large, lentement, dans la pièce. Le nom de Ruth Kramer était tapé à la machine sur l'une des enveloppes, sans adresse. L'autre était adressée à Elliot Kramer.

– Celles-ci sont pour les Kramer. Porte-les-leur, mais seulement après l'exécution.

– Pourquoi attendre ?

– Parce que mes motifs sont purs. Je ne veux pas qu'ils pensent que je le fais afin d'attirer leur sympathie pour me tirer d'affaire.

Adam posa les lettres pour les Kramer à côté de celle de Quince Lincoln, trois lettres, trois cadavres. Combien de lettres encore Sam allait-il produire durant le week-end ? Combien d'autres victimes allaient-elles faire leur apparition ?

– Vous êtes persuadé que vous allez mourir bientôt, n'est-ce pas, Sam ?

Le vieil homme s'arrêta près de la porte et réfléchit un moment.

– La chance n'est pas de notre côté, Adam. Aussi je me prépare.

– Rien n'est perdu.

– Bien sûr. Mais je me prépare au cas où ça se gâterait. J'ai fait du tort à un tas de gens, Adam, et je n'y ai pas toujours pensé. Mais quand on a rendez-vous avec la Camarde, on pense au mal qu'on a fait.

Adam prit les trois enveloppes et les regarda.

– Y en a-t-il d'autres ?

Sam fit une grimace et regarda par terre.

– C'est tout pour le moment.

Le journal de Jackson, le vendredi matin, publiait en première page un article sur l'audience de recours en grâce de Sam Cayhall. Il y avait une superbe photo du gouverneur, David McAllister, et une très mauvaise de Sam.

Le gouverneur étant au service du peuple, il avait fait installer à grands frais une ligne téléphonique ouverte peu après son élection. Appelez le gouverneur. Il tient à connaître votre opinion. C'est la démocratie directe.

Malheureusement le gouverneur avait plus d'ambition que de courage. Il faisait analyser les appels au jour le jour. Ce n'était pas un visionnaire, juste un opportuniste.

Goodman et Adam n'étaient pas dupes. McAllister, très préoccupé par son avenir politique, décomptait les voix sans autre scrupule. Aussi les deux avocats avaient-ils décidé de lui donner l'occasion de calculer tout son soûl.

Goodman lut l'article tôt le matin, en prenant son petit déjeuner. À sept heures trente il téléphonait au professeur John Bryan Glass et à Hez Kerry. À huit heures, trois étudiants de Glass buvaient du café dans des gobelets en carton dans le bureau de fortune. L'intox allait commencer.

Goodman leur expliqua le projet et leur demanda le secret. Rien d'illégal. Il s'agissait simplement de manipuler l'opinion publique. Les téléphones sans fil étaient posés sur les tables à côté des pages d'annuaire photocopiées par Goodman le mercredi. Les étudiants étaient légèrement tendus. Goodman fit une démonstration de la technique à suivre. Il composa un numéro.

– La ligne ouverte du peuple, répondit une voix agréable.

– Oui. J'appelle à propos de l'article paru ce matin sur Sam Cayhall, dit Goodman lentement, en imitant de son mieux l'accent traînant du Sud.

C'était loin d'être parfait. Les étudiants s'amusaient énormément.

– Quel est votre nom ?

– Je m'appelle Ned Lancaster, de Biloxi dans le Mississippi, répondit Goodman en lisant ce nom sur la liste qu'il avait devant lui. J'ai voté pour le gouverneur.

– Quel est votre sentiment à propos de Sam Cayhall ?

– Je ne pense pas qu'on devrait l'exécuter. C'est un vieillard qui a beaucoup souffert. J'aimerais que le gouverneur lui fasse grâce.

– Très bien. Je vais faire en sorte que le gouverneur soit au courant de votre appel.

– Merci.

Goodman fit un petit salut à l'intention de ses auditeurs.

– Pas compliqué. Allons-y.

Un étudiant blanc choisit un numéro.

– Bonjour, ici Lester Crosby, de Bude dans le Mississippi. Je vous appelle à propos de l'exécution de Sam Cayhall. Oui, madame. Mon numéro de téléphone ? Le 555-90-84. Oui, c'est ça. Bude, dans le Mississippi, en bas de chez vous, dans le comté de Franklin. C'est ça. Bon, je ne pense pas que Sam Cayhall devrait être envoyé à la chambre à gaz. Je suis absolument contre ça. Je pense que le gouverneur devrait s'en mêler. Oui, madame, c'est ça. Merci.

Il sourit à Goodman qui était en train de composer un autre numéro.

L'étudiante avait un accent naturellement nasillard.

– Bonjour, est-ce le bureau du gouverneur ? Bon. J'appelle à cause de l'article sur Cayhall dans le journal d'aujourd'hui. Susan Barnes. Ducatur, Mississippi. Exact. Bon, c'est un vieux bonhomme qui de toute façon va mourir dans quelques années. Quel bien cela peut-il faire à l'État de le tuer maintenant ? Donnez un peu d'air à ce type. Quoi ? Oui. Le gouverneur doit mettre fin à tout ça. J'ai voté pour lui, c'est un homme honnête. Oui. Merci à vous.

L'étudiant noir approchait de la trentaine. Il informa l'opératrice qu'il était noir, et fermement opposé aux idées défendues par Sam Cayhall et le KKK. Il était néanmoins contre l'exécution.

– Le gouverneur n'a pas le droit de déterminer qui doit vivre ou mourir, dit-il.

Et ainsi de suite. Les appels arrivaient des quatre coins de l'État. Chacun obéissait à des motivations différentes, mais tous étaient hostiles à l'exécution. Les étudiants prenaient toutes sortes d'accents, utilisaient des ficelles de romancier. Goodman jouait le rôle d'un fanatique de l'abolition qui surgissait des quatre coins du pays sous de multiples accoutrements.

Il craignait un peu que McAllister ne fasse vérifier les appels, mais, à son avis, les standardistes étaient trop occupées.

En effet, elles ne savaient plus où donner de la tête. À l'autre bout de la ville, John Bryan Glass annula un de ses cours et s'enferma dans son bureau. Il passa un moment délicieux à appeler la ligne ouverte sous différents noms. Pas très loin de lui, Hez Kerry et un de ses avocats bombardaient le bureau du gouverneur des mêmes messages.

Adam se dépêcha de rentrer à Memphis. Darlene essayait, en vain, de classer une montagne de paperasse. Elle désigna du doigt une pile posée à côté de son traitement de texte.

– Le refus de la cour d'appel est sur le dessus, ensuite vient la décision de la Cour suprême du Mississippi. Tout à côté se trouve la pétition concernant l'habeas corpus qui doit être présenté à la Cour fédérale du district. J'ai déjà envoyé les fax.

Adam enleva sa veste et la posa sur une chaise. Il jeta un coup d'œil à la rangée de messages téléphoniques roses collés aux murs.

– De qui est-ce ?

– Des journalistes, des écrivains, des charlatans, deux avocats qui offrent leurs services. Il y a aussi un message de Garner Goodman, il dit que l'intox se passe à merveille. C'est quoi, l'intox ?

– Sans commentaire. Pas de nouvelles de la cinquième chambre ?

– Non.

Adam poussa un soupir et se laissa tomber dans son fauteuil.

– Vous pensez déjeuner ? demanda-t-elle.

– Un sandwich, s'il vous plaît. Pouvez-vous travailler demain et dimanche ?

– Naturellement.

– J'ai besoin que vous restiez le week-end à côté du téléphone et du fax. Navré.

– Ne vous inquiétez pas. Je vais chercher un sandwich.

Adam appela l'appartement de Lee. Sans résultat. Il appela le refuge de l'Auburn. *Idem.* Il appela Phelps Booth, qui était en réunion. Il appela Carmen à Berkeley et lui dit de se préparer à prendre l'avion pour Memphis, dimanche.

Il passa en revue les messages téléphoniques. Sans intérêt.

À une heure, Mona Stark s'adressa aux journalistes qui attendaient près du bureau de McAllister à l'hôtel de ville. Après avoir beaucoup réfléchi, le gouverneur avait décidé d'accorder une audience de recours en grâce lundi, à dix heures du matin. C'était une terrible responsabilité, expliqua-t-elle, que d'avoir à trancher de la vie et de la mort. Mais David McAllister agirait en son âme et conscience. Et il agirait pour le mieux.

41

Packer entra dans la cellule de Sam à cinq heures trente le samedi matin. Il ne prit pas la peine de lui passer les menottes. Sam attendait déjà depuis un bon moment. Ils quittèrent tranquillement la galerie A, traversèrent les cuisines. Sam marchait lentement, comptant ses pas, évaluant les distances. Packer ouvrit une porte et fit signe à son prisonnier de se dépêcher de le suivre. Bientôt les deux hommes se retrouvèrent dehors, dans l'obscurité. Sam s'arrêta pour regarder le petit bâtiment carré en brique, sur sa droite, qui abritait la chambre à gaz. Packer le prit par le bras. Ils se remirent en marche en direction de l'extrémité est du quartier de haute sécurité. Un autre gardien les y attendait. Il tendit à Sam une grande tasse de café, puis ouvrit un portail sur un promenoir semblable à l'enclos ouest. La cour était fermée par des barbelés. Un panier de basket et deux bancs. Packer précisa qu'ils reviendraient dans une heure.

Sam resta debout seul un long moment, dégustant le café chaud. Sa première cellule se trouvait dans la galerie D de l'aile est. Il était venu ici bien souvent. Il connaissait les dimensions exactes de l'endroit, quinze mètres cinquante sur onze. Le gardien qui le surveillait était assis sous un projecteur, en haut du mirador. À travers les barbelés, Sam apercevait d'autres lumières. Il marcha lentement en direction du banc et s'assit.

Quelle prévenance ! On avait accepté de lui laisser voir une dernière fois un lever de soleil. Il n'en avait pas vu un seul depuis neuf ans et demi. Tout d'abord,

433

Nugent avait dit non. Puis Packer était intervenu. Il avait expliqué au colonel qu'il n'y avait aucune raison de refuser, la sécurité n'était pas en danger et, bon Dieu, cet homme allait mourir dans quatre jours. Packer acceptait d'en prendre la responsabilité.

Sam regarda le ciel vers l'est où une traînée orangée apparaissait au milieu des nuages. Au début de sa détention, lorsque ses appels étaient encore chargés d'espoir, Sam avait passé de nombreuses heures à se souvenir de la magnifique routine de la vie quotidienne, une douche chaude chaque jour, la présence de son chien, du miel sur ses biscuits. À l'époque, il croyait encore qu'un jour il pourrait de nouveau chasser les écureuils et les cailles, pêcher les brochets et les brèmes, s'asseoir sur sa terrasse et regarder le jour se lever.

Aujourd'hui, ce serait son dernier lever de soleil. Il en était persuadé. Trop de gens voulaient sa mort. On n'utilisait pas suffisamment la chambre à gaz. Il était temps d'exécuter quelqu'un, bon Dieu, et il était le prochain sur la liste.

Le ciel s'éclaircit et les nuages se dissipèrent. Comme c'était beau, même derrière des barbelés. Encore quelques jours et ce serait fini. Les barreaux, les fils de fer barbelés, les cellules seraient pour quelqu'un d'autre.

Deux journalistes attendaient devant l'entrée sud de l'hôtel de ville, tôt le samedi matin. La rumeur avait couru que le gouverneur passerait la journée dans son bureau pour réfléchir au cas Cayhall.

À sept heures et demie, sa Lincoln noire se gara le long du trottoir. Ses deux gardes du corps, élégamment vêtus, l'encadrèrent jusqu'à l'entrée. Mona Stark suivait.

– Monsieur le gouverneur, avez-vous l'intention d'assister à l'exécution ? lança le premier journaliste.

McAllister sourit, leva les mains comme s'il aurait aimé bavarder un instant, mais que, hélas, les choses étant arrivées à un point critique, il ne pouvait se le permettre. Puis il aperçut l'appareil photo.

– Je n'ai pas encore pris de décision, répondit-il en s'arrêtant quelques secondes.

– Est-ce que Ruth Kramer témoignera lors du recours en grâce lundi ?

L'objectif était braqué sur lui.

— Je ne peux vous répondre, dit-il en souriant. Désolé, les amis, je ne peux pas parler pour le moment.

Mr. Larramore attendait pour faire sa mise au point. Il expliqua au gouverneur et à Mona Stark qu'il n'y avait aucun changement. Rien n'était arrivé pendant la nuit. Les appels étaient de plus en plus inconsistants. À son avis, les juges les rejetteraient rapidement. D'après Morris Henry, il y avait maintenant quatre-vingts chances sur cent pour que l'exécution ait lieu.

— Où en sommes-nous à propos de l'audience de recours en grâce de lundi ? Avez-vous des nouvelles des avocats de Cayhall ? demanda McAllister ?

— Non. J'ai demandé à Garner Goodman de passer ici ce matin à neuf heures. Je serai dans mon bureau si vous avez besoin de moi.

Larramore disparut. Mona Stark parcourait les quotidiens et les disposait sur la table de conférence. Sur les neuf journaux qu'elle venait d'éplucher, l'affaire Cayhall se trouvait en première page dans huit d'entre eux. L'annonce d'une audience de recours en grâce était la grosse affaire, ce samedi matin.

McAllister enleva sa veste, roula les manches de sa chemise et commença à feuilleter la presse du jour.

— Donnez-moi le nombre d'appels, dit-il d'un ton brusque.

Mona quitta le bureau et revint quelques secondes plus tard. Elle tenait à la main un listing. De toute évidence, c'étaient de mauvaises nouvelles.

— Je vous écoute, dit le gouverneur.

— Les appels ont cessé aux environs de neuf heures, hier au soir. Le dernier a été enregistré à neuf heures sept. Il y a eu au cours de la journée quatre cent quatre-vingt-six appels. Quatre-vingt-dix pour cent étaient contre l'exécution.

— Quatre-vingt-dix pour cent, répéta McAllister sans y croire.

Ce n'était pourtant plus une surprise. Hier, à midi, les standardistes de la ligne ouverte l'avaient informé d'un nombre inhabituel d'appels. A une heure, Mona avait analysé les listings. Le gouverneur avait peu dormi.

— Qui sont ces gens ? dit-il en regardant par la fenêtre.

— Vos électeurs. Les appels viennent des quatre coins de l'État.

– Quel était l'ancien niveau d'appel?

– Je crois que nous avions une centaine d'appels par jour lorsque les députés se sont octroyé une confortable augmentation. Mais rien de semblable à ce qui se passe aujourd'hui.

– Quatre-vingt-dix pour cent, grommela de nouveau le gouverneur.

– Et ce n'est pas tout. Il y a eu aussi pas mal d'appels ici. Ma secrétaire en a enregistré environ une douzaine.

– Tous en faveur de Sam, n'est-ce pas?

– Oui. Tous opposés à l'exécution. Tout le monde était éberlué. Roxburgh m'a appelée chez moi hier soir pour me dire que son bureau avait été littéralement submergé par des appels en provenance de gens opposés à l'exécution.

– Qu'il en bave aussi.

– Allons-nous couper la ligne ouverte?

– Combien y a-t-il de standardistes le samedi et le dimanche?

– Une seule.

– Non. Laissons-la fonctionner. Voyons un peu ce qui va se passer aujourd'hui et demain.

Il s'avança vers une autre fenêtre et desserra son nœud de cravate.

– Quand aurons-nous les résultats des instituts d'opinion?

– À trois heures cet après-midi.

– Je suis curieux de les connaître.

– Ils risquent d'être aussi mauvais.

– Quatre-vingt-dix pour cent, dit-il en hochant la tête.

– Plus de quatre-vingt-dix pour cent, rectifia Mona.

Au quartier général, les boîtes de pizza et de bière traînaient partout. Reliquats d'une longue journée d'intox. Un plateau avec des beignets frais et de grands gobelets de café attendait les combattants.

Les étudiants dévorèrent les beignets et les journaux. Il y eut une courte mais très sérieuse discussion au sujet des lacunes de la procédure après jugement dans le droit de l'État du Mississippi. Le troisième membre de l'équipe, un étudiant de première année, arriva à huit heures. Les appels recommencèrent.

Très vite, on s'aperçut que la ligne ouverte ne fonctionnait pas aussi bien que la veille. Il était difficile d'obtenir la standardiste. Mais ce n'était pas un problème. On appela le standard de l'hôtel particulier du gouverneur et les lignes des petits bureaux régionaux qu'il avait installés en grande pompe partout dans l'État afin de rester en prise directe avec le peuple.

Et le peuple appelait.

Goodman quitta le bureau, descendit Congress Street en direction de l'hôtel de ville. Il entendit les essais de sono du KKK. Une douzaine de ces gens s'installaient en tenue d'apparat devant le perron de l'hôtel de ville.

Le gouverneur était trop occupé pour le recevoir, l'informa Mona Stark, mais Mr. Larramore pouvait lui consacrer quelques minutes. Elle paraissait épuisée. Ça réconforta Goodman. Larramore parlait au téléphone. Goodman espéra qu'il s'agissait d'un des appels de son équipe.

– Bonjour, dit Larramore en raccrochant.

Goodman lui adressa un hochement de tête poli.

– Nos remerciements pour l'audience de recours en grâce. Nous n'espérions pas que le gouverneur nous l'accorde après ce qu'il nous avait dit mercredi.

– Il subit de fortes pressions. Nous tous, d'ailleurs. Est-ce que votre client est décidé à parler de son complice ?

– Non. Rien de changé à ce propos.

Larramore passa ses doigts dans ses cheveux gras avec une moue de désappointement.

– Alors, à quoi peut bien servir une audience de recours en grâce ? Le gouverneur ne variera pas sur ce point, monsieur Goodman.

– Nous harcelons Sam, c'est tout ce que je peux vous dire. Et nous continuons à programmer une audience pour lundi. Peut-être changera-t-il d'opinion d'ici là.

Le téléphone sonna et Larramore décrocha brutalement.

– Non, ce n'est pas le bureau du gouverneur. Qui est à l'appareil ?

Il gribouilla un nom et un numéro de téléphone.

– Ici, le bureau juridique du gouverneur.

Il ferma les yeux et hocha la tête.

– Oui, oui. Je suis sûr que vous avez voté pour le gouverneur.

Il écouta attentivement.

– Merci, monsieur Hurt. Je ferai part de votre appel au gouverneur. Oui, merci.

Il raccrocha.

– Ainsi, Mr. Gilbert Hurt, de Dumas dans le Mississippi, est contre l'exécution, dit-il en fixant le téléphone, l'air ahuri. Ce téléphone est devenu fou.

– Beaucoup d'appels ? demanda Goodman avec bienveillance.

– Impensable.

– Pour ou contre ?

– Je dirais cinquante-cinquante, répondit Larramore.

Il décrocha de nouveau l'appareil et composa le numéro de Mr. Gilbert Hurt de Dumas, Mississippi. Pas de réponse.

– C'est curieux, dit-il en raccrochant. Ce type vient de m'appeler, m'a laissé son numéro, et ça ne répond pas.

– Essayez plus tard, il vient probablement de sortir, dit Goodman, espérant que Larramore n'en aurait pas le temps.

La veille, dès la première heure de la campagne d'intox, Goodman avait apporté une légère modification dans les techniques à suivre. Les étudiants devaient appeler une première fois pour s'assurer que les numéros qu'ils donnaient restaient sans réponse. Cette mesure empêcherait des gens curieux tels que Larramore d'appeler le numéro en question et de tomber sur la personne elle-même qui, bien entendu, serait probablement un farouche partisan de la peine capitale.

– Je travaille sur le projet de l'audience de recours en grâce, dit Larramore. On ne sait jamais. Elle aura très probablement lieu ici.

– À huis clos ?

– Non. Est-ce un problème ?

– Nous n'avons plus que quatre jours, monsieur Larramore. Tout pose problème. Mais cette audience appartient au gouverneur. Nous lui sommes reconnaissants de nous l'avoir accordée.

– J'ai votre numéro de téléphone. Restez en contact avec moi.

– Je ne quitterai pas Jackson avant la fin.

Ils se serrèrent la main. Garner Goodman s'assit sur le perron pendant une demi-heure pour regarder les membres du KKK se démener pour attirer les badauds.

42

Même s'il avait porté une robe blanche et un bonnet pointu lorsqu'il était jeune, Donnie Cayhall garda ses distances avec les membres du Klan qui se tenaient sur le bas-côté de la nationale. Des gardes armés observaient les moindres mouvements des manifestants. Près de la tente du KKK, un petit groupe de skinheads avec des chemises brunes brandissait des pancartes demandant la liberté pour Sam Cayhall.

Donnie avait essayé de rendre visite à son frère au moins une fois par an. Mais sa dernière visite remontait, il devait l'admettre non sans honte, à deux ans.

Donnie Cayhall avait soixante et un ans. C'était le plus jeune des quatre frères Cayhall. Tous avaient marché dans les traces de leur père et avaient rejoint le KKK dès leur adolescence. Une décision facile à prendre, c'était ce qu'attendait la famille. Plus tard, Donnie s'était engagé dans l'armée, s'était battu en Corée, et avait fait le tour du monde. Après ça, porter des robes blanches et brûler des croix ne l'intéressaient plus. Il avait quitté le Mississippi en 1961 et trouvé du travail dans une fabrique de meubles en Caroline du Nord. Il vivait actuellement près de Durham.

Tous les mois, pendant neuf ans et demi, il avait envoyé à Sam des cartouches de cigarettes et un peu d'argent. Il ne lui avait écrit que fort peu. Les deux frères n'étaient pas des fanatiques de la correspondance.

On le fouilla, puis on le conduisit dans le bureau de devant. Sam arriva quelques minutes après. Les deux frères s'étreignirent un long moment. Lorsqu'ils se séparèrent, ils avaient les yeux humides. Ils avaient à peu près la même corpulence, mais Sam semblait avoir une vingtaine d'années de plus. Le prisonnier s'assit sur le bord du bureau et Donnie s'installa sur une chaise tout à côté.

Ils allumèrent des cigarettes, leurs regards perdus dans le vague.

– Quelles sont les nouvelles ? Bonnes ? demanda finalement Donnie, certain de la réponse.

– Non. Rien de bon. Les cours rejettent absolument tout. Ils vont le faire, Donnie. Ils vont me tuer. Ils vont m'emmener dans cette pièce et me gazer comme un animal.

Donnie laissa tomber sa tête sur sa poitrine.

– J'en suis effondré, Sam.

– Moi aussi, mais, bon Dieu, je serai content lorsque ce sera fini.

– Ne dis pas ça.

– Je le pense. J'en ai assez de vivre en cage. Je suis un vieux bonhomme et mon heure est venue.

– Mais tu ne mérites pas la mort, Sam.

– C'est ça le plus dur, tu sais. Ce n'est pas tellement que je vais mourir, bon Dieu, on meurt tous. Simplement, je ne peux pas supporter l'idée que ces corniauds vont m'avoir. Ils vont gagner, Donnie. Heureux de me ligoter et de m'asphyxier. C'est dégueulasse.

– Ton avocat ne peut rien faire ?

– Il a tout essayé, mais ça paraît sans espoir. Je veux que tu fasses sa connaissance.

– J'ai vu sa photo dans le journal. Il ne nous ressemble guère.

– Il a de la chance. Il est du côté de sa mère.

– Intelligent, non ?

Sam parvint à sourire.

– Oui. Il est absolument formidable. Il a beaucoup de peine.

– Il vient aujourd'hui ?

– Probablement. Je n'ai pas de ses nouvelles. Il habite avec Lee à Memphis, dit Sam avec un certain orgueil.

Grâce à lui, sa fille et son petit-fils s'étaient rapprochés et vivaient ensemble paisiblement.

– J'ai parlé à Albert ce matin, dit Donnie. Il n'est pas assez solide pour venir.

– Parfait. Je ne veux pas de lui ici. Et je ne veux pas voir ses enfants ni ses petits-enfants.

– Il pensait se recueillir avec toi, mais il ne peut pas.

– Dis-lui qu'il pourra le faire à l'enterrement.

– Allons, Sam.

– Écoute, personne ne va pleurer ma mort. Pas de fausse pitié. En revanche, j'ai quelque chose à te demander, Donnie. Ça te coûtera un peu d'argent.

– Tout ce que tu veux.

Sam tira à la hauteur de la taille sur sa combinaison.

– Tu vois ce damné truc. Ça s'appelle des « rouges ». J'ai porté ça, tous les jours, pendant presque dix ans. L'État du Mississippi voudrait que je les porte encore lorsque ses larbins vont me tuer. Mais, vois-tu, j'ai le droit, à ce moment-là, de m'habiller comme je veux. Je tiens à mourir dans des vêtements décents.

Donnie fut brusquement submergé par l'émotion. Il essaya de parler, mais il n'était plus capable d'articuler le moindre mot. Il avait les yeux humides, ses lèvres tremblaient. Il acquiesça de la tête.

– Tu sais, ces pantalons de travail en toile, j'en ai porté pendant des années... Tu vois, c'est kaki.

Donnie acquiesça de nouveau.

– Ce serait bien si je pouvais en avoir un, avec une chemise blanche, pas un tee-shirt, mais une chemise avec des boutons, petite taille pour la chemise et le pantalon, du quarante. Des chaussettes blanches et des chaussures bon marché. Bon Dieu, je ne les porterai qu'une seule fois. Va dans une grande surface. Ça ira ?

Donnie se frotta les yeux et essaya de sourire.

– Bien sûr que oui, Sam.

– Un vrai dandy que je serai, hein ?

– Où veux-tu être enterré ?

– À Clanton, près d'Anna. Je suis sûr que je vais troubler son repos. Adam s'est occupé des formalités.

– Que puis-je faire d'autre ?

– Rien. Simplement, tu trouves de quoi me changer.

– Je le ferai dès aujourd'hui.

– Tu es le seul qui se soit soucié de moi durant toutes ces années. Avant sa mort, tante Barb m'a écrit pendant quelque temps des lettres guindées et sèches.

– Qui diable était tante Barb ?

– La mère d'Hubert Cain. Je ne suis pas sûr de ses liens avec nous. Je la connaissais à peine jusqu'à ce que j'atterrisse ici. Elle était sens dessus dessous à l'idée que je sois à Parchman.

– Que Dieu ait son âme.

Sam sourit. Il lui vint à l'esprit une petite histoire de son enfance. Il la raconta, et quelques minutes plus tard les deux frères riaient de bon cœur.

Lorsque Adam arriva, en fin d'après-midi, Donnie était déjà parti depuis plusieurs heures. Il éparpilla quelques papiers sur la table. Sam entra bientôt, sans menottes, et on ferma la porte derrière eux. Adam remarqua immédiatement qu'il tenait à la main de nouvelles enveloppes.

– De nouvelles courses pour moi ? demanda-t-il d'un air méfiant.

– Oui, mais ça peut attendre jusqu'à ce que ça soit fini.

– Pour qui ?

– L'une est pour la famille Pinder chez qui j'ai mis une bombe à Vicksburg. L'autre est pour la synagogue de Jackson que j'ai voulu faire sauter. Et la dernière est pour l'agent immobilier juif. Il pourra y en avoir d'autres. Ce n'est pas urgent. Je sais que tu es très pris en ce moment. Mais lorsque ce sera fini, j'aimerais bien que tu t'en occupes.

– Que contiennent ces lettres ?

– À ton avis ?

– Je ne sais pas. J'imagine que vous vous excusez.

– Petit malin. Je m'excuse pour ce que j'ai fait, je me repens de mes péchés et leur demande de me pardonner.

– Pourquoi faites-vous ça ?

Sam s'arrêta de marcher et s'appuya contre un des classeurs.

– Parce que je reste assis dans une cage toute la journée. Parce que j'ai une machine à écrire et un tas de papiers. Parce que je m'ennuie à mourir et qu'il ne me reste plus qu'à écrire. Parce que j'ai une conscience, pas très active, mais encore en état de marche. Plus la fin approche, plus je me sens coupable de tous ces actes.

– Elles seront remises à leurs destinataires. Il y a encore deux appels en suspens. La cinquième chambre ne se hâte pas de rejeter la requête sur les lacunes dans la défense. J'espérais avoir quelque chose aujourd'hui, mais tout dort depuis deux jours. Le tribunal du district est en possession de la pétition sur votre état de santé mentale.

– C'est sans espoir, Adam.

– Peut-être, mais je n'abandonne pas. Je présenterai une douzaine de nouveaux appels s'il le faut.

– Je ne signe plus rien. Tu ne peux pas en présenter si je ne les signe pas.

– Mais si, c'est possible.

– Alors je te vire.

– Vous ne pouvez pas me virer, Sam, je suis votre petit-fils.

– Notre accord précise que je peux te liquider à n'importe quel moment. On a mis ça par écrit.

– Ce document est loin d'être parfait, le brouillon en a été fait par un juriste amateur, pas trop mauvais, certes, mais qui, forcément, a commis quelques erreurs.

Sam tira sur sa cigarette, l'air froissé, et se remit à marcher sur une rangée de carrelage. Il passa une demi-douzaine de fois devant Adam, son avocat d'aujourd'hui, de demain, et du restant de sa vie. Il savait qu'il ne pouvait s'en débarrasser maintenant.

– Nous avons une audience de recours en grâce prévue pour lundi, dit Adam en fixant son calepin et en se préparant à une explosion.

Sam prit pourtant la chose calmement.

– À quoi peut bien servir une audience de recours en grâce ?

– À demander une mesure de grâce.

– À qui ?

– Au gouverneur.

– Et tu penses que le gouverneur va réfléchir pour savoir s'il doit ou non m'accorder sa grâce ?

– Qu'avons-nous à perdre ?

– Réponds à ma question, gros malin. Attends-tu, grâce à tes diplômes, à ton expérience, à ta compétence juridique, que le gouverneur puisse sérieusement se poser la question de m'accorder oui ou non sa grâce ?

– Peut-être.

– Peut-être, mes fesses. Tu es stupide.

– Merci, Sam.

– Il n'y a pas de quoi.

Il s'arrêta devant Adam et pointa son index vers lui.

– Je t'ai dit, depuis le début, que moi, en tant que client et ayant droit à certaines considérations, je n'aurais rien à faire avec David McAllister. Je ne demanderai pas ma grâce à cette ordure. Je ne le supplierai pas de me pardonner. Je n'aurai aucun contact, quel qu'il soit, avec lui. C'est ma volonté, et je te l'ai fait savoir très clairement, mon garçon, dès le premier jour. Toi, de ton côté, en tant qu'avocat, tu n'as pas tenu compte de mes souhaits. Pourtant, tu es l'avocat, rien d'autre. Moi, je suis le client. Je ne sais pas ce qu'on t'enseigne à la faculté de droit, mais, bon Dieu, c'est moi qui décide.

Il se dirigea vers une chaise vide et prit une autre enveloppe qu'il tendit à Adam.

– Voici une lettre pour le gouverneur. Je lui demande d'annuler l'audience de recours en grâce de lundi. Si tu refuses, j'en ferai des photocopies que j'enverrai à la presse. Je te mettrai dans une situation intenable, toi, Garner Goodman et le gouverneur. M'as-tu compris ?

– C'est assez clair.

Sam reposa l'enveloppe sur la chaise et alluma une cigarette.

– Carmen sera ici lundi. Je ne sais pas encore pour Lee.

Sam tira une chaise pour s'asseoir.

– Est-elle toujours en cure de désintoxication ?

– Oui, et j'ignore quand elle en sortira. Voulez-vous qu'elle vienne vous voir ?

– Laisse-moi y réfléchir. Donnie est passé ici tout à l'heure. C'est le plus jeune de mes frères. Il a envie de te rencontrer.

– Appartenait-il au KKK ?

– Pourquoi cette question, dis-moi ?

– C'est une question à laquelle il est facile de répondre par oui ou par non.

– Oui. Il appartenait au KKK.

– Alors je ne veux pas le voir.

– Ce n'est pas un mauvais type.

– Si vous le dites.

– C'est mon frère, Adam. Je veux que tu rencontres mon frère.

– Je n'ai aucune envie de rencontrer d'autres Cayhall, Sam, surtout ceux qui portent des robes et des bonnets pointus.

– Ah, vraiment. Il y a trois semaines, tu voulais tout savoir sur la famille, tout dans les moindres détails.

– J'y ai renoncé, d'accord? J'ai eu mon compte.

– Oh, il y a bien d'autres choses.

– C'est assez, vraiment assez. Épargnez-moi.

Sam grogna et sourit intérieurement, l'air satisfait. Adam regarda son calepin.

– Vous serez heureux d'apprendre que les gens du KKK, là-bas, dehors, ont été rejoints par des nazis, des racistes, des skinheads et d'autres groupes de cet acabit. Ils se sont déployés le long de la nationale en agitant des pancartes à l'intention des voitures. Ils demandent bien sûr la liberté pour Sam Cayhall, leur héros.

– J'ai vu ça à la télévision.

– Il y a aussi quelques manifestants à Jackson, près de l'hôtel de ville.

– Est-ce ma faute?

– Non. C'est votre exécution. Vous êtes un symbole maintenant. Sur le point de devenir un martyr.

– Que veux-tu que j'y fasse?

– Rien. Continuez et laissez-vous mourir. Ils seront trop heureux.

– Quel emmerdeur tu fais aujourd'hui!

– Désolé, Sam. La tension est insupportable.

– Jette l'éponge. C'est ce que j'ai fait. Je te le recommande vivement.

– Oubliez ça. Je n'arrêterai pas de harceler ces messieurs, Sam. Je n'ai pas encore renoncé à me battre.

– Voyons, Adam. Tu as présenté trois appels et sept cours de justice les ont rejetés. Sept à zéro. Je n'aimerais pas voir ce qui arrivera quand tu te mettras vraiment à frapper, dit Sam avec un sourire espiègle.

Adam se mit à rire. L'air devint brusquement moins irrespirable.

– J'ai une idée formidable pour les attaquer après coup, dit-il, en faisant semblant d'être réellement passionné.

– Après coup?

– Exactement. Nous les poursuivrons pour exécution arbitraire. Nous nous en prendrons à McAllister, à Nugent, à Roxburgh, à l'État du Mississippi. Nous les traînerons en justice.

– On n'a jamais fait ça, dit Sam en se caressant le menton comme s'il était plongé dans ses pensées.

– J'ai tout combiné. On ne peut rien gagner, certes, mais imaginez le plaisir que j'aurai à empoisonner leur existence pendant les cinq prochaines années.

– Je t'autorise à les poursuivre. Attaque-les, mords-les !

Les sourires s'effacèrent lentement des visages. Fin du quart d'heure de détente. Adam pointa sur sa liste un autre sujet qu'il fallait aborder.

– Lucas Mann m'a demandé de vous parler de vos témoins. Vous avez le droit d'en avoir deux au cas où les choses iraient jusque-là.

– Donnie refuse d'assister à mes derniers instants. Je ne veux pas que tu y assistes. Et je ne vois vraiment personne d'autre qui aurait envie de voir ça.

– Parfait. À propos, j'ai au moins trente demandes d'interviews. En fait, tous les grands journaux et magazines veulent vous voir.

– Non.

– Parfait. Vous vous souvenez de cet écrivain dont nous avons parlé la dernière fois, Wendall Sherman ? Celui qui veut enregistrer votre vie sur cassettes et...

– Oui, je m'en souviens. Pour cinquante mille dollars.

– Non, maintenant c'est cent mille. Son éditeur fait monter les enchères. Il veut tout enregistrer, regarder l'exécution, se documenter minutieusement, puis écrire un gros livre.

– Non.

– Parfait.

– Je ne tiens pas à passer les trois derniers jours qui me restent à raconter ma vie. Je ne veux pas qu'un étranger fourre son nez dans les histoires du comté de Ford. Et je n'ai pas réellement besoin de cent mille dollars, en ce moment.

– Tout cela est parfait. Vous m'avez parlé un jour des vêtements que vous aimeriez porter...

– Donnie s'en charge.

– Très bien. Continuons. S'il n'y a pas de sursis, vous serez autorisé à avoir deux personnes avec vous durant les dernières heures. Comme toujours, la prison vous fera signer des formulaires pour désigner ces deux personnes.

– En principe, c'est l'avocat et le prêtre.

– Exact.

– Alors c'est toi et Ralph Griffin.

Adam porta les noms sur un formulaire.

– Qui est Ralph Griffin ?

– Le nouvel aumônier. Il est contre la peine de mort, incroyable, non ? Son prédécesseur pensait que nous devions être gazés, au nom de Jésus bien entendu.

Adam tendit le formulaire.

– Signez ici.

Sam gribouilla et rendit le papier.

– Vous avez droit à une dernière visite conjugale.

Sam éclata de rire.

– Allons, mon garçon, je suis un vieillard maintenant.

– C'est mentionné sur la liste. Lucas Mann m'a glissé à l'oreille l'autre jour qu'il fallait que je vous en parle.

– Bien. Tu en as parlé.

– J'ai un autre formulaire ici concernant vos effets personnels. Qui en héritera ?

– Tu veux dire mon patrimoine ?

– Si l'on veut.

– On patauge dans le macabre, Adam. Pourquoi faire ça maintenant ?

– Je suis avocat, Sam. Nous sommes payés pour nous occuper des moindres détails. Simple formalité.

– Veux-tu avoir mes affaires ?

Adam réfléchit un moment. Il ne voulait pas blesser Sam mais, en même temps, il ne voyait vraiment pas ce qu'il pouvait faire avec ces quelques vieux vêtements usés, ces livres en mauvais état, cette télévision portable et ces sandales de caoutchouc.

– Mais oui, voyons, dit-il.

– Alors c'est à toi. Emmène-les et brûle-les.

– Signez ici, dit Adam, glissant le formulaire sous le nez de Sam qui s'exécuta, puis sauta sur ses pieds avant de se remettre à marcher en long et en large.

– Je tiens beaucoup à ce que tu voies Donnie.

– Mais oui. Tout ce que vous voulez, dit Adam en fourrant son calepin et les formulaires dans son attaché-case.

Les formalités tatillonnes étaient maintenant terminées. L'attaché-case en paraissait beaucoup plus lourd.

– Je serai là demain matin, dit Adam.

– N'oublie pas d'apporter de bonnes nouvelles.

Le colonel Nugent se pavanait au bord de la nationale, avec une douzaine de gardiens armés derrière lui. Il lança un regard furieux aux membres du KKK – ils étaient vingt-six lors du dernier recensement –, et un regard mauvais aux dix nazis en chemise brune. Il s'arrêta un instant devant la bande de skinheads rassemblés à côté des nazis, puis marcha, l'air important, le long de l'espace herbeux réservé aux manifestants. Il échangea quelques mots avec deux religieuses catholiques, assises sous un grand parasol dressé le plus loin possible des autres manifestants. Il faisait presque quarante degrés et, même à l'ombre, les bonnes sœurs mouraient de chaud. Elles buvaient de l'eau glacée, leurs banderoles étalées sur les genoux, et tournées en direction de la nationale.

Elles demandèrent à Nugent qui il était et ce qu'il désirait. Il leur expliqua qu'il était le directeur intérimaire de la prison et qu'il venait simplement s'assurer que la manifestation se déroulait dans le calme.

Elles le prièrent de décamper.

43

Adam but son café du matin avec une sérénité inattendue, peut-être parce que c'était dimanche, ou parce qu'il pleuvait. Il faisait encore nuit. Une fine pluie d'été tambourinait sur la terrasse. La circulation sur Riverside Drive, vu l'heure matinale, était encore fluide. Les péniches défilaient silencieusement sur le fleuve. Tout était paisible.

Peu de chose à faire aujourd'hui, trois jours avant l'exécution. Adam se rendrait à son bureau pour préparer une autre pétition de dernière heure. L'argument en était si ridicule qu'il était presque gêné de le présenter. Puis il roulerait vers Parchman et passerait un bon moment près de Sam.

Généralement, les cours ne prennent pas de décision le dimanche. Mais tout restait possible. Les fonctionnaires des commissions des peines capitales et leurs équipes demeurent en alerte lorsqu'une exécution doit avoir lieu les jours suivants. N'ayant rien reçu le vendredi et le samedi, Adam jugeait cette journée perdue. Demain il en irait autrement.

Demain serait une journée fertile en rebondissements. Et mardi, en principe le dernier jour de Sam, un véritable cauchemar.

Mais ce dimanche matin était étonnamment calme. Il avait dormi presque sept heures, un record. Son pouls était normal, sa respiration détendue, son esprit parfaitement clair.

Il feuilleta les journaux du dimanche. Deux articles étaient consacrés à l'exécution de Sam Cayhall. La pluie s'arrêta avec le lever du jour. Adam resta assis dans un des fauteuils à bascule, légèrement humide, pendant plus d'une heure. Après ce long moment de repos, il commença à s'ennuyer. Il avait besoin d'agir.

Un problème restait en suspens. Quelque chose qu'il avait essayé d'oublier sans y parvenir. Depuis dix jours maintenant, il était obsédé par le livre rangé dans le tiroir de la commode de sa tante. Lee avait beau être ivre lorsqu'elle lui avait parlé de la photo du lynchage, Adam était sûr qu'elle existait. Il avait mentalement reconstitué l'image, mis les morceaux bout à bout, imaginant les visages, l'arbre, la corde, composant même la légende. Pourtant, bien des détails restaient dans l'ombre. Voyait-on le visage du mort ? Portait-il des chaussures ou était-il pieds nus ? Pouvait-on reconnaître Sam sur la photo ? Combien de Blancs y figuraient ? Quel âge avaient-ils ? Y avait-il des femmes ? des fusils ? du sang ? Voyait-on le fouet ? Adam voulait en avoir le cœur net. Le moment était venu d'ouvrir le livre. Lee pouvait être bientôt de retour, changer l'ouvrage de place, le cacher de nouveau. Quant à lui, il serait peut-être obligé de se rendre précipitamment à Jackson ou de dormir dans sa voiture à Parchman.

Donc le moment était venu. Il était prêt à l'affronter. Il entra dans la chambre à coucher de sa tante et ouvrit le tiroir supérieur de la commode. Un monceau de lingerie féminine. Adam se sentit gêné.

Le livre se trouvait dans le troisième tiroir, posé sur un sweat-shirt délavé. Un volume épais en toile verte, – *Les Noirs du Sud et la Crise*, publié en 1947 par Toffler Press à Pittsburgh. Adam s'assit sur le bord du lit. Les pages étaient immaculées, comme neuves. Elles donnaient l'impression que ce livre n'avait jamais été ouvert.

Qui, de toute façon, dans le Sud profond, pouvait lire cette prose ? Il examina la reliure et se demanda par quel étrange concours de circonstances ce livre-là s'était retrouvé dans la famille de Sam Cayhall.

L'ouvrage contenait trois séries de photos. La première montrait les cabanes en enfilade et les pauvres abris des Noirs sur les plantations, puis des familles avec des ribambelles d'enfants, enfin des ouvriers agricoles, cassés en deux dans les champs de coton.

La deuxième série comprenait vingt pages. On y

voyait deux photos de lynchages prises sur le vif. La première montrait une scène horrible. Deux membres du KKK, vêtus d'une robe blanche et encapuchonnés, tenant des fusils, posaient devant l'objectif. Derrière eux, un Noir battu à mort pendait au bout d'une corde, les yeux à demi ouverts, le visage lacéré couvert de sang. « Lynchage du KKK dans le Mississippi, en 1939 », expliquait la légende. Comme si cette scène atroce pouvait être définie par un lieu et une date.

Adam respirait avec difficulté. Il tourna la page et découvrit la photo du deuxième lynchage. Peut-être un peu moins répugnant. Le corps sans vie au bout de la corde n'était cadré qu'à partir de la poitrine. La chemise était déchirée, probablement par les coups de fouet. Le Noir était mince, son pantalon trop grand serré à la taille. Il était pieds nus. Aucune trace de sang.

Un groupe de joyeux lurons s'était rassemblé sous les pieds ballants. Hommes, femmes, enfants posaient devant l'objectif. Les hommes prenaient des attitudes outrées de colère virile : sourcils froncés, regards furieux, lèvres serrées. Ils montraient leur volonté iné-branlable de protéger leurs femmes des Noirs. Celles-ci étaient souriantes et deux d'entre elles particulièrement jolies. Un petit garçon, un pistolet à la main, visait, d'un air menaçant, l'appareil photo. Un adolescent tenait une bouteille d'alcool en exhibant la marque. Ces gens semblaient particulièrement heureux de poser. Adam compta dix-sept personnes, toutes fixaient l'objectif : sans honte, sans inquiétude, sans se poser la moindre question sur le crime qu'elles venaient de commettre. Ces hommes et ces femmes étaient à l'abri des pour-suites. Ils n'avaient tué qu'un être humain de plus avec la certitude d'échapper aux conséquences de leur acte.

Une partie de campagne un soir d'été. Alcool et jolies femmes. On avait sûrement apporté le pique-nique dans des paniers d'osier, et l'on se préparait à disposer des couvertures sous l'arbre pour se restaurer.

La légende disait : « Un lynchage dans la campagne du Mississippi, en 1936. »

Sam était au premier rang, un genou à terre, entre deux autres jeunes gens. Il devait avoir quinze ou seize ans. Son visage anguleux essayait vainement de paraître redoutable – une moue méprisante, sourcils froncés, menton en avant, avec l'air suffisant d'un jeune garçon voulant ressembler aux brutes qui l'entouraient.

C'était facile de le repérer. Quelqu'un avait dessiné une flèche à l'encre bleue, maintenant délavée, partant de sa tête en direction de la marge où son nom était écrit en lettres d'imprimerie.

Eddie. Ce devait être Eddie. Il avait trouvé ce livre dans le grenier. Adam imaginait son père en larmes, tapi dans la pénombre et traçant un trait accusateur en direction de la tête de Sam.

Selon Lee, le chef de bande était le père de Sam. Impossible de le reconnaître. Il n'y avait aucune autre marque. Sept hommes au moins étaient en âge d'être le père de Sam. Combien d'entre eux étaient des Cayhall ? D'après Lee, ses oncles se trouvaient également là. Un des jeunes gens ressemblait effectivement à Sam.

Adam regarda attentivement les beaux yeux lumineux de son grand-père et sentit son cœur se serrer. Sam n'était alors qu'un adolescent. Dans sa famille la haine des Noirs, et des étrangers en général, correspondait à une manière de vivre. Pouvait-on vraiment rejeter la faute sur lui ? Les gens qui l'entouraient étaient probablement d'honnêtes travailleurs. Un rite abominable mais inscrit dans leur vie sociale.

Comment réconcilier le passé avec le présent ? Comment porter un jugement sur cette génération, alors que s'il était né quarante ans plus tôt il aurait pu se trouver parmi eux ?

En regardant ces visages, un curieux soulagement s'empara de lui. Si Sam participait à cette scène, il n'était là qu'en tant que figurant. C'étaient les adultes qui avaient organisé le lynchage. Les jeunes profitaient seulement de l'occasion. En regardant cette photo, il était clair que Sam et ses jeunes camarades n'avaient pu être à l'origine de cette sauvagerie. Sam n'avait rien fait pour s'y opposer, mais peut-être n'avait-il rien fait non plus pour l'encourager.

Cette scène suscitait une foule de questions sans réponse. Qui était le photographe ? Pourquoi était-il là, avec son appareil ? Qui était le jeune Noir ? Où étaient sa famille, sa mère ? Comment l'avait-on attrapé ? Avait-il séjourné en prison avant d'être remis à la populace ? Qu'avait-on fait de son corps ? Est-ce que la soi-disant victime du viol était une de ces jeunes femmes qui souriaient à l'objectif ? Et le père de cette jeune personne faisait-il partie des hommes rassemblés là ? Et ses frères ?

Si Sam avait participé si jeune à des lynchages, que pouvait-on attendre de lui par la suite ? Combien de fois s'était renouvelé ce genre de scène dans les campagnes du Mississippi ?

Comment, dans ce contexte, Sam Cayhall aurait-il pu devenir autre chose qu'un assassin ? Il n'avait pas eu la moindre chance d'échapper à son destin.

Sam attendait patiemment dans le bureau du devant, buvant un café très différent de celui qu'on lui servait habituellement. Il était fort, onctueux, et n'avait rien à voir avec le breuvage insipide que l'on servait chaque matin aux détenus. Packer lui en avait apporté un grand gobelet. Sam était assis sur le bureau, les pieds posés sur une chaise.

La porte s'ouvrit et le colonel Nugent entra avec Packer sur ses talons. Sam se raidit et salua sèchement de la main.

– Bonjour, Sam, dit Nugent, l'air renfrogné. Comment ça va ?

– Magnifiquement. Et vous ?

– Je tiens le coup.

– Oui, je sais. C'est un moment difficile pour vous, Nugent. Mettre au point mon exécution et vous assurer que tout se passe au mieux. Tâche ardue. Je vous tire mon chapeau.

Nugent ne releva pas.

– J'ai besoin de vous parler à propos de certaines choses. Vos avocats soutiennent maintenant que vous êtes fou. Je voulais simplement voir par moi-même ce qu'il en est.

– Je me sens en grande forme.

– Bon. Franchement, vous me paraissez sain d'esprit.

– Grand merci. De votre côté vous êtes particulièrement élégant. Jolies chaussures.

Comme d'habitude, les brodequins noirs de Nugent étincelaient. Packer y jeta un coup d'œil et sourit.

– En effet, dit Nugent en s'asseyant avant de fixer une feuille de papier. Le psychiatre affirme que vous n'êtes guère coopératif.

– Qui ? N. ?

– Le docteur Stegall.

– Cette grande connasse avec un prénom inachevé ? Je ne lui ai parlé qu'une fois.

– Vous n'étiez pas très coopératif, n'est-ce pas ?

– Je l'espère bien. Je suis ici depuis presque dix ans et elle vient montrer son museau, alors que j'ai un pied dans la tombe, pour voir si tout va bien. Ce qu'elle veut, c'est me droguer pour m'abrutir afin de faciliter le travail de vos sbires.

– Elle souhaitait simplement vous aider.

– Que Dieu la bénisse. Dites-lui que je suis désolé. Je vous promets que ça n'arrivera plus. Collez-moi au rapport. Portez-le dans mon dossier.

– Je dois aussi vous parler de votre dernier repas.

– Pourquoi Packer est-il ici ?

Nugent jeta un coup d'œil à Packer, puis regarda Sam.

– Parce que c'est le règlement.

– Il est là pour vous protéger, voyons. Vous avez peur de moi. Vous avez la trouille de rester seul avec moi dans cette pièce, n'est-ce pas, Nugent ? J'ai presque soixante-dix ans, je peux à peine me tenir debout, j'ai le souffle court à cause des cigarettes, et vous avez peur de moi, ce meurtrier redoutable.

– Pas le moins du monde.

– Je pourrais vous botter les fesses tout autour de cette pièce, Nugent, si j'en avais envie.

– Je suis terrifié. Écoutez, Sam, venons-en aux choses sérieuses. Qu'aimeriez-vous pour votre dernier repas ?

– On est dimanche. Mon dernier repas n'est prévu que pour mardi soir. Pourquoi m'embêter avec ça maintenant ?

– Nous devons nous préparer. Vous pouvez avoir ce que vous voulez, si c'est raisonnable, bien entendu.

– Qui va le préparer ?

– Ce sera préparé ici, dans la cuisine.

– Oh, merveille des merveilles ! Par les mêmes chefs de grand talent qui m'ont gavé de saloperies depuis neuf ans et demi. Quelle belle façon de me dire adieu !

– Qu'aimeriez-vous manger, Sam ? J'essaie d'être patient.

– Que dirions-nous de toasts froids et de carottes bouillies ? Je détesterais leur imposer une nouvelle recette.

– Parfait, Sam. Quand vous serez décidé, dites-le à Packer et il en informera les cuisiniers.

– Il n'y aura pas de dernier repas, Nugent. Mon avocat déclenche l'artillerie lourde demain. Vous ne saurez même pas d'où viennent les coups.

– Je souhaite que vous ayez raison.

– Tu mens, fils de pute. Tu meurs d'impatience de me fourrer là-dedans et de me ligoter. La tête te tourne à l'idée de me demander si j'ai un dernier mot à dire avant de faire signe à tes larbins de refermer la porte. Et quand ce sera fini, tu te présenteras devant la presse, avec la mine de circonstance, pour annoncer : « À minuit quinze ce matin, le 8 août, Sam Cayhall a été exécuté dans la chambre à gaz de Parchman, en accord avec l'ordre d'exécution donné par la juridiction du Lakehead County dans le Mississippi. » Ce sera votre jour de gloire, Nugent.

Le colonel ne leva pas la tête de ses papiers.

– Nous avons besoin de la liste de vos témoins.

– Voyez mon avocat.

– Nous avons besoin de savoir ce qu'il faut faire de vos affaires.

– Voyez mon avocat.

– Bon. Nous avons de nombreuses demandes d'interviews de la part des journalistes.

– Voyez mon avocat.

Nugent sauta sur ses pieds et sortit précipitamment du bureau. Packer se dirigea vers la porte, attendit quelques secondes, puis dit calmement :

– Ne bougez pas, Sam, il y a quelqu'un d'autre qui veut vous voir.

Sam sourit et fit un clin d'œil à Packer.

– Voudriez-vous me servir encore un peu de café, Packer ?

Packer prit le gobelet et le rapporta rempli quelques minutes plus tard. Il lui tendit aussi le journal du dimanche. Sam était en train de lire les articles sur sa prochaine exécution lorsque l'aumônier, Ralph Griffin, frappa à la porte.

Sam posa le journal sur le bureau et regarda attentivement le religieux. Ralph Griffin portait des baskets blanches, un jean délavé et une chemise noire avec un col dur d'ecclésiastique.

– Bonjour, mon père, dit Sam en avalant une gorgée de café.

– Comment allez-vous, Sam ? demanda Griffin en approchant une chaise contre la table avant de s'asseoir.

– Dans cet instant, la haine m'étouffe, dit Sam d'un ton grave.

– J'en suis désolé. À qui la faute ?

– Au colonel Nugent. Mais ça passera.

– Avez-vous prié, Sam ?

– Pas vraiment.

– Et pourquoi non ?

– Pourquoi se presser ? J'ai encore aujourd'hui, demain et mardi. J'imagine que vous et moi ferons un tas de prières mardi soir.

– Si vous le souhaitez, bien sûr. C'est à vous de décider. De toute façon je serai ici.

– Je désire que vous soyez avec moi jusqu'à la fin, mon père, si vous le voulez bien. Vous et mon avocat. Vous êtes autorisés l'un et l'autre à être à mes côtés pendant les dernières heures.

– J'en serai honoré.

– Merci.

– Dans quel but exactement désirez-vous prier, Sam ?

Sam prit une grande gorgée de café.

– Eh bien, tout d'abord, j'aimerais savoir si, quand je quitterai ce monde, mes mauvaises actions seront pardonnées.

– Vos péchés ?

– Exactement.

– Dieu s'attend à ce que nous lui confessions nos péchés avant d'être pardonnés.

– Tous sans exception ? Un par un ?

– Oui. Ceux dont vous vous souvenez.

– Alors, on ferait bien de commencer maintenant. Ça va durer.

– Comme vous voulez. Pour quoi encore aimeriez-vous prier ?

– Pour ma famille, telle qu'elle est. Ce qui va se passer sera dur à supporter pour mon petit-fils, mon frère, et peut-être ma fille. On ne versera certes pas des flots de larmes pour moi, vous le comprenez bien, n'est-ce pas ? Mais j'aimerais qu'ils aient quelque consolation. Et je souhaiterais aussi dire une prière pour mes amis, ici, dans le quartier des condamnés à mort. Ce moment sera atroce pour eux.

– Pour quelqu'un d'autre ?

– Oui. Je veux faire une vraie prière pour les Kramer, tout particulièrement pour Ruth.

– La famille des victimes ?

– Oui. Et aussi pour les Lincoln.

– Qui sont les Lincoln ?

– Une longue histoire. D'autres victimes.

– C'est bien, Sam. Il faut enlever ce poids de votre poitrine et purifier votre âme.

– Ça prendrait des années pour purifier mon âme, mon père.

– D'autres victimes ?

Sam posa le gobelet sur le bureau et se frotta doucement les mains. Il chercha les yeux chaleureux et confiants de Ralph Griffin.

– Que se passe-t-il s'il y a d'autres victimes ? demanda-t-il.

– Des morts ?

Sam acquiesça lentement.

– Des gens que vous avez tués ?

Sam continuait d'acquiescer.

Griffin respira longuement et réfléchit un bon moment.

– Eh bien, Sam, pour être franc, je ne voudrais pas vous voir mourir sans entendre ces péchés en confession et demander le pardon de Dieu.

Sam continuait de hocher la tête.

– Combien ? demanda Griffin.

Sam descendit de la table et enfila ses sandales de caoutchouc. Il alluma lentement une cigarette et commença à marcher de long en large derrière la chaise de Griffin. L'aumônier se déplaça afin de mieux le voir et de bien entendre ce qu'il disait.

– Il y a Joe Lincoln, mais j'ai déjà écrit une lettre à sa famille pour dire que je regrettais mon acte.

– Vous l'avez tué ?

– Oui. C'était un Africain qui vivait sur notre ferme. Je me suis toujours senti mal à cause de ça. C'était autour de 1950.

Sam s'arrêta de marcher et s'appuya sur le classeur. Il s'adressait au plancher comme s'il était perdu dans ses pensées.

– Et il y a deux hommes, des Blancs qui ont tué mon père à un enterrement, il y a fort longtemps. Ils ont passé un certain temps en prison et, lorsqu'ils sont sortis, mes frères et moi les avons guettés patiemment. Nous les avons tués tous les deux, mais je n'ai jamais éprouvé le moindre remords. C'étaient des voyous, et ils avaient tué notre père.

– C'est toujours mal de tuer, Sam. Vous luttez en ce moment pour empêcher qu'on vous tue légalement.

– Je sais.

– Est-ce que vous et vos frères avez été arrêtés ?

– Non. Le vieux shérif nous soupçonnait, mais il n'a jamais rien pu prouver. Nous avions été très prudents. D'ailleurs c'étaient de vrais bandits. Personne ne les a regrettés.

– Cela ne justifie rien.

– Bien sûr. J'ai toujours pensé qu'ils méritaient leur sort, puis on m'a enfermé ici. La vie prend une nouvelle signification lorsque vous êtes dans le quartier des condamnés à mort. Vous réalisez à quel point elle est précieuse. Maintenant, je regrette d'avoir tué ces garçons. Je le regrette vraiment.

– Quelqu'un d'autre ?

Sam traversa la pièce, comptant chacun de ses pas, puis revint vers le classeur. L'aumônier attendait. Le temps ne signifiait plus rien à cet instant.

– Il y a eu, il y a bien longtemps, deux lynchages, dit Sam, incapable de regarder Griffin dans les yeux.

– Deux ?

– Je pense. Peut-être trois. Non, oui, il y en a eu trois, mais lors du premier j'étais juste un gosse, un petit garçon, et je n'ai fait que regarder, vous savez, derrière les buissons. C'étaient des lynchages du KKK, mon père y participait. Mon frère Albert et moi, on s'est glissés dans les bois pour voir ce qui se passait. Aussi celui-là ne compte pas, n'est-ce pas ?

– Non.

Les épaules de Sam s'affaissèrent. Il ferma les yeux et baissa la tête.

– Le deuxième était le fait, comme toujours, de la populace. Je devais avoir une quinzaine d'années. Une fille avait été violée par un Africain, du moins elle le disait. Sa conduite laissait beaucoup à désirer, et deux ans plus tard elle accouchait d'un petit métis. Aussi, qui peut savoir ? De toute façon, elle a montré le Noir du doigt, nous nous sommes emparés du garçon, l'avons emmené dans les bois pour le lyncher. J'étais aussi coupable que les autres.

– Dieu vous pardonnera, Sam.

– En êtes-vous sûr ?

– Absolument.

– Combien de meurtres pardonnera-t-il ?

– Tous sans exception. Si vous demandez sincèrement son pardon, il effacera l'ardoise. C'est dans les Écritures.

– C'est trop beau pour être vrai.

– Et le dernier lynchage ?

Sam secoua la tête violemment, les yeux fermés.

– Écoutez, je ne peux pas en parler, mon père, dit-il dans un souffle.

– Vous n'êtes pas obligé de m'en parler, Sam. Simplement dites-le à Dieu.

– Je ne sais pas si je peux en parler à qui que ce soit.

– Bien sûr que si. Simplement fermez les yeux, un soir, entre aujourd'hui et mardi, tandis que vous êtes dans votre cellule, et confessez-vous à Dieu. Il vous pardonnera aussitôt.

– Ça ne me semble pas juste. Vous tuez quelqu'un, puis en quelques minutes Dieu vous pardonne. C'est trop facile.

– Vous devez le regretter sincèrement.

– Oh, je le regrette. Je le jure.

– Dieu efface tout, Sam, mais pas les hommes. Nous répondons de nos actes devant Dieu, mais également devant la loi. Dieu vous pardonnera, mais vous allez subir les conséquences de votre conduite selon les lois de cet État.

– J'emmerde l'État. De toute façon je suis prêt à partir d'ici.

– Bon. Assurons-nous que vous êtes prêt, d'accord ?

Sam marcha en direction de la table et s'assit près de Griffin.

– Vous restez dans les parages, mon père, hein ? J'ai besoin d'aide. Il y a quelques saloperies enfouies dans mon âme et ça peut prendre un certain temps avant de les en faire sortir.

– Ce ne sera pas difficile, Sam, si vous êtes réellement préparé.

Sam tapota amicalement le genou du religieux :

– Simplement, restez dans les parages, mon père, d'accord ?

44

Un nuage de fumée bleue remplissait le bureau de devant lorsque Adam y entra. Sam, assis sur le bord de la table, tirait sur sa cigarette tout en lisant la presse du dimanche. Des articles parlaient de lui. Trois gobelets qui avaient contenu du café et plusieurs papiers de bonbons étaient éparpillés sur le bureau.

– Vous êtes ici comme chez vous, n'est-ce pas ? dit Adam en voyant le désordre.

– Hé oui, je reste là toute la journée.

– Un défilé d'invités ?

– « Invités » n'est pas vraiment le mot. La journée a commencé avec la visite de Nugent : idéal pour tout gâcher. L'aumônier est passé voir si je priais. Plutôt déprimé en partant. Puis est venu le toubib. Il voulait s'assurer de ma bonne santé avant qu'on me tue. Mon frère Donnie n'est resté qu'un moment. À propos, je tiens absolument à ce que tu le rencontres. De bonnes nouvelles, j'espère.

Adam secoua la tête et s'assit.

– Non. Rien de neuf depuis hier. Les cours se sont accordé le week-end.

– Quoi ! Le samedi et le dimanche comptent aussi ? La pendule, elle, ne s'arrête pas le week-end.

– Ce n'est pas forcément mauvais. Les magistrats trouveront peut-être le temps d'examiner mes remarquables appels.

– Crois-tu ? Ces juges auront passé le week-end dans leur maison de campagne, à boire de la bière et à faire griller des côtes d'agneau.

– Sans doute. Que dit le journal ?

– Toujours les mêmes histoires réchauffées sur moi et mon horrible crime, des photos des manifestants devant la prison, des commentaires de McAllister. Rien de nouveau. Je n'ai jamais vu un tel ramdam.

– Vous êtes la vedette, Sam. Wendall Sherman et son éditeur proposent maintenant cent cinquante mille dollars, offre valable jusqu'à six heures ce soir. Il attend à Memphis avec son magnétophone, mourant d'envie d'arriver jusqu'ici. Il a besoin d'au moins deux jours pour enregistrer votre récit.

– Que ferais-je de cet argent ?

– Le laisser à vos chers petits-enfants.

– Tu es sérieux ? Te serait-il utile ? Je le ferais si c'était le cas.

– Je plaisantais. Je ne veux pas de cet argent, et Carmen n'en a pas besoin. J'ai dit à Sherman de ne plus y penser.

– Bravo.

Sam se mit debout et commença à marcher de long en large dans la pièce. Adam s'installa au bord du bureau et lut la page sportive.

– Je serai content lorsque ce sera fini, Adam, dit Sam. Je ne peux plus supporter cette attente. Je te jure que j'aimerais que ce soit pour ce soir.

Il était soudain devenu nerveux, irascible. Sa voix avait pris des inflexions plus dures.

Adam posa le journal.

– Nous allons gagner, Sam, faites-moi confiance.

– Gagner quoi ? lança-t-il, furieux. Gagner un nouveau sursis ? La belle affaire ! Pour quel bénéfice ? Six mois de gagnés ? Un an ? Tu sais ce que ça signifie ? Ça signifie que nous serons obligés de recommencer à un moment ou à un autre. Il me faudra de nouveau participer à ce fichu rituel – compter les jours, perdre le sommeil, inventer des stratégies de dernière minute, écouter Nugent ou un autre imbécile, parler avec le psychiatre, chuchoter avec l'aumônier, recevoir de gentilles tapes dans le dos pour être finalement conduit dans cette cabine.

Il se planta devant Adam et lui décocha un regard furieux. Il était en colère, son regard était triste et ses yeux humides.

– J'en ai vraiment marre, Adam ! Écoute-moi donc ! C'est pire que mourir.

– Nous ne pouvons pas renoncer, Sam.

– Nous ? Bon Dieu, qui, nous ? C'est de ma peau qu'il s'agit, pas de la tienne. Si j'obtiens un sursis, tu retourneras dans ton magnifique bureau à Chicago. Tu seras un héros parce que tu auras sauvé ton client. Tu auras ta photo dans le *Journal des avocats*. La jeune étoile montante qui a fait merveille dans le Mississippi. Il a sauvé la vie de son grand-père, une ordure du KKK. L'ordure, elle, retournera dans sa petite cage et recommencera à compter les jours.

Sam jeta sa cigarette par terre et prit Adam aux épaules.

– Regarde-moi, fiston. Il n'est pas question que je remette ça. Je veux que tu en finisses. Que tu laisses tomber. Appelle tous les juges, et dis-leur que nous renonçons à nos pétitions, à nos appels, à nos requêtes. Je suis un vieillard. Permets-moi de mourir avec dignité.

Les mains de Sam tremblaient, il respirait avec difficulté. Adam chercha son beau regard bleu. Ses yeux entourés de rides. Une larme surgit au coin de la paupière et glissa lentement sur la joue avant de se perdre dans la barbe.

Pour la première fois Adam respirait l'odeur de son grand-père. Ce mélange de nicotine et de transpiration n'était pas très agréable. Mais ce n'était pas repoussant.

– Je ne veux pas que vous mouriez.

Sam serra un peu plus fort les épaules de son petit-fils.

– Pourquoi pas ?

– Parce que je viens à peine de vous retrouver. Vous êtes mon grand-père.

Sam fixa Adam encore un instant, puis se détendit. Il lâcha prise et recula d'un pas.

– Je regrette d'être ce que je suis, dit-il en s'essuyant les yeux.

– Ne vous excusez pas.

– Je regrette vraiment de ne pas être un meilleur grand-père. Regarde-moi, dit-il en jetant un coup d'œil à ses jambes. Un vieillard en combinaison rouge. Un condamné pour meurtre, qu'on va gazer comme un animal. Et regarde-toi. Un brillant jeune homme, plein de diplômes, avec un merveilleux avenir. Où, bon Dieu, me suis-je fourvoyé ? Que m'est-il arrivé ? J'ai passé ma vie à haïr les gens et regarde où j'en suis maintenant. Toi, tu ne hais personne. Et regarde où tu vas. Pourtant nous sommes du même sang. Pourquoi suis-je ici?

Il se glissa doucement sur une chaise, posa ses coudes sur ses genoux et se couvrit les yeux de la main. Les deux hommes restèrent silencieux pendant un long moment. On entendait de temps à autre la voix d'un gardien dans le couloir, mais la pièce était tranquille.

– Tu vois, Adam, je préférerais ne pas mourir d'une manière aussi horrible, dit Sam, les poings appuyés contre ses tempes. Mais la mort elle-même ne m'inquiète plus. Je sais depuis fort longtemps que je mourrai ici. Je craignais de mourir dans l'indifférence générale. C'est une terrible pensée, vois-tu. Mourir sans que personne s'en soucie. Personne pour pleurer, pour avoir de la peine, pour t'accompagner dans ta dernière demeure. Une nuit, j'ai vu en rêve mon corps dans un minable cercueil en planches, posé sur des tréteaux à Clanton. Il n'y avait pas âme qui vive. Pas même Donnie. Dans ce rêve, le prêtre gloussait de temps en temps parce qu'on n'était que tous les deux dans la chapelle, devant des rangées de prie-Dieu vides. Aujourd'hui c'est différent. Quelqu'un se soucie de moi. Je sais que tu seras triste lorsque je mourrai. Je sais aussi que tu seras là pour mon enterrement afin que les choses se déroulent normalement. Je suis prêt à partir, Adam. Je suis vraiment prêt.

– C'est bien, Sam, je vous respecte pour ça. Et je vous promets que je serai ici jusqu'au dernier moment, que j'aurai de la peine et que je pleurerai. Et je ferai en sorte que vous ayez un enterrement décent. Personne ne se conduira mal avec vous, Sam, tant que je serai là. Mais, je vous en prie, regardez les choses de mon point de vue. Je dois absolument faire tout ce que je peux, parce que je suis jeune et que j'ai la vie devant moi. Ne m'obligez pas à partir d'ici en sachant que j'aurais pu faire davantage. Ce ne serait pas juste vis-à-vis de moi.

Sam croisa les bras et regarda Adam. Son visage était blême, mais calme, ses yeux encore humides.

– Faisons ça, dit-il d'une voix basse et douloureuse. Je suis prêt à partir. Je passerai la journée de demain et celle de mardi à me préparer. Je suppose que ça aura lieu mardi à minuit. Je serai prêt. Toi, de ton côté, tiens ton rôle. Si tu gagnes, tant mieux pour toi. Si tu perds, je ferai face.

– Vous allez m'apporter votre soutien ?

– Non. Pas d'audience pour un recours en grâce. Plus de pétition, plus d'appel. Il y en a assez en train pour t'occuper pendant ces derniers jours. Deux requêtes n'ont pas encore eu de réponse. Je ne signe plus rien.

Sam se tenait debout, tremblant, fléchissant sur ses pauvres genoux. Il s'avança vers la porte et s'y appuya.

– Où en sommes-nous avec Lee ? demanda-t-il doucement en cherchant une cigarette.

– Elle est toujours en cure de désintoxication, mentit Adam.

Il était tenté de lui dire la vérité. Ça lui paraissait puéril de mentir à Sam au cours des dernières heures de sa vie. Mais il y renonça. Il avait encore le ferme espoir de retrouver sa tante avant mardi.

– Voulez-vous la voir ?

– Je crois. Peut-elle sortir ?

– Ce sera sans doute difficile, mais j'essaierai. Elle est plus malade que je ne le pensais.

– Elle est alcoolique, n'est-ce pas ?

– Oui.

– Seulement ça ? Pas de drogue ?

– Non, juste de l'alcool. C'est son problème depuis de nombreuses années. Les cures de désintoxication ne sont pas une nouveauté pour elle.

– Pauvre fille ! Mes enfants n'ont pas eu de chance.

– C'est quelqu'un de bien. Son mariage n'a pas été facile. Son fils a quitté la maison familiale très jeune et n'est jamais revenu.

– Walt, c'est ça ?

– C'est ça, répondit Adam.

Cette famille avait de quoi vous fendre le cœur. Sam n'était même pas certain du prénom de son petit-fils.

– Quel âge a-t-il ?

– Je ne sais trop. Environ le même âge que moi.

– Est-il au courant à mon sujet ?

– Je ne sais pas. Il est parti depuis des années. Il vit à Amsterdam.

Sam prit un gobelet en carton sur le bureau et but un fond de café froid.

– Et Carmen ? demanda-t-il.

Adam, automatiquement, jeta un coup d'œil à sa montre.

– J'irai la chercher à l'aéroport de Memphis dans trois heures. Elle sera là demain matin.

– J'ai la frousse.

– Du calme, Sam. C'est une fille bien. Elle est intelligente, ambitieuse, jolie. Je lui ai parlé de vous.

– Pourquoi ?

– Parce qu'elle voulait savoir.

– Pauvre gosse ! Lui as-tu dit à quoi je ressemble ?

– Ne vous tracassez pas pour ça, Sam. Elle se fiche éperdument de ce à quoi vous ressemblez.

– Lui as-tu dit que je n'étais pas un monstre ?

– Je lui ai dit que vous étiez un ange, un amour, une petite chose délicate, et que vous portiez d'adorables petites sandales de caoutchouc qui vous font ressembler à un lutin.

– Idiot !

– Que vous étiez la coqueluche de tous les gars, ici, dans la prison.

– Menteur ! Tu ne lui as pas dit ça !

Sam grimaçait, mais pas sérieusement. Adam se mit à rire, un peu trop longtemps et un peu trop fort. Mais bientôt ils se retrouvèrent assis tous les deux au bord du bureau, côte à côte, les pieds reposant sur des chaises, fixant le sol, entourés par des nuages de fumée.

Il y avait tant de choses à dire, mais où trouver les mots ? Les manœuvres juridiques s'étaient révélées inefficaces. La famille était un sujet épuisé. Les prévisions météorologiques ne fournissaient que cinq minutes de conversation. Ces deux hommes savaient qu'ils allaient vivre ensemble la plus grande partie des deux jours et demi à venir. Les formalités pouvaient attendre. Deux fois Adam regarda sa montre. Il ferait mieux de partir. Chaque fois Sam le retint. Dès qu'Adam aurait disparu, on viendrait le chercher pour le ramener dans sa cellule, cette petite cage où il faisait plus de quarante degrés.

Tard, ce soir-là, bien après minuit, Adam dit à Carmen qu'il n'oublierait jamais le moment qu'il avait passé avec Sam, assis sur le bord de la table, en silence, tandis qu'une horloge invisible marquait la course du temps, et que son grand-père lui tapotait le genou.

– Comme s'il avait eu le besoin de me toucher avec tendresse, avait-il expliqué, comme un vrai grand-père.

Carmen en avait appris assez pour ce soir.

Pourtant, Adam avait parlé avec retenue. Il avait survolé les sommets, évité les grands fonds ténébreux – il n'avait évoqué ni Joe Lincoln ni les lynchages, n'avait fait aucune allusion aux autres crimes. Il avait montré Sam comme un homme violent qui avait commis de terribles erreurs et était maintenant rongé par les remords. Carmen ne pouvait en supporter plus pour cette première soirée. Adam lui-même n'arrivait pas à croire aux choses qu'il avait entendues au cours de ces quatre dernières semaines. Lancer tout cela à la figure de sa sœur en une seule fois aurait été trop cruel.

45

Le lundi 6 août, à six heures du matin, quarante-deux heures avant la date fatidique, Adam entra dans son bureau et s'enferma à clef.

Il attendit jusqu'à sept heures, puis appela le bureau de Slattery à Jackson. Aucune réponse, bien entendu. Il appela les renseignements et obtint le numéro personnel de F. Flynn Slattery. Il décida cependant de ne pas le déranger. Il attendrait jusqu'à neuf heures.

Il avait dormi moins de trois heures. Son pouls était irrégulier. Son cœur subissait le contrecoup de violentes décharges d'adrénaline. Son client n'en avait plus que pour quarante-deux heures. Bon Dieu, Slattery pourrait quand même prendre une décision. Il n'avait pas le droit de laisser cette pétition en suspens. Adam avait encore d'autres cours en vue.

Sonnerie. Adam se précipita sur le téléphone. La cinquième chambre rejetait l'appel concernant la prétendue incompétence de la défense. Juridiquement inacceptable. La requête aurait dû être présentée des années plus tôt. Les juges n'avaient même pas pris la peine d'examiner la question sur le fond.

– Alors pourquoi nous avoir fait attendre pendant une semaine ? demanda Adam. Cette décision aurait pu intervenir dix jours plus tôt.

– Je vous envoie sur-le-champ une copie par fax, déclara le fonctionnaire du tribunal.

– Merci.

– Restez en contact avec nous, monsieur Hall, nous sommes en permanence à votre service.

Adam raccrocha et partit à la recherche de café. Darlene arriva très en avance, à sept heures et demie, l'air hagard. Elle apportait le fax de la cinquième chambre et des petits pains aux raisins. Adam lui demanda d'envoyer un fax à la Cour suprême des États-Unis sur le problème de l'incompétence de la défense. Le texte en avait été rédigé depuis trois jours.

Darlene lui apporta ensuite deux cachets d'aspirine et un verre d'eau pour calmer son épouvantable migraine. Adam fourra les dossiers de l'affaire Cayhall dans un attaché-case et dans une grande boîte en carton, puis donna à sa secrétaire une série de recommandations.

Puis, il quitta la succursale de Kravitz et Bane à Memphis pour n'y jamais revenir.

Le colonel Nugent attendait avec impatience l'ouverture de la porte de la galerie A avec les huit gardiens qu'il avait choisis pour l'exécution. Ils envahirent le couloir avec la subtilité des hommes de la Gestapo, huit colosses, quatre en uniforme, quatre en civil sur les talons d'un fier-à-bras. Nugent s'arrêta devant la cellule six. Sam était allongé sur son lit, plongé dans ses pensées. Les autres détenus s'agitèrent immédiatement et passèrent leurs bras à travers les barreaux.

– Sam, c'est le moment de vous rendre dans la salle forte, dit Nugent avec un air désolé.

Ses hommes s'étaient alignés derrière lui sous la rangée de vasistas.

Sam lentement se leva de son lit et s'avança vers les barreaux. Il jeta un coup d'œil furieux à Nugent :

– Pourquoi ?

– Parce qu'il le faut.

– Mais pourquoi, bon Dieu, m'emmener huit portes plus loin dans la galerie ? À quoi ça peut bien servir ?

– C'est le règlement, Sam. C'est écrit dans le manuel.

– Vous n'avez pas de raison valable, c'est ça ?

– Nous n'en avons pas besoin. Tournez-vous.

Sam se dirigea vers son lavabo, se brossa longuement les dents, puis se planta devant son w.-c. et urina tranquillement. Il se lava les mains, tandis que Nugent et ses hommes le regardaient, furieux. Ensuite il alluma une cigarette, la coinça entre ses dents, mit ses mains derrière son dos et les fit passer à travers l'étroite ouverture de la porte. Nugent referma d'un claquement les menottes sur ses poignets. Il fit signe d'ouvrir la porte. Sam s'avança dans le couloir. Il adressa un petit signe de tête à J.B. Gullitt qui le regardait, horrifié, et un clin d'œil à Hank Henshaw.

Nugent lui prit le bras et l'entraîna vers le bout du couloir. Ils passèrent devant les autres prisonniers, et finalement devant le Petit Prédicateur. Couché sur son lit, le visage enfoncé dans le matelas, le gamin pleurait. La galerie se terminait sur des barreaux identiques à ceux fermant les cellules. De l'autre côté d'une lourde porte métallique, un groupe de matons attendait. Les hommes de Nugent jouissaient de chaque instant.

Sam se rapprochait de quinze mètres de la mort. Il s'appuya contre le mur, tirant sur sa cigarette, et conservant un silence stoïque. Ce n'était pas une brimade, c'était la routine.

Nugent retourna à la cellule six et aboya des ordres. Quatre gardiens s'emparèrent des affaires de Sam et les transportèrent dans la salle forte. Ils tenaient les objets à bout de bras comme s'ils étaient contaminés. Un mastodonte, en vêtements civils, roula le matelas et les couvertures. Il marcha par mégarde sur un drap et le déchira.

Les détenus regardaient ce brusque accès d'activité avec fascination et appréhension. Leur minuscule cellule était devenue pour eux comme une seconde peau, et il leur était intolérable de voir l'une d'elles assaillie de cette manière. La même chose pouvait leur arriver. La réalité d'une exécution prenait soudain corps avec violence – bruit de bottes, voix étouffées et rauques des hommes chargés des préparatifs.

Aucun de ces derniers ne travaillait dans le quartier des condamnés à mort. Les membres de l'équipe chargée de l'exécution devaient être totalement étrangers au détenu. Trente-trois surveillants et gardiens s'étaient portés volontaires pour cette tâche. Nugent avait choisi les meilleurs.

– Tout a-t-il été déménagé ? lança-t-il sèchement à un de ses hommes.

– Oui, monsieur.

– Très bien. Voilà vos affaires, Sam.

– Oh, merci, ricana Sam en entrant dans la salle.

Nugent fit un signe et la grille se referma. Il s'avança et prit les barreaux à deux mains.

– Maintenant, Sam, écoutez-moi, dit-il gravement.

Sam, le dos appuyé au mur, regardait au-dessus de la tête de Nugent.

– Nous restons près de vous en permanence. Si vous avez besoin de quoi que ce soit, nous serons là, d'accord. Nous vous amenons ici en attendant la fin pour mieux vous surveiller. Puis-je faire quelque chose pour vous ?

Sam continuait de regarder dans le vide, ignorant son interlocuteur.

– Très bien, dit Nugent en reculant avant de tourner la tête en direction de ses hommes. Allons-y.

La porte de la galerie s'ouvrit à moins de trois mètres de Sam, et l'équipe chargée de l'exécution sortit en file indienne. Sam attendait. Nugent jeta un coup d'œil à droite et à gauche du couloir, puis quitta la galerie.

– Hé, Nugent ! cria soudain Sam. Que diriez-vous de m'enlever les menottes !

Nugent s'arrêta net et ses hommes s'immobilisèrent.

– Pauvre idiot ! lança Sam tandis que Nugent revenait précipitamment sur ses pas, agitant ses clefs, aboyant des ordres.

Des rires éclatèrent dans la galerie, de gros rires, suivis de sifflets stridents.

– C'est interdit de me laisser les menottes ! cria Sam dans le couloir.

Nugent s'approcha de la grille, les dents serrées, cherchant nerveusement ses clefs.

– Tournez-vous, ordonna-t-il.

– Tu n'es qu'un connard ! hurla Sam à moins de cinquante centimètres de la figure cramoisie du colonel.

Les rires repartirent de plus belle.

– Et c'est vous le responsable de mon exécution, lança Sam à pleins poumons. Vous allez probablement vous gazer vous-même.

– À votre place je n'y compterais pas, dit Nugent sèchement. Maintenant, retournez-vous.

Quelqu'un, peut-être Hank Henshaw ou Harry Ross Scott, cria :

– Connard, connard !, et immédiatement le cri fut repris dans toute la galerie :

– Connard, connard !

– Silence ! hurla Nugent.

– Connard !

Sam finalement se retourna et présenta ses mains à Nugent qui détacha les menottes avant de disparaître.

Le couloir désert, les cris et les rires cessèrent, le silence se rétablit brusquement. Peu à peu les mains lâchèrent les barreaux.

Sam debout fixait les deux gardiens qui le surveillaient de l'autre côté de la grille. Puis il passa quelques minutes à ranger sa cellule, branchant le ventilateur, le poste de télévision, alignant parfaitement ses livres comme s'il devait encore s'en servir, vérifiant le fonctionnement de la chasse d'eau et le robinet du lavabo. Il s'assit sur le lit et examina le drap déchiré.

C'était sa quatrième cellule dans le quartier des condamnés à mort et celle qu'il occuperait le moins longtemps. En fait, tout détenu qui y entre n'en sort que pour le dernier pas.

Garner Goodman était le premier visiteur de la journée à pénétrer dans la magnifique antichambre du gouverneur. Il avait signé le registre et bavardé aimablement avec la jolie hôtesse. Pouvait-elle informer le gouverneur de sa présence ? La fille allait lui répondre lorsque la sonnerie du téléphone retentit. Elle enfonça une touche, fit la grimace à l'intention de Goodman, qui la regardait distraitement.

– Ah ! ces gens, soupira-t-elle.

– Je vous demande pardon ? dit Goodman, l'air innocent.

– Nous avons été assaillis d'appels à propos de l'exécution de votre client.

– C'est une affaire sensible. Apparemment, la plupart des gens d'ici sont en faveur de la peine de mort.

– Pas celui-là, dit-elle en notant l'appel sur une feuille rose. Si j'en juge par mon téléphone, beaucoup de gens sont opposés à l'exécution.

– Vous me surprenez.

– Je vais prévenir Mona Stark que vous êtes ici.

– Merci.

Goodman s'installa dans un fauteuil et jeta un coup d'œil aux journaux. Samedi matin, le quotidien de Tupelo avait commis l'erreur de proposer une ligne ouverte à ses lecteurs pour connaître l'opinion du public sur l'exécution de Sam Cayhall. Naturellement Goodman et son équipe chargée de la campagne d'intox avaient bombardé la ligne durant le week-end. Le lundi, le journal donnait les premiers résultats, des résultats réellement surprenants. Sur trois cent vingt appels, trois cent deux étaient opposés à l'exécution. Goodman sourit en lisant les chiffres.

À quelques mètres de là, le gouverneur, assis devant sa grande table de travail, feuilletait les mêmes journaux, l'air perplexe, visiblement ennuyé.

Mona Stark s'avança sur les dalles de marbre, une tasse de café à la main.

– Garner Goodman attend dans le foyer.

– Qu'il attende.

– La ligne ouverte est déjà encombrée.

McAllister regarda calmement sa montre. Neuf heures moins onze. Il se gratta le menton. De trois heures de l'après-midi, samedi, jusqu'à huit heures du soir, dimanche, ses enquêteurs avaient appelé deux cents personnes dans le Mississippi. Soixante-dix-huit pour cent étaient pour la peine de mort, ce qui n'avait rien de surprenant. Néanmoins, dans le même échantillon, cinquante et un pour cent des gens croyaient que Sam Cayhall ne devrait pas être exécuté. Beaucoup de personnes pensaient qu'il était trop vieux pour ce châtiment. Son crime avait été commis vingt-trois ans plus tôt. Le coupable appartenait à une génération très différente de celle d'aujourd'hui. De toute façon, il mourrait probablement à Parchman. Il était persécuté pour des raisons politiques. De plus, il était blanc. McAllister et ses enquêteurs ne sous-estimaient pas l'importance de ce facteur.

Cependant c'étaient plutôt de bonnes nouvelles. Les mauvaises étaient imprimées sur un listing posé à côté des journaux. Avec une seule standardiste, on avait reçu deux cent trente et un appels le samedi, et cent quatre-vingts le dimanche. Un total de quatre cent sept. Plus de quatre-vingt-quinze pour cent étaient opposés à l'exécution. Depuis vendredi matin, la ligne ouverte avait officiellement enregistré huit cent quatre-vingt-dix-sept appels, et plus de quatre-vingt-dix pour cent étaient opposés à cette exécution. Et la ligne ouverte continuait de sonner sans arrêt.

Il y avait encore autre chose. Aux quatre coins de l'État, les bureaux enregistraient eux aussi une avalanche d'appels presque tous opposés à l'exécution de Sam. Roxburgh avait appelé pour signaler que sa ligne avait été également encombrée.

Le gouverneur était déjà fatigué.

– Y a-t-il quelque chose à dix heures ce matin ? demanda-t-il à Mona sans la regarder.

– Oui, une réunion avec des chefs scouts.

– Annulez. Excusez-moi. Reportez-la. Je ne suis pas d'humeur à me faire photographier ce matin. Je ne bouge pas. Au déjeuner ?

– Le sénateur Pressgrove. Vous devez en principe parler du procès contre les universités.

– Pressgrove m'insupporte. Annulez. Commandez une aile de poulet. À la réflexion, faites entrer Goodman.

Mona Stark gagna la porte, disparut une minute et réapparut avec Garner Goodman. McAllister était debout près de la fenêtre, regardant les bâtiments du centre-ville. Il se retourna et adressa à son visiteur un sourire las.

– Bonjour, monsieur Goodman.

Les deux hommes se serrèrent la main avant de s'asseoir. Dimanche, en fin d'après-midi, Goodman avait adressé à Larramore une lettre lui demandant d'annuler l'audience de recours en grâce, à cause du refus obstiné de son client.

– Il n'a toujours pas changé d'avis ? demanda le gouverneur.

– Non. Il refuse. Pas d'explication. Nous avons tout essayé.

Mona tendit à Garner Goodman une tasse de café.

– Il a la tête dure. Il l'a toujours eue, j'imagine. Où en sont actuellement les appels ? demanda McAllister.

– Ils suivent leur cours.

– Vous avez déjà vécu ce genre d'instant, monsieur Goodman. Moi pas. Quel est votre pronostic en cet instant ?

Goodman remua son café et réfléchit à la question. On n'avait rien à perdre à être franc avec le gouverneur, pas au point où en étaient les choses.

– Comme avocat de la défense, je pencherais vers l'optimisme. Mais, comme observateur, je dirais qu'il y a soixante-dix pour cent de chances pour que la chose aille jusqu'au bout.

Le gouverneur réfléchit un instant. Il entendait presque les sonneries du téléphone au-delà des murs. Même ses collaborateurs devenaient nerveux.

– Savez-vous ce que j'aimerais, monsieur Goodman? demanda-t-il avec un accent de sincérité.

Oui, vous aimeriez que ces sonneries de téléphone cessent, se dit Goodman.

– Non.

– J'aimerais voir Adam Hall. Où est-il?

– Probablement à Parchman. Je lui ai parlé voici une heure.

– Peut-il venir ici aujourd'hui?

– Bien sûr. Il projetait même un voyage à Jackson cet après-midi.

– Parfait. Je l'attendrai.

Goodman réprima un sourire. Peut-être un maillon venait-il de sauter.

Curieusement, cependant, ce fut sur un front bien différent et tout à fait imprévu que la première lueur d'espoir apparut.

À six cents mètres de là, au palais de justice fédéral, Breck Jefferson entra dans le bureau de son patron, l'honorable Flynn Slattery. Ce dernier parlait au téléphone. Breck apportait un épais dossier de requête soumis à l'avis d'une juridiction supérieure. Il tenait également un calepin rempli de notes.

– Oui? aboya Slattery en raccrochant brutalement l'appareil.

– Il faut que nous parlions de l'affaire Cayhall, dit Breck, l'air maussade. Nous avons cette requête à propos de prétendus troubles mentaux.

– Rejetons ça, et débarrassons-nous-en. Je suis trop occupé pour me pencher là-dessus. Refilons Cayhall à la cinquième chambre. Je n'ai aucune envie que cette maudite affaire traîne par ici.

Breck parut embarrassé.

– Mais il y a pourtant une chose à laquelle vous devez jeter un coup d'œil.

– Ah, allez-y, Breck. De quoi s'agit-il?

– Cette requête est peut-être valable.

Le visage de Slattery s'allongea et ses épaules s'avachirent.

– Allons donc ! Vous plaisantez ? Nous avons un procès dans une demi-heure. Le jury nous attend.

Breck Jefferson avait été un de ses plus brillants étudiants à Emory. Slattery lui faisait toute confiance.

– La défense soutient que l'état mental de Sam ne lui permet pas d'affronter une exécution dans des conditions normales. Elle s'appuie sur les statuts un peu vagues du Mississippi.

– Tout le monde sait qu'il est fou.

– La défense dispose d'un expert prêt à témoigner. On ne doit pas ignorer ça.

– Impensable !

– Vous feriez bien d'y jeter un coup d'œil !

L'honorable juge frotta le front du bout des doigts.

– Montrez-moi ça.

– Encore quelques kilomètres, dit Adam, tandis qu'ils roulaient en direction de la prison. Comment te sens-tu ?

Carmen n'avait guère parlé depuis qu'ils avaient quitté Memphis.

– Je suis assez nerveuse, reconnut-elle.

Ils avaient parlé brièvement de Berkeley, de Chicago, et de ce que la nouvelle année pouvait apporter. Ils n'avaient pas parlé de la famille.

– Il est nerveux lui aussi.

– C'est bizarre, Adam. Foncer sur cette nationale, dans cette campagne, pour faire la connaissance d'un grand-père sur le point d'être exécuté.

Adam caressa d'une main ferme le genou de sa sœur.

– C'est chouette ce que tu fais.

Elle portait un pantalon de treillis trop grand, des chaussures de randonnée et une chemise de toile d'un rouge délavé. Le portrait fidèle d'une étudiante en dernière année de psychologie.

– Nous y voici, dit Adam en pointant le doigt.

Des deux côtés de la nationale, les voitures étaient garées pare-chocs contre pare-chocs. La circulation était ralentie à cause des gens qui marchaient vers la prison.

– De quoi s'agit-il ? demanda-t-elle.

– Ça fait partie du spectacle.

Ils doublèrent des membres du KKK qui avançaient sur le bas-côté. Carmen secoua la tête d'un air incrédule. La voiture roulait au pas. Au milieu de la nationale, devant l'entrée de la prison, deux motards réglaient la circulation. Devant Parchman, un gardien obligea Adam à se garer près du fossé.

Le frère et la sœur s'approchèrent du portail en se tenant par la main. Les membres du KKK vêtus de leur robe grouillaient à proximité. Un haut-parleur crachotait des discours enflammés. Une bande de chemises brunes, épaule contre épaule, brandissait des pancartes. Il y avait au moins cinq camionnettes de régie télévisée garées près de la nationale. L'hélicoptère d'une agence de presse faisait des cercles au-dessus de la prison.

Devant le poste de garde, Adam présenta Carmen à sa nouvelle copine, Louise, la surveillante qui s'occupait des formalités. Elle était harassée. L'atmosphère était explosive. À l'en croire, ça n'allait pas s'arranger.

Un gardien en uniforme les fit monter dans un minibus de la prison.

– Incroyable, dit Carmen.

– Ça empire chaque jour. Tu verras demain.

Le minibus s'engagea dans la voie principale bordée de grands arbres et de petites maisons pimpantes.

– Ça n'a pas l'air d'une prison, dit Carmen.

– C'est une ferme de mille hectares. Ce sont les employés de la prison qui habitent ces maisons.

– Avec leurs enfants ! s'exclama-t-elle en voyant des bicyclettes et des trottinettes abandonnées dans les cours. C'est si paisible. Où sont les prisonniers ?

– Attends un peu.

Le minibus tourna sur la gauche, quittant le goudron pour s'engager sur un chemin empierré. Devant eux apparut le quartier des condamnés à mort.

– Tu vois les miradors, là-bas ? dit Adam en tendant le bras. Tu vois les grillages et les fils de fer barbelés ?

Elle acquiesça.

– C'est le quartier de haute sécurité. C'est là qu'est enfermé Sam depuis neuf ans et demi.

– Où est la chambre à gaz ?

– À l'intérieur.

Les gardiens jetèrent un coup d'œil dans le minibus puis firent signe au conducteur de franchir le double portail. La voiture s'arrêta devant l'entrée. Packer attendait. Adam le présenta à Carmen. Elle avait la gorge nouée. Packer les fouilla gentiment. Trois autres gardiens les surveillaient.

– Sam est déjà là-bas, dit Packer en faisant un signe de tête en direction du bureau de devant. Allons-y.

Adam prit la main de sa sœur. Elle tourna la tête vers lui et ils s'avancèrent vers la porte. Adam l'ouvrit.

Sam était assis sur le bord de la table, comme toujours, les pieds ballants, mais il ne fumait pas. L'air de la pièce était frais et limpide. Sam regarda Adam, puis tourna les yeux vers Carmen. Packer referma la porte.

Carmen lâcha la main d'Adam et s'avança vers la table. Elle regarda Sam droit dans les yeux et lui dit doucement :

– Je suis Carmen.

Sam descendit de son perchoir.

– Je suis Sam, Carmen. Ton redoutable grand-père.

Il l'attira à lui pour l'embrasser.

Il fallut quelques secondes à Adam pour découvrir que Sam s'était rasé la barbe. Il avait les cheveux plus courts, paraissait plus soigné. La fermeture Éclair de sa combinaison était fermée jusqu'au cou.

Sam prit sa petite-fille par les épaules et regarda son visage.

– Tu es aussi jolie que ta mère, dit-il d'une voix rauque.

Il avait les yeux humides. Carmen essayait de toutes ses forces de refouler ses larmes.

Elle mordit sa lèvre et essaya de sourire.

– Merci d'être venue, dit-il. Je suis désolé que tu me voies dans cet état.

– Vous êtes superbe, dit-elle.

– Ne commence pas à mentir, Carmen, dit Adam pour briser la glace. Et retenons nos larmes avant qu'elles ne débordent.

– Assieds-toi, dit Sam en montrant une chaise à Carmen.

Il s'assit près d'elle et lui prit la main.

– Parlons d'abord affaires, Sam, dit Adam. La cinquième chambre a rejeté notre appel en début de matinée. Nous devons trouver d'autres biais.

– Ton frère est un sacré avocat. Il me répète la même chose tous les jours.

– Évidemment, la marge de manœuvre est si réduite.

– Comment va ta mère ? demanda Sam à Carmen.

– Bien.

– Dis-lui que j'ai demandé de ses nouvelles. C'était une brave fille.

– Je le lui dirai.

– Des nouvelles de Lee ? demanda Sam à Adam.

– Non. Voulez-vous la voir ?

– Il me semble. Et si ce n'est pas possible, je comprendrai.

– Je vais voir ce que je peux faire, dit Adam avec assurance.

Ses deux derniers coups de téléphone pour joindre Phelps étaient restés sans résultat. Franchement, il n'avait pas le temps de s'occuper de Lee.

Sam se pencha vers Carmen.

– Adam m'a dit que tu fais des études de psychologie.

– C'est juste. Je suis en dernière année. Je ferai...

Un coup sec frappé à la porte interrompit la conversation. Adam aperçut le visage tendu de Lucas Mann.

– Excusez-moi un instant, dit-il à Sam et à Carmen en gagnant le couloir. De quoi s'agit-il, Lucas ?

– Garner Goodman vous cherche, dit Mann presque dans un souffle. Il faut vous rendre à Jackson immédiatement.

– Pourquoi ? Que se passe-t-il ?

– Apparemment, un de vos appels a touché sa cible.

Le cœur d'Adam s'arrêta de battre.

– Lequel ?

– Slattery veut vous parler de la santé mentale de Sam. Il a prévu une audience à cinq heures cet après-midi. Ne me dites rien. Il se peut que je témoigne pour l'État.

Adam ferma les yeux et cogna doucement sa nuque contre le mur. Mille pensées tourbillonnaient dans sa tête.

– À cinq heures cet après-midi. Slattery ?

– C'est dur à croire. Dépêchez-vous.

– Où puis-je trouver un téléphone ?

– Là, dans le bureau de devant, dit Mann. Écoutez, Adam, ce ne sont pas mes affaires, mais à votre place je n'en parlerais pas à Sam. On est encore très loin du sursis. Ce ne serait pas raisonnable de lui donner un faux espoir. À votre place, j'attendrais la fin de l'audience.

– Vous avez raison. Merci, Lucas.

– Je vous verrai à Jackson.

Adam retourna dans la pièce. La discussion tournait maintenant autour de la vie en Californie.

– Ce n'est rien, dit Adam avec un froncement de sourcils en se dirigeant tranquillement vers le téléphone.

– Garner, c'est Adam. Je suis ici avec Sam. Que se passe-t-il ?

– Maniez-vous le train, mon vieux, dit Goodman. Les choses commencent à bouger.

– Je vous écoute.

Sam parlait de son seul et unique voyage à San Francisco des décennies auparavant.

– Le gouverneur veut vous voir en privé. Apparemment, il souffre. Nous l'emmerdons sérieusement avec nos coups de fil, il a du mal à supporter la pression. Mais, bien plus important, Slattery – qui aurait pensé à lui ? – s'intéresse au problème de la déficience mentale. Je lui ai parlé il y a une demi-heure, il est vraiment perplexe. Je n'ai rien fait pour le soulager. Il désire une audience à cinq heures cet après-midi. J'ai joint le docteur Swinn. Il est prêt. Il atterrira à trois heures trente à Jackson et sera là pour témoigner.

– J'arrive, dit Adam, tournant le dos à Sam et à Carmen.

– On se retrouve dans le bureau du gouverneur.

Adam raccrocha.

– Il faut que j'aille déposer les derniers appels, dit-il à Sam qui, pour le moment, avait d'autres chats à fouetter. Je pars pour Jackson.

– Pourquoi cette précipitation ? demanda Sam comme quelqu'un qui aurait des années à vivre sans rien avoir à faire.

– Sam, nous sommes lundi et il est dix heures. Nous avons exactement trente-huit heures pour réussir un miracle.

– Il n'y en aura pas, Adam.

Puis, se tournant vers Carmen sans lui lâcher la main :

– Ne te fais pas d'illusions, ma chérie.

– Peut-être...

– Non. Mon heure est venue et je suis prêt. Je ne veux pas que tu sois triste quand ce sera fini.

– Nous devons partir, Sam, dit Adam en lui tapotant l'épaule. Je serai de retour tard dans la soirée ou tôt demain matin.

Carmen se pencha pour embrasser son grand-père sur la joue.

– Mon cœur est avec vous, murmura-t-elle.

– Fais attention à toi, mon enfant. Travaille bien. Et ne pense pas trop de mal de moi. Si je suis là, c'est qu'il y a une raison. Une meilleure vie m'attend ailleurs.

Carmen pleurait en quittant la pièce.

46

À midi, le juge Slattery avait parfaitement pris conscience de la gravité de l'instant. Même s'il essayait de le cacher, il prenait un grand plaisir à cet îlot de calme au milieu de la tempête. À deux reprises, il avait parlé aux fonctionnaires de la cinquième chambre de La Nouvelle-Orléans et également, en personne, au juge de la Cour suprême, McNeely. Il avait aussi parlé au gouverneur, au procureur, à Garner Goodman et à des douzaines d'autres personnes. Ses chaussures étaient restées sous son impressionnant bureau tandis qu'il marchait de long en large, pendu à son téléphone. Il jouissait énormément de ce moment de folie.

Les journalistes apprirent rapidement qu'une audience était accordée. Non seulement ils encombrèrent la ligne téléphonique du bureau de Slattery, mais ils prirent position jusque dans le bureau de sa réceptionniste. On dut faire appel aux gardes nationaux pour les disperser.

Si le bureau de Slattery était sens dessus dessous, celui du procureur sombrait dans un indescriptible chaos. Roxburgh était devenu fou en apprenant qu'un des tirs au jugé de Cayhall avait atteint sa cible. On se bat contre ces brutes pendant dix ans à tous les échelons possibles, on va d'une cour de justice à l'autre, on bataille contre les conseillers les plus avisés des abolitionnistes, on produit en cours de route suffisamment de paperasse pour anéantir une forêt tropicale et, au moment où l'on tient le gibier dans la ligne de mire, une requête de dernière minute capte l'attention d'un juge qui se sent d'humeur conciliante.

Roxburgh s'était précipité dans le bureau de maître la Mort. Ils avaient constitué à la hâte une équipe regroupant les meilleurs juristes de droit criminel. On s'était retrouvé dans une grande bibliothèque pour consulter des piles et des piles d'ouvrages de droit récemment parus. Il leur fallait bien sûr des témoins. Qui avait vu Cayhall au cours de ce dernier mois ? Qui pouvait témoigner de ce qu'il avait dit et fait ? Il n'était plus temps de le faire examiner par un de leurs psychiatres. Lui, en revanche, en avait un. C'était un problème non négligeable. Pour s'attaquer à Sam, avec l'aide d'un bon expert, l'État serait obligé de prendre son temps. C'est-à-dire de repousser l'exécution. Les gardiens le voyaient tous les jours. Qui d'autre ? Roxburgh appela Lucas Mann qui lui suggéra d'en parler avec le colonel Nugent. Ce dernier avait vu Sam quelques heures plus tôt. Oui, naturellement, il serait heureux de témoigner. Ce vieux brigand n'était pas fou. Il était hargneux, voilà tout. Le surveillant Packer le voyait également chaque jour. Et la psychiatre de la prison, le docteur N. Stegall, l'avait examiné et pouvait elle aussi témoigner. Il y avait également l'aumônier.

Morris Henry, maître la Mort, mit sur pied une section d'assaut de quatre avocats chargée de chercher des poux au docteur Anson Swinn. Trouver des affaires auxquelles il avait été mêlé. Obtenir des copies de ses témoignages. Ce type était un perroquet acheté, il fallait l'abattre.

Dès qu'il eut mis sur pied son plan d'attaque, Roxburgh prit l'ascenseur pour descendre dans le hall afin de bavarder avec les journalistes.

Adam gara sa voiture dans le parking de l'hôtel de ville. Goodman l'attendait à l'ombre d'un arbre, en bras de chemise, mais le nœud papillon impeccablement noué. Adam lui présenta Carmen.

– Le gouverneur veut vous voir à deux heures. Je quitte son bureau à l'instant. Je l'ai vu trois fois ce matin. Allons faire un tour chez nous, dit-il en faisant un geste en direction du centre-ville. C'est à deux pas. Avez-vous vu Sam ? ajouta Goodman en se tournant vers Carmen.

– Oui, ce matin.

– C'est bien.

– Que manigance le gouverneur ? demanda Adam.

On marchait bien trop lentement à son avis. Détends-toi, se dit-il. Simplement, détends-toi.

– Qui sait ? Il veut vous voir en tête à tête. Peut-être que notre campagne d'intox commence à lui taper sur les nerfs. À moins qu'il ne cherche à se faire de la publicité. Peut-être est-il sincère. Je n'arrive pas à savoir ce qu'il nous réserve. En tout cas, il paraît éprouvé.

– Les coups de téléphone marchent bien ?

– Magnifiquement.

– Personne n'a de soupçons ?

– Pas encore. Franchement, nous frappons si fort et si vite que je doute qu'ils puissent trouver le temps de vérifier l'origine des appels.

Carmen jeta un coup d'œil interrogateur à son frère, trop préoccupé pour s'en apercevoir.

– Quelles sont les dernières nouvelles du côté de Slattery ? demanda Adam tandis qu'ils s'arrêtaient un instant pour regarder la manifestation qui se déroulait devant le perron de l'hôtel de ville.

– Rien depuis dix heures ce matin. Son adjoint vous a appelé à Memphis, et votre secrétaire lui a donné mon numéro de téléphone ici. C'est comme ça qu'ils ont pu me joindre. Slattery veut que les avocats soient au Palais à trois heures pour préparer le terrain.

– Qu'est-ce que ça signifie ? demanda Adam qui voulait obliger Goodman à lui dire qu'ils étaient sur le point de remporter une victoire décisive.

– Franchement, je n'en sais rien. C'est une bonne nouvelle, mais personne ne peut savoir jusqu'à quel point. Des audiences à ce stade ne sont pas inhabituelles.

Ils traversèrent une autre rue avant d'entrer dans le bureau improvisé. Il était en pleine effervescence. Munis de leur téléphone sans fil, deux étudiants en droit étaient assis, les pieds sur la table, un autre, près de la fenêtre, parlait avec véhémence, un autre marchait de long en large devant le mur du fond, le combiné collé à l'oreille. Adam, debout dans l'entrée, essayait de réaliser ce qui se passait. Carmen n'y comprenait rien.

Goodman donna quelques explications à voix basse.

– Nous réussissons à passer en moyenne soixante

appels par heure. On compose bien entendu plus de numéros, mais les lignes sont encombrées. Nous en sommes les responsables. Ça a le mérite de dissuader nos adversaires. Beaucoup plus calme durant le weekend. La ligne ouverte n'avait qu'une standardiste.

On aurait dit un directeur d'usine, fier de montrer son dernier robot.

— Mais qui appellent-ils ? demanda Carmen.

— Aimeriez-vous manger quelque chose ? demanda Goodman. Nous avons des sandwiches.

Adam refusa.

— Mais qui appellent-ils ? demanda à nouveau Carmen.

— La ligne ouverte du gouverneur, répondit Adam, sans en dire davantage.

Carmen jeta un coup d'œil interrogateur à son frère. Mais c'est Goodman qui fournit l'explication.

— Ces jeunes gens sont des étudiants en droit de l'université du Mississippi, expliqua-t-il. Nous en avons employé une douzaine depuis vendredi, d'âges différents, des Blancs, des Noirs, des hommes et des femmes. Le professeur Glass nous a rendu un fier service en mettant tout ce monde à notre disposition. Lui aussi passe des appels. De même que Hez Kerry et ses adjoints de l'Association contre la peine de mort. Au moins une vingtaine de personnes travaillent pour nous.

Ils avancèrent trois chaises au bout de la table pour s'asseoir. Goodman trouva des boissons gazeuses dans une glacière en plastique et en posa quelques-unes devant eux. Il continuait de parler à voix basse.

— John Bryan Glass potasse la jurisprudence pendant que nous bavardons. Son dossier sera prêt à quatre heures. Hez Kerry s'est également mis au travail. Il prend contact avec des amis dans d'autres États où existe la peine de mort pour voir si cette sorte de cas s'est présentée récemment.

— Kerry est noir ? dit Adam.

— Oui. C'est lui le directeur de l'Association contre la peine de mort dans le Sud. Très intelligent.

— Un avocat noir qui se démène pour sauver la vie de Sam.

— Pas important pour Hez. Pour lui, c'est d'abord une exécution.

— J'aimerais le rencontrer.

– Vous le verrez. Tous ces garçons seront à l'audience.

– Et ils travaillent pour rien ? demanda Carmen.

– Pas tout à fait. Kerry a un salaire. Quant au professeur Glass, il est payé par l'Université, mais bien entendu son travail actuel n'a rien à voir avec ses fonctions officielles. Nous donnons cinq dollars de l'heure à chacun de ses étudiants.

– Qui les paie ? demanda Carmen.

– Notre cher et vieux cabinet Kravitz et Bane.

Adam prit un annuaire téléphonique.

– Carmen doit partir cet après-midi, dit-il en le feuilletant.

– Je m'en occuperai, dit Goodman en reprenant l'annuaire. Où va-t-elle ?

– À San Francisco.

– Je verrai ça. Il y a un petit traiteur au coin de la rue. Pourquoi n'allez-vous pas manger un morceau ? On se retrouve dans le bureau du gouverneur à deux heures.

– Il faut que j'aille à la bibliothèque, dit Adam en regardant sa montre.

Il était presque une heure.

– Allez manger, Adam. Et essayez de vous détendre. Nous aurons le temps tout à l'heure de parler stratégie.

– J'ai faim, dit Carmen qui avait envie d'être seule avec son frère.

Elle s'arrêta dans la misérable petite entrée qui donnait sur l'escalier.

– Je t'en prie, explique-moi, dit-elle en lui serrant le bras.

– Quoi ?

– Cette pièce ici.

– C'est assez évident, non ?

– Est-ce légal ?

– Ce n'est pas illégal.

– Est-ce moral ?

Adam respira profondément et fixa le mur.

– Que vont-ils faire à Sam ?

– L'exécuter.

– L'exécuter, le gazer, le supprimer, l'assassiner, appelle ça comme tu veux. Mais c'est un crime, Carmen. Un crime légal. C'est mal, et j'essaie de l'empêcher. C'est une sale affaire, et, si je dois prendre quelque liberté avec l'éthique, je m'en moque.

– Ça pue.

– Le gaz aussi.

Elle secoua la tête mais garda le silence. Vingt-quatre heures plus tôt, elle déjeunait avec son petit ami à la terrasse d'un café à San Francisco. Maintenant elle ne savait plus trop où elle en était.

– Ne me juge pas là-dessus, Carmen. Ce sont des heures terribles.

– D'accord, dit-elle en s'avançant vers l'escalier.

Le gouverneur et le jeune avocat étaient seuls dans le grand bureau, calés dans de confortables fauteuils en cuir, les jambes croisées, leurs pieds se touchant presque. Goodman, quant à lui, conduisait Carmen à l'aéroport. Mona Stark s'était volatilisée.

– C'est étrange, voyez-vous, vous êtes son petit-fils et vous ne le connaissez que depuis à peine un mois, dit McAllister d'une voix calme, légèrement fatiguée. Moi, je le connais depuis des années. En réalité, il fait partie de ma vie depuis très longtemps. Et j'ai toujours pensé que j'attendrais ce jour avec impatience. J'ai voulu sa mort, vous savez, une punition méritée pour avoir tué ces deux enfants.

Il repoussa sa mèche et se frotta doucement les yeux. Il parlait sans manière, comme s'il était en train de bavarder avec un ami.

– Mais maintenant, je n'en suis plus si sûr. Adam, cette tension me met à bout de nerfs.

Il était étonnamment ouvert, ou c'était un comédien accompli. Adam ne savait que penser.

– Qu'aura prouvé l'État du Mississippi si Sam est exécuté ? demanda-t-il. Cet État ne sera pas un meilleur endroit pour vivre lorsque le soleil se lèvera mercredi matin et qu'il sera mort.

– Non. Mais vous ne croyez pas à la peine de mort. Moi, si.

– Pourquoi ?

– Parce qu'il doit y avoir une punition radicale pour les meurtriers. Mettez-vous à la place de Ruth Kramer, et vous verrez les choses différemment. Votre problème, Adam, comme celui des gens de votre espèce, c'est que vous oubliez trop facilement les victimes.

– Nous pouvons discuter à perdre haleine de la peine capitale.

– Vous avez raison. N'en parlons plus. Est-ce que Sam vous a dit quelque chose de nouveau à propos de l'attentat ?

– Je ne peux révéler ce que me dit Sam. Mais je réponds non.

– Peut-être a-t-il agi seul, je ne sais pas.

– Quelle différence aujourd'hui, la veille de son exécution ?

– Si j'étais sûr que Sam n'était qu'un complice, que quelqu'un d'autre était responsable de la tuerie, alors il me serait impossible de le laisser exécuter. Je peux tout arrêter, vous le savez. On me mettra en pièces, bien sûr. Ça m'atteindra politiquement. Les dommages pourront être irréparables, mais peu importe. J'en ai assez de la politique. Je n'aime pas être dans la position de celui qui peut donner ou prendre une vie. Je pourrais pardonner à Sam si je connaissais la vérité.

– Vous pensez qu'il n'était pas seul. Vous me l'avez déjà dit. L'agent du FBI qui a mené l'enquête le croit également. Pourquoi ne pas agir conformément à vos convictions et accorder votre grâce ?

– Parce que je n'en suis pas certain.

– Ainsi un seul mot de Sam, juste un nom jeté là durant les dernières heures, et c'est gagné, vous prenez votre stylo et vous lui sauvez la vie ?

– Non. Mais je peux accorder un sursis afin qu'une enquête soit ouverte en fonction de ce nouvel indice.

– Ça n'arrivera pas, monsieur le gouverneur. J'ai essayé. Je le lui ai demandé si souvent et il a nié avec tant de force qu'il n'est même plus question d'en parler.

– Qui veut-il protéger ?

– Bon Dieu, si je le savais !

– Nous nous trompons peut-être. Vous a-t-il jamais donné des détails sur l'attentat ?

– Une fois encore je ne peux vous révéler nos entretiens. Mais il en assume toute la responsabilité.

– Pourquoi devrais-je alors envisager une mesure de grâce ? Si le criminel lui-même reconnaît son crime, avoue qu'il a agi seul, comment voulez-vous que je l'aide ?

– Aidez-le parce que c'est un vieillard qui va mourir très prochainement de toute façon. Aidez-le parce que c'est moralement juste, et parce que au fond de votre cœur vous en avez envie.

– Il me hait, n'est-ce pas?

– Oui. Mais ça peut changer. Faites-lui grâce, et il sera votre supporter le plus enthousiaste.

McAllister sourit et enleva le papier d'un bonbon à la menthe.

– Est-il réellement fou?

– Notre expert l'affirme. Et nous ferons de notre mieux pour convaincre Slattery.

– Bien sûr. Mais en réalité? Vous avez passé un grand nombre d'heures avec lui. Sait-il ce qui lui arrive?

À cet instant Adam décida de renoncer à la sincérité. McAllister n'était pas un ami. On ne pouvait lui faire confiance.

– Il est réellement déprimé. Franchement, je suis surpris que quelqu'un puisse garder l'esprit sain après quelques mois passés dans le quartier des condamnés à mort. Sam était déjà un vieillard lorsqu'il est arrivé et sa santé s'est lentement dégradée. C'est la raison pour laquelle il refuse toutes les interviews. Il est réellement pitoyable.

Adam n'aurait su dire si le gouverneur accordait foi à ses paroles. En tout cas il les avait entendues.

– Qu'avez-vous prévu pour demain? demanda McAllister.

– Je n'en ai aucune idée. Cela dépendra de ce qui va se passer devant Slattery. Je resterai probablement auprès de Sam la plus grande partie de la journée. Je peux aussi être obligé de courir partout pour présenter de nouvelles requêtes.

– Voici mon numéro de téléphone personnel. Restons en contact demain.

Sam avala trois bouchées de haricots avec un peu de maïs, puis repoussa le plateau au bord de son lit. Le même gardien imbécile, au visage sans expression, le surveillait derrière les barreaux de la porte donnant sur la galerie. Être regardé comme un animal était franchement insupportable.

Il était six heures, le moment des informations du soir. Sam avait envie d'entendre ce que le monde extérieur disait de lui. On annonça immédiatement la nouvelle assez surprenante d'une audience de dernière minute devant le juge Flynn Slattery. Ensuite panoramique sur le palais de justice de Jackson. Un jeune homme, l'air tendu, déclara que l'audience avait été légèrement retardée : les hommes de loi se disputaient dans le bureau du juge. Il essaya, de son mieux, d'expliquer les enjeux. La défense soutenait maintenant que Mr. Cayhall n'était pas suffisamment sain d'esprit pour comprendre les raisons de son exécution. Selon ses avocats, il souffrait de troubles psychiques, voire de sénilité. Un psychiatre connu confirmait leurs dires. Personne ne savait quand le juge Slattery prendrait sa décision. Retour sur la speakerine. Malgré cela, à la prison d'État de Parchman, le dispositif était en place pour mener à bien l'exécution. Un autre jeune homme tenant un micro apparut brusquement sur l'écran, debout devant le portail de la prison. Il décrivit les mesures exceptionnelles de sécurité prises durant la journée. Puis la caméra fit un zoom sur le terrain où se déroulait la manifestation : militants du KKK, groupuscules de la suprématie blanche et partisans de l'abolition de la peine de mort.

La caméra revint vers le reporter, accompagné maintenant du colonel George Nugent, le directeur intérimaire de Parchman, le responsable de l'exécution. Nugent répondit avec mauvaise humeur à quelques questions. Il déclara qu'il avait la situation en main. Si les cours lui donnaient le feu vert, l'exécution aurait lieu conformément à la loi.

Sam éteignit la télévision. Adam l'avait appelé deux heures plus tôt. Il était donc au courant. Il ne s'étonna pas d'entendre qu'il était sénile, fou, et Dieu sait quoi encore. Néanmoins, cette idée ne lui plaisait pas du tout. C'était déjà affreux d'être exécuté, mais de se voir calomnié publiquement, avec une étonnante légèreté, lui semblait une humiliation de trop.

La galerie était étouffante mais calme. Les télévisions et les radios marchaient en sourdine. Tout à côté, le Petit Prédicateur chantait doucement un negro spiritual. Ce n'était pas désagréable.

Ses nouveaux vêtements étaient soigneusement rangés, une chemise blanche et une paire de mocassins marron contre le mur. Donnie avait passé une heure avec Sam au cours de l'après-midi.

Le prisonnier éteignit la lumière et s'étendit sur le lit. Trente heures à vivre.

La salle du tribunal était comble quand Slattery, finalement, libéra les avocats. C'était la dernière de trois réunions enflammées. Il était maintenant presque sept heures.

Chacun prit place. Adam près de Garner Goodman. Derrière eux se trouvaient Hez Kerry, John Bryan Glass et trois de ses étudiants en droit. Roxburgh, Morris Henry et une demi-douzaine de leurs collaborateurs occupaient le bureau de l'accusation. Deux rangs plus loin, presque à côté de la barre, était assis le gouverneur avec Mona Stark à sa gauche et Larramore à sa droite.

Les journalistes composaient pratiquement le reste de l'assemblée. Les appareils de prise de vues étaient interdits. Il y avait quelques curieux, des étudiants en droit, des avocats. L'audience était publique. Au dernier rang, vêtu d'une veste de sport luxueuse, se trouvait Rollie Wedge.

À l'entrée de Slattery, l'assemblée se leva.

– Asseyez-vous, dit-il dans son micro. Prenez note, ajouta-t-il à l'intention du greffier.

Il donna un bref résumé de l'appel et du texte de loi en vigueur et souligna les points saillants de cette audience. Il n'était pas d'humeur à écouter des arguments interminables sur des sujets sans intérêt.

– Soyez brefs, intima-t-il aux avocats. Est-ce que le requérant est prêt ? demanda-t-il à l'intention d'Adam.

– Oui, monsieur. La défense demande le témoignage du docteur Anson Swinn.

Swinn, au premier rang, se leva et s'avança vers la barre où il prêta serment. Adam monta sur le podium. Il tenait à la main des notes parfaitement classées et tapées. C'était le résultat du travail de Hez Kerry et de John Bryan Glass.

Adam posa à Swinn les questions habituelles sur ses études et sa formation. Le psychiatre répondit avec l'accent du Middle West. C'était parfait. Les experts doivent avoir un accent et avoir parcouru de grandes distances avant d'être réellement considérés. Avec ses cheveux et sa barbe noire en broussaille, ses verres fumés, son complet noir, Swinn donnait en effet l'impression d'être un puits de science dans son domaine. Les questions préliminaires furent vite expédiées. Slattery avait déjà vérifié les qualifications de Swinn et décidé que le psychiatre pouvait effectivement témoigner en tant qu'expert.

Sous la houlette d'Adam, Swinn parla des deux heures qu'il avait passées avec Sam Cayhall mardi dernier. Il décrivit sa condition physique avec tant de délectation qu'à l'entendre Sam ressemblait déjà à un macchabée. De plus, il était probablement fou. Ce terme évidemment n'était pas reconnu par le milieu médical. Toutefois, le prisonnier avait de grandes difficultés à répondre aux questions les plus simples, du genre : Qu'avez-vous mangé pour votre petit déjeuner ? Comment s'appelle le détenu dans la cellule voisine ? Quand votre femme est-elle morte ? Qui était votre avocat au cours du premier procès ? etc.

Swinn préparait soigneusement ses arrières en répétant sans cesse à la Cour que deux heures n'étaient évidemment pas suffisantes pour faire un diagnostic valable de l'état de Mr. Cayhall. Il faudrait l'examiner plus longuement.

À son avis, Sam Cayhall ne comprenait pas qu'il allait mourir, ni pourquoi il était exécuté. Il n'avait certes pas conscience d'être puni pour le crime qu'il avait commis. Adam serrait les dents pour s'empêcher de grimacer d'horreur. Mais le psychiatre était convaincant. Mr. Cayhall était calme, décontracté, n'ayant aucune idée de sa fatale destinée. Il traînait toute la journée, sans but, dans une cellule de deux mètres sur trois. C'était, à vrai dire, une vision extrêmement pénible. Un des pires cas qu'il ait jamais rencontrés.

Dans d'autres circonstances, Adam aurait été scandalisé de voir à la barre des témoins un homme déballant de telles fumisteries. Mais, en ce moment, il était extrêmement fier de ce bizarre petit homme. Une vie était en jeu.

Slattery n'allait sûrement pas interrompre le témoignage du docteur Swinn. Cette affaire serait examinée dans quelques heures par la cinquième chambre, peut-être même par la Cour suprême des États-Unis. Il ne tenait pas à ce que quelqu'un au-dessus de lui puisse exiger un nouveau témoignage. Goodman s'en était douté. On avait donc demandé à Swinn de s'étendre le plus possible. Avec la bienveillance de la Cour, Swinn se lança dans l'énumération des problèmes de Sam. Il décrivit l'horreur de vivre dans une cellule vingt-trois heures sur vingt-quatre, de savoir que la chambre à gaz est pratiquement à la porte d'à côté, de n'avoir ni relations sociales, ni nourriture convenable, ni rapports sexuels, ni exercices, ni air pur. Il avait examiné un grand nombre de condamnés à mort dans le pays et connaissait bien leurs problèmes. Sam, naturellement, était un cas fort différent étant donné son âge. L'âge moyen des détenus dans le quartier des condamnés à mort est de trente et un ans. Et ils n'ont passé que quatre ans à attendre la mort. Sam en avait soixante et il était le premier d'entre eux à être arrivé à Parchman. Ni physiquement ni mentalement, il n'était en état de supporter de telles conditions.

Swinn, aiguillonné par les questions d'Adam, parla pendant quarante-cinq minutes. Roxburgh monta alors sur le podium et dévisagea Swinn.

Le psychiatre savait exactement ce qui allait se passer, mais ça ne le préoccupait guère. Roxburgh lui demanda à brûle-pourpoint par qui il était payé et quel était le montant de ses honoraires. Par Kravitz et Bane, répondit Swinn. On lui donnait deux cents dollars de l'heure. Bonne affaire. Heureusement il n'y avait pas de jury dans la salle. Slattery savait que tous les experts sont payés, sinon ils ne témoigneraient pas. Roxburgh tenta ensuite de mettre en pièces les qualifications professionnelles de Swinn, sans aucun résultat. Le psychiatre avait fait de très bonnes études et avait reçu une excellente formation, c'était un homme d'expérience. Que pouvait-on trouver à redire au fait qu'il ait décidé, bien des années auparavant, de devenir expert plutôt que d'ouvrir un cabinet ? Ses qualifications n'étaient pas diminuées pour autant. Et Roxburgh n'allait évidemment pas parler de médecine avec cet homme de l'art.

Les questions de Roxburgh devinrent de plus en plus insolites. Il interrogea le psychiatre sur les procès dans lesquels celui-ci avait témoigné. Un gamin avait été gravement brûlé dans un accident de voiture dans l'Ohio, et Swinn avait affirmé que cet enfant était un handicapé mental. Un avis assez extrême.

– Où voulez-vous en venir avec tout ça ? interrompit Slattery.

Roxburgh jeta un coup d'œil à ses notes :

– Votre Honneur, nous essayons de discréditer ce témoin.

– Ça ne marche pas, monsieur Roxburgh. La Cour n'ignore pas que le docteur Swinn a témoigné dans de nombreux procès. Quelle importance cela peut-il avoir ?

– Nous essayons de démontrer qu'il ne répugne pas à donner d'étranges avis si les honoraires sont à la hauteur.

– Les avocats font cela tous les jours, monsieur Roxburgh.

Quelques rires s'élevèrent dans le public.

– Je ne veux plus entendre ce genre de chose, lança sèchement Slattery. Continuons.

Roxburgh aurait dû regagner sa place, mais l'instant était décisif. Il attaqua sur un autre plan. Il posa des questions sur l'examen de Sam effectué par Swinn. En vain. Swinn fournissait à chaque question une réponse correcte qui donnait du poids à son témoignage. Il répéta très volontiers la triste description qu'il avait déjà faite de l'existence de Sam Cayhall. Roxburgh ne marquait aucun point et, se sentant battu, retourna s'asseoir. Swinn quitta alors la barre.

Le témoin suivant, qui devait être le dernier pour la défense, provoqua une surprise, même si Slattery l'avait déjà accepté. Adam demanda à entendre Mr. Garner Goodman.

Goodman commença par prêter serment. Adam l'interrogea sur la défense offerte par son cabinet à Sam Cayhall. Goodman en fit un bref résumé qui fut porté dans les minutes. Slattery en connaissait déjà l'essentiel. Goodman sourit lorsqu'il rappela les efforts de Sam pour se débarrasser de Kravitz et Bane.

– Est-ce que Kravitz et Bane représentent Mr. Cayhall en ce moment ? demanda Adam.

– Oui.

– Êtes-vous ici à Jackson pour travailler sur cette affaire ?

– En effet.

– À votre avis, monsieur Goodman, croyez-vous que Sam Cayhall ait tout dit à ses avocats sur l'attentat Kramer ?

– Non, je ne le pense pas.

Rollie Wedge se redressa sur son siège.

– Pourriez-vous être plus explicite ?

– Certainement. Il y a toujours eu une forte présomption qu'une autre personne accompagnait Sam

Cayhall au moment de l'attentat Kramer, et durant les attentats précédents. Mr. Cayhall a toujours refusé d'en parler avec moi, son avocat. Même maintenant, il refuse de coopérer avec la défense. De toute évidence, il est d'une importance capitale pour la justice qu'il révèle tout ce qu'il sait à ses conseils. Malheureusement, il en est incapable. Il y a des faits que nous devrions savoir mais qu'il ne révélera jamais.

Wedge était à la fois tendu et soulagé. Sam tenait bon, mais ses avocats cherchaient à le sortir de son mutisme par tous les moyens.

Adam posa quelques questions et retourna s'asseoir. Roxburgh n'en posa qu'une.

– Quand avez-vous parlé pour la dernière fois à Mr. Cayhall?

Goodman hésita et réfléchit un moment avant de répondre. Franchement, il ne pouvait s'en souvenir.

– Je n'en suis pas absolument certain. Cela doit remonter à deux ou trois ans.

– Deux ou trois ans? Et vous êtes son avocat?

– Je suis un de ses avocats. Mr. Hall est maintenant son défenseur principal. Il a passé un nombre considérable d'heures avec son client durant ce dernier mois.

Roxburgh s'assit et Goodman retourna à sa place.

– Nous n'avons pas d'autres témoins, Votre Honneur, dit Adam, mais ces mots s'adressaient en réalité au greffier.

– Faites venir votre premier témoin, monsieur Roxburgh, dit Slaterry.

– L'État du Mississippi demande le témoignage du colonel Nugent, annonça Roxburgh.

On alla chercher Nugent dans le hall pour le conduire à la barre. Sa chemise et son pantalon kaki étaient superbement repassés. Ses chaussures étincelaient. Il déclara à l'intention du greffier son identité et ses occupations.

– J'étais encore à Parchman il y a une heure, dit-il en regardant sa montre. Je suis arrivé ici à bord d'un hélicoptère officiel.

– Quand avez-vous vu Sam Cayhall pour la dernière fois? demanda Roxburgh.

– Nous l'avons conduit à la cellule d'observation à neuf heures ce matin. Je lui ai parlé à ce moment-là.

– Était-il sain d'esprit ou restait-il prostré comme un imbécile?

Adam se préparait à bondir pour faire une objection, mais Goodman le retint par le bras.

– Il était parfaitement conscient, dit vivement Nugent, et avait l'esprit alerte. Il m'a demandé pourquoi il devait changer de cellule. Il comprenait parfaitement ce qui se passait.

– L'avez-vous vu hier ?

– Oui.

– Parlait-il normalement, ou restait-il allongé comme un légume ?

– Oh, il était très loquace.

– De quoi avez-vous parlé ?

– J'avais une liste des choses dont il me fallait discuter avec lui. Il s'est montré hostile, menaçant même. C'est quelqu'un d'extrêmement caustique, à la langue acérée. Il s'est calmé un peu et nous avons parlé de son dernier repas, des témoins qu'il lui fallait choisir, de ce qu'on ferait de ses effets personnels. Ce genre de problèmes. Nous avons également évoqué son exécution.

– Était-il conscient de la réalité du châtiment ?

Nugent éclata de rire.

– Qu'est-ce que c'est que cette question ?

– Répondez-y, dit Slattery sans le moindre sourire.

– Naturellement. Il sait fichtrement bien ce qui se passe. Il n'est pas fou. Il m'a déclaré qu'il ne serait pas exécuté parce que ses avocats faisaient donner l'artillerie lourde. C'est son expression. On a affaire à un coup monté, dit Nugent en faisant un large geste en direction de l'assistance.

Roxburgh l'interrogea alors sur ses précédentes rencontres avec Sam. Nugent n'épargna aucun détail. Apparemment, il se souvenait des moindres paroles que Sam avait prononcées au cours de ces deux dernières semaines, en particulier de ses sarcasmes et de ses railleries.

Adam savait que c'était vrai. Il échangea quelques mots à voix basse avec Garner Goodman, et décida de renoncer au contre-interrogatoire. Il n'avait rien à y gagner.

Nugent descendit l'allée d'un pas martial et sortit de la salle du tribunal. L'homme était pressé. Du travail l'attendait à Parchman.

Le second témoin de l'État du Mississippi était le docteur N. Stegall, psychiatre de l'administration pénitentiaire. Elle s'avança à la barre tandis que Roxburgh parlait avec Morris Henry.

– Votre nom, s'il vous plaît, demanda Slattery.

– Docteur N. Stegall.

– Anne ? s'enquit l'honorable juge.

– Non, N. C'est une initiale.

Slattery la regarda de haut en bas, puis jeta un coup d'œil à Roxburgh qui haussa les épaules dans un geste d'impuissance.

Le juge se pencha en avant et fixa le témoin à la barre.

– Écoutez-moi, docteur, je ne vous demande pas votre initiale, je vous demande votre nom. Maintenant vous le dites au greffier, et rapidement, s'il vous plaît.

Le témoin tourna la tête, toussota et, à regret, lâcha :

– Niny.

Ah, voilà, se dit Adam. Pourquoi ne l'a-t-elle pas changé ?

Roxburgh prit les choses en main. Il lui posa une série de questions rapides sur ses qualifications et sa formation. Slattery l'avait d'ailleurs acceptée comme témoin.

– Dites-moi, docteur Stegall, commença Roxburgh en évitant soigneusement toute référence à Niny, quand avez-vous vu Sam Cayhall ?

Le docteur Stegall jeta un coup d'œil à la feuille de papier qu'elle tenait à la main.

– Le jeudi 26 juillet.

– Et quel était le but de cette rencontre ?

– Ça faisait partie de mon travail. Je visite régulièrement les condamnés à mort, en particulier ceux dont la date d'exécution approche. Je leur donne des conseils, leur prescris des médicaments s'ils le demandent.

– Parlez-nous de l'état mental de Mr. Cayhall ?

– En parfaite condition. L'esprit vif, la langue bien pendue, à la limite de la grossièreté. En fait, il s'est montré grossier avec moi et m'a priée de ne pas revenir.

– Avez-vous parlé de son exécution ?

– Oui. Il savait parfaitement qu'il ne lui restait plus que treize jours à vivre. Il m'a accusée de vouloir lui donner des tranquillisants afin qu'il ne cause aucun ennui le moment venu. Il m'a aussi exprimé son inquiétude à propos d'un autre condamné à mort, Randy Dupree, qui, à son avis, est en train de perdre la tête. Il était très inquiet à propos de Mr. Dupree et m'a vivement reproché de ne pas l'avoir examiné.

– À votre avis, Mr. Cayhall souffre-t-il d'une forme quelconque de dégénérescence mentale ?

– Pas du tout. Il a l'esprit extrêmement vif.

– Pas d'autre question, dit Roxburgh en retournant s'asseoir.

Adam monta d'un pas décidé sur le podium.

– Dites-nous, docteur Stegall, comment va Randy Dupree ? demanda-t-il d'une voix forte.

– Je... Euh... Je n'ai pas encore eu l'occasion de le rencontrer.

– Sam vous a parlé de lui il y a onze jours, et vous n'avez pas pris la peine d'aller le voir !

– J'étais très occupée.

– Depuis combien de temps faites-vous ce travail ?

– Quatre ans.

– Et, en quatre ans, combien de fois avez-vous parlé à Sam Cayhall ?

– Une fois.

– Vous ne vous souciez guère des détenus confiés à vos soins, n'est-ce pas, docteur Stegall ?

– Mais pas du tout.

– Combien d'hommes sont détenus en ce moment dans le quartier des condamnés à mort ?

– Eh bien, euh... je ne suis pas très sûre. Une quarantaine, je pense.

– À combien d'entre eux avez-vous effectivement parlé ? Donnez-nous quelques noms.

Était-ce par peur, par colère, par ignorance, en tout cas Niny fut incapable de répondre à cette question. Elle grimaça, inclina la tête d'un côté puis de l'autre, essayant de toute évidence d'arracher un nom à sa mémoire, mais en vain. Adam la laissa patauger un moment.

– Merci, docteur Stegall.

Puis il regagna lentement sa chaise.

– Faites venir votre témoin suivant, demanda Slattery.

– L'État du Mississippi demande le témoignage du surveillant Clyde Packer.

On alla chercher Packer. Il était en uniforme mais n'avait pas d'arme. Il jura de dire la vérité et s'appuya à la barre.

Adam ne fut pas surpris de l'effet produit par le témoignage de Packer. C'était un honnête homme qui disait simplement ce qu'il avait vu. Il connaissait Sam depuis neuf ans et demi. Il ressemblait toujours à l'homme qui était arrivé là-bas des années auparavant. Sam tapait à la machine tout au long de la journée. Il lisait énormément, en particulier des livres de droit. Il préparait des appels pour ses camarades du quartier des condamnés à mort. Il écrivait des lettres aux épouses et aux petites amies de ses compagnons illettrés. Il fumait cigarette sur cigarette parce qu'il voulait se tuer avant que l'État ne s'en charge. Il prêtait de l'argent à ses amis. De l'avis de Packer, Sam était sain d'esprit aujourd'hui, comme il l'était neuf ans et demi plus tôt. Son intelligence était particulièrement vive.

Slattery se pencha en avant lorsque Packer parla des parties de dames de Sam avec Henshaw et Gullitt.

– Est-ce qu'il gagne ? demanda l'honorable juge.

– Presque toujours.

Mais le moment décisif de cette audience survint lorsque Packer raconta que Sam voulait voir un dernier lever de soleil avant de mourir. Ça s'était passé à la fin de la semaine dernière, alors que lui, Packer, faisait sa ronde matinale. Sam lui avait alors présenté calmement sa requête. Il savait qu'il allait mourir. Il aurait aimé se glisser dehors un matin tôt pour voir le lever de soleil. Samedi dernier, Sam avait passé une heure à boire du café en attendant l'aube.

Adam n'avait aucune question à poser à Packer.

Roxburgh annonça que le témoin suivant serait Ralph Griffin, l'aumônier de la prison. On conduisit Griffin à la barre. Il jeta un coup d'œil gêné à la salle d'audience, déclina son nom et ses occupations, puis regarda Roxburgh, l'air perplexe.

– Connaissez-vous Sam Cayhall ? demanda Roxburgh.

– Oui.

– Lui avez-vous donné quelques conseils récemment ?

– Oui.

– Quand l'avez-vous vu pour la dernière fois ?

– Hier. C'est-à-dire dimanche.

– Et comment décririez-vous son état mental ?

– Ce n'est pas possible.

– Je vous demande pardon.

– Je veux dire qu'il m'est impossible de décrire son état mental.

– Et pourquoi pas?

– Parce que, en ce moment, je suis son aumônier, et tout ce qu'il me dit ou fait en ma présence est strictement confidentiel. Je ne peux témoigner contre Mr. Cayhall.

Roxburgh essaya de gagner du temps, se demandant ce qu'il allait faire. Il était évident que ni ses assistants ni lui n'avaient pensé le moins du monde à cette éventualité. Peut-être avaient-ils supposé que, travaillant pour l'État du Mississippi, l'aumônier collaborerait volontiers avec eux. Griffin restait dans l'expectative, s'attendant à une attaque de Roxburgh.

Slattery régla la chose rapidement.

– Un très bon point pour vous, monsieur Roxburgh. Ce témoin ne devrait pas être ici. Qui est le prochain?

– Nous n'avons plus de témoin, dit l'avocat général, brûlant d'envie de quitter le podium et de retourner à sa place.

L'honorable juge gribouilla quelques notes, puis s'adressa à l'assistance.

– Je prendrai l'avis du conseil avant de rendre mon jugement, probablement tôt demain matin. Dès que ma décision sera prise, j'en ferai part à la défense. Inutile d'attendre ici. Nous vous appellerons au téléphone. La séance est levée.

On se leva rapidement pour gagner les portes du fond. Adam rattrapa le révérend Ralph Griffin pour le remercier, puis il retourna à la table où se trouvaient encore Goodman, Hez Kerry, le professeur Glass Bryan et les étudiants. Ils se rapprochèrent les uns des autres et parlèrent à voix basse. Quelqu'un proposa de prendre un verre, puis de dîner. Il était presque neuf heures.

Les journalistes attendaient dans les couloirs. Adam jeta quelques: « Pas de commentaire » polis en continuant de marcher. Rollie Wedge se glissa derrière Adam et Goodman. Puis il disparut au moment où les deux avocats quittaient le palais de justice.

Des caméras étaient installées à l'extérieur. Roxburgh, depuis le seuil, s'adressait à un groupe de journalistes. Pas très loin, le gouverneur faisait de même. Au moment où Adam passait près de lui, McAllister expliquait qu'il examinait attentivement la possibilité d'une mesure de grâce et que, si cette nuit était un moment dur à passer, demain serait pis encore. Est-ce qu'il assisterait à l'exécution ? demanda quelqu'un. Adam n'entendit pas la réponse.

On se retrouva dans une brasserie du centre-ville. Hez trouva une grande table dans un coin, près de l'entrée, et commanda une tournée de bière. Un orchestre de blues déversait sa musique en sourdine. La salle était comble.

Adam s'assit près de Hez. Le premier moment de détente depuis des heures. La bière le calma. Hez et les étudiants en droit le félicitèrent. L'instant était agréable et l'atmosphère au beau fixe. Adam les remercia pour leur aide. Goodman et Glass étaient à l'autre bout de la table, absorbés dans une conversation sur une autre affaire de condamnation à mort. Le temps s'écoulait lentement.

– Le moment est probablement mal choisi pour en parler, dit Hez à voix basse afin de n'être entendu que d'Adam.

L'orchestre jouait un peu plus fort maintenant.

– J'imagine que vous allez retourner à Chicago lorsque ce sera fini, dit-il en regardant en direction de Goodman pour s'assurer qu'il parlait toujours avec Glass.

– J'imagine, dit Adam sans conviction.

Il n'avait guère le temps de penser à ce qu'il ferait après-demain.

– Eh bien, j'aimerais que vous sachiez qu'il y a un poste à prendre dans notre cabinet. Un de mes collaborateurs part dans le privé et nous cherchons un nouvel avocat. Nous ne nous occupons que de condamnations à mort, comme vous le savez.

– Vous avez raison, dit doucement Adam. C'est un curieux moment pour parler de ça.

– C'est un travail astreignant mais gratifiant. C'est aussi démoralisant, et bien entendu nécessaire.

Hez avala un morceau de saucisse et but une gorgée de bière.

– Le salaire est peu élevé comparé à ce que vous gagnez dans votre cabinet actuel. Peu d'argent, horaires impossibles, des masses de clients.

– Combien pouvez-vous donner ?

– Vous pourriez débuter à trente mille dollars.

– J'en gagne soixante-deux mille en ce moment.

– Je connais ça. Je gagnais soixante-dix mille dollars dans un gros cabinet de Washington au moment où j'ai décidé de venir ici. J'allais d'un moment à l'autre être nommé associé, pourtant ça ne m'a pas été difficile de partir. L'argent n'est pas tout.

– Vous prenez plaisir à ce genre de travail ?

– On s'y attache. Il faut avoir de fortes convictions morales pour s'attaquer au système de cette manière. Simplement, réfléchissez.

Goodman regardait maintenant dans leur direction.

– Allez-vous à Parchman ce soir ? demanda-t-il en élevant la voix.

Adam terminait sa deuxième bière. Il avait envie d'en commander une troisième, mais ce serait vraiment la dernière. La fatigue le gagnait rapidement.

– Non. J'attendrai demain matin pour être fixé.

La bière coulait à flots et l'atmosphère, qui était déjà à l'optimisme, devint carrément euphorique.

Sam, allongé dans le noir, attendait minuit. Il avait regardé les dernières informations et appris que l'audience était terminée. Le compte à rebours n'était pas stoppé pour autant. Il n'y avait pas de sursis. Sa vie était entre les mains d'un juge fédéral.

Une minute après minuit, il ferma les yeux et dit une prière. Il demanda à Dieu d'aider Lee à surmonter ses problèmes, de protéger Carmen et de donner à Adam la force d'accepter l'inévitable.

Il lui restait vingt-quatre heures à vivre. Il posa ses mains sur sa poitrine et s'endormit.

47

Nugent attendit sept heures trente précises pour ouvrir la séance. Il s'avança et passa en revue ses troupes.

– Je viens de quitter à l'instant le QHS, dit-il, l'air sombre. Le détenu est tout à fait alerte, et n'a évidemment rien à voir avec le zombie qu'on nous a décrit dans le journal de ce matin.

Il s'arrêta et sourit, espérant que tout le monde appréciait son humour.

– En fait, il a pris son petit déjeuner et commence déjà à rouspéter à propos de son heure de promenade. Voilà au moins quelque chose d'absolument normal. Nous n'avons rien reçu de la Cour fédérale de Jackson. Donc les choses vont se dérouler comme prévu, à moins d'un avis contraire à la dernière minute. C'est bien ça, monsieur Mann ?

Lucas, assis à une table, à l'autre bout de la salle, lisait le journal en essayant d'ignorer le colonel.

– Exact.

– Pour le moment deux choses me tracassent. Tout d'abord la presse. J'ai demandé au sergent Moreland de s'occuper de ces fouille-merde. Nous allons les regrouper dans le hall des visiteurs. Pour les empêcher de traîner partout, un cordon de sécurité sera mis en place. Qu'ils essaient donc de bouger ! À quatre heures cet après-midi, j'organiserai le tirage au sort qui décidera de ceux qui assisteront à l'exécution. Hier déjà, la liste comportait cent noms. Comme vous savez, il n'y a que cinq places.

502

«Notre second problème se situe à l'extérieur. Le gouverneur a accepté de poster devant le portail de la prison trois douzaines de gardes nationaux. Ils vont arriver d'un moment à l'autre. Quant à nous, nous devons garder nos distances vis-à-vis des cinglés, je parle des skinheads. Pourtant nous sommes responsables du maintien de l'ordre. Il y a déjà eu deux affrontements hier. Les choses auraient pu mal tourner sans notre vigilance. Si l'exécution a lieu, il y aura forcément des instants de tension. Des questions?

Personne ne leva la main.

– J'espère que chacun agira aujourd'hui de façon professionnelle et remplira sa tâche avec un grand sens de ses responsabilités. La séance est levée.

Il salua sèchement, à la façon militaire, et regarda avec fierté ses troupes quitter la salle.

Sam se mit à califourchon sur le banc, face au damier, et attendit que J.B. Gullitt entre dans l'enclos. Il buvait les dernières gouttes d'un gobelet de café.

Gullitt franchit la porte et s'arrêta pour qu'on puisse lui enlever les menottes. Il frotta ses poignets, posa une main devant ses yeux à cause du soleil, et regarda son ami assis sur le banc. Il s'avança vers lui et s'installa à son tour devant le damier.

Sam n'avait pas levé les yeux.

– Des bonnes nouvelles, Sam? demanda nerveusement Gullitt. Dis-moi que ce n'est pas possible que ça arrive.

– Joue, dit Sam, fixant toujours le damier.

– Ça ne peut pas arriver, Sam, dit Gullitt, le regard suppliant.

– C'est ton tour de jouer le premier. Vas-y.

Gullitt baissa lentement les yeux sur les pions.

La théorie en vogue, ce matin-là, consistait à dire que plus Slattery attendait, plus était grande la probabilité d'obtenir un sursis. Rien n'avait été décidé à neuf heures, rien non plus à neuf heures et demie.

Adam se morfondait dans le bureau de Hez Kerry, le centre opérationnel pour ces dernières vingt-quatre heures. Goodman, à l'autre bout de la ville, supervisait les appels en destination de la ligne ouverte du gouverneur. John Bryan Glass s'était installé devant le bureau de Slattery.

Au cas où ce dernier refuserait un sursis, on ferait immédiatement appel devant la cinquième chambre. Le dossier était prêt dès neuf heures. Kerry avait également préparé une pétition demandant l'avis d'une instance supérieure, c'est-à-dire de la Cour suprême des États-Unis, si la cinquième chambre rejetait cet appel. La paperasserie attendait. L'attente, d'ailleurs, était générale.

Pour se distraire, Adam téléphona à toutes les personnes qui lui traversaient l'esprit. En dernier lieu il appela Sam pour lui parler de l'audience de la veille.

À onze heures, il maudit Slattery. Il en avait plus qu'assez. Il appela Goodman et lui dit qu'il partait pour Parchman.

Il sortit rapidement de Jackson en empruntant la nationale 49. Il lui fallait deux heures pour atteindre la prison, s'il respectait les limitations de vitesse. Il choisit sur son poste de radio une station qui donnait des informations toutes les demi-heures. Au flash d'informations de onze heures trente, il n'y avait toujours rien à propos de l'exécution de Cayhall.

Il conduisait entre cent trente et cent quarante kilomètres-heure, franchissant les lignes jaunes dans les virages et sur les ponts. Il ne savait trop pourquoi il se dirigeait si vite vers Parchman. Que ferait-il de plus une fois là-bas ? Il se tiendrait probablement près de Sam pour compter les heures. Ou peut-être fêteraient-ils la victoire remportée devant la Cour fédérale.

Il s'arrêta pour prendre de l'essence et acheter des jus de fruits. Il remontait dans sa voiture lorsqu'il entendit les informations. La voix monotone du speaker s'anima lorsqu'il aborda l'affaire Cayhall. Le juge Flynn Slattery venait de rejeter le dernier appel de Cayhall. Le dossier serait immédiatement transmis à la cinquième chambre. Sam Cayhall venait de mettre un pied dans la chambre à gaz du Mississippi, déclara d'un ton mélodramatique le speaker.

Au lieu d'appuyer sur l'accélérateur, Adam revint dans les limites de vitesse autorisées. Il but son jus de fruits, ferma la radio et entrouvrit sa fenêtre afin de faire circuler un peu d'air frais. Il insulta Slattery pendant des kilomètres et des kilomètres. Il lançait ses injures à son pare-brise. Il était midi passé. Slattery, s'il avait eu le moindre fair-play, aurait pu rendre son arrêt depuis plusieurs heures. Bon Dieu, avec un peu d'estomac, il aurait pu le rendre hier dans la soirée. Le dossier pourrait être actuellement devant la cinquième chambre. Adam, pour faire bonne mesure, s'en prit également à Breck Jefferson.

Selon Sam, le Mississippi voulait absolument avoir son exécution. Il traînait les pieds derrière la Louisiane, le Texas, la Floride, l'Alabama, la Géorgie et la Virginie. Là-bas on tuait à tour de bras. Il fallait faire quelque chose. Les appels n'en finissaient plus. Les criminels étaient choyés. L'insécurité gagnait du terrain. Il était temps d'exécuter quelqu'un, de montrer au reste du pays que le Mississippi prenait lui aussi au sérieux l'ordre public.

Adam, maintenant, en était convaincu.

Il finit son jus de fruits et jeta par la vitre la bouteille dans le fossé, en violation des lois du Mississippi sur le respect de l'environnement. En cet instant, il se fichait pas mal du Mississippi et de ses lois.

Adam imaginait Sam, assis dans sa cellule, le regard rivé au téléviseur, écoutant les informations.

Son cœur se serra à la pensée du vieillard. Il avait échoué en tant qu'avocat. Son client allait mourir des mains mêmes du gouvernement, et il n'y avait pas la moindre fichue chose qu'il puisse faire.

La nouvelle avait mis en émoi la foule de journalistes et de photographes qui s'agglutinaient dans la partie réservée aux visiteurs, à côté du portail d'entrée. Ils se groupaient autour de postes portatifs pour regarder les émissions retransmises par les stations de Jackson et de Memphis. Quelques-uns envoyèrent des flashes en direct de Parchman. Mais tout le monde piétinait dans cet espace restreint, entouré de cordes et de barrières, et surveillé par les troupes de Nugent.

Le long de la nationale, la tension monta aussi d'un cran lorsque la nouvelle se répandit. Les membres du KKK, une centaine environ, commencèrent à proférer des insultes en direction des bâtiments de l'administration. Les skinheads, les nazis, les racistes agressaient les passants. Les religieuses se recueillaient sous leur parasol, essayant d'ignorer leurs voisins.

Sam entendit la nouvelle alors qu'il tenait une assiette de rutabagas dans sa main, son avant-dernier repas. Il fixa la télévision pour regarder les images qui passaient de Jackson à Parchman. Un jeune avocat noir, dont il n'avait jamais entendu parler, s'adressait à un journaliste pour lui expliquer ce que les défenseurs de Cayhall, dont il faisait partie, allaient encore entreprendre.

Son ami, Buster Moac, lui avait amèrement fait remarquer que le nombre d'avocats mêlés à son affaire était tel, au cours des derniers jours, qu'il était incapable de distinguer ceux qui étaient de son côté de ceux qui voulaient sa mort. Sam néanmoins croyait fermement qu'Adam avait le contrôle de la situation.

Il finit ses rutabagas et déposa l'assiette au pied de son lit. Il s'avança vers les barreaux et fit une grimace à l'intention du garde qui le surveillait derrière la grille. Le couloir était silencieux. La télévision allumée dans toutes les cellules, mais le son baissé au maximum. Les détenus suivaient les nouvelles avec un intérêt morbide.

Sam enleva sa combinaison rouge pour la dernière fois, la roula en boule et la jeta dans un coin. Il fourra ses sandales en caoutchouc sous son lit, content de s'en débarrasser. Il disposa ses nouveaux vêtements sur son drap, puis lentement déboutonna la chemise avant de l'enfiler. Elle lui allait très bien. Il glissa ses jambes dans le pantalon de toile kaki, remonta la fermeture Éclair et boucla la ceinture. Le pantalon avait quelques centimètres de trop. Sam se baissa pour faire un pli ressemblant à un revers. Les socquettes de coton étaient moelleuses et douces, les chaussures à peine trop grandes.

De se sentir à nouveau dans de vrais vêtements amena à son esprit, de façon douloureuse, des souvenirs du monde libre. C'étaient les mêmes pantalons qu'il avait portés pendant quarante ans, jusqu'au moment de son arrestation. Il les achetait dans le magasin de nouveautés situé sur la place de Clanton. Il en avait toujours quatre ou cinq au fond du tiroir de sa commode. Au bout de quelques lavages ils étaient aussi confortables que de vieux pyjamas. Il les portait pour travailler, pour se rendre en ville. Et pour aller à la pêche avec Eddie. Il les portait aussi pour bercer, sur la terrasse, la petite Lee. Il les portait pour aller au café ou pour se rendre aux réunions du KKK. Oui, il en portait un aussi lors de son voyage fatal à Greenville pour faire sauter le cabinet du Juif.

Il s'assit sur son lit et tira sur le pli. Ça faisait maintenant neuf ans et demi qu'il n'avait pas mis ce genre de pantalon et il ne l'avait sur les jambes que pour marcher vers la chambre à gaz.

On le découperait sur son corps avant de le mettre dans un sac en plastique et de le brûler.

Adam s'arrêta d'abord dans le bureau de Lucas Mann. Louise, de garde au portail, lui avait remis un mot l'informant qu'il avait quelque chose d'important à lui communiquer. Mann ferma la porte et lui offrit un siège. Adam resta debout. Il était impatient de revoir Sam.

— La cinquième chambre a reçu votre appel il y a juste une demi-heure, dit Mann. Je pensais que vous auriez peut-être envie de vous servir de mon téléphone pour appeler Jackson.

— Merci. Je me servirai de celui du quartier des condamnés à mort.

— Parfait. Je suis en communication avec le bureau de l'avocat général toutes les demi-heures. Si j'apprends quelque chose, je vous appellerai.

— Merci, dit Adam, ne tenant plus en place.

— Est-ce que Sam veut prendre un dernier repas ?

— Je le lui demanderai dans une minute.

— Bien. Téléphonez-moi, ou dites-le simplement à Packer. Qu'en est-il à propos des témoins ?

— Sam n'en veut pas.

— Même pas vous ?

— Non. Il ne le supporterait pas. Nous sommes tombés d'accord là-dessus il y a longtemps.

— Bon. Je ne vois rien d'autre. J'ai un fax et un téléphone, et comme les choses risquent d'être plus calmes par ici, n'hésitez pas à utiliser mon bureau.

— Merci.

Il roula lentement en direction du quartier des condamnés à mort et gara sa voiture pour la dernière fois dans le terrain vague près de la clôture. Il s'avança vers le mirador et déposa sa clef dans le seau.

Quatre semaines plus tôt, il se trouvait à la même

place et regardait descendre le seau rouge pour la première fois. Ce système était rudimentaire, mais particulièrement efficace. Seulement quatre semaines : il avait l'impression que cela remontait à des années.

Il attendit l'ouverture du double portail et retrouva Tiny sur les marches.

Sam était déjà installé dans le bureau du devant. Assis sur le bord de la table, il admirait ses chaussures.

— Je reluque mes nouvelles fringues, dit-il fièrement au moment où Adam entrait.

Adam s'approcha et examina les vêtements un par un, de bas en haut. Sam avait l'air béat. Il était rasé de près.

— Chic. Vraiment chic, dit Adam.

— Un vrai milord, hein ?

— Vous êtes superbe, Sam, tout à fait superbe. Est-ce que c'est Donnie qui a apporté ça ?

— Oui. Acheté dans un supermarché. J'avais pensé d'abord à un grand couturier, mais, bon Dieu, il ne s'agit que d'une exécution. Je t'avais dit que je ne les laisserais pas me tuer dans leur combinaison rouge. Je l'ai enlevée tout à l'heure pour ne plus jamais la remettre. Un vrai soulagement.

— Vous connaissez les dernières nouvelles ?

— Bien sûr. Ils n'arrêtent pas d'en parler à la télé. Désolé pour l'audience.

— C'est devant la cinquième chambre maintenant, et j'ai un bon pressentiment. Je crois à nos chances.

Sam sourit et détourna le regard comme s'il n'était pas dupe.

— Aux informations de midi, il y avait un avocat noir qui disait qu'il travaillait pour moi. Bon Dieu, que se passe-t-il ?

— C'était probablement Hez Kerry, dit Adam en posant son attaché-case sur le bureau avant de s'asseoir.

— Je le paie aussi ?

— Oui, Sam. Vous le payez avec la même monnaie que vous me payez, moi.

— Simple curiosité. Ce docteur tordu, quel est son nom déjà, Swinn ? Il doit m'avoir drôlement arrangé.

— C'était vraiment triste, Sam. À la fin de son témoignage, la salle entière vous voyait errer hagard dans votre cellule, grinçant des dents et pissant par terre.

— Bon. Je vais bientôt être débarrassé de toutes ces misères, dit Sam d'une voix forte et ferme, presque provocante.

Aucune trace de peur.

— Écoute, j'ai encore une petite faveur à te demander, dit-il en s'emparant d'une autre enveloppe.

— Pour qui, cette fois ?

Sam lui tendit la lettre.

— Je veux que tu emmènes ça avec toi jusqu'à la nationale, que tu repères le chef de cette bande du KKK et que tu la lui lises. Essaie de faire en sorte qu'il y ait des caméras. Je veux que tout le monde soit au courant.

Adam prit l'enveloppe, l'air inquiet.

— Qu'est-ce que vous dites, là-dedans ?

— C'est court et net. Je leur demande de rentrer chez eux, de me laisser tranquille. Je veux mourir en paix. Je n'ai jamais entendu parler de ces gens. Ils cherchent à tirer profit de ma mort.

— Vous ne pouvez les forcer à partir.

— Ce n'est pas ce que j'espère. Mais la télévision donne l'impression que ce sont mes amis, mes copains. Alors que je n'en connais pas un seul.

— Je ne suis pas sûr que ce soit une très bonne idée maintenant, dit Adam, l'air pensif.

— Et pourquoi pas ?

— Parce que, juste en ce moment, nous prétendons devant la cinquième chambre que vous n'êtes plus qu'un légume, que vous êtes incapable de mettre deux idées bout à bout.

Sam devint brusquement furieux.

— Ah, vous les avocats, gronda-t-il, vous ne renoncez jamais, n'est-ce pas ? C'est fini, Adam, arrête de faire joujou.

— Ce n'est pas fini.

— En ce qui me concerne, c'est fini. Maintenant prends cette foutue lettre et fais ce que je te demande.

— À l'instant ? demanda Adam en regardant sa montre — il était une heure trente.

— Oui. Sur-le-champ. J'attends ici.

Adam gara sa voiture près du poste de garde et expliqua à Louise ce qu'il allait faire. Il se sentait nerveux. Elle jeta un regard mauvais à l'enveloppe blanche et appela deux gardes en uniforme. Ils escortèrent Adam jusqu'à l'endroit réservé aux manifestants. Quelques journalistes le reconnurent et se précipitèrent sur lui. Adam et son escorte marchèrent rapidement le long de la clôture sans répondre à leurs questions. Malgré ses craintes, Adam était résolu.

Il se dirigea immédiatement vers la grande tente bleu et blanc du quartier général du KKK. Un groupe d'hommes en robe blanche l'attendait. Les journalistes, ses gardes du corps, les hommes du KKK, tout le monde entourait Adam.

– Qui est le responsable ? demanda-t-il, retenant sa respiration.

– Qui veut le savoir ? s'enquit un jeune homme costaud à la barbe noire, avec des coups de soleil sur le front.

De la sueur tomba de ses sourcils au moment où il s'avançait.

– J'ai une déclaration à faire de la part de Sam Cayhall.

Le cercle se resserra. Les appareils photos se mirent à cliqueter. Les journalistes tendaient leurs micros en direction d'Adam.

– Silence ! cria quelqu'un.

– Reculez ! lança un des gardes.

Les membres du KKK, passablement excités, se serrèrent épaule contre épaule devant Adam. Ils portaient des robes mais pas de cagoule. Adam ne reconnut aucun de ceux avec qui il s'était accroché vendredi.

Le chahut s'arrêta sur le bas-côté de la route. La foule s'approchait pour écouter l'avocat de Sam.

Adam sortit une feuille de l'enveloppe et la tint à deux mains.

– Je m'appelle Adam Hall. Je suis l'avocat de Sam Cayhall. Voici une déclaration de mon client. Elle est datée d'aujourd'hui et s'adresse à tous les membres du KKK ainsi qu'aux autres manifestants qui se trouvent ici à cause de lui. Je cite : « Partez, s'il vous plaît. Votre présence ne me réconforte pas. Vous profitez de mon exécution afin de servir vos propres intérêts. Je ne connais personne d'entre vous et je n'ai aucune envie de vous rencontrer. S'il vous plaît, partez immédiatement. Je préfère mourir dans le calme. »

Adam jeta un coup d'œil aux visages tendus des hommes du KKK. Ils transpiraient abondamment.

– Le dernier paragraphe dit ceci, je cite : « Je n'appartiens plus au KKK, je me désolidarise de cette organisation et de tous ceux qui la représentent. Je serais libre aujourd'hui si je n'avais jamais entendu parler du Ku Klux Klan. » C'est signé : « Sam Cayhall ».

Adam agita la feuille et la fourra sous le nez des hommes du KKK qui restaient figés et sans voix.

L'homme à la barbe noire plongea en direction d'Adam pour s'emparer de la lettre.

– Donne-moi ça ! hurla-t-il.

Mais Adam retira vivement la main. Le gardien, à la droite d'Adam, s'avança rapidement. Une bousculade s'ensuivit. Pendant quelques secondes terrifiantes, les gardes du corps d'Adam se bagarrèrent avec quelques hommes du KKK. D'autres gardiens qui surveillaient de loin arrivèrent pour protéger leurs camarades. L'ordre fut rétabli rapidement. La foule se dispersa.

Adam adressa un petit sourire satisfait aux membres du KKK.

– Partez ! leur cria-t-il. Vous avez entendu ce qu'il dit. Il a honte de vous.

– Va te faire foutre ! lui lança leur chef.

Les deux gardiens saisirent Adam par le bras pour l'éloigner avant qu'il ne recommence à provoquer ses adversaires. Ils l'entraînèrent vers le portail, écartant journalistes et cameramen. Ils franchirent l'entrée pratiquement au pas de course.

– Ne retournez surtout pas là-bas, d'accord ? lui conseilla un de ses gardes du corps.

Le bureau de McAllister avait autant de fuites qu'une vieille chasse d'eau. En début d'après-midi, le bruit courait à Jackson que le gouverneur pensait sérieusement à un recours en grâce dans le cas de Sam Cayhall. La rumeur parvint d'abord aux journalistes en faction devant l'hôtel de ville. De là, elle circula de bouche à oreille parmi la presse et les curieux, prenant, en cours de route, de plus en plus d'ampleur. En moins d'une heure, la rumeur était devenue un fait quasiment certain.

Mona Stark retrouva les journalistes dans le hall et promit une déclaration du gouverneur en fin de journée. Les cours de justice n'avaient pas encore fini d'examiner l'affaire, expliqua-t-elle. Oui, le gouverneur était devant un dilemme moral.

48

Il fallut moins de trois heures à la cinquième chambre pour renvoyer l'ultime appel devant la Cour suprême des États-Unis. Une brève conférence téléphonique avait eu lieu à trois heures. Le standard téléphonique du procureur était suffisamment sophistiqué pour permettre une conversation sur une même ligne entre Goodman, Kerry et Roxburgh à Jackson, Adam et Lucas Mann à Parchman, les juges de la Cour suprême, Robichaux à Lake Charles, Judy à La Nouvelle-Orléans, et McNeely à Amarillo au Texas. Adam et Roxburgh exposèrent leurs arguments aux trois juges. À quatre heures, le fonctionnaire de la Cour avertissait l'une et l'autre partie que l'appel avait été rejeté. Les fax suivirent immédiatement. Kerry et Goodman envoyèrent alors tout aussitôt, également par fax, le même appel à la Cour suprême des États-Unis.

Sam subissait son dernier examen médical au moment où Adam concluait sa brève conversation téléphonique avec le fonctionnaire. Il raccrocha lentement l'appareil. Sam regardait d'un air mauvais le jeune médecin apeuré qui prenait sa tension artérielle. Packer et Tiny étaient présents. Avec cinq personnes dans le bureau, il n'y avait plus guère d'espace pour bouger.

– La cinquième chambre a rejeté notre appel, dit Adam gravement. Nous allons maintenant devant la Cour suprême.

– Ce n'est pas vraiment la Terre promise, dit Sam, sans quitter des yeux le médecin.

– Je reste optimiste, dit Adam sans conviction, à l'intention de Packer.

Le docteur remit rapidement ses appareils dans sa sacoche.

– Voilà, dit-il en se ruant vers la porte.

– Ainsi je suis en assez bonne santé pour mourir ? demanda Sam.

Le médecin ouvrit la porte et se jeta dehors, suivi de Packer et de Tiny. Sam se leva, s'étira, puis commença à marcher de long en large. La semelle glissante de ses chaussures neuves le gênait.

– Te sens-tu nerveux ? demanda-t-il avec un curieux sourire à Adam.

– Naturellement. Pas vous, bien sûr.

– Mourir ne peut pas être pire que cette attente. Bon Dieu, je suis prêt. J'aimerais que ce soit fini.

Adam faillit répliquer que tout n'était pas perdu, mais il n'était pas d'humeur à se faire rabrouer. Sam, cigarette au bec, marchait de long en large sans aucune envie de parler. Adam, comme toujours, multipliait les coups de téléphone. Mais il y avait peu à dire, et rien de vraiment encourageant.

Le colonel Nugent, debout sur le seuil du centre d'accueil, demanda le silence. Les journalistes et les reporters attendaient impatiemment le tirage au sort. Près de lui, sur une table, se trouvait un seau en fer-blanc. Chacun des membres de la presse portait un badge orange avec un numéro, fourni par l'administration de la prison, à fin d'identification. L'assistance était inhabituellement tranquille.

– Selon le règlement de cette prison, huit sièges sont réservés aux journalistes, expliqua Nugent d'une voix forte qui portait jusqu'à l'extérieur de la prison.

Il était enfin sous le feu des projecteurs.

– Une place est réservée à l'Associated Press, une autre à l'United Press International, et une à la télévision du Mississippi. Il reste donc cinq places à tirer au sort. Je vais sortir cinq numéros de ce seau, si l'un de ces numéros est le même que celui de votre badge, ce sera votre jour de chance. Des questions ?

Plusieurs douzaines de journalistes, brusquement, n'avaient plus aucune question à poser. Beaucoup d'entre eux dégrafèrent leur badge pour vérifier le chiffre porté dessus. Une vague d'excitation parcourut le groupe. Nugent, le geste large, piocha dans le seau et en sortit un bout de papier.

– Quatre mille huit cent quarante-trois, annonça-t-il avec l'assurance d'un croupier.

– Ici, lança un jeune homme en tripotant son badge.

– Votre nom ? lui cria Nugent.

– Edwin King, de l'*Arkansas Gazette*.

L'adjoint de Nugent écrivit ce nom dans un cahier. Edwin King faisait l'admiration de ses collègues.

Nugent tira rapidement les quatre numéros suivants. Un murmure de déception parcourut l'assistance à l'annonce du dernier numéro. Les perdants étaient déçus.

– À onze heures précises, deux minibus viendront se garer ici, dit Nugent en montrant du doigt la voie principale. Les huit témoins devront être exacts au rendez-vous. Ils seront conduits dans le quartier de haute sécurité, où ils assisteront à l'exécution. Pas d'appareil photo, pas de magnétophone. Vous serez fouillés lors de votre arrivée. Aux environs de minuit trente, vous remonterez dans les voitures et vous serez ramenés ici. Une conférence de presse sera alors tenue dans le hall principal du nouveau bâtiment de l'administration. Il sera ouvert dès vingt et une heures pour vous faciliter les choses. Des questions ?

– Combien de personnes en tout assisteront à l'exécution ?

– Il y aura treize ou quatorze témoins. Je me trouverai dans la chambre à gaz, en compagnie de l'aumônier, du médecin, du bourreau, de l'avocat de la prison et de deux gardiens.

– Est-ce que la famille des victimes assistera à l'exécution ?

– Oui. Mr. Elliot Kramer, le grand-père, désire faire partie des témoins.

– Et le gouverneur ?

– Selon le règlement, le gouverneur a deux sièges à sa disposition. L'un des deux sera réservé à Mr. Kramer. Je ne sais pas encore si le gouverneur sera présent.

– Qu'en est-il pour la famille de Mr. Cayhall ?

– Aucun de ses parents ne souhaite assister à l'exécution.

Nugent venait d'ouvrir la boîte de Pandore. Les questions jaillissaient de partout, mais il avait d'autres chats à fouetter.

— S'il vous plaît, plus de questions. Je vous remercie de votre attention.

Donnie Cayhall arriva pour sa dernière visite quelques minutes avant six heures. On le conduisit immédiatement au bureau de devant où il retrouva son frère, élégamment vêtu, en train de rire avec Adam Hall. Sam présenta les deux hommes.

Jusqu'alors Adam avait évité le frère de Sam. Donnie lui fit bonne impression, il était soigné et habillé avec goût. En fait il ressemblait à Sam. Ils avaient la même taille. Mais Sam était bien plus maigre.

Donnie n'était nullement le péquenaud qu'Adam avait craint. Il paraissait fier d'avoir un petit-neveu avocat. C'était un homme agréable, au sourire facile, qui découvrait de belles dents. Mais ses yeux exprimaient une profonde tristesse.

— Où en sommes-nous? demanda-t-il après quelques minutes de bavardage.

Il parlait bien entendu des appels.

— C'est devant la Cour suprême.

— Il y a donc encore de l'espoir?

Sam renifla bruyamment.

— Encore un peu, dit Adam qui commençait à se résigner au pire.

Adam et Donnie cherchèrent un sujet de conversation moins épineux. Sam, visiblement, s'en moquait. Il était assis tranquillement sur une chaise, les jambes croisées, tirant sans arrêt sur sa cigarette. Son esprit était occupé par des choses que ni son frère ni son petit-fils ne pouvaient imaginer.

— Je suis passé chez Albert aujourd'hui, dit Donnie.

Sam gardait toujours les yeux fixés au sol.

— Comment va sa prostate?

— Je ne sais pas. Il te croyait mort.

— C'est tout mon frère.

— J'ai également vu tante Finnie.

— Je la croyais morte, dit Sam en souriant.

— Elle n'en est pas loin. Elle a quatre-vingt-onze ans. Totalement bouleversée par ce qui t'arrive. Proclame que tu as toujours été son neveu favori.

516

– Elle ne me supportait pas, et je ne pouvais pas la sentir. Bon Dieu, je ne l'avais pas vue depuis cinq ans lorsque je suis arrivé ici.

– Bon. Mais elle est accablée par ce qui t'arrive.

– Elle s'en remettra.

Brusquement, un grand sourire apparut sur le visage de Sam. Peu après, il se mit à rire de bon cœur.

– Tu te souviens de l'époque où on attendait qu'elle aille dans les toilettes derrière chez grand-mère pour lancer des pierres sur le toit de la cabane ? Elle sortait de là comme un diable de sa boîte.

– C'est vrai, répondit Donnie, entre deux éclats de rire. Le toit était en tôle. Chaque caillou provoquait un bruit d'enfer.

– Oui, oui, on était là tous les trois, toi, Albert et moi. Tu ne devais avoir guère plus de quatre ans.

– Je m'en souviens pourtant.

Le récit s'étoffa. Adam commença lui aussi à glousser en voyant ces deux vieillards rire comme des fous. L'histoire sur tante Finnie et les w.-c. en amena une autre, tout aussi drôle, sur son mari, l'oncle Garland, un vieil infirme hargneux.

Le dernier repas fut une provocation délibérée jetée à la figure des cuisiniers qui avaient torturé l'estomac du pauvre prisonnier pendant neuf ans et demi. C'était un repas léger, de ceux qu'on trouve dans une boîte en carton à chaque coin de rue. Sam s'était souvent étonné de la faculté de ses prédécesseurs de se mettre à table devant un repas de sept plats, avec grillades, langouste et gâteaux au fromage. Buster Moac avait avalé deux douzaines d'huîtres, une salade aux lardons, suivie d'une énorme côte de bœuf, de fromage et de trois desserts. Sam n'avait jamais compris comment ces gens pouvaient avoir un tel appétit quelques heures seulement avant leur mort.

Personnellement, il n'avait pas faim lorsque Nugent frappa à la porte à sept heures et demie. Derrière le colonel se tenait un prisonnier modèle avec un plateau sur lequel étaient posés un bol contenant trois esquimaux et une bouteille Thermos pleine de café français, un des breuvages préférés de Sam.

– Ce n'est pas vraiment un repas gastronomique, Sam, dit Nugent.

– Puis-je manger en paix, ou avez-vous l'intention de rester là et de m'emmerder avec vos remarques stupides ?

Nugent se raidit et jeta un regard furieux à Adam.

– Nous reviendrons dans une heure. À ce moment-là, vos invités devront partir, et nous vous ramènerons dans la salle forte. D'accord ?

– Fichez le camp, dit Sam en s'installant devant la table.

Dès qu'ils furent de nouveau en famille, Donnie s'exclama :

– Bon Dieu, Sam, pourquoi n'as-tu pas commandé quelque chose que nous aurions pu partager avec toi ? Qu'est-ce que c'est que ce dernier repas ?

– C'est mon dernier repas. Quand ce sera ton tour, commande ce dont tu auras envie.

Il prit une fourchette et, minutieusement, détacha la glace et le chocolat du bâtonnet. Il avala ensuite une grande bouchée, puis lentement se versa une tasse de café. Un café noir et fort au parfum pénétrant.

Donnie et Adam, assis sur des chaises appuyées au mur, regardaient le dos de Sam tandis qu'il mangeait lentement son dernier repas.

Ils arrivaient, depuis cinq heures de l'après-midi, des quatre coins du Mississippi. Seuls dans leurs grosses voitures à quatre portes, de couleurs vives, avec des emblèmes compliqués sur les portes ou sur les ailes. Certaines avaient des clignotants sur le toit, d'autres des fusils fixés au-dessus des pare-soleil, mais toutes avaient de grandes antennes oscillant dans le vent.

C'étaient les shérifs élus des circonscriptions de l'État. La plupart d'entre eux occupaient cette position depuis de nombreuses années, et presque tous avaient déjà participé à ce rituel discret du banquet d'exécution.

Une cuisinière du nom de Miss Mazola préparait le repas de fête. Le menu était immuable. Elle faisait mijoter de gros poulets dans de la graisse, préparait des pois au jambon et confectionnait des sablés au beurre de la taille d'une soucoupe. Sa cuisine était installée au fond d'une cafétéria proche de l'immeuble de l'administration. Le repas était toujours servi à sept heures, quel que soit le nombre des participants.

Ce soir, ils seraient aussi nombreux qu'en 1982, lors de la mise au repos de Teddy Doyle Meeks. Miss Mazola l'avait prévu. Les journaux avaient rendu célèbre Sam Cayhall. Elle attendait au moins cinquante invités.

On les accueillit au portail d'entrée comme des dignitaires. Ils garèrent leur voiture autour de la cafétéria. La plupart d'entre eux étaient de grands gaillards bedonnants. Le voyage leur avait ouvert l'appétit.

Durant le dîner, les plaisanteries allaient bon train. Ils se goinfraient, puis sortaient de la salle pour s'asseoir sur le capot des voitures et regarder tomber la nuit. Ils se curaient les dents et s'émerveillaient de la bonne cuisine de Miss Mazola. Ils écoutaient leur poste de radio comme si la nouvelle de la mort de Cayhall allait être annoncée d'un moment à l'autre. Ils parlaient des précédentes exécutions, des crimes horribles commis chez eux, et des condamnés à mort venant de leur district. Cette maudite chambre à gaz ne fonctionnait pas assez.

Ils regardaient avec étonnement les centaines de manifestants rassemblés près de la nationale. Ils se curaient de nouveau les dents, puis retournaient dans la salle pour déguster le gâteau au chocolat.

C'était une merveilleuse nuit pour les représentants de l'ordre public.

49

L'obscurité fit descendre un calme étrange sur la nationale qui passait devant Parchman. Les hommes du KKK, bien décidés à ne pas quitter les lieux malgré la déclaration de Sam, attendaient assis sur des chaises pliantes. Les skinheads et les voyous de leur espèce, rôtis par le soleil du mois d'août, s'étaient rassemblés par petits groupes et buvaient de l'eau glacée. Les religieuses avaient été rejointes par des militants d'Amnesty International. On allumait des cierges, on disait des prières, on chantait des hymnes. Mais à bonne distance des groupuscules d'extrême droite. En d'autres circonstances, pour l'exécution d'un autre détenu, ces mêmes gens réclameraient du sang.

Une camionnette remplie d'adolescents vint troubler ce moment de calme. Brusquement, ils se mirent à scander à l'unisson et à pleins poumons : « Gazez-le ! Gazez-le ! Gazez-le ! » La camionnette tourna brusquement en faisant crisser ses pneus et s'éloigna à toute vitesse. Quelques hommes du KKK sautèrent sur leurs pieds, prêts à se battre, mais les trublions avaient disparu pour ne plus revenir.

La présence imposante des gardes nationaux sur la route aidait à maintenir l'ordre. Les hommes en uniforme, disposés par petits groupes, contrôlaient la circulation et ne quittaient pas des yeux les membres du KKK et les skinheads. Un hélicoptère décrivait des cercles au-dessus de la prison.

Goodman, finalement, interrompit la campagne d'intox. En cinq journées bien remplies, son équipe avait lancé plus de deux mille appels. Il paya les étudiants et les remercia chaleureusement. Aucun d'eux ne semblait vouloir jeter l'éponge. Ils l'accompagnèrent à l'hôtel de ville où une autre veillée aux chandelles se déroulait sur le perron. Le gouverneur était toujours dans son bureau du premier étage.

Un des étudiants s'offrit pour porter un téléphone à John Bryan Glass qui se trouvait de l'autre côté de la rue, à la Cour suprême du Mississippi. Goodman appela alors le professeur. Puis il téléphona à Kerry et à Joshua Caldwell, un vieil ami, qui avait accepté d'attendre devant le bureau du fonctionnaire chargé des peines capitales à Washington. Tous les hommes de Goodman étaient à leur poste, tous les appareils téléphoniques en place. Il appela Adam. Sam finissait son dernier repas. Il ne désirait pas lui parler. Il tenait cependant à le remercier pour tout ce qu'il avait fait.

Après ses esquimaux et son café, Sam se leva pour se dégourdir les jambes. Donnie se taisait depuis un bon moment. Accablé, il se préparait à partir. Nugent allait surgir d'un moment à l'autre, et Donnie tenait à dire au revoir à son frère avant.

Sam avait fait tomber un peu de crème glacée sur sa chemise neuve. Donnie essaya d'enlever la tache avec une serviette.

– Ce n'est pas si important, dit Sam en regardant son frère.

Donnie continuait de frotter.

– Oui, tu as raison. Je ferais mieux de partir. Ils vont arriver dans un instant.

Les deux hommes s'étreignirent longuement, en se donnant de petites claques dans le dos.

– Je suis si triste, Sam dit Donnie d'une voix tremblante. Je suis si triste !

Ils se dégagèrent mais continuèrent à se tenir par les épaules. Ils avaient les yeux humides, mais ne pleuraient pas. Ils n'auraient jamais accepté de pleurer l'un devant l'autre.

– Prends soin de toi, lui dit Sam.

– N'oublie pas de dire une prière, Sam, d'accord ?

– Je le ferai. Merci pour tout. Tu es le seul qui se soit soucié de moi.

Donnie se mordit la lèvre inférieure et tourna la tête. Il serra la main d'Adam en silence, incapable de prononcer le moindre mot. Il marcha jusqu'à la porte et partit.

– Pas de nouvelles de la Cour suprême ? demanda Sam brusquement, comme s'il croyait soudain qu'il y avait encore une chance.

– Non, dit Adam tristement.

Sam s'assit sur le bord du bureau, en balançant ses pieds.

– Je souhaite réellement que ce soit fini, Adam, dit-il en articulant distinctement chaque mot. Cette attente est vraiment trop dure.

Adam ne trouva rien à dire.

– En Chine, ils arrivent à l'improviste derrière toi et te logent une balle dans la nuque. Pas de dernier bol de riz. Pas d'adieux. Pas d'attente. Ce n'est pas une si mauvaise idée.

Adam consulta sa montre pour la énième fois depuis une heure. À partir de midi, il y avait eu des trous dans lesquels les heures semblaient s'engouffrer, puis, brusquement, le temps s'arrêtait. Il s'écoulait à toute vitesse, ou bien avec une lenteur infinie. Quelqu'un frappa à la porte.

– Entrez, dit Sam d'une voix éteinte.

Ralph Griffin apparut. Il était venu voir Sam deux fois durant la journée. De toute évidence, il trouvait ces rencontres particulièrement éprouvantes. C'était sa première exécution, il s'était déjà juré que ce serait la dernière. Il faudrait que son cousin au Sénat lui trouve un autre poste. Il fit un petit signe de tête à Adam et s'assit à côté de Sam sur le bureau. Il était presque neuf heures.

– Le colonel Nugent est là, derrière la porte, Sam. Il vous attend.

– Ne bougeons surtout pas.

– Ça me va.

– Vous savez, mon révérend, mon cœur a été touché au cours de ces derniers jours comme je n'aurais jamais pensé que ce fût possible. Mais j'ai beau faire tous mes efforts, je continue à haïr cette ordure qui se trouve derrière la porte. Je ne peux pas m'en empêcher.

– La haine est une chose affreuse, Sam.

– Je le sais, mais je n'y peux rien.

– À vrai dire, je ne l'aime pas particulièrement non plus.

Sam fit un grand sourire à l'aumônier et mit un bras sur ses épaules. On entendait maintenant plus distinctement les voix à l'extérieur. Nugent fit irruption dans la pièce.

– Sam, il est temps d'aller dans la salle forte.

Adam se leva, les genoux flageolants, l'estomac tordu, le cœur en déroute. Sam, cependant, restait imperturbable. Il se dressa rapidement.

– Allons-y, dit-il.

Ils quittèrent le bureau du devant et suivirent Nugent dans un étroit couloir où les gardiens les plus costauds de Parchman étaient alignés contre le mur. Sam prit la main d'Adam. Ils avancèrent lentement, suivis de l'aumônier.

Adam serra la main de son grand-père. Ils traversèrent le centre du quartier des condamnés à mort, franchirent deux sas, et enfin la grille à l'extrémité de la galerie A. À la suite de Nugent, ils repassèrent devant les cellules.

Sam regardait pour la dernière fois le visage des hommes qu'il avait si bien connus. Il fit un clin d'œil à Hank Henshaw, parvint à faire un signe de tête à J.B. Gullitt qui avait les yeux remplis de larmes, et sourit à Stock Turner. Tous les détenus tenaient les barreaux, la tête baissée, la peur sur le visage. Sam prenait son air le plus courageux.

Nugent s'arrêta devant la dernière cellule et attendit que le dispositif actionné depuis l'extrémité de la galerie ouvre la grille. Elle cliqueta bruyamment avant de laisser le passage. Sam, Adam et Ralph pénétrèrent dans la cellule. Nugent donna alors le signal de refermer la porte.

La cellule était plongée dans la pénombre, la lumière et la télévision étaient éteintes. Sam s'assit sur le lit entre Adam et l'aumônier. Il s'appuya sur ses coudes et inclina la tête.

Nugent serait de retour dans deux heures, à onze heures précises, pour emmener Sam dans la chambre d'isolement. Tout le monde savait qu'il allait revenir. Mais ça semblait atrocement cruel, à cet instant, de le dire à Sam. Il s'éloigna en silence et franchit la grille de la galerie. Ses gardiens l'attendaient dans une demi-obscurité. Nugent se rendit alors dans la chambre d'isolement où un lit de camp avait été installé pour la dernière heure du prisonnier. Il pénétra dans la petite pièce puis gagna la chambre à gaz où l'on s'occupait des ultimes préparatifs.

Le bourreau, très occupé, paraissait à son affaire. C'était un petit homme mince et nerveux, qui s'appelait Bill Monday. Il n'avait que neuf doigts et allait gagner cinq cents dollars si l'exécution avait effectivement lieu. Conformément à la loi, il était nommé par le gouverneur. Il se trouvait dans un minuscule réduit qu'on appelait simplement « le laboratoire », situé à moins de deux mètres de la cabine elle-même. Il consultait de temps à autre sa liste de contrôle. Devant lui, sur une sorte de comptoir, se trouvaient une boîte d'une livre de tablettes de cyanure de sodium, une bouteille de neuf livres d'acide sulfurique, une boîte d'une livre d'acide caustique, un bidon en acier de cinquante livres d'anhydride d'ammoniaque et un jerrican de vingt litres d'eau distillée. Sur une tablette voisine étaient disposés trois masques à gaz, trois paires de gants en caoutchouc, un entonnoir, un savon, une serviette et une serpillière. Entre les deux planches, un récipient pour effectuer le mélange, monté sur un tuyau de cinq centimètres de diamètre qui passait sous le plancher, sous le mur, et ressortait dans la cabine.

Monday, en réalité, avait trois listes de contrôle. La première indiquait comment préparer les liquides. La deuxième comprenait les produits chimiques nécessaires et les fournitures. La troisième expliquait la manière de procéder au cours de l'exécution.

Nugent interrogea Monday. Tout se déroulait comme prévu. Un des assistants du bourreau étalait de la vaseline sur le bord des vitres de la cabine. Un membre de l'équipe d'exécution, en tenue de ville, vérifiait les courroies et les attaches du fauteuil en bois. Le docteur tripotait son électrocardiographe. Par les portes entrouvertes, on apercevait une ambulance qui attendait à l'extérieur.

Nugent, une fois de plus, jeta un coup d'œil aux listes de contrôle, bien qu'il les ait mémorisées depuis longtemps. En fait, il avait réécrit chacune d'entre elles et avait dressé un tableau chronologique à l'intention de son assistant. Mélange de l'eau et de l'acide, arrivée du prisonnier dans la chambre à gaz, fermeture de la chambre à gaz, mélange de l'acide et du cyanure, le gaz atteint le visage du prisonnier, prisonnier apparemment inconscient, réellement inconscient, sursauts du corps, dernier mouvement perceptible, arrêt du cœur, arrêt de la respiration, trappe d'échappement ouverte, trappe d'aération ouverte, porte de la chambre à gaz ouverte, sortie du corps, constat de la mort. Devant chacune de ces étapes, il avait laissé une marge pour noter le temps écoulé entre les diverses phases de l'opération.

Il y avait aussi une liste concernant l'exécution elle-même. Un document exhaustif numéroté de 1 à 29. Bien entendu, cette liste était complétée par un appendice.

Nugent connaissait chaque point de chaque liste. Il savait comment opérer le mélange, comment ouvrir les bouches d'aération, le temps durant lequel elles resteraient ouvertes, comment les refermer. Il connaissait absolument tout par cœur.

Il sortit pour dire quelques mots au chauffeur de l'ambulance et respirer une bouffée d'air frais. Puis il retraversa la chambre d'isolement pour gagner la galerie A. Comme tout le monde, il attendait de la Cour suprême qu'elle se décide enfin dans un sens ou dans l'autre.

Il envoya deux gardiens fermer les vasistas de la galerie. Comme le bâtiment lui-même, ces vasistas étaient là depuis trente-six ans. Ils résistaient. Il fallut les claquer. Chaque claquement résonnait d'un bout à l'autre de la galerie. Trente-cinq vasistas en tout, chaque détenu en connaissait le nombre exact. Une fois qu'ils furent fermés, la galerie devint étonnamment silencieuse.

Sam se mit à trembler au moment de la fermeture des vasistas. Sa tête descendit encore un peu en direction de ses genoux. Adam posa un bras autour de ses fragiles épaules.

– J'ai toujours aimé ces vasistas, dit Sam à mi-voix.

Plusieurs gardiens montaient la garde à quelques mètres, regardant à travers les barreaux comme des enfants au zoo. Sam ne voulait pas qu'ils entendent ses paroles. C'était difficile de l'imaginer aimant quelque chose dans cet endroit.

– Quand il pleuvait très fort, l'eau rebondissait sur les vitres et quelques gouttes pénétraient à l'intérieur et tombaient par terre. J'ai toujours aimé la pluie. Et la lune. Parfois, lorsqu'il n'y avait pas de nuages, je pouvais rester debout dans ma cellule et entrevoir un instant la lune. Je me suis toujours demandé pourquoi il n'y avait pas plus de fenêtres dans cet endroit. Pardonnez-moi, mon révérend, mais, bon Dieu, si on tenait à nous garder dans une cellule toute la journée, pourquoi n'aurions-nous pas pu regarder vers l'extérieur ? Je n'ai jamais compris ça. J'imagine qu'il y a un tas de choses que je n'ai jamais comprises.

Il s'arrêta de parler et resta silencieux un bon moment.

De l'obscurité surgit la voix de ténor léger du Petit Prédicateur. Il chantait « Juste quelques pas vers toi ». C'était très joli.

> *Juste quelques pas vers toi*
> *Jésus, c'est ce que je demande*
> *Marcher chaque jour*
> *Plus près de toi...*

– Silence ! hurla un gardien.

– Laisse-le tranquille ! lança Sam, faisant sursauter Adam et Ralph. Continue de chanter, Randy, ajouta-t-il plus doucement pour n'être entendu que de la cellule voisine.

Le Petit Prédicateur prit son temps. De toute évidence, on l'avait froissé, mais finalement il se remit à chanter. Une porte claqua quelque part, et Sam frissonna. Adam lui serra les épaules et son grand-père se calma de nouveau. Son regard se perdait quelque part entre les lames sombres du plancher.

– J'imagine que Lee ne viendra pas, dit-il d'une voix curieusement irréelle.

Adam réfléchit un instant et décida de lui dire la vérité.

– Je ne sais pas où elle est. Je ne lui ai pas parlé depuis dix jours.

– Je croyais qu'elle faisait une cure de désintoxication.

– Je le pense aussi, mais je ne sais pas où. Je suis désolé. J'ai fait ce que j'ai pu pour la retrouver.

– J'ai beaucoup pensé à elle ces derniers jours. Dis-le-lui.

– Je le lui dirai.

Si Adam revoyait sa tante, il ferait tout pour ne pas la bouleverser.

– Et j'ai beaucoup pensé à Eddie.

– Écoutez, Sam, nous n'avons plus guère de temps. Parlons de choses agréables, non ?

– Je veux que tu me pardonnes ce que j'ai fait à Eddie.

– Je vous ai déjà pardonné, Sam. C'est une chose réglée. Carmen et moi, nous vous avons tous les deux pardonné.

Ralph baissa la tête à la hauteur de celle de Sam et lui dit :

– Peut-être y a-t-il d'autres choses auxquelles nous devrions penser, Sam.

– Un peu plus tard, dit Sam.

La porte de la galerie s'ouvrit au bout du couloir, et on entendit un bruit de pas se dirigeant vers eux. Lucas Mann, suivi d'un garde, s'arrêta devant la dernière cellule et regarda les trois silhouettes serrées l'une contre l'autre sur le lit.

– Adam, quelqu'un vous demande au téléphone, dit-il nerveusement. Dans le bureau du devant.

Les trois ombres se raidirent en même temps. Adam sauta sur ses pieds. Dès que la grille fut ouverte, il quitta la cellule sans un mot. Son ventre le faisait douloureusement souffrir.

– Envoie-les se faire foutre, Adam ! lui lança J.B. Gullitt.

– Qui est à l'appareil ? demanda Adam à Lucas Mann qui le suivait pas à pas.

– Garner Goodman.

Ils se glissèrent au cœur du quartier de haute sécurité et se dirigèrent vers le bureau du devant. Le combiné était posé sur la table. Adam s'en empara et s'assit.

– Garner, c'est Adam.

– Je suis à l'hôtel de ville, Adam, dans la rotonde, devant le bureau du gouverneur. La Cour suprême vient de rejeter votre demande de porter l'affaire devant une autre juridiction. Il n'y a plus rien à attendre de ce côté.

Adam ferma les yeux et se tut un instant.

– Eh bien, j'imagine que c'est la fin, dit-il en regardant Lucas Mann, qui fronça les sourcils et baissa la tête.

– Restez à proximité. Le gouverneur va faire une déclaration d'une minute à l'autre. Je vous rappelle dans cinq minutes.

Goodman avait raccroché.

Adam reposa l'appareil, le regard vide.

– Le gouverneur va faire une déclaration. Goodman va me rappeler d'un instant à l'autre.

Mann s'assit.

– Je suis désolé, Adam. Vraiment désolé. Comment Sam tient-il le coup ?

– Sam prend tout ça bien mieux que moi, j'imagine.

– C'est étrange, n'est-ce pas ? C'est ma cinquième exécution, et je suis toujours étonné du calme de ces hommes au moment de partir. Ils renoncent dès que la nuit tombe. Ils prennent leur dernier repas, disent au revoir à leur famille, et deviennent bizarrement calmes. Moi je hurlerais, me débattrais, enverrais des coups de pied. Il faudrait vingt hommes pour me faire sortir de la salle forte.

Adam parvint à sourire. Puis il remarqua une boîte à chaussures ouverte posée sur le bureau. Elle était tapissée de papier d'aluminium et il restait quelques morceaux de biscuits au fond. Elle n'était pas là lorsqu'il avait quitté cette pièce une heure plus tôt.

– Qu'est-ce que c'est ? demanda-t-il sans véritable curiosité.

– Ce sont les biscuits d'exécution.

– Les biscuits d'exécution ?

– Oui. Une gentille petite dame en apporte chaque fois qu'il y a une exécution.

– Pourquoi ?

– Aucune idée. Franchement, je ne sais pas pourquoi elle agit ainsi.

– Qui les mange ? demanda Adam en regardant les morceaux de biscuits et les miettes au fond de la boîte comme s'il s'agissait d'un poison.

– Les gardiens et les prisonniers modèles.

Adam secoua la tête mais n'essaya pas de comprendre les raisons d'une fournée de biscuits d'exécution. Il avait d'autres soucis en tête.

Pour l'occasion, David McAllister passa un costume bleu marine, mit une chemise blanche amidonnée et une cravate bordeaux. Il peigna et vaporisa ses cheveux avec de la laque, se brossa les dents, puis gagna son bureau par une porte latérale. Mona Stark additionnait des chiffres.

– Ces appels ont finalement cessé, dit-elle, assez soulagée.

– Je ne veux pas en entendre parler, dit McAllister, jetant un coup d'œil à sa cravate et à ses dents dans un miroir. Allons-y.

Il ouvrit la porte et pénétra dans le hall où deux gardes du corps l'attendaient. Ils l'accompagnèrent jusqu'à la rotonde où toutes les lumières avaient été allumées. Une foule de journalistes et de photographes se bousculaient pour entendre sa déclaration. Il monta sur une estrade improvisée où étaient installés une douzaine de micros. Il fit une grimace à cause des projecteurs, attendit le silence, puis commença à parler.

– La Cour suprême des États-Unis vient de rejeter les derniers appels de Sam Cayhall, dit-il d'un ton grave, comme si les journalistes ne le savaient pas encore.

Il s'arrêta un instant, tandis qu'on le mitraillait de toutes parts.

– Donc, après trois procès en cour d'assises, neuf années d'appels devant toutes les cours possibles de notre Constitution, après que l'affaire eut été examinée par pas moins de quarante-sept juges, l'heure de la justice est enfin arrivée pour Sam Cayhall. Son crime a été commis voici vingt-trois ans. La justice peut être fort lente, mais elle finit par triompher. Beaucoup de gens ont fait pression sur moi afin que je prenne une mesure de grâce en faveur de Mr. Cayhall. Je ne saurais m'y résoudre. Je ne peux aller à l'encontre de la sagesse du jury qui l'a condamné et ne pas tenir compte du jugement compétent de nos tribunaux. De plus, je ne tiens pas à m'opposer aux souhaits de mes amis Kramer.

Un nouvel arrêt. McAllister parlait sans notes, donc il était évident que son petit discours avait été préparé depuis longtemps.

– J'espère ardemment que l'exécution de Sam Cayhall effacera un douloureux chapitre de l'histoire malheureuse de notre État. Je demande aux habitants du Mississippi de se rassembler après cette triste nuit pour travailler ensemble à établir une plus grande égalité. Que Dieu ait pitié de l'âme de Sam Cayhall.

Il descendit de l'estrade tandis que les questions fusaient de partout. Les gardes du corps ouvrirent une porte dérobée, et le gouverneur disparut. Les trois hommes descendirent un escalier et sortirent par la porte nord où une voiture les attendait. Un kilomètre plus loin, ils montaient dans un hélicoptère.

Goodman sortit de l'hôtel de ville et s'arrêta près d'un vieux canon pointé, allez savoir pourquoi, en direction du centre-ville. En dessous de lui, au bas du perron, un groupe important de manifestants tenait des cierges. Il téléphona à Adam pour lui apprendre la nouvelle, puis se faufila au milieu des badauds et des lumières. Les manifestants entonnèrent un hymne que Goodman n'entendait déjà plus. Il marcha sans but pendant un moment, puis se dirigea vers le bureau de Hez Kerry.

50

Le trajet de retour à la salle forte lui parut beaucoup plus long qu'à l'aller. Adam était seul. Il connaissait maintenant le parcours. Lucas Mann avait disparu dans le labyrinthe du quartier des condamnés à mort.

Alors qu'il attendait devant une porte à gros barreaux au centre du bâtiment, Adam eut brusquement conscience qu'il y avait beaucoup plus de monde maintenant que tout à l'heure – plus de gardiens, plus d'hommes avec des badges en plastique et des pistolets à la ceinture, plus de types au visage hostile, avec des chemisettes et des cravates en nylon. Ce qui allait se passer ressemblait à un happening, un événement singulier et excitant qu'il ne fallait surtout pas manquer.

Il desserra sa cravate alors que la porte cliquetait avant de s'ouvrir. Quelque part dans le labyrinthe de murs, de fenêtres et de barreaux, un gardien le surveillait. Il franchit la grille, tripotant le nœud de sa cravate et le bouton de sa chemise.

Maintenant que les vasistas étaient fermés, l'atmosphère de la galerie devenait suffocante. De nouveau, un fort cliquetis, un bourdonnement électrique, et il put s'engager dans l'étroit couloir qui mesurait, lui avait dit Sam, deux mètres trente. Trois rangées de tubes au néon poussiéreux projetaient des ombres vagues sur le sol. Adam, le pas lourd, passa devant les cellules obscures où étaient enfermés de féroces meurtriers, qui, pour le moment, étaient en train de prier ou de pleurer.

– De bonnes nouvelles, Adam ? lui demanda, dans l'ombre, J.B. Gullitt.

Adam ne répondit pas. Tout en avançant, il regardait les vasistas. On pouvait y voir les différentes couches de peinture ayant bavé sur les vitres. Il se demandait combien d'avocats avant lui avaient accompli ce trajet du bureau de devant à la chambre forte pour signifier à un homme que la dernière lueur d'espoir s'était éteinte. Cette prison avait une longue histoire. Un grand nombre de ses confrères avaient souffert comme lui en effectuant ce parcours. Garner Goodman, par exemple, avait averti Maynard Tole de la fatale décision. Cette pensée lui redonna un semblant de courage. Il s'arrêta devant la dernière cellule et attendit que la grille s'ouvre.

Sam et l'aumônier étaient toujours assis sur le lit, tête baissée, côte à côte dans l'obscurité, et échangeaient quelques phrases à voix basse. Adam s'assit près de Sam et lui posa son bras sur les épaules. Elles paraissaient encore plus frêles.

– La Cour suprême a rejeté nos derniers appels, dit-il doucement, sa voix sur le point de se briser.

L'aumônier ne put retenir un petit gémissement. Sam hocha la tête comme s'il s'attendait à cette décision.

– Et le gouverneur vient à cet instant de refuser sa grâce.

Sam essaya de se redresser courageusement, mais il n'en eut pas la force. Sa tête s'affaissa davantage.

– Prions, dit Ralph Griffin.

– Tout est fini, alors ? demanda Sam.

– Il n'y a plus rien à attendre, murmura Adam.

On pouvait entendre, au bout de la galerie, les voix excitées de l'équipe chargée de l'exécution. La chose allait enfin arriver. Une porte claqua quelque part derrière eux du côté de la chambre à gaz. Les genoux de Sam se mirent à trembler.

Adam n'aurait pu dire si le silence dura une minute ou un quart d'heure. Le temps n'en finissait plus de s'arrêter et de repartir dans une course devenue folle.

– Prions, mon révérend, l'heure est venue, dit Sam.

– Je le crois aussi. Nous avons assez attendu.

– Comment voulez-vous qu'on s'y prenne ?

– Eh bien, Sam, pour quoi voulez-vous prier en ce moment ?

Sam réfléchit un moment :

– J'aimerais m'assurer que Dieu n'est pas furieux contre moi au moment de ma mort.

– Excellente idée. Et pourquoi pensez-vous que Dieu puisse être en colère contre vous ?

– C'est assez évident, non ?

Ralph joignit les mains.

– Le mieux serait de confesser vos péchés et de demander à Dieu de vous pardonner.

– Absolument tous ?

– Vous n'avez pas à en faire la liste, simplement demandez à Dieu de vous pardonner vos mauvaises actions.

– Une sorte de repentir global.

– Ça marchera si vous êtes sincère.

– Diable, bien sûr que je suis sincère.

– Croyez-vous au diable, Sam ?

– Oui.

– Croyez-vous au ciel ?

– Oui.

– Croyez-vous que tous les chrétiens iront au ciel ?

Sam hésita avant de répondre puis acquiesça lentement de la tête avant de demander :

– Le pensez-vous ?

– Oui, je le pense, Sam.

– Alors je vous crois sur parole.

– Parfait. Faites-moi confiance sur ce point. D'accord ?

– Ça me paraît un peu trop facile. Il suffit de dire une prière à toute vitesse, et tout est pardonné.

– Pourquoi cela devrait-il vous ennuyer ?

– Parce que j'ai fait quelques petites choses assez atroces, mon révérend.

– Nous avons tous péché, Sam. Notre Dieu est un Dieu d'infinie bonté.

– Vous n'avez pas fait ce que j'ai fait.

– Vous vous sentiriez mieux si vous en parliez ?

– Oui. Je ne me sentirai jamais délivré à moins que j'en parle.

– Je vous écoute.

– Voulez-vous que je sorte une minute ? demanda Adam.

Sam lui serra le genou.

– Non.

– Nous n'avons pas beaucoup de temps, Sam, dit Ralph en jetant un coup d'œil par-delà les barreaux.

Sam respira profondément et se mit à parler d'une voix sourde. Seuls Adam et Ralph pouvaient l'entendre.

533

– J'ai tué Joe Lincoln de sang-froid. J'ai dit que je le regrettais.

Ralph murmurait quelque chose pour lui-même tout en écoutant. Il priait déjà.

– J'ai aidé mes frères à assassiner les deux hommes qui avaient tué notre père. Franchement, je n'ai jamais eu le moindre remords jusqu'à maintenant. La vie m'est apparue bien plus précieuse ces derniers jours. J'avais tort. J'ai participé à un lynchage lorsque j'avais quinze ou seize ans. Je faisais simplement partie de la populace et je n'aurais rien pu arrêter, même si j'avais essayé. Mais je n'ai pas essayé, de sorte que je me sens coupable.

Sam s'arrêta. Adam retint son souffle, espérant que la confession était terminée. Ralph attendait patiemment.

– Est-ce tout, Sam ?

– Non. Il y a autre chose.

Adam ferma les yeux en essayant de rassembler son courage. Il se sentit vaciller. Il avait envie de vomir.

– J'ai participé à un autre lynchage. Un garçon prénommé Cletus. Je ne peux me souvenir de son autre nom. Un lynchage organisé par le KKK. J'avais dix-huit ans. C'est tout ce que je peux dire.

Ce cauchemar n'aurait donc jamais de fin, se dit Adam.

Sam respira de nouveau profondément et garda le silence pendant plusieurs minutes. Ralph priait avec ferveur. Adam attendait.

– Mais je n'ai pas tué les petits Kramer, dit Sam d'une voix tremblante. J'ai eu tort de participer à cette horreur. Je l'ai regretté et le regrette encore. C'était mal d'être membre du KKK, de haïr tout le monde, de commettre des attentats. Mais je n'ai pas tué ces enfants. Il n'était pas prévu de blesser qui que ce soit. Cette bombe devait éclater au milieu de la nuit quand personne ne serait dans les parages. C'est ce que je croyais vraiment. Mais l'engin avait été confectionné par quelqu'un d'autre, pas par moi. J'étais juste là pour faire le guet, pour conduire la voiture, un sous-fifre. L'autre type a fait en sorte que la bombe éclate bien plus tard que je ne le pensais. Je n'ai jamais su avec certitude s'il avait eu l'intention de tuer. Mais je le suppose.

Adam sentit ces paroles pénétrer au fond de lui-même. Il était trop bouleversé pour bouger.

– Mais j'aurais pu arrêter tout ça. C'est pourquoi je me sens coupable. Ces petits garçons seraient vivants aujourd'hui si j'avais agi courageusement avant que la bombe n'explose. J'ai leur sang sur mes mains.

Ralph posa doucement sa main sur la nuque de Sam.

– Priez avec moi, Sam.

Le prisonnier plaça ses deux mains devant ses yeux et posa ses coudes sur ses genoux.

– Croyez-vous que Jésus-Christ était le fils de Dieu, qu'il est venu sur la terre, qu'il a été conçu par une vierge, qu'il a mené une vie exempte de péchés, qu'il a été persécuté, et qu'il est mort sur la croix afin de nous racheter? Croyez-vous tout cela, Sam?

– Oui, soupira-t-il.

– Et qu'il est ressuscité des morts et est monté au ciel?

– Oui.

– Et que, par son entremise, vos péchés vous seront remis? Toutes les choses horribles qui ont pesé sur votre cœur vous sont maintenant pardonnées. Croyez-vous à tout cela, Sam?

– Oui, oh oui!

Ralph retira sa main de la tête de Sam et s'essuya les yeux. Sam ne bougeait pas, mais ses épaules tressautaient. Adam le serra très fort contre lui.

Randy Dupree commença à siffler un autre couplet de « Juste quelques pas vers toi ». Il sifflait bien et fort. La mélodie se répandait partout, angélique, dans la galerie.

– Mon révérend, dit Sam en se raidissant un peu, est-ce que ces petits Kramer seront au ciel?

– Oui.

– Mais c'étaient des Juifs.

– Tous les enfants vont au ciel, Sam.

– Est-ce que je les verrai là-haut?

– Je ne sais pas. Il y a bien des choses que nous ignorons sur le ciel. Mais la Bible nous promet que nous ne serons plus jamais tristes lorsque nous serons là-haut.

– Alors j'espère les voir.

La voix caractéristique du colonel Nugent mit fin à cet instant paisible. La grille de la galerie émit un son métallique, cliqueta et s'ouvrit. Il s'avança de deux mètres vers la porte de la salle forte. Six gardiens se tenaient derrière lui.

– Sam, il est temps d'aller dans la chambre d'isolement. Il est onze heures.

Les trois hommes se levèrent. La porte de la cellule s'ouvrit et Sam sortit dans le couloir. Il sourit à Nugent, puis se retourna et prit l'aumônier dans ses bras.

– Merci, dit-il.

– Je t'aime, mon frère ! cria Randy Dupree de sa cellule qui se trouvait à quatre mètres.

Sam regarda Nugent et lui demanda :

– Est-ce que je peux dire au revoir à mes amis ?

Un imprévu. Le manuel était formel sur ce point, le prisonnier devait aller directement de la salle forte à la chambre d'isolement. Aucune mention n'était faite d'une dernière promenade dans la galerie. Nugent était abasourdi. Après quelques secondes, il se ressaisit :

– Bien sûr, mais faites vite.

Sam s'avança de quelques pas et serra la main de Randy à travers les barreaux. Puis il gagna la cellule suivante et tendit la main à Harry Ross Scott.

Ralph Griffin se faufila parmi les gardiens et quitta la galerie. Il se réfugia dans un coin sombre et se mit à pleurer comme un enfant. Il ne reverrait plus jamais Sam. Adam se tenait debout sur le seuil de la cellule, près de Nugent. Les deux hommes regardaient Sam tandis qu'il longeait le couloir et s'arrêtait devant chaque cellule en disant à voix basse quelques mots à chacun des détenus. Il passa un plus long moment avec J.B. Gullitt dont on pouvait entendre les sanglots.

Puis il se retourna et, courageusement, s'avança, comptant ses pas et souriant à ses copains tout en marchant. Il prit la main d'Adam.

– Allons-y, dit-il à Nugent.

Il y avait tant de gardiens en attente au bout de la galerie qu'il fallait tourner les épaules pour avancer. Nugent ouvrait la voie, suivi de Sam et d'Adam. Cette concentration humaine faisait monter de quelques degrés la température et épaississait un air déjà étouffant. Cette démonstration de force était nécessaire pour soumettre ou inciter à l'obéissance un prisonnier récalcitrant. Mais cette précaution paraissait absurde avec un petit vieillard tel que Sam Cayhall. Les sept mètres du trajet ne prirent que quelques secondes. Adam grimaçait de douleur à chaque pas. Dans la chambre d'isolement, la porte qui faisait face à celle de l'entrée était fermée. Elle conduisait à la chambre à gaz.

Adam et Sam s'assirent sur le lit de camp. Nugent ferma la porte et s'agenouilla devant eux. Les trois hommes étaient seuls. Adam remit son bras sur les épaules de Sam.

Nugent avait sur le visage une expression de douleur exagérée. Il posa une main sur le genou du prisonnier.

– Sam, nous allons effectuer cette épreuve ensemble. Maintenant...

– Tais-toi, tordu, lâcha Adam, étonné lui-même de la violence de son intervention.

– Ce n'est pas sa faute, dit Sam gentiment à Adam. C'est un idiot, il ne comprend rien à rien.

Nugent, ainsi rabroué, essaya de trouver une réplique.

– Je cherche simplement à faire de mon mieux, d'accord ? dit-il à Adam.

– Et si vous partiez ? lança Adam.

– Écoutez-moi, Nugent, dit Sam. J'ai lu des tonnes de livres de droit. J'ai lu des pages et des pages sur les règlements des prisons. Et nulle part je n'ai lu quelque chose qui m'oblige à passer ma dernière heure avec vous. Pas de loi là-dessus, pas de statut, pas de règlement, rien.

– Foutez donc le camp ! dit Adam, prêt à frapper si c'était nécessaire.

Nugent sauta sur ses pieds.

– Le médecin entrera par cette porte à onze heures quarante. Il posera un stéthoscope sur votre poitrine, puis s'en ira. À onze heures cinquante-cinq, ce sera mon tour d'entrer. À ce moment-là nous gagnerons la chambre à gaz. Une question ?

– Partez ! gronda Adam en faisant un geste en direction de la porte.

Nugent s'éclipsa. Maintenant ils étaient seuls. Seuls pour une heure.

Deux minibus de la prison s'arrêtèrent devant l'espace réservé au public. Les huit journalistes tirés au sort et un des shérifs prirent place à l'intérieur. La loi autorisait, sans obligation, le shérif du district où le crime avait été commis à assister à l'exécution.

Le shérif du district de Washington en 1967 était mort depuis quinze ans, mais son successeur n'allait certes pas manquer pareille occasion. Il avait informé Lucas

Mann qu'il s'appuyait sur la loi pour obtenir cette place. Il devait bien ça aux gens du district de Washington et en particulier à ceux de Greenville.

Mr. Elliot Kramer n'était pas à Parchman. Il avait projeté d'y venir pendant des années, mais son médecin s'y était opposé au dernier moment. Ruth Kramer n'avait jamais sérieusement pensé à assister à l'exécution. Elle était chez elle à Memphis, entourée d'amis, en attendant la fin. Aucun membre de la famille des victimes n'assisterait à la mise à mort de Sam Cayhall.

On photographia et filma abondamment les minibus au moment où ils s'engageaient sur la voie principale. Cinq minutes plus tard, les deux voitures s'arrêtaient devant le portail du QHS. On demanda aux journalistes de descendre. On devait les fouiller. Ils auraient pu dissimuler des appareils photos ou des magnétophones. Ils remontèrent dans les véhicules qui franchirent les deux entrées, roulèrent sur l'herbe le long de la façade du QHS, puis autour de l'enclos ouest, avant de s'arrêter près de l'ambulance.

Nugent en personne attendait la presse. Ils commencèrent immédiatement à regarder avec curiosité autour d'eux. Ils se trouvaient devant un bâtiment carré en brique rouge accolé à un immeuble tout en longueur. Le QHS. Le petit bâtiment avait deux portes. L'une fermée, l'autre grande ouverte à leur intention.

Nugent n'était pas d'humeur à satisfaire la curiosité des journalistes. Il les poussa en direction de la porte ouverte. Le groupe pénétra dans une petite salle où deux rangées de chaises pliantes attendaient face à une sinistre tenture noire.

– Asseyez-vous, dit sèchement Nugent.

Il compta les huit journalistes et le shérif. Trois sièges restaient vides.

– Il est maintenant onze heures dix, dit-il avec emphase. Le prisonnier est dans la chambre d'isolement. Devant vous, de l'autre côté de ces rideaux, se trouve la cabine de la chambre à gaz. Le condamné y pénétrera à minuit moins cinq, pour être attaché sur le siège. Ensuite on fermera la porte. Le rideau sera alors tiré à minuit exactement et, lorsque vous découvrirez la chambre à gaz, le prisonnier sera déjà installé dans la cabine à cinquante centimètres environ de la vitre. Vous ne verrez que sa nuque. Je n'y suis pour rien, d'accord ?

Il faudra attendre environ dix minutes pour constater la mort. Puis le rideau sera refermé et vous retournerez vers les voitures. Pour le moment, patientez. Je suis désolé que cette pièce n'ait pas l'air conditionné. Quelqu'un a-t-il des questions à poser ?

– Avez-vous parlé au prisonnier ?

– Oui.

– Comment tient-il le coup ?

– Je ne répondrai pas à ce genre de question pour l'instant. Une conférence de presse est prévue à une heure, je le ferai alors.

Nugent quitta la salle des témoins et claqua la porte derrière lui. Il contourna rapidement le bâtiment et entra dans la chambre à gaz.

– Il ne nous reste qu'une heure à peine. De quoi aimerais-tu parler ? demanda Sam.

– Oh, d'un tas de choses. De sujets pas trop pénibles.

– C'est assez difficile d'avoir une conversation plaisante en ce moment, tu sais.

– À quoi pensez-vous, Sam ? Qu'est-ce qui vous vient à l'esprit ?

– Tout.

– De quoi avez-vous peur ?

– De l'odeur du gaz. Est-ce douloureux ou pas ? Je ne veux pas souffrir, Adam. J'espère que ça va vite. Je veux simplement respirer un bon coup et partir à la dérive. Je n'ai pas peur de la mort, Adam, mais en ce moment j'ai peur de mourir. J'aimerais que ce soit fini. Cette attente est insupportable.

– Êtes-vous prêt ?

– Mon petit cœur de pierre a enfin trouvé la paix. J'ai commis pas mal d'horreurs, mon garçon, mais je sens que Dieu peut me donner une chance. Je ne la mérite certainement pas.

– Pourquoi ne voulez-vous pas me parler de l'homme qui était avec vous ?

– Une trop longue histoire. Nous n'avons pas beaucoup de temps.

– Cela aurait pu vous sauver la vie.

– Non. Personne ne m'aurait cru. Réfléchis. Vingt-trois ans plus tard, je change brusquement mon fusil d'épaule et je rejette la faute sur un mystérieux inconnu. Ridicule.

– Pourquoi me mentir à moi?

– J'ai mes raisons.

– Pour me protéger?

– C'en est une.

– Il est dans les parages, n'est-ce pas?

– Oui. Il est là tout près. En fait, il est probablement, juste en ce moment, dehors avec les autres zigotos. Il surveille. Mais tu ne le verras jamais.

– C'est lui qui a tué Dogan et sa femme?

– Oui.

– Et le fils de Dogan?

– Oui.

– Et Clovis Brazelton?

– Probablement. C'est un tueur de génie, Adam. Il est implacable. Il nous a menacés, Dogan et moi, durant le premier procès.

– Connaissez-vous son nom?

– Pas vraiment. De toute façon, je ne te le dirais pas. Tu ne dois jamais en souffler mot à personne.

– Vous allez mourir pour un crime commis par quelqu'un d'autre.

– Non. J'aurais pu sauver ces petits garçons. Et Dieu sait que j'ai tué plus que ma part de gens. Je mérite ce qui m'arrive, Adam.

– Personne ne mérite ça.

– C'est nettement mieux que de vivre. S'ils me ramenaient dans ma cellule, juste maintenant, et que je doive y rester jusqu'à ma mort, tu sais ce que je ferais?

– Non.

– Je me tuerais.

Après avoir passé la dernière heure dans une cellule, Adam ne pouvait réfuter cette idée. Il commençait à peine à comprendre l'horreur de vivre vingt-trois heures par jour dans une cage minuscule.

– J'ai oublié mes cigarettes, dit Sam en tapotant sa poche de poitrine. J'imagine qu'il est grand temps d'arrêter de fumer.

– Est-ce que vous essayez d'être drôle?

– Oui.

– Ça ne marche pas.

– Est-ce que Lee t'a montré le livre dans lequel on me voit participer à un lynchage?

– Elle ne me l'a pas montré. Elle m'a dit où il était et je l'ai trouvé.

– Tu as vu la photo ?

– Oui.

– Un réunion des plus banales, n'est-ce pas ?

– Sinistre, sinistre, Sam.

– As-tu vu l'autre photo de lynchage, une page plus loin ?

– Oui. Deux types du KKK.

– Avec leur robe, leur bonnet et leur masque.

– Oui, je l'ai vue.

– C'était moi et Albert. Je suis derrière l'un des masques.

Ce que ressentait Adam était au-delà de tout ce qu'on peut imaginer. Il revit la monstrueuse photographie et essaya d'en repousser l'image.

– Pourquoi me dites-vous ça, Sam ?

– Parce que ça me fait du bien. Je n'ai jamais voulu le reconnaître auparavant. Il y a un certain soulagement à regarder la vérité en face. Je me sens mieux.

– Je ne veux plus rien entendre de ce genre.

– Eddie ne l'a jamais su. Il a trouvé ce livre dans le grenier et de quelque manière a découvert que j'étais sur l'autre photo. Mais il n'a jamais su que j'étais derrière l'un des deux masques.

– Ne parlons pas d'Eddie, d'accord ?

– D'accord. Et Lee ?

– Je suis furieux contre elle. Elle nous a laissés tomber.

– Ça m'aurait été agréable de la voir, tu sais. Son absence m'a fait souffrir. Je suis content que Carmen soit venue.

Enfin un sujet plus agréable.

– C'est une fille bien, dit Adam.

– C'est une fille formidable. Je suis fier de toi, Adam, et de Carmen. Vous avez tous les deux hérité des bons gènes de votre mère. Je suis heureux d'avoir deux merveilleux petits-enfants.

Adam écoutait mais n'essaya pas de répondre. Quelque chose cogna contre la porte. Ils sursautèrent tous les deux.

– Nugent doit jouer avec ses gadgets, dit Sam, frissonnant encore. Tu sais ce qui fait vraiment mal ?

– Non.

– J'ai beaucoup réfléchi. Je me suis réellement torturé ces derniers jours. Je te regarde, toi, et je regarde

Carmen, et je vois un garçon et une fille intelligents, à l'esprit ouvert, au cœur généreux. Vous ne haïssez personne. Vous êtes tolérants, larges d'esprit, instruits, ambitieux. Vous foncez dans la vie sans ce fardeau qu'on m'a collé sur les épaules à la naissance. Je te regarde, toi, mon petit-fils, ma chair et mon sang, et je me dis : « Pourquoi ne suis-je pas devenu quelqu'un d'autre ? Quelqu'un comme toi ou Carmen ? » C'est difficile de croire que nous sommes du même sang.

– Allons, Sam. Pas ça.

– C'est plus fort que moi.

– Je vous en prie.

– Bon. Bon. Parlons d'autre chose.

Sa voix s'éteignit doucement, et il se pencha en avant, sa tête était si basse qu'elle pendait presque entre ses genoux.

Adam aurait aimé avoir une conversation sérieuse au sujet du mystérieux complice. Il aurait voulu connaître les détails de l'attentat. Il aurait souhaité apprendre ce qui pouvait lui arriver à cause de ce type. Mais, bien entendu, Sam ne répondrait pas à ses questions. Son grand-père emporterait bien des secrets dans sa tombe.

L'arrivée du gouverneur en hélicoptère créa une certaine agitation devant l'entrée de Parchman. L'appareil atterrit de l'autre côté de la nationale où un break de la prison l'attendait. Accompagné de ses deux gardes du corps et de Mona Stark, McAllister monta allègrement dans la voiture. « Le gouverneur ! » cria quelqu'un. Les chants et les prières s'interrompirent un instant. Les cameramen se précipitèrent pour filmer la voiture qui franchit rapidement le portail avant de disparaître.

Quelques minutes plus tard, elle s'arrêtait près de l'ambulance, à l'arrière du QHS. Les gardes du corps et Mona Stark restèrent dans le break. Nugent vint à la rencontre du gouverneur et le conduisit dans la salle des témoins. L'homme politique s'installa au premier rang. Dans cette pièce infestée de moustiques, c'était une vraie fournaise. Nugent demanda au gouverneur s'il désirait quelque chose.

– Un esquimau, plaisanta McAllister, sans faire rire personne.

Nugent fronça les sourcils et quitta la pièce.

– Pourquoi êtes-vous là ? demanda immédiatement un journaliste.

– Sans commentaire, dit McAllister, l'air suffisant.

Les dix personnes présentes restaient assises en silence, fixant la draperie noire et consultant à chaque instant leur montre. Les bavardages avaient cessé. Les gens évitaient de se regarder comme s'ils avaient honte de participer à un événement aussi macabre.

Nugent s'arrêta sur le seuil de la chambre à gaz et consulta une de ses listes de contrôle. Il était vingt-trois heures quarante. Il demanda au médecin d'entrer dans l'isoloir. Puis il ressortit et fit signe aux gardiens de quitter les quatre miradors. La possibilité qu'un peu de gaz les atteigne après l'exécution était infime, mais Nugent mettait un point d'honneur à s'assurer du moindre détail.

Le coup frappé à la porte était à vrai dire extrêmement faible, mais à cet instant il retentit comme si l'on avait utilisé un marteau de forgeron. Il fit sursauter Adam et Sam. La porte s'ouvrit. Le jeune médecin entra, essayant de sourire, mit un genou en terre et demanda à Sam de déboutonner sa chemise. Puis il posa un stéthoscope sur la peau livide du condamné.

Le médecin garda le silence, ses mains tremblaient.

51

À vingt-trois heures trente, Hez Kerry, Garner Goodman, John Bryan Glass et deux de ses étudiants se prirent par la main autour de la table encombrée du bureau de Kerry. Chacun fit une prière pour Sam Cayhall, puis Hez en récita une à voix haute au nom de tous les assistants. Assis, recueillis, silencieux, ils en dirent une troisième pour Adam.

La fin arrivait rapidement. L'horloge hésitante, qui avait si souvent ralenti au cours des dernières vingt-quatre heures, se mit brusquement à tourner à toute vitesse.

Pendant les minutes qui suivirent le départ du médecin, Adam et son grand-père échangèrent quelques mots rapides, tendus. Sam traversa à deux reprises la petite pièce pour la mesurer avant de s'appuyer au mur qui faisait face à la couchette. Ils parlèrent de Chicago, de Kravitz et Bane. Sam n'arrivait pas à croire que trois cents avocats puissent travailler dans le même immeuble. Des rires nerveux et des sourires crispés s'échangèrent tandis qu'ils attendaient le coup si redouté frappé à la porte.

Trois coups secs les firent sursauter à onze heures cinquante-cinq précises, suivis d'un long silence. Nugent patientait avant de faire irruption.

Adam se mit debout. Sam respira profondément et serra les dents. Il tendit son index en direction d'Adam.

– Écoute-moi bien, dit-il d'un ton ferme. Tu peux entrer un moment avec moi, mais tu ne restes pas.

– Je suis d'accord. Je ne veux pas rester, Sam.

– Bien.

La main retomba, les joues s'affaissèrent, le visage se décomposa. Sam ouvrit les bras et prit Adam par les épaules. Adam l'attira à lui et le serra doucement contre sa poitrine.

– Dis à Lee que je l'aime, ajouta Sam, la voix brisée.

Il s'écarta légèrement et regarda Adam dans les yeux.

– Dis-lui que j'ai pensé à elle jusqu'à la fin. Je ne lui en veux pas de ne pas être venue. Je n'aurais pas, moi non plus, voulu venir ici si je n'y avais pas été forcé.

Adam acquiesça rapidement de la tête. Il s'efforçait de ne pas pleurer.

– Tout ce que vous voulez, Sam, tout ce que vous voulez.

– Dis au revoir à ta mère. Je l'ai toujours aimée. Embrasse Carmen pour moi, c'est une fille bien. Je suis désolé, Adam, de vous laisser un si terrible héritage.

– On se débrouillera, Sam.

– J'espère bien. Je meurs avec fierté à cause de vous, petit.

– Vous allez me manquer, dit Adam.

Des larmes coulaient sur ses joues. La porte s'ouvrit et le colonel entra.

– C'est l'heure, Sam, dit-il d'une voix blanche.

Sam lui adressa fièrement un sourire.

– Allons-y alors ! dit-il d'une voix forte.

Nugent sortit le premier, suivi de Sam puis d'Adam. Ils entrèrent dans la chambre à gaz remplie de monde. Tous les yeux se posèrent sur le condamné, pour s'en détourner aussitôt. Ils avaient honte de jouer un rôle dans cette sale affaire.

Monday, le bourreau, et son assistant se tenaient adossés au mur, près du laboratoire. Deux gardiens en uniforme les encadraient. Lucas Mann et l'un de ses sous-directeurs se tenaient près de la porte. À droite, le médecin s'activait pour régler son électrocardiographe. Il s'efforçait de paraître calme.

Au milieu de la pièce, entourée par divers membres de l'équipe d'exécution, se trouvait la cabine elle-même. La porte était ouverte, le terrible fauteuil en bois attendait. Une tenture dissimulait la vitre arrière.

Il n'y avait pas le moindre souffle d'air à l'intérieur. On avait l'impression d'être dans un sauna. Tout le monde transpirait. Deux gardiens prirent Sam par le bras et le firent entrer dans la cabine. Il compta ses pas – cinq jusqu'à la porte. Soudain il se trouva à l'intérieur, assis, jetant des coups d'œil autour de lui pour tenter d'apercevoir Adam. Des mains s'activaient avec les courroies.

Adam s'était arrêté sur le seuil. Il s'appuya au mur pour reprendre des forces, il sentait ses jambes se dérober sous lui. Il regarda l'électrocardiographe, les gens dans la cabine, dans la chambre à gaz, il regarda par terre. Les murs fraîchement repeints. Le sol en ciment poli. Le médecin avec ses engins. La petite cabine propre, stérile, reluisante. L'odeur des produits chimiques provenant du laboratoire. Aucune tache, une propreté absolue. On aurait pu se croire dans un bloc opératoire.

Que se passerait-il si je vomissais sur les pieds de ce cher docteur, qu'adviendrait-il de votre petite pièce stérile, Nugent ? Quelle instruction vous donnerait votre manuel, Nugent, si je me laissais aller, là, juste devant la cabine ? Adam appuya ses deux mains sur son ventre.

On attacha les courroies autour des bras de Sam – deux pour chaque bras, deux également pour chaque jambe, emprisonnant le pantalon tout neuf –, puis l'horrible serre-tête qui empêche le condamné de se blesser lorsque le gaz pénètre dans ses poumons. Voilà, les entraves sont bouclées, il n'y a plus qu'à attendre l'arrivée du gaz. Pas une seule goutte de sang versé. Rien qui puisse entacher ce crime parfait commis au nom de la morale.

Les gardiens sortirent par l'étroite ouverture, satisfaits de leur travail.

Adam regardait Sam assis dans le fauteuil en bois. Leurs yeux se croisèrent, et pendant un instant son grand-père baissa les paupières.

Vint le tour du médecin. Il pénétra dans la cabine et brancha le fil relié au stéthoscope.

Dès qu'il eut fini, Lucas Mann entra, une feuille de papier à la main. Il se tint sur le seuil de la cabine.

– Sam, voici l'ordre d'exécution. Je dois vous le lire, c'est la loi.

– Dépêchez-vous, grogna Sam entre ses dents.

Lucas leva la feuille de papier et lut :

– Conformément au verdict de culpabilité et à la condamnation à mort rendus par la cour d'assises du district de Washington, le 14 février 1981, vous êtes condamné à mourir par inhalation de gaz mortel dans la chambre à gaz de la prison de Parchman de l'État du Mississippi. Que Dieu ait pitié de vous.

Lucas s'éloigna, puis décrocha le premier des deux téléphones fixés au mur. Il appela son bureau pour s'assurer qu'il n'y avait pas un miraculeux sursis de dernière minute. Il n'y en avait pas. Le deuxième appareil était branché sur la ligne du bureau de l'avocat général à Jackson. Tout fonctionnait parfaitement. Minuit était passé depuis trente secondes ce mercredi 8 août.

– Pas de sursis, dit-il à Nugent.

Ces mots se répercutèrent dans la pièce comme un coup de fusil. Adam regarda son grand-père pour la dernière fois. Il avait les poings serrés. Il fermait les yeux de toutes ses forces, comme s'il n'avait même plus l'énergie de regarder Adam. Il remuait les lèvres, sans doute prononçait-il une dernière prière.

– Y a-t-il un empêchement à cette exécution ? demanda Nugent sur un ton officiel, désirant brusquement une confirmation légale.

– Non, dit Lucas avec un regret sincère.

Nugent se planta sur le seuil de la cabine.

– Avez-vous une dernière chose à dire, Sam ? demanda-t-il.

– Pas à vous. Adam doit partir.

– Très bien.

Nugent ferma lentement la porte, les gros joints d'étanchéité étouffaient tous les bruits. Dans un silence absolu, Sam était livré au supplice. Il referma les yeux. S'il vous plaît, dépêchez-vous.

Adam se glissa derrière Nugent, toujours tourné vers la cabine. Lucas Mann et Adam sortirent rapidement. Adam se retourna pour jeter un dernier coup d'œil à la chambre à gaz. Le bourreau tendait la main en direction d'une manette. Son assistant se penchait sur le côté pour apercevoir la cabine. Deux gardiens jouaient des coudes pour bien voir mourir ce vieux salaud. Nugent, le directeur adjoint et le médecin s'étaient rassemblés contre l'autre mur. Tous les trois tendaient le cou, craignant de manquer quelque chose.

Les trente-deux degrés à l'extérieur paraissaient frais par rapport à la chaleur étouffante de la chambre à gaz. Adam s'avança vers l'ambulance et s'appuya contre la porte arrière.

– Est-ce que ça va ? lui demanda Lucas.

– Non.

– Courage, Adam.

– Vous n'y assistez pas ?

– Non. J'en ai vu quatre. Ça me suffit. Et cette exécution est particulièrement terrible.

Adam fixait la porte blanche au milieu du mur de brique. Trois véhicules étaient garés tout à côté. Quelques gardiens fumaient et bavardaient près des voitures.

– J'aimerais partir, dit-il, craignant de vomir.

– Allons-y, dit Lucas en le prenant par le bras et en l'entraînant vers un minibus.

Un gardien s'installa immédiatement derrière le volant. Adam et Lucas s'assirent sur la banquette du milieu.

À cet instant précis, son grand-père, dans la chambre à gaz, était en train d'étouffer, ses poumons brûlés par le gaz empoisonné. Juste là-bas, dans ce petit bâtiment en brique rouge, juste maintenant, il essayait de respirer à fond pour, espérait-il, dériver doucement vers un monde meilleur.

Adam se mit à pleurer. Le minibus contourna l'enclos réservé à la promenade et roula sur la pelouse qui s'étendait devant le quartier des condamnés à mort. Adam posa une main sur ses yeux et pleura à cause de Sam, à cause de ses souffrances en ce moment, à cause de cette manière honteuse de mourir qu'on lui infligeait. Son grand-père paraissait si pitoyable, assis dans ses vêtements neufs, ligoté comme un animal. Il pleura à cause des neuf années et demie que Sam avait passées derrière des barreaux, essayant d'apercevoir, ne serait-ce qu'un instant, la lune, se demandant si quelqu'un du monde libre s'intéressait à lui. Il pleurait pour cette misérable famille Cayhall et sa terrible histoire. Il pleurait sur lui-même, il pleurait pour la perte d'un être cher et à cause de son impuissance à mettre fin à une telle folie.

Lucas lui tapota le dos tandis que le minibus s'arrêtait, repartait, s'arrêtait de nouveau.

– Excusez-moi, dit Adam à plusieurs reprises.

– Est-ce votre voiture ? demanda Lucas après le deuxième portail.

Adam saisit la poignée et descendit sans un mot. Il remercierait plus tard.

Il roula à toute vitesse, entre des rangées de cotonniers, jusqu'à la route. Il ralentit un peu au portail d'entrée pour permettre au gardien de jeter un coup d'œil dans son coffre. La foule des reporters s'impatientait, attendant des nouvelles du quartier des condamnés à mort.

En atteignant la nationale, il s'arrêta un instant pour jeter un coup d'œil à la veillée funèbre qui se déroulait à sa droite. Des centaines de cierges. Les gens priaient à voix haute.

Il accéléra. Une file de voitures s'étirait sur les bas-côtés sur plus de trois kilomètres. Bientôt, Parchman fut derrière lui. Il appuya encore sur la pédale d'accélérateur.

Il roulait sans but précis. Il n'avait jamais pensé à l'endroit où il se rendrait après la mort de Sam parce qu'il n'avait jamais réellement cru que les choses en arriveraient là. Il se voyait plutôt en pensée à Jackson, en train de trinquer avec Garner Goodman et Hez Kerry pour fêter leur victoire, un vrai tour de magie, le lapin sorti du chapeau.

Il craignait d'aller chez Lee. Elle serait peut-être chez elle. Leur prochaine rencontre serait difficile, il préférait l'ajourner. Il décida de trouver un motel acceptable et d'y passer la nuit. D'abord dormir. Pour y voir clair demain.

Il ralentit. Une nationale conduisait à une autre. Il était perdu mais ne s'en souciait guère. Comment peut-on se perdre lorsqu'on ne sait pas où l'on va ? Il prenait une direction, puis une autre. Un self-service de nuit retint son attention. Aucune voiture devant le magasin. Une femme entre deux âges, aux cheveux d'un noir de jais, se tenait à la caisse, une cigarette à la main, mâchant du chewing-gum. Elle téléphonait.

Adam s'approcha du bac de boissons fraîches et s'empara d'un pack de six bières.

– Désolé, mon grand, pas de bière après minuit.

– Quoi ? demanda Adam en portant une main à sa poche.

La patronne n'aimait pas ce ton hargneux. Elle posa doucement le téléphone près de la caisse enregistreuse.

– Il est interdit de vendre de la bière ici après minuit. C'est la loi.

– La loi ?

– Oui. La loi.

– Celle de l'État du Mississippi ?

– Exactement, répondit-elle du tac au tac.

– Voulez-vous savoir ce que je pense des lois de cet État, juste en ce moment ?

– Non, mon petit. Et franchement je m'en moque.

Adam jeta un billet de dix dollars sur le comptoir et emporta la bière jusqu'à sa voiture. La femme fourra le billet dans sa caisse et reprit le téléphone. Pourquoi déranger les flics pour un pack de six bières.

Il roulait de nouveau, mais cette fois vers le sud. Il respectait la limitation de vitesse en buvant sa première bière.

Quinze minutes pour mourir, quinze minutes pour aérer la chambre à gaz, dix minutes pour la laver à l'ammoniaque. Asperger le corps sans vie, après avis du jeune médecin avec son électrocardiographe. Nugent dirigeant les opérations. Masques à gaz, gants. Reconduire les journalistes vers les minibus. Les éloigner.

Sam dans la cabine, la tête penchée sur le côté, prisonnier des courroies de cuir. De quelle couleur était sa peau maintenant ? Plus aussi pâle que durant les neuf années et demie qu'il avait passées en prison. Lèvres violettes, peau rosâtre. Danger écarté. Entrez là-dedans, crie Nugent. Détachez-le. Prenez des couteaux. Découpez ses vêtements. A-t-il fait sous lui ? A-t-il soulagé sa vessie ? Classique. Attention. Le sac en plastique. Mettez-y les vêtements. Aspergez le corps nu.

Adam voyait les vêtements neufs – le pantalon amidonné, les chaussures trop grandes, les chaussettes blanches immaculées. Sam était si fier de porter de nouveau de vrais vêtements. Maintenant ses habits en loques étaient glissés dans un grand sac-poubelle vert, maniés avec précaution comme s'ils étaient contaminés, avant d'être brûlés.

Où sont le pantalon bleu et le tee-shirt blanc de la prison ? Prenez-les. Habillez le cadavre. Pas de chaussures. Pas de chaussettes non plus. Il va au dépôt mortuaire. Laissons la famille l'habiller pour l'enterrement. Brancard. Ambulance.

Adam se retrouva soudain au bord d'un lac, sur un pont. L'air était humide et frais. Il s'était vraiment perdu.

52

Un halo rose au-dessus d'une colline du côté de Clanton fut le premier signe de l'aube. Il s'étira derrière les arbres et devint jaune puis orange. Aucun nuage à l'horizon. Mais des couleurs vives se détachant sur un ciel bleu nuit.

Deux canettes de bière encore intactes étaient posées dans l'herbe. Trois autres, vides, avaient été coincées contre une pierre tombale.

C'était l'aurore. L'ombre des tombes s'allongeait. Le soleil allait surgir d'un instant à l'autre.

Adam était sans doute là depuis quelques heures. Jackson, le juge Slattery, l'audience de lundi se trouvaient à des années-lumière. Sam était mort. Était-il réellement mort ? Ces gens avaient-ils achevé leur sale travail ? Le temps continuait à lui jouer des tours.

Il n'avait pas trouvé de motel. En fait, il n'en avait pas vraiment cherché. Arrivé près de Clanton, il avait dérivé jusqu'ici et rapidement repéré la tombe d'Anna Gates Cayhall. Maintenant il était appuyé contre la pierre. Que des policiers le trouvent là et l'emmènent en prison, il s'en moquait. Il savait ce que c'était.

« Oui, je sors juste de Parchman, dirait-il à ses compagnons de cellule. J'étais dans le quartier des condamnés à mort. »

On le laisserait tranquille.

La police patrouillait ailleurs. Le cimetière était un endroit sûr. Quatre petits drapeaux avaient été plantés près de la tombe de sa grand-mère. Adam les aperçut alors que le soleil apparaissait à l'est. Une nouvelle tombe à creuser.

On claqua une portière derrière lui. Quelqu'un venait dans sa direction. Qui? On avançait lentement, à la recherche de quelque chose.

Le craquement proche d'une brindille le fit sursauter. Lee se tenait debout près de lui. Il regarda sa tante puis tourna la tête.

– Qu'est-ce que tu fais ici? demanda-t-il, trop engourdi pour être surpris.

Lee s'accroupit doucement avant de s'asseoir à côté de son neveu, le dos appuyé contre le nom gravé de sa mère. Elle lui prit le bras.

– Où diable étais-tu, Lee?

– En désintoxication.

– Tu aurais pu me téléphoner, bon sang!

– Ne sois pas fâché, Adam, je t'en prie. J'ai besoin d'un ami, dit-elle en posant sa tête sur l'épaule de son neveu.

– Je ne suis pas sûr d'être ton ami, Lee. Ce que tu as fait est terrible.

– Il avait envie de me voir?

– Oui. Toi, naturellement, tu étais perdue dans ton petit monde, absorbée comme toujours par ta précieuse personne. Aucune pensée pour les autres.

– Je t'en prie, Adam, j'étais en désintoxication. Tu sais à quel point je suis faible. J'ai besoin d'aide.

– Trouves-en ailleurs.

Lee remarqua les deux boîtes de bière et Adam les écarta rapidement d'un geste brusque.

– Je ne bois pas, dit-elle, l'air pitoyable.

Sa voix était triste, grave. Son joli visage fatigué et ridé.

– J'ai essayé de le voir, dit-elle.

– Quand?

– Hier soir. J'ai roulé jusqu'à Parchman. On ne m'a pas laissée entrer. C'était trop tard.

Adam baissa la tête et s'adoucit d'un seul coup. Ça ne servirait à rien de lui en vouloir. Elle était alcoolique et se débattait pour venir à bout de ses démons. C'était sa tante, sa tante bien-aimée.

– Il t'a réclamée jusqu'à la dernière minute. Il m'a demandé de te dire qu'il t'aimait et qu'il n'était pas fâché parce que tu n'étais pas venue le voir.

Elle se mit à pleurer doucement. Elle s'essuya les joues avec le dos de sa main et continua de pleurer pendant un long moment.

– Il est parti avec beaucoup de courage et de dignité, dit Adam. Il s'était mis à jour avec Dieu, il ne haïssait plus personne. Il était rongé par les remords pour toutes les choses qu'il avait faites. Il a été à la hauteur, Lee, un vieux combattant prêt à partir.

– Tu sais d'où je viens ? demanda-t-elle tout en reniflant comme si elle n'avait pas entendu ce qu'il venait de dire.

– Non.

– Je me suis rendue dans la vieille maison familiale. Après Parchman, je suis allée là-bas hier soir.

– Pourquoi ?

– Parce que je tenais à y mettre le feu. Ça a magnifiquement brûlé. La maison, et les ronces tout autour. Un énorme brasier. Tout est parti en fumée.

– Allons donc, Lee.

– C'est vrai. Je risquais de me faire prendre. J'aurais pu croiser une voiture. J'ai acheté le terrain et la maison la semaine dernière. J'ai donné treize mille dollars à la banque. Si on est propriétaire de quelque chose, on peut y mettre le feu, non ? Réponds, toi qui es avocat.

– Es-tu sérieuse ?

– Va voir par toi-même. Je me suis arrêtée devant l'église à un kilomètre environ en attendant l'arrivée des pompiers. Ils ne sont pas venus. La plus proche maison est distante de trois kilomètres au moins. Personne n'a vu l'incendie. Prends ta voiture et va y jeter un coup d'œil. Il ne reste rien, sinon la cheminée et un tas de cendres.

– Comment ?

– Essence. Tiens, sens mes mains.

Elle les tendit sous le nez de son neveu. Une odeur âcre. Lee disait la vérité.

– Mais pourquoi ?

– J'aurais dû le faire depuis des années.

– Tu ne réponds pas à ma question. Pourquoi ?

– Des choses diaboliques sont arrivées là-bas. L'endroit était rempli de démons et de fantômes. Maintenant, ils sont partis.

– Ils sont morts avec Sam ?

– Non, ils ne sont pas morts. Ils sont partis hanter quelqu'un d'autre.

Adam comprit vite qu'il était inutile de poursuivre cette conversation. Il fallait qu'ils s'en aillent, qu'ils retournent à Memphis où il pourrait l'aider à guérir. Peut-être une psychothérapie. Il resterait auprès d'elle pour s'assurer qu'on lui viendrait en aide.

Une camionnette sale entra dans le cimetière par la grille de fer de la partie ancienne. Elle avançait lentement sur les graviers parmi les tombes. Elle s'arrêta près d'un petit hangar construit dans un coin du cimetière. Trois Noirs en descendirent sans se presser et en s'étirant.

– C'est Herman, dit Lee.

– Qui ?

– Herman. Je ne connais que son prénom. C'est le fossoyeur. Depuis quarante ans.

Lee s'arrêta de renifler et de pleurer. Le soleil avait dépassé la cime des arbres. Ses rayons leur frappaient le visage. Ils étaient déjà chauds.

– Je suis contente que tu sois venu, dit-elle.

– J'ai perdu, Lee. Je n'ai pu sauver mon client. Sam est mort.

– Tu as fait de ton mieux. Personne ne pouvait le sauver.

– Qui sait ?

– Ne te sens pas coupable. Lors de ta première nuit à Memphis, tu m'as dit que les chances étaient minces. Tu as failli réussir. Tu t'es bien battu. Maintenant, il est temps de retourner à Chicago, de t'occuper de toi.

– Je ne retournerai pas à Chicago.

– Pardon ?

– Je change de travail.

– Ça ne fait qu'un an que tu es avocat.

– Je reste avocat. Simplement, je m'occuperai d'affaires un peu différentes.

– De quel genre ?

– Des condamnations à mort.

– C'est un peu morbide, non ?

– En effet. En particulier en ce moment. Mais je m'y ferai. Les gros cabinets ne me conviennent pas.

– Où exerceras-tu ?

– À Jackson. Je passerai beaucoup de temps à Parchman.

Lee se frotta le visage et rejeta ses cheveux en arrière.

– J'imagine que tu sais ce que tu fais, dit-elle, incapable de dissimuler ses doutes.

– À ta place, je n'en jurerais pas.

Herman tournait autour d'une pelleteuse jaune, cabossée, garée sous un arbre, à côté du petit hangar. Il la regardait l'air pensif tandis qu'un de ses hommes plaçait les outils. Les trois hommes s'étirèrent de nouveau, se mirent à rire, et donnèrent des coups de pied dans les pneus.

– J'ai une idée, dit-elle. Il y a un petit café en haut de la ville. Chez Ralph. Sam m'y...

– Chez Ralph ? L'aumônier de Sam s'appelait Ralph. Il était avec nous hier soir.

– Sam avait un aumônier ?

– Oui. Quelqu'un de bien.

– Bon. Sam nous emmenait là-bas, Eddie et moi, pour nos anniversaires. Cet endroit existe depuis des siècles. Nous y avons mangé d'énormes gâteaux et bu du chocolat. Allons voir si c'est ouvert.

– Maintenant ?

– Oui, dit-elle avec impatience en se mettant debout. Allez, viens. J'ai faim.

Adam prit appui sur la pierre tombale pour se relever. Il n'avait pas dormi depuis lundi, ses jambes étaient lourdes et raides. La bière l'étourdissait un peu.

Au loin, un moteur se mit à tourner. Le bruit remplit le cimetière. Adam se figea sur place. Lee se retourna pour voir ce qui se passait. Herman conduisait la pelleteuse et une fumée bleue sortait du tuyau d'échappement. Ses deux camarades étaient assis dans la pelle, les jambes ballantes. La pelleteuse se mit en première, puis s'engagea dans le sentier, passant très lentement devant les alignements de tombes. Elle s'arrêta avant de tourner.

Elle venait vers eux.

Cet ouvrage a été réalisé par la
SOCIÉTÉ NOUVELLE FIRMIN-DIDOT
Mesnil-sur-l'Estrée
pour le compte des Éditions Pocket
en mars 1997